- BEYZA ALKOÇ -

KARANTİNA

Mahşerin Dört Atlısının Hikâyesi

İ N D İ G O   K İ T A P

Karantina

Beyza Alkoç

Baskı: Nisan 2021
ISBN: 978-605-2361-80-1
Yayınevi Sertifika No: 31594

Editör: Nil Erten
Son Okuma: Ayşe Nur Buğalı
Kapak Tasarımı: Mustafa Berk Alkoç

Baskı
My Matbaacılık San. ve Tic. Ltd. Şti.
Maltepe Mah. Yılanlı Ayazma Sok. No: 8 Kat: 2
Zeytinburnu / İstanbul Tel: 0 (212) 674 85 28
Sertifika No: 47939

indigo
yay

İNDİGO YAY. DAĞ. PAZ. REK. LTD. ŞTİ.
Üniversite Mah. Civan Sok. Allure Tower No: 1 Kat: 23 / 330 Avcılar - İstanbul
Tel: 0 (212) 438 17 83 • Fax: 0 (212) 438 17 84
www.indigokitap.com • info@indigokitap.com

İNDİGO YAY Bir İndigo Kitap Yayın Dağ. Paz. Rek. Ltd. Şti. markasıdır.

- BEYZA ALKOÇ -

KARANTİNA

Mahşerin Dört Atlısının Hikâyesi

İ N D İ G O   K İ T A P

Bu kitap,

denizlerden, şehirlerden, insanlardan geçip

hiçbir şeysiz ve hiç kimsesiz kaldığımızda bile

bize tereddütsüz,

"Seninleyim,"

diyebilenlere gelsin.

ÖNSÖZ

Bu satırlar, aylardır her satırını okuduğunuz, benimle birlikte her satırında ben yazarken ne hissettiysem, aynısını hissettiğiniz kitabın önsözüne ait. Belki de bir yazarın kitabına dair en sevdiği kısım. Yüzlerce sayfa karakterlerine ses olduktan sonra nihayet, "Sıra bana geldi," diyebildiği an. On dokuz yaşındayım ve on yıldır yazıyorum. Ömrümün yarısı yazarak geçti ve ömrümün geri kalanı da yazarak geçecek. Herkesin güç aldığı bir şeyler vardır hayatta, ben yazdığım karakterlerden güç alıyorum. Herkesin yaparken içinin gittiği bir şeyler vardır, ne mutlu ki yazarken içim gidiyor benim. Hayatım boyunca hiçbir şeyi yarım yamalak yapmayı seven bir insan olmadım. Bir şeyi ya yapmam ya da tam yaparım. Yazmaya ilk başladığımda dokuz yaşımdaydım. Gökyüzünden yeryüzüne düşüp, bir insan bedenine girmiş bir yıldızın hikâyesini anlatmıştım. Elli defter sayfası yazmıştım ve o zamanlar bu benim için, kocaman bir roman yazmak gibiydi. Şimdi yüzlerce sayfayı buldu yazdıklarım, ben büyüdükçe cümlelerim de büyüdü, belki ben büyümeye devam ettikçe cümlelerim çok daha büyüyecek. Hayatım boyunca yayınladığım, yayınlamadığım yirmiye yakın roman yazdım kendi çapımda. Yazmaktan kendimi alamadığım bir dönem bile oldu. Annem, bu kadar yazmak zarar verir der gibi defterimi, kalemimi alıyordu önümden. Bir gün hatırlıyorum, on bir, on iki yaşlarımdayım, yazmak için herkesin uyumasını bekledim. Gece uyandım, el fenerini, defterimi, kalemimi alıp giysi dolabımın içine girdim. Orada yazarken uyuyakalmışım. Bunu anlatırken hep aşırıya kaçmışım gibi hissediyorum. Ama hayatın bana öğrettiği tek şey aşırıya kaçmak oldu. Yazıyorsan çok yaz, seviyorsan çok sev, mutluysan çok mutlu ol ama üzülüyorsan da çok üzül. Ne yaşarsam yaşayayım aşırıya kaçarak yaşadım ben. Kötü şeylere çok üzüldüm, iyi şeylere çok mutlu oldum. Bunu değiştirmek ister miyim diye soruyorum bazen kendime ama istemiyorum. Hayata bir kere geliyorken bütün duyguları dolu dolu yaşamazsak, dolu dolu sevmezsek, bizim bu dünyaya gelmemizin ne anlamı kalır? Ölüm fobisi olan bir arkadaşım vardı, sürekli ölümden korktuğunu anlatırdı ama başkası ölümden bahsedince korktuğunu söyleyip sustururdu. İronik bir şekilde yaptığı tek şey okuldan eve gitmek, evden okula gitmekti. Ne bir hayali vardı, ne bir umudu. "Ben hayal kurmam," derdi. Yüzüne hiç söyleyemedim ama içimde çok kaldı. Hepinize soruyorum: Ölümden korktuğunuz bu hayatta, **neden hayatınızı yaşamıyorsunuz?** Hepimizin hayatı birer kitap ve kimse sıkıcı kitapları okumaz. Hayattaki tek amacınız, kendinizi okutturacak bir kitap gibi yaşamak olsun. Görmek istediğiniz yerler varsa, tüm çabanızın amacı bu olsun, birine âşıksanız dolu dolu yaşayın aşkınızı. Kimse susarak sevemez bir insanı, dudakları kıpırdamasa da içinden konuşur. İnsanın bu dünyada tadabileceği en güzel duygu sevilmek belki de, sizi sevmeyen insanlara hayatınızda gram yer vermeyin. Benim hayatımdaki tek amacım, sevdiğim insanlarla hayalimdeki hayatı yaşamak, görmek istediğim her yere gitmek, görmek. Bebekler genelde gözleri kapalı doğar ve kendisini o ameliyathanenin önünde bekleyen insanların karşısına ilk kez, gözleri kapalı çıkarlar. Babam hep anlatıyor, beni beklerken bir sürü bebek çıkmış ameliyathaneden. Ben çıktığımdaysa gözlerim açıkmış. Ne kadar şaşırdığını anlatır hep; bir bebeğin gözleri açık çıktığını ilk kez gördüğünü, o zaman bile hiçbir şeyi kaçırmayayım diye gözlerimi açtığımı... Yıllar geçti, hiçbir şey değişmedi. Hâlâ her şeyi görmek istiyorum. Hiçbir şeyi kaçırmak istemiyorum. Bir dünya yaratılmış, biz içine konulmuşuz ve ben bu dünyayı tanımak istiyorum. İyi, kötü, zor, kolay, bir sürü şey yaşadım. Bir sürü insan hayatıma girdi ve çıktı. Aklımda yer etmiş çok cümle duydum; kimileri üzücüydü, kimileri iç çekmek kadar güzeldi. En zor anımda, "Su akar yolunu bulur," dedi biri bana, su aktı, yolunu buldu. Bazen de birileri öyle cümleler kurdu ki o suyun önüne set çektiler sanki. Her şey yolun sonunda düzelse de hep içimde bir eksiklik hissettim ama, sonra bir gün siz geldiniz ve bana "Keşke sana dünyayı kendi eksenin etrafında döndürmeyi öğretebilsem." dediniz, öğretmenize gerek kalmadı. Size dünyanızı kendi ekseniniz etrafında döndürmeyi öğretmek isteyen insanları tutun hayatınızda, dünyanızda eksen bırakmayanları değil. Hepimiz hatalar yapıyoruz, hepimiz bazen en sevdiklerimizi bile üzüyoruz. Size verebileceğim tek tavsiye eğer mutluluğu bir kez yakaladıysanız kaybetmemeniz. Çünkü inanın bana, hepimiz çok iyi biliyoruz, mutluluk bu dünyada kazanılması en zor şey. Ailenizi, sevdiğiniz insanları, sizin için bu hayatta ufacık da olsa bir şeyler yapmış kimseyi ve en çok da kendinizi üzmeyin. Ve asla ama asla hiçbir şey için olmaz demeyin, olur çünkü. Yapamam demeyin, emin olun yaparsınız. Hep bir cümleye dayalı yaşadım hayatımı, "Her şey anını bekler." Yıllar önce isteyip olmuyor diye bıraktığım her şey hayatımda şimdi. Çünkü her şey an'ını bekliyordu. Hepiniz hayatınızda, o çok istediğiniz şeylerin olmayışını görüyorsunuz ve buna üzülüyorsunuz. Tek diyebileceğim şey, zamana bırakın ve emin olun ki güzel şeyler, gelmek için an'ını bekler. Dolu dolu yaşayın, dolu dolu sevin, gerekirse dolu dolu üzülün; çünkü sonra dolu dolu mutlu olacaksınız. Hiçbir şeyi içinizde tutmayın, kurmak istediğiniz bir teşekkür cümlesini bile. Ben de şimdi dolu dolu teşekkür etmek istiyorum hepinize. Aileme, anneme, babama, ablama, kardeşime, siz sevgili okurlarıma, her bitti dediğimde beni bırakmayan herkese çok teşekkür ederim. Ben kitaptaki karakterlerime *Mahşerin Dört Atlısı* derken, kendini yarattığım dünyanın içine ait hisseden ve bana, "Biz de Mahşerin Binlerce Atlısı'yız!" diyen, benimle olan tüm okurlarıma teşekkür ederim. Adım atıp da yapmaya korktuğunuz ne varsa yapın, hayatınızı yaşamaya çekinmeyin çünkü bu hikâyenin başrolü sizsiniz...

Giriş

1 Mayıs, 1999.

İstanbul'un en nezih semtlerinden birinde bulunan bir sitenin içindeki oldukça görkemli binanın en lüks dairesinde; sıradan olmayan bir sabah yaşanmak üzereydi. Beş yaşındaki Onur Zorlu, annesinin deyişiyle 'minik adam' sabahın sekizinde uyanmıştı her zaman olduğu gibi. Yumruk yaptığı elleriyle gözlerini ovalarken; minik çıplak ayaklarını yatağından aşağı sarkıtmıştı. Üstündeki araba desenli mavi pijaması onu öyle tatlı yapıyordu ki... Daha bu yaşta araba aşığıydı, bebekliğinden beri büyüyünce ne olmak istiyorsun sorusuna, "Araba!" diye cevap verirdi. Her sabah olduğu gibi o sabah da kalkarak, annesinin kahvaltı hazırlayıp hazırlamadığına bakmak için koşarak odasından çıktı. Annesi, İstanbul Üniversitesi İngiliz Dili ve Edebiyatı bölümünde ikinci öğretim profesörüydü. Her sabah aynı saatte kalkıp annesini ona kahvaltı hazırlarken bulduğunda, "Ben de senin gibi siyah renkli çay içebilir miyim anne?" derdi heyecanla. Ama genellikle izin alamayıp portakal suyu içerdi. Oysa bu sabah, minik adamın beklemediği farklı bir şeyler vardı.

"Anne?" dedi gözlerini kırpıştırarak Onur. Annesinin yerde kanlar içinde yatan bedenine doğru bir adım attı. Korkmuyordu ama insan annesinden korkar mıydı hiç?

Ses gelmemişti annesinden. Halbuki o ne zaman anne dese, annesi ona 'AŞKIM' derdi. Şimdi ne olmuştu böyle? Annesi neden cevap vermiyordu?

"Anne..." diyerek bir adım daha attı, sonra bir adım daha. Minik dizlerinin üstüne çökerek elini annesinin koluna koydu ve buz gibi olmuş elini tuttu.

"Üşümüşsün anne, bekle!" diyerek ayağa kalkıp koşarak odasına gitti; araba desenli yorganını alıp sürükleyerek götürdü ve annesinin üstünü bir güzel örttü.

"Anne yorulmuş, yerde uyumuş..." dedi kendi kendine gülerek. Ama içten içe bir gariplik olduğunu hissettiği için de annesinin başından ayrılmadı, bekledi, bekledi, saatlerce bekledi.

"Anne uyan..." diye fısıldadığında gözleri dolmuştu. Bir bebeğin, minik bir çocuğun gözleri dolar mıydı? Evet; Onur Zorlu'nun beş yaşında gözleri dolmuştu. Biliyordu, annesinin gittiğini, bir daha asla ve asla geri gelmeyeceğini biliyordu. Bittiğini ve bir daha asla başlamayacağını biliyordu annesiyle olan öyküsünün. Annesi gitmişti, kalanların bir önemi yoktu.

"Anne kalk," diye bağırdı gözyaşlarının arasından. "Anne!"

Günler önce izlediği bir çizgi film geldi aklına. Yaralanan bir kuş vardı çizgi filmde, "Hokus pokus!" diyerek müthiş bir sihirle iyileştirmişlerdi o kuşu! Annesinin yüzüne baktı umutla birden.

"Hokus pokus!" dedi annesine, hiçbir şey olmadı. Bekledi, bekledi...

"Hokus pokus!" dedi bir kez daha yine olmadı, uyanmadı annesi.

"Sihir yaptım anne uyan!" Olmuyordu, sihir de işe yaramıyordu. Artık hüngür hüngür ağlıyordu.

"Anne... Seninki gibi siyah çay içebilir miyim?" dedi gözyaşlarının arasından belki cevap verir diye.

Cevap gelmedi. Annesinden bir daha hiçbir zaman cevap gelmedi. Onur küçücüktü, annesinin sesini duymak istiyordu sadece. Tek isteği, tek dileği buydu o an.

"Acıktım anne!" dedi hıçkıra hıçkıra, belki uyanır da yemek hazırlar diye.

"Üşüdüm..." dedi, uyanır da ısıtır diye.

"Anne düştüm, kolum acıyor..." Sonra üzülür diye düzelterek, "Şaka şaka anne!" dedi gözyaşlarının arasından. "Düşmedim, acımıyor."

Ama olmadı, uyanmadı annesi. Saatlerce uğraştı, en sonunda yorgun düştü Onur. Küçük bedeniyle annesinin üstüne uzanarak, yanağına bir öpücük kondurdu. Uyuyakalmak üzereyken kulağına fısıldadı ağır ağır...

"Hokus... pokus..."

Bu sihir de işe yaramadı. Artık hiçbir hokus pokus geri getiremezdi annesini Onur'a. O an anlamıştı, sihir denen şey bir yalandı...

1. Bölüm

Bir Felaketin Ortasındayız.

Buradayız, ve yan yanayız...

Ben Zeynep, on yedi yaşındayım. İstanbul'da, yaşadıkları her türlü soruna şahit olduğum anne ve babamın yanında yaşıyorum. Hayatımda üç kez okul değiştirdim ve üçüncüsü gerçekleşeli sadece bir gün oldu. Bugün benim yeni okulumda birinci günüm. Babamın işi değiştiği için, bir koleje geçmem konusunda yapılan ısrarlar sonucunda yazıldığım ve okul müdürümüzün, **"Burada hayat var,"** dediği büyük okulumda ilk günümü yaşıyorum. Üç saattir burada olmama rağmen sadece bir derse girebildim çünkü bir felaketin ortasındayım.

Neler olduğunu çok fazla anlayamadım, sadece şu kadarını fark ettim. Dersten acil bir anonsla çıkarıldık, konferans salonuna toplandık; burası cehennemden beter. Müdür konuşmaya çalışıyor, kimsenin dinlemediğini bile bile bir şeyler anlatmaya çabalıyor. Ben dinliyorum, dinlemeyi sevdiğimden değil, konuşmaları bitiren eylemin dinlemek olduğunu bildiğimden.

"Çocuklar! Eğer şu an susmayan olursa, ismini aldığım gibi kaydını sileceğim!"

Sessizlik. Ne olması bekleniyordu, bu şekilde devam edilmesine izin çıkacağı mı? Eski okulum böyle değildi tamam, orada da gürültü olurdu ama burası bir başka. Hiçbir şey umurlarında değil, gülüyorlar. Oysa ciddi bir durum olduğu belli. Onları susturan yegâne tehdit, durumun ailelerine gideceği olmamalı ama bunu onlara anlatamayız. Yine de başımı dikleştirdim, susan suratlara gururla baktım sanki ben susturmuşum gibi. Tam o sırada kızın biri yanımdan "Çekil şuradan!" deyip kolumu iterek geçince gururumun söndüğünü fark ettim. Aptal kız, en ufak bir sorun yaşamasam olmaz, değil mi? Başımı sahneye çevirdiğimde okul müdürümüzün mikrofona doğru konuşmaya başladığını gördüm.

"Acil bir durumdayız. Şu an bütün sağlık birimleri, okulumuzun içinde bulunduğu duruma kilitlenmiş durumda. Bunu size nasıl söylerim bilmiyorum... Ama söylemek zorundayım. Çocuklar... Bir felaketin ortasındayız."

Kısa ve net olarak durum buydu, bir felaketin ortasındaydık. Ne olduğunu anlayabilmek için vücudumu dikleştirdim. Ne vardı? Yangın mı, deprem mi? Ne?

"Hocam rehin mi alındık? Beni vursunlar, güzel kızlara bir şey olmasın, selam kızlar," diye atıldı ön koltuklardaki çocuklardan biri, salon buna inanamaz gibi gülüşürken müdür alnındaki teri sildi.

"Çok daha kötüsünü yaşıyoruz! Dokuzuncu sınıflardan bir kız öğrenci, yarım saat önce revire getirildi. Kendisine salgın bir hastalık teşhisi kondu. Revir doktorumuz Hakan Bey, bunu gerekli sağlık birimlerine bildirdiği an kapıyı kilitlememizi emrettiler. Bütün sağlık ve emniyet birimleri şu an yolda. Ama telefondan anladığımız kadarıyla... Okulumuz karantinaya alınıyor arkadaşlar."

Şok çığlıkları... İnanamaz kahkahalar... Savrulan küfürler... Şaşkın bakışlar ve çatık kaşlar...

Evet... Bir felaketin ortasındayız.

Okulda ilk günüm. Annem daha evden çıkarken alnımdan öptü ve bugünümün iyi geçeceğine emin olduğunu söyledi kulağıma. Gülümsemeye çalıştığımı hatırlıyorum. Ama içten içe biliyordum, işin içinde ben varsam o iş iyi gitmezdi. Ben tehlikeliydim ve benim psişik bir uğursuzluğum vardı. Hiçbir yere alınmamalı, hatta bu okuldan derhal atılmalıydım. Benim yüzümdendi, hiçbir sorun yaşamayan okul benim uğursuzluğum yüzünden yaşıyordu bu sorunu, emindim. Ayağımın tozuyla gelip...

"Şimdi sizden tek istediğim şu, sorun çıkarmayın. Kaç gün burada kalırız bilmiyorum ama bu geceyi burada geçireceğimiz kesin. Okulun içindeki her odanın kapısı tek tek açıldı. Spor salonu, kantin, kütüphane, yüzme salonu, sahalar, projeksiyon odası... Sınıflar zaten açıktı ve açık kalacak. İstediğiniz yerde vakit geçirebilirsiniz, tek istediğim sorun çıkmaması. Zaten bir öğrencimizin acısını yaşıyoruz, bir de sizden birinin başına gelecek başka bir olayı kaldıramayız. Ve dikkat etmenizi istiyorum, bu hastalık hepinize bulaşmış olabilir. Eğer herhangi bir belirti gören varsa anında revire gidecek!" dedi ve emreder gibi ekledi.

"Anlaşıldı mı?"

"Anlaşıldı." Boğuk, mutsuz, korku dolu bir cevaptı bu. Hepimizin ağzından çıkan bu sözcükten sonra salon dağıldı. Ne yapacağımı bilmiyordum, okulda tanıdığım kimse yoktu. Güvendiğim bir tek telefonum vardı. Nerede vakit geçirecektim, ne yapacaktım? Annemleri arayıp haber vermeliydim belki de ama istemiyordum, binlerce soru cevaplamak istemiyordum. Telefonu kaldırdığım gibi uçak moduna aldım ve dışarıdan gelen aramalara kapatıp sadece internetini açtım. Koridorda ağır ağır ilerleyerek kendimi kızlar tuvaletine atıp boş kabinlerden birine girdim. Klozetin kapağını kapatıp üstüne oturdum, kulağıma kulaklıklarımı taktım; dizlerimi yukarı doğru çekerek başımı dizlerime yasladım. Bu şekilde saatlerce durabilirdim ve aslına bakarsanız durdum da. Saatlerce, klozetin üstünde oturup müzik dinleyerek burada böylece bekledim. Bir ara uyuyakaldığımı hatırlıyorum. Ne kadar uyuduğumu bilmiyorum ama rüyamı bile hatırlamayacak kadar derin uyudum.

Tuvaletin içi havasız gelmeye başlayınca çantamı almak ve dışarı çıkmak için ayağa kalkmıştım ki bir an çantamın yanımda olmadığını fark ettim. Şok içinde tuvalette kendi etrafımda dönüp bir kez daha bakındığım sırada durum aklıma geldi. Çantamı bir geri zekâlı gibi sınıfta bırakmıştım, anında tuvaletten çıktım. Aynada kendi yansımamı gördüğümde, üstümü başımı düzeltmem gerektiğini fark ettim. Elimi saçıma götürdüğüm sırada gözüm önce tuvalet camına kaydı, dışarısı karanlıktı. Saat yediyi geçmiş olmalıydı. Gözlerimi tekrar aynaya çevirdiğimde birdenbire tuvaletin ışıkları bir kez gitti geldi. Kaşlarımı çatarak bir adım attım.

"Kimse var mı?" diye seslendim kabinlere doğru. Ses çıkmayınca tekrar aynaya dönüyordum ki bu sefer ışıklar tamamen gitti. Olduğum yerde sıçradım korkuyla.

"Kimse yok mu?" diyerek kapıya yöneldim. Ellerimle tutunarak, tuvaletin kapısını açtım ve dışarı çıktım. Koridor karanlıktı; aslına bakarsanız şu an okulun içi tamamen karanlıktı. Düşmemeye dikkat ederek ağır ağır yürürken, nereye gittiğimin farkında bile değildim. İlerledim, koridorun sonuna ulaştığımda karşıdaki camdan cadde ışıklarının az da olsa içeri vurduğunu fark ederek başımı diğer koridora doğru uzattım.

O an garip bir şey oldu.

Gözlerimi kırpıştırdım, sıkıca kapattım ve tekrar açtım. Gördüğüm şeyin gerçek olmadığına, yanıldığıma emindim ve bu yüzden sakindim, sakin olmalıydım... Aman Tanrım... Sakin kalamazdım. Gözlerimi tekrar kapattım, ellerimle iyice ovup açtım. Oradaydı... hâlâ oradaydı... yerde; kanlar içinde yatan sarı saçlı, uzun boylu zayıf bir kız vardı. Şok içinde oraya doğru bir adım attığım sırada, birinin beni arkamdan yakaladığını fark ettiğim an, ağzımdan büyük bir çığlık bırakıyordum ki bir el ağzıma kapandı.

"Sakın!" dedi elin sahibi. Gözlerim kocaman açılmış, ela gözlerin ardındaki sis bulutunu görmeye çalışırken ellerinden kurtulmaya çalışıyordum. Ela gözlerin sahibi ise beni bırakmaya niyetli değildi, öyle güçlüydü ki kıpırdayamıyordum. Bana gözleriyle emreder gibi bakıyordu.

"Sesini çıkarmayacaksın," diye fısıldadı. Korkuyla tir tir titreyerek ona baktığım sırada, başını sağa ve hemen sonra ağır ağır sola salladı.

"Ağzını açacağım ama sesini çıkarmayacaksın." Başımı salladım korkuyla. Gözlerini dikmiş bana bakıyordu. Elini ağır ağır elimden çekti gözlerini gözlerimden ayırmadan. Ağzımı açtığı anda ufak bir çığlıkla koridorun soluna doğru koşuyordum ki beni tekrar tutup, ağzımı bir kez daha kapattı. Tanrım... Katil oydu... Cinayeti görmüştüm! Katil oydu!

"Sen laftan anlamaz mısın?" Eliyle ağzıma beni öldürmek istermişçesine baskı yaparken diğer eli de kolumu sıkmakla meşguldü. Beni de öldürmek üzereydi. Kolları arasında yaralı bir kuş gibi çırpınıyordum. Telaştan, mantıklı tek bir düşünce bile geçmiyordu aklımın ucundan. Keşke Franz Kafka'nın Dönüşüm kitabını okusaydım da öyle ölseydim! Onu okumadan ölmek istemiyordum.

"Sus," diye fısıldadı, "kes sesini." Haklıydım, katil oydu. Hayatım buraya kadardı. Ölümümü böyle hayal etmemiştim; ölümüm denizde olsun isterdim, okulumda değil, en nefret ettiğim yerde değil.

"Aferin, işte böyle." Ben ölümüme odaklanıp sakinleştiğimde, durumu onayladığını fark ettim. Minik bir bebeğe tuvalet alışkanlığı kazandırır gibi sabırla baktı yüzüme; iyice sakinleşmemi bekliyordu. Kolumdaki eli gevşemişti, gerçi kaçmaya kalksam yine sertleşecekti ama kaçmayacak, öleceksem ölecektim.

"Şimdi, ağzını açacağım ve konuşacağız." Önerisi beni güldürecek nitelikteydi ama böyle bir anda gülecek değildim. Başımı salladım.

"Aferin," dedi bir kez daha. Eli yavaş yavaş ağzımdan çekildiği an yüzüne tükürerek.

"Onu öldürdün!" diye haykırdım. Karşımda kaya gibi sert duruyor, yüzündeki tükürüğümü bile silmiyordu. Cidden bir gariplik vardı. Kimin yüzüne tükürseniz yapacağı ilk iş tükürüğü silmek olurdu ama bu çocuğun umurunda bile değildi.

"Sen aptal mısın?" Sorusunu hiç hoş bulmayarak kaşlarımı havaya kaldırdım.

"Sen... Sen onu öldürdün..." diye yineledim bir kez daha. Taşlaşmış gözleri milim kıpırdamıyordu. Ellerini duvara, iki yanıma dayadı ve yüzüme onaylamazca baktı.

"Sence onu öldürsem ve buna şahit olduğunu görsem, anında seni de öldürmez miydim? Bir katil konuşmaya çalışmaz. Bunu tahmin edemeyecek kadar korkmuşsun, şu haline bak korkudan öleceksin." Yutkundum, gözlerimi kaçırıp karşı camdan yansımamı görmeye çalıştım. Karşımdaki çocuğun uzun boyundan kendimi göremiyordum bile. Ama ne halde olduğumu tahmin edebiliyordum; tir tir titreyen, iki büklüm kalmış, kahverengi saçlı, zayıf bir salaktım şu an.

"Evet, şimdi susacak mısın?"

"Susmayacağım! Sen ne tür bir aptalsın?" Tek gözünü kapatıp anlam vermeye çalışır gibi baktı bana.

"Aptal... Güzel kelime! Ama arkadaşlarım bana Onur der."

"Memnun oldum, gerçekten şu an tek ihtiyacım adını öğrenmekti!"

"Şimdi kapa çeneni. Bak... Bu cesedi birlikte gördük aynı anda ve olayın üstünü birlikte kapatacağız," dedi.

"Nasıl bir psikopatsın sen? Şu anda bir ölüyle birlikteyiz... Bir cinayet işlenmiş. Nasıl bu kadar soğukkanlı olabiliyorsun!" Burnunu çekti bir kez daha.

"Ben ölülerle aynı ortamda bulunmayı çocukluğumda öğrendim. Ölü annemle yedi saat aynı evde kalmak zorunda olduğum gün." Boğazıma bir şey takılı kalmış gibi yutkunmaya çalıştım ama olmadı. Bu gerçek olabilir miydi? Gözlerimi gözlerine dikerek, gözlerinde bir kanıt aradım. Ela gözleri sert ve duygudan yoksundu.

İçimden bir ses, bunları yaşamış bir insan bu kadar sert olamaz derken diğer bir ses, asıl bunları yaşamış bir insan kendini taşa çevirir diye bas bas bağırıyordu.

"Ben... üzgünüm. Yani... başın sağ olsun..." diye gevelediğim sırada sırıtmaya başladığını gördüm. Yüzüme sırıtarak uzun uzun, rahatsız edici bakışlar attı.

"Başım mı sağ olsun!" diye mırıldandı dalga geçer gibi, "Aklının yarısı biraz ötemizde duran şu cesette, şimdi diğer yarısı geçmişimi sorguluyor, değil mi? Üzgünmüş... Üzgün olman hiçbir şeyi değiştirmez, bu kadar zayıf olma." Onu üstümden yavaşça itmeye çalışıyordum ki kaşları havaya kalktı.

"Çekil, gerçekten ölüp ölmediğine bakmak istiyorum." Önümden çekildiği an şaşkınlıkla baktım yüzüne, çekilmesini beklemiyordum.

"Yiyorsa git bak," diye mırıldandı, "ama çabuk ol, sonra konuşacağız." Aynı cümleyi ikinci kez kuruyordu ve bu artık sinirlerimi bozmaya başlamıştı. Omuz silkerek yerde yatan kıza doğru bir adım attım sanki bir şey yapabilecekmişim gibi. Yapamazdım, haklıydı. Sandığınız gibi kolay değildi; yerde öylece kanlar içinde yatıyordu ve suratı bembeyazdı. Yanına gidip nabzını kontrol etmek benim için imkânsızdı. Yutkundum, dikkatlice Onur denen şu çocuğa doğru döndüm. Beni izliyordu; bilmiş bir ifade vardı yüzünde.

"Tamam, konuşalım." Haklı çıktığı için gururlu görünüyordu. Başını salladı.

"Kimse bilmeyecek," diye açıkladı kısaca; "sadece okul müdürüne söyleyeceğiz ve cinayet haberi yayılmayacak."

"Neden?(!)" dedim merakla itiraz eder gibi. Bence herkes bilmeliydi.

"Çünkü okul müdürü benim babam, tamam mı?" deyince, şok içinde baktım yüzüne. Okul müdürünün oğlu muydu bu çocuk! Okul müdürünün oğluyla birlikte, okulda işlenmiş bir cinayete tanık olmuştum! Tanrım... Neler oluyordu?(!)

"Kaos yaratmak istemeyiz," diye devam etti, "öğrenilmesi felakete sebep olur. Sadece ikimiz bileceğiz, sen ve ben, anladın mı? Eğer bir başkasının ağzından bu olayla ilgili tek bir kelime duyarsam, bunu senden bilirim ve..."

"Hassiktir!" Onur'un sözünü kesen tanımadığım erkek sesini duyduğum anda şok içinde korkuyla yerimde sıçradım. Elimi Onur'un koluna götürdüm, ikimizin de bakışları koridorun sağına, bizim hemen yanımıza yönelince, tanımadığım iki erkeğin cesede doğru şaşırarak baktıklarını gördüm. Bakışlarımı Onur'a çevirdiğimdeyse; yüzünde korku değil küfür dolu bir ifade vardı.

"Size şu siktiğimin okulunda bir kere de peşimden gelmeyin demiştim," dedi sıkıntıyla Onur, demek ki tanıyordu. Şu an durum o kadar garipti ki korkunun yarattığı saflık geçtiğinde sinir krizi geçirecektim. Yanımızda bir ceset vardı ve ikimiz arasında kalacak dediğimiz sırada Onur'un iki arkadaşı daha öğrenmişti.

"Hassiktir abi hassiktir!" dedi çocuklardan biri; şu simsiyah saçlı olan. Onur bana döndü.

"Burak ve Mert, arkadaşlarım." Yutkundum, çocuklar gözlerini sarışın kızın ölü bedeninden ayıramıyorlardı. Onur onlara doğru dönerek derin bir nefes aldı.

"Kendinize gelin. Yarım saattir başındayım, kıpırdanma yok, yaşam belirtisi yok. Kız öldü, yapılacak hiçbir şey yok. Bakın, bunu tekrarlamayacağım. Bu olay sır olarak kalacak. Şu an okulun içinde bir katil var, eğer bu yayılırsa okulda kaos çıkar ve bu durum okulun sonu olur. Şimdi beni dinleyin. Hepimiz burada kalıp dikkatli bir şekilde sessizce hayatımıza devam edeceğiz," dedi. O an kafama dank etti her şey. Hassiktir, diye düşündüm Burak gibi. Hassiktir... Okulda bir katil var! Cesetten öte, bir katil var!

"Abi sen delirdin mi?(!) Herkese yaymak zorundayız, bu lanet yerden kaçmak zorundayız!" Mert, içimden geçenleri söyledi resmen. Burada kalamazdık, bir katil, bir ceset ve bir hasta vardı bu okulun içinde.

Biz... Bir felaketin ortasındaydık.

"Kaçmak yok, beni dinleyeceksiniz. Bu işte birlikteyiz ve ayrılmayacağız. Katil bulunacaksa biz buluruz. Kimseye anlatmak ve hiçbir yere gitmek yok. Her şey düzelene kadar buradayız ve yan yanayız. Anlaşıldı mı? Mert? Burak? Yeni kız?"

"Zeynep..." diye fısıldadım ismimi durumun yarattığı darbeyle.

"Anlaşıldı mı?" diye tekrarladı yüzüme bakarak.

Donuk bir yüzle bakarken yüzüne, cevap verebilecek halde değildim. Şu an yere çömelip hüngür hüngür ağlamak, sonra da üzüntüden ölmek istiyordum. Bunlar başıma geliyor olamazdı, ben bunları yaşıyor olamazdım. Ama yaşıyordum, buradaydım ve bunları yaşıyordum. Daha önce adını bile bilmediğim üç çocukla aynı kaderi paylaşıyordum. Dahası, biz artık bir takımdık.

"Anlaşıldı."

2. Bölüm

Bu İşte Birlikteyiz!

Yaklaş ama dokunma...

Yaklaşık yarım saattir burada durmuş sarışın kızın ölü bedenine bakıyoruz. Kimseden çıt çıkmıyor. Onur gayet rahat, sakin, hatta ilgilenmiyor bile. Burak ve Mert kızın başında yüzlerindeki kahrolmuşluk ifadesiyle olayı atlatmaya çalışıyorlar. Ben de uzaktan uzağa onları izliyorum. Tüm bunlar nasıl oldu bilmiyorum, anlayamıyorum da. Gittiğim her yerde bu tür olayların nasıl gerçekleştiğini aklım almıyor! Geçen hafta hastaneye gittiğimde bindiğim asansör bozuldu, üç gün önce girdiğim markette içeri adım attığım an elektrikler gitti, dün anneanneme gittim ve kadın birden bayıldı kaldı. Alerji krizi dediler ama yine de benim yüzümden olduğunu düşünüyorum. Çünkü ben, Zeynep Akay, bir felaket mıknatısıyım. Okula geldiğim ilk gün okulun karantinaya alınmasına ve içeride bir cinayet işlenmesine şaşmamalı.

"Zavallı kız..." diye mırıldandım derin bir nefes alarak kıza doğru. Hüzünlü gözlerle kıza gerçekten acıyarak baktığım sırada, Onur'un onaylamazcasına başını sallayıp dalga geçer gibi güldüğünü gördüm. Bu çocuk hiçbir şeye üzülmez miydi? Sinirle ona bakınca duruşunu dikleştirdi ve tek kaşını havaya kaldırdı söyleyeceğim şeylere hazırlıklıymış ve asla etkilenmeyecekmiş gibi.

"Üzülmüyor musun?" Tek sorum buydu, bunu bilmek istiyordum. Gencecik bir kız ölmüştü ve üzülmüyor muydu? Nasıl bu kadar umursamaz, nasıl bu kadar rahat olurdu? Tamam, eğer söylediği gibi annesinin ölümünde yedi saat onunla tek başına aynı evde kalmak zorunda kaldıysa... Anlayabilirdim üzülmemesini ve bu kadar çabuk atlatmasını. Ama dalga geçiyor gibi görünmesini anlayamıyordum.

"Hayır," dedi tekdüze bir sesle. Bakışları ters bir şey söylememi ister gibiydi, olay çıkarmak istiyordu, biliyordum.

"Üzülmemeni anlayabilirim," diye mırıldandım onu ters köşeye yatırarak, "ama dalga geçmeni anlayamıyorum." Kaşlarını havaya kaldırarak; kollarını bilmiş bir edayla göğsünde birleştirip boğazını temizledi.

"Öyle mi? Üzülmememi anlayabilir misin? Gerçekten mi? Nasıl anlıyorsun, anlatsana biraz, gerçekten çok merak ettim. O muhteşem analizlerini bizimle de paylaş. Burak, Mert! Buraya gelin, bu arkadaş bize bir şeyler anlatacak." Burak ve Mert'e doğru seslendiği sırada kaşlarımı çattım anlam vermeye çalışarak. Ne yapmaya çalıştığı hakkında hiçbir fikrim yoktu. Ama o an kendimi kötü hissediyordum, çünkü tavırları beni inanılmaz derecede kötü etkilemişti. Yerin dibine girmek istiyordum. Ama o ne kadar kötü hissettirdiğinin farkında bile değildi.

Burak ve Mert kızı bırakıp ağır adımlarla kaşları çatık bir şekilde yanımıza geldiklerinde gözlerim Onur'un üstündeydi. Bana, *göster amcalara pipini* der gibi bakıyordu ve eğlendiği belliydi. Ne kadar kırıcı olduğunu anlayabilseydi yine böyle yapar mıydı? Yapardı, kırmak umurunda değildi, ela gözlerindeki acımasızlık bunu anlatıyordu.

"Abi ne oldu yine?" diye sordu Burak, kumral olan. Kömür kadar siyah saçlı Mert'se bir cevap bekler gibi Onur'a bakıyordu sadece. Onur'un eğlenen bakışlarıysa benim üzerimdeydi.

"Bana sormayın, o anlatacak. Kıza üzülmememi anlayabiliyormuş. Ben de geniş psikoloji bilgilerinden faydalanalım istedim. Olayı sıfır-üç yaş arası travmalarıma bağlayacak, izleyin." Sinirle baktım yüzüne. Burak gülerken Mert, gayet ciddi bir ifadeyle bakıyordu bana. Onur'a doğru bir adım attım ve başımı kaldırdım. Boyu öyle uzundu ki gözlerine bakabilmem için üst üste iki sandalye koyup onların üstüne çıkmam gerekiyordu. İhtiyacımı anlar gibi bana doğru eğildi ve yüzüme bakmaya başladı.

"Annen öldüğü için," dedim bastıra bastıra, "artık ölüm görünce üzülmüyorsun."

O an gözlerinde ve yüzündeki ifadede ufak bir oynama gördüm. Sertti, soğuktu, acımasızdı ama içinde bir yerlerde üzülüyordu. Şu an, içinde üzülen o ufacık nokta hareket halindeydi ve ben bunu oynayan çene kasından anlamıştım. *İnkâr etme sert çocuk, senin de üzüldüğün şeyler var.*

"Aferin." Gözlerini gözlerimden ayırmadan tek nefeste konuştu. "Ama bu psikolojik bir bilgi olmadı Külkedisi, daha çok hayal gücünü konuşturdun." Bana göz kırptığı an o kadar sinirli hissediyordum ki yedi saniye kadar sadece yüzüne baktım ve sola doğru dönüp hızlı adımlarla koridora yöneldim. Daha fazla yanlarında durup ezilmek istemiyordum. Üçüncü adımımı atmaya kalktığım an, bir el sıkıca tuttu kolumu. Kim olduğuna bile bakmadan kendimi kurtarmaya çalıştım ama gidebilmemin imkânı yoktu. Öyle sert tutuyordu ki kolumda beş parmak izi çıkacaktı. Sinirle bir kez daha kendimi geri çektiğim an, birden beni öyle sert çekti ki sırtım duvara yapıştığı gibi kendimi Onur'un iki santim önünde, kollarının yarattığı hapishanenin altında buldum. Sinirle bakıyordu yüzüme.

"Tüm bu olanlardan sonra," diye fısıldadı sinirle, "gitmene izin vereceğimi mi sanıyorsun?" Kendimi ondan kurtarmaya çalışıyordum ama kıpırdayamıyordum bile, her yanımı sarmış gibiydi sanki. Kendi bedenim içinde öylece kıpırdanıp duruyordum sadece.

"Gitmek istiyorum."

Tek kaşı havaya kalktı. "Ben kalmanı istiyorum," diyerek Burak ve Mert'e döndü. "Kimin istediği olur beyler, bahisleri alalım?" dedi. Burak ve Mert sıkıntıyla birbirlerine baktıklarında ilk adımı atan Mert oldu. Onur'a doğru ilerleyerek elini, koluna koydu.

"Bırak onunla ben konuşayım, kız zaten kötü bir gün geçiriyor," dedi. Mert'e teşekkür eder gibi baktığım sırada Onur'un sert, donuk ve öfkeli bakışları üzerimdeydi. Bu çocuğun derdi neydi? Bu tavırlarının hiçbir mantıklı açıklaması olmadığı gibi bunu ona söyleme imkânım da yoktu. Büyük ihtimalle beni tuttuğu gibi duvara yapıştırır ve ölü sayısı ikiye çıkardı.

"Hepimiz kötü bir gün geçiriyoruz, bu kadar zayıf olması onun hatası," diyerek tek kolunu indirdi ve geçebileceğim bir kapı açmış oldu bana. Gözlerine baktım titrek bakışlarla, geçsem kızar mıydı? Ben bu kadar korkak değildim ama şu an bu çocukla ilgili garip bir korku vardı içimde, sanki yanlış bir korku. Geçip geçmememe izin veriyor mu diye gözlerine baktığımda birden kaşlarını inanamıyormuş gibi çatarak, dudağının kenarını hafifçe kıvırdı.

"Benden korkuyorsun..." diye fısıldadı, "benden korkuyor musun?" Psikopatın tekiyle karşı karşıyaydım. Bakışlarımı yere indirdim ve dikkatlice geçtim kolunu indirdiği yerden. Önünden geçerken dikkatlice ve gülerek yüzüme bakıyordu. Alanından çıktığımda, Mert eliyle camın önünü gösterdi bana. Camın önüne doğru ilerledim, Mert de peşimden geliyordu. Birlikte camın önünde durduğumuzda yüzüme mahcup bir ifadeyle bakıyordu.

"Onur'u takma." Yüzüm düşmüş, moralim bozuk bir edayla omuz silktim.

"Takmıyorum... Sadece... Bana kötü davranıyor, sen de farkındasın." Başını sallayarak Onur'a baktı sanki ondan gelecek bir işareti bekliyormuş gibi. Başımı fark ettirmeden çevirdiğimde; Onur'un duvara yaslanmış, kollarını göğsünde birleştirmiş, başını dikleştirmiş sert bir ifadeyle bize baktığını gördüm.

"Farkındayım, ama Onur kötü bir çocuk değildir. Sadece senin de dediğin gibi, annesinin ölümünden dolayı hiçbir şeyden etkilenmiyor, üzülmüyor, her şey çok basit geliyor ona. İnsanların güçsüz olmasını kaldıramıyor. Gözlerinin önünde bir ölü var ve umurunda değil. Çünkü çocukluğunda annesinin ölüsü başında yedi saat boyunca kalmış bir insan için daha kötü ne olabilir ki? Yaşayabileceği en kötü olayı yaşadı ve artık hiçbir şeye üzülemez... Birini çok zor kabullenir. Şimdi sen bu olaydan dolayı bir süre bizim yanımızda olmak zorundasın ve seni zor kabullenecek, çünkü kaybetme korkusu var. Birini hayatına alırsa onu da kaybedeceğinden korkuyor. Biz onun çocukluk arkadaşlarıyız, bu yüzden bizimle arkadaş. Eğer o olaydan sonra tanışsaydık biz de arkadaşı olamazdık. Ve son olarak, bu cinayet olayı onun için çok önemli. Şu an ne yapmamız gerektiğini düşündüğü için burada bekliyoruz, adımlarını dikkatli atmak istiyor. Bu okul, babasına dedesinden yadigâr. Okulun adından da anlarsın, onların soyadını taşıyor. Zorlu Kolejleri... Babası bu okulu kaybederse çok kötü olur, adamı toparlayamayız. Bu yüzden kimse bilmeyecek, anladın mı? Belki babasına bile söylememeliyiz. Sadece biz dördümüz... Şu an Onur bunun kararını vermeye çalışıyor. Lütfen seni üzmesine izin verme ve ne yaparsa yapsın üzülmemeye çalış. Çünkü seni üzmek için yapmıyor, buna emin ol. O taş kalpli değil, içinde güzel bir kalp var Onur'un. Sadece o bunun farkında değil, o kadar anladın mı?"

Başımı salladım. Duyduklarımdan o kadar etkilenmiştim ki derin bir iç çektim. Çok mantıklıydı. Annesinin ölümüne şahit olmuş birinden başka bir olaya üzülmesini bekleyemezdik. Acının en büyüğünü yaşamıştı. Her ne kadar bu durumla dalga geçmesi ve bana kötü davranması affedebileceğim şeyler olmasa da alınmamalı, kabullenmeliydim.

Zorlu. Demek soyadı buydu. Onur Zorlu.

"Anladım. Bana bunları açıkladığın için teşekkürler." Mert gülümseyerek baktı yüzüme, anlayışla.

"Önemli değil, hadi gel yanlarına gidelim. Bu arada, Onur sinirlendiği zaman duymak istemeyeceğin küfürler edebilir. Aslında üçümüz de öyleyiz. Ama onun kelimeleri biraz daha rahatsız edicidir, takma kafana." Başımı salladım, birlikte Burak ve Onur'un oldukları yere doğru ilerledik. Ölen kızın başında bekliyorlardı ama Onur'un bakışları bizim üzerimizdeydi ya da sadece benim. Yanlarında durduğumuzda Burak bize döndü.

"Kızı saklayacağız," diye açıkladı. Demek ki Onur, olaydan babasının haberdar olmaması gerektiğine karar vermişti. Belki de haklıydı, babasının haberi olsa bile ne yapılabilirdi? Adamı üzmekten başka bir işe yaramazdı bu durum.

"Nasıl ve nereye? Karanlıktan hiçbir yeri göremiyoruz ki." Mert'in sorusuyla birlikte merakla Onur'a baktım. Düşünceli bir şekilde bir yerde yatan kıza, bir bana baktı. Aklına bir fikir gelmiş gibi bakıyordu yüzüme. Kaşlarımı çattım.

"Ne!" dedim. "Neden bana öyle bakıyorsun?" Cebinden telefonunu çıkardı ve ekranını açtı.

"Telefonunu çıkar," diye emretti. Anlam vermek için Mert'e döndüm, onaylar gibi başını salladı. Tekrar Onur'a baktığımda tahammülsüzce yüzüme bakıyordu.

"Ne yapacaksın telefonumla?" Gözlerini devirdi ve elini uzatıp montumun cebine daldırdığı gibi telefonumu birdenbire alınca şok içinde bakakaldım! Bu ne terbiyesizlikti! Ağzım bir karış açık, anında bir adımda dibinde bittim ve ne yaptığına baktım.

"Korkma, sevgiline mesaj atacak değilim." Yüzü oldukça sert görünüyordu. Ekrana baktığımda uygulama marketine girdiğini gördüm.

"Mesaj oradan atılmıyor zaten," dedim dalga geçer gibi. Birden durdu, başını kaldırdı ve tek kaşı havada, yüzünde **"sen-benimle-dalga-geçtiğini-mi-sanıyorsun?"** der gibi bir ifadeyle yüzüme baktı. Sonra intikam almak ister gibi başını eğdi ve telefonun uygulama marketinden çıkıp whatsappa girdi birden. Şok içinde telefonu elinden almaya çalışıyordum ki telefonu ulaşamayacağım kadar yukarı kaldırdı.

"Ver telefonumu! Çık oradan!" diye bağırdığımda, gözleri kısık whatsapp ekranındaki isimlere bakıyordu.

"Hmm," diye mırıldandı, "Batuhan'a mı yazsam, yoksa Ömer'e mi? Hangisi sevgilin?" Şok içinde baktım ona. Onlar benim ilkokul arkadaşlarımdı, yazarsa ben biterdim!

"Eğer öyle bir şey yaparsan..." dedim ama tehdit bulamadığım için öylece kaldım. Gülerek yüzüme baktı.

"Ne yaparsın?" dediğinde, ani bir cesaretle diğer elindeki telefonunu kaptığım gibi üstündeki mesaj işaretine tıkladım.

"Ben de sana aynısını yaparım!" Gözlerini devirdi, umursamıyormuş gibi görünüyordu.

"Yap. Selin'e yaz mesela, sonra Hilal'e, Banu'ya da mutlaka yazmalısın. Elif de var mesela... Kafana göre takıl, keyfine bak. Ben de Batuhan'a yazacağım, hadi kolay gelsin."

Kendimi, kendi kaleme gol atmış gibi hissettim o an, yenilmiştim! Telefonum elindeydi ve yaptığım hamle işe yaramamıştı. Aptal ben, geri zekâlı ben, şimdi ne yapabilirdim, yalvarsa mıydım? Burak ve Mert öylece kendi aralarında gülüşüyorlardı. Onur telefonuma doğru uzanıp ekranda bir şeylere tıklayınca dibine kadar girip başımı kaldırdım ve ne yaptığını görmeye çalıştım. Ciddi ciddi Batuhan'la konuşmalarımızın olduğu sayfaya girmişti.

"İyi geceler Batu, inan bana yarın güzel bir gün olacak." Taklidimi yaparak Batuhan'a yazdığım son mesajı okudu ve bir de gülüyordu, sinirden ağlamak üzereydim! Birden bana döndü ve şüpheyle yüzüme baktı.

"Sen bu elemana yürüyor musun?" Şimdi delirecektim, bu çocuk beni delirtmek için mi dünyaya gelmişti? Olaya bakın! Yanımızda bir kız öldü ve çocuk benimle uğraşıyor!

"Hayır, telefonumu ver!" Başını salladı yapmacık bir inanışla.

"Yürüyorsun. Ama ben sana söyleyeyim, bu elemandan sana bir hayır gelmez, uzak dur." Gözlerimi devirdim ve derin bir nefes aldım. Kendini ne, ya da kim sanıyordu, bunu bana söylemesi gereken kişi o muydu? Tanımadığı bir insan hakkında bu kadar rahat yorum yapabilmesi de ona özgü bir problemdi sanırım. Çok ilginçti. Gerçekten çok ilginçti.

"Onu tanımıyorsun," dedim anında.

"Şu son konuşmanızdan bile anlaşılıyor. Çocuk piç!" Sinirle baktım yüzüne, şeytan diyordu ki karnına bir tekme geçir kaç! Ama şeytan bilmiyordu ki karşımdaki çocuk tek hareketiyle beni duvara yapıştırabilirdi.

"Batuhan gayet iyidir." Bu kadar sinirlenip, söyleyebileceğim şeyin tek bu olması bana dokunuyordu. Bana doğru eğildi, acır gibi baktı yüzüme.

"İnsanlar hakkında her şeyi bildiğini sanıyorsun, değil mi?" diye fısıldadı. "Hiçbir şey bilmiyorsun."

Yutkundum. Şu an öyle yakındık ki kendimi *Papatyalara Dokunmak* dizisinde gibi hissediyordum. *Yaklaş ama dokunma...* Kendimi biraz geri çektiğimde telefonumu indirdi. Tereddütle ekrana baktığımda whatsapptan çıkıp tekrar uygulama marketine girdiğini gördüğümde derin bir nefes aldım. Kimseye mesaj bile atmayacaktı, amacı telefona el feneri özelliğini indirmekti. Ben onu izlerken öyle de yaptı. El feneri özelliğini telefona indirdi, ışığı açtı ve telefonumu elime tutuşturdu.

"Benimki nerede?" diye sorunca telefonunu cebimden çıkardım. Telefonunun cebimde olduğunu görünce kendi kendine güldü.

"Telefonumu cebe atmış..." diye söylenerek telefonunu aldı ve aynı programı kendi telefonundan da açıp iki telefonu da iki ayrı elime tutuşturdu.

"Biz kızı taşıyacağız, sen bize ışık tutacaksın," diye açıkladı, başımı salladım. İki telefondan ayrı ayrı çıkan ışık koridoru fazlasıyla aydınlatıyordu. Burak ve Mert eğilip kızın birer kolunu tuttular, Onur da kızın bacaklarını kavradı ve birlikte kızı kaldırdılar.

Ben arkadan onlara ışık tutarken, koridorda birlikte ilerledik. Nereye gittiğimizi bilmiyordum, zaten okulda neresi neredедir onu da bilmiyordum. Ama yangın merdivenlerine yöneldiklerini görebiliyordum. Onur ayağıyla iterek açtı yangın merdiveninin kapısını. Tam o sırada yangın merdiveninin içinden iki kız sesi gelince, anında dışarı çıktığımız gibi kapıyı serbest bıraktık. Onur düşünceli bir şekilde diğer merdivenlere baktı.

"Oradan da geçsek biriyle karşılaşabiliriz. Yangın merdiveninin içinde de iki geri zekâlı oturmuş sohbet ediyor. Başka geçebileceğimiz bir yer yok, yukarı çıkmak zorundayız," derken bakışları yine bana yöneldi.

"Ne," dedim bir kez daha, "ne istiyorsun?(!)" Başıyla yangın merdivenini işaret etti.

"Kızları oradan çıkaracaksın," dediğinde, şok içinde baktım yüzüne.

"Bunu nasıl yapabilirim, delirdin mi?(!)"

"Evet delirdim! Kızım ne var bunda? Alt tarafı gidip burada oturmayın diyeceksin." Gözlerimi devirerek baktım yüzüne, sıkıntıyla nefes verdim ve elimdeki telefonları gösterdim.

"Bunlar ne olacak?"

"Onları da yanında götür, otuz saniye içinde hallet ve buraya gel, uzamasın vaktimiz yok." Sinirle baktım, bir de emir veriyordu. Öfkeyle kapıyı açtım.

"Emredersiniz Onur Bey," diyerek merdivenlere yöneldim. Sesler alttan geliyordu, alt kata doğru ilerledim ve basamakların birinde oturan iki kız gördüm. Elimdeki ışıkları onlara doğru tutunca korkuyla ayağa kalktılar,

"Kızlar, burada oturmanız yasak. Beni müdür görevlendirdi, yangın merdivenine giriş-çıkışlar yasaklandı." Kızlar başlarını sallayarak merdivenden kalktılar ve çıkış için benim girdiğim üstteki kapıya yöneldiler. **HASSİKTİR!** diye bağırmak istedim o an! O kapının önünde Onur, Burak, Mert ve ölü kız bekliyordu, oraya gidemezlerdi! Ama ne yapabilirdim?(!) Anında koştum ve önlerine geçtim.

"Eee... O kapıdan... O kapıya... Oradan geçmemelisiniz... Çünkü yerleri yeni sildim, yerler çok kaygan! Alt katın kapısından çıkın!

"Ama..." Kızlardan biri itiraz edecek gibi olunca anında sözünü kestim.

"Burada işimizi yapıyoruz, daha fazla zorlaştırmak yerine bir kere de emirlere uysanız nasıl olur?(!) Tamam ya, gidin, çıkın o kapıdan da kayın düşün, umurumda değil, ne yaparsanız yapın." Kızlar birbirlerine baktılar tereddütle. İçimden dua ediyordum, *Lütfen oraya gitmeyin... Lütfen... Yalvarırım...*

"Tamam, özür dileriz..." dedi kızlardan biri ve birlikte aşağı kata yöneldiler, sevinçten ağlayacaktım. Arkamı döndüğüm gibi koşarak yukarı çıktım ve kapıyı açtım, anında içeri girdiler.

"Babama söyleyeceğim, seni daimi okul nöbetçisi yapsın," diye fısıldadı Onur merdivenlere yönelirken. "Bu iş için yaratılmışsın. Kolunda nöbetçi öğrenci yazısıyla doğmadığına emin misin?" Anında gözlerimi devirdim nedense gülerek. İlk defa takdirini kazanmıştım. Onur Zorlu'nun takdirini kazanmak, zorlu bir yarışı birinci bitirmek gibiydi. Ciddi söylüyorum!

"Eminim."

Birlikte merdivenlerde ilerliyorduk. Kaç kat geçtiğimizi sayamadım. Yüksek ihtimalle en üst kata ulaşmaya çalışıyorduk. Alt katların birinden sesler gelince bir an durduk, sessizce bekledik ama sanırım sadece bir kapı açılıp kapanma sesiydi. İçeride kimse yoktu.

"Yürüyün," diye emretti Onur. Devam ettik, iki kat daha çıkmıştık ki Onur başıyla kapıyı işaret etti bana. Resmen hizmetçisi olmuştum. Kapıyı açtım ve onlar için tuttum. Merdivenden çıktıklarında peşlerinden ilerledim; bizi geniş, karanlık, tozlu bir atık eşyalar odası karşıladı.

"Burası müzik odası olacak ama şu an hazırlık halinde bile değil. Buraya kimse uğramaz," diye açıkladı Onur. Kızı köşeye kadar götürdüler ve üstü örtülü eşyaların arkasına doğru bıraktılar. Burak anında eşyalardan birinin örtüsünü kaptığı gibi kızın üzerini örttü. Sıradaki adımın ne olduğunu anlamak için çocuklara baktım.

"Şimdi," diye başladı Onur, "daha her şeyin başındayız. Kızı olduğu yerden kaldırdık, buraya getirdik, sakladık, tamam. Ama şimdi çok daha büyük bir problemimiz var. Bir katille aynı çatının altında, aynı okuldayız ve buradan çıkmamız yasak. Şimdiki adım katili bulmak. Hiçbiriniz, özellikle de sen yeni kız, yanımdan ayrılmayacaksınız. Dediğim gibi, bu işte birlikteyiz..."

"Birlikteyiz," diye tekrarladı Mert ve Burak ve anında gözler bana döndü. *Outlander*'daki Jamie'nin yemin sahnesini hatırladım. Tüm gözler üzerimde, sadakat yemini etmem bekleniyormuş gibiydi. Derin bir nefes aldım. Nasıl bir boka battığım hakkında hiçbir fikrim yoktu ama başımı dikleştirdim.

"Birlikteyiz," dedim. Birlikte bir batağın içine saplanmıştık ve biri batacaksa, batacak ilk kişi ben olacaktım, bunu hissediyordum ve umarım işler yolunda giderdi. Karantinaya alınmış bir okul, ölü bir kız ve bir katil vardı hikâyemizde... Yani işler yolunda gidecek gibi değildi. Ama en azından çabalayabilirdik, değil mi?

3. Bölüm

Bu Büyük Bir Olay.

Ne yaşamak mümkün, ne ölmek.

Hayatımızda bazı günler vardır. O günler geçip gidecektir ama etkileri hayatımızdan hiç silinmeyecektir. Her gün, istisnasız her gün belli bir zaman diliminde geçer ve hiçbir gün sonsuza kadar sürmez. Benim hayatımın geri kalanını, aklıma kazıya kazıya her anıyla etkileyecek gün, bugün. Hayatımı tamamıyla değiştirip alt üst edecek gün, bugün. Hayatıma yeni insanlar girdi, yeni olaylarla tanıştım -bir ceset görmek gibi- ve şimdi, kendimi polisiye bir romanın içinde buldum. Buradayım, tozlarla dolu bir odanın içinde, daha iki saat önce tanıdığım üç çocukla birlikte bir cesedin yanına oturmuş ne yapacağımızı konuşuyoruz. Daha doğrusu onlar konuşuyor, ben dinliyorum; çünkü hiçbir fikrim yok.

"Abi biz buraya gelirken yarısından fazlası konferans salonundaydı zaten. Geri kalan yarısının büyük kısmı kantinde. Tek tük gruplar da sınıflarına dağılmış, merdivenlerde oturanlar da var." Burak okuldaki öğrencilerin nerelerde olduklarını özetlerken gözüm Onur'a kaydı. İçinde bir yerlerde ciddi ciddi bu olayı düşündüğü belli oluyordu. Üçü de olaya çok fazla konsantre olmuşlardı. Tam macera seven erkek tipiydiler, ben yanlarında fazla 'Disney Girl' kalıyordum.

"Dörde ayrılalım, birimiz konferans salonundakileri izlesin, birimiz kantindekileri, birimiz sınıfları gezsin, birimiz de merdivenlerdekileri kontrol etsin." Mert'in önerisiyle Onur'un başı birden kalkıp bana çevrildi. Kaşları çatık ve düşünceli bir şekilde bana bakıyordu.

"Olmaz," dedi Onur başıyla beni göstererek, "onu tek bırakamayız." Şaşkınlıkla baktım yüzüne, itiraz edecektim tabii ki de.

"Neden? Herkes tek kalabiliyor da ben neden tek kalamıyorum?"

"Çünkü ben öyle istiyorum." Harika ya! Onur'un açıklamaları müthişti, fazlasıyla mantıklı ve geçerli sebepleri gözlerimi yaşartıyordu! Sinirle omuz silktim.

"Mert, sen de bir şey söylesene." Taşı Mert'e atmıştım çünkü beni destekleyecek tek insan oydu, biliyordum.

"Ben karışamam." Mert'in cevabı beni çok daha büyük bir şoka soktuğunda Onur'un hafifçe güldüğünü gördüm; hoşuna gidiyordu sanırım. Beni emri altında tutmak, onun çok hoşuna gidiyordu. Ama ben onun kuklası değildim, her istediğini yaptıramazdı bana.

"Burak?" diyerek Burak'a döndüm bu sefer de öfkeyle. Burak da ellerini havaya kaldırdı tavrını belli eder gibi.

"Kusura bakma Zeynep, seni gruba Onur aldı, o ne derse o." Öfkeyle burnumdan soluyarak tekrar Onur'a baktım, fazlasıyla eğleniyordu. Buradan üstüne atlayıp suratını dağıtmak istiyordum. Ama eğer Onur Zorlu denen bu dünya harikası sinir bozucu varlığın suratını dağıtsaydım, Tanrı karşıma geçer, **'Ben onu yaparken ne kadar uğraştım sen biliyor musun?(!)'** diyerek lanetlerdi beni eminim.

"Söyleyeceğim şeyden hoşlanmayacaksın biliyorum ama..." diyerek mırıldandıktan sonra ağır ağır ekledi: "Bu iş bitene kadar benim sözümden çıkmayacaksın." Bu çocuk kendini ne sanıyordu? Onun sözünden çıkmayacakmışım!

"Üçe ayrılacağız. Burak sen konferans salonuna git, Mert sen de merdivenlerde oturanları incele," derken anında sözünü kestim.

"Ben de Mert'le giderim, tamam." Onur yüzüme benden nefret ediyormuş gibi baktı.

"Sen benimlesin." Harika! Beni kendine saklayacağını tahmin etmeliydim. Benimle uğraşabilmek, ondan daha fazla nefret etmemi sağlayabilmek için beni onunla vakit geçirmeye zorlayacaktı. Kabul etmekten başka çarem yoktu. Gözlerimi devirdim ve sıkıntılı bir nefes vererek omuzlarımı düşürdüm.

"Burak, kolay iletişim kurabilmemiz için dördümüze özel bir whatsapp grubu açarsan iyi olur." Onur bu sefer de Burak'a emir verince, bir tepki versin diye Burak'a döndüm ama hiçbir şey yapmadı. Telefonunu çıkardı ve başını bana çevirdi.

"Numaran neydi?"

"Ver ben yazayım," diyerek telefonu elinden aldım ve rehbere girip numaramı, adımı yazarak kaydettim. Kendimi onun telefonundan çaldırdım ve telefon ekranımda çıkan numarayı da Burak diye kaydettim anında. Telefonunu Burak'a geri verdiğimde birkaç saniye grubu açmasını ve bizi gruba almasını bekledik. İşlem tamamlanınca üçümüzün telefonlarından da bildirim sesi geldi. Telefonumun ekranına baktığımda kaşlarım havaya kalktı.

Burak kişisi sizi CİNAYET isimli gruba ekledi.

"Abi sen neyin kafasını yaşıyorsun?" Onur'un sorusuyla birlikte ilk defa onun söylediği bir şeye başımı salladım ama gülmemek için çok zor tutuyordum kendimi. Üçümüz de şaşkın gözlerle Burak'a bakarken, Burak tam o sırada beklemediğimiz bir anda telefonunu bize doğru çevirdi, kendisi de bize yaklaştı ve birden flaş patladı. Fotoğrafımızı çekmişti!

"Neden yaptın bunu?(!)" diye sorguladığım sırada gülerek telefon ekranını bize çevirdi; çarpılmış gibi çıkmıştık!

"Grup fotoğrafı için. Bu saatte ve bu karanlıkta elimden bu kadar geliyor, yarın düzgün bir tane çekeriz." Ben nasıl insanların arasına düşmüştüm böyle?(!) Tamam, cinayete tanık oldum, bari benimle birlikte tanık olanlar keşke üç tane sevimli ve uyumlu kız olsaydı. Benim cinayete birlikte tanık olduğum odunlara bakın! Hayır, yani **CİNAYET** diye mesaj grubu açacak kadar ne yaşamış olabilirdik?(!) O kadar küçük o kadar toyduk ki olayın ciddiyetinin farkında bile değildik. Gelecekte dönüp geçmişe baktığımızda bir felaket içinde olduğumu anlayacağımız bir olaya şimdi bir oyun gibi bakıyorduk...

"Burak, gel kardeşim sen iyi değilsin. Gel ben seni konferans salonuna bırakayım." Mert ayağa kalkıp Burak'ı kaldırınca, otomatik olarak Onur da kalktı ve beklemediğim bir şekilde elini bana uzattı. Kaşlarım çatık bir şekilde bir ona bir eline baktım.

"Tut diye uzatıyorum, el uzatmaktan zevk aldığım için değil." Kırk yılın başında bir kibarlık yapacaktı onu da mahvediyordu. Omuz silkerek elini tutmadan ayağa kalkmaya yeltendiğim an, kalktığım gibi kalçamın üstüne düştüm. Onur yüzüme bakarak sırıtıp elini çekti ve doğruldu.

"Elimi tutma şansını kaybettin. Ayağa kalkmak istiyorsan bacağımı tutabilirsin." Öfkeyle söylenerek ona tutunmak yerine, yanımızda duran tozlu masaya tutunarak ayağa kalktım. Onur bana çocukmuşum gibi bakarken gözleriyle ellerimi işaret etti.

"Bok ettin!" Ellerim öyle berbat bir haldeydi ki tahmin edemezsiniz. Tozlar gitsin diye ellerime üfledim ama imkânı yoktu, bu şekilde temizleyemezdim.

"Tuvalete gitmemiz lazım." Tek kaşı havaya kalktı.

"Beraber mi? Benimle baş başa kalmak istiyorsan daha güzel bir yer ayarlayabilirim!" Göz kırpınca cevap bile vermeden arkamı döndüm. Kapıya doğru ilerliyordum ki kolumdan yakaladı beni.

"Bak, en nefret ettiğim şeyi yapıyorsun." Vay! Onur Zorlu da sinirlenebiliyordu demek.

"Ne yapıyormuşum?"

"Bana cevap vermeden çekip gidiyorsun."

"Tamam, bir daha her söylediğine cevap veririm Hazreti Onur!"

"Aferin, şimdi yürü, gidelim de ellerini yıka."

Benden önce merdivenlere çıkıp telefonunun ışığını yakınca peşine takıldım, birlikte hızlı hızlı indik katları. Kaçıncı katta durduğumuzu bilmiyordum ama sanırım ikinci kata geldiğimizde kapıyı açtı ve beni beklemeden dışarı çıktı. Kapı tam üstüme kapanıyordu ki ben yetişemeden o tuttu kapıyı arkadan.

"Ben her zaman yanında olamam. Ben olmadığımda ne yapacaksın, kapının arasına sıkışıp kalacak mısın?" Gözlerimi devirdim sinirle. Keşke Mert'le gitseydim, çok daha çekilir olurdu.

"Sen olmasaydın kapı üstüme o şekilde gelmezdi." Beni beklemek yerine önden ilerlerken mecburen peşinden koşturuyordum.

"Hayatını kurtardım. Teşekkür edeceğine söyleniyorsun." Şimdi cevap veresim yoktu, ne diyebilirdim ki? Cevapsız bıraksam ayrı, cevap versem ayrı bir olaydı. Neyse ki ben bir şey diyemeden o birden durdu ve kaşları çatık bir şekilde yere baktı. Başımı eğip baktığı yere baktığımda kaşlarımı çattım. Harika... Kızı kaldırıp götürdüğümüz yerdi burası ve yer kan izleriyle doluydu!

Ufak bir küfür savurarak söylendi Onur. Etrafa bakınırken başıyla tuvaleti işaret etti.

"Git içeriden burayı silebilmemiz için bir şey getir," dediğinde, dik dik baktım yüzüne.

"Niye ben getiriyorum?"

"Çünkü ben öyle istiyorum, problem mi?" Yüzüme öyle bakıyordu ki normalde onu burada sap gibi bırakıp gidecek olan ben, itiraz edemiyordum. Burnumdan aldığım nefesi yine burnumdan vererek tuvalete yöneldim. Tuvalete sinirle girip kapıyı sertçe kapattım ve önce ellerimi yıkadım. Ellerimi yıkadıktan sonra tuvaletin duvarına doğru bırakılmış kırmızı paspası aldım ve yerde sürüyerek çıktım tuvaletten. Onur kan izinin başında, biraz önce durduğu yerde beni bekliyordu. Beni görünce başını kaldırdı. Tam yanına kadar ilerledim ve paspası ona uzattım.

Paspası almak yerine bana, "Sil," diye emretti. Eh yeter ama!

"Silmem. Ben görevimi yaptım, size merdivenlerde ışık tuttum."

"Bize ışık tuttun, tarihin tozlu sayfalarına değil, abartma istersen. Şimdi sil şurayı Külkedisi."

Sinirle baktım yüzüne. Kim olduğunu sanıyordu bu çocuk? Bana nasıl emir verebilir, nasıl her işini yaptırmaya çalışabilirdi? Ciddi anlamda söylüyorum, hayatımda ilk defa birinin suratına güzel bir tekme geçirmek istiyordum ama ayağım oraya kadar ulaşamazdı.

"Senin hizmetçin değilim!"

Değilsin de görev paylaşıyoruz burada." Başımı kaldırıp anlam vermeye çalışarak taş gibi sert yüzüne baktım.

"Öyle mi, senin görevin ne?"

Başıyla beni işaret etti. "Seni katilden korumak. Sen burayı silerken ben de seni koruyor olacağım," diye cevap verdi. Gerçekten harika bir görevi vardı; çok kutsal, müthiş, göz yaşartıcı bir görev. Sinirle paspası sıkıca tuttum ve yerdeki kan izlerini silmeye başladım. Onur keyifle beni izlerken hızla yeri siliyordum. Resmen onun kölesi olmuştum. Bu iş bitince, her şey açığa kavuşunca ondan intikam alacaktım. Size yemin ediyorum, ondan intikam alacaktım.

"Şurayı silemedin." Ayağıyla kan kalmış bir köşeyi gösterince içimden tüm bildiğim küfürleri sıralayarak orayı da sildim ve hiçbir şey söylemeden arkamı dönüp paspasla birlikte tuvalete doğru ilerledim. Paspası tuvalete bırakıp çıktığımda elindeki telefonuyla ilgileniyordu. Geldiğimi anladı, ama yüzüme bakmak yerine ilerlemeye başladı. Ben de yanında ona yetişmeye çalışıyordum.

"Kantin nerede?" diye sordum. Birkaç saniye gözlerini telefonundan ayırmadığı için cevap vermedi, sonra başını kaldırdı.

"Ne?"

"Kantin nerede?" Başıyla koridorun sonunu işaret etti.

"Koridorun sonunda merdivenler var, oradan ineceğiz."

Birlikte koridorun sonuna doğru ilerledik, yaklaştıkça gürültülü insan sesi çoğalıyordu. Kantin epey kalabalık olmalıydı. Birlikte merdivenlere yöneldiğimizde, merdivenlerin tepesinden içerideki insanları görebiliyordum. Okulun yarısı buradaydı diyebilirdik. İçeriyi aydınlatmak için mumlar yakılmıştı. Merdivenlerin sonuna doğru yaklaştığımızda, Onur kantinin ortasında ayakta duran takım elbiseli bir adama seslendi.

"Kenan abi!" Adam bize doğru dönünce başımı kaldırdım. Bu adam müdür yardımcısı olmalıydı, onu kayıt esnasında da görmüştüm.

"Jeneratörlere ne oldu, neden çalışmıyor?"

"Gel Onur'um..." Adam Onur'un kolundan tutup, onu köşeye doğru çekince tek başıma kantinin ortasında kaldım. Onur başını çevirip bana baktı dikkatlice.

"Otur bir yere geliyorum. Şu masaya otur." Eliyle geniş kantindeki boş masalardan birini gösterdi. Sıkıntıyla, istemeye istemeye masaya oturdum ve telefonumu çıkardım.

CİNAYET isimli gruptan yeni bildirimleriniz var

Kendi kendime gülerek gruba tıkladım. Ben yerleri silerken konuşmuşlardı, demek Onur'un biraz önce telefonla ilgilenmesinin sebebi de buydu. Konuşmaları baştan aşağı okudum, zaten kısa bir konuşmaydı.

***Burak: Abi bu konferans salonunda bir olaylar dönüyor. Kızlardan biri ağlıyor olayı anlayacağım diye, araya girdim kız bana sarıldı; şu an bana sarılı bir şekilde ağlıyor ne yapacağımı bilmiyorum, nasıl bir olayın içine düştüm ya**

***Mert: Oğlum sen salaksın**

***Mert: Senin ne işin var ağlayan kızın yanında**

***Mert: Tabii sarılır oğlum, teselli etmeye gitmişsin**

***Mert: Küfür ettirme beni grupta kız var**

***Burak: Ya cinayetle ilgili bir şey öğrenirim diye girdim**

***Burak: Ama kız konuşmuyor sadece ağlıyor**

***Burak: Zeynep bir baksana buraya, ne yaparsam susar bu kız, sen bilirsin**

***Onur: Zeynep bakamaz işi var.**

***Burak: Ooo ne işi var :)**

***Onur: Yerleri siliyor, ne işi olacak**

***Burak: Abi kıza yerleri mi sildiriyorsun?**

***Mert: Ne olmuş yerlere?**

***Onur: Kan var**

***Onur: Silecek tabii ki**

***Onur: Ben mi silseydim**

***Burak: Evet!**

***Onur: Burak, Allah aşkına karışma**

***Onur: Git kızla ilgilen, biraz sarıl, aşk dolu sözcükler fısılda kulağına susar o**

***Mert: Evet, seni istiyorum de**

***Burak: Kız çok kötü oğlum, dalga geçmeyin**

***Burak: Susun bir, Zeynep baksın.**

***Burak: Zeynep?**

***Burak: Onur, Zeynep'e söyler misin telefonuna baksın**

***Burak: Zeynep?**

Terbiyesiz grup arkadaşlarımın saçma konuşmaları buraya kadardı. Konuşmaları okuduktan sonra çok garip bir şey hissettim. Sanki... Ne bileyim ya! Sanki o üçü çocukluk arkadaşıymış da ben de onlarla beraber büyümüşüm gibi. Kendimi onlara uzak değil, yakın hissettim. Olması gerekenden çok daha yakın hissettim. Onur'dan bile nefret etmiyordum aslında, sadece sinirlerimi bozuyordu. Telefonumu sıkıca tuttum ve cevap yazma yerine girdim.

***Zeynep: Kızı teselli et, gaza getir**

***Zeynep: Hiçbir şey için üzülmeye değmez de**

***Zeynep: Buradan çıkınca seni bir ara yemeğe çıkarayım, bana dertlerini anlat de**

***Zeynep: Kızlar dertlerini dinlemek isteyen erkeklere bayılır!**

***Zeynep: Kızlar kendilerini yemeğe çıkaran erkeklere bayılır!**

***Zeynep: Kızlar, erkeklere bayılır!...**

***Mert: Ahahahaa**

***Mert: Sen de kızsın, farkındasın di mi**

***Zeynep: Ben istisnayım, ben erkek düşmanıyım, yanlış kişiyi gruba aldınız**

***Mert: Onur kızı erkek düşmanı haline getirdin**

***Zeynep: Onun da katkısı oldu tabii**

***Zeynep: Sağ olsun**
***Burak: Oğlum işe yaradı**
***Burak: Şaka gibi, kız sustu**
***Burak: Gidip makyajımı tazeleyeceğim deyip kalktı yanımdan.**
***Burak: Ama yemeğe çıkacağız, tarih verdi**
***Mert: Ooo hayırlı olsun kardeşim**
***Zeynep: Ben şimdi sana kız mı ayarladım**
***Burak: Evet bildiğin kız ayarladın bana**
***Burak: Eğer kız iyi çıkarsa hatırlat da sana hediye alayım**
***Zeynep: Beni bu okuldan çıkar, o bana yeter**
***Burak: Çıkacağız, sabret**

Telefonu masaya bıraktığım an masanın karşısındaki sandalye çekildi. Başımı kaldırıp baktığımda Onur'un karşımdaki sandalyeye yerleştiğini gördüm. Elindeki telefonuna göz attıktan sonra bana döndü, "Burak'a kız ayarlamışsın?" deyince, başımı salladım.

"Yanlışlıkla oldu."

"İlişkilerde tecrübelisin bakıyorum da. Gerçi daha o Batuhan denen elemanı kendine ayarlayamıyorsun, onu unutmuşum..." Kollarını masaya koyup eğlenir gibi yüzüme bakınca, bön bön suratına baktım.

"Onu kendime ayarlamaya çalışmıyorum. Üstelik tecrübeli filan da değilim bu konuda."

"Eski sevgiline sormak lazım!"

"Eski sevgilim yok." Bir an donakaldı, gülüşü yüzünde soldu ve şoka girmiş gibi baktı yüzüme.

"Efendim?" Bana doğru eğildi söylediğimi duyamamış gibi.

"Yok işte. Söyledim ya, eski sevgilim yok." Yüzünü buruşturdu.

"Öldü mü?" Gözlerimi devirdim. Bunu gerçekten ciddi anlamda öyle düşündüğü için mi soruyordu, yoksa dalga mı geçiyordu benimle?

"Hayır, hiç olmadı."

"Nasıl yani?" dedi gülerek. "Senin şimdiye kadar hiç sevgilin olmadı mı?"

"Olmadı. Eğlendiysen konuyu kapatabilir miyiz?(!)"

"Hiç mi?"

"Susar mısın?(!)"

"Ta-mam!" dedi elleri havada. Ama fazlasıyla eğlendiği çok belliydi. Sinirle başımı çevirip kantini inceledim, çok fazla insan vardı ve karanlıkta bir şey anlamamız mümkün değildi. Onur da zaten insanları incelemek yerine keyifle bana bakıyordu.

"O adam sana ne dedi?" diye sordum başımla biraz önce konuştuğu adamı işaret edip.

"Elektrik kesintisi sadece bizim okulda yaşanmış. Jeneratör bile çalışmıyormuş. Hasta kızın durumu da çok ciddiymiş ve iki kişi daha aynı şikâyetle revire gitmiş. Yani olay büyüyor, buradan yarın çıkma ihtimalimiz de kalmadı. Ne kadar daha kalacağımız belli değil."

Yutkundum. Kahretsin, bir günde halledilir sanmıştım ama halledilecek gibi değildi. Kötü olaylar dönüyordu bu okulun içinde, çok kötü olaylar dönüyordu. Büyük, çok büyük bir felaketti bu... Ve biz bu olayın içinde sıkışıp kalmıştık. Bizimkisi batmak bile değildi, âdeta bataklığın içindeydik ama ne kurtulabiliyorduk ne de batıyorduk.

4. Bölüm

Buram Buram Tehlike.

Ne bir kişi eksik, ne bir kişi fazla...

Dikkat en önemli refleksidir insanın. Evet; dikkat anlık bir tepkidir ve planlanmaz. Unutmamak insanın elindedir ama dikkatli olmak, ulaşması güç bir reflekstir. İnsan bir kere dikkati yakaladı mı, ondan sonra hayatının her anını ayrıntılara dikkat etmeye mahkûm olarak geçirir. Ben reflekslerime güvenirim. Bu yüzden gözlerim kantindeki öğrencilerin üstünde. Gülüyorlar, sohbet ediyorlar, yemek yiyorlar, telefonlarıyla ilgileniyorlar. Bazıları da uyukluyor; kısaca hepsi normal görünüyor.

Onur, "Az ötedeki üç kişilik masa; üzerinde turuncu hırka olan sarışın çocuk," dediğinde, başımı o yöne çevirdim. Çocuk yanındaki iki erkek arkadaşıyla birlikte oturmuş gazete okuyordu. Birlikte gazetedeki bir haberle dalga geçtikleri çok belliydi.

"Ne olmuş ona?"

"Geçen hafta okulda kavga çıkardı, ciddi bir kavga." Bakışlarımı çocuktan ayırıp Onur'a çevirdiğimde, çocuğa değil bana baktığını gördüm.

"Eee? Bu onu katil yapar mı?" Bana doğru eğilip gözlerimin içine baktı.

"Bir kızla kavga etti. Bir kızla kavga edecek erkek sayısı oldukça azdır, o da bunlardan biri. Bir dakika beklesene..." Ben olaya odaklanmış dinliyordum ki birden masadan kalktı. Kaşlarım çatık bir şekilde onu izlemeye başladım. Birkaç adım ilerledi ve hemen önümüzdeki kızların olduğu masaya doğru eğildi. Kızlar onu görünce heyecandan ne yapacaklarını şaşırdılar. İçimdeki garip bir yenilgi hissiyle yutkundum. Ne yapmaya çalışıyordu? Birden kızlarla konuşma ihtiyacı mı hissetmişti? Ben bir kız olarak onun bu ihtiyacını karşılayamıyor muydum?

Kızlara bir şeyler söyledi, masadaki gülüşmelerden sonra kızlardan biri çantasından; küçük süslü pembe bir defter bir de pembe bir kalem çıkarıp Onur'a uzattı. Gözlerimi kıstım, telefon numarasını mı yazacaktı? Hiçbir şey yazmadı, bir şeyler daha söyledikten sonra doğruldu, elindeki pembe defter-kalem takımıyla bana doğru gelmeye başladı.

Kalemi ve renkli kalp desenli, pembe defteri masaya bıraktı. Karşıma oturup defterle kalemi önüme doğru ittirdiğinde, bir masadakilere bir ona baktım. Ne yapacaktık bunlarla, altın günü planlaması mı!

"Yaz," diye emretti. Cebrail'in getirdiği ilk vahiy sahnesini yaşıyorduk sanki!

"Ne?" Hiçbir şey anlamamıştım. Onur sıkıntıyla küçük bebeğine tuvalet alışkanlığını öğretiyormuş gibi pembe defterin boş bir sayfasını açtı, tam önüme koydu. Beklemediğim bir anda masada duran elimi eline aldı ve elime pembe kalemi tutuşturup defterin üstüne yerleştirdi. Her işini zorbalıkla yapacaktı, değil mi? Judith kitaplarından fırlamış zorba İskoç beyleri gibiydi.

"Şüpheliler defterimize merhaba de. Buraya şüphelendiklerimizi yazıp her birini tek tek sorgulayacağız" Bir deftere, bir ona baktım ve birden gülmeye başladım. Defterin açık sayfasındaki renkli kalp resimleri ve sayfanın üstünde yazan, *Love is the only way out* (Aşk tek çıkış yoludur) yazısı bu defterin romantik anılar defteri olması gerektiğini gösteriyordu. Ama biz bu defteri cinayet şüphelileri defteri yapacaktık!

Onur neye güldüğümü gayet iyi anlamıştı ama gülmek yerine yüzüme her deneyimi yaşamış bir insan edasıyla bakıyor ve susmamı bekliyordu. Gülerek kalemi sıkıca tuttum ve defterin açık sayfasının üstünde bastıra bastıra ŞÜPHELİLER yazdım. Nihayet ona döndüğümde başıyla, üç masa ötemizde oturan sarışın çocuğu işaret etti.

"Doruk Aksoy, son sınıf." Dediği ismi defterin ilk sırasına yazarak başımı kaldırdığımda bana değil, kantinin içindeki yüzlere bakıyordu tek tek. Resmen şüpheli avına çıkmıştık. Gerçi benim pek yardımım olamıyordu, çünkü kimseyi tanımıyordum. O müdürün oğlu olmasının da avantajıyla okulda olan her türlü olaydan haberdardı.

"Sinan Gürler. Okulun en problemli tipi. Geçen gün benimle tartışmaya çalıştı. En son tuvalette ağlıyordu." Başıyla işaret ettiği yere baktığımda; kantinin geniş camlarının önünde elinde kahvesiyle duran zayıf uzun boylu esmer bir tip gördüm.

"Sikik..." Onur'un ağzından fısıltı gibi çıkan bu sessiz kelimeyle birlikte kaşlarımı çatıp ona döndüm. O nasıl bir hakaretti öyle?(!)

"Ne?" Omuz silktikten sonra kaşlarıyla defteri işaret etti.

"Soru sorma, sadece beni dinle ve isimleri yaz." Onur'un garip ama ruh halini rahatlatan hakaretini aklımın bir köşesine atıp deftere söylediği ismi yazdım. Başımı tekrar kaldırdığımda Onur bu sefer de arka masamızı inceliyordu. Birkaç saniye oraya baktıktan sonra bakışları bana döndü. Yüzümü dikkatlice incelerken ben de soran gözlerle ona bakıyordum.

"Biri seni çok sinirlendirse... Ona ne yaparsın?" Sorusu karşısında irkildim. Bunu gerçekten soruyor olamazdı. Kalemi defterin üstüne bırakıp şaka yaptığını söylemesini beklemeye başladım.

"Beni mi sorguluyorsun?" Bakışları dik ve kesindi.

"Soruma cevap ver."

"Şaka yapıyorsun değil mi?" Hiç de şaka yapıyor gibi durmuyor, bu soruyu bana ciddi ciddi soruyordu. Beni onlarla bir tutuyor, onlardan biri olduğumu söylemeye çalışıyordu sanki. Gözlerimin dolduğunu hissettim. Sadece bir anlığına ondan nefret etmediğimi sanmıştım ve gerçekten bir ekip gibi hissetmiştim kendimi.

"Şaka yapmıyorum, soru sordum." Buna daha fazla tahammül edemezdim, anında masadan kalktım. Öfkeyle kantinin merdivenlerine doğru ilerliyordum ki her zaman yaptığı gibi kolumdan yakaladı beni. Kolumu sertçe çektiğim sırada kantinde bir sessizlik olduğunu fark ettim. Bütün gözler bize dönmüştü. Onur ona dönmeyeceğimi anlayınca arkamdan yavaşça yaklaştı bana. Başı omzuma doğru eğildi ve kulağıma fısıldamaya başladı,

"Masaya dön. Hemen." Omuz silktim ve tekrar kolumu ondan kurtarmaya çalıştım. Herkesin bizi izlediğini çok net görebiliyordum. Ve içimden bir ses masaya dönmemi fısıldayıp duruyordu. Çünkü eğer biraz daha bu şekilde durursak, birileri müdahale etmeye çalışacaktı.

"Bırak gideyim," dedim dişlerimin arasından, "ne bekliyordun, beni suçladıktan sonra kalıp seninle konuşmaya devam edeceğimi mi!?"

Onur elini belime koydu ve beni belimden sıkıca tutup kendine doğru çevirdi. Kahverengi, sıradan gözlerim onun ela gözleriyle buluştuğunda yüzündeki öfkeyi çok net görebiliyordum. Şu anda elinde olsa beni öldürürdü. Çok net söylüyorum, Onur Zorlu katil ruhlu bir psikopat olsaydı şu an ölüm anımı yaşıyor olurdum. Çünkü öfkesi gözlerinden akıyordu.

"Seni suçlamadım, geri zekâlı! Açıklayacaktım eğer sakin kalıp soruma cevap verseydin. Ama öyle zayıf bir korkaksın ki seni suçlayacağımdan korktun. Bak, herkes bize bakıyor. Eğer şimdi, beş saniye içinde benimle o masaya dönmezsen, üst üste alacağın iki disiplin suçuyla birlikte okuldan atılırsın." Yutkundum, harika!.. Müdürün oğlu olduğunu hatırlatmayı ihmal etmeyecekti. Ve beni tehdit edebildiği tek konu buydu sanırım, beni okuldan attırmak... Bunun benim için ağır olacağını tahmin edebilecek kadar zekiydi.

"İki..." diye fısıldadı, "üç... dört..." Ayaklarım istemsizce masaya yöneldiği an daha beş der demez kendimi sandalyemde oturur halde buldum. Ondan nefret ediyordum, kesinlikle, kesinlikle nefret ediyordum.

Karşıma yerleşirken tüm gözler kendi işlerine dönmüş gibiydi. Sadece birkaç kişi daha bizi izliyordu; iki kız, bir de kumral bir çocuk. Kızlar Onur Zorlu hayranıydı belli ki kıskançlıktan deliriyor gibi görünüyorlardı. Okula gelen yeni kızın, birdenbire okul müdürünün tapılası oğluyla takılmaya başlaması onları kızdırıyordu. Başımı kaldırıp ela gözlerine baktım, öfkeyle izliyordu beni.

"Açıkla," diye emrettim. Bana açıklama yapmak zorundaydı.

"Şüphelendiğim bir kız var. Ama bu yaşta, senin gibi sessiz bir kız cinayet işler mi onu anlamaya çalışıyorum." Gözlerimi kısarak, "Benim gibi?(!)"

"Benden mi şüpheleniyorsun?" Onur tahammül sınırlarını zorluyormuşum gibi boğazını temizledi ve burnunu çekti. Elini uzatıp masada duran kolumu sıkıca tuttu.

"Senden şüphelenmemi mi istiyorsun?(!) Eğer böyle bir dileğin varsa gerçekleştiririm. Ama hayır, üzgünüm, seni bir cinayet işleyecek kadar cesur bulmuyorum. Sana benzer bir kız dedim. Beni anlıyor musun? Sana... Benzer... Bir... Kız..." dedi tane tane. Kolumu anında çektim ve öfkeyle saçımın öne düşen tutamını kulağımın arkasına attım.

"Tamam, anladım. Evet, yapabilir. En büyük katiller sessiz tiplerin altından çıkar ve emin ol, canımı çok sıkarlarsa ben de cinayet işleyebilirim. İlk kurbanım da sen olursun" Söylediğim hoşuna gitmiş gibi dudağının kenarının kıvrıldığını gördüm. Birine, katil olma ihtimaliniz olsaydı, öldüreceği ilk kişinin o olacağını söylediğinizde bu onun neden hoşuna giderdi? O kişi Onur Zorlu olduğu için mi? Bence de.

Onur cevabını aldıktan sonra dikkatlice doğruldu ve bir kez daha arkamızdaki masaya göz attı. Oradaki bir kızdan şüphelendiği çok net belliydi. İsmini yazdırdığı ilk çocuğun disiplin suçu vardı, diğer çocuk kendisiyle tartışmıştı. Peki ya bu kız? Onun olayı neydi? Hem de sessiz bir tip olduğunu söylemişti. Onu o kızdan şüphelendiren neydi?

"Aslı Soydan," diye mırıldandı gözlerini arka masadan ayırmadan. İsmini dikkatlice yazarken içimden bir ses, bu isimle çok uğraşacağımızı söylüyordu. Başımı kaldırıp Onur'a baktım.

"Ondan şüphelenmenin sebebi ne?" Bana bakmadan dudaklarını araladı.

"Geçen ay bir hikâye yarışmasında il birincisi oldu. Babam hikâyesini evde incelerken okuma fırsatım oldu. Cinayet üzerine yazmıştı ve verdiği ayrıntılar çok garipti. Normal bir insanın yazamayacağı bir cinayet sahnesi yazmıştı. Sorunları olduğunu düşünüyorum..." dedi düşünceli bir şekilde.

Gözlerimi Onur'dan ayırarak başımı çevirdim, çaktırmadan arka masaya bakmaya çalıştım. Arka masamızda tek başına oturan kızıl saçlı; oldukça güzel bir kız vardı. Masadaki defterine bir şeyler yazmakla meşguldü. Kızın güzelliği karşısında ufak bir şok yaşasam da dikkatimi defterine verdim. Ne yazıyor olabilirdi? Ve bu kadar güzel bir kız, katil olabilir miydi? Birini öldürdükten sonra gelip burada sessizce hikâyesini yazmaya devam edebilir miydi?

Kıza bakmayı sürdürdüğüm sırada Onur'un ayağa kalktığını ve başımda dikildiğini fark ettim. Başımı kaldırdığımda merdivenleri işaret etti.

"Yürü, gidip sınıfları gezelim." Başımı sallayarak ayağa kalktım, masada duran defter ve kalemi elime alıp peşine takıldım. Kantinden çıkarken Onur'un, "Sikik," diye tabir ettiği, Sinan denen şüphelimizin bizi izlediğini gördüm. Anında Onur'a yaklaştım ve kolunu tuttum. Onur bana onu taciz ediyormuşum gibi baktı.

"Ne yapmaya çalışıyorsun?"

"Şu çocuk... Bizi izliyor." Onur çaktırmadan başını kantine doğru çevirdi merdivenlerden çıktığımız sırada. Kimden bahsettiğimi çok iyi biliyordu.

"Senden hoşlandı," dedi gülerek. Gözlerimi devirdiğim sırada merdivenlerden çıkıp koridora ulaşmıştık.

"Gözlerinin önünde ölsem, o çocuk dönüp de bana bakmaz. Sana bakıyordu." Onur garip bir ifadeyle yüzüme baktı. Söylediğim cümlenin çok saçma olduğunu düşünüyor gibiydi. Ama hiç de saçma olmadığını ben, bizzat ben, çok iyi biliyordum.

"Sen hayatında hiç aynaya baktın mı?" Sorusuyla birlikte saçımı düzelterek ona döndüm. Bu bir iltifat mıydı?

"Baktım... Neden?"

"Güzel olduğunun farkında değil misin?" Tamam... Bunu iltifat gibi söylemiyordu, kibar ya da nazik değildi o an, daha çok nesnel bir gerçeği açıklar gibiydi.

"Ben güzel değilim," diye itiraz ettim. Benden nefret eder bir ifadeyle, sıkıntıyla nefesini verip başını kaldırdı.

"Güzelsin işte, sus artık." O an sebepsiz yere gülümsedim. Onur Zorlu gibi duygu yoksunu bir odundan duymaya alışık olmayacağınız bir cümle türüydü bu. Biz buna iltifat diyorduk. Ama o nasıl iltifat edileceğini bilmiyordu belli ki.

Çünkü, şöyle bir tabloyla açıklayayım:

Normal erkekler: Öyle güzelsin ki gözlerimi senden alamıyorum

Onur Zorlu: Güzelsin işte, sus artık.

Olsun, onu da böyle kabul edecektik. Zaten merkezinde cinayet olan bir olayın içindeyken, ondan bana iltifat etmesini bekleyemezdim. Saatler önce tanıdığı bir kıza iltifat edecek bir insan da değildi. Ama gerçekten merak ettiğim bir nokta vardı, birini gerçekten önemseseydi ona da böyle davranır mıydı? Bir gün âşık olsaydı, gerçekten çok daha farklı bir hale gelir miydi? Onur Zorlu'yu âşıkken görmeyi çok isterdim. Bu iş bittiği zaman gözüm üzerinde olacaktı. Bir kıza âşık olduğu an, yanında belirip davranışlarını gözlemleyecektim.

Birlikte uzun koridoru geçtikten sonra üst kata çıktık. Bazı sınıfları atlıyorduk ama bunu neden yaptığımız hakkında hiçbir fikrim yoktu. Lider oydu, ben de ona uyuyordum. Eğer okuldaki insanları tanıyor olsaydım fikrimi belirtirdim ama kimseyi tanımıyordum, bu yüzden susmam en mantıklısıydı. Bir üst kata çıktığımızda, nihayet sınıflardan birine girince ben de peşinden girdim. Sınıfta üç kız kaloriferin başında oturmuş sohbet ediyorlardı. Onur, sınıfın köşesindeki en arka sıraya doğru ilerledi ve sıranın altından kahverengi spor bir hırka alıp üstüne geçirdi. Demek ki burası onun sınıfı, onun sırasıydı. O hırkasını giyerken gözüm kaloriferin önünde oturan üç kızdaydı çünkü onlar da bana bakıyorlardı. Biz gittikten sonra muhtemelen, nasıl oldu da okula gelir gelmez Onur'un yanında takılmaya hak kazandığımı konuşacaklardı.

"Gidelim." Onur'un emriyle birlikte kapıya yöneldiğimizde kızların rahatsız edici bakışları hâlâ üzerimizdeydi.

"Bu okuldaki tüm kızların sana âşık olduğunun farkındasındır umarım. Bana, beni öldürmek ister gibi bakıyorlar." Gülerek parmaklarını saçlarının arasından geçirdi koridorda ilerlediğimiz sırada.

"Yanımda olmak istiyorlar" diye açıkladı, "ama yanımda sen varsın. Gururla duruşumu dikleştirdim refleks olarak. Şu halime bakın! Onur Zorlu'nun yanındaki kız olduğum için kıskanılıyorum diye gururlandım! Vay canına! Buraya kadar düştüm demek!

"Şu olay çözülsün, ben olmayacağım. Rahatlayabilirler." Başını salladı anında.

"Aynen." Kaşlarımı çattım. Omuzlarım aşağı düşerken ne beklediğimi sorguluyordum. Ne istiyordum, olay çözüldüğünde bile gruba dahil olarak kalmak mı istiyordum? Hayır. Ama en azından 'Aynen,' demeyebilirdi. Onun yerine, 'Yanımızda kalabilirsin, lütfen kal!' diyebilirdi.

"Sen hangi sınıftasın?" Bu sorunun üzerine başımı kaldırıp gözlerimi kıstım. Hangi sınıftaydım ben? Daha ilk günüm, sınıfı unutmuş olabilirim.

"Eee... Sanırım... 12-C olması lazım, ezberleyemedim." Başını salladı bir kez daha.

"Ezberlemene de gerek yok."

"Neden?"

"Çünkü artık 12-A'dasın." Şok içinde kaşlarımı çattım ve Onur hızlandığı an peşinden koşturdum.

"Nasıl yani?(!)"

"Duydun. Artık bizim sınıftasın. Bunu ne kadar çok istemesem de seni yalnız bırakamayız. Olayı gördüğün anlaşılırsa ve katil eski sınıfındaysa başına dert alabilirsin, sende o potansiyel var. Her ders acaba öldü mü diye düşünemem, yanımızda olman en iyisi."

Sanırım bende ego düşüklüğü sorunu vardı. Aslında Onur'un yanında olmaktan, onunla vakit geçirmekten memnun değildim ama onun yanındayken bütün gözlerin üstümüzde olması o kadar hoşuma gidiyordu ki sınıfında olabilecek olmak beni mutlu etmişti. Gülerek başımı kaldırdım.

"Bunu kabul edeceğimi nereden biliyorsun?" dediğimde, tek düze bir sesle cevapladı:

"Kabul edeceksin çünkü. Naz yapmaya çalışma, sus da işimize odaklanalım." Bu çocukta ciddi ciddi insanın moralini yükseltip, anında yerin dibine indirme sorunu vardı. Gözlerimi devirdim, ona aldırmadan peşinden gittim ve birlikte sınıflardan birine girdik. İçeride iki çocuk okulun bilgisayarına girmiş akıllı tahtada oyun oynuyorlardı. Onur içeri girdiğimiz gibi başıyla çocuklardan birini işaret etti. Defteri hafifçe kaldırıp kalemi sıkıca kavradım ve yazmaya başladım.

"Ömer Tornik." Sessizce fısıldadığı ismi deftere yazdım ve birlikte sınıftan çıktık.

"Annesi odasında fazla şiddet içeren filmler ve oyunlar bulmuş. Toplantıda babamdan bir psikiyatr önerisi istiyordu," diye açıkladı sınıftan çıktığımızda. Deftere tam bu konuyla ilgili not yazıyordum ki ikimiz de telefonlarımıza gelen bildirimle olduğumuz yerde durduk ve aynı anda telefonlarımızı çıkardık.

CİNAYET isimli gruptan yeni bildirimleriniz var

***Mert: Burak'a ulaşamıyorum**

***Mert: Konferans salonunda da yok**

***Mert: Telefonu kapanmış, arıyorum açmıyor**

***Mert: Başına bir şey geldi kesin!**

***Mert: On beş dakika önce tuvaletin önünde buluşacaktık gelmedi**

***Mert: Ve hâlâ yok**

***Mert: Başına bir iş geldiğine eminim**
***Mert: Bunu birilerine çok fena ödeteceğim!**
***Mert: Çok fena!**

Başımı kaldırıp Onur'a baktım, oldukça endişeli görünüyordu. Hatta onu ilk defa yüzünde böyle endişeli bir duyguyla görüyordum. Normalde soğuktur, sert ve umursamazdır ama şimdi ciddi ciddi endişelendiği çok belliydi. Çocukluk arkadaşından haber alamıyor ve ben bile şu an Burak için endişelenirken onun umursamaması saçma olurdu. Eliyle çenesindeki yeni çıkmaya başlamış sakallarını kaşıdı ve altdudağını ısırdı ne yapmamız gerektiğini düşünürken.

"Eğer," dedi, "ona bir şey olursa, o–" Elimi dudaklarına doğru götürüp ağzını kapattım.

"Tamam, hiçbir şey olmayacak."

Ama ben bile emin değildim. Olabilirdi. Şu anda bu okulun içinde bulunan herkesin başına bir şey gelebilirdi. Burası bir tehlike mahzeninden farksızdı. Ben küçüklüğümden beri tehlikeyi sezen bir insandım. Bir yere gidilecekse ve o yerde tehlikeli bir olay olacaksa bunu gitmeden önce ben hissederdim. Buna rağmen gidecek olsak bile söylemekten vazgeçmezdim. Ve şu an burada tehlike seziyor, buram buram tehlike kokusu alıyordum. Ama ne olursa olsun buna izin vermeyecektik. Onur'un defalarca söylediği gibi, biz bir takımdık ve ne bir kişi eksik olacaktık ne de bir kişi fazla.

5. Bölüm

Belanın Ta Kendisi...

İçimdeki mıknatıs beni ona itiyordu...

Endişe insanın beyninde doğar, kalbinde değil. Çoğu insan endişenin, insanı zayıf düşüren bir duygu olduğunu savunur. Ve insanı zayıf düşüren her duygu gibi endişenin de kalpte doğduğuna inanılır. Ama endişe aslında insanın beynindedir. İnsan bir şeylerden şüphelenmeye başlayınca, aklında bazı ihtimaller doğdukça endişelenir. Onur Zorlu, şu an endişenin doruklarını yaşıyordu. Bir yanımda o, bir yanımda Mert, endişeyle okulun karanlık koridorlarını dolaşıyoruz. Ve içimden bir ses, olayın başında bana Onur'un da bir kalbi olduğunu, bunun için endişelendiğini anlatsa da cevabım çok net. Endişesi beyninden geliyor. O çok zeki, onu endişelendiren zekâsı. Çünkü neler olabileceğini biliyor, milyonlarca ihtimal var aklında. Ölmüş, kaybolmuş veya hastalanmış olabilir. Bunları bizimle paylaşmak yerine, öfkeyle sınıfların kapılarını çarparak ve âdeta merdiven basamaklarını eze eze arkadaşını arıyordu.

"Bir daha ara." Emri üzerine tekrar telefonumu çıkardım ve Burak'ı yarım saat içinde yedinci defa aradım ama telefonu kapalıydı. Aynı telesekreter sesi bana bir kez daha telefonunun hâlâ kapalı olduğunu bildiriyordu.

"Kapalı." Arama yerinden çıkıp whatsappa girdim ve Burak'ın son görülme saatine baktım. Bir saat öncesini gösteriyordu. Bir umutla mesaj yazmaya başladım.

***Burak, neredesin?**

Mesajın yanında sadece tek bir tık belirdi. Bu demek oluyordu ki mesajım benden çıktı ama ona ulaşmadı, yani telefonu gerçekten kapalıydı. Şarjı bitmiş olmalıydı ama bir şekilde bizi bulurdu değil mi? En azından Mert'le sözleştikleri yere giderdi.

"Mesaj da gitmiyor, şarjı bitmiş olabilir." Onur söylediğimi duymuyor gibi görünüyordu. Dışarıdan gelen her türlü sese kapalıydı, çocuk çevrimdışı olmuştu resmen. Mert başını salladı.

"Bir yerde bizi bekliyor olabilir. Bakın, üçe ayrılalım..." dediği sırada Onur öfkeyle sözünü kesti:

"Ya abi, kaç defa söyleyeceğim şu kız yanımızdayken üçe ayrılalım, dörde ayrılalım gibi plan yapma diye. Onu benimle bütün sayacaksın. Tek başına dolaşıp başını belaya sokmasına izin veremeyiz, kız bela mıknatısı," dedi. Evet, benim hakkımda bir malmışım gibi konuşuluyordu. Ama şu an, acısı büyük olduğu için cevap vermeyecektim.

"Tamam," dedi Mert sabırla, "ikiye ayrılalım. Ben gidip sözleştiğimiz gibi tuvaletin önünde bekleyeyim. Siz de sınıfta bekleyin, belki gelir." Onur düşünceli bir şekilde olduğumuz yerde etrafına bakındı. Şu an yüzünde öfke dolu bir ifade barındıran İtalyan heykellerinden farksızdı, kıpırdamıyordu. Çene kemiğinden başka hiçbir yeri kıpırdamıyordu.

"Burak nasıl biri?" diye bir soru attım ortaya birden. İkisi de çatık kaşlarla bana döndüler, "Yani, nasıl biri, cesur mu? Acaba katil olduğundan şüphelendiği birini takip ediyor olabilir mi?"

Onur ve Mert birbirlerine baktılar. Mert anında başını salladı. Burak'ın cesur olduğu ama saf bir cesareti olduğu her halinden belliydi.

"Burak yapar. Birinin katil olduğundan şüphelensin, içinden küfür ede ede peşinden gider, kuytu bir yerde üstüne atlar. Yapmışlığı var." Duruşumu dikleştirdim. O zaman şu anda katilin, ya da katil sandığı birinin peşinden... Bu da onu bulmamızın ihtimalini fazlasıyla düşürürdü.

"Okulun her yerini dolaşmak zorundayız" dedi Onur, "ama hızlı olmalıyız." Eğer birinin peşinden gidiyorsa, hızlı olursak eninde sonunda karşılaşırız ki katil sandığı kişi, mutlaka kalabalık olmayan yerlerde dolaşacaktır. Elimizde güvenlik kamerası yok. Onu görmüş olabilecek kimse de yok. Tek çaremiz bu. Yürüyün." Onur harekete geçince hızlı adımlarla peşine takıldım, Onur da Mert de fazlasıyla hızlı yürüyorlardı. İlk girdikleri yer tabii ki de yangın merdiveni oldu. Kapı üstüme kapanmadan Mert tarafından tutulunca içeri girdim ve Onur'u takip etmeye devam ettim. Alt kata iniyorduk. Yaklaşık dört kat indikten sonra Onur kapıyı açtı ve arkasındaki beni umursamadan çıktı gitti. Mert bir kez daha kapıyı benim için tuttuğunda spor salonuna çıktığımızı fark ettim. Geniş, tenha bir spor salonuydu burası ve camları olmadığı için birbirimizi görmekte bile zorlanıyorduk. Hatta Onur'u da Mert'i de göremiyordum şu an. Gözlerimi kırpıştırıp elimi öne doğru uzattığımda bir eli tuttum. Hangisinin eli olduğunu bilmiyordum, ama kaybolmamak istiyorsam tutmak zorundaydım. İtiraz da etmedi, ikisinden birinin elini tutmuş öylece ilerliyordum.

"Şu an burada olsa bile göremeyiz ki bekleyin iki saniye." Onur'un sesiydi bu. Cebinden gelen hışırtılardan telefonunu çıkardığını anladım. Telefonunu çıkarıp ışığını açtı. Işığını açtığı anda size yemin ediyorum yaşadığımız sahne **Bihter-Behlül-Adnan** üçlüsünün yaşadığı son sahne gibiydi. Ben, Mert'in elini tutuyordum ve Onur anlam vermeye çalışır gibi bize bakıyordu. Anında elini bırakıp yutkundum.

"Ben... kaybolmamak için..." Onur anında başını dikleştirdi ve yaklaşık yirmi saniye boyunca, yüzüme hiçbir ifade takınmadan baktı. Onur Zorlu'nun yirmi saniye boyunca yüzünüze bakması ölüm habercisiydi. Yutkundum. Kendimi suçlu hissediyordum. Yüzündeki ifade, eğer içimde en ufak bir ego kırıntısı yoksa bozulmuşluk ifadesiydi ve ben kendimi suçlu hissediyordum. En sonunda başını salladı.

"Siz ikiniz yemekhaneye ve resim odasına bakın. Ben buraya ve dans salonuna bakacağım. Başından beri grup olmak istiyordunuz ya olun. Ne tarz bir grup olursunuz orası beni ilgilendirmez." Ne?(!) Onur'un ani karar değişikliğiyle şok içinde öne doğru bir adım attım.

"Neden? Üçümüz bakıyoruz işte!"

"Kaybedecek vaktimiz yok, dağılıyoruz. Bir gelişme olursa gruptan yazarsınız." Onur bir şey dememi bile beklemeden telefonunu da alıp arkasını dönüp gitti. Neden sinirlenmişti birden? Beni yanından ayırmak istemiyordu, biraz önce bizi bir bütün olarak gör demişti, şimdi ne olmuştu? Yanlışlıkla Mert'in elini tuttum diye mi sinirlenmişti? Tamam, yanlışlıkla değil ama kimin elini tuttuğumu bile bilmeden tuttum. Buna neden bozuldu bilmiyordum ama bozulmuştu, apaçık bir şekilde bozulmuştu. Mert'e bakmadan Onur'un peşinden koştum.

"Onur!" Mert peşimizden gelmiyordu, Onur spor salonunun soyunma odasına doğru ilerlerken yetişemeyeceğim kadar hızlıydı.

"Onur, iki saniye beni dinler misin?" Durmadı, dönüp cevap dahi vermedi. Öylece kendi kendine hızla ilerliyordu. Ama attığı adımlardan bile öfkeli olduğu belliydi.

Hatta adımlarında farklı bir durum vardı. Adımları asker adımlarına benziyordu; hızlı ama tane tane. Sert, tehditkâr, kendinden emin adımlar; düzenli, tertipli adımlar. Adım atışı bile korkutuyordu insanı. Arkasından giderken çekinip yaklaşmaya bile korkabileceğim kadar kendinden emindi. Dönseydi, nefret dolu bakacaktı. Bunu hissedebiliyordum. Onur Zorlu, sinirini adımlarından çıkarıyordu. Nedenini bilmiyordum ama sinirliydi, çok sinirliydi!

"Dinlemeyecek misin? Bak, neden kızdın bilmiyorum. Eğer onun elini tuttum diye kızdıysan... Yani... Buna neden kızdığını da bilmiyorum... Sadece karanlıktı ve kaybolmamaya çalışıyordum. Bir yerlere tutunmaya çalışırken elim, bir ele denk geldi ve hanginizin eli olduğunu bile bilmiyordum. Senin de olabilirdi onun da. Ama ben bir sorun olacağını düşünmedim, birdenbire tutuverdim çünk-" diye açıkladığım sırada olduğu yerde durdu ve bana doğru döndü. Telefonunun ışığı sönerken açma zahmetine bile girmedi.

Karanlıktı, koridor sessizdi ve sadece ikimiz vardık; sık nefesini tenimde hissediyordum.

"Kimin neresini tutarsan tut, umurumda bile değil," dedi tane tane. Nefes alışverişinde bile sert bir disiplin vardı.

"O zaman neden sinirlendin?" Başını onaylamazca sağa sola salladığını gördüm karanlığa rağmen.

"Bak kızım," diye başladı cümleye, "ben çocuk değilim, belli ki sen hâlâ o dönemdesin ama ben ergenlik dönemimi atlatalı çok oluyor. Bu yüzden çocukça hayallerine beni katacaksan bir adım geri dur, çünkü sen benim umurumda bile değilsin, kimle ne yaparsan yap. Eğer onun elini tutman umurumda olsaydı seni onunla bırakmazdım. Seni onunla bırakıyorum, çünkü umurumda değilsin."

Yutkundum, sertti konuşması, tam anlamıyla yüzümü tutup soğuk bir duvara çarpmış gibiydi. Belki ettiği küfre bozulmam gerekiyordu ama o an garip bir şey oldu. Bana sinirlenmediğini söylemişti. Beynimin içinde, Mert'in saatler önce benimle konuşurken söylediği bir cümle yankılandı, "Onur sinirlendiği zaman duymak istemeyeceğin küfürler edebilir. Aslında üçümüz de öyleyiz ama onun kelimeleri biraz daha rahatsız edicidir. Takma kafana."

Sinirlenmişti ama bana sinirlenmediğini söylüyordu. Onur Zorlu bana sinirlenmişti! Bu inkâr edilemez bir gerçekti.

"Anladım," diye mırıldandım, "Ben... Şimdi seninle mi geleyim?" Omuz silkerek yoluna döndü.

"Onun yanına git," dedi. Öfkeli sesi uzaklaşırken üzgün bir nefes bıraktım ağzımdan ve istemeye istemeye arkamı döndüm. Geldiğim yoldan geri dönerken telefonumu çıkardım ve ışığını açtım. Sahaya çıktığımda başımı kaldırdım ve sahaya baktım. Mert burada değildi. Sıkıntıyla söylenerek telefonun ışığını kapatmak zorunda kaldım ve whatsapa girdim. **CİNAYET** grubunu açıp yazmaya başladım.

***Mert neredesin?**

Koltuklardan birine oturdum ve beklemeye başladım. Okulu bilmeden hiçbir yere gidemezdim, yanımda biri olmak zorundaydı.

Mert mesajı görünce mutlaka gelirdi. Ama aklım Onur'daydı, sinirli hali bir garip gelmişti. Neden sinirlendiği hakkında hiçbir fikrim yoktu, bence o da neden sinirlendiğini bilmiyordu. Ayrıca kurduğu cümle de aklımı karıştırmıştı. Çocuk değilim, ergenlik dönemimi atlatalı çok oluyor demişti. Ve üstelik hiç de on sekiz yaşında gibi durmuyordu. Kaç yaşındaydı bu çocuk? Sınıfta mı kalmıştı? Bunları bir bir öğrenecektim.

Whatsapp grubuna tekrar girdim. Yalnızca numaraları görünen Onur ve Mert'i rehberime kaydedip isim listesine girdim. Onur'un profiline tıkladım, yazdığımı görüp görmediğine bakmak için, çevrimiçi yazıyordu. Demek ki mesajımı görmüştü. Acaba merak edip, beni almaya gelir miydi? Hiç sanmıyorum, dediği gibi sikinde bile değildim!..

"Zeynep!" Mert'in kapı tarafından gelen sesiyle anında ayağa fırladım. Mert telefonunun ışığını içeri doğru tutunca hızlı adımlarla ona doğru yöneldim. Nedense Mert'in gelmesi moralimi bozmuştu. Bilmiyorum, belki de Onur'un gelmesini isterdim. Ama gelmezdi, imkânsızdı, değil mi? Beni unutup yoluna devam etmiştir bile.

"Neredeydin?" dediğim sırada birlikte koridora çıktık. Telefonunun ışığını yola tutunca adımlarımız hızlandı.

"Ya sen Onur'la gidersin diye düşündüm, tuvalete doğru gidiyordum. Whatsappa da bakmayı unutmuşum. Onur arayınca..." derken şok içinde yüzüne baktım. Ne demişti o?

"Onur mu? Onur mu aradı seni?" Başını salladı buna neden şaşırdığımı anlamıyormuş gibi.

"Evet, ne var ki bunda?"

"Ne dedi?" Neden bu kadar tepki vermiştim bilmiyordum ama garip bir şekilde hoşuma gitmişti.

"Gelip seni almamı söyledi." Ayrıntıya ihtiyacım vardı.

"Tam olarak ne dedi yani tam cümle olarak?" Ben küçükken de böyleydim. Annem okul toplantılarından gelince, öğretmenin beni anlatırken kaç kez nefes aldığını bile sorardım.

"Tam cümle mi? 'Git şu salağı al,' dedi." Gözlerimi devirdim. Tam ondan beklenilecek bir cümleydi. *Git şu salağı al...* Acaba mesaj atsa mıydım Onur'a? Düşünsenize birdenbire tüm terbiye sınırlarımı ayaklar altına alıp, **'Hani sikinde değildim?'** diye mesaj atıyormuşum! Onur şok. Ciddi anlamda yüzünde oluşacak ifadeyi tahmin edebiliyordum. Şok olur, alnında şok diye yazı belirirdi. Ama böyle bir şey yapacak değildim, cıvıtmamalı, neysem o olarak kalmalıydım.

Üstelik şimdi çok daha önemli bir konumuz vardı, Burak'ı bulmak. Ona konsantre olmalıydık. Kimsenin benimle uğraşmak isteyeceğini sanmıyordum. Mert ilerledikçe yanında ilerlemeye devam ettim. Birlikte yangın merdivenlerinden çıktık ve okulun üçüncü kat koridoruna ulaştık. Erkekler tuvaletinin önüne geldiğimizde Mert bana başıyla burada beklememi işaret edip içeri girdi. Yaklaşık iki dakika sonra eli boş çıkınca sıkıntıyla nefes verdim. Birlikte bir alt kata indik, sonra bir alt kata daha... Bütün katlardaki erkek tuvaletlerini tek tek dolaştık ama hiçbirinde yoktu, ne önünde, ne içinde.

"Yok." Mert'in çaresiz sesi sinirlerimi bozdu. Gerçekten, ciddi anlamda sinirlerim bozuktu şu an. Nerede olabilirdi bu çocuk, birdenbire nereye gitmiş olabilirdi? Beynimi çalıştırmaya çalışıyordum ama beynim durmuş gibiydi. Telefonumdan gelen bir bildirimle telefonumu çıkardım ve ekrana baktım.

CİNAYET grubundan yeni bir bildiriminiz var

***Onur: Yok.**

Mesaj oldukça sade, kesin ve netti; yoktu. Hiçbir yerde yoktu. Telefonun klavyesini açtım ve düşünmeye başladım. Onu bulmak için ne yapabilirdik?

***Zeynep: Aslında onu görmüş olabilecek birilerine sorsak?**

***Onur: Mert nerede?**

Harika! Benim söylediğime cevap vermek yerine konuyu Mert'e getiriyordu.

***Zeynep: Yanımda. Bir şey diyorum, gören birilerine soralım.**

***Onur: Kime?**

***Zeynep: Mesela... Aaa şeye soralım, hani bir kızla konuşuyordu en son.**
***Zeynep: Kız ona sarılmıştı, ağlamıştı.**
***Zeynep: Kızı bulamaz mıyız?**
***Onur: Tamam. Konferans salonuna git kızlara tek tek sor.**
***Onur: Kolay gelsin.**

Gözlerimi devirdim anında. Buradan bile bana emir verebiliyordu, bir de kolay gelsinmiş... Benimle apaçık bir derdi vardı, bu şekilde konuştuğu ilk, tek ve son insan bendim sanırım. Telefonu cebime attım ve Mert'e döndüm.

"Konferans salonuna gidip birkaç kızla konuşalım, belki gören olmuştur. Teselli ettiği kızı bulabilirsek yardımı dokunabilir..."

Mert başını salladı ve birlikte konferans salonuna doğru ilerledik. Salona girdiğimizde içerideki kalabalık biraz daha azalmıştı. Büyük ihtimalle insanlar uyumak için sınıflarına dağılmışlardı. Tam sahnenin önünde, iki gruba ayrılmış kızlar vardı.

"Ben şunlara sorayım, sen de şunlara..." diyerek o iki grubu başıyla gösterdi Mert.

"Tamam." İkiye ayrılıp gruplara doğru ilerledik. Benim yanlarına gittiğim grupta sekiz kız vardı. Aralarına girdiğimde bütün bakışlar bana döndü. Boğazımı temizledim ve sevimli gibi görünmeye çalıştım.

"Eee, merhaba kızlar, ben size birini soracaktım."

"Tabii, kim?" dedi kızlardan biri gülerek.

"Burak, 12-A'dan." Bir süre birbirlerine baktılar kim olduğunu çıkaramıyorlar gibi. Ayrıntı vermeye çalışarak, "Kumral, uzun boylu... Üzerinde kareli bir gömlek vardı; saçları yukarı kalkık... Onur Zorlu'nun arkadaşı," dediğim an yüzleri aydınlandı.

"Haa Onur'un arkadaşı Burak! Tamam ya gördük onu, Pelin'le beraber çıktılar buradan. Bir şey konuşuyorlardı." A-HA! İşte!

"Pelin mi? Ne zaman çıktılar?"

"Bir saat olmuştur..." Pelin'i bulursak, Burak'ı da bulduk demekti!

"Kızlar Pelin'in numarasını bana verebilir misiniz? Burak'a ulaşamıyoruz da bir türlü. Her yere baktık ama yok, sanırım şarjı da bitmiş." Kızlardan biri anında telefonunu çıkardı ve rehbere girdi.

"Söylüyorum, yaz..." dedi. Aceleyle telefonumu çıkardım ve söylediği numarayı yazdım. Numarayı Pelin diye kaydettim ve kızlara döndüm gülerek.

"Çok teşekkürler kızlar, çok yardımcı oldunuz!"

"Rica ederiz!" Gülümseyerek yanlarından ayrılıyordum ki kızlardan biri kolumu tutarak:

"Baksana, sen okula yeni gelmedin mi?" dediğinde, başımı salladım.

"Evet, ilk günüm." Kaşları çatılı bir şekilde birbirlerine baktılar, bir şey düşündükleri belliydi.

"Onur'un akrabası mısın?" Kendimi gülmemek için zor tutarak, anlam vermek ister gibi baktım yüzlerine. Bu ne demekti şimdi?

"Hayır, neden?" Yine birbirlerine bozulmuş gibi bakıyorlardı.

"Hiç," dedi kızlardan biri, "Onur'la takılmak zordur da..." Gülümsedim, bunun adı kıskançlıktı. Onur Zorlu'yla takılıyor olmamı kıskanıyorlardı ve hatta buna hayretler içinde bakıyorlardı. Bu hoşuma gitmemiş de değildi, ciddi anlamda hoşuma gitmişti bu durum.

"Yoo, gayet kolay oldu!"

"Şey... Mert'le filan mı sevgilisin? Niye seninle takılıyorlar?" Bir insan bu kadar açık sözlü olabilir miydi? Resmen sen onlarla takılmayı hak etmiyorsun ancak içlerinden birine seninle öpüşme özgürlüğünü verirsen seninle takılırlar diyordu.

"Hayır, bugün geldim, gelip tanışmak istediler ve arkadaş olduk. Açıklama yeterli olmuştur umarım. Neyse teşekkürler, iyi geceler. Allah kurtarsın."

Yanlarından ayrılırken kendi kendime gülümseyerek Mert'e doğru ilerledim. Allah kurtarsın dediğim kısım çok eğlenceliydi. Hatta açıklamanın tamamı da çok eğlenceliydi. Onları öyle kıskançlıktan delirirken görmenin her saniyesi çok eğlenceliydi.

"Buradaki kızlar hiçbir şey bilmiyor," dedi Mert moral bozukluğuyla.

"Ben Burak'ın buradan kimle çıktığını buldum. Pelin diye bir kız. Kıza mesaj atacağım şimdi." Mert kaşlarını havaya kaldırdı, rahatlamış görünüyordu. Telefonumun ekranını açtım ve whatsappa girdim, kızın profilini açtığım gibi mesaj yazmaya başladım.

***Merhaba, ben Burak'ın arkadaşı Zeynep. Burak'a ulaşamıyoruz, sanırım şarjı bitmiş. Konferans salonundan seninle çıktığı görülmüş, acaba hâlâ yanında mı, neredesiniz?**

Mesajı yollar yollamaz çevrimiçi oldu kız. Merakla ekrana bakmaya başladım.

***Evet birlikte 11-C'deyiz. :)**

Başımı kaldırdığım gibi Mert'e baktım. Telefon ekranını Mert'in yüzüne doğru tuttum ve mesajı okumasını sağladım. Mert derin bir nefes alıp gözlerini devirdi.

"Orospu çocuğu merak edeceğimizi düşünememiş mi?(!)"

"Gidince öğreneceğiz, Onur'a da haber vermek lazım."

"Tamam, ben ararım." Mert koridora çıktığımızda telefonunu çıkardı ve Onur'u aradı. Telefonu kulağına dayadığında konuşmalarını dinlemeye çalışıyordum.

"Bulduk, daha doğrusu Zeynep buldu. 11-C'deymiş... Kızın biriyle. Evet... Bilmiyorum... Tamam, sinirlenme, benim ne suçum var? Tamam... Gidince sorarız. Sen neredesin? O zaman koridora çık, biz de o kattayız, koridorda buluşalım. İyi, on saniyeye oradayız."

Onur'un konuşmanın arasında oldukça yüksek sesle *sikik* diye söylendiğini duyabilmiştim. Bu kelime onunla özdeşleşmişti neredeyse ve benim de ağzıma dolanmak üzereydi. Mert telefonu kapatır kapatmaz koridorun sonuna doğru hızlandık, üç adım atmıştık ki yangın merdiveninin kapısı açıldı ve içinden Onur çıktı. Bize soğuk bakışlarla bakıyordu, daha doğrusu bana. Ona doğru ilerledik ve tam yanında durunca gözlerini bana dikti.

"Kimleymiş?"

"Pelin diye bir kızla," diye cevapladım. Başını salladı.

"Tamam, gidelim." Mert, Onur'un talimatıyla üst katın merdivenlerine yönelince ben de peşinden gidiyordum ki Onur kolumu tuttu. Bu sefer gayet kibarca tutuyordu. Soran gözlerle yüzüne baktım. Yüzüme uzun uzun baktı ve nihayet Onur Zorlu'dan beklenmeyecek o iki kelimeyi ağzından çıkardı,

"Özür dilerim," dedi. Benden ciddi ciddi özür mü diliyordu?(!) Onur Zorlu, karşımda durmuş benden özür mü diliyordu? Hayatımda karşılaştığım en iyi muamele buydu sanırım, onun benden özür dilemesi.

"Ne için?" Yaptığı o kadar çok şey vardı ki hangisi için özür diliyordu?

"Ayrıntıya girme işte. Özür beklediğini biliyorum ve diliyorum, uzatma. Şimdi yürü." Artık alışmıştım. Sinir bozukluğuyla gülerek merdivenlere yöneldim ve Onur peşimden gelirken hızla merdivenleri çıktım.

İçimde garip bir his vardı. Sanki bir şey beni ona doğru itiyordu. İçimde bir bela mıknatısı vardı ve bu mıknatıs beni Onur Zorlu'ya itiyordu. Çünkü o, belanın ta kendisiydi.

6. Bölüm

Bela Mıknatısı.

Biz olmak, siz olmak...

İnsanlar hayatlarının türlerinin ne olacağını çoktan anladılar. Yaşları on sekize ulaştı ve hepsi tek tek dağıldılar. Romantizmlerini, dramlarını yaşayanlar var, hayatı mizahi roman olanlar bile var. Türlerinin farkındalar ve hayatlarını birer filme benzetirsek hepsi o filmi yarıladılar. Ben, hayatımın film halinin türünü bugün fark ettim: **Aksiyon / Macera /IMDB: 2.5.**

Hayatım bugün itibariyle karanlık bir aksiyon filmi ve ben henüz jeneriği bile geçemedim. Şu an sadece isimler görünüyor ekranda. Arka planda bir Carter Burwell müziği çalıyor ve hayatımın filminin tek iyi yanı müzikleri. Dinlediğimiz müzikler her birimizin hayatının soundtrackleridir ve Tanrı bize en azından bu iyiliği yaparak dinlediğimiz müzikleri seçme özgürlüğünü tanımıştır. Peki ya oyuncular? Onlara gelince, benim hayatımın filminde çok fazla oyuncu yok. Annem, babam, arada sırada görüştüğüm diğer akrabalarım, ilkokuldan birkaç arkadaşım ve şimdi bugün tanıştığım *Mahşerin Üç Atlısı* diye nitelendirebileceğim muhteşem, macera partnerlerim: **Onur, Mert ve Burak.** İçimden bir ses, bu senaryonun beni onunla birlikte öne atacağını söylüyor. Sanki bir savaş filmindeyiz, dört kişiyiz ve yüzlerce kişilik bir orduya karşı savaşırken öne çıkacak olan iki kişi biziz... Onur Zorlu ve ben.

Çünkü insanlar bunu hisseder. İnsanlar hayatlarına giren kişi sayısı yüz olduğunda bile, doksan dokuzunun bir yere kadar devam edeceğini ve geri kalan yolu sadece bir kişiyle birlikte gideceklerini hisseder. Ben de şu an hissediyorum ama hislerim iyiyi işaret etmiyor bana, kötü olacak, biliyorum. Olayın başrollerinde olduğumuzu biliyorum. Önce o, sonra ben... Ve tabii, sonra Burak ve Mert. Ama cepheyi koruyacak olan bizleriz. Önce ikimiz, sonra dördümüz ve belki sonra yüzlercesi daha. Gencecik bir kız öldürüldü, her ne kadar umursamadığını söylese de umurunda olduğunu biliyorum ve arkadaşının kaybolması ihtimalinde bile deliye dönen Onur Zorlu'nun gencecik bir kızın hakkını, her şeyini ortaya koyarak savunacağını görebiliyorum.

"Hangi sınıftaydı?" Mert'in sınıflara bakarken sorduğu soruyla birlikte anında cevap verdim.

"11-C."

Mert, Onur ve ben birlikte Burak'ın bulunduğu sınıfa doğru ilerliyorduk. Burak belli ki konferans salonunda tanıştığı kızla onun sınıfına gitmişti. İki saattir onu arıyor olmamız, nasıl olmuştu da umurunda olmamıştı bilmiyorum. Çünkü anlattıkları Burak daha farklıydı, en azından haber verecek bir insandı. Neden böyle bir sorumsuzluk yaptığını ilk sorgulayacak insan bendim. Yani onlardan önce yetişebilirsem...

"Burası." Birlikte sınıfa daldığımızda Burak'ı sarışın bir kızla en arka sırada gülüşürken bulduk. Anında başımı çevirip Onur'un yüzüne baktım. Yüzünde rahatlamanın yanında sinirlenmiş bir ifade vardı. Katil olmak üzereymiş gibi Burak'a bakıyordu. Burak'ın bizi gördüğü bile yoktu, çocuk resmen kızı görünce bizi unutmuştu!

"Selamın aleyküm gençler, hayırlı cumalar, kolay gelsin." Mert'in kurduğu cümleyle birlikte kıkırdamamak için zor durdum. Burak birden telaşla ayağa kalktı bir şeyden korkmuş gibi, hemen sonra bizi görünce rahat, derin bir nefes aldı.

"Abi siktir git ya, din hocası geldi sandım." Elimle ağzımı kapatıp gülmeye başladım. Burak'ın şu iki saniye süren korkusunu görmüştüm ya, o bana yeterdi. Yanındaki kız da şaşkın gözlerle bize bakıyordu.

"Din hocasından değil, bizden kork bence kardeşim. Gel iki dakika adam gibi konuşalım." Onur her zamanki gibi yine **adam gibi konuşmak** istiyordu. Bu çocuğun ağzına dolanmış belli kalıplar vardı. Ve bunların tamamının listesini yapmak istiyordum. Belki kendisi farkında değildi ama bazı kelimeleri o kadar sık kullanıyordu ki bir adet Onur Zorlu sözlüğü yapsak, doldurabileceğimiz çok fazla temel kelime ve cümle vardı. Burak bize doğru gelirken elimdeki defteri kaldırdım ve diğer elimdeki kalemle defterin köşesine, adam gibi konuşalım yazdım, hemen altına, sikik diye ekledim. Son kelimeyi yazmak bile utanç vericiydi ama belli ki Onur'un severek kullandığı bir kelimeydi. Üstelik ilk defa duyuyordum, belki de kendisi uydurmuştu. Bu kelimeyi uyduracak kadar ne yaşamış olabilirdi? Hayır, yani bu çocuğu kimler bu kadar sinirlendirdi de böyle bir kelimeyi sıfat olarak kullanmaya başladı?

"Abi kızlayım, sonra konuşsaydık." Burak mahcup bir şekilde başıyla kızı işaret edince, kız bize gülümsedi. Ben de grubu temsilen kıza gülümsedim, çünkü Mert kızla ilgilenmiyordu. Burak mahcuptu, Onur da kıza onu öldürmek ister gibi bakıyordu ve birinin gülümsemesi gerekiyordu. Ayrıca, Onur'un öldürmek ister gibi bakmadığı biri var mıydı?

"Kusura bakma. Öldün sandık, o yüzden rahatsız ettik." Onur'un tribiyle birlikte Burak gözlerini devirdi.

"Ya ne ölmesi, bana kim ne yapabilir? Tek hareketimle öldürürüm adamı. Konferans salonundaydık Pelin'le, birden 'Keşke yalnız kalabilsek!' deyince buraya geldik, itiraz edemedim, çok tatlıydı." Onur söze girecekken, kendimi gruba iyice dahil etmemin bir diğer çabası olarak söze atladım.

"Burak sen yoklukta mısın?" Onur tanıştığımızdan beri ilk defa, sanki bu cümleyi kurmamı o sağlamış gibi gururla baktı bana. Normalde böyle bir şey söyleyeceğimi tahmin edemezdi, çünkü çekingen ve sessiz bir korkak olduğumu düşünürdü. Tamam, çok da abartılacak bir cümle kurmasam da en azından benim iki katım olan Burak'a yoklukta olup olmadığını sormuştum.

Onur, Burak'a başıyla beni işaret ederken, Burak gıcık olmuş gibi bana döndü.

"Seni Onur mu eğitiyor?" Tek gözümü kıstım gülmemeye çalışarak.

"Niye? Yoklukta olduğunu benden önce o mu fark etmişti?" Mert büyük bir kahkaha attığı sırada durum Onur'un da fazlasıyla hoşuna gidiyor gibiydi. Gülüyordu, gerçi bana bakmıyordu ama hafiften de olsa gülüyordu. Şimdi Twitter'a girip **ONUR ZORLU GÜLEBİLİYORMUŞ KIZLAR** diye tweet atıp okulun tüm kızlarını etiketlemek istiyordum. Burak gözlerini kısarak sert olmayan bir tavırla, hatta daha çok bir ağabey edasıyla bana doğru eğildi.

"Yoklukta olsaydım sana da yürürdüm bebeğim," dedi. Sırf bir kez daha Onur'un gözüne girebileyim diye, göz ucuyla Onur'a bakarak sert bir cümle daha kurmaya hazırlandım beceriksizce:

"Yani bir yavşak old-" derken Onur anında eliyle ağzımı kapattı.

"Tamam, sus," dedi. Burak'la aramızda girdi ve bana doğru eğildi, yüzünde eğlenir gibi bir ifade vardı ama bir yandan da kendini durdurmaya çalışıyor gibiydi.

"Bunu sonsuza kadar devam ettirebilirdin, değil mi?" Eli, ağzımı kapatırken başımı salladım anında, durum fazlasıyla hoşuna gitmiş gibi gülümsedi ve devam etti:

"Demek ki sen gazla çalışıyormuşsun," dediğinde kaşlarımı çattım, elimi uzatıp ağzımdaki elini ağzımdan zorla çektim.

"Sırf nereye kadar götüreceğimi görmek için mi söylediklerime gülüyordun?" Gülerek başını salladı. Öfkeyle baktım yüzüne, aptal! Beni denek gibi kullanıyordu!

"Tebrik ederim, deneyinde başarılı olduğuna göre Nobel kazanmaya hak kazandın. Şimdi şu çocukça saçmalıklarınızı bırakın da gidip ne yapacağımızı konuşalım. Senin dediğinin aksine, ben çocukluk dönemimi de ergenlik dönemimi de atlattım ve burada durup saçmalamak yerine, başımızı beladan kurtarmanın yollarından bahsetmemiz gerektiğini düşünüyorum. Eğer haksızsam da bunu içinizde tutun, çünkü ben haklı olduğuma fazlasıyla eminim."

Kollarımı göğsümde birleştirdim ve sınıfın kapısının yanındaki duvara yaslanıp onları beklemeye başladım. Kısa bir sessizlik oldu, üçü de bir birbirlerine, bir bana bakıyorlardı.

"Kız Onur'dan sert çıktı lan." Burak'ın cümlesiyle gururla başımı dikleştirdim ve bozulduğumu iyice belli ederek yüzlerine bakmadım bile. Buna rağmen Onur'un ikisine de başıyla kapıyı işaret ettiğini görebiliyordum.

"Pelin, canım benim bir işim çıktı, seni ararım görüşürüz. Kendini hiçbir şey için üzme, bir daha ağlamak yok!" Burak kıza son tesellilerini verirken birlikte sınıftan çıktık. Kollarım göğsümde, onlardan ayrı ve çok daha önden ilerliyordum. Bunu her zaman Onur yapar, en önde bizi beklemeden hızlı hızlı giderdi. Ama şu an grubun Onur Zorlu'su bendim.

"Nereye gidiyor bu abi?(!)" Arkamda benim hakkımda konuştuklarını duyabiliyordum. Burak oldukça maç ağzıyla konuşuyordu, öylece beni izlediklerini de biliyordum.

"Zeynep." Mert arkamdan seslenince olduğum yerde durdum ve bir robot edasıyla döndüm onlara, yüzümde hiçbir ifade yoktu.

"Nereye gidiyoruz?" Güzel, nereye gideceğimizi bile bana sorduklarına göre grubun liderliğini ele geçirmeye başlamıştım demekti. Onur anında burnunu çekti ve tam ben cevaplayacakken araya girdi.

"Nereye gideceğimizi, gittiği her yerde belayı üstüne çeken bir günlük bir çocuktan mı öğreneceğiz? Kantine gidiyoruz, yemek yiyeceğiz ve adam gibi konuşup bir plan yapacağız."

Kınayan gözlerle Onur'a baktım. Günde yüz defa emir vermekte üstüne yoktu, emir vermenin her bir çeşidini deniyordu ayrı ayrı. Ama sakin olacaktım çünkü benim planım da buydu. Ben de onları kantine götürecektim, demek ki bir lider gibi düşünmeye başlamıştım. İçten içe kendime göz kırptım ve aklıma gelen bir şeyle başımı kaldırdım.

"Yalnız önce benim sınıfıma uğramam lazım, çantamdan para alacağım." Onur gözlerini kıstı.

"Neden?" dedi.

"Ne demek neden, çünkü yemek yiyeceğiz." Anlamamazlıktan gelerek yüzüme baktı kaşları çatılı bir şekilde.

"Tamam da neden para alıyorsun?" Sıkıntıyla yanaklarımı şişirdim ve derin bir nefes verdim. Beni delirtmeye çalışıyordu ve başarılı da oluyordu, evet.

"Bu okulda parayla yemek alınmıyor mu? Öpücükle mi yemek veriliyor?" Onur kaşlarını havaya kaldırdı. Söylediklerim arasında bir şey, onu hayrete düşürmüş gibiydi.

"Başlatma öpücüğüne. Ciddi ciddi ödemene izin vereceğimi mi sanıyorsun?" Haa, derdi buydu demek. Erkekliğine laf ettirmemek için yanında bir kızın hesap ödemesine izin vermeme meselesi.

"Tabii ki ödeyeceğim, neden sana ödeteyim?"

Onur tahammül edemiyormuş gibi cevap vermek yerine beni kolumdan nazikçe tutarak, "Yürüyün," dedi. Beni kantine doğru çekiştirirken kolumu kurtarmaya çalışıyordum. Bu çocuk soyadı gibi, yaptığı ve yapacağı her şeyde zorlu yolları seçmek zorunda mıydı?

"Ya ne kadar büyüttün, alt tarafı çantamdan para alacaktım!" diye söylendiğim sırada istifini bozmadan yürümeye devam ediyordu.

"Almayacaksın." Gözlerimi devirdim, şimdi alacağım diye tuttursam size yemin ediyorum beni elimden tutar yerde sürükleyerek kantine götürürdü, kantin merdivenlerini bacaklarımla sile süpüre inerdim aşağı. O yüzden yenilgiyi kabullenip bir salak gibi yanında yürümeye devam ediyordum. Ama yok, bu böyle olmazdı. Bu Onur Zorlu denen çocuğa haddini bir şekilde bildirecektim. Şimdi değil belki, ama bir gün mutlaka ona, bana bir kez daha hiçbir şeyi dayattıramayacağını gösterecektim.

"Geliyorum işte, neden hâlâ kolumu tutuyorsun?"

"Çünkü canım öyle istiyor."

"İnsanların kollarını tutmak hoşuna gidiyor galiba." Omuz silktiğini gördüm.

"Hayır, Zeynep'lerin kollarını tutmak hoşuma gidiyor." İsmimi ilk defa ağzından duyuyordum. Garip bir şekilde ismimin ilk defa bu kadar güzel söylendiğini fark ettim. Ciddiyim, zaten efektlenmiş kadar güzel bir ses tonu vardı, birden ismimi söyleyince ondan nefret etmeme rağmen çok güzel gelmişti.

"O zaman git başka bir Zeynep'in kolunu tut, bırak beni." Kolumu çekiştirdiğim sırada beni kolumdan daha sıkı tutarak kantin merdivenlerine yöneltti.

"Üzgünüm! Tanıdığım tek Zeynep sensin!"

O an öyle sinirlendim ki bir hışımla kolumu çekip kurtardım ondan. Öfkeyle ilerleyip boş masalardan birini; en köşedeki, en karanlık masayı kaptım ve kaşlarım çatık bir şekilde beklemeye başladım. Onur gülerek masaya yaklaştı ve tam karşıma oturdu. Yüzüne bakmamaya çalışıyordum. Mert ve Burak gelip iki yanımıza oturduklarında montumun cebinden telefonumu çıkardım. Öylece boş ekrana bakıyordum oyalanıyor gibi görünmek için. Birden Onur tek parmağını uzatıp telefonumun ekranını indirdi ve başını kaldırıp ekranda ne olduğuna baktı. Bakışlarımı ona çevirdim.

"Ne yapıyorsun?"

"Bakıyorum." Cevap verişi meydan okur gibiydi.

"Onu görüyorum da neden bakıyorsun?" Ve her zamanki cevabı elbette bu sorunun da boşluğunu doldurdu.

"Çünkü canım istiyor." Telefonumu sinirle çektim ve ekranını kapatıp montumun cebine attım. Bu çocuk bana rahat vermeyecek, yaptığım her hareketi denetleyecek, hepsine karışacaktı sanki. Sebebini bilmesem de bunu sürekli yapacağını kalbimin en derin noktasında hissediyordum.

"Ne yiyelim?" Mert'in sorusuyla birlikte başımı kaldırdım ve Onur'un soran gözleriyle karşılaştım. Ben mi karar verecektim?

"Bana bakmayın, siz ne yerseniz ondan yerim."

"Ben ve Mert hamburger yiyeceğiz, Onur sevmez. Onur büyük ihtimalle sosisli alacaktır, değil mi?" Mert ve Onur başlarını sallayarak bana döndüklerinde topu bana atmışlardı. Şimdi şöyle bir durum var, burada ben de onlarla olup hamburger yiyeceğim demeyi çok isterdim ama hamburger sevmiyordum. Bu durumda maalesef Onur'un yediğinden yiyecektim, bu onu güldürecekti, eminim.

"Ben de sosisli alayım o zaman." Tam tahmin ettiğim gibi, Onur bilmiş bir edayla saçlarını düzeltti ve güldü.

"Mert, kendinize iki hamburger, bize de iki sosisli al." **Biz...** Bir anda *biz* olmuştuk.

"Burak'la ben fanta içiyoruz biliyorsun, size ne alayım?" **Siz...** Şimdi de *siz* olmuştuk. Onur bana fikrimi bile sormadan direkt Mert'e döndü:

"Bize Ice-Tea şeftali al," deyince, şaşkınlıkla yüzüne baktım.

"Bir dakika ya," dedim, "benim ne içeceğime sen nasıl karar veriyorsun? Belki ben ondan içmek istemiyorum?" Onur merakla baktı yüzüme.

Bir şeyler söyleyecekken Mert bana dönüp, "Sana ne alayım Zeynep?" diye sordu.

Onur'un beni izlediğini bir anlığına unuttum, hatta duyduğunu da unuttum, boşluğuma geldi ve sevdiğim tek içeceği söyleyiverdim:

"Ice-Tea şeftali."

Bunun üzerine hepsi gülmekten kırıldı. Ciddi söylüyorum, Burak ve Mert gülmekten yıkıldılar. Onur'u bile ilk defa bu kadar gülerken görüyorum. Biraz rezil oldum, tamam ama problem değil. Ben söylediği şeyi içmeyi dert etmiyordum, problem o değildi. Benim derdim, benim yerime karar vermesiyleydi.

"Ta-mam!" dedi Mert ayağa gülerek kalkarken. Onur cebinden çıkardığı kahverengi cüzdanını Mert'e uzattı, Mert anında cüzdanı eliyle geri itti.

"Onur, sana bedava hizmet verdiğimi biliyorsun." Aralarındaki bu espriye gülerlerken Onur cüzdanını cebine attı ve Mert yanından çekip gitti. Yemeği Onur'un değil Mert'in ısmarladığını görünce biraz olsun rahatlamıştım. Onun ısmarlamasını istemiyordum.

Masada kısa bir sessizlik oldu, Burak ve Onur telefonlarıyla uğraşıyorlardı. Burak'ın ne yaptığını merak etmememe rağmen Onur'un ne yaptığıyla ilgili içimde garip bir merak vardı. Acaba ben de parmağımı telefonuna bastırıp ekranına baksa mıydım? Yok ama bu Onur Zorlu'ya özgü bir hareketti, merak ederse bakardı. Benim bakma imkânım yoktu. Ben de boş boş kantinin içindeki insanlara bakınmaya başladım. İnsanları izlediğim sırada görüş alanıma Mert girdi, eli boş geliyordu.

"Siparişleri verdim, biraz bekleteceklermiş. Elektrik olmadığı için zor çalışıyorlar. Hazır olduklarında haber verecekler." Onur telefonunu masaya bırakıp başını kaldırdı.

"Tamam. O zaman siparişler gelene kadar ne yapacağımızı konuşalım. Dökül bakalım bela mıknatısı, aklında ne var?" deyince duruşumu dikleştirdim. Aslında aklımda bir şey yoktu ama aklımda bir plan doğmak üzereydi.

"Bence her şeyden önce birbirimizi tanımalıyız. Ben sizi daha doğru düzgün tanımıyorum, yaşlarınızı bile bilmiyorum. Siz de beni tanımıyorsunuz. Madem bir ekibiz... Birbirimizi tanımak zorundayız, öyle değil mi?" Mert ve Burak anında onaylar gibi başlarını salladılar.

"Sen başla," dedi Onur tekdüze bir sesle bana. Memnuniyetle başlardım.

"Tamam, ben Zeynep Akay. Arkadaşlar ve annemler genellikle bana Zeyno der, ikisini de sevmiyorum... Yani siz sakın demeyin!"

"Tamam Zeyno!" Burak'ın kurduğu cümleyle yüzümü ekşittim.

"Lütfen, ciddiyim, nefret ediyorum! Onu geçelim, on sekiz yaşındayım, doğduğumdan beri İstanbul'da yaşıyorum. On bir şubat doğumluyum, kova burcuyum yani. Burcumun özelliklerini çok taşımam. Bir sevgilim yok ve hayır Batuhan'a da yürümüyorum." Son söylediğim Onur'un hoşuna gitmiş gibiydi. Gülerek altdudağını ısırdığını gördüm. Sonra başımla Burak'ı işaret ettim.

"Sıra Burak'ta." Burak anında başladı.

"Ben Burak. Bazı yavşak arkadaşlar bana Burki derler, Bro diyenler de var. Ama ikisinden de hoşlanmam. On dokuz yaşındayım, bir yıl sınıfta kaldım. Akrep burcuyum, burcumun özelliklerini taşırım.

Çok kıskancımdır, buradan kızlara duyurulur. Bir sevgilim yok, biraz önce olma ihtimali vardı ama onu da siz elimden aldınız ve evet, Pelin'e yürüyorum. Mert, sıra sende kardeşim."

"İsmimi zaten biliyorsunuz, Mert. On dokuz yaşındayım. Burak'la beraber sınıfta kalmıştık, pişmanım. Keşke geçseydim de şu arkadaştan kurtulsaydım diye çok kez pişman oldum. Burçları neden söylediğimizi bilmiyorum ama yengeç burcuyum, özellikleri hakkında hiçbir fikrim yok. Bilgisayar oyunu delisiyimdir. Şu anda bir sevgilim yok ve ihtiyaç da duymuyorum açıkçası."

"Kendi işini kendi halleden arkadaşımız..." Burak'ın gizli, müstehcen yorumuyla birlikte üçü kendi aralarında gülerken, burada benim de olduğumu unutmamaları için boğazımı temizledim. Başımı Onur'a çevirdim ve kaşlarımı kaldırdım.

"Sıra sende."

"Arkadaşlar bana Onur der," diye söze girdi, "çünkü ismim Onur. Yirmi yaşındayım. İlkokulu bitirdikten sonra iki yıl okula gitmedim, geçerli sebeplerim vardı, bu yüzden hâlâ buradayım. Burçlara inanmam, açıkçası burcumun ne olduğunu bile bilmiyorum. Dokuz Nisan'da doğmuşum. Saat tam 23.30'da, deprem olurken, bir felakete doğmuşum yani... Bir sevgilim yok; çünkü aradığım gibi birini bulma imkânım yok." Bozulmuş gibi gözlerimi kaçırdım. Karşısında ben varken kurduğu son cümle, bana hakaret niteliğindeydi.

"Aradığın kız... nasıl biri?" Onur bakışlarını gözlerimden ayırmadan cevap verdi.

"Sana ne?" Bozulduğumu belli etmemek için omuz silktim ama bozulmuştum.

"Merak ettiğimden sormadım, konu açılmış olsun diye... Neyse, umurumda değil zaten. Şimdi plan konusuna ge-" dediğim sırada masamızın başında beliren orta boylu esmer tiple beraber dördümüzün bakışları da ona çevrildi. Şaşkınlıkla kaşlarımı kaldırdım. Bu çocuk Onur'un bugün bana gösterdiği çocuklardan biriydi. Camın önünde duran garip çocuktu bu, Sinan Gürler. Onur'un sikik dediği çocuk. Gözleri benim üstümdeydi.

"Merhaba, konuşmamız lazım." Onur anında, en tehlikeli bakışıyla Sinan denen çocuğa döndü.

"Konuşalım." Onur'un sesi oldukça sert ve tehditkârdı. Buna rağmen çocuk Onur'a başıyla beni işaret etti.

"Seninle değil," dedi, "onunla."

O an içimden bir ses büyük bir belanın kapısında olduğumuzu fısıldıyordu. Kapıyı çalmıştık ve belanın kapıyı açmasını bekliyorduk sanki. İçerideki ev sahibi, şüphelilerimizden hangisiydi bilmiyordum ama bildiğim bir şey vardı, bu Sinan denen çocuk gördüğüm en tekinsiz tipti. Ve şimdi benimle konuşmak istiyordu. Çünkü ben, Onur Zorlu'nun deyişiyle, bir bela mıknatısıydım.

7. Bölüm

Ateşin Ta Kendisi!

Kendini ateşe atmak istemezsin...

Sinan Gürler. Tekinsiz ve tekinsiz oluşunun tersine oldukça çelimsiz bir tip; zayıf, uzun, dar tipli erkeklerden. Başı dik değil, oldukça eğik duruyor; kamburunun çıktığını arkasına bakmadan bile görebiliyorum. Çok okuyan, çok dinleyen, çok beyni yıkanan tiplerden. Dinlediği şarkıların anlamını araştıracak değil, onları hissederek dinleyecek insanlardan. Ve şimdi burada, benimle konuşmak istiyor.

Burak, Mert ve Onur tetikte gibiler. Burak ve Mert, Onur'un ağzından çıkacak cevabı bekliyorlardı harekete geçmek için. Tek bir kelimeyle Sinan'ın üstüne atlayabilecekleri her hâllerinden belliydi. Onur ise oldukça sinirli görünüyor ve tehditkâr gözlerle Sinan'ı süzüyordu.

"İsmin Zeynep'ti, değil mi?" Sinan direkt olarak sorusunu bana yönelttiğinde tereddütle yutkundum ve başımı salladım.

"Evet."

"Eğer izin verirsen seninle iki dakika konuşmak istiyorum Zeynep. Tanışma fırsatımız olmadı. Çok zamanını almayacağım, beş dakika." Ben ne cevap vereceğimi bilmediğim için Onur'a döndüğümde, Onur bana bakmıyordu bile, gözleri Sinan'daydı. Birden oturduğu yerden ayağa kalktı ve burnunu çekerek Sinan'ın tepesinden bakmaya başladı. Sinan da başı dik, rahatsız olmuş bir şekilde Onur'a bakmaya çalışıyordu.

"Tamam," dedi Onur kaşları havada, "konuş." Sinan boğazını temizledi ve tedirgin bir şekilde kendini geri çekti.

"Benim masama geçelim." Onur, Sinan onunla dalga geçiyormuş gibi güldü. Kaşlarım çatık izliyordum ikisini. Sinan'ın Onur'dan korktuğu çok belliydi. Onur da ona karşı oldukça kötü-çocuk tavrını takınıyordu.

"Senin masan mı?" dedi dalga geçer gibi. "Bu okulda gördüğün her şey bana ait, içli çocuk. Masalar, sıralar, pencereler ve içinde ağladığın tuvaletler de bana ait. Şimdi aynı cümleyi yeniden kur." Sinan korkuyla yutkundu ve gözlerini Onur Zorlu'nun gazabından kaçırmaya çalıştı.

"Yan masaya geçelim diyecektim." Onur başını salladı ve bir kez daha tehditkâr bir şekilde güldü.

"I ıh," diye mırıldandı, "bir yanlış daha. Kız benim yanımda. Biliyor musun Sinan, eğer ismin sözlükte bir kelime olsaydı tanımın, hafif düzeyde zihinsel yetersizlik sahibi birey olurdu. Şimdi yeterince iyi anladıysan seni bitirmeden önce bir sandalye çek, masamıza otur. Adam gibi bizim yanımızda konuş, tamam mı? Beş dakikan var."

Sinan tereddütle bana baktığında ayağa kalkmam gerektiğini hissettim. Bu şekilde olmazdı, çocuk korkuyor ve bu şekilde davranılmayı hak ediyor gibi de görünmüyordu. Mert ayağa kalktığımı gördüğü an uzanıp kolumu tutunca öfkeyle kolumu çektim ve iki adım atıp Onur'la, Sinan'ın tam önünde durdum.

"Karar benim," dedim sertçe.

"Otur yerine." Onur'un sesi oldukça katıydı. Yüzüme bakmıyordu, Sinan'ı süzerek bana emir veriyordu. Sinan bakışlarını bana çevirdi.

"Seni yanlarında zorla mı tutuyorlar Zeynep?" dedi. Sinan'ın sorusu Onur'un sırıtmasına sebep olurken ben şaşkınlıkla kaşlarımı çattım. Bu ikisi gerçekten düşman gibiydi. Eğer burada zorla tutulduğumu düşündüyse, aralarındaki mesele oldukça ciddi olmalıydı. Tam cevap vermek için ağzımı açtığım sırada Onur gözlerini Sinan'dan ayırmadan elini kaldırıp beni susturdu.

"Ever zorla tutuyoruz n'apıcan?" Tahmin ettiğim bir cevap, Onur Zorlu savaş istiyordu. Ama karşısında onunla savaşabilecek güçte bir insan yoktu. Araya girmek zorundaydım, doğru an'ı bekliyordum sadece. Sinan başını dikleştirdi bir kez daha.

"Kızı bırak," diye güçsüz bir emir verdi Sinan. Mert ve Burak'ın arkada güldüklerini duyuyordum. Onur da aynı şekilde olaydan oldukça eğleniyordu.

"Bırakmazsam ne olur?" Sinan sinirli bir nefes alınca işin ciddileştiğini fark ettim. Onur eğlense de Sinan'ın sinir katsayısı yükseliyordu.

"Bak Onur, istediğin insanı yanında tutamazsın! O kız okula geleli daha bir gün oluyor. Sizinle takılmak istemediği her halinden belli. Eğer onu bırakmazsan, bu işi baban çözmek zorunda kalır, tamam mı!" Burak ve Mert gülmekten yıkılıyorlardı. Onur yapmacık bir anlayışla başını salladığında altdudağımı ısırdım, bu işin sonu iyi değildi.

"Tamam, git babama söyle. Hatta beraber söyleyelim." Sinan'ın beklediği cevap bu değildi. Sadece birkaç saniyeliğine donakalsa da kendine gelip durumu kabullendi. Başını salladığında Onur önce bana, sonra Burak ve Mert'e baktı.

"Yürüyün, babamı ziyaret edeceğiz." Ben şaşkınlıklar içinde biri bu olayı durduracak bir şey yapsın diye bakarken, o iki salak da ayağa kalktılar ve peşlerinden gittiler. Onur ve Sinan önde, Burak ve Mert arkada. Olayın başrolü olan ben de öylece bakıyordum peşlerinden.

Onur bir saniyeliğine arkasını dönüp beni gördüğünde, başıyla yürümemi işaret etti.

"Yürü Külkedisi, ayaklarını kullanacaksın." İstemeye istemeye yürümeye başladım. Olaya itiraz etmeden arkalarından bir salak gibi ilerliyordum. Kantin merdivenlerini çıkarken oldukça hızlı ve kendilerinden eminlerdi. Burak ve Mert her zamanki gibi gülüşüyorlardı. Bu tarz olayların onları eğlendirmesi hiç hoşuma gitmiyordu. Çocuk gerçekten sinirlenmişti ve beni zorla tuttuklarını düşünerek gelmişti. Bu onu kötü yapmazdı. Ama yok tabi, kendilerine karşı geliniyor ya, bu onlara göre kötü bir muameleydi.

MÜDÜR yazılı kapının önüne ulaştığımızda Sinan kapıyı çaldı. İçeriden Onur'un babasının sesi gelince kapıyı açtı ve birer birer içeri girdik. Müdür karanlık altında, masasında birkaç mum yakmış telefonuyla ilgileniyordu. Bizi görünce yüzünün ekşidiğine şahit oldum. Onur'a soran gözlerle bakınca, Onur gülerek Sinan'ı işaret etti başıyla. Babası anında Sinan'a döndü.

"Sinan Gürler... Yine ne var?" Demek ki bu ilk şikâyet anı değildi.

"Efendim," diye söze başladı Sinan saygı çerçevesinde, "oğlunuz yeni arkadaşımızı zorla yanında tutuyor." Söylenince bile öyle komik ki bu çocuk buna nasıl inanmış? Burak ve Mert krizdelerdi. Onur'un gözleri babasının tepkisini görmek ister gibi bakarken, babasının yüzünde ise hayretler içine düşmüş inanamaz bir ifade vardı.

"Emin misin Sinan?"

"Eminim efendim." Müdür başını çevirip Onur'a döndü ve öne doğru eğilip yüzüne görmüş geçirmiş bir ifade takındı.

"Oğlum kız mı kaçırdın?" Mert ve Burak'ın büyük kahkahası odada yankılanırken, gülmemek için kendimi zor tutuyordum. Sinan kaşlarını çatmış müdüre bakarken, Onur başını salladı eğlenir gibi.

"Daha değil, okuldan çıkabilirsek kaçıracağım." Boğazımı temizleyip Onur'a döndüğümde bana bakmıyordu. Başımı müdüre çevirdim tekrar, müdürün bakışları üzerimdeydi. Üzerimdeki gerginliği fark etmiş gibi bana göz kırparak derin bir nefes aldı.

"Şaka bir yana, olayı anlatın bakalım. Kızım benim, bu hayta oğlum seni yanında zorla mı tutuyor? Yapar böyle şeyler. Kız kaçırıp evlenecek o, eminim. Eğer böyle bir durum varsa bana söyle, babasıyım diye korkma sakın." Böyle bir konuşmanın ortasında olduğum için kendimden utanıyordum. Resmen benden bilmem kaçınca defa malmışım gibi bahsediliyordu ve bu tamamen Onur

Zorlu'nun yüzündendi. Aptal çocuk! Olaydan eğlenmesi de ayrı can sıkıcı bir noktaydı. Şeytan, Sinan'ı haklı çıkar diyordu. Ama kalbimin büyük kısmı *Mahşerin Üç Atlısı*'na duyduğum erken sevgiyle doluydu.

Önce Sinan'a baktım, bana cesaret vermek ister gibi başını salladı. Daha sonra başımı kaldırıp Onur'a baktım, bana bakmak yerine babasına bakıyordu. Derin bir nefes aldım ve bakışlarımı müdüre çevirdim.

"Onur..." diye başladım konuşmaya, bütün bakışlar bana yöneldi, pür dikkat benden gelecek cevabı bekliyorlardı. Bir tek Onur emindi vereceğim cevaptan, bir tek o bakmıyordu.

"Onur benim arkadaşım. Tabii ki yanlarında zorla tutmuyorlar beni. Ben kendi isteğimle duruyorum." Sinan şok içinde anında öne atıldı.

"Ama efendim, kız yanında Onur varken korkudan gerçeği söyleyemez ki!" Sinan'a inanamaz bir bakış attım.

"Ben hiçbir şeyden korkmuyorum. Kimse beni yanında zorla tutamaz. Seni ilgilendirmeyen işlere burnunu sokmazsan sevinirim." Müdür başıyla beni işaret etti Sinan'a söylediklerim hoşuna gitmiş gibi.

"Kızı duydun... Bakın çocuklar, şu an bir felaketin ortasındayız. Bu tarz yanlış anlaşılmalarla uğraşacak durumda değilim. Lütfen gidin vakit geçirin, uyuyun... Beni rahatsız etmeyin. Hadi sınıflarınıza."

"Ama efendim..." Sinan bir kez daha konuşmaya başlıyordu ki Burak uzanıp Sinan'ı kolundan tuttu.

"Gel bebeğim, gel, şşş, tamam geçti" diyerek odadan çıkardı Sinan'ı. Mert de peşlerinden giderken Onur'a baktım, gözleri benim üzerimdeydi. Ona baktığımda da gözlerini kaçırmadı. Nedense sert ama onaylar gibi bakıyordu. En sonunda bakışlarını benden ayırmamasından rahatsız olup, ben çektim bakışlarımı üzerinden.

"Kusura bakmayın efendim," dedim, "kolay gelsin." Müdür gülerek başını sallayınca odadan çıktım ve Onur'u beklemeye başladım. Ben kapının önündeyken kapıyı kapattı ve içeride yaklaşık üç dakika kadar daha kaldıktan sonra nihayet çıktı.

Çıktığında koridorda ilerlemek için bir adım atmıştım ki beni bileğimden tuttu. Kaşlarımı çatarak ona baktığımda hiçbir şey söylemeden telefonunu çıkardı ve bir numarayı seçip telefonu kulağına dayadı. Gözlerim bileğimi tutan elindeydi. Yutkundum. Kolumu yavaşça çekip bileğimi elinden kurtardığımda gözleri üstümde değildi. Kimi aradığını bilmiyordum ama Mert'i aradığını tahmin ediyordum ve tahmin ettiğim gibi de çıktı.

"Neredesiniz? Tamam, onu sınıfına bırakın, biz de bizim sınıfa geçiyoruz, oraya gelin. Tamamdır. İyice tembihleseydiniz... Anladım. Görüşürüz." Telefonunu kapatınca bana döndü:

"Sınıfa geçiyoruz," dedi. Başımı salladım. O an aklımda ufak bir plan yapmıştım. Birlikte merdivenlerden çıktığımız sırada nasıl olacağını düşünüyordum. Sinan'la konuşmak zorundaydım. Çocuk hem kendini kötü hissetmişti hem de söyleyeceği şeyi merak ediyordum. Ama bunu Onur'a söyleseydim hayatta izin vermezdi. O yüzden kendi işimi kendim halledecek, onunla gizlice konuşacaktım.

On ikinci sınıfların olduğu kata ulaştığımızda Onur'un yüzüne baktım ve uzanıp nazikçe kolunu tuttum. Durdu ve bir bana, bir elime baktı.

"Ne var?" Sesi yine kibarlıktan oldukça yoksundu.

"Sen sınıfa geç, ben de tuvalete gidip geleceğim." *Lütfen kabul etsin, lütfen Allah'ım lütfen.*

"Tuvaletin kapısında bekleyeceğim. Çabuk ol." Hassiktir... Anında omuz silktim ve yutkundum.

"Olmaz... Yani... Sen sınıfa geç. Benim işim uzun sürebilir. Bazı... Kızsal meselelerden dolayı. Sen git, ben geleceğim." Onur yüzüme uzun uzun baktı. Bir şeyleri görmeyi beklediği belliydi, ama ne? Hiçbir ipucu vermeden direkt olarak gözlerine baktım ve sonunda pes etti.

"Tamam, sınıfta bekliyorum." Rahat bir nefes verdim ve başımı sallayarak tuvalete girdim. İçeride iki dakika kadar bekledim ve kapıdan koridoru kontrol edip çıktım. Onur'ların sınıfı koridorun sonundaydı. Sinan'ın sınıfı, yani benim bugünkü sınıfım ise tuvaletin hemen yanında, koridorun başındaydı. Sınıfa girdiğim an Sinan'ı gördüm, tek başına en arka sol köşedeki sırada oturuyordu ve gözleri telefonundaydı. Sınıfın kapısını kapattığım an başını kaldırdı.

"Zeynep?(!)" Sessizce başımı sallayarak ilerledim ve önündeki sıraya oturup ona döndüm.

"Çabuk ol. Ne söyleyeceksen söyle, fazla vaktim yok." Bana doğru eğildi telaşla.

"Seni korumaya çalıştım, beni yalancı durumuna düşürdün!" dedi.

"Ben doğruları söylüyordum. Onlar beni zorla yanlarında tutmuyorlar. Ben istediğim için yanlarındayım. Şimdi de beni bekliyorlar, ne söyleyeceksen söyle, çabuk ol."

Sinan bana kızgındı. Yüzüme öfke dolu bir bakış attıktan sonra öfkesini kendi içinde yenmeye çalıştığını anladım. Derin bir nefes aldı ve gözlerini gözlerime dikti.

"Bak Zeynep, sen yenisin, onları tanımıyorsun. Seni çok iyi anlıyorum, Onur çok yakışıklı, sert, bir kıza göre tapılası bir tip. Ama kendi iyiliğini istiyorsan Onur Zorlu'dan uzak durmalısın. **O çocuk ateşin ta kendisi!** Kendini ondan çekmek zorundasın. Daha yeni geldin, kendini ateşe atmak istemezsin."

Kaşlarımı çattım. Bu çocuk Onur hakkında bunları söyleyebilecek kadar ne yaşamıştı? Onur ona ne yaşatmıştı da hakkında tüm bunlar söyleniyordu? Anlam veremeyerek baktım yüzüne.

"Anlamıyorum..." diye mırıldandım.

"Anlamanı beklemiyorum, ben sadece seni uyarıyorum."

"Ama... Çok saçma, sana ne yaptı da bunları söylüyorsun?" Vaktim azalıyordu. Tuvalette geçirebileceğim kadar süre geçirip çıkmak zorundaydım buradan. Ama çocuk mesajlı konuşmaktan başka bir şey bilmiyordu. Şimdi kollarını tutup, "SÖYLESENE BE SÖYLESENE!" diye bağıracaktım.

"Sen sadece beni dinle. Onur da arkadaşları da senin için fazlasıyla tehlikeli. Yanlarında olduğun sürece başını beladan kurtaramazsın. Huzur istiyorsan onlardan uzaklaş, eğer korkuyorsan ben yanında olurum." Anlam vermeye çalışarak baktım yüzüne, ama hiçbir şekilde anlam veremiyordum ve veremezdim de. Sinan uzanıp elini kolumun üstüne koyunca kaşlarımı çatıp kolumun üzerindeki eline baktım.

"Ben yanındayım... Benden çekinmene gerek yok Zeyn-" derken kapı birden açılınca başımı anında kapıya çevirdim. Tanrım! Şok içinde bakakaldığım sırada, Onur'un içeriye bir beton edasıyla girdiğini ve bize doğru ilerlediğini gördüm. Tam başımızda durdu, ellerini sıranın üstüne dayadı ve tehditkârca Sinan'ın üstüne doğru eğildi. Ağzından sadece yedi harf çıktı.

"O eli çek."

Bir Sinan'a, bir kolumdaki eline, bir de Onur'a baktım. Sonra döndüm ve kendime dedim ki "Sıçtın, Zeynep Akay. Kelimenin tam anlamıyla, sıçtın." Çünkü biliyordum, hayatım bir dizi olsaydı, sezon finali şu an olurdu.

8. Bölüm

Seni Bırakmayacağım.

Kilitler açılıncaya kadar...

Bazı hareketler vardır, yaptıktan sonra pişman olursunuz. Alışkanlık olan hareketlerinizi yapmadan önce –nefes almak, adım atmak- düşünmezsiniz. Ama bazı hareketleri veya olayları yapmadan önce defalarca düşünür, öyle karar verirsiniz. Çünkü bazı olayların sonuçları, kötü olabilir...

Ben hayatımda ilk defa bir şeyi yapmadan önce defalarca düşünmedim. Belki mükemmeliyetçi diyebilirsiniz ama ne yapsam, yapmadan önce defalarca düşünür öyle yaparım. Şimdi, ilk defa sadece bir kez düşünerek bir adım attım. Onur'u atlattım ve Sinan'la konuşmaya geldim. Beni bulabileceği, buraya gelebileceği, Sinan'ın elini benim kolumun üzerindeyken görebileceği aklımın ucundan bile geçmedi. Ama olay bu, Sinan'ın eli benim kolumda, Onur Zorlu'nunsa emri, kesin ve net. **"O eli çek!"**

Sinan gözlerini benim gözlerimden ayırmadan yutkundu ama ben o an gözlerimi Sinan'ın gözlerine dikecek kadar cesur değildim. Onur Zorlu'yu tanıdığım birkaç saat bana bir şeyler öğretmişti. Eğer şimdi buradan kalkmazsam benim değil ama Sinan'ın sonu kötü olacaktı. Kendim için değil, Sinan için kolumu hafifçe çekmeye çalıştım. Ama Sinan o an beni şoka sokacak şekilde kolumu sıkıca kavrayınca şaşırarak ona baktım. Gözleri sertti ve gözlerimdeydi. Ah, salak, seni öldürecek!

"Zeynep..." diye mırıldandı Sinan, "Onunla gitmek istemiyorsun. Bunu görebiliyorum, gitmek zorunda değilsin." Başımı korkuyla Onur'a çevirdiğim sırada Onur'un burnunu çektiğini gördüm; alnındaki damarlardan biri ben buradayım diye bağırırcasına belirginleşti. Elini yavaş yavaş Sinan'ın kolumdaki elinin üstüne koydu.

"Çek," diye emretti kısaca, "yoksa ben çekeceğim.

"Sinan lütfen, ben sadece konuşmaya geldim çek elini lütf-" Onur elini kaldırıp ağzımı kapattığında korkuyla başımı bir kez daha kaldırdım. Bana değil Sinan'a bakıyordu ve yüzündeki nefret dolu ifade o kadar belliydi ki. Bana bir şey yapar korkusuyla değil, benim yüzümden Sinan'ın başı belaya girer korkusuyla birkaç saniyeliğine titredim.

"Eğer ölmek gibi bir hayalin varsa, benim tarafımdan zarar görmek hobinse, canının yanması, ilgi alanların dahilindeyse elini çekme, kalsın. Ama eğer zarar görmek istemiyorsan, o elini oradan çekeceksin Sinan Gürler. O el..." dedi ve kaşlarıyla kolumu gösterdi. "Yanlış yerde duruyor ve ben bu yanlışı düzelteceğim." Tek eli ağzımı kapatan Onur'a donmuş gözlerle baktıktan sonra gözlerimi Sinan'a çevirdim. Korkuyordu, korkması gayet doğaldı çok basit. Çünkü ben de biliyordum, Onur Zorlu dediğini yapar, zarar verir, canını yakar ve öldürürdü de. Benim anlamadığım şey, bu olayın bu kadar büyümesinin sebebiydi. Sebebi neydi? Eli kolumdaysa ne olmuş? Ben kimdim ki, neyiydim ki onun? Bunları düşünecek vaktim olacağına eminim ama şimdi, Sinan'ın elini kolumdan çekmesi lazımdı ki çekeceğine emindim. Yalvaran bir bakış attım ona. Birkaç saniye düşündü, altdudağını ısırdı ve derin bir nefes alıp elini ağır ağır kolumdan çekti.

"Bu sefer sen kazandın Onur Zorlu."

"Her zaman," diye düzeltti Onur Sinan'ı sertçe. Elini ağzımdan çekip kolumu sertçe kavradı ve beni zorla çeke çeke ayağa kaldırdı. Sinan'a tek kelime bile etmeden beni dışarı sürükledi hızına yetişmeye çalıştığımda. Arkamızdan sınıfın kapısını gürültülü bir şekilde kapattı ve beni hiç beklemediğim bir şekilde, bomboş koridorda duvara yapıştırdı. Ellerini iki yanıma koyup üzerimde eğildi, karanlık koridor yetmezmiş gibi gölge yaparcasına. Görebildiğim tek şey gözleri, dudakları ve nefesiydi. Öfke dolu soluyordu.

"Tek soru soracağım," dedi tane tane, "tek cevap vereceksin." Sinirliydi; öfkesinden yerinde duramıyordu. Dudağını ısırdı, ben başımı salladığımda burnunu çekti öfkeyle.

"Neden gittin?" Bakışlarımı kaçırdım ve arkasındaki duvara odaklanarak zaman kazanmaya çalıştım. Birden sertçe eliyle çenemi kavradı ve yüzümü kendi yüzüne doğru tutup, beni ona bakmaya zorladı. Başımı elinden kurtardım ve gözlerine baktım.

"Çünkü bir şeyler anlatmak istiyordu ve ben de anlatacaklarını merak ettim, tamam mı!" Başını onaylamazca salladı.

"Tamam değil, ne konuştunuz?"

"Ne?" diye sordum, soruya cevap bulabilmek için zaman kazanabileyim diye. Soruyu tekrarlatmam, Onur'un sinirlerini yedi katına çıkarmıştı.

"Ne konuştun o sikikle?(!)" Sorusunu bir kez daha tane tane sıralayınca, boğazımı temizledim.

"Konuşamadık ki... Sen hemen geldin..." Yüzüme; yaramaz bir çocuğun kırdığı vazoyu, kırmadığını iddia ettiğini anlayan babası gibi baktı.

"Dökül," dedi, "kelime kelime anlatacaksın." Kaçarım yoktu, anlatmak zorundaydım. Zaten, tam olarak öğrenmek istediğim her şeyi öğrenebilmiş sayılmazdım ama en azından söylediklerini söyleyebilirdim.

"Senin tehlikeli olduğunu söyledi. Yanında durmamam, ateşe bulaşmamam gerektiğini... Bunları söyledi. Zarar görürmüşüm, belaya bulaşırmışım... Huzur istiyorsam senden uzak duracakmışım."

Onur'un gözleri birkaç saniyeliğine dondu. Bakışları yüzümde dolaştı; kaşlarının çatıldığını, nefesinin tutulduğunu fark ettim. Sanki kurduğum cümleler Onur'un içinde ufacık bir yeri yaralamıştı.

Yutkundu ve beklemediğim bir şekilde üzüldüğünü hissetmeme sebep olacak bir yüz ifadesi takındı.

"Bunları öğrenebileceğin tek insan o değil. Bunları sana ben de söyleyebilirdim, hâlâ da söyleyebilirim. Benim yanımdaysan... Belaya bulaşırsın, belaya bulaşmak istemiyorsan benden uzak duracaksın." Kurduğu cümlelerle birlikte kaşlarımı çattım, bunu kabul ediyordu! Ve ne demekti bu şimdi, ondan uzaklaşmamı mı tavsiye ediyordu? Büyük bir hayal kırıklığıyla kaşlarımı çattığım an duruşunu dikleştirdi ve devam etti:

"Ama atladığı bir nokta var, eğer hâlâ güvenli bölgede olsaydın, seni tutar kendimden en uzak noktaya bırakır hayatıma geri dönerdim. Atladığı nokta şu, sen belaya bulaştın bile. Yanımdasın ve belanın içine batabileceğimiz kadar battık şimdi... Seni bırakmayacağım," dedi.

Belki bu hoşuma gitmemeli, belki buna mutlu olmamalıyım ama içimdeki seslerden biri rahat bir nefes aldı bile. Onur Zorlu'dan hoşlanıyor değilim, onu seviyor değilim, onunla konuşmak istiyor bile değilim ama beni yanında tutmasını istiyorum. Nedenini bilmiyorum ama evet, ben bunu istiyorum. Kaşlarımı hafifçe kaldırdım.

"Peki ya ben yanında kalmak istemezsem?" diye mırıldandım sessizce. Bakışları kıpırdamadı bile, gayet kendinden emin bir şekilde, sertçe cevapladı sorumu.

"İstememe gibi bir lüksün yok. Sen benim yanımda kalacaksın Zeynep Akay."

Bu bir anlaşmaydı, gözümün önünde kâğıt imzalamış gibi, kefil bulup getirmiş gibi sözüne inanacağım bir anlaşmaydı bu. Ona inanıyordum; bana, beni bırakmayacağını söylüyorsa beni bırakmayacaktı. Bazı insanları tanımanız için yıllar yeterli olamazken, bazı insanları birkaç dakikada bile tanıyabiliyordunuz. Ben Onur Zorlu'nun beni yanına aldığını ve bırakmayacağını daha ilk dakikamızda anlamıştım. Çünkü içimde bir yerlerde görebildiğim şey, dünya üzerinde en sevdiği insanı kaybetmiş olan birinin, kimseyi kaybetmeye tahammülünün olamayacağıydı. Bu yüzden Mert'in söylediği gibi hayatına birini zor alırdı, ama alırsa da bırakmazdı. Bir süreliğine de olsa beni bırakmamak üzere hayatına almıştı. Bir gün, iki gün, belki üç gün... Onun yanında olacaktım. Onu sevdiğimden, ondan hoşlandığımdan, ona saygı duyduğumdan değil, birini kaybetme korkusuyla hayatına almaktan korkmasına rağmen, yanında kabul görmenin onurundan, buna nail olmanın mutluluğundan bu haldeydim. Bildiğim tek bir şey vardı, okulun kapıları kilit altına alınırken sahip olduğum hiçbir şey, o kilitler açılıncaya kadar aynı kalmayacaktı...

9. Bölüm

Evet, Komik.

Ama o Onur Zorlu'ysa, ben de Zeynep Akay'dım.

"Seçme lüksün yok. **Benim yanımda kalacaksın Zeynep Akay."**

Onur Zorlu'nun bu cümleyi kurmasının üstünden yaklaşık on yedi dakika, birlikte koridorda ilerleyip sınıfa girmemizin üzerinden on altı dakika, benimle konuşmayı kesmesinin üzerinden on beş dakika geçti. On beş dakikadır bomboş sınıfta, alakasız sıralarda sessizce oturuyoruz. Burak ve Mert'in nerede olduğu hakkında hiçbir fikrim yok, aynı şekilde Onur'un da bu konuda bir fikrinin olduğunu sanmıyorum. Birbirimize bakmıyoruz, konuşmuyoruz, birbirimizi görmüyoruz bile. Gerçi yalan söyleyemem, ben onu görüyor da olabilirim. Ben ona bakıyor da olabilirim. Çünkü yanınızda Onur Zorlu varsa bakmadan, görmeden duramıyordunuz. Kaşlarının sürekli üzüldüğü bir şeyler varmış gibi çatık duruşu; yeni kestiği belli olan hafif sakalları, kalın dudakları, karakteristik burnu, kemikli yüzü, kalkık saçları, ela gözleri... Bilmiyorum. Size aynı sınıfta tek başıma bulunduğum, seviyor olmadığım, hoşlanıyor hiç olmadığım, belki birkaç gün sonra görmek bile istemeyeceğim ama beni yanından ayırmasın diye yalvaracağım adamı böyle tarif etmek beni rahatsız ediyor. Ama söylediğim gibi, yalan söyleyemem.

Onur Zorlu yakışıklı mı?

Onur Zorlu yakışıklı.

Telefonumdan gelen titreşimle birlikte telefonumu sıranın üzerinden aldığım sırada Onur'un da telefonunu cebinden çıkardığını gördüm. Bildirim bölmesini alta kaydırır kaydırmaz gülümsedim.

CİNAYET İSİMLİ WHATSAPP GRUBUNDAN BİR YENİ MESAJ

Anında mesaja tıkladığım sırada Onur'un da mesajı açtığını gördüm. Şu an Burak da Mert de grupta çevrimiçiydi. Ve Burak'tan gelen mesajla birlikte biz de çevrimiçi olmuştuk. *Mahşerin Dört Atlısı* koymalıydık grubun adını belki de, ben bu ismi bize çok yakıştırıyordum. Hoş, bunu Onur'a söylesem yüzüme kusacakmış gibi bakardı, biz ne zaman biz olduk derdi...

***Burak: Neredesiniz oğlum siz? Mert'le bakmadığımız yer kalmadı.**

Direkt konuşmaya daldım:

***Zeynep: Oğlum mu?**

Onur'un karşı sırada telefona hafif çarpık bir gülüşle baktığını gördüm.

***Burak: Pardon Zeyno, biz aramızda böyle konuşuruz da genelde. Ağız alışkanlığı.**

***Mert: Parmak alışkanlığı demek istedin herhalde?**

***Mert: Yakında sen de oğlum demeye başlarsın Zeynepçiğim.**

***Mert: Bizim aramıza dahil olan oğlum demeye başlıyor**

***Mert: Bir de şey var**

***Mert: Abi**

***Mert: Abi demeye de başlarsın, Onur bulaştırdı bize.**

***Onur: Kötü mü yaptım abi?**

Kahkaha atmamak için kendimi zor tutarak yazmaya başladım.

***Zeynep: Ahaha şu an bir cinayete tanık olduğumuz, okulun içinde bir katil olduğu, elektriklerin kesik olduğu ve okulun karantina altında olduğu gerçeklerini yok sayarsak sizinle bayağı eğleniyorum ben ya.**

Başımı anında kaldırıp Onur'a baktım tepkisini görmek için. Mesajı okuyuşunu izledim. Ağır ağır okuyordu belli ki çünkü gülmüyordu, daha başında olmalıydı. Okudu, okudu, gülmedi... Niye gülmüyor? O gülsün diye komik mesaj yazdım, niye gülmüyor? Yani gülüşüne meraklı değilim de, sert çocuğumuz nasıl gülüyor görmek isterdim. Yutkunarak başımı telefona eğdim.

***Burak: assdfbasdsd Zeynep senin içinde bir adet Onur var. Sana pek kendini göstermiyor ama Onur da komik çocuktur.**

***Onur: Evet, komiğim.**

Bu mesajı bir yere not alın. Bakın, bu bir insanın hayatında alabileceği en ilginç, hatta tablo yaptırılıp duvara asılacak mesajdır. Başka hangi insan, hangi insana geyik bir muhabbetin ortasında dünyanın en ciddi yüz ifadesiyle "Evet, komiğim." yazar? Sadece Onur Zorlu. Bana göstermediği kadar komik olup aynı zamanda bu kadar üzerine beton dökülmüş gibi davranabilecek tek insan o. Bir insan ciddi mesajlar yazabilir ama bu, evet, komiğim olmaz. Şu an size abartılı gelebilir, ama ben hayatımın en komik mesajını aldım.

Onur Zorlu komik mi?

Evet, komik.

***Mert: Bence, ben daha komiğim?**

***Burak: Yav he he. Siz neredesiniz hakikaten? Zeynep, Onur bir şey yapmadı değil mi sana? Espri yapmıştır filan hahaha...**

***Mert: Burak arkadaşımızı gruptan atmamı isteyenler 1e bassın**

***Onur: 1**

***Zeynep: 1**

***Burak: Lan!**

***Burak: Lan sakın!..**

***Burak: Lan sakın yapma...**

***Burak: Bu grup benim her şeyim**

***Burak: Bu grup benim hayattaki tek başarım**

***Burak: CİNAYET grubu bu hayatta kurduğum tek grup ve dağılmasına izin vermem.**

***Zeynep: Dağılmıyoruz ki.**

***Zeynep: Seni atıyoruz. :)**

***Mert: Ahaha**

***Mert: Bu kız bizim grubumuza dahil olmak için yaratılmış ya, değil mi Onur?**

Kısa bir bekleyiş ve cevap:

***Onur: 11-C'deyiz, gelin.**

Yine konuyla alakasız, odunca bir mesaj, yine ciddiyet, yine resmiyet, yine Onur Zorlu. Artık yavaş yavaş Onur'un kaçamak cevaplarına, konudan uzaklaşışlarına alışıyorum. Onur'u tanımaya başladım. Ben varken kimseye iltifat etmez, espri yapmaz, gülmez, mutlu etmez, mutlu olmaz. Çünkü neden bilmiyorum ama benimle samimi olmaktan, kendini bana daha fazla göstermekten korkuyor. Tek tarafı duvarla kapatılmış, solunda Mert, sağında Burak var. Önünde ben varım ama onunla, benim aramda da duvar var işte. Ve egomu yenip duvar olmayana bir yere, arkasına geçemiyorum. Çünkü arkasını hiçbir zaman dönmeme ihtimali, duvarın bir gün yıkılabilecek olma ihtimalinden ağır basıyor, yenik düşüyorum.

Kendimi tüm bu düşüncelerden sıyırıp telefonu sıraya bırakmamın üzerinden iki dakika geçmişti ki Burak ve Mert sınıfın kapısında belirdiler. Kapıyı açıp karanlık sınıfa girdiler ve kapıyı arkalarından kapattılar. İkisi de birer sıraya uzanırcasına oturduklarında aklımda derin düşüncelerle onlara baktım.

"Plan," dedi Onur sertçe, "şimdi yeni bir plana ihtiyacımız var."

Hepimiz dikkat kesilerek Onur'a döndük. Onur oldukça ciddi, oldukça polisiye bir roman karakteri gibi görünüyordu; gözlerini sırayla üzerimizde dolaştırdı.

"Doruk ya da Sinan, ikisinden biri." Gözlerimi kıstım.

"Sinan olamaz," diye mırıldandım, Onur'un bakışları birden değişti. Bozulmuş gibi öfkeyle kaşlarını çatarak bana baktı.

"Yakın arkadaşın galiba?" Sorusu tehditkârdı. Yutkundum, kıskanmış mıydı yoksa sadece sinirlenmiş miydi?

"Y-yani... Sinan ürkek bir tip. Cinayet işlemiş olamaz diyorum sadece."

"Onun içinde nasıl bir piç yattığını bilmiyorsun. İnsanları tanıdığını sanıyorsun, değil mi?" diyerek beni sertçe süzdükten sonra "Tanımıyorsun," diye ekledi.

Gözlerimi rahatsız olarak kaçırdım, bakışları beni korkutuyordu. Bana bir şey yapmayacağını biliyordum. Sadece bakışlarının altında bana bir veya birden fazla sebepten dolayı öfke duyduğunu bilmek beni korkutuyordu. Bana öfkelenmesini istemiyordum. Çünkü inanın bana, tanıyor olsaydınız Onur Zorlu'nun size öfkelenmesini istemezdiniz.

"Abi ben de inanmıyorum. Doruk çok daha mantıklı geliyor bana, sinsi sarışın, Allah'ın malı. Bak yine sinirlendim..." Burak öfkeyle Doruk'a söverken kaşlarımı çatarak soran gözlerle Mert'e baktım.

"Eski sevgilisi Burak'ı, Doruk'la aldattı da." Mert bana açıklama yapınca Burak anında Mert'e döndü:

"Abi niye anlatıyorsun?(!)" dedi. Burak'ın sorusuyla birlikte Mert gözlerini devirdi.

"Kız merak ediyor, ne diyeyim ki? Kabullen artık, aldatıldın işte. Hem Zeynep artık bizden biri," dedi. Burak anında bana döndü telaşla.

"Bak Zeyno bu bizim aramızda kalacak! Aldatıldığımı kimse bilmeyecek," dediği an, başımı salladım.

"Merak etme, ben de Burak'a katılıyorum. Doruk'ta çok daha katil olmaya yatkın bir tip var." Onur'un sert bakışlarını bir kez daha üzerimde hissettiğimde korkuyla ona döndüm; dokunduğu kelebeği dondurarak öldürecek bir ifade vardı yüzünde.

"Sinan'da nasıl bir tip var?" Onur Zorlu bana tuzak sorular soruyordu! Ve Allah biliyor ya, içimde bir yerlerde acaba kıskanıyor mu diye düşünüyordum.

"Sinan... Dedim ya... Ürkek işte. Doruk daha cesur, daha korkusuz, daha umursamaz; duygu yoksunu, sert bir tipi var. Bakışlarında korku yok." Onur başını iyice kaldırdı.

"Âşık olmuşsun, hayırlı olsun!" dedi. Kulaklarıma inanamayarak şaşkınlıkla dudaklarımı araladım.

"Ben sadece analiz yapıyorum!"

"Analiz denen şey benim sikimde değil tamam mı? Ben kesin sonuç istiyorum. Bu çocuk katilse, ağzından ben katilim dediği cümleyi duymak istiyorum. Korkusuz bakışları umurumda değil. Eğer korkusuz bakan her insan katil olsaydı şu an kaç kişinin ölümünden mesuldüm biliyor musun Zeynep Akay?" Bakışları üzerime öyle dik geliyordu ki yutkundum, başımı hayır anlamında salladığımda kendi sorusuna kendi cevap verdi.

"Çok kişi."

Bakışlarımı ondan kaçırıp sıranın üstünde duran telefonuma çevirdim. Kesin sonuç istiyordu, kesin bir cevap, kesinlik istiyordu. Doruk'un ağzından laf alabilecek tek insan bendim bu dörtlünün içinde. Doruk gibi tipler, ne Burak'a ne Mert'e ne de Onur'a yumuşarlar, sadece karşılarında bir kız olduğu zaman değişirlerdi ve ağızlarını açarlardı. Bu yüzden belki de... Kendimi tehlikeye atmalıydım?

"Doruk'un ağzından o cümleyi ben alacağım." Üçünün de bakışları anında bana yöneldi.

"Ne?" Mert'in şaşkın sorusuyla birlikte başımı salladım.

"Doruk'a yakınlaşıp onu konuşturacağım. Eğer katil oysa konuşacak. Ve bunu ben yapacağım, siz değil."

Bakışlarımı Onur'a çevirdim. Bana, onunla dalga geçiyormuşum gibi bakıyordu. Hatta bakışlarında, benzinin bir lira olduğunu açıklamışım gibi bir ifade vardı. İzin vermemeye çalışacağı belliydi. Ama o Onur Zorlu'ysa, ben de Zeynep Akay'dım. O istediğini alırsa, ben de alırdım. Onun istediği, benim istediğimin olmamasıysa bile, o zaman yine kazanan ben olurdum. Çünkü kimse, Zeynep Akay'ın özgürlüğünü elinden alamazdı, bu kişi Onur Zorlu olsa bile...

10. Bölüm

Ela Gözlerin Ardında...

Sadece gözlerinin değil, bakışlarının rengi de elaydı...

Benim onlara sunduğum plan, ya da bir diğer deyişle kararım açık ve netti. Doruk'la yakınlaşıp ağzından laf alacaktım. Ama Onur'un ela gözleri üzerimde tehditkâr bir şekilde dolaşıyordu. Burak ve Mert'in bakışları da Onur'un tepkisini bekler gibiydi. Onur'un ela gözlerinin ardında ne döndüğünü bilmiyordum, bilmemin imkânı da yoktu. Ama şunu çok iyi biliyordum, beni durdurması imkânsızdı. Kimsem değildi o benim, beni sonsuza kadar hayatında tutmayı bile düşünmüyordu. Üç günlüğüne yanında kalacağım adamın fikirleri o kadar da etkilemeyecekti beni.

"Güzel espri," diye mırıldandı Onur. Kaşlarımı kaldırdım.

"Espri?" diye yineledim. Onur bana cevap vermek yerine bakışlarını Burak ve Mert'e çevirdi.

"Beyler, Zeynep'in güzel esprisini dinleyip gülmediğimize göre sizin fikirlerinizi de öğrenebilir miyim?" Sıradan atlayıp ayağa kalktım anında, bu düpedüz benimle dalga geçmekti!

"Ben espri yapmadım Onur Zorlu, planımı söyledim. Bizim planımız değil bu, benim planım. O cesedi ilk ben gördüm ve şimdi katilini bulma adına yaptığım planı uygulayacağım!" Onur bakışlarını olabildiğince sert bir şekilde bana çevirdi. Size yemin ediyorum;

ela gözlerinin altında yatan ateşi görebiliyordum. Gözlerinin rengi neredeyse turuncuya dönmek üzereydi.

"Uygulamayacaksın." Cevabı bu kadardı. Ses tonu yüksek değildi, ama bağırmak istediği o kadar belliydi ki.

"Neden?" dedim kaşlarımı kaldırarak.

"Çünkü canım öyle istiyor." Hah, başka cevabı olamazdı, değil mi?

"Neden?" diye sordum tekrar. "Yoksa beni kıskanıyor musun?" Burak ve Mert aralarında gülüşürlerken Onur anında gözlerini devirdi.

"Seni daha fazla dinlemeyeceğim, otur şuraya." Verdiği emre rağmen ona doğru bir adım daha attım, eğlenir gibi baktım yüzüne.

"Beni kıskanıyorsun." Onur öfkeyle derin bir nefes aldı.

"Daha önce de söylediğim gibi," dedi, "si-kim-de-bi-le-de-ğil-sin."

Heceleye heceleye kurduğu cümlenin ağırlığını, ikinci kez yaşadığımda başımı salladım. Yutkunarak doğruldum ve gülümsedim.

"Öyleyse bana karışamazsın. Müsaadenizle, kantine gidip Doruk'u bulacağım," dedim. Kapıya yöneldiğimde Onur'un, arkamdan ne olduğunu anlamadığım bir küfür savurduğunu duydum. Durmak yerine hızla sınıftan çıktım. Burak ve Mert'in peşimden gelmek üzere hareketlendiklerini duyduğum sırada Onur'un, "Gitmeyin, ne hali varsa görsün," dediğini işittim. Umurumda değildi, ben de onun umurunda değildim. Ama sebebini bilmesem de sinirlendiğini görebiliyordum. Karanlık koridorda kararlı adımlarla ilerledim. Aklımdan Onur'u atmaya çalışsam da her seferinde kendimi, ela gözlerinin altında yanan ateşi düşünüp merakla kıvranırken buluyordum.

Kantin merdivenlerinden indiğimde kalabalık kantinde gözüme ilk çarpan kişi tek başına oturan Doruk oldu. Sarı dağınık saçları onu bu karanlıkta bile görünür kılıyordu. Çekinerek ilerledim ve yanındaki sandalyeyi çektim, şaşkın bakışları üzerime yöneldiğinde gülümsemeye çalıştım.

"Oturabilir miyim? Başka boş yer yok da."

Başka boş yer olup olmadığına bakmadan anında başını salladı gülümseyerek.

"Tabii, oturabilirsin," dedi. Sandalyeye oturup telefonumu masanın üzerine koyduğumda Doruk'un bakışlarını üzerimde hissettim.

"Okula yeni geldin, değil mi?"

"Evet."

"Vay... Yeni kız masama oturdu, Onur Zorlu kıskanmasın" Anlaşılan ünümüz buraya kadar yayılmıştı. Gülümsemeye çalışarak saçımın bir tutamını kulağımın arkasına attım.

"Onur... Arkadaşım."

"Çok ilginç! O iki salaktan başka bir arkadaşı olduğunu görmemiştim." Burak ve Mert'e salak dediği için karnıma sinir dolu bir ağrı saplandı. Tamam, yıllardır tanışıyor değildik ama onları seviyordum.

"Onlar salak değil," dedim gülümseyerek, "tanısan seversin."

"Onur'un yanında dolaşıyorlarsa salaklardır." Kaşlarımı çattım. Niye herkes Onur'dan nefret ediyordu?

"Neden, Onur'da bir sorun mu var?" Gülmeye başladı.

"Onur'da bir sorun yok, Onur sorunun ta kendisi! Bu okulda ondan nefret etmeyen bir erkek bulacağını sanmıyorum." Kıskançlık... Onur'u kıskanıyorlardı aptallar.

"Belki de doğaüstü bir görünüşü olduğu içindir?"

"Gerçekten böyle mi düşünüyorsun? İsmin neydi?"

"Zeynep. Evet, Onur'un yakışıklı olduğu inkâr edilemez." Doruk bozulmuş gibi kaşlarını çattı.

"Doğaüstü de demeyelim ama. Abartılacak bir şey göremiyorum. Benim gözlerime sahip değil mesela," dedi.

Başımı kaldırdım. Onur'un abartılacak bir tipi olmadığını savunan Doruk'un masmavi büyük gözlerine baktım. O an garip bir şey hissettim. Mavi gözler her zaman favorimdi ama Doruk'un mavi gözlerinde, Onur'un ela gözlerinde gördüğümü göremedim. Gözler değildi belki de önemli olan, bakışlardı. Onur Zorlu hayatımda gördüğüm en güzel gözlere sahip değildi ama en güzel bakışlara sahipti. Sadece gözlerinin değil, bakışlarının rengi de elaydı.

"Bu konuyu kapatsak?" Gülerek başını salladı.

"Bence de. Güzel kızlarla Onur'dan bahsetmekten hoşlanmıyorum. Senden bahsedelim Zeynep. Okula bugün başladın, değil mi?"

"Evet, öyle oldu." Doruk büyük bir kahkaha attı.

"Şu şansa bak! Okula başladığın gün okul karantinaya alınıyor," derken, cümlesini devam ettirip ve bir cinayet işleniyor demek istedim...

"Ben her zaman böyleyimdir, nereye gidersem felaketi de yanımda götürürüm."

"Kaostan besleniyorsun yani." İçten bir şekilde gülümseyip başımı salladım.

"Aynen öyle!" dedim.

"O yüzden Onur Zorlu'nun yanındasın, çocuk kaosun kaynağı." Bir kez daha derin bir nefes aldım, aklımdan çıkmasına izin vermeyeceksin değil mi Tanrım?

"Ben ondan çok daha fazla felaket çekiyorum! Belki de benimle takılarak o belaya bulaşmıştır? Eee anlatsana Doruk, sen de çok bela çeker misin kendine?"Aferin kızım güzel soru, bakalım ağzından laf alabilecek miyim!

"Ben mi? Yok, benim sade bir hayatım vardır. Bütün gün otururum, sohbet muhabbet..."

Hiç de katil gibi konuşmuyor. Bir şeyler sormam lazım, ama ne sorsam? Yani ağzından nasıl laf alabilirim ki? Direkt şey mi desem, HAYATINDA HİÇ BİRİNİ ÖLDÜRDÜN MÜ? Yok, öyle olmaz. Odaklanamıyorum da, aklım Onur'da. Benim Doruk'la konuşmamı kabullenmiş olması, peşimden gelmemiş olması, hatta Burak ve Mert'i bile yollamamış olması beni rahatsız ediyor. Kısaca beni umursamaması, beni rahatsız ediyor. Tamam, izin vermemeye çalıştı ve buna rağmen buraya geldim. Ama yine de çabuk kabullendi. Bu beni gerçekten umursamadığını gösterir.

"Zeynep?" Birden Doruk'un elini kolumda hissedince başımı kaldırdım, gülüyordu.

"Daldın gittin, uykun mu var?" Bir Doruk'a bir de kolumdaki eline baktım. Tam o an masadaki telefonum titreyince kolumu çekmeye fırsat bulamadan diğer elimle masadaki telefonu alıp bildirimlere baktım.

CİNAYET İSİMLİ WHATSAPP GRUBUNDAN BİR YENİ MESAJ

***Onur: O siktiğimin çocuğunun elini kolundan çek, eğer ben gelip çekersem girmek istemeyeceği yerlere sokarım.**

Şok içinde bakakaldım. İç sesim kahkahalar atarken anında başımı kaldırdım. Şu an onu göremiyordum, nerede olduğunu bilmiyordum ama buradaydı işte. Onur Zorlu beni bırakmamış, peşimden gelmişti ve beni izliyordu. Neden, biliyor musunuz? Çünkü söylediğinin aksine ben onun umurundaydım ve bunu bile bile beni umursamıyormuş gibi davranmasına izin vermeyecektim. Beni umursaması için Doruk'un yanında olmam mı gerekiyor? Olacaktım. Kolumda bir el mi olması gerekiyor? Olacaktı. Ben, Zeynep Akay, Onur Zorlu tarafından önemsenmek istiyordum ve önemsenecektim. İmkânsız değildi, peşimden gelen adam yanımda durmasını da bilecekti. En kısa zamanda, olabilecek en, en kısa zamanda...

11. Bölüm

İyi Seyirler.

...bırakılmak onun zaafıydı.

"O siktiğimin çocuğunun elini kolundan çek, eğer ben gelip çekersem girmek istemeyeceği yerlere sokarım."

Bir cümle, dakikalardır aklımdan çıkmayan tek bir cümle. Onur Zorlu, bana, beni umursamadığını söylemesinin üzerinden dakikalar geçtikten sonra peşime düşmüştü. Şu an neredeydi bilmiyordum ama beni izliyordu, bunu biliyordum. Beni kıskanmadığını söylemişti, evet. Ama kusura bakmasın, hiç de öyle görünmüyordu. Bana karşı en ufak bir hissi olduğunu düşünmüyordum, onunki sadece ufak bir bağlanmaydı. Ufacık da olsa içindeki bir şeyler, benim içimdeki ufak ufak noktalara bağlanmıştı ve bir başkasının o noktalara dokunma ihtimali Onur'un canını sıkıyordu. Ama umurumda değildi. Canı mı sıkılacak? Sıkılsın. Sinirlenecek mi? Sinirlensin. Delirecek mi? Delirsin. Benim problemim değil, benim şu an tek amacım, Onur Zorlu'ya da beni önemsiyor olduğunu kanıtlayabilmek. Başka hiçbir şey değil.

Kolumu, mesajı alır almaz Doruk'un elinden kurtardım, olay çıkmasını istemiyordum. Burak, Onur ve Mert bir anda buraya doluşacaklar ve Doruk savunmasız kalacaktı, bu da *Mahşerin Üç Atlısı*'nı suçlu hale getirecekti. Ben, dördüncüleri olarak bunun gerçekleşmesini istemiyordum. Bu yüzden temkinli davranmak zorundaydım. Gülümseyerek başımı Doruk'a çevirdim.

"Sıkılmadın mı burada oturmaktan?" diye mırıldandım neşeli olmaya çalışan bir tavırla. Ama neşeli olmak benim yeteneklerim dahilinde değildi. Ben, o metrolarda gördüğünüz herkese gülümseyen kızlardan değildim. Ben Zeynep'tim işte, yol uzasın diye otobüsleri tercih edip bir köşede sessizce dışarıyı izleyen...

"Sıkıldım! Sinemaya gidelim mi?" Doruk'un esprisine gülmeye çalıştım. Aslında gerçekten komikti. Şu an sinemaya gitmemiz kadar imkânsız bir şey yoktu. Geldiğimiz duruma bakın... Çocuk bana sinemaya gidelim mi diyor, ben gülüyorum. Öyle bir felaketin içine düştük ki sinemaya gidelim mi cümlesini espri olarak algılayıp sadece gülebiliyordum.

"Olur, hangi film?" Bir de devam ettiriyordum.

"Hmm..." diyerek sakallarını kaşıdı Doruk, *"Grinin Elli Tonu."* Başını kaldırıp göz kırpınca gözlerimi kırpıştırdım. Müstehcen film önerisi, göz kırpma ve sırıtış. İyi ki Onur bunları duymuyordu.

"Ha şu film..."

"Üç defa izledim," Doruk heyecanla anlatmaya başlayınca kaşlarımı çattım, "adam benim idolüm" Şok içinde yutkundum ve kendimi biraz geri çektim. Hatta fark ettirmeden sandalyemi bile uzaklaştırdım ondan. Ne demek Christian Grey benim idolüm ya? Sen genç bir kıza Christian Grey benim idolüm demeye utanmıyor musun?

"Ha o adam..."

"Bence her sahnesi çok etkileyiciydi. Christian'ın oyun odası muhteşem tasarlanmış, tam hayallerimdeki gibi. Bir de sözleşme için toplantı yaptıkları sahne gerçekten çok hoştu. Oyunculuğu, mimikleri, replikleri... Etkilendim."

"Ha o sahne..." Doruk benim sıradışı tepkilerime büyük bir kahkaha atarken, irkilerek geri çekildim. Bu çocuk dışarıdan böyle görünmüyordu, içinde bir Christian Grey yattığını nereden bilebilirdim? Christian Grey'in romantik olmayan, sevemeyen, kıyabilen tarafıydı. Gece uyurken izleyeninden değil...

Yutkundum. İşte bu cümleler onun bir katil olabileceğini gösterebilirdi. Belki o sarışın kızla buna benzer bir sözleşme yapmayı düşündü ama kız istemedi. Belki de sırf bu yüzden... Kızı... Öldürdü? Hatta belki de şimdi birdenbire şak diye çıkarıp bir sözleşme koyacak önüme! Bir bakacağım filmdeki sözleşme! Sandalyemi biraz daha geri çektiğimde Doruk'un ayağa kalktığını gördüm.

"Gerçekten sıkıldım," diye mırıldandı, "okulun içinde gezelim mi?"

Kabul etmek zorundaydım. Şu an Onur, Burak ve Mert beni izliyor olmalılardı. Buradan koşarak uzaklaştığımı görseler gülmekten yıkılırlardı. Başımı sallayarak ayağa kalktım.

"Tabii, gerçi karanlık ama..." Doruk'la merdivenlere yöneldiğimiz sırada Doruk'un sırıttığını gördüm. Bu çocuk hep böyle gülecek miydi?

"Ne kadar karanlık, o kadar romantik." Boğazımı temizledim ve hemen ardından yutkundum. Cevap vereceğim sırada telefonumun titrediğini fark ettim ve elimdeki telefonumu kaldırıp ekranını açtım.

CİNAYET İSİMLİ WHATSAPP GRUBUNDAN YENİ BİLDİRİMLERİNİZ VAR

***Burak: Zeyno nereye?**

***Burak: Zeyno?**

***Mert: Zeynep telefona bak**

***Mert: Zeynep?**

Başımı kaldırıp kantinden çıkmadan iki saniye önce kantine şöylece bir göz attım. Neredelerdi bunlar? Nereden izliyorlardı? Belli ki mesajları Onur yazdırıyordu. Şimdi cevap yazmazsam Doruk'u doğduğu güne pişman etmek için geleceklerdi. Çaktırmadan cevap yazdım.

***Zeynep: Gezeceğiz, ağzından laf alacağım merak etmeyin siz!**

Anında telefon titredi.

***Burak: Laf filan alma tamam, gerek yok biz hallederiz sen ayrıl çocuktan.**

***Burak: Kop da gel Zeyno**

***Mert: Ben konuştururum onu, sen bana bırak**

Mesajları okuyup okumadığına bakmak için başımı kaldırdığımda; Doruk'un dimdik ileri doğru bakarak yürüdüğünü gördüm. Anında başımı eğdim ve hızlı hızlı cevap yazdım.

***Zeynep: Bana güvenmeye başladı. Bir şey olduysa anlatacaktır. Siz merak etmeyin, sadece geziyoruz hem.**

Telefonun ekranını kapattığım gibi doğruldum ve dimdik bir şekilde koridorda ilerlemeye devam ettim. Doruk yanımdaydı ve hafif bir şarkı mırıldanıyordu. Şarkı büyük ihtimalle Tom Odell'ındı. Ama ismini hatırlamıyordum. Doruk ona baktığımı fark edince bana döndü ve gülümsedi.

"Eee anlat bakalım."

"Ne anlatayım?" Koridordan çıkıp ikinci katın merdivenlerine yöneldik.

"Sevgilin var mı?"

Yeni tanıştığınız bir insana sormamanız gerekenler listesinde bir numara, **SEVGİLİN VAR MI?** Utanıyormuş gibi yaparak başımı eğdim.

"Yok," dedim. Doruk'un gülüşü büyüdü.

"Güzel, hoşuma gitti bu." Yeni tanıştığınız bir insanın sevgilisi olmadığını öğrendikten sonra söylememeniz gereken şeyler listesinde bir numara, **HOŞUMA GİTTİ BU.**

"Senin? Var mı? Eee... Sarışın bir kızla görmüşler sanki seni. Bugün sınıftan bir kız öyle diyordu..." Bu olayı uydurdum. Belki o kız hakkında laf alabilirim, hadi bakalım.

"Sarışın bir kız mı? Sarışınlarla işim olmaz, Ben senin gibi esmerlerden hoşlanırım." Karşınızdaki kişinin esmer olduğunu gördükten sonra söylememeniz gereken şeyler listesinde bir numara, **BEN SENİN GİBİ ESMERLERDEN HOŞLANIRIM.**

Yok, bu çocuğun ağzından bu şekilde laf alamayacağım. Ya da çocuk zaten katil değil! Bilmiyorum. Tek bildiğim onunla çok daha yalnız kalabileceğimiz bir yere gidip saatlerce konuşup laf almam gerektiği gerçeği.

Yürümeye devam ettiğimiz sırada telefonum bir kez daha titredi.

CİNAYET İSİMLİ WHATSAPP GRUBUNDAN YENİ MESAJLARINIZ VAR

***Burak: Yavaş yürüsenize biraz**

***Burak: Niye hızlı yürüyormuşsunuz**

***Burak: Yani yürüyorsunuz**

Büyük bir kahkaha atmamak için zor tuttum kendimi. "Niye hızlı yürüyormuşsunuz?" cümlesini görüyor musunuz? O cümle Burak'a, o soruyu bir başkasının sordurduğunun kanıtı, Onur Zorlu'nun sordurduğunun. Hâlâ peşimizdeler, çünkü beni önemsiyor. Büyük bir özgüvenle yazmaya başladım.

***Zeynep: Herkes kendi sorusunu yazsın ya. Başkasının yazdırdığı sorulara cevap vermeyeceğim**

Tam o sırada Doruk'un durduğunu fark ettim, olduğu yerde koridordaki bir panonun önünde durdu ve duvara yaslandı. Ben de yanında durdum ve yüzüne baktım soran gözlerle.

"Gezmekten de sıkıldım," diye mırıldandı, gülmeye çalıştım.

"Sana şu sarışın kız muhabbetini kim söyledi?" Doruk'un sorusuyla birlikte tam dudaklarımı aralıyordum ki telefonum titredi.

"Bir saniye," deyip başımı telefonuma eğdim.

CİNAYET İSİMLİ WHATSAPP GRUBUNDAN BİR YENİ MESAJINIZ VAR

***Mert: Zeynep ne konuşuyorsunuz?**

Bu soruyu da Onur'un sordurttuğunu çok iyi biliyordum. Kendi sormadan cevaplamayacaktım. Tam başımı kaldırıyordum ki bir mesaj daha geldi.

***Mert: Zeynep?**

***Burak: Ne anlatıyor bu yavşak?**

Onur'un sorularıydı bunlar. Dediğim gibi, ancak ve ancak o sorarsa cevap verirdim. Başımı kaldırıp Doruk'a baktım, merakla bekliyordu.

"O sarışın kız muhabbetini mi... Söyleyemem. Özel."

"Ama benim hakkımda konuşulmuş, bilmek hakkım. Hem de yalan söylenmiş."

"Doğru. Ama o da yanlış duymuş demek ki." Doruk başını salladı, birden gülerek bana doğru bir adım attı bedenlerimizi yakınlaştırırcasına.

"Sevgilim olduğunu duyunca hayal kırıklığına uğradın mı?" diye sordu.

Yutkundum. Şu an o kadar yakın duruyorduk ki ben bile rahatsız oluyordum.

Telefonumun bir kez daha titrediğini hissettim. Yine kime ne yazdırmıştı kim bilir? Bakmak yerine Doruk'a bakmayı sürdürdüm, içimden cevap düşündüğüm sırada bu sefer telefonum son ses çalmaya başladı! Acilen başımı eğip ekrana baktım.

ONUR ZORLU ARIYOR...

Arıyor mu? Delirdi galiba. Bizi böyle görmek onu mesaj bile atamayacak kadar delirtmiş olmalıydı. Kendimi Doruk'tan geri çektim ve aramayı kapatıp gruba girdim. Mesaj Onur'dandı.

***Onur: Şimdi seni arıyorum.**

***Onur: O telefonu açıyorsun.**

***Onur: Bana o yavşağın dediklerini bir bir dinletiyorsun.**

***Onur: Ben de ne yapacağıma karar veriyorum.**

***Onur: Anladın mı?**

Derin bir nefes aldım, o an ne yapacağıma karar vermek zorundaydım. Telefonum bir kez daha çalmaya başladığında başımı kaldırdım. Koridorun karanlığında görünmüyorlardı bile, nerede olduklarını da bilmiyordum. Doruk'a baktım, her şeyi anlatmaya hazır bir edayla beni bekliyordu. Ne yapacaktım? Onur'un dediğini mi, aklımdan geçeni mi? Galiba ben kararımı çoktan vermiştim. Onur'un aramasını reddedip hızlıca bir mesaj yazdım.

***Zeynep: Biz yangın merdiveninde oturacağız. Beni merak etmeyin, gelişmeleri bildireceğim. Siz de sınıfa gidip uyuyun!**
Telefonun ekranını kapattım ve Doruk'a doğru bir adım attım.

"Kim aradı?" diye sordu. Yutkundum.

"Önemsiz biri. Yangın merdiveninde oturalım mı?" deyince, Doruk hoşuna gitmiş gibi gülümsedi.

"Olur!" Yangın merdiveninin kapısını Onur'un hep yaptığının aksine, benim için açarken içeri girdim. Onur genelde önden girer, ben arkadan gelirken de kapının üzerime doğru kapanmasına izin verirdi. Telefonumun ışığını merdivenlere tutarak bir basamağa oturdum ve Doruk'un yanıma oturuşunu izledim. Ama aklım hâlâ Onur'daydı.

İçimde bir yerlerde bir ses Onur Zorlu'nun kalbinin geçmişte çok kırıldığını ve şimdi de kırılmak üzere olduğunu söylüyordu. Onu cevapsız bırakmak, onu sessiz bırakmak... Onur Zorlu, sahip olduğu ve olabileceği her şeye rağmen bırakılmaktan korkuyordu. Ve ben şu an yaptıklarımla onun damarına basıyordum. Sonu iyi olmayacaktı, biliyordum. Ama ben bu kalenin önünden çekilecek değildim. Ve size bol gollü bir maç fırsatı sunuyordum sayın seyirciler. İyi seyirler.

12. Bölüm

Sonunu Görmek

Üzerimde hiçbir hakkının olmayışının hatırı...

Doruk'la yaklaşık iki saattir yangın merdiveninin ikinci katının merdivenlerinde oturuyoruz. Ve Doruk gerçekten çok ilginç bir insan! İlginç zaafları, ilginç hayalleri var. Arada konuyu Grinin Elli Tonu filmine getiriyor. Öyle yapınca merdivende oturduğum yerde fark ettirmeden biraz geriye kayıyorum. İki kez daha bahsederse, yani iki kez daha kayarsam merdivenden düşeceğim. O yüzden şu an için tek dileğim bu konuyu kapatması.

"Aslında Christian iyi bir insan. Yani bu tarz fantezileri olması onu kötü bir insan yapmaz. Sen bu fanteziler hakkında ne düşünüyorsun Zeynep?"

Doruk'un sorusuyla birlikte kaşlarımı olabildiğince havaya kaldırdım. Küfürlü konuşmaktan ve konuşulmasından hoşlanmam, argodan bile hoşlanmam ama kusura bakmayın, tüm terbiye sınırlarımı aşarak şunu belirtmek istiyorum. İç sesim, Sikerler! diye bağırıyor. *Kaç Zeynep kaç! Çocuğun niyeti kötü.* Ayrıca Christian diye bahsetmesi de ayrı bir konu, sanki amcasının oğlundan bahsediyor.

Olabildiğince sakin kalmaya çalışarak boğazımı temizledim. Karanlık olduğu için yüzümdeki dehşet dolu ifadeyi görmediğine şükrediyordum. Bakın yemin ediyorum şu an yüzümde Behlül ve Bihter'i öğrenmiş Nihal Ziyagil ifadesi var. Çığlık atarak merdivenlerden atlayacağım.

"Fan-fantezi mi?" Doruk'un başını salladığını gördüm.

"Evet."

"Doruk... Biz yeni tanıştık bunlardan konuşmamız doğru mu sence..." Keşke biraz daha sert konuşabilsem. Keşke şu an benim yerimde Onur, Burak ya da Mert olsaydı da, başlatma-şimdi-siktiğimin-fantezilerine diyebilselerdi. Ama ben diyemiyorum işte. Yavaş yavaş, yavaş yavaş öğreneceğim.

"Haklısın. İlgi alanlarımızdan bahsedeceğiz sanıyordum. Eee, siz Onur'la da yeni tanıştınız, onunla nelerden bahsediyorsunuz?"

Gözlerim merdiven boşluğuna kaydığında iç sesim, **cinayetten, katilden, olası suçlulardan, kan lekesini temizlemekten...** diye mırıldanmaya başlamıştı bile. Durumuma bakın, ya cinsellik ya cinayet! Konuşabileceğim başka bir konu yok.

"Biz... Onur'la... İyi anlaşıyoruz. Yani filmlerden, kitaplardan, geçmişimizden ve diğer arkadaşlarımızdan bahsediyoruz." Bu sıraladıklarıma ben de inanmıyordum. Zira Onur Zorlu oturup benimle bunları konuşacak bir insan değildi. Onur Zorlu'yla konuşmak istiyorsanız onunla ortak bir cinayete tanık olmanız gerekiyordu. Onur Zorlu'nun ilgisini çekecek bir konu başlatmak istiyorsanız, konuşmaya kan lekesini nasıl temizleriz diye girmeniz gerekiyordu.

"Onur gerçekten bu tarz normal konulardan bahsedebiliyor mu?" dedikten sonra Doruk bir anlığına durdu ve ağır ağır sordu, "Onur bir kızla nasıl konuşması gerektiğini biliyor mu?"

Haklıydı. Onur bir kızla nasıl konuşması gerektiğini bilmiyordu. Ama içimde Onur'un, Burak'ın ve Mert'in bulunduğu bir ev inşa etmiştim sanki. Onur'dan pek hoşlanmasam da evde olan evde kalırdı. Onunla ilgili gerçek düşüncelerimi Doruk'la paylaşacak değildim.

"Onur her şeyi biliyor ama anlatmaya gerek duyduğunu sanmıyorum. Onur'dan duymak isteyen, gider duyar. Kapalı bir kutu gibi o, kapağı birinin açması gerekiyor."

Onur onu böyle anlattığımı duysaydı ne derdi acaba? Acaba hayatı boyunca hiç anlaşılmayı dileyip anlaşılmak için çabaladı mı? Önünde bulunan kapakları birinin açmasına izin verdi mi hiç mesela? Bu zamana kadar kimi almak istedi hayatına, kimi dışarıda tuttu? Benim hayatında kalmamı isteyecek mi? Her şeyden önemlisi, ben onun hayatında kalmak isteyecek miyim? Tüm bu düşüncelerden Doruk'un cümlesiyle sıyrıldım.

Şu anlattıklarını başkası duysa Onur'la yıllardır arkadaşsınız diye düşünür. "Kaç saattir tanışıyorsunuz?" Gözlerimi devirdim, ona neydi? Gerçekten birbirinizi tanımamız için yıllara gerek yoktu. Bir cinayete tanık olunca bir saatte kaynaşıyorsunuz. Deneyin derim de bunun için birini öldürmeye değer mi bilmiyorum.

"Saat, gün, hafta, ay, yıl... önemli değil bunlar. Ya hem abartma istersen, Onur Zorlu'yla kanka olmadık!" dedim ellerimi havaya kaldırarak. Doruk güldü.

"Onur Zorlu'yla kanka olamazsın zaten, seni kankası yapmaz. Seni yanına aldıysa... Sevgilisi ol diyedir." Garip bir ifadeyle baktım yüzüne.

Onur Zorlu'nun sevgilisi olmak...

Onur Zorlu'nun sevgilisi olmak...

Onur Zorlu'nun sevgilisi olmak...

Onur Zorlu'nun sevgilisi olmak...

Bu cümleyi dört defa dışınızdan söylediğiniz zaman cümle giderek garipleşiyor. Hatta devam ederseniz çok daha garip! Onun sevgilisi olabilir mi ya? Düşünemiyorum, mesela biriyle el ele tutuşabilir mi? Birine aşkım diyebilir mi; bir duvar sevebilir mi arkadaşlar?

"Sevgili mi? Niye? Onur yanına aldığı her kızla sevgili mi oluyor?" Doruk büyük bir kahkaha attı.

"Onur yanına kız almıyor ki. Garip olan da bu işte. Seni aldıysa, niyeti farklıdır."

Keşke dediği gibi olsaydı, keşke niyeti sadece sevgilisi olmam olsaydı. Bunu ben kabul etmezdim ama yanında oluş sebebim cinayet değil de, aşk-meşk olsaydı daha güzel olurdu.

"Ya, neyse, Onur konusunu kapatabilir miyiz?"

"Olur, meraklı değilim ona. Hadi sevdiğin filmlerden bahset!"

"Sevdiğim filmler... Düşüneyim..."

Doruk'la saatler süren bir konuşmaya daha başladık. Filmlerden, kitaplardan bahsettik. Tüm bunları yaparken her seferinde cinayet konulu film ve kitapları öne sürmeye özen gösteriyordum. Çünkü bu şekilde ağzından laf alabilirdim ama olmuyordu. Çocuk gayet normal konulara çekiyordu her şeyi. Zaten en sonunda, merdivene yaslandıktan sonra, ben ona bir korku filminin konusunu anlatırken uyuyakaldı.

"Doruk?" diye seslendim yüzüncü defa. Ses gelmeyince sıkıntılı bir nefes verdim. Cebimden telefonumu çıkarıp ekranını açtım. Saat sabahın 10.30'uydu ve telefonumda hiç bildirim yoktu, grupta konuşmuyorlardı. Belki de beni çoktan unutmuşlardı, umurlarında değildim.

Onur çok kızmış olmalıydı, eğer kızmasaydı mutlaka kontrol ederdi, mutlaka bir şey derdi. Ya da en azından Burak ve Mert'e mesaj attırırdı. Ama yoktu işte, en ufak bir mesaj bile yoktu. Doruk da uyumuştu. Belki kalkıp üst kata, sınıfa çıkıp Onur'lara bakmalıydım. Telefonumu kucağımdan alıp ayağa kalktım ve telefonumu merdivenlere tutarak yangın merdiveninde ağır ağır üst kata doğru ilerledim. Sonra çok garip bir şey oldu. Bir basamak çıktım, iki basamak çıktım, üç basamak çıktım... çıktım... çıktım... Üst katın merdivenlerine ulaştığımda telefonumu merdivenlere doğru tuttuğumda şok içinde bakakaldım! Arkadaşlar, karşınızda Onur Zorlu!

Onur, üst katın yangın merdivenlerinin en köşesine oturmuş, duvara yaslanmış, kollarını sertçe göğsünde birleştirmiş, yüzündeki *Herkesten Nefret Ediyorum* ifadesiyle uyuyor. Şok içinde bakışım, birden kendini ufak bir kıkırdamaya bıraktı. Resmen burada!

Onur resmen burada! Beni yalnız bırakmamış! Peşimden gelmiş! Yangın merdiveninde beni izlemiş... Bir de uyuyakalmış. Allah'ım duvarlar uyuyakalır mı? Neredeyse gülme krizine girecektim. Çok komik oluyor Onur Zorlu'nun her seferinde trip atıp peşimden gelmesi!

Gülmemi kesip yanına oturdum, başımı yüzüne çevirdim. Karanlığa rağmen yüzünü görmeye çalıştım, keskin hatlarını görebiliyordum. Edward Honaker... Tıpkısının aynısı! Siz Edward Honaker'la aynı yangın merdiveninde oturmak nedir, bilir misiniz? Aşağıda da Bradley James uyuyor. Gülmemek için elimle ağzımı kapattım ama engel olamadım. Gülerken ufak bir ses çıktığında, Edward Honaker, pardon Onur, birden kıpırdandı ve gözlerini araladı. Yüzümü yüzüne çevirdim, dudağımı ısırarak yüzüne baktım. Uykulu gözlerle yüzüme o kadar ciddi bakıyordu ki...

"Adımı duyarak uyudum," diye mırıldandı uyku mahmuru sesiyle.

"Nasıl yani?"

"Sürekli benden bahsettin. İsmimi bu kadar çok kullanabilmek için bana telif ödemek zorundasın." Utandım, cidden onun hakkında söylediğim her şeyi duymuş olabilir miydi?

"Ben... Yani biliyorsun... Senden öyle bahsetmek zorundaydım. Konuştuğumuz konuları sorduğunda..." Onur doğruldu,

"Ona sürekli bir cinayetten bahsettiğimizi söyleyemezdin," dediğinde güldüm.

"Sürekli bir cinayetten bahsetmemiz hiç de sağlıklı değil, o an anladım. Biz bu işin sonunda kafayı yiyeceğiz eminim." Onur'dan gülmesini bekledim ama sadece dudağının kenarı hafifçe kıvrıldı. Bu onun kahkaha atış şekliydi. Ne yapalım biz de bununla idare ederdik.

"Bana bir şey olmaz," diye mırıldandı. Sonra ağır ağır ayağa kalktı, başıyla yangın merdiveninin kapısını işaret etti.

"Sınıfa gidiyoruz." Bana yine, bir kez daha ne yapacağımı söylüyordu. Onu kırmak istemiyordum ama bir plan yapmıştım ve devam da ettirecektim!

"Sen git, benim Doruk'la biraz daha vakit geçirmem gerek." Onur bana öfke dolu bir bakış attı; bakışında nefret yoktu ama bakışı kızgınlık doluydu.

"Bak," diye açıklamaya başladı, "bir insanı hayatıma zor aldığımı biraz olsun anlamışsın ve sen artık hayatımdasın. Seni sevdiğim, senden hoşlandığım bile söylenemez ama seni bir kere hayatıma aldım. Hayatıma dahil olduğun sürece, katil olma ihtimali olan bir insanın yanında bulunmanı istemiyorum. Seni tehlikeye atamam."

O an düşündüm, gözümün önünden yaşadığım her şey bir bir geçti. Eğer o cesedi tek başıma görseydim ne olurdu? Muhtemelen cinayeti okul müdürüne haber verir ve hayatıma dertsiz tasasız devam ederdim. Ama o an yanımda Onur vardı. Onur Zorlu, bu cinayete şahit oluşumu başıma bela eden şeydi! Yanımda o vardı ve başım beladan kurtulmuyordu. Şimdi bana, beni tehlikeye atmak istemediğini söylemesi biraz saçmaydı. Tamam, korumak istiyor olabilirdi. Ama yanında olmayı her ne kadar istesem de şu da bir gerçekti ki Onur Zorlu'nun yanında olmak belaya açık olmak demekti. Acımasızca gözlerimi bile kırpmadan cevap verdim:

"Sen beni kendi yanından ayırmayarak zaten tehlikeye attın. Şimdi, ben bir plan yaptım ve planımı en azından birkaç saat daha devam ettirmeye hakkım var. Lütfen git."

Onur sadece birkaç saniye gözlerime baktı, hiçbir şey söylemedi. Bozulduğu, hatta üzüldüğü belliydi. Boğazındaki hareketlilikten yutkunduğunu anladım.

"Sana bir kez daha gel dediğimde, geleceksin Zeynep Akay. Sadece birkaç saatin var. Bu da üzerinde hiçbir hakkımın olmayışının hatırına."

Başımı salladım, Onur yüzüme birkaç saniye daha baktıktan sonra merdivenlerin çıkışına yöneldi. Arkasından bakakaldım sadece.

Üzerimde hiçbir hakkının olmayışının hatırı... Ne garip, Onur Zorlu'yla tanışmamız garip oldu; kanlı bir tanışma! Onu ilk gördüğüm anda ondan nefret ettim, o da benden. Şimdi ondan nefret etmiyorum çünkü geçmişini, yaşadıklarını, zaaflarını biliyorum. Onun da benden nefret ettiğini sanmıyorum. Birbirimizden hoşlanıyor da değiliz, seviyor hiç değiliz. Ama şunun olduğunu biliyorum, öyle bir dörtlü olduk ki birbirimizi korumak zorundayız. Ben onların başına bir şey gelmesini istemiyorum, onlar benim... Bu yüzden, azınlık bir grup olsak da, ben içimde, en azından kendi içimde, bir efsane olacağımızı hissediyorum! *Mahşerin Dört Atlısı* efsanesi. Belki daha her şeyin başındayız, ama sonunu da görebiliyorum. Öyle şeyler olacağını hissediyorum ki, aklınız hayaliniz almayacak.

13. Bölüm

Hepimiz Beyaz Atız!

Bilmediğimiz dillerde yazılmış kitaplar...

Onur yangın merdiveninden çıktıktan sonra ağır adımlarla alt kata indim, Doruk hâlâ uyuyordu. Uykusunun olması ya da uyumasının gerektiğini çok fazla umursamıyordum. Onunla konuşabileceğim birkaç saat vardı ve bu yüzden uyanmak zorundaydı. Belki ona bir on dakika daha müsaade edebilirdim ama daha fazla değil. Merdiven basamaklarından birine oturduğumda elimdeki telefonumun titrediğini hissettim. Telefonumu elime alıp bildirimleri açtım.

CİNAYET İSİMLİ WHATSAPP GRUBUNDAN YENİ MESAJLARINIZ VAR

***Burak: Hepiniz mi uyuyorsunuz? Bu kardeşinizi hiç mi düşünmüyorsunuz?**

***Burak: Oğlum uyansanıza!**

***Burak: -ağzını kapatan maymun ifadesi-**

***Burak: Hayatımda ilk defa şu maymun ifadesinden yapayım dedim, göğüslerim çıkacak.**

***Burak: Hani kızlar yapıyor ya hep.**

***Burak: Hahahahaha**

Burak'ın kendi esprisine gülüşüne gülmemek için zor tuttum kendimi. Bu çocuk hep böyle miydi? Başımı sağa doğru yatırarak cevap yazmaya başladım.

***Zeynep: Uyumuyorum ben.**

***Zeynep: Sutyen lazım mı?**

Mesajlarım gider gitmez üstlerine tıklayıp kimler tarafından görüldüğüne baktım.

GÖRÜLDÜ: Burak Yaman – Onur Zorlu

Demek ki Onur hayalet gibi uzaktan uzağa konuşmalarımızı okuyordu. Acaba o sutyenli mesajı atmasa mıydım? Acaba hakkımda ne düşünmüştü? Hafifçe kızarıp yutkundum. Rahat ol kızım, onlar nasıl konuşuyorlarsa öyle konuşmak hakkın... Telefon titreyince anında gelen mesajlara bakmak için başımı eğdim

***Burak: Adamsın be Zeynep!**

***Burak: Pardon, adam demişim.**

Kendimi tutamayıp kıkırdadığım anda Doruk kıpırdanmaya başladı. Telefonun ekranını kapatıp Doruk'a baktım. Gözlerini aralamış bana bakıyordu. Ona gülümsemeye çalıştığım sırada derin bir nefes aldı.

"Sen uyumadın mı?" Omuz silktim.

"Yatak olmayan bir yerde uyuyamam." Bacaklarını toparlayıp gerinince kendimi üst basamakta olmama rağmen biraz geri çektim.

"Eee, ben de uyumam o zaman. Kantine inelim mi?" Başımı salladım. Onunla yalnız kalmaya devam etmekten çok daha iyi bir fikirdi bu!

"Olur! Çay içeriz." Doruk ayağa kalktığı sırada, ben çoktan ayağa kalkmış merdivenlerden inmiş ve yangın merdiveninin kapısını açmıştım. Yangın merdiveninden çıkıp aydınlık koridora ulaştığımda ve Doruk'tan farklı insanlar gördüğümde rahat bir nefes aldım. Doruk peşimden gelip bana yetişirken ağır ağır koridorda ilerledim.

"Eee," diyerek yanımda belirdi Doruk, "ben uyurken ne yaptın, beni mi izledin?" Ona fark ettirmeden gözlerimi devirdim.

"Telefonumu izledim." Onur Zorlu'yu izledim...

"Ben olsam beni izlerdim, keşke kendimi izleyebilme imkânım olsa." Bu çocuktaki ego gökyüzüne ulaşıyor mu diye çok merak ediyorum. Bizim Burak'ta bile yok böyle ego. Bizim Burak mı? Ben ciddi ciddi bu üçlüyü kendime aile olarak görmeye başladım. Kalpsel olarak uzaklaşmam lazım sonra acı çekmemek için...

"Ben uyuyan insanları izlemeyi sıkıcı bulurum." Kantin merdivenlerinden iniyor olduğumuz sırada, Doruk bana gülerken telefonum titredi. Ekranını açıp baktığımda görmeye alışık olduğum bildirimi gördüm.

CİNAYET İSİMLİ WHATSAPP GRUBUNDAN BİR YENİ MESAJ

***Mert: Zeynep neredesiniz?**

***Zeynep: Kantine gidiyoruz.**

Cevabımı yazıp telefonun ekranını kapattıktan sonra birlikte kantin merdivenlerinden indik. Kantin çok kalabalık değildi, boşta olan altı-yedi masa vardı. Doruk beni cam kenarındaki iki masadan birine yöneltti, hızlanıp sandalyelerden birini kendim için çektim ve oturdum.

"Ben ikimize çay alıp geleyim." Başımı salladım. Doruk ikimize çay almaya gittiği sırada gözüm kapıdaydı. Her an belirebilirlerdi, çünkü zaten büyük ihtimalle peşimizde oldukları bir anda mesaj atmışlardı! Ve işte, *Mahşerin Üç Atlısı* burada. Oyun başlasın.

Onur, Burak ve Mert merdivenlerden inerken bütün kafalar onlara döndü; seslerin kısıldığını ve konuşmaların fısıltıya dönüştüğünü hissettim. Burak çaktırmadan bana göz kırparken, Mert, Doruk'u gözetlerken Onur'un bakışları dimdik ileri bakıyordu. Bana değil... Öyle sert bir görüntüleri vardı ki şahsen ben olsam ben de çekinirdim onlardan. Ama ben içlerindeydim, onları biliyordum, tanıyordum ve çekinmiyordum.

Doruk iki bardak çayla dibimde belirdiği sırada Onur'lar görüş alanıma daha yakındı. Tam yanımızdaki masaya yerleşirlerken boğazımı temizleyerek Doruk'a döndüm. Doruk yanıma oturmuş bir bana bir yan masaya bakıyordu.

"Teşekkürler..." diye mırıldandım.

"Önemli değil Prenses." Kaşlarımı çattığım sırada yan masada Burak ve Mert'in kahkahalarla güldüklerini duydum. Onur'un yüzü de sırıtmak üzere gibiydi.

"Prenses mi?" Doruk etkileyici bakmaya çalışarak gözlerini gözlerime dikti. Tam dudaklarını araladığı an yan masada Burak'ın "PİREMSES" diye mırıldandığını ve bir kez daha güldüklerini duydum ama dikkatimi Doruk'a vermeye çalıştım.

"Prensesler böyledir, bilirsin; cesur korkusuz ve cesaretli." Ben kaşlarımı bir kez daha çattığımda yan masadan Mert'in "ABİ ÜÇ KELİME DE AYNI ANLAMA GELİYOR!" dediğini ve üçüncü kahkaha seslerinin geldiğini duydum. Yutkundum, dönüp ağızlarının payını vermek istiyordum ama sabredecektim.

"Teşekkür ederim," diye mırıldandım. Ne diyebilirdim çocuk prensesi iltifat sanıyor!

"Ve mütevazisin de. Gerçekten, eski sevgilin seni nasıl bırakmış anlam veremiyorum." Gözlerimi devirdim. Tam Doruk'a daha önce hiç sevgilim olmadığını söyleyecektim ki yan masadan cevap gecikmedi,

"Ölmüş." Onur'un tekdüze sesini duyduğum anda ona öldürücü bir bakış fırlattığımda tek kaşını kaldırmış bana bakıyordu. Burak ve Mert ise gülmekten ölmek üzerelerdi. Kendimi toparlayıp Doruk'a döndüm.

"Eski sevgilim yok." Doruk kaşlarını çattı.

"Nasıl yani, nasıl yok" Tam cevap verecektim ki Onur bir kez daha konuştu.

"Öldü." Delirmek üzereydim! Beni delirtmek için mi gelmişlerdi? Hadi Burak ve Mert neyse, eğleniyorlar, gülüyorlar. Onur gülmüyor bile, amacı beni delirtmek. Derin bir nefes aldım.

"Daha önce bir sevgilim olmadı Doruk." Doruk'un yüzündeki şaşkın ifadeyi görmeniz lazımdı. Sanki hamile olduğumu açıkladım.

"Nasıl yani? Şimdi sen hiç kimseyle... El ele bile tutuşmadın mı?" Başımı salladım.

"Evet." Doruk şaşkınlıkla hazine bulmuş gibi gülümsedi.

"Yani şimdi sevgilin olacak kişi, senin elini tutan ilk kişi olacak. Sana dokunan, seni öpen, sana sarılan... Sana sevgilim diyen..." O sırada yan masada bir sessizlik olduğunu fark ettim. Başımı ağır ağır oraya çevirdiğimde Onur Zorlu'nun bana ciddi bir ifadeyle ama derin bakışlarla baktığını gördüm. Kaşları çatıktı ama sinirli değil, düşünceliydi. Sanki Doruk'un söyledikleri onun içinde bir hissi uyandırmıştı. Gözlerime baktı, baktı... Ta ki ben gözlerimi kaçırana kadar. Doruk'a dönüp boğazımı temizledim.

"Evet. Her şeyin bir ilki vardır." Doruk anında başını salladı.

"İlk olmak güzel olacak!" Tam şok içinde bakıyordum ki ekledi, "Yani sevgilin için..."

Doruk'a kibarca gülümsediğim sırada yan masada Burak nazik bir şekilde, "Ne kullanıyor bu? Kafası güzel çünkü," diye mırıldandı. Şu an hepsine sırayla birer tekme atmak istiyordum. Umarım Doruk bunları duymuyordur!

"Şu an hayatımda kimseyi istemiyorum. Ama olduğu zaman eminim güzel olur... İltifatların için teşekkürler!"

"Ne demek, prenses." O kelimeyi kullandığı anda yan masa yıkılıyordu. Otomatik kahkahalar! Burak ve Mert sanki sitcom izliyor gibilerdi, Onur da dalga geçen gözlerle bize bakıyordu.

"Okulun bir de beyaz atlı prense ihtiyacı var..." Onur'un esprisine karşılık Burak başını kaldırdı.

"Abi sen varsın ya!" Aralarında gülüşürlerken espri yapma sırası bendeydi! Anında telefonumu elime aldım, gruba girip mesajımı yazmaya başladım.

***Zeynep: Beyaz atlı prens mi? Onur Zorlu mu? Ondan olsa olsa beyaz at olur.**

Üçünün telefonları aynı anda titredi. Üçü de tereddüt etmeden aynı anda aldılar telefonlarını ellerine. Okuma süreleri yedi saniyeydi. Mert'in "Oha," dediğini duydum önce. Sonra Onur'un bakışları bana çevrildi. Başımı ona çevirip gözlerine baktığımda savaş isteyip istemediğimi sorgular gibi tek kaşı havaya kalktı. Ve o sırada Burak'ın cümlesi duyuldu.

"Kız olsam beyaz atlı prense değil, beyaz ata âşık olurdum. Prense âşık olan net salaktır." Kendi esprimde bile haksız duruma düşürülmeye çalışıldığım an telefonum titredi, Burak hem konuşuyor hem de yazıyordu.

***Burak: Zeynep sen adama eylem başlattırırsın.**

***Burak: Hepimiz beyaz atız eylemi!**

Gülmemeye çalışarak telefonumun ekranını kapattım ve masaya koydum. Şu an hiçbiri umurumda değildi. Ben bu çekişmeden, laf sokmalardan, esprilerden çok bunalmıştım. Bir an önce Doruk'tan uzaklaşmak ve bu garip çekişmeye son vermek istiyordum. Bunun için son bir özel konuşmaya ihtiyacım vardı.

"Kalkalım mı?" dedim Doruk'a, başını salladı.

"Kalkalım, burası sıktı."

Doruk'la masadan kalkarken, Onur'un bakışlarını bir kez daha üzerimde hissettim. Ama dediğim gibi garip bir şey vardı bakışlarında biraz önce olduğu gibi. Sanki aklına bir şey gelmişti, ya da garip bir his keşfetmişti. Ne olmuştu bilmiyordum ama Onur Zorlu'nun bir şeyden, bir şekilde etkilendiği belliydi. Gözlerimi ondan kaçırmak istemedim. Karşısına geçip dakikalarca bakmak ve içini görmek, beynini okumak istedim. Ama olmayacaktı, biliyordum. Bilmediğim dilde yazılmış bir kitabı, ne kadar istersem isteyeyim, elimde sözlük olsa bile okuyamazdım...

14. Bölüm

Canım İstiyor.

Görmek yetmez, bakmak gerek.

Doruk'la birlikte masadan kalkıp kantin merdivenlerinden çıktığımız sırada üçlünün bakışları üzerimizdeydi. Yani öyle hissediyordum. Başımı oraya çevirip baktığımda ise Onur'un bakmadığını gördüm. Kaşlarım çatıldı, niye bakmıyordu? Tamam, bakmak zorunda değildi ama niye bakmıyordu? Belki de cidden umursamıyordu. Gerçi umursamasaydı tüm bu yaptıkları, beni gözetlemeleri, peşimden gelmeleri sebepsiz olurdu... Belki de bana aşkından ölüyordu ve bakmaya dayanamıyordu! Beni her Doruk'la gördüğünde acı çekiyordu! Ha ha! Kendimi saçma düşüncelerden sıyırıp kantinin dışına attığımda Doruk yine hafif bir şarkı mırıldanarak ilerliyordu koridorda. Onunla geçirmem gereken çok az bir vakit kaldığını hissediyordum. Onur çok net bir şekilde, sana bir daha gel dediğimde geleceksin demişti. Ve haklıydı, gidecektim. Bu yüzden sarışını konuşturmak zorundaydım!

"Sen sinirli bir insan mısındır?" Sorumla birlikte Doruk gülmeye başladı.

"Ben mi? Ben hiçbir şeye sinirlenmem Zeynep, her şeye gülerim." Belli...

"Peki sert misindir? Yani insanlara karşı... Sinirlendiğinde..."

"Sinirlenmem diyorum, sert de değilimdir. Cevaplarını dalga geçerek, gülerek veririm." Bu çocuk katil olabilir mi ya? Hiç de öyle gibi değil.

"Ama biri damarına çok fena bassa! Ona... Mesela... Ona zarar verir misin?" Yuh Zeynep! Hadi bir de öldürür müsün diye sor!

"Zarar vermek mi? Bir canlıya en son yedi yaşımdayken zarar verdim. Bir kedim vardı ve sırtına masaj yapmak için üstüne çıktım. Korkma ama hiçbir şey olmadı. Birkaç hafta veterinerde kaldı sadece... Bu masaj olayını da annem, babama yaparken görmüştüm, ben de kedime yapayım dedim. Meğer yapılmıyormuş kedilere!" Kendimi gülmemek için zor tutuyordum. Bu söyledikleri gerçek olabilir mi? Yani aynı soruyu Onur'a sorsaydım bana yüzlerce olay anlatırdı. Doruk sadece bir olay anlattığına göre Onur'un katil olma ihtimali bile daha yüksekti.

"Peki ama şöyle düşün, sevgilinin seni aldattığını öğrendin ne yaparsın?" Akıllıca bir soru. Belki de o kız sevgilisiydi ve onu aldatıyordu. Olamaz mı? Olabilir...

"Ben de onu aldatırım. Sonra yan yana oturup geldiğimiz hale güleriz, yani ben gülerim. O ağlar muhtemelen, kızları bilirsin... İçlerinde sürtük yatsa da ağlıyorlar, susturamıyoruz."

Yok. Bu çocuktan katil çıkmaz, ciddiyim. Hiçbir şey umurunda değil. Hiçbir şeye sinirlenmez, umursamaz, hiçbir şeye üzülmez bile! Adamımız Doruk değil. O kadar saattir konuşuyoruz bunu anladım, Doruk katil olamaz.

"Bu soruları niye soruyorsun" Tam Doruk'tan beklenen soru gelmişti ki cebimdeki telefonum titredi, mesaj bildirimine bakacağım sırada sağ üst köşede şarjımın çok azaldığını görüp, içimden okkalı bir küfür savurdum. Daha sonra bildirimleri açtım.

CİNAYET İSİMLİ WHATSAPP GRUBUNDAN BİR YENİ MESAJ

***Burak: Bizim sınıfın önündeyiz, sen de hemen geliyormuşsun.**

***Burak: Yani geliyorsun. SHIT.**

Yüz ellinci kez Onur tarafından yazdırılmış bir mesaj... Yüz ellinci kez bunu gizleyemeyen Burak... Gülmemek için altdudağımı ısırıp Doruk'a baktım.

"Benim acilen gitmem lazım! Seninle... Görüşürüz! Çok acil!" Doruk'a tek kelime ettirmeden hızlı adımlarla döndüm ve yanından ayrıldım. Arkamdan adımla seslense de dönmedim ve koşar adım merdivenlere yöneldim. Neredeyse DORUK'TAN KURTULDUM diye bağırarak tek başıma Arjantin tangosu yapmaya başlayacaktım. O kadar yalnızdım ki tek başıma Arjantin tangosu yapmayı düşünüyordum...

Merdivenleri hızlı adımlarla çıkıp koridora girdiğimde uzaktan *Mahşerin Üç Atlısı*'nı gördüm. Sınıfın kapısının önünde durmuş, kollarını göğüslerinde birleştirmiş beni bekliyorlardı. Koşarak yanlarına gittim ve bana hesap soran gözlerle baktıkları sırada Onur'un karşısında, Burak ve Mert'in arasında yerimi aldım.

"Sana süre tanıdım," dedi Onur, "plan yaptın, planın işlemedi. Şimdi, sana gel dedim, geldin. Ve sana gitme diyorum. Bir daha o Christian Grey çakmasının yanına gitmeyeceksin. Anladın mı?" Böyle emredince koşa koşa gidesim geliyordu. Ama tatsızlık çıkarmak istemiyordum ki zaten Doruk'un katil olmadığı açık ve net bir şekilde belliydi.

"Zaten katil olması imkânsız." Aralarında gülüşürlerken bakışlarımı tek tek üzerlerinde dolaştırdım. "Komik mi?"

"Komik." Onur'un sert cevabıyla gözlerimi devirdiğim sırada Burak söze girdi:

"Boşu boşuna prenses denildi sana. Ben olsam ağlardım," deyince, öldürücü bir bakış fırlattım Burak'a.

"Sana prenses derlerse ağla zaten." Hemen ardından Mert'in sesi duyuldu.

"Oooo Zeynep vurdu ve gol oldu!" Sinir bozukluğuyla derin bir nefes aldım. Benimle uğraşmak hoşlarına gidiyordu. Aralarına sonradan geldim, tek kızım ve onlara göre karakter açısından zayıfım (!) ya hani. Sırf bu yüzden benimle uğraşıyorlardı ama bunu onlara ödetirdim.

"Şimdi beni iyi dinleyin. Tek tek gereksiz insanlarla konuşamayız. Bizim olaya büyük bir pencereden bakmamız lazım. Birer birer değil, onar onar, yüzer yüzer görmeliyiz onları. Yani bize kalabalık bir yer lazım. Kalabalık bir yer olacak ki insanları izleyebilelim, hepsini, her birini. Herkesin olacağı bir yer." Onur'un anlattığı planla kaşlarımı çatıp düşünmeye başladığım sırada koridorun karşısından; çakma sarışın zayıf, uzun boylu, renkli bir kızın gülerek bize yaklaştığını gördüm. Üçlünün bakışları kıza yönelirken kıskançlıkla yutkundum. Buradaki tek kız ben olacaktım, sen kimsin?(!)

"Ehehe selam!" Kız gerçekten böyle bir giriş yaptı. Direkt olarak Onur'a bakıyordu.

"Merhaba!" Burak yavşarcasına gülerek cevapladı kızı.

"Onur! Ve siz... Eee, ben okulun edebiyat kolundayım, bir duyuru için geldim. Zafer hoca akşam konferans salonunda bir etkinlik düzenleyecek. Bir yarışma! Herkesi çağırıyoruz! Siz de gelmek ister misiniz?" O kadar saçma sapan bir halde kırıtarak konuşuyordu ki neredeyse elimi kızın ağzına sokacaktım. Bakışlarım öfkeyle Onur'a kaydığında, onun da tek kaşı havada bana baktığını gördüm. Anında gözlerini kaçırıp kıza hafifçe, ondan beklenemeyecek bir şekilde nedense gülümsedi.

"Bilmem, gelir miyiz?" Bakın bu ne demek?(!) Onur Zorlu, sarışın kızla flört eder gibi konuşuyor demek! Şu an mesela Onur değil, Burak ya da Mert yapsa da sinirlenirim. Çünkü... Tek kız benim anladınız mı? Buradaki tek kız benim!

"Yaa!" dedi kız gülerek. "Gelin!" Neredeyse Onur'un ayaklarına doğru eğilip bacaklarını öpmeye başlayacaktı. Onur'un bakışları beni delirtmek istercesine kızın üzerinde dolaşırken, yanlışlıkla kızın ayağına sertçe bastım. Kız birden inleyerek kendini geri çekti. Burak ve Mert kahkahalarla gülerlerken, Onur ve sevdiceği bana şaşkınlıkla bakakaldı.

"Pardon," dedim, "yanlışlıkla oldu." Kız öfkeyle eğilip ayakkabısını eliyle silerken, Onur bana soran gözlerle bakıyordu. Ona karşı gözlerimi devirip bir adım geri çekildim. Kız nihayet doğrulduğunda tekrar Onur'a baktı.

"Geliyorsunuz, değil mi? Saat yedi gibi konferans salonunda olacak." Onur duruşunu dikleştirdikten sonra altdudağını ısırdı.

"Ne yarışması bu?" diye sordu. Kız hevesle anlatmaya başladı.

"Edebiyat yarışması, *Romeo ve Juliet* konulu. Bir kız bir erkek kazanacak, kazanan yarışmacılara Romeo ve Juliet unvanı verilecek. Yani okulun Romeo ve Juliet'ini seçiyoruz!" Sinir bozmakta sınırları zorluyor ya! Kesin içinden Juliet olmayı hayal ediyordur. Hatta Onur'un da Romeo olmasını. El ele sahneye çıkışlarını... Umurumda değildi, ne yaparsa yapsın.

"Tamam, geliyoruz." Onur'un teklifi kabul edişiyle şok içinde baktım ona. Onur Zorlu? Romeo olmak için mi yarışacaktı? Sen önce yangın merdivenine girişlerde kapıyı yüzüme çarpmamayı öğren.

"Çok sevindim! Akşam görüşürüz." Hepimize görüşürüz deyip el salladıktan sonra yanımızdan ayrılınca öfke dolu gözlerle baktım Onur'a. O ise bana bakmak yerine kızı izliyordu. Hayır Zeynep sakin ol, sakın Onur'un suratına tekme atmaya çalışma, hayır Zeynep, sakin ol, bacağın oraya kadar yetişmez, hayır yetişebileceği yerlere de vurmayacaksın, sakin ol...

"Ooo, kardeşim yürü bu kıza." Burak, Onur'a kaş göz işaretleri yaparken aralarında gülüşüyor olmaları o kadar sinir bozucuydu ki... Neredeyse yere çöküp, ölmek istiyorum diye ağlamaya başlayacaktım.

"Burak sen hücrelerini Esra Erol'la ortak mı kullanıyorsun, ne bu gaza getirmeler?" Kurduğum muhteşem cümleyle birlikte Mert büyük bir kahkaha atarken, Burak şaşkınlıkla bana döndü. Nedense bu söylediğim Onur'un da hoşuna gitmiş gibiydi.

"Ne yaptım ben ya?" diye mırıldandı Burak, "Onur kıza yürümedi mi abi?"

Hiç çekinmeden elimi uzatıp Burak'ın ağzının üzerine koydum! Susması için bastırdığım sırada Mert gülmekten yere yatmak üzereydi. Onur'un bile çarpık gülüşünü görebiliyordum.

"Sus," diye emrettim, "kızları böyle değersizleştirmenize dayanamıyorum. Yürümek filan! Bundan sonra doğru düzgün konuşun." O kadar güzel yalan söylüyorum ki neredeyse inanacaklardı.

"Zeynep, o konuşmadan duramaz, elini biraz daha öyle tutarsan büyük ihtimalle yirmi saniyeye kadar ölecektir. Lütfen çekme." Mert'in cümlesiyle birlikte gözlerimi devirerek elimi Burak'ın ağzından çektim ve kollarımı göğsümde birleştirdim.

"Gerçekten ölürdüm." Burak'a şu an sinir olmuş olsam da, o kadar masum bir ifadeyle söylemişti ki gülmek zorunda kaldım. Sinir bozukluğuyla güldüğüm sırada Onur'un benim gülüşümü izlediğini gördüm. Garip bir andı. Gülüyordum, gözlerim bir anda Onur'a kaydı ve gülüşümden haz alır gibi beni izlediğini gördüm. Onur Zorlu benim gülüşümü mü izliyordu? Hemen sonra gözlerini kaçırdı zaten... Kalakaldım.

"Sınıfa gidelim, akşama kadar uyuyalım. Aramızda uyumak gibi bir alışkanlığı olmayan arkadaşlar var..." Onur'un cümlesiyle birlikte Burak'a baktım, o muydu? Sonra Mert'e döndüm "Sen misin?" dercesine. Sonra Onur ekledi.

"1.65 boylarında; yaklaşık elli kilo, esmer, prenses." Onur'un sıraladığı özellikler gayet normal giderken ağzından çıkan son kelimeyle birlikte bir kez daha koptuklarında öfkeyle Onur'a bakıyordum. Garip ama sakin bir gülüşle bana bakarken ona doğru omuz silktim.

"Uykum yok..." O da aynı şekilde omuz silkti.

"Sen bilirsin," dedi, "biz uyuyacağız ve yanımızdan ayrılma gibi bir şansın yok, hadi."

Birlikte sınıfa girdiğimizde sınıf her zamanki gibi boştu. Onur, hepimiz sınıfa girdiğimizde dönüp cebinden çıkardığı anahtarla kapıyı kilitleyince gözlerime inanamadım. Okul müdürünün oğlu olmak böyle bir şey miydi? Ah... Ben kaçmayayım diye yapıyor!

"Gerçekten sınıftan kaçacağımı düşünmüyorsun değil mi?"

"Düşünüyorum." Derin bir nefes verdim hiçbir şey söylemeyerek, trip atar gibi arkamı döndüm ona. Burak ve Mert arka sıralara ilerleyip iki sıraya yerleştiklerinde, Onur sol en arka köşedeki sıraya geçti. Ben de ayakta öylece bekliyordum, trip atıyordum çünkü ama umurunda değildi. Üçü de sıraya kafalarını koymuşlar öylece yatıyorlardı. Dakikalarca bekledim, oturmadım bile. Sonra,

Onur'a doğru döndüm; kollarını sıraya koymuş, ellerini ve kollarını birleştirerek kendine bir yastık yapmış, başını oraya yaslamıştı. Yüzü bana dönüktü, nefes alış-verişleri öyle yavaştı ki uyuduğunu anlamak hiç de zor değildi. Garip bir şey hissettim o an. Ayaklarım benden izinsiz çalışmaya başladı, kendimi Onur'un sırasının yanındaki sırada buldum. Tam karşısına oturdum, elimi kendi yanağıma dayayarak Onur Zorlu'yu izlemeye başladım. Neden diye sormayın, sebebi yok. Ne hissettiğimi sormayın, hiçbir şey hissetmiyorum. Bunu yapıyorum, çünkü arkadaşlar, benim canım da bunu yapmak istiyor. Bazen görüyor olmak yetmiyor, bakmak da gerekiyor...

15. Bölüm

Ölüme Yakın

Sana mı daha yakınım yoksa ölüme mi?

Saatlerce Onur'u izledim. O yan sıramda oturmuş kıpırdamaksızın sadece nefes alıp vererek uyurken, benim gözlerim bir an olsun onun üzerinden ayrılmadı. Kahverengi saçlarındaki hafif kızıl ışıltılar; kalın dudakları, yüzüne hüzünlü bir ifade veren kızıla dönük kahverengi kaşları, yeni traş olduğunu belli eden kaşlarıyla aynı renk sakalları... Kusursuz bir tablo. Bir insana karşı ne hissedersem hissedeyim görünüşü hakkında asla yalan söylemem. Onur Zorlu'ya karşı ne hissettiğimi de bilmiyorum ama gözlerimin gördüğü görüntü bana kusursuzluğu hatırlatıyor. Onur çok güzel... Yüzü... Elleri... Nefes alışı... Kalbini henüz göremesem de geri kalan her şeyine dayanarak söylüyorum; sesiyle, nefesiyle, kalbiyle... Onur Zorlu çok güzel.

Tanıştığımızdan beri ilk defa onu uzun uzun izleyip düşünme fırsatı buldum. Yüzünü inceledim, ellerini, mimiklerini, nefesini... Onur'un üzüldüğü bir şeyler vardı. Yıllardır yüzünde bu üzgün ifadeyi taşıdığına öyle emindim ki. Sanki üzerinde on beş yıllık bir hüznü taşıyor gibiydi. Belki de daha fazlasını. Hayatını bir hüznün etrafına inşa etmiş gibi bakıyordu, gözleri kapalıyken bile bakıyor gibiydi. Yüzünde, gözleri kapalıyken bile hüzünlü bakar gibi bir eda vardı; Onur Zorlu uyurken bile hüzünlüydü, uyurken bile sinirliydi, kızgındı. Çünkü onun yediremediği bir şeyler, unutamadığı bir haksızlık vardı. Gözleri açıkken de kapalıyken de sanki bir görüntü aklından gitmiyor, silemiyordu o görüntüyü, kurtulamıyordu. Kaşlarımı çatarak ona doğru eğildim... Kendimi o kadar çok kaptırmıştım ki yüzüne doğru yaklaştım, yaklaştım...

"Ne," diye fısıldadım cesaretle, "seni üzen ne?" Kıpırdamadı, gözlerini açmadı, nefes alışı değişmedi ve uyumaya devam etti. Ama benim içimde bir yerler hiç rahat değildi. Ruhunu rahatlatmak istiyordum sanki. Onu mutlu etmek bütün derdini, tasasını silip süpürmek istiyordum. Bu arkadaşlık değildi, bu aşk ve bağlılık da değildi. Bu benim içimdeki insanlığı, onun da kalbinin etrafını saran tozları gösteriyordu.

Kendimi geri çekip derin bir nefes aldım. Tam o sırada Onur'un nefesinin de derinleştiğini fark ettim. Ağır ağır gözlerini açtı; ela gözleri çatılmış kaşlarıyla birleşince, ortaya kafası karışık bir Onur Zorlu çıkmıştı. Gözleri gözlerimle buluştu, sıradan gözlerimi, onun sıra dışı gözlerinden kaçırmadım. Meydan okur gibi dimdik bakarken gözlerine, o da benden farksızdı. Gözlerini kaçırmadan bana bakıyordu. Bir süre o şekilde kaldık. Başını kaldırdı, ağır ağır duruşunu dikleştirdi gözlerini üzerimden ayırmadan.

"Beni uyurken izlemek hoşuna gidiyor sanırım," diye mırıldandı. "Bu iki oldu, Külkedisi." Gözlerimi kıstım.

"İnsanları... Bütün insanları izlemek hoşuma gider." Onur'un tek kaşı havaya kalkarken sert bir sesle emretti:

"Öyleyse bir daha beni izleme. Herkese yapmaktan hoşlandığın şeyleri bana yapma, ben herkes değilim." Sonra durdu, başını kaldırdı ve acımasızca ekledi. "Ben senin hiç kimsen bile değilim."

Haklıydı. O benim için ne herkesti ne de hiç kimseydi. Ona verebileceğim bir sıfat yoktu, çünkü o benim hayatımın içine dahil değildi bile, öylesine vardı işte... Figüran gibi. Belki de figüran olabileceği tek hayat benim ki ve benim hayatıma hoş geldi.

"Biliyorum." Rahatsız olarak başımı sola doğru çevirdim ve elimi boynuma götürdüm. Boynumu psikolojik ihtiyacımdan dolayı kaşıdığım sırada Onur'un bakışlarını üzerimde hissettim.

"Hiç uyumadın, değil mi?" Başımı salladım.

"Hiç."

"Kendini öldürmeye çalışıyorsun, görebiliyorum. Ama izin vermek gibi bir niyetim yok Külkedisi." Anlık bir öfkeyle ona doğru döndüm, sesimi yükselttim.

"Doruk'un bana prenses demesiyle defalarca dalga geçtiniz, kahkahalarla güldünüz. Şimdi de Külkedisi diyen sensin. Prenses kelimesini komik kılıp Külkedisi kelimesini normal kılan ne?" Onur gözlerime baktı, dudağının tek tarafı hafifçe belli belirsiz kıvrıldı.

"Çok soru soruyorsun. Konuyu değiştirme çabanı takdir ettim, konu senin uyumuyor oluşun ve sana bu konuyla ilgili tek bir şey söyleyeceğim."

"Evet."

"Şu an grubumuz, dört kişi... Her grupta birinin sözü dinlenir ve emin ol Burak da Mert de sözü dinlenilecek kişi olarak parmaklarıyla beni gösterirler. Yani grubun başı benim."

Sinirle derin bir nefes aldım. Bana çete liderliği konuşması yapıyordu. Kendimi *Arka Sıradakiler* dizisindeki Oktay'ın sevgilisi Gamze gibi hissettim. Tek fark Onur Zorlu'yla bırakın sevgili olmayı, arkadaş bile olamıyor oluşumuzdu. Başımı salladım sakinleşmeye çalışarak.

"Yani?"

"Yani emirleri ben veririm ve şimdi emir verilen taraf olma sırası sende..." Kaşlarımı çattım. Bana emir mi verecekti?

"Zaten yaptığın her konuşma emir niteliğinde. Kapıyı kapat, yerleri sil, sınıfa gel, onunla konuşma, şunla konuş, arkamda dur... Fark ettiysen emir kipi içermeyen tek bir cümlen yok."

"Ne hoş! Emir verdiğimin bilincinde olarak dediklerimi yapıyor olman beni derinden etkiledi. Öyleyse yeni emirlerim gözlerini yaşartacak." Bu şekilde alayla konuşuyor olması sinirlerimi bozdu. Altdudağımı ısırarak ağır ağır ayağa kalktım, sırasının tam önüne gittim, ellerimi sıranın üzerine koydum ve ona doğru eğildim.

"Benden ne istiyorsun?" diye mırıldandım. Gözlerime uzun uzun baktı.

"Uyumanı..." dedi. Kaşlarımı çattım, yüzüne şaşkınlıkla baktım.

"Ne?"

"Senden..." dedi tane tane, "uyumanı istiyorum. Konferans salonuna gidip işimizi halledeceğiz ve döndüğümüzde sen uyuyacaksın. Ben sana uyu dediğimde uyuyacak, uyan dediğimde uyanacaksın. Çünkü ölmeni istemiyorum"

Sinir bozukluğuyla kendi kendime hafifçe kıkırdadığım an elimle ağzımı kapattım. Bu çocuk beni delirtecekti. Ciddiyim, bu iş bittiğinde sonum akıl hastanesi olacaktı. Ciddi ciddi konuştu, bu grubun lideri benim dedi, verdiğim emirleri uygulayacaksın dedi, sinirlendim ve verdiği emir uyumam. Bana uyumamı emrediyor. Gözlerine baktım, ufacık bir parlaklık gördüm gözlerinde. Onur Zorlu'nun gözlerindeki o karanlığın ardında yanan ufacık bir sokak lambası var ve ben o sokağı lambalarla donatmak istiyorum. Çünkü biliyorum, kötü değil... İçindeki insan kötü değil, çünkü uyumamı istiyor.

"Şimdi telefonunu çıkar," diye emretti kendi telefonunu da çıkarırken. Dediğini yapıp cebimden telefonumu çıkardım.

"Ne yapacağız?"

"Burak'ı ara, ben de Mert'i." Şaşkınlıkla baktım yüzüne. Burak ve Mert sınıfın dip köşesinde uyuyorlardı. Onur tahammülsüzce telefonu işaret etti.

"Ara," dedi sertçe, "sorgulama." Bipolarsızlığımın katili, dengesizliğimin mimarı Onur Zorlu... İki saniye gülsem, üçüncü saniye sertleşip elimdeki tüm güzel materyalleri alıp götürüyordu benden. Rehbere girdim, Burak'ın numarasına tıkladım ve telefonu kulağıma dayadım. Burak ve Mert'in telefonları aynı anda çaldığı anda ikisi de yerlerinden sıçradılar. Uyanıp sersemlemiş bir edayla telefonlarını aramaya koyulduklarında başımı Onur'a çevirdim.

"Kapat," dedi. Bu muydu? Uyandırmak için yanlarına gitmek yerine onları aramış mıydık?(!) Sinirle telefonu kapattım ve ana ekrana baktım. Şarjımın çok azaldığını görüp içimden ufak bir küfür savurdum. Cevapsız çağrılar kısmına girip otuz yedi yeni çağrı bildirimini görünce sıkıntıyla nefes verdim. Ne annemle, ne babamla ne de beni düşündüğünü söyleyen hiçbir insanla konuşmak istemiyordum. Annem ve babam, her zaman yaşadıkları sorunları bana yansıtan ebeveynler oldular. Beni her sorunun merkezine koydular, her kavgalarına şahit oldum, her hareketim suçlandı ve hiçbir hatam affedilmedi. Bir insanın içinde hiç mi anne baba sevgisi kalmaz? Bırakmadılar. İçimde onlara karşı gram sevgi bırakmadılar... Benimle hayatları boyunca ilgilenmeyen bir anne- baba ikilisinin şimdi ilgilenmesini istemiyorum. Merak mı ediyorlar? Eh, etsinler.

"Abi siz manyak mısınız ya?" dedi Burak uyku mahmurluğuyla, "Zeynep aynı sınıfta olduğumuzun farkında mısın? Hadi Zeynep yanıma gelmeye çekindi diyelim. Abi sen iki sıra ötendeki Mert'i aradığının farkında mısın? Yemin ediyorum sinirlendim şu an ya... Gitti rüya." Son cümle kurulana kadar Burak'ın cidden sinirlendiğini düşünüyordum. Ama son iki kelime ağzından çıkar çıkmaz sinir bozukluğuyla güldüm. Kim bilir ne görüyordu rüyasında.

"Abartma Burak... Ne gördün kim bilir de sinirlendin böyle," dedi Mert alaycı bakışlarla.

"Kızıl saçlı bir kız vardı."

"Eee?"

"Vardı işte..." diyerek göz kırptı Burak hepimize dönerek. "Anlarsınız ya!" Tanrım... Tüm erkekler böyle rüyalar görmek zorunda mıydı? O an gözlerim Onur'a kaydı, acaba o da böyle rüyalar görüyor muydu? Sorsa mıydım? Ne denir ki... Onur, rüyanda cinsel öğeler var mı? Böyle birden pat diye sorsam, şoka girse...

"Ben kötü bir rüya gördüm ya..." diye mırıldandı Mert düşünceli bir halde. Sonra gözleri bana kaydı; kaşları çatık bir şekilde uzun uzun bana baktı. Ben soran gözlerle ona bakarken Onur'un cümlesini duydum.

"Mert?" Mert gözlerini benden ayırmayınca, Onur hafif bir öfkeyle burnunu çekti.

"Zeynep'i izlemen bittiyse çıkabilir miyiz?" dedi. Benim için en yakın arkadaşına, kızmış mıydı? Mert anında gözlerini Onur'a çevirdi.

"Zeynep'i gördüm rüyamda," dedi rüyasının etkisinden çıkamamış gibi. Ben tam rüyasını soracaktım ki Onur araya girdi.

"Harika! İstersen biz çıkalım, sen Zeynep'e rüyanı anlat?" Mert anında gözlerini devirdi.

"Abi amma olay yaptınız ama! Kötü bir rüyaydı, etkisinde kaldım. Garip oldu birden böyle karşımda görmek... Gerçek gibiydi..."

"N-ne gördün?" Rüyalara çok önem verirdim. Bu zamana kadar rüyamda ne görsem, gerçeğinin yaşandığına şahit olmuştum. Sanki gelecekten haber veriyorlardı bana ya da benimle ilgili bir başkasına...

"Öldüğünü gördüm." Mert'in cümlesiyle bir an donakaldım. Onur'un bile o an donduğunu hissettim. Bir saniyeliğine gözleri bana kaydı ve öyle kaldı.

"Yanında Onur vardı. Karanlık bir koridorda... Öldüğünü gördüm... Çok gerçek gibiydi." Korkuyla tüylerimin diken diken olduğunu hissettiğimde garip bir şey daha oldu. Onur'un, Burak'ın ve Mert'in birbirlerine şok içinde baktıklarını gördüm. Onur yutkundu ve gözlerini kırpıştırırken, Burak dehşete düşmüş gibiydi.

"Ne..." diye fısıldadım, "ne oldu?" Kimseden ses çıkmayınca sınıfta ölüm sessizliği oluştu resmen. Korkumdan tüm mesafemizi unutup uzandım ve Onur'un kolunu tuttum.

"Ne oldu?" diye sordum fısıltıyla. Onur bana bakmadı, sadece başını dikleştirdi. Üçünün de yüzünde garip bir ifade vardı. Birden Burak dudaklarını araladı,

"Mert'in gördüğü rüyalar... Genelde hep gerçekl-" derken Onur Burak'ın sözünü kesti.

"Konferans salonuna yetişmemiz lazım, yarışma başlayacak." Onu duymamış gibi kolunu bıraktım ve Burak'a döndüm.

"Mert'in rüyaları genelde hep... gerçekleşir?" dedim sorar gibi korkuyla. Burak ve Mert dehşet içinde bana bakarlarken Onur soğukkanlı bir şekilde boğazını temizledi.

"Yanımdan ayrılmayacaksın," diye emretti, "bir saniye bile yanımdan ayrılmayacaksın."

Rüyalara bu kadar inanırken, bir de Mert'in rüyalarının doğruluk payının bu kadar yüksek olduğunu öğrenmişken korkmamam mümkün değildi. Eh, söylediği şeyin gerçekleşme ihtimali az olamazdı. Bir okuldaydık, okuldan çıkamıyorduk ve okulun içinde bir katil vardı. Ölüme yakın olmak imkânsız olmasa gerekti.

"Anlaşıldıysa gidelim." Onur'un sesiyle birlikte donakalmış bir şekilde onlarla birlikte kapıya doğru adım attım. Ama yürüyor gibi bile değildim, bacaklarım korkudan titriyordu. Başıma ne geleceğini, ne şekilde neye mazur kalacağımı, neyin elimden, neyin ayağımın altından alınacağını bilmiyordum. Ama Onur Zorlu bana söz vermişti, beni koruyacaktı. Aklım buna inanmasa da, kalbim buna inanmak istiyordu. Çünkü kalp bu, dokunduğu kolun sahibine duyarsız kalamıyor... Ama bilmediğim bir şey de var. Onur'a sormak istediğim bir şey var. Sana mı daha yakınım, yoksa ölüme mi? Belli değil...

Juliet, Romeo'nundur.

16. Bölüm

Ay Benim, Gece Senin.

Juliet, Romeo'nundur.

Dördümüz birlikte konferans salonuna girdiğimizde aklım biraz önceki olayla meşguldü. Ben batıl inançları olan bir anneyle büyüdüm. Annem küçüklüğümden beri her rüyamı anlattırarak gördüğüm her bir öğeyi tabir ede ede büyüttü beni. Bak derdi, rüyanda bir masa görmüşsün ve bu bolluk bereket demektir bebeğim. Her zaman saçma bulsam da içten içe içimde bir yerlerde inandığım da oldu. Çünkü batıl inançlarının güçlü olması yanında, altıncı hissi kuvvetli genlere sahip bir aileden de geliyorum. Annemin, teyzelerimin, anneannemin ve hatta benim de sağlık problemlerini, kayıpları önceden rüyalarımızda görüp hissetmişliğimiz var. Biliyorum, mantıklı bir açıklaması yok. Ama yine de insan böyle bir ailede büyüyünce rüyalara inanıveriyor işte... Mert birden öyle bakınca, rüyasında öldüğümü gördüğünü söyleyince ve aynı zamanda altıncı hissi kuvvetli bir insan olunca ister istemez korktum. Belki korkum yersiz ve hatta saçma ama yine de korktum. Bir süreliğine de olsa bu korkuyu üzerimden atmaya kararlıyım.

Başımı dikleştirdim ve konferans salonuna baktım. Elektriklerimizin olmayışı bizi yıldırıyor değildi belli ki. Konferans salonunun karanlığı, sahneye dizilmiş turuncu mumlarla engellenmeye çalışılmıştı. Bu durum karanlığı engelleyemese de ortaya güzel bir romantizm zemini hazırlamıştı. Herkes sessizce yerlerinde otururken edebiyat hocamız olduğunu tahmin ettiğim bir adam, elinde kâğıtlarla sahnedeki masada oturuyordu.

"Abi, nereye geçelim? Dört kişilik yer göremedim." Burak telaşla konferans salonunu inceledikten sonra bana döndü, "Zeynep, sen şu kızların yanına geç, biz de hemen arkanda otururuz," dedi. Başımı oraya çevirdiğimde Onur anında cevapladı:

"Hayır," dedi sert bir sesle, "tek başına kalmayacak."

"Burak, sen gel biz seninle şu ikili koltuğa oturalım. Onun iki koltuk sonrasına da Onur ve Zeynep otursun." Başımı oraya çevirdim, benden malmışım gibi bahsediliyor olması umurumda değildi. Şu iş bitene kadar kendimi onlara bırakmıştım. En azından korunuyor olduğumu hissediyordum. Sınırlarım aşılmadığı sürece bu durumda bir problem görmeyecektim. Birlikte dördüncü sıranın koltuklarına yöneldik. Onur belki de hayatında ilk defa bir odun gibi davranmayarak geçmem için bana yol verince şaşırdım. Şaşkınlıkla birkaç saniye yüzüne baktıktan sonra karşılık alamayınca ilerledim ve boş iki koltuktan birine oturdum. Onur da yanıma yerleşirken edebiyat hocası çoktan konuşmaya başlamıştı.

"Sevgili gençler... Zor günler geçirdiğinizin farkındayım. Gelmek istemediğiniz, sürekli devamsızlık sınırının kaç gün olduğunu sorup durduğunuz okulunuzda karantina altındasınız. Elektrikler yok, şarjlarınız bitmek üzere. Okulda bir hastalık salgını olma ihtimali oldukça yüksek. Ve bunların sizi yoğun bir psikolojik baskı altına soktuğunu görebiliyorum. O yüzden sizleri biraz olsun rahatlatabilmek için ruhlarınızı edebiyatla ve romantizmle tazelemek istedim. Bu gece sizleri buraya toplamamın sebebi buydu. Bu gece burada bir yarışmamız olacak. Yarışmanın birincilerine Romeo ve Juliet unvanını vereceğiz! Yarışmayla birlikte sizin ruhunuzdaki romantizm seviyesini ölçeceğiz. Beylerimizin arasındaki en büyük aşk adamını bulacağız, o okulumuzun Romeo'su olacak. Ve kızlarımız arasındaki en güzel aşk kadınını bulup onu ortaya çıkaracağız ve bir de Juliet'imiz olmuş olacak! Çok uzatmayacağım, kısacası bu gece aramızda bir Romeo, bir Juliet var... Onlar birbirini tanısa da tanımasa da. Sorularımız basit olacak. Yarışmaya herkes katılmak zorunda değil. Soruları sorduğumda elini kaldıranlardan cevap alacağım sadece. Diğerleri seyirci olarak kalabilir. Hazırsanız başlıyoruz." Herkes bıkkın seslerle hazır olduğunu mırıldanırken gözlerimi devirdim. Yarışmaya filan katılacak değildim, Onur'un da katılacağını sanmıyordum. Bu yarışma denen şey bana göre değildi, hele aşk kadını olmak... Benden kadın bile olmazdı ki!

"İlk sorumuz geliyor... Evet, bir insana âşık olduğunuzu nasıl anlarsınız?" Başımı salona çevirdim, kimseden çıt çıkmıyordu, hiçbir kıpırdanma yoktu. Kimse elini bile kaldırmıyordu. Onur'un başını hafifçe bana çevirdiğini gördüm. Başımı ona çevirdiğimde durgun, sert bakışlı bir Onur Zorlu'yla karşılaştım.

"Hadi," diye fısıldadı, "cevap ver yürüyen duygusallık." Gözlerimi devirdim.

"Senin gibi ruhsuz bir insanın yanında otururken cevap verip sana nasıl duygusal olunurmuş öğretmek isterdim ama havamda değilim yürüyen duvar!" Hafifçe gözlerini kıstı dalga geçer gibi bakarken.

"Ben..." dedi yavaş yavaş, "ruhsuz muyum?" Başımı salladım gözlerimi ela gözlerinden ayırmadan.

"Sen..." dedim yavaş yavaş, "ruhsuzsun." Kaşları havaya kalkınca konuşmaya devam ettim. "Bu salondaki herkesten bir Romeo çıkar. Ama senin gibi kalbi olmayan, duyguları alınmış birinden bırak Romeo'yu, onun figüranı bile çıkmaz."

Onur yüzüme uzun uzun baktı. Gözlerimi gözlerinden ayırmadığım süre boyunca gözlerini kırpmadı bile. Bakışları ağır ağır sertleşti, her an kalkıp gidebilecek kadar tahammülsüz bakıyordu. Sonra tek kaşı havaya kalktı ve anlam veremediğim, şoka girdiğim bir şey oldu. Onur birdenbire elini kaldırdı havaya!

"Evet! Sonunda cesur bir arkadaşımız cevap vermeye karar verdi. Onur? Seni dinliyoruz, birine âşık olduğunu nasıl anlarsın?"

Ayağa kalkmadı, bütün bakışlar ona dönerken başını sahneye çevirdi, dimdik, sert bir bakışla ve duygudan yoksun kusursuz ses tonuyla konuşmaya başladı tane tane. Şaşkınlıktan ölmek üzereydim.

"Birine âşık olduğumu anlamam," dedi tekdüze bir sesle. Kaşlarımı çattığımda salonda ölüm sessizliği oluştu, edebiyat hocasının boğazını temizlediğini duydum.

"Nasıl yani?" Gözler Onur'un üzerindeyken o, tereddütsüzce kıpırdamaksızın duruyordu.

"Birine âşık olduğumu anlamam... Âşık olmak anlaşılır bir durum değildir. Kimse kendi kendine durup da ben âşık oldum demez. Kimse âşık olduğunu fark edemez. Aşk gizli bir duygudur, insanı birdenbire ele geçirir; saati, tarihi, mekânı umursamadan. Aşk birdenbire gelir, parmak uçlarından, saç tellerine kadar bütün bedenine yerleşir. Bakışların değişir, sesin değişir, dokunuşların değişir. Hayatın değişir. Âşık insanın su içişi bile diğerlerinden farklıdır. Bardağı daha sıkı tutar artık, hayata bağlanması için, hayata sıkı sıkı tutunması için farklı bir sebebi vardır. Çünkü artık kalbi doludur, su bardağının ellerinin arasından kayıp yere düşmesine, kırılıp paramparça olmasına izin veremez. Artık yemeğini yarıda bırakamaz, evden ayakkabılarının bağcıklarını bağlamadan çıkamaz. Artık her şeyi tam yapmak zorunda hisseder kendini. Bunları hisseder, çünkü onu motive eden bir duygu vardır. Onu sıcak tutan, üşümesine izin vermeyen bir duygu. Âşık olduğu insan onu, elini dahi tutmadan ısıtıyordur. İçini ısıtıyordur... Buna rağmen âşık olduğunu anlayamaz. Bir insanın âşık olduğunu anlaması için tek yol, birinin onu kolundan tutup, 'Sen âşık olmuşsun,' demesidir. Ancak o zaman anlar. Durur böyle, birkaç saniye boş boş bakar. Ben harbiden âşık olmuşum der... Âşık olmak anlaşılmaz, âşık olmak fark edilir."

Sessizlik.

Sessizlik.

Sessizlik.

Nefes alış seslerim; gözlerimi kırpamayacak kadar donuk oluşumun verdiği tüyler ürpertici his... Hayatınıza bir sürü insan girer, hepsini tanımaya çalışırsınız, hepsine sıfatlar verirsiniz ve kişilikleri hakkında yorum yaparsınız. Çoğu doğru çıkar ama bazıları doğru çıkmaz işte. Ben Onur'u tanıyalı sadece iki gün oldu ve iki günümün her saatini onunla geçirdim, evet onu tanıdığımı sandım. Onu ruhsuz, duygusuz, aşktan sevgiden anlamayan bir duvar olarak gördüm. Bunları ona da söyledim ve şimdi bir duvarın konuşmasına şahit olmuş gibi şoktayım. Duvar çok güzel konuştu... Duvar öyle güzel konuştu ki salondaki yüzlerce insan donakaldı. Ben de dahil, hepimiz donakaldık. Çünkü Onur Zorlu'nun içinden asla tahmin edilemeyecek kadar duygusal bir insan çıkıverdi.

Sessizliği bir alkış sesi böldü. Herkes, ben hariç herkes alkışlıyordu. Ben ise şaşkınlıkla Onur'u izliyordum, o bana bakmasa da ben şok içinde onu izliyordum. Sonra ne olduğunu çok net hatırlamıyorum. Birkaç kişi söz aldı, bir kızı alkışladıklarını hatırlıyorum. Onur'a da, ismi Yeşim olan kıza da onar puan verildiğini hatırlıyorum. Ama ne oldu ne bitti hatırlamıyorum. Aradan bir iki soru geçti, Onur elini kaldırmadı ve kimse on puan da alamadı. Sadece Doruk'un isminin yazıldığını gördüm, altına kalın bir kalemle dokuz yazdılar. Şok içinde Onur'u izlemeye devam ettiğim sırada, bir soruya Onur'un el kaldırdığını gördüm, soruyu bile duyamamıştım. Dikkatimi edebiyat hocasına verdim.

"Evet Onur, âşık olduğun kız senden uzağa gidecek olsa, ne yaparsın?" Gözlerimi anında Onur'a çevirdim. Âşık olduğu kızmış... O an içime bir korku düştü, ya âşık olduğu bir kız varsa? Korku demeyelim... Ama garip bir his geldi işte. Onur'un birine âşık olması beni mutlu eder mi? Etmez. Neden bilmiyorum. Ciddi anlamda ona karşı hiçbir hissim yok ama bu beni mutlu etmez... Âşık olması bu kadar imkânsız görünen bir insanın âşık olması ve âşık olduğu kişinin bir başkası olması beni mutlu etmez. Bu kıskançlık değil, bu imrenmek...

Onur başını dikleştirdi ve bir asker edasıyla konuşmaya başladı,

"Âşık olduğum kız benden uzağa gidemez," dedi. Salon bir kez daha sessizliğe büründüğünde ve bütün başlar Onur'a çevrildiğinde nefesimi tuttum.

"Bir kez âşık olursam, eğer bunu mümkün kılabilecek biri karşıma çıkarsa, onu hiçbir şey benim yanımdan ayıramaz. Ben aşka değil, aidiyete inanıyorum. Bir kere benim olan, sonsuza kadar benimdir, bırakmam."

Verdiği cevap bir bebeğin kundaklandığı battaniye gibi sarıyordu insanı, öyle güvende hissettiriyordu. Bırakılmamak... Biri tarafından bırakılmayacağını bilmek... Ne yalan söyleyeyim, Onur kime âşık olacaksa o kızın yerinde olmayı çok isterdim. Onur Zorlu'nun yanından ayırmayacağı o kız olmayı çok isterdim. Mesele Onur değildi, bırakılmamak...

"Evet Yeşim, senin cevabını da alabiliriz." Yeşim denen kız elini kaldırıp söze girdiğinde gözlerimi devirdim. Juliet olmaya hevesliydi belli ki.

"Ben de Onur gibi düşünüyorum," diye söze girdi, "âşık olduğum adam benden uzağa gidemez. Onu asla bırakmam. Sanırım bu konuda Onur'la birbirimizi tamamlıyoruz." Sonorom bo konodo Onor'lo borboromozo tomomloyoroz. Ah, çocukluğuma döndüm! Eskiden kime gıcık olsam cümlelerini aynen bu şekilde içimden tekrarlardım ve rahatlardım. Şu an rahatladım ama garip de bir hırs geldi. İçimden bir ses, kızım Zeynep, Juliet unvanı da Onur da şu sarışına gidiyor dedi. Tam o an ne yaptığımın bilinçsizliğiyle elimi havada buldum. Tanrım! Ne yapıyordum böyle?

"Ah, yeni öğrencimiz! İsmini öğrenebilir miyim?" Bütün bakışlar bana döndüğünde, salonda bana bakmayan tek insanın Onur olduğunu fark ettim. Yutkundum, elimi ağır ağır indirip kekelemeye başladım:

"B-ben... Zeynep..." Hiçbir zaman kalabalıklar içinde özgüvenli konuşanlardan olamadım, başı öne eğik kekeleyenlerden oldum hep. Bu da benim sınavım demek ki...

"Hoş geldin Zeynep! Söyle bakalım, âşık olduğun adam senden uzağa gitse... Ne yaparsın?" Yutkundum, derin ve titrek bir nefes aldım. Aptal... Neden elini kaldırdın ki?(!)

Sessizlik. Herkes bekliyor, tüm salon, Onur da dahil olmak üzere beni bekliyor. Susuşumu izliyorlar, benimle dalga geçiyorlar, herkes bana bakıyor. Hadi ama!

"Beklerim." İşte bu! Toparlayabilirsin! Bütün salon bana dikkat kesildiğinde, edebiyat hocasının devam etmem için göz kırptığını gördüm. Bir an Onur'un bana bakışını yakaladığımda ani bir cesaretle dudaklarımı araladım.

"Kimseyi yanımda tutacak güce sahip olduğuma inanmıyorum. Âşık olduğum insanı ne kolundan yakalayıp yanımda tutabilirim ne de benimle kalmaya ikna edebilirim. Çünkü ben bir insanın, benim için benimle kalmak isteyeceğine inanmıyorum. Ama benim de elimden bir şey gelir. Diğer arkadaşlarımız gibi, onu yanımdan ayırmam deme cesaretini gösteremem ama ben daha cesur bir harekette bulunabilirim. Ben beklerim, bir ay da beklerim, bir yıl da beklerim, bir ömür de beklerim. Benden ne kadar uzakta olduğu umurumda olmaz, mesafeleri görmem bile. Bir gün yanımda olacağını biliyorsam kilometrelerin hiçbir önemi kalmaz... Hem güzel bir şarkı sözü bile var hayatımın en orta yerine koyabileceğim. Şöyle diyor: *Benden uzakta olsan da buralar hep senindi.** "Âşık olduğum adam benden uzakta olsa da..." dedim elimi kalbimin üzerine koyarak, "buralar hep onundur..."

Sessizlik. Bir, iki, üç, dört, beş... Sessizlik... Çıt çıkmıyor. Ben korkuyla tepkilerini beklerken, ne düşündüklerini anlamaya çalışıyorum ama çıt çıkmıyor! Ya beğenmedilerse? Ya basit buldularsa? Onur hakkımda ne düşünüyor bilmek istiyorum. Başımı çevirince, bana bakan yüzüyle karşılaştım. Ela gözlerinin tonu gözlerinden aşağı akmak üzere gibi. Sanki ela tonu yanaklarından aşağı süzülüverecek şimdi... Ama anlayamıyorum. Ne onun ne de diğerlerinin ne düşündüğünü anlayamıyorum. Tam o an bir şey oldu. Bir ses duydum, bir el çırpma sesi. Başımı sahneye çevirdim ve şaşkınlıkla beni alkışlayan edebiyat hocasına baktım. Alkışlar iki, üç, beş oldu. Yüzlerce oldu, tüm salon beni alkışlar oldu... Yanımda oturan hariç, bir tek o hariç... Gözlerimin dolduğunu hissettim. İnsanlar cümlelerimi dinlemiş, alkışlıyor... Bu öyle özel bir şey ki! Karmakarışık bir şeyler gördüm, adımın yazıldığını, altına on yazıldığını gördüm... On, ben on aldım! Şu an sebepsiz yere öyle mutluyum ki dönüp Onur'u öpmek istiyorum. Hadi kızım, onlara Juliet'in kim olduğunu göster.

---

*Söz: Biz – "Geceleri Gel". (ed.n.)

"Evet! Madem şarkılara değindin, şarkılarla ilgili sorumuzu soralım o zaman. Âşıksınız. Ama öyle böyle değil! Aşkınızdan ölüyorsunuz. Onsuz yaşamak istemiyorsunuz, geri kalan herkesi unuttunuz, hayatınızın kalanını sadece ve sadece onunla geçirmek istiyorsunuz! Çünkü doğru insanı buldunuz... Yanında kendinizi iyi hissediyorsunuz, sıkılmıyorsunuz ve işin ilginç yanı, birbirinize ihtiyaç duyuyorsunuz. Ona dokunmaya, onu koklamaya, onunla olmaya ihtiyacınız var... Ve ona bir sürpriz yapmak istiyorsunuz. Odasına gizlice girme şansını yakaladınız. Aklınızda mükemmel bir fikir var! Duvara bir şarkı sözü yazacaksınız. Şarkı sözünü fosforlu bir halde yazacağınız için sadece karanlıkta görünecek. Âşık olduğunuz insan gece odasına girecek, ışığı kapatacak ve birden sizin yazınızla karşı karşıya alacak! Size soracağım soru bu arkadaşlar, o duvara hangi şarkı sözünü yazarsınız?"

İnsanlar birbirine bakmaya başladı. Bu soru ilgi çekici bir soruydu. Yeşim denen kızın elini kaldırdığını görünce sinirlerimin bozulduğunu hissettim. Kız Juliet olma sınırlarını zorluyordu ama ben sınır zorlamayacaktım. O kapılar bana kendiliğinden açılacaktı...

"Sanırım ben, 'Sevmeyeceksen ben gideyim' yazardım. Yazıya baktıkça sevmezse gideceğimi hatırlatmak isterdim ona." I-ıh kötü bir cevap ve reaksiyon da alamadı. O sırada, tanımadığım esmer, yeşil gözlü bir kızın elini kaldırdığını gördüm.

"Ben, 'Yine yazı bekleriz' yazardım. Çünkü ben şu an âşığım. Benimki bir yaz aşkıydı, yaşandı ve bitti. Ama ben atlatamadım..." Salondan üzülme homurdanmaları, teselliler geliyor. Kıza ben bile üzüldüm ama benim aklım kendimde ve Onur'da. Ne diyeceğim? O bir şey diyecek mi, ne diyecek?

"Evet Doruk, cevabını alalım." Doruk'un adını duyar duymaz başımı ona çevirdim, garip bir şekilde gözleri üzerimdeydi, bana bakıyordu... Bana baka baka dudaklarını araladı.

"Ben duygusal bir insan değilim ama güzel severim, mizahla karışık severim. Bu yüzden sanırım, 'Bakkala diye çıkıp sana gelesim var,' yazardım." Salondan kahkaha ve ufak tefek alkış sesleri gelince gözlerimi anında Onur'a çevirdim. Cevap vermezse Romeo, Doruk olacak! Cevap vermezsem Juliet, Yeşim olacak! Buna izin veremem, o da izin veremez. Anında elimi kaldırdım.

"Zeynep?"

"Ben aşkın gündüzleri gece, geceleri gündüz yapabilecek kadar güçlü olduğuna inanıyorum. Eğer ben âşık olduğum adama aşkımı ispatlayacaksam gecelerini gündüz, gündüzlerini gece yapabilmeliyim. O yüzden duvarına, 'Sıkılırsan güneşten, gece oluruz erkenden*' yazmak isterdim."

Birinin, "Hassiktir çok güzel!" dediğini duydum bile. Özenme ve iltifat homurdanmaları geliyor, ufak tefek alkışlar, takdir eden yüzler... Yeşim'le puanım eşitlenecek. Ama eğer Onur bir şeyler yapmazsa Doruk onu geçecek. Romeo, Doruk olacak! Yüzümü Onur'un yüzüne çevirdim. Hadi... Hadi... Yüzü semsert, dimdik bakıyor ama ses yok, kıpırdanma yok...

"Bu durumda iki Juliet'imiz var ve eğer bir değişiklik olmazsa Romeo'muz Do-" derken birden kalkan bir elle kalbimin durduğunu hissettim! Onur elini kaldırıyor! Onur Zorlu'nun eli havada!

"Evet Onur! Âşık oldun diyelim... Ne yazardın o duvara?"

"Sadece gece görülebilecek bir yazı yazacağımı düşünüyorum, buna göre ne yazabileceğimi gayet iyi biliyorum. Ben geceyi ikiye bölerim hep, insanlar cama balkona çıktıklarında izleyecekleri iki seçenek vardır. Ya geceyi, karanlığı ya da ayı, yani aydınlığı izleyeceklerdir. Gece ikiye ayrılır. Biri gecedir, evet. Ama diğeri aydır. Biri karanlıktır, biri aydınlık. Bu yüzden madem âşık olmuşum, ben geceyi ikimize paylaştırmayı isterdim. Karanlığı sevmeyen birine âşık olabileceğimi sanmıyorum. Karanlık, aydınlıktan çok daha güzel. Sırf o karanlığı sevsin diye aydınlığı almaya razı olurdum. Duvarına bir ay resmi çizerim, sonra aklıma gelen ilk şarkı sözünü yazardım, 'Ay benim... Gece senin...'** Sonra ışıkları kapatır çıkardım."

Bir an başımın döndüğünü hissettim. Çünkü biraz önce bir insandan duyabileceğim en güzel cümleleri, duvar diye tabir ettiğim

* Son Feci Bisiklet – Bikinisinde Astronomi. (ed.n.)
** Son Feci Bisiklet – Elektrot. (ed.n.)

Onur Zorlu'dan duymuştum. İki gündür tanıyamadığım insanı tanıdım, duyamadığım cümleleri duydum. Ne güzel dedi... Ay benim dedi, gece senin... Keşke gece benim olsa. Ama belli ki âşık olduğundan başkasına vermeyecek geceyi. Ben karanlığı bu kadar severken, beni değil bir başkasını bırakacak karanlıkta. Hiçbir şey diyemem... Hiçbir şey bekleyemem...

"Mükemmel! Tablomuza bir on daha gidiyor! Evet. Şimdiki puanlarımızı görüyorsunuz! Yeşim ve Zeynep, Juliet'in iki adayı. Doruk ve Onur da Romeo'nun iki güçlü adayı! Şimdi izninizle ve alkışlarınızla onları final için sahneye almak istiyorum!"

Salonda alkışlar koparken oturduğum yerden kalktım. Onur'un önünden geçip ağır ağır dikkatlice sahneye doğru ilerledim. Yeşim tam yanımdaydı. Doruk ve Onur da arkamızdan geliyorlardı. Sahneye çıkıp yan yana dizildiğimizde Onur ve Doruk'un arasındaydım. Şu an tam bir ölüm üçlüsüydük. Derin bir nefes aldığım sırada Doruk'un gülerek bana doğru eğildiğini gördüm.

"Juliet'im olmaya hazır mısın?" Doruk'un sorusuyla birlikte şaşkınlıkla başımı kaldırdığım sırada, garip bir şey oldu. Ben daha verecek cevap bile düşünememişken diğer yanımdan kusursuz bir ses geldi; Onur'un sesi...

"Çok heveslenme," diye mırıldandı, "Juliet, Romeo'nundur."

Ruhumdan her geçeni
dudaklarımın arasına yollasam
ruhuma ne kalır?

17. Bölüm

Onur'unki...

Şiddetin vesile olduğu hazlar, şiddetle sona erer.

Sahnede gergin bir bekleyiş vardı. Doruk ve Onur'un arasında kendimi tehlikede gibi hissediyordum. Her an ikisi arasında bir tartışma, hatta bir savaş başlayabilirdi! Yeşim'in varlığı ya da yokluğuysa belli değildi. Sadece birkaç kez Onur'a gülerek baktığını yakalamıştım. Omuz silkip kendi önüme döndüm. İsminin Reha olduğunu öğrendiğim edebiyat hocamız en sonunda kâğıtlarını hazırlayıp bize gülerek döndüğünde, ona hafifçe gülümsemeye çalıştım. Onur ise onu öldürmek istermiş gibi bakıyordu.

"Üç sorumuz olacak ve her şeyi salonun reaksiyonu belirleyecek! Şimdi... İlk sorumuzu soruyorum, el kaldırmanıza gerek yok. Önce konuşmaya başlayan söz hakkını alır. Sorumuz geliyor. Bu zamana kadar şahit olduğunuz en büyük aşk kimindi?" Kaşlarımı düşünmek için çattığım sırada Yeşim anında konuşmaya atladı.

"Romeo ve Juliet tabii ki!" Kız resmen seyirciye oynuyor ama seyirci bunu yemez. "Ailelerinin düşman olmasına ve bütün imkânsızlıklara rağmen birbirlerinden vazgeçmediler. Birbirlerini asla bırakmadılar. Sonları kötü olsa da hep birbirlerini sevdiler."

Hop borborlorono sovdolor. Özür dilerim, bunu yapmaktan hoşlanmıyorum ama bu beni rahatlatıyor. Gözlerimi devirip kendi düşüncelerime daldım. Kim olabilirdi? Derken Doruk konuşmaya başladı.

"Ben Leyla ile Mecnun diyeceğim. Gerçek Leyla ile Mecnun'u bilemem ama dizide çok güzeldi. Leyla ile Mecnun sevmeyen bir nesle aşina değiliz!" Salondan ufak bir grubun alkış sesleri... İstediği reaksiyonu alamasa da kötü bir cevap vermedi. Hatta oturuyor olsam ben de alkışlardım. Ama hâlâ reaksiyon alan bir cevap ortaya çıkmadı. Onur ne düşünüyor acaba... Ve ben ne demeliyim?(!) Değişik bir cevap vermeliydim, insanların hoşuna gidecek ve doğruluğuna emin olduğum bir cevap... Gözlerimi kıstım, tam o sırada Onur'un dudakları aralandı.

"Gece ve ay..." diye mırıldandığında bütün salon sessizliğe büründü, herkes pür dikkat onu dinlemeye başladı.

"Biri karanlık, biri aydınlık. Biri hep orada, birinin belli saatleri var. Ve biri olmadan biri asla görünemiyor. Ay geceye muhtaç, eğer gece olmazsa kimse onun varlığından bile haberdar olamaz. Ama gece yüce, kutsal ve büyük. Gece, ay olmasa bile herkes tarafından fark ediliyor ama buna rağmen gece, ayın kendisinde olmasına, karanlığını bölmesine izin veriyor. Çünkü gece aya âşık, insanlar da böyle, kendilerine muhtaç olan insanlara âşık oluyorlar. Gecenin sadece karanlığa ihtiyacı var, ayışığına değil... Ama ay öyle değil, ay geceye muhtaç, gece ise ona âşık..."

Alkış sesleri... Kızların hayranlık dolu cümleleri... Sanırım söz konusu edebiyat olduğunda Onur Zorlu'nun içinden bir Shakespeare çıkıyordu. Başka zaman olsa katil ruhlu diyeceğim bir çocuk, ne olmuştu da birdenbire Romeo'ya dönmüştü! Şaşkınlığımı sonraya saklayıp vereceğim cevaba odaklandım. Alkış almam gerekiyordu. Onur Romeo unvanına bir adım attıysa, benim Juliet unvanına iki adım atmam gerekiyordu.

"Evet... Zeynep?" Herkes benden bir cevap beklerken sessizce nefes aldım. Ne diyeceğimi, ne yapacağımı, neyi örnek vereceğimi bilmiyordum. Belki de Onur'dan ilham almalıydım?

"Onur bana ilham verdi," diye mırıldandığımda, Onur'un başını hafifçe bana çevirdiğini gördüm ama ben ona bakmadım. Dimdik seyirci koltuklarına baktım. Burak'ın bana el salladığını, Mert'in ise göz kırptığını gördüm. Burnumu çektim ve ürkmeden konuşmaya çalıştım.

"Gece ve ay ne kadar birbirine bağlıysa gündüz ve güneş de öyle. Gündüz aydınlıktır ve her aydınlığın kaynağı güneştir. Ayın aydınlığının kaynağı bile güneştir, güneş ve gündüzün aşkı öyle büyüktür ki belki onlar olmasa gece ve ay asla kavuşamayacaktır... Güneş sönse, ay devam edebilir mi parlamaya? Güneş olmasa... gece görebilir mi âşık olduğu ayı? Gündüz güneşe muhtaç, gece aya, ay güneşe... En büyük aşklar başka aşklara da ilham olur derler. Güneşin gündüzü aydınlatması, sizce de ilham olmuyor mu ayın geceyi aydınlatma çabasına?"

Cümlem bittiği an gözlerimi kapattım. Ne şekilde baktıklarını görmek, neler dediklerini duymak istemiyordum. Eğer sevmedilerse verecekleri tepkiyi bilmek istemiyordum. Nefesimi tuttum, içimden saymaya başladım. Bir, iki, üç... Dört... ve alkış sesleri! Ağlamak üzere gibi gözlerimi açtığımda, herkes hayranlıkla bana bakıyordu. Nedense coşkumu engelleyemeyip gülerek, beklentiyle Onur'a döndüm. Ama o bana bakmak yerine, cinayet işlemek üzereymiş gibi sert bir şekilde dimdik karşıya bakıyordu. Hevesim sönerken başımı seyircilere çevirdim. Ben bu edebiyat yapma işini sevmiştim, güzel yapıyorduk! Şimdi Onur da ben de birer adım öndeydik Yeşim ve Doruk'tan. Bu soruyu da alırsak üçüncü soruya gerek bile kalmayacaktı.

"Evet! Harika cevaplar! Şimdi ikinci soruya geçiyoruz, sorumuz çok basit! Nefret ettiğiniz bir insana âşık olabilir misiniz?" Salondan anında öğrencilerin arkadaşlarıyla ilgili yaptığı espriler gelmeye başladı. "Oldum bile!" deyip sevgilisinin elini tutup havaya kaldıran bir çocuğu gördüm, ufak bir alkış koptu. O sırada Yeşim hiç acele etmeden konuşmaya başladı.

"En büyük aşklar nefretle başlar derler! Tabii ki olabilirim! Hem belki olmuşumdur bile... Bazen, insan duygusunun nefret mi aşk mı olduğunu anlayamıyor. Şu an mesela... Biri var, ondan nefret mi ediyorum ona âşık mıyım bilmiyorum!" Salondan gülüşme sesleri ve nedense hoşlarına gitmiş olacak ki alkış sesleri geldi birden. Reaksiyon fırsatını kaçırmamak için Doruk anında atladı konuşmaya.

"Bir kere bir kız girdi hayatıma. Kızdan nefret ettim ama nasıl bir nefret etmek... Konuşması, yürüyüşü, bakışı hatta nefes alması bile sinirlerimi bozuyordu. Sonra ne oldu merak ediyorsunuz değil mi? Kızdan nefret etmeye devam ettim, hâlâ nefret ediyorum, âşık olmadım ve olamam da."

Salon yıkıldı. Kahkaha sesleri kulaklarımı tırmalarken ben hâlâ verecek bir cevap bulamamıştım, Onur da aynı şekilde. Salondaki kahkaha sesleri devam ederken Onur'a döndüm.

"Yarışmayı onlara mı bırakacağız?" Omuz silkti.

"Ne zaman takım olduk?" Gözlerimi devirdim ve ısrarla konuşmaya devam ettim.

"En azından birbirimizi tanıyoruz..." Onur'un dalga geçer gibi sertçe güldüğünü gördüm.

"Sen Doruk'u da çok iyi tanıyorsun, size mutluluklar." Sinirlendiğimi hissettim o an. Ne yani, yarışı bırakıyor muydu?

"Tek bir cümle kuracaksın... Biraz önce kurduğun rüya gibi olan cümlelere benzer tek bir cümle... Sadece soruya cevap vereceksin, nefret ettiğin birine âşık olabilir misin, olamaz mısın. Bu kadar." Gözlerime baksın diye gözlerinin içine bakıyordum. Ama beni takmıyordu bile. Sonra durdu, gözlerini gözlerime dikti.

"Bakalım... Sana âşık olabilir miyim bir düşünelim..." dedi. "Olamam. Sorunun cevabı hayırmış, nefret ettiğim birine âşık olamazmışım."

O an birkaç saniyeliğine dondum kaldım. Tek eylemim yutkunmak oldu. Bu açık açık benden nefret ediyor oluşunu söylediği andı. Ben ona hiçbir şey yapmamıştım ama Onur Zorlu benden nefret ediyordu. Başımı öne çevirdim, hiçbir şey diyemez, bir cevap veremezdim. Beynimin içinde New Moon'un duygusal müzikleri çalmaya başlamıştı bile. Edebiyat hocamız bize döndüğünde Onur'a bakmadan tereddütsüzce konuştum.

"Cevap vermeyeceğim." Salondan şaşkın sesler yükseldiği anda Onur'un sesi duyuldu.

"Ben de."

Kısa bir şaşkınlık süreci, edebiyat hocamızın sorgulayıcı tepkileri ve nihayet bizden ses çıkmadığı için mecburi kabulleniş...

"Pekâlâ o zaman... Son soruya geçelim. İlk sorumuzda en fazla reaksiyonu Onur ve Zeynep almıştı. İkinci soruda da onlardan cevap bile gelmediği için, en fazla alkışı Yeşim ve Doruk aldı. Yani şu an son durumda herkes eşit. Her şey bu soruya bağlı, hazırsanız soruyu yolluyorum!"

Salondakilerin oturuşlarını düzelttiklerini gördüm, her zaman ses yapan kalabalıklar nedense hep böyle kritik anlarda susardı, değil mi? Umutsuzca başımı salladım. Edebiyat hocası önümüzden bir adım atıp yanımıza geçtiğinde ve kâğıtları kaldırıp soruyu okumaya başladığında mutsuzluktan ölmek üzereydim.

"Yarışmamız okulun Romeo ve Juliet'ini seçmek üzere yapılıyor, biliyorsunuz. Böyle bir yarışmada Shakespeare'e yer vermezsek olmaz dedim. Bu yüzden, madem gerçek aşkı tanımladınız ve madem Romeo ve Juliet olmak istiyorsunuz, biraz da olsa Shakespeare biliyor olmanız lazım. Mesela o meşhur repliklerden birini... Şimdi size bir repliğin başını vereceğim ve sizden devamını isteyeceğim. Önce davranan kazanır! Hazır mısınız?"

Bir kere daha hazır mısınız derse ağlayacağım! Şimdi ne yapmam gerektiğini bilmiyorum. Ben Romeo Juliet okuyarak büyüdüm. Tiyatro kursumda Juliet'i defalarca canlandırdım, repliklerini ezberledim. Şimdi soracağı repliği biliyor olmam çok yüksek olasılık. Ama ne yapacağım, cevap verecek miyim? Onur'un cevap vereceğini düşünmüyorum. Peki ne olacak? Doruk'un Juliet'i mi olacağım? Bilmiyorum... Ne olursa olsun kaybetmek istemiyorum... Belki de sırf bu yüzden cevap vermeliyim ve vereceğim. Bu yarışmanın Romeo'su kim olur bilmiyorum ama bildiğim bir şey var. Bu yarışmanın Juliet'i ben olacağım.

"Cümleyi söylüyorum, devamını getiriyorsunuz! Shakespeare demiş ki... Şiddetin vesile olduğu hazlar..."

"Şiddetle sona erer..."

"Şiddetle sona erer..."

Şok içindeyim. Şaşkınlık değil bu, resmen şok içindeyim. Çünkü sesimin senkronize bir şekilde aynı anda çıktığı, aynı cümleyi kurduğu insan Onur Zorlu. Cevap vermeyeceğine emindim. Cevap verdi! Salonda büyük gürültülü bir şaşkınlık var! Ama devam etmemiz gerekiyor, bu replik burada bitmiyor. Edebiyat hocası eliyle salonu sustururken Onur'a baktım, bana bakmıyordu. Ona her baktığımda bana bakmıyor olduğunu görmek, beni artık hayal kırıklığına bile uğratmıyordu... Yine de gözlerimi ondan ayırmadım, dudaklarımı araladım onunla aynı anda.

"Ölümleri zaferlerine işarettir..."

"Ölümleri zaferlerine işarettir..."

"Dudakları birleşince yitip giden..."

"Dudakları birleşince yitip giden..."

"...ateş ile barut gibi."

"...ateş ile barut gibi."

Bitti. Edebiyat hocasının "ROMEO VE JULIET'İMİZ!" diye bağırdığını duydum, tir tir titriyorum. Bütün salon şok içinde, ayakta alkışlanıyoruz. Doruk ve Yeşim sahnede yok bile. Onur'un da sahne merdivenlerine bir adım attığını gördüm. Tutukluğumu bir kenara bırakıp cesaretle uzandım, kolunu tuttum.

"Bekle" dedim, "bana bir açıklama yapmak zorundasın!" Onur durdu, tahammülsüzce dönüp yüzüme baktı.

"Ne istiyorsun?"

"Açıklama istiyorum." Kaşlarını çatarak, tuttuğum koluna baktı.

"Önce elini çek," diye emretti, elimi çektim. "Ne açıklaması istiyorsun?"

Bir adım atıp ona yaklaştım, gözlerinin içine diktim gözlerimi. Bana, gerçekten benden nefret eder gibi mi bakıyordu anlamaya çalıştım... Nefret göremiyordum. Benden kurtulmak istediğini biliyordum, bunu görebiliyordum ama nefret göremiyordum. Yemin ederim.

"Sen..." diye mırıldandım, "duvarsın!"

"Ne?" Dünyanın en saçma cümlesini kurduğum için kendimi tebrik ederim. İşte şimdi Onur Zorlu'nun yüzünde görmek istemeyeceğim bir ifade var! Ne-saçmalıyor-bu-salak bakışı.

"Yani... Ben seni tanıdığımdan beri duvar gibisin; duygusuz, ruhsuz... Yanlış anlama beni ama bana öyle davrandığın için bunları söylüyorum. Şu dudaklarının arasından tek bir güzel cümle duymadım! Şimdi ne oldu da birdenbire içinden bir Romeo çıkıverdi? Bu repliği nereden biliyorsun? O cümleleri nasıl kurdun sen!"

Yüzündeki ifade yavaş yavaş yumuşadı, ne dediğimi gayet de iyi anlamaya başlamıştı. Kötü bir şeyden bahsetmiyordum, sadece şaşkındım ve bir cevap arıyordum! Onur Zorlu gibi konuşan bir duvarın içinden, nasıl olmuştu da böylesine bir aşk adamı çıkmıştı!

"Ruhumdan her geçeni dudaklarımın arasından yollasam, ruhumun içinde ne kalır!"

Acaba rüya mı görüyordum ben? O kadar saat uyumadığım için birden bir yerde uyuyakaldım da rüya mı görüyordum? Sahnede söyledikleri tamam, Romeo seçilmesi bile tamam, her şey tamam ama bu kurduğu cümleyi gerçekten o söylemiş olabilir miydi? Artık hep böyle mi olacak, Onur Zorlu sürekli olarak Romeo gibi mi konuşacaktı?

"Son birkaç saattir bir şey oldu sana! Bu cümle..." derken Onur hafifçe güldü.

"Bu şakaydı, yüzündeki korkuyu görmek komik oldu. Romeo'ya dönüşeceğimden korktun, değil mi?" Gülmeye çabaladım.

"Aslında hiç fena olmaz. En azından duvarla konuşuyormuş gibi hissetmek zorunda kalmazdım." Tek kaşını havaya kaldırdı dudağının kenarı havadayken.

"Üzgünüm," diye fısıldadı, "duvarla konuşuyormuş gibi hissetmeye devam edeceksin. Şimdi izin verirsen iniyorum, sahne olaylarından sıkıldım."

"Tamam, in," dediğim sırada inmek yerine yüzüme baktı soran gözlerle.

"Sen?"

"Ben?"

"Sen de geliyorsun." Demek nefret ediyor olmasına rağmen beni yanından ayırmamaya kararlıydı. Tam burada madem nefret ediyorsun beni neden yanında istiyorsun diye sormam gerekiyordu ama sesimi çıkarmadım.

"Tamam... Ben de geliyorum..."

"Hatta şimdi sınıfa gidiyoruz, gider gitmez uyuyorsun." Omuz silktim.

"Uyumak istemiyorum! Şu okuldan çıkana kadar uyumayacağım, ısrar etme... Hem madem benden nefret e-" derken elini kaldırdı. "Laf sokmaya çalışma. Uyumazsan uyuma, inelim." Arkasını dönüp merdivenlerden inmeye başlayınca sinirle peşinden ilerledim. Burak ve Mert'in yanlarına gidene kadar bütün gözler bizim üzerimizdeydi. Parmakla bile gösterildiğimizi görmüştüm! En sonunda Burak ve Mert'in yanına geldiğimizde onlara gülümsedim.

"Ooo Romeo ve Juliet gelmiş!" Mert'in cümlesiyle birlikte kendime engel olamayıp güldüm. Burak anında telefonunu çıkardı cebinden. Bir yerlere tıkladıktan sonra telefonu bana uzattı. Kaşlarımı çatarak telefona baktığımda boş sarı bir sayfa gördüm.

"Bir imza alabilir miyim? Ünlü oldunuz artık! Yanımda kâğıt yok, telefona atıverin, daha ölümsüz olur." Onur anında gözlerini devirdi.

"Kâğıda atılınca ölümsüz oluyor, telefona değil," dedi.

"Burak, git birinden kâğıt, kalem iste. Hem kızlarla konuşma bahanesi olur." Mert'in önerisiyle birlikte Burak başını kaldırdı. Tam yanımızda duran kızlara doğru birkaç adım attı. Oraya döndüğümde sesini duyabiliyordum.

"Kızlar! Bana kâğıt kalem lazım, kâğıdı kalemi olanla öpüşeceğim! Bu da ödül olsun."

Burak gayet yakışıklı; uzun boylu, kumral saçlı, beyaz tenli bir çocuktu. Kızların normalde içi gidebilirdi ama kaçan kovalanır taktiğiyle Burak'a gözlerini devirdiler!

"Al bunları ama öpüşmek kalsın!" dedi kızlardan biri Burak'a not defterini ve kalemini verirken.

"A-ah! Niye?" Tam o sırada aralarına 1.90 boylarında, üzerindeki basketbol forması okulun sıcağından sırılsıklam olmuş bir çocuk girdi.

"Bir sorun mu var sevgilim?" O an Burak donakaldığı sırada elimi ağzıma götürüp gülüşümü sakladığımda Mert'in büyük kahkahası duyuldu.

"Hiçbir sorun yok." Cevap Burak'tandı. "İyi akşamlar kardeşlerim."

Gülmekten ölmek üzereydim. Burak tıpış tıpış yanımıza döndüğünde yüzündeki korkak ifade yerini sinirli bir ifadeye bırakmıştı.

"Bor soron mo vor sovgolom?" Şok içinde Burak'a döndüm!

"Bunu sen de mi yapıyorsun!" Burak başını salladı.

"Bunu küçüklüğümüzden beri hepimiz yaparız! Onur bir yerden sonra bıraktı gerçi... İnsanı rahatlatıyor."

"Ben de bir tek ben yapıyorum sanıyordum. Resmen sinirlerini alıp götürüyor. Gerçi seninki sinir değil korkuydu daha çok," dediğim sırada Mert bir kez daha kahkaha attı. Onur'un da güldüğünü görüyordum.

"Korkmadım," dedi kısaca.

"Aynen korkmadın! Oğlum arkadan bile titrediğin belli oluyordu!" Mert'in cümlesinden sonra birden o an, ilk kez Onur'un da böyle bir konuşmaya dahil olduğuna şahit oldum.

"Korkudan Nihat Hatipoğlu gibi kardeşlerim deyip yanımıza kaçtın Burak." Kıkırdayarak Burak'a döndüğümde, işte şimdi sinirlendiğini gördüm!

"Abi korkmadım tabii ki! Başımı belaya sokmak istemedim. Vururlar, eyvallah da ölmezsem sıkıntı büyük."

Gülmekten ölmek üzereydim! Sanırım komple bütün hayatım boyunca tanıştığım en komik insan Burak'tı. Tam ona güldüğüm sırada yanımızdaki kızların bize döndüklerini gördüm, göz ucuyla bize bakıyorlardı. Ben de göz dağı vermek ister gibi grubu temsilen onlara döndüğümde bizim hakkımızda konuştuklarını duydum, hatta benim hakkımda.

"Onur'unki okula yeni mi gelmiş? İsmi neymiş?"

Donakaldım o an. Hayatımda duyabileceğim en garip sıfatı duymuştum. Onur'unki... Ben şimdi... Onur'unki mi olmuştum?

"Zeynep! Nereye daldın gittin bir imza atacaksın! Zeynep!" Burak'ın ismimi bağıra çağıra söylenmesiyle birlikte daldığım yerden onlara döndüm. Burak elindeki not defterini ve kalemi bana uzatıyordu. Bir boş sayfaya, bir kaleme baktım. Bir deftere, bir Onur'a... Kalemi elime alıp titreyen ellerimle defteri imzaladım ve defteri Onur'a uzattım. Onur bunu çocukça bulduğunu belli eden bir bakışla birlikte istemeye istemeye defteri imzalarken onu izliyordum.

Bana yeni kız dedi, bela mıknatısı dedi, Külkedisi dedi, bana prenses denilmesiyle dalga geçti. Şimdi benim okuldaki insanların gözünde yeni bir sıfatım var. Ben artık yeni kız, bela mıknatısı, Külkedisi, prenses değilim... Ben artık Onur'unkiyim!..

18. Bölüm

Sevgilim Olur musun Desem...

Bir insan mı tanıyorum, bulmaca mı çözüyorum.

"Ah Mert... Neden Mert'sin sen? İnkar et babanı, adını yadsı..." Burak, Romeo Juliet'in bilindik repliklerinden birini Mert'e uyarlarken hafifçe kıkırdadım. Konferans salonunda oturup kalmıştık, burada güzel bir ortam vardı. Okulun yarısı hâlâ burada, söndükçe yenileri gelen mumların etrafında oturuyorlardı. Koltuklarda uyuyakalanlar, tek başına konferans salonunun camlarından geceyi izleyenler, gülüp eğlenenler... Biz de Onur ben ve Mert üçlüsü olarak yan yana koltuklarda oturuyorduk. Burak, hiperaktiften kırma bir arkadaşımız olduğu için ayakta durmuş bizi güldürüyordu.

"Abi bence, biz Mert'le Romeo Juliet seçilmeliydik! Şiddetin vesile olduğu hazlar..." Burak cümlesini yarıda bırakıp Mert'e döndü. Kaşlarımı çatıp ikisine birden baktığım sırada Onur'un kendi kendine, 'Salak,' diye söylenip hafifçe güldüğünü gördüm. Mert ise anlamayarak boş boş bakıyordu, aynı benim gibi.

"Ne?" dedi Mert soran gözlerle.

"Devam etsene Juliet! Şiddetin vesile olduğu hazlar..." Mert anında gözlerini devirdi.

"Burak, siktir git, gay sanacaklar bizi." Burak birden Mert'e göz kırptı.

"Öyle değil miyiz bebek?" dedi. Kendimi tutamayıp büyük bir kahkaha attım. Biraz önce kızlara yürüyen Burak, gay olduğunu iddia ediyordu! Ve yine tam o an, garip bir şey oldu... Gözüm tam yanımda oturan Onur'a kaydı. Bir kez daha gülüşümü izlerken yakaladım onu... Gözlerini kaçırmadı. Ben ona baktım, o bana. Gözlerini kaçıran ben oldum. Anlaşılan oydu ki Onur Zorlu'yu ne zaman bana bakarken yakalasam, gözlerini kaçıran yine ben olacaktım.

"Tamam, tamam, bu muhabbete girmeyeceğim. Şimdi gerçek Romeo ve Juliet'e dönelim. Dökülün bakalım, Zeynep... Bu replikleri neden ezbere biliyorsun? Onur'u biliyoruz da seni de anlayalım bakalım." Onur'u biliyorlar mı? Meraktan delireceğim. Bu çocuğun edebiyatla, Shakespeare'le ilgisi ne?

"Ben... Küçükken bir tiyatro kursunun yılsonu gösterisinde Juliet'i oynamıştım. Replikler dün gibi aklımda."

"Sakın bana orada Romeo'yu oynayan çocukla yıllar sonra birbirinizi bulup sevgili olduğunuzu anlatma. Eski sevdiğim kıza aşkımı ilan ettiğimde aynen böyle demişti. 'Kusura bakma Burak, ben küçükken birlikte bir tiyatro gösterisinde oynadığım çocukluk aşkıma âşığım. Tahmin edersin ki ondan vazgeçmem kolay değil.' Çocuk ağaç rolünde oynamış be." Burak'a güleceğim sırada birden Onur'un sert, küçümser sesi duyuldu.

"Sevgilisi yok... Eski sevgilisi bile yok..." Dudağının kenarı hafifçe kıvrılırken ne kadar sinir bozucu olduğunu düşündüm.

"Nasıl yani" dedi Mert, o sırada Burak söze girdi.

"Ölmüş mü?" Öfkeyle derin bir nefes aldım ve acele acele cevap verdim.

"Bu zamana kadar hiç sevgilim olmadı! Bir daha böyle bir konu açmazsanız sevinirim. Ayrıca bu benim umurumda değil." Üçü kendi aralarında gülüşürlerken kollarımı göğsümde birleştirip arkama yaslandım.

"Gerçekten umurunda değil mi, Juliet?" Burak ve Mert kendi aralarında konuşurlarken, Onur'un bana yöneltiği soruyla birlikte omuz silktim.

"Umurumda olacak olsaydı herhangi bir teklifi kabul ederdim, emin ol." Oturduğu yerde ağır ağır bana döndü ve etkileyici bir bakışla yüzüme baktı; ela gözlerinde garip bir ışık vardı.

"Yani sevgili istemiyorsun..." dedi etkileyici bir sesle. Ne yapmaya çalışıyordu?

"Evet. İstemiyorum."

"Kimseyi istemiyorsun..."

"Kimseyi." Hipnoz olmuş gibiydim.

"Şu an sana bir teklif gelse, onu da kabul etmezsin..."

"Etmem."

"Teklifi ben yapsam... **Sana sevgilim olur musun desem?...** Onu da..." derken şok içinde bakakaldım.

Cümleyi devam ettirmesine gerek yoktu, yüzümdeki ifade soracağı şeyi zaten anladığımı gösteriyordu. Kalp atışlarım üç katına çıkmıştı. Bu da neydi şimdi? Bu bir teklif miydi? Rüya mı görüyordum?

"Ne... Sen şimdi... Bana?" Dudağı yukarı doğru kıvrıldığında, şu an yaşanan şeyden zevk aldığını anladım.

"Hayır," dedi, "bu bir teklif değil. Ve benden asla böyle bir teklif duyamayacaksın." Öfke içinde anında sordum:

"Neydi bu şimdi?"

"Bu sadece... Tepki ölçmek için ufak bir testti. Gözbebeklerinin büyüdüğünü gördüm; yüzün kızardı, ellerin titriyor. Seni heyecanlandırıyorum." O an gözlerimin dolduğunu hissettim, rezil olmuştum. Beni kendine rezil etmişti! Neredeyse kucağına atlayıp EVET diye bağıracaktım. Öfkeyle derin derin nefesler aldığım sırada biraz önce bizimle finale kalan Yeşim denen kızın bize yaklaştığını gördüm. Sinirlerim yatışmıyordu, öfkeyle ona döndüm.

"Ne var?(!)" Kahretsin... Kıza kan davamız var gibi soru sordum. Burak'ın yanımda kahkaha atarak, "Tutmayın küçük enişteyi!" dediğini duydum. Kız da bana şaşkınlıkla bakıyordu.

"Sen onun kusuruna bakma, ufak bir heyecan problemi yaşıyor." Onur'un açıklamasını duyduğumda sinirden ne yapacağımı şaşırmıştım. Yutkundum, sessiz kalmak ve sakin olmak zorundaydım.

"Anladım... Şey... Onur, seninle biraz konuşabilir miyiz?" dedi ve kızın ağzından resmen "Ehe!" diye bir gülücük sesi çıktı. Kızlar nasıl böyle gülebiliyor, zor değil mi bu? Bu kız Onur'dan ne istiyor, neden çağırıyor? Ama Onur'un gideceğini sanmıyorum. Pek fazla insanlarla muhatap olacak bir tip değil. Belki öfkem diner diye Onur'un ret cevabını dinlemek için ona döndüm.

"Olur." Ne? Gidecek mi? Resmen gidiyor. Ayağa kalktı, kızın peşinden ilerliyor. Öfkem dinmek yerine kat kat arttı. Kıskanıyor değilim, sadece yediremiyorum. Beni böyle sinirlendirip, kalkıp o kızla konuşmaya gitmesini yediremiyorum. Gözlerimi üzerlerine diktim. Kız flörtöz tavırlarla salına salına, "Ehe!" diye gülerek bir şeyler anlatıyordu. Bir anda Onur'un bana bakışını yakaladım. Anında başını kıza doğru çevirdi ve kıza gülerek bir şeyler söyledi. Onur Zorlu gülüyordu, bana değil, bir başkasına...

"Juliet!" Yanımdan gelen tanıdık sesle birlikte gözlerimi onlardan ayırdım. Doruk! Tam yanımda ayakta durmuş bana bakıyordu gülerek.

"Merhaba..." dedim sakin bir sesle.

"İyi yarıştınız, tebrik ederim." Gözlerim hâlâ Onur'un üzerindeydi. Kıza gülerek flört eder gibi bir şeyler anlatıyordu! Tam o an bir şey oldu, gözleri bir saniyeliğine bana doğru kaydı, Doruk'la bana doğru. O an donakaldı, yüzündeki gülüş soldu. Gözlerini kıstı ve yutkundu. Ne? Bozulmuş muydu? Ben onu o kızla görünce bunu yediremiyorsam aynısı ona da olabilirdi... Anında ayağa kalktım, Doruk'a yapmacık bir şekilde gülümsedim.

"Teşekkür ederim! Sen de çok iyiydin ahah!" Doruk delirdiğimi düşünecek. Çocuğa sıradan bir cümle kurup Onur'un dikkatini çeksin diye hafif bir kahkaha attım sebepsiz yere. Doruk'un kaşlarını çattığını gördüm.

"T-teşekkürler... Eee, nasıl hissediyorsun?" Elimi ağzıma götürüp sesli bir şekilde kıkırdadım. Doruk bana deliymişim gibi bakarken Onur'un bakışları öfke doluydu. Kız konuşurken cümlenin yarısında bize doğru bir adım attığını gördüm! Kızın cümlesini bitirmesini beklemeden kızı bıraktı resmen!

"İyi hissediyorum, harika. Sen?" Gözlerim Onur'u izliyordu. Hızlı ve sert adımlarla bize doğru geldi, hiçbir şey söylemedi. Doruk'a çarpıp benim iki dakika önce oturduğum koltuğa oturdu birden. Bacaklarım dizlerine değiyordu, tam önündeydik. Kollarını göğsünde birleştirmiş bizi izliyordu.

"Ben de harika, eee? Benim Jueliet'im olmak ister miydin?" İşte beklediğim soru gelmişti, duruşumu dikleştirdim. Delirme sırası sende Onur Zorlu... izle beni.

"Belki de başka bir gezegende senin Juliet'inimdir."

Sessizlik. Bu, başka bir gezegende, başka bir hayatta, başka bir zamanda senin Juliet'inimdir demekti. Bu, senin Juliet'in olmak da benim bir umudum demekti. Bu ağır bir cümleydi. Eğer beni biraz olsun kıskanıyorsa, bu Onur'u yaralayacak bir cümleydi. Birden ayağa kalktı, şok içinde ona döndüm. Yutkunduğunu boynundaki hareketten anlayabildim. Gözlerini gözlerime dikti, hiçbir şey söylemedi. Uzun uzun baktı, ben de ona baktım. Sonra birden, beklemediğim bir anda yanımızdan ayrıldı. Merdivenleri geçti.

"Onur!" diye bağırdım arkasından. "Nereye?" Cevap vermedi, arkasını bile dönmeden konferans salonundan çıktı gitti.

O an onu sinirlendirmenin zevkini yaşayamadım. O an kalbimin en derin yerlerinden birinde hüzün hissettim. O beni sinirlendirmişti, bense onu üzmüştüm. Duyguları yok dediğim çocuğun içinden önce aşk dolu cümleler çıktı, üzülmez dedim üzüldü, daha ne olacak? Onur Zorlu hakkında daha neler öğreneceğim? Bir insan mı tanıyorum, yoksa bulmaca mı çözüyorum? Artık emin olamıyorum...

Mahşerin
üç atlısına
dördüncü olmaya
geldim.

19. Bölüm

Kayboldum!

Mahşerin Üç Atlısına, dördüncü olmaya geldim.

Burak ve Mert şaşkınlık içinde bir kapıdan çıkıp giden Onur'a, bir bana baktıklarında sinirden delirmek üzereydim. Neydi bu şimdi, bu neyin öfkesiydi? Doruk'a romantik bir cümle kurdum diye Onur'un sinirlenmeye hakkı var mıydı gerçekten? İçim rahat değildi, burada kalıp öylece oturamazdım. Kapıya doğru bir adım attığımda, Mert kolumdan tuttu.

"Yalnız kalsın," diye mırıldandı uyaran bir sesle, kolumu çektim.

"Konuşmamız gerekiyor, peşinden gideceğim." Mert'in tek kaşı havaya kalktığında Burak'ın ayağa kalktığını gördüm.

"Bu iyi olmaz Juliet, Onur yalnız kalmak istediğinde yalnız kalır. Yanına gidersen öfkesiyle başa çıkamazsın. Seni üzer, istemeden de olsa..." Omuz silktim. Beni tanıştığımızdan beri yeterince üzmüştü zaten. "Üzülmek umurumda olsaydı dünyaya gelmezdim. Birazdan döneriz." Yanlarından hızla ayrılıp koridora çıktığımda Onur'u kaybettim. Ne sonunda ne başındaydı koridorun. Hızlı adımlarla ilerledim, kantin merdivenlerinden koşturarak aşağı indim, merdivenlerin ucunda durup kantini iyice bir süzdüm, orada yoktu. Koşa koşa çıkıp üst kat merdivenlerine yöneldim. Hızla üst kata ulaştığım gibi sınıfa girdim, sınıfta iki kişi oturmuş konuşuyorlardı. Onur burada da değildi. Koridorda nefes nefese ilerledim, yürürken diğer sınıfların kapısından kafamı uzatıp kontrol ediyordum. Ama hiçbir yerde var gibi görünmüyordu. Belki de babasının yanındaydı? Orayı da kontrol etse miydim?

Cebimden telefonumu çıkardım, CİNAYET grubuna girdim ve yazmaya başladım.

***Zeynep: Onur, neredesin?**

Bekledim ama cevap gelmedi. Gözüm telefonumun şarjının çok az oluşuna takıldı... Öfkeyle gruptan çıkıp Onur'un profiline girdim. Son görülmesi saatler öncesini gösteriyordu. Saatlerdir whatsappa bile girmemişti. Telefonum titreyince telaşla gruba döndüm.

***Burak: Onur kız bulduysan adres ver.**

Gözlerimi devirdim, sinirle telefonumu cebime koydum ve okul koridorundaki aramama devam ettim. Sınıflardan birine girdiğimde aklıma gelen bir fikirle olduğum yerde kaldım. Tabii ya... Onur'un nerede olduğunu gayet iyi biliyordum. Adımlarım hızlandı, neredeyse koşar gibi koridoru geçtim ve yangın merdivenine girdim. Karanlık yangın merdiveninde şarjı bitmek üzere olan telefonumla ışık tutarak ilerlediğim sırada orada, alt basamakların birinde onu gördüm... Onur'u... Derin bir nefes alıp üç adımda indim ve yanına oturdum. Yüzüme bile bakmadı. Dudaklarının aralandığını gördüm.

"Niye geldin?" Morali bozuk görünüyordu; duruşu sert ve güçlüydü.

"Seninle konuşmaya geldim. Anlam veremediğim bir şey oldu..."

"Hayatını anlamlandırmakla görevli değilim. Yalnız kalmak istiyorum." Burak haklıydı, Onur yalnız kalmak istediği anlarda üzücü olabiliyordu.

"Sadece açıklama istiyorum. Neye bozuldun?" Cevap vermedi, bir süre sadece sessizce yere baktı. Karanlıkta yeri görmesi mümkün değildi, beni bile tam olarak göremiyordu. Öylece birbirimize bakar gibi karanlığa bakıyorduk sadece. Ben aydınlıkta da ona baktığımda, hep karanlık bir boşluk görüyordum zaten. Onur'un karanlığı, ışığın varlığıyla yokluğuyla alakalı değildi, ruhuyla alakalıydı. Onur karanlıktı, ruhu karanlıktı.

"Benim de anlam veremediğim şeyler var." Onur'dan ilk defa böyle bir cümle duydum. Merak ettiği, sorguladığı bir şeyler vardı. Heyecanla konuştum.

"Sor, açıklamama izin ver..."

"Sen benim hayatıma neden girdin Zeynep? Bunu sorguluyorum. Benim, bizim hayatımızda yoktun. Ben hayatıma kimseyi de almıyordum. Sen geldin birden, hayatıma girdin ve artık hayatımdasın. Neden? Bunun sebebi ne? Senin benim hayatımda olmanın bana kattığı değer ne? Neden geldin Zeynep? Neden hayatımdasın?"

Ağır cümleleri üstüme onlarca kiloluk bir ton bıraktı. Üzerimdeki ağırlıktan kıpırdayamaz oldum. Kendime onların arasında bulduğumu sandığım yer, Onur Zorlu'yu rahatsız etmişti. Ama motivasyonumu düşürmeyecektim. Omuz silktim.

"Ben..." diye mırıldandım, "*Mahşerin Üç Atlısı*'na dördüncü olmaya geldim." Onur'un birden sinirlendiğini hissettim.

"*Mahşerin Üç Atlısı*'nın bir dördüncüye ihtiyacı yok." Kurduğu cümle o kadar sertti ki gözlerimden birer damla yaşın akmak için beni zorladıklarını fark ettim. Bu cümle yetmezmiş gibi devam etti.

"Kendini bize alıştırma. Biz hep üç kişiydik, bu olaydan kurtulduğumuzda yine üç kişi olacağız. Sadece olaya odaklanmamız lazım. Bir cinayet yüzünden bir aradayız, olayı romantik drama dönüştürmeye gerek yok. Katili bulacağız, sonra herkes kendi yoluna gidecek. Biz üçümüz, sen tek başına... Olması gerektiği gibi." Sinir bozukluğuyla gülümsedim. Yanaklarımdan süzülen yaşlarla birlikte burnumu çektim.

"Öyle mi?" dedim sakin kalmaya çalışarak. Onur'un sert, tekdüze sesi konuştu.

"Öyle..." Başımı salladım ve ayağa kalktım. Onur'un başının bana çevrildiğini görebiliyordum.

"Madem öyle... O zaman ben artık sizinle olmak istemiyorum. Kendinize iyi bakın."

Şok, Onur'un yüzünde gördüğüm tek ifade şoktu. Ama bekleyip cevap almak, durdurulmak bile istemiyordum. Anında hızlı adımlarla merdivenlerden çıktım, yangın merdiveninin kapısını açtığım gibi koridora çıktım. Koridorun sonundaki ikinci yangın merdivenine daldım. Kimse tarafından bulunmak istemiyordum şu an. Yangın merdiveninin karanlığında çıkabildiğim kadar merdiven çıktım. Artık merdiven olmayıncaya kadar çıktığımda yıkık dökük bir koridor karşıladı beni. Koridoru telefonumun ışığıyla zar zor görebiliyordum. Ağır ağır koridorda ilerlediğimde ayağıma çarpan tahta parçaları, burnuma gelen toz taneleri hiç hoş hissettirmiyordu. Koridorda sola sapıp başka bir koridora daldığımda telefonumdan şarjımın iyice azaldığı uyarısı geldi. Tam o an bir bildirimle titredi telefonum.

CİNAYET grubundan yeni mesajlarınız var

***Onur: Zeynep neredesin?**

***Onur: Oyun oynamanın zamanı değil, içinde katil olan bir okulda tek başına dolaşabilme cesaretini kim verdi sana?**

***Onur: Nerede olduğunu söylüyorsun, gelip seni alıyorum.**

***Onur: Zeynep**

***Burak: Abi ne oluyor ya, Zeynep seni arıyordu şimdi, ne yaşadınız da durum tersine döndü?**

***Mert: Şimdi de Zeynep mi kayboldu?**

***Burak: Bir rahat durmuyorsunuz ki oğlum bir oradasınız bir burada, tabii kaybolursunuz.**

***Onur: Mert, sen kantine ve birinci kata bak. Burak sen de ikinci ve üçüncü kata bak. Ben de üst katlara bakacağım.**

***Burak: Yalnız bir şey diyeceğim.**

***Burak: Zeynep şu an mesajları okuyor, kızı nasıl sinirlendirdiysen cevap yazmıyor, ben hayatım boyunca hiçbir kızı böyle sinirlendirmedim ya!**

***Burak: Ne yaptın abi kıza?**

***Burak: Ya Allah aşkına şu kızları üzmeyin, manyak mısınız ya!**

***Burak: Zeynep, beni haklı buluyorsan ses ver.**

***Burak: Demek ki bulmuyormuş...**

Whatsapp ekranından çıktım. Telefonumun şarjının iyice azalmasıyla, içime büyük bir sıkıntı yerleşti. Telefonumun ışığını arkama doğru tuttuğumda kaşlarım çatıldı. Yanlış mı hatırlıyordum, yoksa ben ışığı tuttuğum yerden girmemiş miydim koridora? Orada bir kapı olduğuna emindim ama şimdi yoktu... Acaba diğer taraftan mı girmiştim? Ya da yandaki kapıdan? Yangın merdiveninin kapısı neredeydi? Tam telaşla ilerlerken ayağıma çarpan bir tahta parçasıyla sendeledim ve titreyen telefonumu açtım.

***Onur: Zeynep!**

***Onur: Okul güvenli değil.**

***Onur: Bak ben hayatım boyunca kimseden hiçbir şey istemedim.**

***Onur: Ama şimdi senden isteyeceğim.**

***Onur: Sadece nerede olduğunu söyle bana.**

***Burak: Bulamıyorum, hiçbir yerde yok.**

***Mert: Ben de. Üst katlarda da mı yok? Nereye gidebilir ki?**

Telefonun ekranını nerede olduğumu anlayabilmek için duvarlara çevirdim. Yıkık dökük koridorun duvarlarında gördüğüm bir şeyle kaşlarımı çattım. Adım adım dikkatlice duvara yaklaştığımda gördüğüm kırmızı lekenin boya olmadığını anladım... Neydi bu? Kan mı? Duvarda... Kan mı vardı? Korkuyla geri çekildiğimde telefonum çaldı. Kalp krizi geçirmek üzere telefonuma baktım.

Onur Arıyor... Açmadım. Defalarca çaldı, çaldı, çaldı... Açmadım. Buradan kendim de kurtulabilirdim. Ama bu kan lekeleri de neyin nesiydi böyle?(!)

Onur Arıyor...

Onur Arıyor...

Aramalar durunca derin bir nefes aldım. Kalan şarjıma rağmen telefonumun ışığıyla ilerlemeye devam ettim. Telefonu yerlere tuttuğumda bir an titrediğimi fark ettim. Bunlar da neydi böyle?(!) Yerler kan izleriyle doluydu! Korkudan ölmek üzereydim. Adımlarımı hızlandırıp gördüğüm ilk kapıya daldım. Ama o kapı başka bir koridora çıkmıyordu, boş bir odaya çıkıyordu. Telefonum şarj uyarısı verdiğinde korkudan bayılacaktım. Telefonum kapanmak üzereydi, nerede olduğumu bilmiyordum ve ışıksız buradan geri dönme imkânım yoktu. Anında whatsappa girdim.

***Zeynep: Kayboldum. Cevabın geliş süresi bir saniyeydi.**

***Onur: Neredesin?**

***Zeynep: Bilmiyorum, kayboldum diyorum.**

Anında telefonum çalmaya başladı.

Onur Arıyor...

Telefonu titreyen ellerimle nefes nefese açtım, Onur direkt konuşmaya başladı.

"Zeynep şu an bu siktiğimin okulunun hangi sikik katındaysan söyle geliyorum, eğer b-" Biip. Şok içinde korkuyla donakaldım. Şarjım bitti, şarjım bitti, Allah kahretmesin. Bir geri zekâlı gibi tek başıma bilmediğim bir yere daldım. Şu an bilmediğim, duvarları ve yerleri kan lekeleriyle dolu karanlık bir katta, ışıksız ve tek başınayım. Ne yapacağımı bilmiyorum. Onur'un bana ulaşma ihtimali, bulunduğum yeri bulma ihtimalleri yok denecek kadar az ve ben korkudan ölmek üzereyim... Şu an tek yapabileceğim şey, bir köşeye oturup neyin geleceğini bekleyip görmek. Ölüm mü gelecek Onur mu? Sonsuz bir bekleyişe mi girdim, yoksa kurtuluşum yakın mı bilmiyorum... Beklemek güzel, sakin ama korku öyle yorucu ki... Ben artık sonumun ne olacağını görmeyi beklemek istemiyorum. Ben ışık dolu bir güne uyanacağım anı beklemek istiyorum...

20. Bölüm

Gitme İhtimalini Yok Etmek...

Çünkü senin ateşin, senin tam yanında...

Kalbim bir atıyor, bir atmıyor gibi. Çocukluğumda bir arkadaşım söylemişti bunu bana. Elini kalbinin üzerine koyduğunu hatırlıyorum, tam da salıncakların üzerinde oturup, sallanmadığımız bir anda. Elini kalbinin üzerine koydu ve dedi ki "Kalbim bir atıyor, bir atmıyor..." Bu cümleye inandığımı ve çok korktuğumu hatırlıyorum. Çünkü eğer kalbimiz bir atıyor, bir duruyorsa, atmaya devam etme ihtimali, durma ihtimaliyle eşit demekti. Yani yaşamaya ne kadar yakınsak ölüme de o kadar yakındık demekti. Ölüm korkum ilk o an başladı, beş yaşımdayken. Ondan öncesi sonsuz yaşama inanarak geçti, ondan sonrası ölümü bekleyerek. Ölüme çok yaklaştığımı hissettiğim anlar oldu. Soğuk algınlığı sebebiyle ateşler içinde yanarken, geçirdiğim tek trafik kazası sonrası hastanede yatarken, yanlışlıkla ayağıma makas düşürdükten sonra ayağım boydan boya kanarken... Ama hiç bu kadar ölüme yakın hissetmemiştim. Karantinaya alınmış bir okulun içinde, bir katili ararken okulun en karanlık köşesinde, çıkışı bile göremediğim tek yerde, bir milim bile ışık bulamadığım bu köşede kaybolduğum an, tam da bu andı. İşte bu an, ölüme en çok yaklaştığım an...

Beni kurtarmasını beklediğim insanın, onun beni kurtarmasını beklediğimden, kaybolduğumdan, çıkışı da kaybolduğum yeri de bilmediğimden, ışığımın olmadığından, göremediğimden, korktuğumdan haberi var. Bu kadar şey bilirken, nerede olduğumu bilmemesi adaletin bir parçası değil. Kimden bahsettiğimi biliyorsunuz, tam da Onur Zorlu'dan bahsediyorum, ta kendisinden. Şu an ne halde bilmiyorum, ama telefon konuşması esnasında sesinden; endişe, korku, telaş aktığını hissetmemek mümkün değildi. Bu yüzden beni bulacağına inancım tam. Benim korktuğum şey, beni bulduğunda ne halde olacağım. Kalbim bir atıyor mu olacak, bir atmıyor mu olacak... Attığı an mı tutacak elimi, durduğu an mı...

Birkaç adım atmaya çalıştım. Ayağıma takılan bir tahta parçasıyla kendimi yerde buldum. Acı içinde inlediğim sırada titrediğimi hissettim. Gözlerim açıktı, yerden kalkmaya çalışıyordum ama olanağı yoktu. Bacaklarımın korkudan titremesi onları düzgün bir şekilde hareket ettirmemi engelliyordu. Burada böylece duruyordum, tir tir titriyordum ve yapabileceğim hiçbir şey yoktu. Duvara yaslanmayı denedim. Kendimi biraz geri çektiğim an garip bir şey oldu. Bir ses duydum, bir adım sesi.

"Onur..." diye fısıldadım korkuyla. O an adım sesi durdu, Onur olsaydı buraya gelirdi. Durmazdı, sessiz kalmazdı. Korkudan ölmek üzereydim. Nefesimi tuttuğum sırada bir başkasının nefesini duydum. Hırıltılı bir nefes alış sesi. Elim uzandığı gibi ayağımın takıldığı tahtayı tuttu sıkıca. Sonra hırıltılı nefes alış sesinin bana yaklaştığını hissettim. Birkaç adım duydum. Ne olacağını bilmiyordum, ne olacağını tahmin bile edemiyordum. Ve ne olacağını göremedim de zaten, çünkü korktum. Lanet olası bir korku tüm vücudumu sardığı gibi gözlerimin kapandığını hissettim. Ne deniyordu buna, söylemekten utanıyorum ama evet, korkudan bayıldım.

Kaç saat geçti bilmiyorum, belki de kaç gün. Bulunmayı beklediğimi, sonsuz bir bilinç kaybı içinde fiziksel acımı bile hissetmediğimi hatırlıyorum. Sonra burnuma muhteşem bir koku geldiğini... Bir parfüm kokusu, bu kokuyu bir kozmetik mağazasının parfüm reyonlarından birinde duyduğuma ve fiyatının uçuk seviyede olduğunu görüp almaktan vazgeçtiğime eminim. Babalar günü, evet, tam da babalar gününden bir gün önceydi. Babama parfüm almayı planlıyordum. Bu koku bir erkek parfümü kokusu. Sert kollar bedenimi sarmış, buram buram pahalı erkek parfümü kokusu alıyorum. Kaslı, zengin bir erkeğin kucağındayım. Ama kimin kucağında? Ne oldu bana? En son kaybolduğumu, duyduğum hırıldayan boğaz seslerini ve korkuyla bayıldığımı hatırlıyorum. Şimdi neredeyim?(!)

"Bana ver! Çek ellerini üstünden!" Bu sesi tanıyorum. Bu sert, delirmiş ses Onur Zorlu'nun sesi. Korkuyla gözlerimi açtığımda onu görmeyi bekledim, ama yukarı bakan gözlerim, Doruk'un sarı sakallarını gördü. Doruk'un kucağındaydım. Sonra başımı çevirdim, Onur Burak ve Mert'in öfkeyle bize yaklaştıklarını, Onur'un kollarını bir duvarı delmek üzere uzatıyormuş gibi uzattığını gördüm. Doruk beni Onur'a vermek yerine daha sıkı tuttu ben olayı çözmeye çalışırken. Doruk'un Onur'a göz kırptığını gördüm.

"Birlikte arama fikri iyi oldu," dedi alayla, "Zeynep'i uyurken görme, ona dokunma şansı kimseye nasip olmaz." Onur'un öfkesinin, yüzünü aşmak üzere olduğunu gördüm. Beni bacaklarımdan ve belimden tutup kendi kucağına çekti Doruk'un ellerinden koparırcasına.

"Doruk..." dedi Onur tehditkâr bir sesle. "Biraz daha konuşursan sana dokunma şansı da bana nasip olacak. Ayık ol." Onur'un darmadağın olmuş saçları; üstü başıyla birlikte nefes alışveriş hızının dengesizliği beni şoka uğrattı. Kaybolduğum için mi bu hale gelmişti? Bir kayboluşum onu bu hale mi getirmişti? Beni kaç gündür tanıyordu ki. Tamam, birbirimize alışmıştık hatta belki birbirimizi koruma içgüdüsü edinmiştik ama Onur Zorlu'nun bir insan için üzülüp, bu hale gelmesi beni şaşırtmıştı. Ve o insan bendim. Doruk gülerek ellerini havaya kaldırdı.

"Kavga çıkarma niyetinde değilim. Paketinizi teslim ettim, gidiyorum. Ama dikkat et Onur, paketin içinde kırılacak şeyler var. Sana önerim, onu kırma... Zeynep kırılmayı hak edecek bir kız değ-" Doruk cümlesini bile tamamlamadan Onur arkasını dönüp koridorun sonuna doğru, kucağında benimle birlikte hızlı hızlı ilerlemeye başladı.

"Onur... Yürüyebilirim." Omuz silktiğini gördüm. Merdivenlere yöneldiğinde Burak ve Mert'e seslendi.

"Siz kantine inin." İkiletmeden oldukları yerden aşağı yöneldiler. Telaşla doğrulmaya çalıştım.

"İndir beni!" diye emrettim kucağından inmeye çalışırken. Ama öyle sıkı tutuyordu ki kıpırdayamıyordum bile.

"Onur!" Sesim sinirden titriyordu; öyle sert görünüyordu ve beni öyle set tutuyordu ki canım yandığı kadar korkuyordum da. Dudaklarımı aralayıp gözlerimi bana bakmayan gözlerine diktim,

"Neden yürümeme izin vermiyorsun?" diye sordum. Çenesinin kasıldığını gördüm.

"Çünkü gitmeni istemiyorum," dedi. O an donakaldım. Felsefi bir cevap mıydı bu, romantik miydi, duygusal mıydı, salt bir cevap mıydı? Ne düşünerek söylediğini bilmem ama güzel bir andı. Korksam da, gitmek istesem de neler olacağını öngöremesem de bu diyalog güzeldi, film sahnelerine yaraşır bir diyalogdu. Yürümeme izin vermiyordu, çünkü gitmemi istemiyordu.

Ben bunları düşünürken Onur birden bir sınıfa daldı. İçeride kimsenin olmadığını görünce beni dikkatlice yere indirdi. Ben daha kapıya yönelemeden o yöneldiği gibi kapıyı kapattı ve cebinden çıkardığı anahtarla sınıfın kapısını kilitledi. Şok içinde bakakaldım ne yaptığına. Kapıyı niye kilitlemişti şimdi?(!)

Yorgun argın, bitik bir şekilde döndü bana. Saçları dağılmış, yüzü bembeyaz olmuştu, ela gözlerinin bal tonu gözlerinden akmak üzere gibiydi ama gözleri dolu değildi. Onur Zorlu'nun gözleri akacak gibi duruyordu... Sanki akıp yeri elaya boyayacak gibi.

Bitik. Onur Zorlu'yu böyle yorgun, böyle bitmiş bir şekilde görmek beni şoka sokmuştu. Kilitli kapıya baktım önce, sonra ona baktım.

"Ne yapıyorsun?" diye sordum.

"Gitme ihtimalini yok ediyorum..." dedi.

Göz göze geldik. Birkaç saniye gözlerimden ayırmadı gözlerini. Sonra kapının önüne, olduğu yere eğildi ve yere oturdu. Kollarını dizlerinin üstüne koyup burnunu çekti. Bir süre onu öyle izledikten sonra ilerledim, yanına oturdum, kapıya yaslandım. Kucağından inmemem için beni sıkıca tutarken acıttığı kolumu okşadım, dokundukça acıyordu.

"Canımı acıttın, kolumun h-" derken sözümü kesti:

"Sen benim ağzıma sıçtın!.." Cümlem dümdüz gidecekken çizgisini indirdi; sanki artık cümlemin sivri bir köşesi var ve o sivri köşe benim kalbime dokundu.

"Ben sana ne yaptım?" diye sordum çaresizce. Bu sefer yutkundu, derin bir nefes aldı.

"Siktiğimin okulunun içinde öyle çekip gidemezsin Zeynep. Sana anlattım, bu iş bitene kadar yanımızda olmak zorunda olduğunu söyledim. Sana, bir kere bu işe bulaştığını ve seni bırakmayacağımı söyledim. Belayı çekiyorsun, yanımdan ayrılma dedim ama sen gittin. Peşinden geldim, seni bulamadım... Her yere baktım, sinirimden duvarları yumrukladım ama bunlar senin umurunda bile değil. Çünkü ben ne kadar seni bırakmayacaksam sen bizi bırakmaya dünden hazırsın, değil mi?" derken gözlerim ellerine kaydı; kıpkırmızı olmuş, ufak tefek yerler kanamış ellerine. Ellerimi uzattığım gibi tuttum ellerini.

"Bunlar... Onur..." Hiçbir şey diyemedim. Bunların hepsine bir sebep bulmaya çalışıyordum. Ellerini sertçe çekerek, gözlerini gözlerimden kaçırdı.

"Bunlar mantıklı değil," diye mırıldandım, "kimse daha birkaç gündür tanıdığı bir insan için bu hale gelmez. Bana, *Mahşerin Üç Atlısı*'nın dördüncüye ihtiyacı yok diyen sendin! Şimdi şu haline bir bak; şu ellerine, saçına, kıyafetlerine bak. Ben kayboldum diye, bana bir şey olacak diye bu h-" derken bir kez daha sözümü kesti:

"İzin veremem. Benim zor bir hayatım oldu, daha da zorlaşmasına izin veremem."

Gözlerimi kaçırdım. Saçımın bir tutamını kulağımın arkasına atarak ağır ağır başımı kaldırıp ona baktım.

"Biraz fazla abartmıyor musun? Beni birkaç gündür tanıyorsun Onur, şu geldiğin hal normal değil..." Başını kaldırdı, kapıya yasladı. Dudaklarını araladı ve kaşlarını çattı.

"Üç günlüktü..." diye mırıldandığında ben de kaşlarımı çattım.

"Kim?"

"Kız kardeşim... Zeynep... Benim bir kız kardeşim vardı, onun da ismi Zeynep'ti... Kaybolduğunu söylediklerinde üç günlüktü. Annemin hamileliğini hayal gibi hatırlıyorum. Çok küçüktüm, bana hep annemin karnının içinden bir oyuncak çıkacağını söylediler, öyle de oldu. Kardeşim doğdu, beni ona götürdüklerinde, onun elinde bir oyuncak bir araba vardı. Bana dediler ki 'Kardeşine merhaba de Onur... Bak sana bir hediye getirmiş...' O an bile çocuk aklımla ona çok ısındığımı hatırlıyorum. Minicikti, ufacık... Elini tuttum, onu öptüm. Sonra eve geldik, iki gün nasıl geçti hatırlamıyorum bile. Aklımda sadece ilk gün var. Üçüncü güne girdiğimizde onun odasına koştum, beşiğine tırmanıp beşiğin içine baktım. Daha konuşamıyordum bile. Onu göremeyince anneme koştum, beşiği gösterdim. Annem ağlıyordu, babam ortalarda yoktu. Sonrası karmakarışık, polisler, hastaneler, ağlayan akrabalar. Yok. Bir daha göremedim onu. Ne annem gördü, ne babam, ne ben. Haberini bile alamadık. Sonra annem de gitti... Babam ve ben kaldık... Hayat bana insan kaybetmekten başka hiçbir şey öğretmedi. Şimdi bu hale gelmiş olmamın da seninle bir ilgisi yok. Bu okulda kimsenin başına bir şey gelmesine izin veremem. Bu okul benim babamın okulu, birinin başına bir şey geldiği an suçlu babam olacak. Cinayeti saklamamın da, katili bulmaya çalışmamın da, seni korumamın da sebebi bu. Sana âşık olduğumu mu sanıyorsun?" dedi alayla gülerek, "Sana asla âşık olmayacağım, ben kimseye âşık olamam. Ama senin için endişelenir miyim? Sana bir şey olsa üzülür müyüm? Evet. Hem babam için, hem senin için. Benim zor bir hayatım oldu Zeynep. Daha fazla zorlaşmasına katlanamam."

Gözlerim ve kulaklarım gördüklerine ve duyduklarına inanabilir bir halde değillerdi. Onur Zorlu, duvar dediğim çocuk oturmuştu ve bana hayatının bir kısmını anlatmıştı. Belki hatırlamak bile istemediği bir olayı anlatmıştı. Belki kimsenin bilmediği, kimseye anlatmadığı bir olayı, bizzat anlatmıştı bana. Bulmacama harfler eklemişti, labirentime yol haritası koymuştu...

"Çok üzgünüm, ben ç-" derken dalga geçer gibi gülerek burnunu çekti.

"Üzgünmüş gibi davranmana gerek yok, üzülesin diye anlatmadım. Sana bunları anlattım ki deli olmadığımı, abartmadığımı, zor şeyler yaşadığımı bil diye. Duygusuz olmadığımı gör diye."

"Peki annen... Onu nasıl kaybettin?" Birden öfkeli gözleri bana döndü. Çenesinin kasıldığını görebiliyordum.

"Bir daha sakın," diye mırıldandı, "bana annemi sorma." Gözlerimi kaçırdım anında, başımı salladım.

"Özür dilerim. Bak, beni yollayan sendin. Gitmeme sebep olan, beni istemeyen, aranızda olmama katlanamayan sendin. Ben de bu yüzden gittim."

"Seni yollayan ben değildim, Zeynep Akay. Benim tek istediğim şu cinayeti bir an önce çözüp kendi hayatlarımıza bakmamız. Bir ekip olmak istemiyorum, kaynaşmak, bağlanmak, alışmak istemiyorum. Ben olayı çözüp kurtulmak istiyorum. Bir ipucu istiyorum, bir yol istiyorum... Ama yok. O kadar çaresizim ki şu ellerimin arasında görünmez ip olsa bu kadar çaresiz olurdum. Hareket edebiliyorum... Ama hiçbir yere gidemiyorum. Yolları görüyorum, ama hiçbirine giremiyorum; hepsi karanlık, hiçbirinde ışık, hiçbirinde ses yok. Işığı olmayan bir labirentin içindeyiz sanki. Tek amacım bu olay babama sıçramadan, şu labirentin çıkışını bulmak ama yapamıyorum. Yapamıyoruz."

Durdum, sessizce, sakince düşündüm birkaç saniye. Hatırlayamadığım, daha birkaç saat önce Onur'a anlatmak zorunda olduğumu hissettiğim bir şeyler vardı. Hatırla, hatırla... Hadi... Karanlıktaydım, düştüğümü hatırlıyorum. Sonra ayak sesleri duyduğumu... Sonra... Ben...

"Ben... Sanırım..."

"Sen?" Gözlerimi gözlerine diktim ve korkuyla anlatmaya başladım.

"Neredeydim bilmiyorum. Yangın merdiveninde çok fazla kat çıktım. Bir sürü kapı gördüm, onlardan birine girdim; çok karanlık, darmadağınık, tozlarla dolu bir koridorda buldum kendimi. Sonra bir şeye takılıp düştüğümü hatırlıyorum. Yerde kendimi çekiştirip duvara yaslandım, sonra bir ses duydum... Ayak sesi... Korkudan hiçbir yere bakamadım, baksam da göremezdim ama en azından duydum. Birinin nefes alış verişini duydum Onur. Hırıltılı bir nefes alış veriş sesi duydum. Öksürmek üzere gibiydi ama ben kıpırdanmayı kesince kendini tuttu. Sadece sesli bir şekilde, hırıltıyla nefes alıp veriyordu. Sonrasını hatırlamıyorum zaten, bayılmışım. Yanıma gelip bana baktı mı, dokundu mu bilmiyorum. Bana neden zarar vermedi bunu da bilmiyorum. Tek bildiğim onun orada olduğu. Yanımda, yakınımda..." Onur kaşları çatık bir şekilde dinledi beni. Korku filmlerinden fırlamış bir sahnedeydik sanki.

"Doruk olabilir mi?" diye sorduğunda başımı salladım.

"Hayır. Benden saklanmaya çalıştığına eminim. Nefeslerini bile sessizleştirmeye çalışıyor gibiydi. Doruk olsaydı direkt yanıma gelirdi ama o gelmedi. Sence de çok garip değil mi bana bir şey yapmaması, zarar vermemesi..." Onur birden doğruldu ve beni kollarımdan tutup kendine çevirdi. Ben şoktan çıkamadan ellerini üstümde gezdirmeye başladı. Omuzlarına dokundu, sonra elleri göğüslerime doğru inince nefesimi tutup kendimi geri çektim.

"Ne yapıyorsun!" dedim şaşkınlıkla.

"Korkma taciz etmiyorum, bir yerinde bir iz bırakmış olabilir. Bayıldığını anladıysa ve sana zarar vermediyse yanına yaklaşmış olabilir. Belki bunları bana anlatmanı istiyor bile olabilir."

Elleri yavaş yavaş karnıma indi, sonra sırtıma, sonra bacaklarıma geçtiğinde büyülü elleri bana garip şeyler hissettirirken birden pantolonumun ceplerinin üstünde durdu. Tek elini çekip cebimin içine soktu. Ve cebimden katlanmış mavi bir kâğıt çıkardı. Şaşkınlıkla bir kâğıda, bir ona baktım. Elleri hızla kâğıdı açarken neredeyse tepesine çıkacaktım. Kâğıdı titreyen elleriyle tutarken, üstündeki yazı ikimizin de beynini karmakarışık bir hale getirecek cinstendi.

Görmek istiyorsan gerçeği,
ışığa ihtiyacın var,
ışık istiyorsan ateşe.
Ateş istiyorsan baruta.
Ama ateşini büyütmek istiyorsan,
barutunu uzakta tutamazsın.
Bu ateş büyüyecekse eğer,
barut senin yanında olmalı.
Ateşini fazla uzakta arama,
elini uzatsan bulacaksın.
Çünkü senin ateşin,
senin tam yanında...

21. Bölüm

Kurtuluş Adımı!

Ben enkaz altındaydım ama yanımda çok güzel insanlar vardı.

Çünkü senin ateşin, senin tam yanında...

Gözlerimin önünden tek tek kaydı satırlar. Onur'un parmaklarının arasındaki kâğıt, ellerine değen mürekkep, kulaklarımın duyduğu cümleler, birinin bize bir şey anlatmaya çalışması... Okuduğum bu son cümle gözlerimi kâğıttan ayırmama sebep oldu. Kâğıdın sahibi diyordu ki... Benim ateşim, benim tam yanımdaydı. Bakışlarımı yanıma çevirdim, yanımdaki insana baktım, Onur Zorlu'ya... Bu kâğıt benim cebimden çıkmıştı, bu kâğıt bana yazılmıştı ve kâğıdın sahibi diyordu ki, bu ateşin harı Onur'du. Bizi alevlerin ortasına bırakıp alevlere odun atan oydu. Biri bana diyordu ki her şeyin sebebi Onur Zorlu'ydu. Ama o biri bilmiyordu ki beni ikna etmesi yıllarını alırdı...

Gözlerimi kırpıştırdım. Onur'un elinden kâğıdı kaptığım gibi büzüştürdüm ve cebime attığımda Onur'un yüzündeki mutsuz, şaşkın, öfke dolu ifadeyi gördüm. Ellerimi yüzüne götürdüm, yüzünü yüzüme çevirdim.

"Senden bahsetmediğine eminim. Belli ki biri bir ipucu vermeye çalışıyor ama yanımda olan tek insan sen değilsin. Hem-" derken sözümü kesti:

"Zeynep..." Durdum, tanıştığımızdan beri ismimi ilk defa bu kadar emirsiz bu kadar hafif, bu kadar naif söylemişti.

"Onur?" Gözlerini gözlerime dikti. Bileğinde hayat ağacı işaretinin olduğu siyah bilekliği olan eliyle kolumu tuttu. Gözlerim bilekliğinin güzelliğini incelerken diğer eli yüzümü kendisine doğru çevirdi.

"Ben hiçbir şey yapmadım..." Kaşlarımı çattım.

"Bu kâğıtta yazanlar yüzünden cinayeti senin işlediğini düşündüğümü mü sanıyorsun?(!)"

"Hayatına yeni girdim, beni tanımıyorsun. Bana inanmak ya da güvenmek zorunda da değilsin. Benden şüphelenirsen seni anlarım. Sana benden şüphelenme, bana inan, bana güven de diyemem. Sana tek bir şey söyleyebilirim... Ben hiçbir şey yapmadım." Gözleri gözlerime öyle net kesin ve çaresizce bakıyordu ki içimde garip bir kıpırdanma hissettim. Başımı salladım kolumu onun elinden çekerken.

"Sana inanıyorum," diye fısıldadım.

"Bana inanma..." Ne demek istediğini anlamayarak kaşlarımı çattım.

"Ama..."

"Bana inanmanı, güvenmeni istemiyorum. Aramızda inanç da olmayacak güven de. Sadece bil ne yapıp ne yapmadığımı, sadece bilmeni istiyorum. Ben hiçbir şey yapmadım, bunu bil." Başımı salladım.

"Biliyorum... Sen hiçbir şey yapmadın, yapmazsın da." Alay eder gibi güldü hafifçe.

"Hiçbir şey yapmam değil Külkedisi. Yaparım. Ama yapmadım. Şimdi iznin olursa..." diyerek hayat ağacını taşıyan damarlı bileğinin elini izinsizce cebime soktu.

"Bazı kanıtlara ihtiyacım var." Kâğıdı cebimden çıkardığı gibi kendi cebine attı ve ayağa kalktı. İlk defa centilmence bir hareket yapıp elini bana uzattı, bana uzattığı elini tutup ayağa kalktım. Onur kapıyı açıp benim çıkmamı beklemeden kapıyı üstüme doğru iterken kapıyı tekrar itip koridora çıktım. Centilmenliği buraya kadarmış. Umursamazca peşinde ilerlediğim sırada koridorun karşısından Burak ve

Mert'in geldiğini gördüm. Burak kendi çapında bir şeyler anlatıp gülerken Mert gayet ciddi bir şekilde dinliyordu onu. *Mahşerin Dört Atlısı* koridorun orta yerinde buluştuğunda üçüne tek tek baktım. Burak'ın kendi kendine sırıtışı, Mert'in her şeyden sıkılmış yüz ifadesi, Onur'un yüzündeki endişeli ciddiyet... O an dışarıdan nasıl görünüyordum çok merak ettim, kendimi dışarıdan görebilmeyi diledim. Diğer insanlara nasıl tek tek bakıp haklarında yorum yapıyorsam biri de bana baksın istedim, biri de beni incelesin, nasıl göründüğümü yorumlasın istedim. Birden Onur'un üzerimdeki bakışlarını fark ettim... Onur Zorlu bana bakıyordu, tam o an bir şey fark ettim. Onur Zorlu kısmen benim dileğimin gerçek oluş haliydi...

"Zeynep, şu kaybolma olayını anlatmak ister misin? Birkaç dakikalığına fidye parası istemek için aranacağımızı düşündüm. Onur senin için her türlü miktarı vermeye hazırdı. Şu elinin haline bak..." Burak gülerek, Onur'un hayat ağacı bilekliğinin olduğu elini kaldırıp bana doğru tutarken, Onur öfkeyle elini çekti. Ne olduğunu bile görememiştim. Burak gülerken, kaşlarımı çatarak izinsizce eğildim, Onur'un elini tutup kaldırdım. Elinin sağ yanı kıpkırmızıydı.

"Eline ne yaptın?(!)" Onur gözlerini devirirken Burak söze girdi.

"Sinirini okulun duvarlarından çıkardı..." Gözlerimi şaşkınlıkla Onur'a çevirdiğimde bana bakmıyordu bile, Burak konuşmaya devam ederken ben Onur'a bakıyordum.

"Biraz daha bulunmasaydın, büyük ihtimalle yumruklarıyla tünel kazıp bizi buradan çıkaracak yolu açardı. Yalnız bir şey diyeceğim, bunu söylerken şaka yapıyor olsam da bir an çok mantıklı geldi. Tünel mi kazsak? Hani geçen bir haber görmüştük ya, anaokulundan kaçmak için tünel kazan dört çocuk haberi... Biz onun lise versiyonu mu olsak? Onur'da yumruklarıyla tünel kazmak için yeterli kondisyon var. Ben de şakalarımla sizi motive ederim, kazar kaçarız buradan. Öğle çayını Yunanistan'da içeriz. Sonra b-" derken, Mert kusacak gibi yüzünü buruşturarak eliyle Burak'ın ağzını kapattı. Burak bu halde bile "Sonro bozo orodo boldoklorondo soço tomomon ..." tarzında kelimelerle mırıldanıyordu ama çoğunu anlamadım bile. Aklım Onur'un elinde, bu kadar sinirlenmesinde, beni bu kadar önemsemesinde... Sebebi olmalıydı ama üstüne gitmeyecektim. Bir insana beni neden bu kadar önemsiyorsun denmezdi. Bir insan sizi önemsiyorsa, bunun karşılığında yapılacak tek şey memnun olmaktı. Şaşkındım, tüm bu önemsenmenin, duyguların, düşüncelerin okulun karantinasıyla sınırlı olduğunu ve bu karantinadan çıktığımızda biteceğini biliyordum. Onur Zorlu'nun ilgisinin de, endişesinin de bitişinin karantinanın son bulmasıyla birlikte geleceğini biliyordum.

"Burak, konuşma faslın bittiyse ciddi meselelere geçsek? Zeynep şu başına gelenleri baştan bir dinleyelim." Mert çapraz sorguluyor gibi ciddi bir ifade takınınca başımı salladım.

"Tam hatırlamıyorum. Sadece... Merdivenlerden çıktım, tam olarak nereye girdiğimi görmedim bile. Karanlık bir yere girdim, birkaç adım atar atmaz çıkışı kaybettim, şarjım da bitince telaş yaptım. Sonra oradan çıkmaya çalışırken düştüğümü hatırlıyorum. Düştüm... Sonra..."

"Klasik kaybolma hikâyesi. Abi ben açlıktan ölüyorum, bir şeyler yesek?" Burak konuyu değiştirmeye çalışıyordu.

"Biraz daha konuşursan sana kendi elini yedireceğim." Onur'un ufak tehdidiyle Burak gülerken ben konuşmaya devam ettim:

"Sonra garip bir şey oldu aslında. Orada birinin olduğunu fark ettim. Birkaç ayak sesi duydum, sonra da hırıltılı bir nefes sesi. Her kimse öksürmemek için zor duruyor gibiydi. Çok korktuğumu hatırlıyorum, bana yaklaştığını hissettim çünkü hırıltı sesi bana yaklaşıyordu. Sonrasını tam hatırlayamıyorum çünkü korkudan ne hale geldiğimi bilmiyorum... Tamamen bilincimi kaybettim, gözlerim kapandı, sesler kayboldu..." Onur'un elini kolumda hissettiğimde korkuyla sıçradım.

"İyi misin?" Onur kaşları çatılı bir şekilde sorduğunda titrediğimi fark ettim; tir tir titriyordum.

"Bir an... O anı hatırlayınca..."

"Onur, Burak, Mert" Onur'un benimle ilgilenmesine bile izin vermeyen bir kız sesi birden koridorda belirdi. Beni yok sayarmışçasına *Mahşerin Üç Atlısı*'nın isimlerini saydı. Onur'un eli kolumdan uzaklaştı, üçünün de bakışları kıza döndü. Açık kahve saçlı, uzun boylu, zayıf bir kız bize doğru yaklaşıyordu; tam yanımıza gelmeden koridorun ortasında durdu.

"Herkesi konferans salonuna toplamamı söylediler. Önemli bir duyuru yapılacakmış. Çabuk olun," diyerek koridordan ayrılırken, içimi büyük bir korku kapladı.

"Hassiktir ya, yine ne oldu kim bilir!" Burak'ın hayıflanışıyla titremeye devam ettiğimi hissettim. Korkuyordum, bir şey daha olacak diye çok korkuyordum.

"Gidelim." Onur'un emriyle birlikte bir adım attığımız anda ağzımdan küçük bir "Ah..." sesi çıktı. Olduğum yerde kalıp elimi başıma götürdüğümde üçü de anında ölüyormuşum gibi bana yöneldi, Onur kollarımdan yakaladı beni. Başım öylesi büyük bir şiddetle dönmüştü ki ayakta duramayacak bir hale gelmiştim bir anda.

"Zeynep?(!)" Onur Zorlu insanlara isimleriyle hitap eden bir insan değildi. Ama bakın şimdi, tam burada, bana Zeynep diyordu... Ve ben ölmek üzereyken bile bunu düşünüyordum.

"B-başım... Döndü..." Tir tir titriyordum. Onur beni sıkıcı tutup eliyle başımı kaldırmaya çalıştığında, baş dönmemin anlık olduğunu anladım.

"Siz konferans salonuna gidin, biz sınıfa gidelim, uyuması lazım..." Onur, Burak ve Mert'e gitmelerini söyledikten sonra bana döndü, "Yorgunluktan ölmene izin veremeyiz..." dedi.

Ama ilk defa onun bir emrine karşı çıktım. Omuz silktim. Başımı kaldırıp daha iyi hissettiğime emin olduktan sonra derin bir nefes aldım.

"Anlık bir baş dönmesiydi. İyiyim ben, konferans salonuna gidip ne olduğunu bilmek istiyorum."

"Artık dinlenmen lazım. Bu okul sınırlarında ölen ikinci insan olmaya mı karar verdin?"

"Ben buradan çıkmadan dinlenemem. Bu korkuyla uyuyamam, yemek de yiyemem, bu korkuyla yaşayamam!"

Onur gözlerimin en derinine baktı, her an bala dönüşüp akacakmış gibi duran gözleriyle. O kadar inandırıcı bakıyordu ki dudaklarının arasından ne çıksa inanırdım.

"Çıkacağız..." diye mırıldandı, "Gerekirse tünel kazarız... Değil mi Burak" Onur bu kadar sert cevaplardan sonra ilk defa hafif bir espri yapınca hepimiz gülmeye başladık. Yine de korkuyordum. Onların yanında olsam da, yüzüm şu saniye gülse de ellerim hâlâ titriyordu. Birlikte koridordan çıktık, alt kata inip koridor salonuna girdik. Mucizevi bir kalabalık vardı. Tüm okul, öğrencileriyle, öğretmenleriyle, müdürüyle, yardımcılarıyla, temizlik ekibiyle, kantincileriyle buradaydı... Kalabalığı görünce nutkum tutuldu.

"Herkes burada..." diye fısıldadığımda, yanımda duran Onur başını salladı.

"Bir katille aynı salonun içindeyiz." İster istemez korkuyla elimi uzatıp Onur'un kolunu tuttum. Başımı çevirdiğimde Burak ve Mert'in birileriyle konuştuğunu gördüm, Burak gülerek bir şeyler anlattıktan sonra tüm salona döndü:

"Arkadaşlar," diye bağırdı, "sizinle bir gün bu okulun çıkış kapısına doğru koşacağız, aramızda vurulup yere düşenler olacak!" dediğinde, salonda kahkahalar yükselirken, Burak birden ilgiden fazlasıyla memnun bir gülümsemeyle baktı. Gergin bir nefes alıp sahneye baktım. Onur'un babası ve okulumuzun müdürü Ender Zorlu sahnedeydi.

"Sessizlik! Sessizlik! Çocuklar! Sessizlik!" Salona defalarca sessizlik diye bağırıp susturduktan sonra boğazını temizleyerek konuşmaya başladı:

"Birlikte zor saatler, zor günler geçirdik. Neler olduğuna birlikte anlam veremedik, birlikte korktuk, birlikte endişelendik. Önce buraya hapis edildik, bir öğrencimizin hastalığıyla sarsıldık, sonra elektriklerimiz gitti ve nasıl olduğunu anlayamadığımız bir şekilde jeneratörümüzden başlayarak tüm elektrik sistemimizin çöktüğünü öğrendik. Tüm bunlar hepimizi korkunç bir kaosun içine soktu. Ne istediğinizi biliyorum..." derken bir öğrencinin sesi duyuldu:

"Gitmek istiyoruz!"

Sonra bir öğrenci daha, "Hocam çocuklar evde aç…" diye bağırdı. Gülüşmeler, sessizlik...

"Gitmek istediğinizi biliyorum. Gönül isterdi ki sizin gibi akıllı, uslu, zeki çocuklarla sonsuza kadar aynı bina içinde kalalım ama-" derken bir öğrenci sesi daha:

"ALLAH KORUSUN HOCAM!" dedi. Gülüşmeler...

"Şşş, sessizlik! Gönül isterdi ki sizin gibi akıllı uslu zeki çocuklarla aynı binada sonsuza kadar kalalım ama sanırım ayrılmamızın vakti geldi. Okulumuzdaki tıbbi tehlike kalkmıştır, hepiniz gitmekte özgürsünüz. Kapıları açıyoruz, yavaş yavaş, sakince, sessizc-" derken, sözü bile bitmeden başlayan çığlıklar, kapıya doğru koşturan yüzlerce öğrenci!

O an ben ve Onur ne halde miydik? O an o ya da ben yoktum. Ayrı ayrı yaptığımız şeyler yoktu, o an bir eylemi paylaşıyorduk onunla... Çünkü çok net hatırlıyorum, özgür olduğumuzu duyar duymaz kollarımı onun boynuna dolayıp ona sarıldım. Ben, mutluluktan Onur Zorlu'ya sarıldım! Her şeyin başladığı yerde bitti her şey. Kilit altına alındığımız yerde özgür kaldık. Biliyorum, bu özgürlük bana Onur'u da Burak'ı da Mert'i de kaybettirecek, belki onları bir daha göremeyeceğim ama mutluyum, çünkü korku bedenimden çıkıp gitmek üzere. Ben buradan çıktığım an korkumu da terk edeceğim. Ve sonunda... Ben buradan çıkmak üzereyim!

"Servisler kapıda hepinizi bekliyor!"

"Ekstra servisleriniz de kapıda, hepimiz evlerinize kadar bırakılacaksınız..."

"Herkes sakince bahçeye çıksın, yavaş olun, sessiz olun!"

"Oğlum sen neden çığlık atıyorsun? Koşmayın!"

Ender Zorlu sinirleri bozulmuş gibi bağıra bağıra öğrencilerini sakinleştirmeye çalıştığı sürede dönüp bakmadım, kollarımı Onur'un boynundan ayırmadım. Sonra beni kendisinden ayıran Onur oldu. Kollarımı boynundan çekti ve yüzüme baktı.

"Sana buradan çıkacağız demiştim," diye mırıldandı.

"Demiştin..." dedim. Bir an önce evime gitmek istiyordum. Tartışmanın hiç eksik olmadığı bir evim olduğunu biliyordum, evet. Ama bir an önce yatağıma kavuşmak istiyordum.

"Onur, baban arabaya geçin beş dakikaya geliyorum dedi. Bizi de bırakacakmışsınız..." Mert'in sesiyle birlikte Burak ve Mert'in neşeyle başımızda dikildiklerini gördüm. Onur bir bana baktı, bir onlara. Başını salladı.

"Şey," diye mırıldandım, "ben de servise gideyim... Annemler zaten meraktan delirmiştir." Onur birden gözlerini devirdi.

"Bizimle geliyorsun," dedi. Kaşlarımı çattım şaşkınlıkla Onur eliyle kapıyı gösterirken.

"Sizinle mi?(!)"

"Servisle gitmeyeceksin. Babam seni de bırakacak." Şaşkınlıkla Burak ve Mert'e döndüğümde ikisinin sözleşmişler gibi aynı anda göz kırptıklarını gördüm. Bir şeyler eveleyip gevelesem de Onur'un umurunda bile olmadı. Eli hâlâ, çıkışa doğru bir adım atmam için konferans salonunun kapısını gösteriyordu. Sonunda pes ettim, derin bir nefes aldım, çıktım kapıdan. Yanımda Burak, Mert, Onur, okulun bahçesine doğru yürüyorduk. Ve sonunda tam okulun çıkış kapısında durup bahçeye baktık. Kurtulmuştuk! Dışarısı bir adım uzaklığımızdaydı. Ve biz o bir adımı aynı anda attık. *Mahşerin Dört Atlısı*'nın kurtuluş adımı, 22 Eylül Perşembe, saat 19.19...

Bahçe, ilkokul bahçesine dönmüştü! Kocaman insanlar koşuşturuyorlar, birbirlerine şakalar yapıyorlardı. Bir çocuğun servis arabasının üstüne çıktığını, arabanın üstünde "FREEDOM!" diye bağırdığını gördüm. Demek ki bir mekânda birkaç günlüğüne kapalı kalınca, insanlar kafayı yiyordu.

Birlikte Onur'un babasının, klasik-özel-üniversite-müdürü-arabasına doğru ilerlediğimiz sırada Onur'un babasının da arabaya doğru ilerlediğini gördüm. Ender Zorlu başını kaldırıp bize baktığında gözleri benim üstümdeydi, bana gülerek bakınca ben de ona gülümsedim.

"İyi misiniz çocuklar? Sizinle hiç ilgilenemedim bu karışıklıkta. Onur? Sıkıntı var mı?" Birden dördümüz birbirimize baktık, sıkıntı var mıydı? Vardı ama hiçbirimiz var diyemedik, okulunuzda cinayet işlendi diyemedik, öğrencilerinizden biri katil diyemedik...

"Yok baba, yorgunuz sadece." Yorgunduk, bir de cinayete tanık olmuştuk.

"Okul iki, üç gün tatil olacak, bol bol dinlenirsiniz. Hadi atlayın arabaya sizi evlerinize bırakayım."

"Sen öne geç." Onur benim için arabanın ön kapısını açarken, çekinerek omuz silktim.

"Ben arkada otururum, hem benim evim yakın... İlk ben ineceğim..." Onur'un itiraz etmesine izin vermeden arka koltuğun cam kenarına oturdum. Burak ve Mert de yanıma oturunca cebimden şarjı bitik telefonumu çıkardım. Açmayı denedim, belki biraz şarjı kaldıysa annemi arayıp haber verecektim ama hiç yoktu. Sonra telefonumu cebime attım. Başımı kaldırıp Onur'a baktım, sonra Burak'a, sonra Mert'e... Bu onlarla son kez vakit geçirişim olabilirdi. Bu onlarla vedalaşmam, ayrılmam olabilirdi. Onur açık ve net bir şekilde bu okuldan çıktığımız an ayrılacağımızı söylemişti. Artık özgürdük ve güvendeydik, beni korumasına gerek yoktu. Artık onlar üç kişiydi, ben tek başınaydım...

Yolculuk ve sonrası öyle sessizdi ki. Ender Bey'e evimi tarif ettim, evimin yakın olması, arabanın on dakika sonra evimin önünde durmasına sebep oldu. Arabadan indiğimde Burak bana göz kırptı.

"Seni özleyeceğim ufaklık!" dedi. Gülerek el salladığımda Onur bana bakmıyordu bile.

"Ben de sizi özleyeceğim..." *Mahşerin Üç Atlısı*'yla vedalaşmam iki cümleden ibaretti, seni özleyeceğim, ben de sizi özleyeceğim... Ve final. Araba kapısının kapanışı, arabanın önümden ayrılışı. Derin bir nefes aldım. Aslında buna nefes almak denmezdi belki de, iç çekmek denirdi. Sonra arkamı döndüm ve apartmanıma girdim. Merdivenleri hızlıca geçip dördüncü kata çıktım ve heyecanla kapıyı çaldım. İşte sonunda güvendeydim, evimde...

Kapıyı annem açtığında mahvolmuş bir halde olduğunu gördüm; gözleri ağlamaktan kıpkırmızıydı, beni gördüğü an şok içinde bakakaldı.

"ZEYNEP!" Boynuma sarıldığı an babamın içeriden koşarak geldiğini gördüm.

"ZEYNEP" Babam da bana sarılınca, o an ilk defa bir aile olduğumuzu hissettim. Bir saat sonra tartışmaya başlayacaklarını bilsem de ilk defa küçük bir aile gibi birbirimize sarılıyorduk...

Sonrası nasıl geçti hatırlamıyorum bile. O kadar yorgundum ki dedikleri, sordukları çoğu şeyi duymadım bile... Annem kaşla göz arasında bana bir kase çorbayı içirdikten sonra beni zorla banyoya soktu. Kapı kapandığında, kıyafetlerimi çıkarıp duşun altına tek başıma sıcacık suyla baş başa kaldığımda gözlerimden bir iki damla yaşın aktığını hissettim. Tanrım... Neler olmuştu böyle... Başıma gelen şeyler normal miydi?(!) Sessiz bir öğrenci olacağıma emin olduğum okulumun ilk gününde bir cinayete tanık olmuştum. Okulun en popüler üç çocuğuyla birlikte! Dördümüz bir ekip olmuştuk, bir takım... Birlikte korktuk, birlikte güldük, birlikte kaybolduk, birlikte bulduk birbirimizi... çok garip! Hayatımıza insanlar giriyor, onlara alışıyoruz ve alıştığımız anda çıkıyorlar hayatımızdan. Bu adil mi? Onur Zorlu'yu alıştığım anda kaybetmemin adaletle en ufacık bir ilgisi var mı? Biliyorum, onları görmeye devam edeceğim. Onlarla aynı sınıfta olacağım, evet. Onları her gün göreceğim ve seslerini duyacağım, evet. Ama bu bana yetmeyecek. Ben onların içine girdim. Kendilerine kurdukları ufak takımın içine girdim, yarattıkları üçlüye dördüncü oldum, şimdi tek başıma kalmak istemiyorum, şimdi onları üç kişi olarak görmek istemiyorum...

Ben Mahşerin Üç Atlısı'na dördüncü olmaya geldim, oldum ve öyle kalmak istiyorum...

Tüm bu düşünceler, gözyaşlarım, ağrıyan bedenim, annemin beni kurulayıp üstüme pijamalarımı giydirişi, dudaklarımın arasından attığım ağrı kesicilerle yatağımdayım şimdi. Bir devrin sonuna geldik, hayatımın en macera dolu en korkunç günlerini yaşadım, ama bitti. Bir cümle okumuştum bundan haftalar önce 'Ben enkaz altındayım, ama yanımda çok güzel bir insan var.' Ben bu cümleyi yaşadım. Ben enkaz altındaydım ama yanımda çok güzel insanlar vardı. Ama yaşandı ve bitti. Korktum, ağladım, koştum, düştüm, kaçtım, uzak olmak da istedim yakın da, koşarak attığım her adım bir cinayetin ortasına sürükledi beni. Şimdi birdenbire tehlikenin kucağından alındım tek başıma güvenli yatağıma bırakıldım. Ama çok ilginç bir şey var... Ben artık tek başıma olmak istemiyorum... Tek başıma güvende olmayı, yalnız olmayıp tehlikede olmaya tercih etmezmişim...

22. Bölüm

Seninleyim!

Bu işte birlikteyiz...

Hani hayat bir döngüden ibarettir ya, bir şeyler bitti diye düşünürken hepsinin tekrar tekrar en başından başladığını gördüğümüz bir döngü. Bitti sandığımız her şeyin aslında başlangıcında olduğumuz o döngü. Ben bir şeylerin sonunda olduğumu sandığım bir döngünün ortasındayım, bitti sandım. *Mahşerin Dört Atlısı* dediğimiz oluşum, yaklaşık yüz saat sürdü ve bitti sandım. Bir daha onlarla konuşmam, bir daha yanlarında durmam sandım. Onur'dan emir almam, Burak'a gülmem, Mert'in beni sakinleştirmesini izlemem sandım. Bütün gece yatağımda bunları düşünerek uyumaya çalıştım. Ara ara uyudum, ara ara kabuslar görerek uyandım. Onlarla konuşmayacağım bir sabaha günaydın demek istemiyordum. Yorganım kafamda, *Mahşerin Dört Atlısı* efsanesinin bitişini düşünürken birden telefonum titredi. Kaşlarım çatık bir şekilde elimi yorganın altından çıkardım ve telefonumu elime aldım. Şaka mıydı?

CİNAYET İSİMLİ WHATSAPP GRUBUNDAN BİR YENİ MESAJ

Telefon elimde yataktan fırladım ve anında whatsappa girdim, gruptaki mesajları okurken kalbim üç katı hızda atmaya başlamıştı.

***Burak: Ceset.**

***Burak: Abi, cesedi okulda bıraktık manyak mıyız biz?(!)**

***Burak: Resmen ceset diye bağırarak uyandım az önce, çabuk uyanın, ARKAMIZDA İZ BIRAKTIK!**

***Mert: Burak, sana bir haberim var...**

***Mert: Cinayeti biz işlemedik kardeşim. O bizim izimiz değil.**

***Burak: Aynen abi, cesedi elleriyle taşıyan, her yerinde parmak izleri olan da biz değiliz zaten kesinlikle katılıyorum sana.**

Heyecanla mesajları okurken bir bildirim daha geldi, gruba gelen yeni mesajla birlikte yutkundum.

***Onur: Okul bugün kapalı, temizliğe yarın başlayacaklar, şimdi kimse yok. Hazırlanın, gidip ne yapabileceğimize bir bakalım.**

Tereddütle okudum mesajı. Hazırlanın diyordu. İkinci çoğul şahıs. Ben de mi? Yoksa sadece Mert ve Burak mı? Bu soruyu sorabilmek için her şeyimi verirdim ama şu an bunu sormaya cesaretim yoktu. Sen gelmiyorsun dedikleri anda ne hissederdim, ne hale gelirdim? Ama içimden bir ses de beni götürmeyeceklerini söylüyordu... Onlara ne gibi bir yardımım dokunabilirdi ki? En iyisi sessiz kalmaktı. Cevap vermeyecektim, beni istiyorlarsa bunu kendileri söylerdi zaten.

Mor şortlu Mickey Mouse pijama takımımla birlikte odamdan çıktım. Merdivenlerden inip alt kata, mutfağa ulaştığımda annem ve babamın birlikte kahvaltı hazırladıklarını gördüm. Bu bir ilkti. Annem ve babam. Tartışmadan bir eylemi gerçekleştiriyorlar! Birlikte!

"Günaydın hayatım, karnının gurultusundan uyuyamadık! Biz de kalkıp sana kahvaltı hazırlayalım dedik. Özlemişsindir? Kızarmış ekmek, yumurta, patates kızartması? Bunları hatırlıyor musun?" Gülerek babamın uzattığı patates kızartmasını yedim ve masaya oturdum. Annem fincanıma çay koyarken babam tam karşıma oturdu.

"Bu ne?" diye sordum kızarmış biberi göstererek, "Hatırlamıyorum!" Birlikte gülüştüğümüz sırada bir anlığına Onur, Mert, Burak faktörünü unutmuştum. Uzun zaman sonra ilk defa mutlu bir kahvaltı yapıyordum.

"Eee anlat bakalım, esir hayatı nasıldı? Arkadaş bulabildin mi?" Babamın sorusuyla birlikte derin bir iç çektim. *Arkadaş... bulabildim...*

"Eh, birkaç kişiyle ayak üstü konuşmalarımız oldu." *Onlarla bir cinayeti çözmeye çalışıyoruz.*

"Ama çok samimi olmadık daha..." *Her şeylerini biliyorum.*

"Zaten karantina kaldırılıncaya kadar genelde uyudum." *Uykusuzluktan bayıldım, revire kaldırdılar beni.*

"Pek bir değişim olmadı yani hayatımda..." *Hayatım geri döndürülemez bir şekilde tamamen değişti. Artık bir cinayet tanığıyım ben baba.*

"Dersler başlayınca samimi olduğun arkadaşların da olacak. Bana bak, erkeklerle çok vakit geçirmeseydin. Babalar böyle şeyleri sevmez!"

"Yok... kızlarla takıldım hep..." *Günlerdir sadece üç erkekle konuşuyorum, onlarla uyuyorum baba, onlardan başka kimseyi tanımıyorum, okuldaki herkes bana Onur'unki demeye başladı.*

"Aferin güzellik. Hadi bu kadar okul muhabbeti yeter, yemeğini ye bakalım."

Kahvaltı uzun zaman sonra güzel geçti, kıtlıktan çıkmış gibi yiyordum. Hayatımda hiç bu kadar yemek yememiştim. Ve işin garip yanı, annem ve babam da ilk defa birbirlerine karşı bu kadar ılımlı görünüyorlardı. Normalde her kahvaltıda, her akşam yemeğinde tartışan annem ve babam, şimdi birbirlerini gerçekten seviyorlar gibi davranıyorlardı. Belki benden uzak kalmak akıllarını başlarına getirmişti, kim bilir! Ne olduysa iyi olmuştu.

Kahvaltının sonuna doğru kapı çalınca babam saçlarımı okşayarak ayağa kalktı ve kapıya doğru ilerledi. O sırada annem çayımı tazelerken babam tekrar mutfağa girdi; yüzünde garip bir ifadeyle kaşları çatılı bir şekilde bana baktı.

"Zeynep," dedi, "üç delikanlı seni soruyor." Ağzımdaki çay boğazıma ulaşamadan öksürüğümle birlikte dudaklarımın arasından çıkarken şok içinde ayağa fırladım ve kapıya koştum. Deri ceketini ve kareli kırmızı gömleğini giymiş, güneş gözlüğü yüzünde, güneşten yüzünü saklamaya çalışan, eli cebinde Onur Zorlu; kot ceketiyle beyaz tişörtünün uyumu muhteşem görünen kollarını göğsünde birleştirmiş Burak; üzerine kahverengi şık bir kazak giymiş bana gülerek bakan Mert ve karşılarında Mickey Mouse'lu pijamasıyla durmuş onlara şaşkın bakışlarla bakan ben. Zeynep Akay. *Mahşerin Dördüncü Atlısı...*

"Pijaman güzelmiş..." Onur'un cümlesiyle birlikte utancımdan yerin dibine girmek üzere olduğumu hissettim. O sırada babam arkamdan gelince boğazımı temizleyerek babama döndüm,

"Baba bunlar okuldan arkadaşlarım... Burak, Onur ve Mert," dedim. Babamın yüzünün kızardığını rahatlıkla görebiliyordum.

"Evet, Zeynep sizden bahsetmişti..." Aynen öyle. Kız arkadaşlar edindiğimden çok güzel bahsetmiştim!

"Baba, eee, sen mutfağa geç, ben hemen geliyorum." Babam başını sallayıp içeri geçerken onlara doğru bir adım attım. Koca bir Mickey Mouse adımı!

"Okula da böyle gelirsen sevinirim. Bütün gün bakıp güleceğim bir şeyi yanımızda taşımak güzel olacak." Burak kendi çapında esprisiyle birlikte gülünce gözlerimi devirdim.

"Okula mı? Beni de mi... Yani beni de mi yanınızda götürmek istiyorsunuz?" Mert bana göz kırptı.

"Mahşerin Dördüncü Atlısı?" Gerçekten artık onlarla bir daha konuşmayacağıma o kadar emindim ki... Şu an üçüne birden sarılsam dünyanın en saçma anını yaşıyor olurduk, o yüzden kendimi tutacaktım.

"T-tamam... Ben hemen hazırlanayım, siz arabada bekleyin." Kapıyı yüzlerine kapatır kapatmaz mutfağa koştum.

"Benim ufak bir işim var, okulda unuttuğumuz bazı şeyleri almak için okula gideceğiz. Birkaç saate dönerim. Hazırlanıp çıkacağım sizi seviyorum!"

Cevap vermelerine izin dahi vermeden koşarak odama çıktım. Şu an Onur'un beni ilk kez doğru düzgün bir halde göreceği fırsat geçmişti elime! Üzerime kısa kırmızı salaş elbisemi geçirdim.

Kahverengi saçlarımı krepe tarağıyla biraz kabartıp yüzüme hafifçe allık ve parlatıcı sürdükten sonra çantamı alıp merdivenlere yöneldim. Kapıya doğru ilerlerken babamın, "KIZ ARKADAŞLARINA SELAMLAR!" diye söylendiğini duydum. Gülerek evden çıktığım sırada, babasının lüks arabalarından birinin sürücü koltuğunda Onur Zorlu'nun bana nutku tutulmuş bir şekilde baktığını gördüm. Ağır ol Zeynep... Yavaş yavaş yürü...

Asil bir duruş sergilemeye çalışsam da becerebildiğim bir şey değildi. Utanarak hızlıca arabanın arka koltuğuna, Burak'ın yanına oturdum.

"Sivil kıyafete izin verilmemesini anlamıyorum. Bir dünkü Zeynep'e bakın bir de buna! Ben şok..."

"Bunu iltifat olarak alıyorum, teşekkür ederim..." Gülerek sessizce teşekkür ettiğim sırada, Onur'un dikiz aynasından beni izlediğini fark ettim. Boğazımı temizleyerek telefonumu elime aldım ve oyalanmak için galeride gezinmeye başladım. Yola çıktığımız sırada radyoda Gece grubunun 'Âşık mıyız?' Şarkısının çalıyor olması bana kendimi klipte gibi hissettiriyordu. Ne zaman arabada olsam, ne zaman güzel bir şarkı çalıyor olsa kendimi klipte gibi hissederdim. Hem şimdi klibin bir de başrol ortağı vardı: Onur Zorlu.

"Şimdi, biraz iş konuşalım." Onur işadamı edasıyla gayet ciddi bir şekilde konuya girince telefonumun ekranını kapatıp başımı kaldırdım ve ona baktım.

"Cesedi ne yapacağız?"

"Yakalım." Burak'ın önerisiyle birlikte gözlerimi devirdim.

"Hayatımda duyduğum en mantıklı fikir." Onur'un alaylı cümlesiyle birlikte kendimi tutamayıp güldüm.

"Daha iyi fikirleriniz varsa siz buyurun Onur Zorlu Bey?"

"Cesedi yok edemeyiz. Onu biz öldürmedik, kanıtların yok olmasını istemiyoruz. Biz sadece cesedi bir süreliğine saklamak istiyoruz. O yüzden onu oradan alacağız... Taşıyacağız... Ve bir yere götürüp saklayacağız. Bu kadar basit," derken gözlerinin dikiz aynasından bir kez daha bana kaydığını gördüm, "Yazık olacak," dedi gözleri üzerimdeyken.

"N-neye..." Gözleri aynadan omuzlarıma kaydı.

"Etkileyici görünmek için yaptığın bunca hazırlığa. Birazdan ceset taşıyor olacaksın." Ona nefret dolu bir bakış attım. Tam o sırada söze Burak girdi:

"Seni harcayacağız Zeynep!" Kendi aralarında gülüşürlerken gözlerimi devirdim.

"Üç erkek olarak bir cesedi taşırken benden yardım alacaksanız ben sizi harcamış olacağım yalnız..."

"Zeynep vurdu ve gol oldu! Top ağlarda!" Mert'in gururlu cümlesiyle birlikte ona göz kırptım. Nihayet okulun önüne geldiğimizden arabadan ilk inen ben oldum. Bazı camları kırılmış, bahçesi çöp poşetleriyle dolu karanlık okula baktım... Zorlu Koleji... İçinde hayatımın değişiminin ilk adımlarının atıldığı okul. Yanımda Onur, Burak ve Mert de belirince bir süre okulu izledik dışarıdan. Dördümüzün de aynı şeyleri düşündüğünü biliyordum.

"Kim yapar..." diye girdi söze Mert, "Bir lisede masum bir kızı kim, niye öldürür? Şu okulda hiçbir olay olduğuna şahit olmadım. Bir kez olsun birinin biriyle kavga ettiğini bile görmedim. Şimdi kim, niye birini öldürecek kadar ileri gider? Ve biz bu insanı nasıl bulacağız... Resmen bir katille aynı okuldayız, belki aynı sınıfta... Ve yapabileceğimiz hiçbir şey yok."

"Var," diye sözünü kesti Onur, "ceset bizdeyken, en büyük kanıt bizim elimizdeyken onu bulmamız çok olası. Yapabileceğimiz tek şey bu, onu bulmak... Cesedi aldıktan sonra, adli tıp okuyan bir arkadaşıma göstermeyi düşünüyorum. En azından ne şekilde öldürüldüğü hakkında bir bilgi alabiliriz. Ama yine de olayın duyulmasını istemiyorum... Kafamın içinde binlerce düşünce, binlerce ihtimal var. Tek istediğim bu olayın babamın kariyerine zarar vermeden çözülmesi. O yüzden buradayım, o yüzden buradasınız. Aynı okulun içinde karantina altındayken başka seçeneğiniz yoktu, benimle olmayı seçmek zorundaydınız. Ama şimdi karantina altında değiliz. Ben bir yola girdim, bu cinayeti her kim işlediyse onu bulacağım ve bunu babam için yapacağım. Ama şimdi hiçbirinizi benim yanımda olmaya zorlayamam. O yüzden iyi düşünün, karar verin. Benimle misiniz, değil misiniz?"

Derin bir nefes aldım. Bakışlarım Onur'a kaydığında, bana değil okula bakıyordu. Bu soruyu sorması, bana durumu düşündürtür sanmıştım. Ama öyle olmadı, düşünmedim bile ağzımdan bir kelime çıkıverdi:

"Seninleyim." Onur'un birkaç saniyeliğine nefes almadan, kıpırdamadan durduğunu fark ettim. Gözleri gözlerime kaymadı ama bana bakmadı. Sadece duruyordu. Şaşırdığını görmek bile yeterdi.

"O nasıl soru abi, seninleyiz tabii ki." Mert doğru düzgün konuşurken Burak'ın, 'Ölene kadar seninleyim bırakmam...' şarkısının sözlerini mırıldanışı, yine gergin ortamı hafifletti, daha sonra ciddileşerek cevap verdi.

"Bu işin sonucunda başımız belaya girse de girmese de, ne olacağını öngöremesem de ben seninleyim. Üçümüz de seninleyiz. Bu işte birlikteyiz..."

Onur başını sallayıp okula doğru ilerlerken peşinden bir adım attım. Birlikte okula girip konuşmadan okulun yangın merdivenlerine daldık. Karanlık merdivenleri bir kez daha birlikte dikkatlice çıktık. Yangın merdiveninin en üst katlarından birinde, yıkık dökük müzik odasında durduk. Onur kapıyı açıp içeri girerken, kapı tam üstüme kapanmak üzereyken aradan sıyrılıp içeri daldım. Dördümüz birlikte toz dolu odaya girdiğimizde, Onur aceleyle cesedin üstüne örttüğümüz örtüye doğru ilerledi. Birlikte oraya yöneldiğimizde Onur'un örtüyü tuttuğunu gördüm. Tuttu, örtüyü kaldırdı ve şok içinde bakakaldık...

"Hassiktir!" Burak'ın tepkisi her şeyi özetliyor gibiydi.

Bu olayın başlığı kocaman bir hassiktirdi! Çünkü ceset, üstüne örttüğümüz örtünün altında yoktu... Ceset... kaybolmuştu...

23. Bölüm

İstediğim Her Şeyi Alırım.

Mahşerin Dört Atlısı hikâyesini bilir misiniz?

Ben bu üçlüyle hayatımın en büyük şoklarını atlattım. Biz birlikte bir cinayete tanık olduk, birlikte bir ceset sakladık, birlikte bir katil aradık, şimdi de birlikte sakladığımız cesedin kayboluşuna şahit olduk. Saatlerdir bu okuldayız. Okulun her bir noktasına baktık, bunu Onur için yaptık. Çünkü başından beri mesele ne bendim, ne Mert ne de Burak. Mesele Onur Zorlu'ydu. O cesedi onun için sakladık, o katili onun için aradık. Çünkü eğer bu cinayet duyulsaydı, Onur'un babasının başı belaya girecekti. Onur babasının bu haberi aldıktan sonra yaşayamayacağına emindi. Bu yüzden gizlememizi istiyordu, gizleyecektik. Cesedi de bulacaktık katili de. Bu işin sonunda kim ne hale gelirdi bilmiyorum ama bir çıkmaz sokağa girmiştik, biz bu sokağın çıkışını bulacaktık.

Bizi hayal edin, okulun büyük merdivenlerinde bir ceset aramaktan yorgun düşmüş dört insan. Mert, Burak, Onur ve ben. Merdivenin farklı yerlerinde oturan hayattan bıkmış bir dörtlü.

Mahşerin Dört Atlısı hikâyesini bilir misiniz?

Artık biliyorsunuz.

"Bu iş basit bir iş değil." Onur'un ciddi sesiyle birlikte, başımı dizlerimden kaldırıp ona baktım. Alnında belirginleşen damar, sinirini ele veriyordu.

"Elektrik kesildi, bunu tek bir kişi yapmış olabilir. Peki jeneratörler neden devreye girmedi? Jeneratör dairesi okulun içinde bile değil. Okul karantinaya alındıktan sonra kestiler elektrikleri... Biri okulun karantinaya alınacağını biliyormuş sanki, sanki başkalarıyla planlamış, birileri yardım etmiş gibi... Bu organize bir iş. Tek bir kişiyi aradık, ama yanıldık." Sonra başını kaldırıp devam etti:

"Bizim bir grubu aramamız gerekiyor. Ne demek istediğimi anlıyor musunuz? Başımızı belaya sokmamız gerekiyor," dedi.

Derin bir nefes alıp kaşlarımı çattım. Bir sürü insan gördüm geçirdiğimiz birkaç gün boyunca, bir sürü insanla konuştum, bir sürü insandan şüphelendim. Ama kimse de organize bir suç çetesi kuracak bir tip görmedim.

"Ben okuldan biri olduğuna inanmıyorum."

"Haydaaa!" Burak'ın kurduğum cümleye tepkisi beni gülmeye zorlarken ciddiyetimi bozmadım.

"Haksız mıyım? Okulda organize suç çetesinin lideri olabilecek bir tip gördük mü?" derken Onur söze atladı:

"Maşa," diye mırıldandı, "onu maşa olarak tutup, kızı öldürttüler, o kadar. Planı yapan her kimse okulda değildi. Biz zeki bir adam arıyoruz. Amacı neydi bilmiyorum ama bize zeki bir adam lazım. Ve bu okulun hiçbir öğrencisi bu planı yapacak kadar zeki değil."

"O zaman bu maşa, yani katil yine bizim okulda. Ondan haberimizin olduğunu biliyor, yani dikkat çekmek istemeyecek. Derslere gelecek, eğer pazartesi günü dersler başladığında daha dikkatli olursak mutlaka göze çarpacaktır. Birini öldürmüş bir insan, anında normal hayatına dönemez." Mert'in mantıklı cevabıyla birlikte başımı salladığımda Onur ayağa kalktı.

"Sikeyim böyle işi... Şu olayı düşünmeyeceğime dair kendime söz vermiştim, sözümü ikinci gün bozdum. Ama sözüme geri dönüyorum. Şimdilik düşünmeyeceğim. Hadi beyler, bize gidip Fifa atalım." Anlam veremeyerek baktım Onur'a.

"Fifa atmak?" diye gülerek söze girdi Burak.

"Arkadaşımız Fifa 2015 denen oyunu oynamaktan bahsediyor Zeynep. Fifa bir futbol oyunudur." Gözlerimi devirdim.

"Onur oyun oynar mıydı?" Sessizce mırıldanarak merdivendeki yerime döndüğüm sırada, Onur'un bakışlarını üzerimde hissettim,

"Görmek ister misin?" Başımı kaldırdım anlam vermeye çalışarak.

"N-neyi... Görmek ister miyim?"

"Oyun oynayıp oynamadığımı." Bir kez daha anlamayarak baktım yüzüne.

"Nasıl yani?" Burak anında sitem eder gibi söze atladı:

"Yani diyor ki bize gelir misin! Heyecanlandın herhalde." Cümlenin sonuna doğru göz kırpınca gözlerimi devirmek istedim ama o an Onur'a kilitlenmiştim. Doğrudan bana bakıyordu. Ne yani, Onur Zorlu beni evine mi çağırıyordu. Zorlu malikanesi. Abarttım tamam. Onur Zorlu'nun evini mi görecektim?(!)

"Onur kız arkadaşını eve götürüyor, tarihte bir ilk!" Mert'in kurduğu cümleyle birlikte Mert ve Burak aralarında gülüşürlerken Onur öfkeyle düzeltti.

"Kız arkadaşımı eve götürmüyorum, kız olan bir arkadaşımı eve götürüyorum." Ayağa kalktım.

"Eve götürüyorum derken? Ben daha cevabımı vermedim sen kimi eve götürüyorsun?" dedim sertçe. Burak'ın sesli gülüşü okulda yankılanırken Mert bana göz kırptı, Onur tek kaşı havada bir süre baktıktan sonra kurduğu bir cümleyle birlikte arkasını döndü.

"İster gel, ister gelme, problem değil." Kapıya doğru ilerlerken beklediğim cevap bu değildi! Peşinden bir iki adım attım, sonra durdum. Yalvaracak değildim.

"Hadi ama Zeynep, Onur'u biliyorsun, sana gel diye yalvarmaz. Ama gelmeni istemese emin ol lafını bile etmezdi. O yüzden kusura bakma! Geliyorsun... Hadi." Burak kolumdan tutup beni kapıya doğru ilerletirken sesimi bile çıkarmadım, çünkü dünden razıydım.

Onur arabanın sürücü koltuğuna yerleşirken ben de Burak'la birlikte arkaya geçtim. Mert Onur'un yanındaki koltuğa oturup bir şarkı açtığı sırada gözlerim Onur'un üzerindeydi. Bu şarkıyı bir yerden biliyordum... Şu edebiyat yarışmasında, Onur'un sözlerini söylediği şarkı... 'Ay benim, gece senin, bakar bakar gülümserim." Bir an Onur'un bakışlarını yakaladım, dikiz aynasından bana bakıyordu. Gözlerimiz buluştuğu an gözlerini kaçırdı. Ne bekliyordum ki Onur'un bana uzun uzun bakmasını mı? Bir aşk sözcükleri fısıldamadığı kalmıştı...

Yol boyunca sessizce şarkı dinledik, evleri okula çok yakındı. Neredeyse üç şarkı sonra evlerinin önünde durmuştuk. Malikane derken abartmıyordum, bir apartman dairesinde yaşamıyorlardı. Burası üç katlı bir villaydı. Onur arabayla bahçeye girdiğinde ona arabanın kapısını bir güvenlik görevlisi açtı. Arabadan indiğimiz sırada hayretler içinde baktım etrafıma. Muhteşem bir evdi burası; bahçeye kurulu yuvarlak büyük hamak, rengarenk çiçekler, meyve ağaçları... Şu havuzda Onur'u hayal etmek bana acı veriyordu.

"Bahçede kalmaya karar verdin sanırım?" Onur'un sert cümlesiyle birlikte kendime gelip başımı ona çevirdim. Saçımın bir tutamını kulağımın arkasına itip Burak'ın peşine takıldım ve evin kapısına doğru ilerledim. Üç merdiven basamağını geçtikten sonra bizi kapıda iki hizmetçi karşıladı. Ya da hizmetçi demeyelim, görevli.

"Hoş geldiniz Onur Bey!"

"Hoş bulduk, biz odamda olacağız. Bir şeyler ayarlarsanız..."

Birlikte merdivenlere yöneldiğimiz sırada Burak ve Mert çoktan önden giderlerken gözlerim merdivenlerin duvarlarına asılmış fotoğraflara takıldı. Şok içinde elimi uzatıp fotoğraflardan birini aldığımda Onur'un arkamdan geldiğini duydum.

"Ne yapıyorsun Zeynep?" Onur şaşkınlıkla söylenirken gülmemek için zor tutuyordum kendimi. Bu elimde tuttuğum fotoğraf, Onur'un bebeklik fotoğrafıydı! Babasının kucağında; üzerinde mor bir tulum...

"Sen... Bebekken kız mıydın?" Ufak kahkaham merdivende yankılanırken Onur gözlerini devirdi.

"Demek sen de pembe ve mor kız renkleridir, erkekler sadece mavi giyer diyenlerdensin."

"Ama şuna bak! Bu sen olamazsın... Onur... Bu bir kız!" Onur oldukça bozulmuş gibi baktı yüzüme.

"O benim," dedi sessizce, "ultrasonda... bazı yerlerim... görünmemiş. Erkek değil kız bebek bekliyorlarmış. Bu fotoğraf da doğduğum gün çekilmiş, doğar doğmaz anlamışlar erkek olduğumu. Yanlarında kız bebek kıyafetleri olduğu için aceleyle bunları giydirmek zorunda kalmışlar. İlk fotoğrafımız, babamla..."

Onur'un yanında ilk defa bu kadar gülüyordum, kıkırdayarak elimi başka bir fotoğrafa uzattım. Fotoğrafı elime aldığım gibi şaşkınlıkla Onur'a baktım.

"Şaka yapıyorsun?" Onur eğlenmeye başlamış gibi tek kaşını havaya kaldırıp cevap verdi.

"Sence şaka yapıyor gibi mi görünüyorum?" Elimde tuttuğum fotoğrafta Onur iki-üç yaşlarındaydı, yanındaki esmer kız bebekle bir beşiğin içerisinde öpüşüyordu. Yani, buna öpüşmek denirse. Dudakları, onun dudaklarındaydı.

"Küçükken çapkınmışsın, kızlara ilgin varmış." Birden Onur bir şeyleri anlamamış gibi durakladı.

"Şimdi yok mu?" Tek kaşımı havaya kaldırdım.

"Bana ilgin yok."

"Sana ilgim yok ama inan bana, kızlarla bayağı ilgileniyorum." Umursamazca omuz silkip diğer fotoğraflara baktığımda muhteşem bir fotoğraf gördüm! Şok içinde elimi duvara doğru uzatıp fotoğrafı aldığımda ağzım bir karış açıktı.

"Bu olamaz... Tahmin ettiğim şey mi?" Onur gülerek baktı resme.

"Burak, Mert, ben..." Burak, Mert ve Onur'un bebeklik fotoğrafları! Yan yana! Aynı kıyafetleri giymiş bir şekilde; üzerlerinde mavi kareli gömlek var.

"Hangisi sensin? Şu Burak, değil mi, sondaki. Bir şeyden şikâyetçi gibi bakıyor. Baştaki de Mert, çok zeki bakmış. Ve ortadaki sen. Kameraya doğru ilerliyorsun. Çünkü, Onur Zorlu istediği her şeyi alır! Değil mi?" Onur'un hayranlık dolu bakışlarını yakaladım bir an üstümde. Yutkundu, sonra başını salladı hafif hafif.

"Doğru... İstediğim her şeyi alırım." Derin bir nefes aldığı sırada hâlâ bana bakıyordu. Gözlerimi kaçırıp duvara baktığım zaman kaşlarımı çattım.

"Sana bir soru soracağım ama umarım üzülmezsin... Yani... Yersiz bir soru olabilir..." Onur iç çekerek birdenbire sözümü kesti.

"Annemin resmi yok, çünkü babam annemi gördüğü zaman üzülüyor. Cevabını aldın mı?" Birkaç saniye donakaldım. Yüzüne baktım ama bakışlarını yakalayamadım. Elimden resimleri aldı, nazikçe duvara yerleştirdi. Onu üzdüm mü diye düşündüğüm sırada, eliyle merdivenleri göstererek yol verdi bana.

"Oynamaya hazır mısın?" Kaşlarımı çattım.

"Ne oynaması?"

"Fifa 2015. Sen de oynayacaksın. Ve bu, Zeynep Akay, dördümüzün birlikte geçirdiği ilk güzel gün olacak..."

Üzmemiştim, üzgün değildi, annesinin ölümüne çoktan alışmıştı. Ve ben, onu ilk defa bu kadar neşeli görüyordum. Sanki az da olsa hayat enerjisi keşfetmiş gibiydi kendi içinde. Bir süreliğine de olsa soğuk değildi, odasının kapısını açarken bana göz kırptığına bile yemin edebilirim. Yüz ifadesi buruk olsa da biliyordum, onun dediği gibi, bugün güzel bir gün olacaktı.

Ve inanın bana, ben güzel bir gün yaşamayı çok özlemiştim...

24. Bölüm

Ayrılmayacağız.

Buradayız, bir aradayız.

Güzel bir gün, ciddi anlamda bu güzel bir gün. Uzaktan bakılırsa bu sabah okula gidip cesedi sakladığımız yerde bulamayınca büyük bir şok yaşadık. Okulun her yerini aradık, kameraları incelemek için kamera odasına bile girmeye çalıştık ama hiçbir şey elde edemedik. Belki berbat halde olmamız gerekiyor ama olmamaya çalışıyor, buhran havasına girmemeye çalışıyoruz. Bir şekilde psikolojik olarak kötü etkilenmemeye çalışıyoruz.

"Ben Mert'leyim!" Burak'ın heyecanlı sesiyle birlikte düşüncelerimden sıyrılmaya çalıştım.

"Onur, Zeynep seninle. Sen ikimizden iyi oynadığın için eşitlenmiş oluyoruz." Ama sıyrılamadım, onlar konuşurlarken bile aklım okulda. Ya başımız belaya girerse? Bundan da öte ortada genç bir kız var.

"Zeynep?" Mert'in koluma dokunmasıyla birlikte hafifçe sıçradım oturduğum armut koltuktan. Üçü birden bana dönünce yutkundum.

"Biliyorum, ayakta kalmaya çalışıyoruz ama şu an biraz detaylı düşününce kafam çok karıştı. Bu zamana kadar hiç düşünmedik... Ama sizce de garip değil mi?"

"Ne garip değil mi?" Mert'e döndüm.

"Kızı arayan kimse yok. Kızın öldüğü duyulmadı bile. Bu kızın arkadaşları, annesi babası, bu kızı arayan kimse yok mu? Biz sakladık, o günden beri ortalıkta yoktu ve bir kişi bile kızı aramadı!

O an gergin bir sessizlik oluştu. Neredeyse arkada gerilim müziği açılsa ortama uyacaktı.

"Bir şey söyleyeceğim... Aklıma bir şey geldi ama fazla gerilim filmi izlediğim için beynim böyle şeyler üretiyor olabilir. Bu kızı öldürüp okula getirmiş olabilirler mi? Yani okulla hiçbir bağı olmayan bir kız olabilir mi?"

Onur birden Burak'a döndü.

"Hayatında ilk defa mantıklı bir şey söyledin. Mantıklı, ama neden, biri bunu neden yapar? Kızı zaten alıp götürdüler, o zaman getirme amaçları neydi? Şu durumda okulda bir cesedin olduğuna dair hiçbir kanıt yok. Kan izleri, kamera görüntüleri, hiçbir şey yok. Eğer kız, okuldan değilse kızın okulda bulunmasının amacı neydi? Bir amaç olmalı... Babama karşı yapılmış bir karalama hareketi derdim. Ama şu an hiçbir şeyi ispatlayamazlar. O zaman bu insanların amacı ne?" Şaşkınlıkla söze girdim.

"Tüm bu olay planlanmış olabilir mi? Hastalık tehlikesi, karantina, elektrik, ceset? Ama ne için?"

Birkaç dakika sessiz geçti. Oyun konsolundan yayılan müzik, efsanevi bir sahnenin ortasındaymışız gibi çalarken zihnimde bir sürü düşünce uçuşuyordu. Birden elimi montumun cebine attım. Daha önce cebimde bulduğum notu çıkardığım gibi iyice açarak ortaya koydum.

"Bu ne?" Burak'ın heyecanla nota doğru eğilmesiyle birlikte açıkladım.

"Cebimde bulduğum not, daha önce okumuştuk. Belki şimdi daha mantıklı gelir..." Dördümüz birden nota doğru eğildik.

Görmek istiyorsan gerçeği,
ışığa ihtiyacın var,
ışık istiyorsan ateşe.
Ateş istiyorsan baruta.

Ama ateşini büyütmek istiyorsan,
barutunu uzakta tutamazsın.
Bu ateş büyüyecekse eğer,
barut senin yanında olmalı.
Ateşini fazla uzakta arama,
elini uzatsan bulacaksın.
Çünkü senin ateşin,
senin tam yanında...

Başımı yana doğru çevirip Onur'la göz göze geldiğimde o da bana bakıyordu. İşin garip yanı Burak ve Mert de başlarını birbirlerine doğru çevirmişlerdi. Onları çok önceden tanıyor olsam bizi birbirimize düşürmeye çalışan birileri var derdim. Ama ne uzun zamandır arkadaşlarıydım ne de bir insan birilerini birbirine düşürmek için bir cinayet işlerdi. Onur, ağır ağır başını çevirdi.

"Solak..." diye mırıldandı.

"Ne?"

"Yazan kişi solak, harfleri sağa doğru eğik yazmış. Sağ elle sağa eğik yazmak, bu kadar küçük bir kâğıt için çok zor. Ya da..." Kaşlarımı çatıp başımı kaldırdım.

"Ya da ne?"

"Bunlar size mantıklı geliyor mu? Biri bir cinayet işleyecek, cebimize notlar bırakacak... Saçma değil mi?"

"Peki ya biri, içimizden biriyle uğraşmak istiyorsa? Belki karalanmaya çalışılan baban değil?" Onur kaşlarını çatarak baktı bana. Yüzünde düşünen bir ifade vardı. Mantıklı olduğumu biliyordu.

"Neden?" Sorduğu tek soru buydu, "Ne Burak, ne Mert, ne ben... Biliyorum, okulda kimseyle muhatap olmamamızla biliniriz ama kimse de onunla konuşmuyoruz diye bir cinayet işlemez. Bu plan, basit bir plan değil. Bu planı yapan her kimse içeriden değil, dışarıdan. Bizim dışarıya bakmamız lazım. Kapının camın içine değil, duvarların ötesine. Biliyorum... Boş vermiş gibi görünüyorum. Bir cinayet işlendi, umurumda değil gibi görünüyor.

Umurumda, annesinin cesediyle saatlerce bir odada oturmuş bir insan olarak bu ölüm benim umurumda. Sadece... Kendimi bu olayı düşünmeye her ittiğimde, annemin öldüğü günü, onun yanında ağlayarak geçirdiğim saatleri hatırlıyorum. Tek tek aklıma geliyor o saatler. Bu yüzden kafamı dağıtmaya çalışıyorum. Bugün cesedi orada bulamayınca ruhum alt üst oldu. Ama konunun üstüne daha fazla gidemezdim. Sizi buraya getirmek istedim, kafam dağılsın istedim. Aklıma gelenleri unutayım istedim... Ama s-" derken sözünü kestim.

"Tamam! Not yok," dedim notu cebime atıp, "ceset, cinayet, ölüm bugünlük yok. Kafamızı dağıtmaya çalışalım. Baban için bir tehlike kalmadığına göre uğraşmamıza bile gerek yok ama zamana bırakalım. Belki notlar gelmeye devam eder, belki bir ipucu buluruz. O zamana kadar güzel bir gün geçireceğiz... Tamam mı? Ben sarı forma giymek istiyorum. Topa vurmak için nereye basıyoruz?"

Burak, oyuna adapte olmaya çalışmama büyük bir kahkaha atarken, Onur armut koltuğunu yanıma çekti. Oyun açıldığı sırada bir Onur'a baktım, sonra bir daha Onur'a baktım... Kendini bana karşı açmaya başlaması o kadar hoşuma gidiyordu ki... Açık açık nasıl hissettiğini anlatmıştı biraz önce. Konuyu neden kurcalamamak istediğini. Benden çekinmemişti, saklamamıştı, çünkü artık ben de onlardan biri olmak üzereydim. Dördüncü atlı...

"Yolla topu bana... Zeynep..." Oyun oynamaya başlamamızın üzerinden yarım saat geçti ve berbat oynuyorum! Onur bile tek başına bizi kurtaramayacak gibi.

"Nasıl yollayacağım? Biz hangi renktik, yeşil mi?"

"Hayır o Burak. Zeynep! Topu Burak'a yolladın!"

"Abi bundan sonra hep Zeynep'le takım oluyorsun, eşitleniriz sandım kız seni eksiye düşürdü. Harika değil mi?"

"Çok harika..." Onur'un kinayeli cümlesiyle birlikte gözlerimi devirdim.

"Oynamamda bir sorun yok, sadece hangisi olduğumu unutuyorum. Az önce Mert'i kendim sanıp onun karakterini oynatmaya çalıştım!" Burak ve Mert kahkahalarla güldükleri sırada Onur tek kaşı havada bana bakıyordu. Başımı yana eğerek, "İstersen tek oyna?" dedim.

"Emin ol tek oynarsam daha iyi bir puan alırız. Ama takım olmak, ayrılmamak demektir. Ayrılmayacağız." O an yüzümde gereksiz bir gülümseme belirdi. Ayrılmayacağız. Ayrılmayacaktık. Onur ve ben...

"Hadi o zaman, ikinci yarı başlasın!"

Ne olduğunu bilmiyorum. Onur'un ayrılmayacağız demesi mi etkili oldu, başka bir şey mi bilmiyorum ama tek bildiğim, mucizevi bir şekilde oyunu çözdüğüm! İlk yarı 4'e 1 önde olan Burak ve Mert'i şu an 8-4 yeniyoruz! Delirmiş durumdalar, Onur ise halinden gayet memnun. Maç bitmek üzere, kazanma gibi bir şansları kalmadı. Ve bu, tek bir kelime sayesinde oldu, *ayrılmayacağız.*

"Burak'ın dediği gibi, bundan sonra hep Zeynep'le oynamalıyım belki de. Haklıymışsın kardeşim." Onur Zorlu beni savunuyor, Onur Zorlu benimle hava atıyor. Tüm bunlar gerçek mi?

"Abartmayalım, elimden geleni yapıyorum işte... Eh, yetenekliysem bu Burak'ın suçu değil."

"İlk yarı dört gol yiyen ben miydim?" Burak sinirle laf sokarken birden odanın kapısı açıldı. Gülerek kapıya döndüğümüzde, aynı zamanda Onur'un babası olan okul müdürümüzü görünce boğazımı temizleyerek duruşumu dikleştirdim.

"Çocuklar, hoş geldiniz." Gülümsedim.

"Çoğu öğrencinin telefonuna mesaj gelecek, size de yüz yüze haber vereyim, dersler yarından itibaren devam edecek. Yarın hepinizi okulda göreceğim. Anlaştık mı?"

Tatil bu kadar mıydı? Bir gün. Bu korkunç olayı atlatmamız için bize bir gün mü verilmişti? Tabii kimsenin, olayın ne kadar korkunç olduğundan haberi yoktu... O an içimi korkuyla karışık bir heyecan kapladı. Yeni okul, yeni sınıf, yeni öğretmenler, yeni dersler... Üstüne üstlük bir de cinayet var. Belki okulda bir katil, şüpheli notlar... Ne olacaktı bilmiyorum, ama ne olmayacağını çok iyi biliyorum.

Onur ister kabul etsin ister kabul etmesin beni aralarına alan o olmuştu. Bana ayrılmayacağız diyen de oydu ve olmayacak şey de buydu işte. Biz ayrılmayacaktık...

25. Bölüm

Kayıp Kız

Mümkün olabilir mi...

Onur, Burak ve Mert beni eve bıraktıktan sonra saatlerimi odamda film izleyerek geçirdim. Çünkü bir şekilde kendi hayatıma dönmem gerekiyordu. Kendi hayatım, odamda oturup film izlemekten ibaretti. Saatlerce yatağımdan kalkmadan art arda üç film izledim. *Gone Girl, Inception ve Interstellar.* Üstelik *Inception'ı* üçüncü defa izliyorum. Ama şu anda ilk defa art arda izlediğim filmler arasında en etkilendiğim filmin bir bilim kurgu olmadığını söyleyebilirim. Ben *Gone Girl*'den etkilendim, Türkçesiyle *Kayıp Kız...* Sarı saç, güzel bir fizik ve kayıp bir kız. Ne kadar da bizim hikâyemize benziyor. Film boyunca cinayeti düşünüp durdum. Bizim kayıp kızımızı düşünmekten alıkoyamadım kendimi. Kim yapmıştı bunu? Neden yapmıştı? Bunlara birer cevabım yoktu. Ama bildiğim bir şey vardı, bu işin arkasında sandığımızdan farklı bir hikâye vardı.

Gone Girl müzikleri dinleyerek uyuyakaldığım bir gecenin sonunda, alarmımın çalmasıyla saat tam yedide ayaktaydım. Hazırlanmam, okul için sade bir şekilde giyinmem yarım saatimi aldı. Babam beni okula bırakırken yol boyunca okulda ne yaptığımızı sorup durdu, ona bir sürü yalan anlatmak zorunda kaldım. Güya saatlerce uyumuşum, neredeyse karantinadan çıktığımız an uyanacakmışım. Yalana bak, uykusuzluktan bayıldım!

Okula adım attığım an gergin hissetsem de babamın heyecan dolu sorularını yanıtlamaktan kurtulduğuma seviniyordum. Ama aklımda binlerce soru vardı. Şimdi ne olacaktı? Sınıfa girip, oturup öylece hiçbir şey olmamış gibi devam mı edecektim yaşamaya? Merdiven basamaklarını birer birer hızla çıkarken dersin başlamasına beş dakika vardı. Hızlandım, stresli bir şekilde sınıfa adım attığım gibi başımı kaldırmadan hemen boş gördüğüm en ön sıraya oturdum. Herkesin asosyal olma seçenekleri vardır, kimi herkesten uzak olmak için en arkaya oturur, kimi herkesten uzak olmak için en öne oturur. Sınıfa girdim, Onur'u, Burak'ı ve Mert'i göremedim, ben de en öne oturdum. Bu kadar basit.

"Selam!" Başımı kaldırıp tepemde dikilen Doruk'u gördüğümde gülümsemeye çalıştım.

"Selam..."

"İlk ders günün kutlu olsun! Çıkışta kutlasak mı ciddi ciddi? Taksim'de güzel bir yer biliyorum. Shotlar benden!"

"Ehe..." Ehe mi? Ağzımdan böyle bir ses çıktı, "Teşekkür ederim... Ama alkolle aram pek iyi değil."

"O zaman... Meyve suyu içersin? Baksana, sana daha önce Victoria Justice'e benzediğini söyleyen oldu mu?" Bu sefer cidden güldüm.

"O olduğumu iddia eden bile oldu!" Doruk gülerek baktı yüzüme.

Gerçekten kardeş filan mısınız? Babanın soyadı Justice olabilir mi?" Omuz silktim eğlenerek.

"Keşke!" Doruk eliyle saçlarını kaşıdı.

"Eee, burada tek oturacak değilsin, değil mi? Bak, sınıfın sol köşesi bizim. Şimdi seni oraya davet edeceğim, izin verirsen."

"Düşünmem lazım..." dedim eğlenerek.

"Hadi ama... Tek oturmana izin veremem!" Doruk beklentiyle yüzüme bakarken birden bir el Doruk'un omzuna dokundu. Şaşkınlıkla başımı çevirdiğimde Doruk'un omzuna dokunan Onur'u gördüm, şaşkınım!

"Tek oturmuyor zaten," dedi ukala bir tavırla, "sağ köşede yeri hazır. Kalk Zeynep." Kaşlarımı çatarak baktım ona.

"Ben... Burada iyiyim..." Onur bakışlarını bana çevirdi, beni uğraştırma der gibi baktı yüzüme.

"Yürü Zeynep." Omuz silktim.

"Emir mi veriyorsun bana? Belki ben Doruk'la oturmak istiyorum?(!)" Evet, bir atışmanın ortasına çektim Onur'u! Belki Doruk'la oturmak istemek de nereden çıktı Zeynep kaç yaşındasın, bir filan mı? Onur tek kaşı havada Doruk'un önüne geçti. Ellerini sıraya dayayıp bana doğru eğildi ve yüzüme alaycı bir tavırla baktı.

"Emir vermiyorum…" dedi.

"Rica da etmedin. Soru soruyor gibi de değildin." Onur sinirle güldü.

"Zeynep," dedi. Küfür bekliyordum, ama devamı geldi, "arka sıraya gelip bizimle birlikte oturma şerefine nail olur musun?" Dudağımın kenarı kıvrılırken boğazımı temizledim. Onur Zorlu'ya onunla oturmam için rica ettirdim! Dünyaya hükmediyor gibi bir yüz ifadesi takınmış haldeyim.

"Tabii. Doruk kusura bakma, onlar arkadaşlarım..." Doruk'un yanından geçip gittiğim sırada Onur tam yanımdaydı, birlikte arka sıraya ilerliyorduk.

"Demek arkadaşlarınız?"

"Sevgililerim mi demeliydim?" Onur cevap vermeden, benim için en arka sırayı gösterip geçmeme izin verince, en arka sıranın cam kenarına oturdum. Onur da yanıma oturduğunda ön sıramızda oturan Burak ve Mert bize döndü.

"Bu sırada kız görmeye alışık değilim abi. Arkamı her döndüğümde Onur'un öldürücü bakışlarıyla karşılaşıyordum. Zeynep tavşan gibi bakıyor." Burak'a şaşkınlıkla baktım.

"Tavşan gibi mi?"

"İşte aynen böyle!" Burak ve Mert aralarında gülüşüp kendi önlerine döndüklerinde, sınıfa hocanın girmiş, hatta konuşmaya başlamış olduğunu fark ettim. Sesi öyle garip geliyordu ki kaşlarımı çattım. Sınıfta hocanın kısık sesiyle ilgili konuşmalar başlayınca hocanın sinirlendiğine şahit oldum. Elindeki tahta kalemiyle arkasını döndü ve tahtaya bir şeyler yazmaya başladı.

"SESİM KISIK, DERS ANLATACAK DURUMDA DEĞİLİM, ON ÜÇÜNCÜ SAYFAYA GEÇİP ETKİNLİKLERE BAŞLAYIN," dedi. Kitabıma yöneldiğim sırada yan sırada birinin, 'Dün gece çok bağırdıysa demek ki... Sesi kısılmış...' dediğini duydum. Kendi kendime gülüp edebiyat etkinliğinin birinci sorusunu okumaya çalıştım. O sırada Onur'un kalemi görüş alanıma girdi. Kitabımın on üçüncü sayfasına bir şeyler yazmaya başlayınca şaşkınlıkla baktım.

Az önce iğrenç bir espriye güldün. Dudaklarımın kenarları kıvrılırken kalemimi sıkıca kavrayıp hemen altına cevabımı yazdım.

Kıskandın mı? İşin garip yanı, şu an Onur'un da hafifçe güldüğünü görüyorum. Hemen altına cevabı yazarken heyecanla bekliyordum, uzun süre düşündü ve sonunda yazmaya başladı.

Hayır.

Gerçekten Onur Zorlu'dan beklemem gereken cevap buydu. Uzun uzun düşündü ve hayır yazdı. Kalemi aldım ve bu sefer de benden beklenecek cevabı yazdım.

Tamam.

Bu kadar. Kitaplarda, filmlerde, hep romantik kâğıtla yazışma sahneleri görürdüm. Kızlar o kâğıtları saklayıp gelecekte ortaya çıkarırlardı. Çünkü konuşmaları güzel olurdu, romantik olurdu. Peki ya bizim konuşmamız? Onur ve Zeynep stili...

Sınıfın kapısı iki kez tıklatılıp açıldığında başımı kaldırdım ve sınıfa giren okul müdürüne, kaşlarımı çatarak baktım. Elindeki işli mendille alnını siliyordu. Edebiyat hocasına sessizce bir şeyler söyledikten sonra bize döndü.

"Arkadaşlar... Size bir haber vermeye, bir konudan bahsetmeye geldim. Ama sakin olmanızı istiyorum." Merakla Onur'a döndüm.

"Bir şey biliyor musun?" diye fısıldadım.

"Hayır." O da benim gibi kaşları çatık izliyordu telaşlı babasını. Müdür burnunu çekti ve derin bir nefes alıp devam etti:

"Bir öğrencimiz kayıp," dedi. Sınıfta uğultular, şok sesleri, her şeyden öte şok olmuş *Mahşerin Dört Atlısı*. Kız okuldanmış! Kız bu okulun bir öğrencisiymiş!

"Serap Altınsoy, A sınıfından. Karantina kalktıktan sonra eve dönmemiş, iki gecedir evine gitmiyor. Ailesi telaşlı, arkadaşları telaşlı. Sizden tek istediğim şu, bu kızı gören oldu mu? Bana bunu söyleyin. Koridorların her yerine fotoğraflarını astık. Dikkatlice bakmanızı istiyorum. Bakın... Zor bir durumdayız, karantina boyunca okulda olduğunu biliyoruz. Giriş görüntüsü var, çıkış görüntüsü yok. Birileri mutlaka görmüş olmalı."

Biz gördük. Ölüydü.

"İnsanlar kızları hakkında endişeliler, arkadaşları endişeliler. Serap'a ne olduğunu hiçbirimiz bilmiyoruz. Tek bildiğimiz şey Serap'a olan şey hepinizin başına gelebilir! Bu yüzden yardımınıza ihtiyacımız var, polis aramalara başlayacak. Ama önce ben sormak istedim. Serap'ı gören var mı?"

Birden refleksle elim havaya kalkar gibi olunca, Onur'un sertçe elini bileğime koyuşuna, elimin kalkmasına engel oluşuna şahit oldum. Kaşlarımı çattım, kızın kayıp olduğu ortadaydı, öldüğü de ortaya çıkacaktı, neyi saklıyorduk ki?

"Sabret..." diye fısıldadı sakinleştirmek ister gibi. Elimi yavaş yavaş çekip elinden kurtuldum. Müdür konuşmasını yapıp sonuç alamayarak sınıftan çıkınca, edebiyat hocası da telaşla peşinden çıktı. Burak ve Mert anında bize döndüler:

"Abi! Söylememizin vakti geldi! Adam öğrenmiş, herkese zaten yayılacak!"

"Ne diyeceğiz, cesedi biz sakladık mı? Böyle bir şeyi söylediğimiz an, ortada başkasına dair kanıt da yokken bir numaralı suçlu olarak yargılanırız. Katili bulmazsak, suçlu biziz!" Onur haklıydı. İlk defa ona hak veriyordum. Ama olay büyüyordu! Bu kayboluş tüm okula yayılacaktı. Kızı arayanlar çoğalacaktı, sonra üstündeki parmak izlerimiz...

"Parmak izlerimiz," diye fısıldadım korkuyla, "kızın her bir miliminde parmaklarımızın izleri var!" Sıkıntılı bir sessizlik oluştu. Şu an dördümüz de çaresizce ne yapacağımızı düşünüyorduk.

"Kızın arkadaşlarıyla konuşalım, onu öldürebilecek biri olup olmadığını öğrenelim. Birileri varsa onlara ulaşmalıyız, elimizde bir şüpheli olmalı." Başımı Onur'a çevirdim, fazlasıyla endişeliydim. O ceset bulunmamalıydı... Şimdi bulunmamalıydı. Çünkü Onur'un dediği gibi, katil yoksa suçlu bizdik.

"Hoca geri gelmez. Çıkalım, kızın arkadaşlarını bulup konuşmaya çalışalım." Onur, Burak ve Mert ayağa kalkarlarken sıranın altına sıkıştırdığım montumu çıkardım, onlar kapıya yönelirlerken montumu giydim ve elimi cebime... Elimi... Elimi cebime soktuğum an orada bir kâğıt olduğunu fark ettim. Kaşlarımı çatarak kâğıdı çıkardım. Bir başka not mu? Korkuyla notu okumaya başladım.

"Neyi hatırlamadığını bile hatırlamıyorsa,
unuttuysa dünü,
önceki günü,
o acı günü...
Unuttuysa ellerindeki kanı,
Kendisi bile hatırlamıyorsa,
Yaşanmamış sayılabilir mi,
Bir canın bir bedenden ayrılışı...
Işığa ihtiyacın varsa ateş yak,
Yakamıyorsan başını kaldır,
Senin ateşin, senin tam karşında..."

Başımı kaldırdım. Donmuş bir ifadeyle Mert'le konuşan Onur'a baktım. Aklımda bir senaryo oluşmuştu ve ben bu senaryonun doğru olmasını istemiyordum. Ben bu senaryonun doğru olmasından korkuyordum. Kimdi bu notları yazan? Ne mesajı vermeye çalışıyordu?

"Zeynep, gelmiyor musun?" Burak beni çağırırken toparlanmaya çalıştım.

"Siz gidin... B-ben... Geliyorum... Tuvalete uğrayıp..." Sınıftan hızla çıktım, tuvalete daldım. Klozetin kapağını kapattım ve kapağın üstüne oturup telefonumu elime aldım. Google'a girip arama yerine beni korkutan şeyi yazdım.

Unutma Hastalığı.

Olabilir miydi bu? Bu notların söylediği doğru olabilir miydi? Onur bu cinayeti işleyip unutmuş olabilir miydi...

26. Bölüm

İntikam Vakti.

Sadece ateş dokunabilirdi ateşe,
su güneşe dokunsa sönerdi güneş...

Neler olup bittiği hakkında en ufak bir fikrim bile yok. Sadece şu an değil, son on sekiz yıldır hayatımda neler olup bittiği hakkında hiçbir fikrim yok. Ama Onur hayatıma girdiğinden beri bu kat ve kat arttı. Bu okula geldiğimden beri... Geldiğim ilk gün, bir cinayete tanık oldum. Hayatıma üç insan girdi. Yanlarından ayrılamadığım, beni bırakmayan, benim de asla gitmek istemeyeceğim üç insan. Hep bekledim, neyimize güvendik bilmiyorum ama bir ipucu bulup, Onur'un babasını suç altında kalmaktan kurtarırız diye bekledim. Ama bu iş garip bir yere sürükleniyor. Katil, ya da cinayete tanık olmuş biri notlar bırakıyor ve notlar onu işaret ediyor... Onu. Daha yeni tanıyor olsam da çok sevdiğim o üç insandan birini. En korktuğumu, en çekindiğimi ve en yanında kalmak istediğimi. Onur'u. Bakışları öyle karmakarışık ki gözlerinden hiçbir şeyi anlayamıyorum. Ama içinde bir çocuk var, görebiliyorum.

Ben en başından beri, bu olay benim başımdan geçiyor sandım. En başından beri bunu kendi hikâyem sandım. Ama belli ki bu hikâyenin yan rolünden başka bir şey değilim ben. Bu onun hikâyesi, Onur Zorlu'nun. Son not açık olarak bir şeyi işaret ediyordu, Onur'un bir hastalığı olduğunu. Bir şeyler yapıp unuttuğunu.

Cinayeti işlediğini, farkında bile olmadığını. Dakikalarca tuvalette kaldım, bunu araştırdım. Bazı insanlar çocuklarında travmatik olaylar yaşadıklarında, büyüdükleri zaman yaşadıkları benzeri travmatik olayları unutabiliyorlarmış. Ona geçmişi hatırlatan bir olay yaşadıklarında, beyin otomatik olarak bir bedende iki travmayı kaldıramayacağından, birini silebiliyormuş. Hiçbir tıbbi bilgim yok, hiçbir kesin bilgi bulamadım ama okuduğum yorumlar bu yöndeydi. Bu da benim içimde büyük bir şüphe penceresi açmaya yetti de arttı bile. Telefonum ısrarla titrediğinde araştırdığım sayfayı kapatıp bildirim ekranını aşağı indirdim.

CİNAYET adlı whatsapp grubundan yeni mesajlar

***Onur: Zeynep?**

***Burak: Efendim?**

***Mert: Burak, Onur'u rahat bırakıp langırt oynamaya gelir misin kardeşim?**

***Burak: Kız var mı?**

***Mert: Var da, sen geldiğinde burada durmaya devam edeceklerini sanmıyorum...**

***Burak: Siktir git**

***Burak: Güzel var mı?**

***Mert: Var da, sen geldiğinde burada durmaya devam edeceklerini sanmıyorum...**

***Burak: Mert**

***Burak: Sana yılın mizahşörü ödülünü vermek isterdim ama verdiğimizde elinde duracağını sanmıyorum...**

***Mert: SUS VE GEL BURAK.**

***Burak: Sus ve öp beni Mert.**

Gruptaki konuşma bittikten sonra araya girdim:

***Zeynep: Neredesiniz, geliyorum?**

Onur'un cevabı gecikmeden geldi:

***Onur: Kantindeyiz. Ölen kızın arkadaşları burada. Konuşmak için seni bekliyorum.**

Telefonu cebime atıp tuvaletten hızla çıktım, tuvalet aynalarının yanındaki askılığa astığım montumu alıp giydim. Koridorda hızlı adımlarla yürüyüp koridorun sonundaki merdivenden kantine doğru indim. Kantinin bir köşesinde Burak ve Mert langırt oynuyorlardı. Mert'in dediği gibi, gerçekten de Burak gelince yanındaki kızlar gitmişti... Onur kantinin en dip köşesinde oturmuş soğuk çayını yudumluyordu. Hızla ona doğru ilerledim. Masaya yaklaştığımda olduğum yerde kaldım, o bana bakarken ben de ona baktım. Gözlerim sorar gibiydi, yaptın mı Onur... Sen bunu yaptın mı?

Bakışları sert, gözleri masumdu. Bu çok az insanda olabilecek bir denklemdi, masum bir sertlik. Ağır ağır ilerledim, karşısındaki sandalyeye oturdum. Şüpheyle gözlerine bakmaya devam ediyordum. Kaşlarını çattı ben gözlerine bakarken.

Zeynep, iyi misin?" Gözlerimi kırpıştırıp kendime gelmeye çalıştım, başımı salladım.

"İyiyim, sen iyi misin?" Hafifçe gülümsedi.

"Ben genelde iyi olmam."

"Biliyorum." Ellerimi montumun cebine soktuğumda garip bir şey fark ettim. Yeni bir kâğıt. Dokunmadığım, buruşturmadığım yeni bir kâğıt. Kâğıdı olduğu yerden çıkarmadan nutkum tutulmuş gibi Onur'a bakmaya devam ettim.

"Sen iyi değilsin," diyerek elini uzattığında, kendimi istemsizce geriye çektim. Şoka girmiş gibi baktı bana.

"Yüzün kırmızı... Ateşin var mı diye bakacaktım?" dedi. O an çok gergin bir anımdaydım. İstemsizce korkmuştum.

"Y-yok... Sadece... Biraz çarpıntım var gibi."

"Revire gidelim mi?" dedi ilgili bir sesle Onur. Kâğıtta ne yazdığına bakmak zorundaydım. Cebimdeki elimde kâğıdı sıkıca kavradım, gizlice çıkarıp elimi masanın altında tutarak kâğıda baktım.

"Sapsarı saçlar...
Güneşe benzeyen o kız...
Nerede o güneş şimdi? Kim aldı da sakladı güneşi?

Güneş ateştir, sen de bilirsin,
ateşe ateşten başkası dokunamaz.
Nerede senin ateşin,
Kaldır başını bak.
Güneşin yerini sor ona,
Çünkü prenses,
insan ancak ve ancak, sakladığının yerini bilir..."

Ölen kızdan bahsediyordu. Titreyen elim kâğıdı buruşturup montumun cebine atarken başımı kaldırıp Onur'a baktım. Ölen, sakladığımız ve her nasıl olduysa kaybolan o kız... Biliyor muydu? Yerini biliyor muydu? Beynimin içinde deprem oluyor, kalbim deli gibi hızlı atıyordu. Gözlerimin kenarları bulanıklaşmış, yüzüm resmen alev almıştı. Onur bir şeyler söylerken onu duymuyordum. Hava almam lazımdı. Telaşla ayağa kalktım.

"ZEYNEP!" Onur peşimden bağırırken, olduğum yerde durdum. Yer sarsılıyordu, kulağımın dibinde davul çalıyorlardı sanki! Elimi uzattım, sendelediğim anda bir masanın örtüsünü yakalayabildim.

"ZEYNEP!" Onur'un, ardından Burak ve Mert'in seslerini duydum ama çok geçti. Onur'un ellerini başımın altında hissettiğimde yerdeydim. Gözlerim kapanıyordu, sonrası uzun bir sessizlik. Başımın altında yastık hissettiğimde belki saatler geçmişti, bilmiyordum. Gözlerimi açtığımda gördüğüm ilk yüz, Onur'un yüzü oldu. Sonra Burak, sonra Mert... Kolumda takılı bir serum. Bana ilgiyle bakan üç yüze çevirdim gözlerimi.

"Ne oldu bana?" diye sorduğumda Burak anında atladı.

"Tebrikler sultanım, gebesiniz." Mert'le aralarında gülüştükleri sırada Onur dikkatlice yüzüme baktı.

"Doktor kalp çarpıntın olduğunu söyledi, sakinleştirici serum taktılar. Revirden çıkınca hafta içi bir gün hastaneden randevu alacaksın... Test yapacaklar. Başımı salladım.

"Sizi korkuttuğum için özür dilerim..."

"Önemli değil, sen iyi ol da," dedi Mert gülümseyerek.

"Burak, Mert, siz çıkın son derse yetişin. Ben Zeynep'le kalacağım."

"Abi, sen bu zamana kadar gerçekten son derse yetişmek isteyen bir insan gördün mü?" Onlar için şu an her şey normal gidiyordu. Şöyle bir baktım üçüne, kendi aralarında son derse girip girmemekle ilgili konuşuyorlardı, sakinlerdi, bir sorunları yok gibiydi. Ama benim beynimin içi çalkalanıyordu. Buradan uzaklaşıp ne yapacağımı düşünmek istiyordum. İnsan ancak uzaklaştığında görebiliyordu yakınında göremediğini... Burak ve Mert revirden çıkarlarken başımı kaldırıp seruma baktığımda bitmesine az kalmıştı. Sonra Onur'un bakışlarını yakaladım, dikkatlice bana bakıyordu.

"Keşke bu olaya hiç karışmasaydın..." diye mırıldandı birden.

"Senin bir suçun yok," dedim iç sesim bas bas onu sen mi öldürdün Onur diye bağırırken.

"Biliyorum, bir suçum yok ama bu işin içinde olmamalıydın. Sana, seni yanımdan ayırmayacağım dememeliydim. O kızı gördüğün an gitmene izin vermeliydim. Ben... Seni korumak istedim, sadece seni korumak. Seni bu hale getiren, kalbinin hızını değiştiren, sana bu stresi veren tek şey bu olay. O günden beri iyi değilsin, yaşadığın şu korkunun sana bu kadar ağır gelebileceğini tahmin edemedim. Seni uzak tutmalıydım ama gitmene izin veremedim..."

İlk defa böyle görüyordum onu. İlk defa sert olmadığını ve bu kadar iyi konuştuğunu görüyordum. O ilk defa bu kadar üzgün ve bu kadar hassastı. Elimi uzatıp elinin üzerine koyunca, elinin hafifçe titrediğini hissettim o an.

"Sen beni yanınızda zorla tutmadın Onur. Ben kalmak istedim." Sonra başını kaldırdı, bana dikkatle baktı.

"Hâlâ istiyor musun?" diye sordu.

Belki iki gün önce olsa bu soruya EVET diye atlayarak cevap verirdim. Oysa şimdi susup, öylece Onur'un yüzüne baktım. Kaşlarını çattı, anlam veremiyor gibiydi. Hiçbir şey diyemedim. Bir cevap bekliyordu, evet dememi bekliyordu ama ben hiçbir şey diyemedim. Elimin altındaki elini çekti, ayağa kalktı.

"Git Zeynep," dedi, kaşlarımı çattım.

"Ne?"

"Okulunu değiştir. Buradan uzaklaş, buradaki herkesten, bizden uzaklaş ve güvende ol. Sana bunu daha fazla yapamam. Eğer bu okul sınırları içinde kalacaksan seni yanımdan asla ayırmam, seni korumak zorundayım. Ama sen güçsüzsün, tüm bunlar seni mahveder. O yüzden git buradan. Babamla konuşurum... Çevredeki en iyi okullardan birinde burs ayarlatır sana." Şaşkınlıkla izliyordum onu. Gitmemi mi istiyordu? "O-Onur..."

"Kalmak, burada benimle, bizimle olmak, her gün korkarak okula gelmek... Her konuştuğunun katil olma ihtimaline katlanmak mı istiyorsun? Yoksa buradan gidip her şeyi unutarak hayatına devam etmek mi?"

"Onur..."

"Kalmak mı istiyorsun, gitmek mi Zeynep?" Çaresizce doğruldum.

"Zaman istiyorum, biraz düşünmek istiyorum tamam mı? Gerçekten zor günler geçiriyorum. Tüm bunların içinde ne yapacağımı düşünmek istiyorum. Şimdi bu serumu kolumdan çıkarttır, sen burada kal... Ben gideyim, en azından iki gün evden çıkmadan biraz düşüneyim. Olur mu?" Başını salladı. Sonrası hızlı geçti, hemşirenin odaya gelişi, serumu çıkarışı, Onur'un beni okul kapısına kadar götürüşü...

"Her ne karar verirsen ver, güvende ol, mutlu ol." Başımı salladım. Ellerim ceplerimde çıktım okuldan. Otobüse de metroya da binmedim. Yağmur atıştırıyordu, yürümek, düşünmek istedim.

Gitmek ve kalmak. İki seçeneğim. Gidersem kafam rahat, kalırsam kalbim rahat olacak. Düşünüyorum, düşünüyorum ama aklım almıyor! Az önce bana güvende ol, git, mutlu ol diyen Onur'un, notlarda yazdığı gibi bir katil olabileceğini aklım almıyor! Hastalık... Eğer bu bir hastalıksa, benim aklım bu hastalığı da almıyor. Başka bir şeyler olmalı. Bilmediğim, görmediğim, düşünemediğim, başka bir şeyler olmak zorunda. Biraz daha düşünürsem, biraz daha tek başıma bu işin içinden çıkmaya karar verirsem kafayı yiyeceğim. Belki de Burak ve Mert'e bu notları anlatmalıyım. Biliyorum, asla bu ihtimale inanmayacaklardır. Ama yine de onlara anlatıp buna inanmıyor olduklarını görmek, biraz olsun rahatlamak istiyorum. Onur'un bunu yapabileceğine inanmak bile suçlu hissettiriyor bana kendimi. Nasıl inanırım, bu ihtimali ona nasıl yüklerim bilmiyorum. Hava karanlık, yağmur artıyor. Bir otobüs gelir mi diye bakmak için arkama döndüm. Arkamdan gelen siyah şapkalı, kalın siyah atkılı adamın ben durup dönünce birden durduğunu gördüm. Yüzü görünmüyordu, sadece kahverengi gözleri... Korkuyla yutkunup önüme döndüm, adımlarımı hızlandırıp on dakika boyunca hızla yürüdüm. En sonunda cesaretle arkama döndüğümde arkamdan geldiğini görünce korkuyla bir ara sokağa girdim. Bu kadar yolu aynı istikamette yürümüş olmamız tesadüf olabilir miydi? Ara sokak boyunca ilerlediğim sırada hâlâ peşimden geliyordu. Yürüdüğümüz yol aynı olabilirdi ama ara sokak seçimimizin aynı olması tesadüf olamazdı. Gök gürlerken ne yapacağımı düşündüm, hava öyle kötüydü ki sokaklarda kimse yoktu! Cebimden telefonumu çıkardım. Onur'a mı haber vermeliydim, babama mı?(!) Babam çok telaş yapardı. Ayrıca bu telefonu elimde uzun süre tutarsam, arkamdaki adam birine haber verdiğimi anlayacaktı. Birini ararsam anında eli ensemde olabilirdi! Whatsapp grubuna girdim, ellerim titreyerek mesaj yazmaya çalıştım hızla.

***Zeynep: Biri beni takip ediyor. Maçka Parkı yakınında bir yerlerdeyiz, bir ara sokaktayız.**

Telefonu anında cebime attım şüphelenmemesi için. Telefonum art arda defalarca titredikten sonra çalmaya başladı. Belli etmeden telefonumu çıkardığımda Onur'un aradığını gördüm. Adam konuşmalarımı duyabilecek yakınlıktaydı ama telefonu açmak zorundaydım. Telefonu açıp kulağıma dayadım.

"Siktiğimin ara sokağından çık! Caddeye çık, niye ara sokağa girdin? Allah kahretsin Zeynep hızlan, sakın parka girme, başka sokağa dalma. Ara sokaktan hemen çık! Yoldayız, yakınız. Sakin kalmaya çalış."

"T-tamam anne... Başka ne lazım?" Onur'a cevap verseydim adam anında burada bulacaktı kendisini.

"O kadar yakın mı sana? Allah kahretsin seni bırakmalıydım!"

"İyiyim, sabah öksürüyordum biraz ama şimdi geçti. Alerjiden oldu sanırım..."

"Az kaldı, yakındayız ama cadde göremiyorum. Sokaktan çık, en azından olduğun yerde kal. Sakın parka girme! Hava kararmış, parkta kimse yoktur. Tamam mı?"

Adamın hızlandığını gördüm, telaşla telefonu sıkıca kavradım.

"Tamam. İlaç alırım gelirken, görüşürüz."

"Kapatma!" derken telefonu kapatıp cebime attım. Bu sokaktan çıkmalıydım, bu kadar dar ve kimsesiz bir sokakta kalamazdım. Onur'u dinlemeyip parka daldım. Ağaçların arasında hızlı adımlarla ilerlerken bir ormandan farksızdı içinde bulunduğum park. Korkudan ölmek üzereydim. Gözlerimin birinden bir damla yaş süzüldüğünde ne yapacağımı bilmiyordum. Parkın içinde ilerlediğim sırada arkamdan bir ses geldi. Tanımadığım, bilmediğim, öfkeli bir ses...

"Oradaydım," dedi arkamdakinin sesi. Olduğum yerde kaldım.

"Oradaydım... Bunu bil... Ben zamanında çok sevdim... Bunu bil... Aşk, intikam gerektirir, bunu da bil... Bir söz vardır, büyük suçların bedelini masumlar öder. Bunu hiç aklından çıkarma. Bu suçun bedelini suçlusu da masumu da ödeyecek. Yazı yaşayan yaşadı, kışı yaşama vakti geldi. Yazdığım, söylediğim hiçbir kelimeyi unutma prenses, bil ki birileri için intikam vakti geldi."

Dondum, donakaldım. Titriyordum. Birkaç saniye öylece sessizce durdum. Sonra kaskatı bir demir parçası gibi arkamı dönüp arkamdaki boşluğa baktım. Gitmişti. Yoktu... Bunları söylemiş ve gitmişti. Olduğum yerde çöktüm, yere ağacın altına oturdum. Korkudan tir tir titriyordum. Telefonum ısrarla çalarken ne yapacağımı bilemez bir haldeydim. Birileri için intikam vakti geldi... Bu sözler, bu ses... Çok kötü şeyler yaşanacaktı. Öfkeli bir adam vardı karşımızda! Kime, neye öfkeli, ne anlatmaya çalışıyordu bilmiyordum. Tek bildiğim şuydu, bizi kapkaranlık günler bekliyordu...

Elimi montumun cebine attım. Onur arıyordu. Telefonu açtım.

"B-ben... Parktayım... O gitti..." Onur cevap vermeden telefonu yüzüme kapattı. Yaklaşık beş dakika boyunca yağmurun altında sırılsıklam titreye titreye durdum öylece.

"Zeynep!" Onur'un sesini duyduğumda başımı kaldırdım. Reflekslerim ona itmeye hazırlansa da önümde eğildiğinde kendimi tutamayıp korkuyla sarıldım ona. Hüngür hüngür ağlıyordum. Kolları beni sımsıkı sardığında o mu beni olanlar için teselli ediyordu ben mi onu olacaklar için teselli ediyordum belli değildi.

"Buradayım," diye fısıldadı, "güvendesin..." Başımı salladım ağlarken.

"Burak ve Mert adamı aramaya gittiler. Nasıl biriydi, görebildin mi? Bir şey yaptı mı?"

"Hayır... Yapmadı... Göremedim..."

"Tamam, tamam... Sakin ol..." dedi, sonra devam etti.

"Sana kimse zarar veremez. Korkma, ben yanındayım." Başımı kaldırdım, ela gözlerinin içine baktım.

"O yüzden korkuyorum zaten..." Acı çeker gibi baktı yüzüme. Neredeyse böyle bir şey söylememiş olmam için yalvaracaktı bana. Burnumu çektim.

"Özür dilerim... Şoktan ne dediğimi bilmiyorum."

"Biliyorum. Ama iyi olacaksın, bu gece yanında olacağız. Seni kışlık evimize götüreceğim, yanında olacağız. Güvende olacaksın... Hadi kalk..."

Yavaş yavaş beni ayağa kaldırdığında eli belimde, diğer eli kolumdaydı. Beni durdurdu, gözlerini gözlerime çevirdi ve nefes almadan konuşmaya başladı.

"Zeynep," dedi, "bunları yaşadığın için özür dilerim."

Sadece suçlular özür dilerdi, sadece saklayanlar bilirdi sakladıklarının nerede olduğunu, sadece ateş dokunabilirdi ateşe, su güneşe dokunursa sönerdi güneş... Biliyordum, bilmediğim bir şeyler vardı. Tahmin edemediğim, edemeyeceğim. Ve biliyordum, ateş güneşe dokunduğunda bu sefer harlanmayacaktı güneşin ateşi, bu sefer güneşi söndüren su değil ateş olacaktı. Bizim güneşimiz sönmek üzereydi. Bizi karanlık, kapkaranlık günler bekliyordu...

27. Bölüm

Hokus Pokus...

Ben kendi düşüşümde tek başınayım...

Hiç çaresiz kaldınız mı? Sizin şehrinize hiç kar yağdı mı? Kayıp düşerken birine tutunmaya çalıştığınızda tek başınıza olduğunuzu anladığınız bir an yaşadınız mı hiç? İşte o an, benim hayatımın birkaç saniyelik özeti. Hayatımda bir sürü insan var, ama kendi düşüşümde tek başınayım. Anneannem hep yalnız kalmaktan korktuğunu söylerdi. Ama asla ve asla, 'tek başına' kelimesini kullanmazdı, nefret ederdi. O hep 'bir başına' derdi, "Bir başına kalmak en zoru..." Ve ben şimdi cebimdeki notlarla bir başıma kaldım, yapayalnız. Tek başıma.

Onur beni o parkın içinden çıkarıp arabasına doğru götürürken, bir korku filminin sonunda hayatta kalmayı başarmış kahramanı gibiydim; dağılmış, mahvolmuş, başına gelmeyen kalmamış ama bir şekilde hayatta kalmış! Arabanın arka kapısı Onur tarafından benim için açılırken bir araba koltuğuna oturuyor gibi değildim, bir yatak görmüş gibi, cenin pozisyonunda sığındım koltuğa. Ben o koltuğa on sekiz yıl önce annemin karnında her nasılsam aynı öyle yattım. Tek fark vardı, tek bir fark. Her bebek anne karnında dokuz ay yatar da bir saniye bile yastığa ihtiyacı olmaz ya hani... Çünkü yeryüzündeki en yumuşak yastıktan yumuşaktır, en sıcak yataktan sıcaktır bir annenin karnı. Oysa şimdi biri vardı... O biri, benim başıma yastık olmak istiyordu. Onur arka koltuğa oturup başımı elleriyle kaldırıp kucağına yerleştirirken doğrulmaya çalıştım, şok içinde baktım ona.

"Uyu..." diye emretti, "Burak ve Mert geldiğinde ikisinden biri arabayı kullanır."

İtiraz etmedim. Bazı zamanlar bazı insanlara itiraz edilemez. Hatta bazı insanlar, bazı insanlara asla itiraz edemez. Onur benim asla itiraz edemediğim insan oldu. Onur Zorlu bir duvardı, şimdi yastık oldu, kucağında uyuyorum şu hale bak... Semsert, buz gibi bir duvara yaslanmış uyuyorum sanki. Oysa öyle garip ki... Bu soğuk duvar benim içimi ısıtıyor. Saatler önce korkup yüzüme dokunmasına izin vermediğim bu duvar, şimdi bana en ses geçirir duvardan daha hassas geliyor. Ben ona duvar dedim, işte şimdi o duvar yıkılıyor... Bizi bekleyen karanlık günler, aslında bizi beklemiyor. Onu... Sadece onu bekliyor. Ve benim en büyük korkum bu şimdi, benim güçlü sert duvarım günün birinde, belki de çok yakın bir zamanda yıkılmış dökülmüş kalacak bir karanlıkta... Ve o gün onu kendisi bile kurtaramayacak. Olay ne bilmiyorum. Tüm o kâğıtlarda yazanlar gerçek mi, Onur gerçekten hasta mı, cinayetini unutmuş bir katile mi sığındım bilmiyorum. Eğer öyleyse bizi karanlık günlerin beklediği kesin. Ama size bir şey söyleyeyim mi? Eğer öyle değilse... Eğer tüm bu notlar yalansa, işte o zaman bizi karanlık değil; kapkaranlık günler bekliyor. Çünkü bu, savaş demek... Birileri karşı tarafa, haber vermedikleri bir savaş açmış demek. Bu yenilgi demek... Kim kazanır bir savaşı, o savaşta olduğunu bile bilmeden? Biri Onur'a karşı bir savaş açtıysa bile, Onur'un bundan haberi bile yok! Ve içim acıya acıya söylüyorum, Onur hasta olsa da olmasa da, biri Onur'a bir savaş açsa da açmasa da, mahvolan Onur olacak. Bu duvar, çok yakında yerle bir olacak... Bu, benim, Mert'in ya da Burak'ın hikâyesi değil.

Bu karantinaya alınan bir okulun hikâyesi de değil.

Bu bizzat Onur'un hikâyesi.

Bu... Bir duvarın yerle bir oluş hikâyesi...

"Hâlâ uyuyor mu?" Mert'in sesiyle birlikte sallanan arabada gözlerimi araladım. Karşılaştığım karanlık kaşlarımı çatmama sebep oldu. Üstüme örtülen simsiyah bir monttu bu karanlığı yaratan. Montun altında kıpırdanmadan, Onur'un kuçağındaki başımı hafifçe oynattım.

"Uyusun... Bugün başına gelenler başkasının başına gelseydi şu an hastanedeydik, sakinleştirici serumunun bitmesini bekliyorduk." Gözlerimi kırpıştırıp yaşadıklarımı düşündüm. O adamın söyledikleri, Onur'un beni buluşu, başımı kucağına yerleştirişi.

"Abi, bak bana kızmayın... Ben Zeynep'i seviyorum ama bugün onu bizden uzaklaştırmamız gerektiğini düşünmeye başladım. Kızın hayatını mahvediyoruz. Bir cinayete bulaştık, babanı korumak için girdik bu işe ama Zeynep'in hiçbir suçu yok." Burak tüm bu cümleleri, bana fikrimi bile sormadan kurarken Mert girdi araya:

"Bizim de bir suçumuz yok Burak. Zeynep'in tüm bu işlere karışmamış olmasını ben de isterdim. Ama artık karıştı ve geri dönüşü yok," dedi.

Geri dönüşü yok. Geri dönüşüm olsa bile, ben yarıladığım bu yoldan dönmek istemiyorum. Onur'u, Burak'ı ve Mert'i bırakmak istemiyorum. Çünkü emin olduğum bir şey var, hiçbiriyle ne kadar süredir tanıştığım önemli değil... Onları ne kadar tanıdığım önemli. Ve ben onları tanıyorum, yıllarımı verdiğim insanlardan çok daha iyi tanıyorum. Onur'a karşı duyduğum şüphe içimi yiyip bitirse de, hiçbir şeyi bile isteyerek yapmadığını bilmek, beni ona görünmez bir iple bağlıyor. Notlar onun hastalığına çıkıyor ve her hastanın ilaca ihtiyacı vardır. Ben ona ilaç olmak istiyorum...

"Belki de her şeyi anlatmalıyız..." Onur'un ağzından çıkan bu cümleyle birlikte şok içinde kaşlarımı çattım.

"Ne?(!)" Burak'ın şok tepkisi tam da benim vermek istediğim tepkiydi.

"Her şeyi," diye mırıldandı Onur, "herkese."

"Abi sen delirdin mi? Madem her şeyi herkese anlatacaktık ne diye bu kadar gündür bunları yaşadık! Onur..." dedi Burak ilk defa ciddi bir ses tonuyla "Zeynep için babandan mı vazgeçiyorsun?"

Sessizlik. Cevap yok. Montun altında kalbim deli gibi atarken öyle gergin bir hava var ki. Her şeyi herkese anlatmak mı? Beni korumak için mi?(!)

"Kimseden vazgeçtiğim yok. Ben sadece kimsenin hayatını mahvetmemeye çalışıyorum."

"Babanın hayatının mahvolacağını bile bile herkese, her şeyi anlatma fikrini düşünmeye başladın. Emin ol, Zeynep'in bu halde olmasını en son isteyecek insanlardan biriyim. Babanı da pek sevdiğim söylenemez. Burada korumaya çalıştığım baban değil. Sadece... Sadece bizi bir kaosa sürükledin. Dördümüz, sen de dahil en başından beri babanı korumak için birlikte olacağımıza söz verdik. Kız mahvoldu, şu haline bir bak. Uyurken korkuyorum diye sayıkladığını duydun... Biz hepimiz sözümüzden dönmemek için elimizden geleni yapıyoruz ve yapacağız da. Bizi bu yola sokan sen, şimdi pes etmeye mi karar verdin?"

Sayıklamak mı? Uyurken sayıklamış mıydım?

"Burak, kendin diyorsun işte, kız mahvoldu. Onur'u bunu düşünmeye iten de bu zaten."

"En başında düşünecekti."

Burak ve Mert kendi aralarında konuşurlarken Onur'dan ses gelmiyordu. Ne düşündüğünü, ne hissettiğini, kafasının içinde ne döndüğünü bilebilmeyi o kadar çok istiyordum ki. Sayıkladığım anda neler yaşadığını görebilmek için her şeyimi verirdim. Belki de şimdi tekrar sayıklıyor gibi yapmalıydım? Saçmalama Zeynep.

"Bak... Onur..." dedi Burak en sonunda, "Sen benim kardeşimsin. Bana tek çocuk musun diye sorulduğunda asla ve asla evet diyemedim. Annemin ve babamın tek çocuğuyum, evet. Ama benim iki kardeşim var, hatta şimdi üç oldu... Sana kızdığımı düşünüyorsan evet, sana kızıyorum. Çünkü her zaman güçlü olmamızı söyleyen Onur şimdi pes ediyor ve bu senin bana öğrettiğin hiçbir şeyle uymuyor. Biz bir yola girdik ve o yoldan dönmeyeceğiz. Farkında değil m-" derken Onur Burak'ın sözünü kesti:

"Oyun," dedi sertçe, "birileri bizimle oyun oynuyor. Görmüyor musunuz? Basit bir cinayeti çözmeye çalışmıyoruz. Ceset kayboldu,

Zeynep'i birileri takip ediyor. Günler önce montunun cebine bir not bırakmışlar ve not açıkça benim katil olduğumu gösteriyor."

Bir de diğer notları görsen...

"Peki, korkacak mıyız?" dedi Burak cesaretlendirmek için.

"Playstation oynamıyoruz Burak, bir cinayet olayının içindeyiz. Biz her neyse, ama Zeynep..." deyip durduğunda, gözlerimi açtım montun altında. Söyleyeceği şeyi beklerken sustu.

"Zeynep iyi olacak. Biz yanındayız, biz onu koruyacağız. Şunu bir düşün... Birdenbire ortaya çıktığımızı düşün. Hey millet, okulda bir cinayet işlendi, cesedi sürükleyip sakladık. Günlerce kimseye anlatmadık sonra bir baktık, SÜRPRİZ! Ceset kaybolmuş! Bunları mı diyeceğiz insanlara? Ceset bulunmadan içeri atarlar bizi. Mert, haksız mıyım?" Mert'in derin bir nefes aldığını duydum.

"Haklı... Ortada ceset de katil de yokken bu olayın suçlusu biziz Onur... Zeynep de dahil."

Bir kez daha sessizlik. Onur cevap vermiyordu, kafasının içinde ne düşünüyordu bilmiyorum ama dışa vurmak istemediği çok belliydi. Tam her şeyin başında bu kadar içine kapandıysa çok merak ediyorum, bahsedilen intikam planı bir bir gerçekleştiğinde ne olacaktı. O beni koruyacağına emin. Peki ben? Onur'u koruyabilir miyim? İmkânsızı istemek olur bu... Tek başıma bu bilgileri ne kaldırabilirim, ne Onur'un önüne siper olmam kurtarır onu yıkılmaktan. Benim her şeyi Burak ve Mert'e anlatmam lazım, her şeyi.

Dakikalar süren sessizlik bir kez daha uykuya dalmama sebep oldu. Arabanın camına vuran yağmur taneleri uyumamamı imkânsız hale getiriyordu. İçimde korkum, kafamda planım, Onur'un kucağında başım, öylesine çaresizce uyuyakalıyordum defalarca ve defalarca. Bu, uzun bir uyku değildi, bu art arda sıralanmış uyuyakalışlardan ibaretti yalnızca...

Kendimi sıcacık, yumuşacık bir yastık üstünde bulduğumda kulağıma gelen ateş sesiyle derin bir nefes aldım. Saat kaç, neredeydim, ne kadar zamandır böylece yatıyordum bilmiyordum. Gözlerimi araladığımda yanan bir şömine gördüm. Hemen önünde oturan Burak ve Mert... Kaşlarımı çatarak üstüme örtülmüş kırmızı battaniyeyi kaldırmadan doğrulduğumda kocaman, yumuşacık kahverengi bir koltukta olduğumu gördüm. Kıpırdanmamla birlikte Mert başını bana doğru çevirince gülümsedi.

"Öldün sandık." Kaşlarımı çattım.

"Ne kadar zamandır uyuyorum?" Burak hemen konuşmaya başladı.

"Zeynep. Şimdi sana çok önemli, inanmanın biraz güç olacağı, şok edici bir şey söyleyeceğiz, hazır mısın?" Kalbimin hızlandığını hissettim ciddiyeti karşısında. Öğrenmişler miydi? Biliyorlar mıydı? Onur neredeydi?

"H-hazırım!"

"Zeynep... Üç yıldır uyuyorsun. Sana üç yıldır burada nöbetleşe bakıyoruz. Beslenmen, temizlenmen, giyinmen, her türlü bakımı..." derken Mert, Burak'ın koluna vurunca rahat bir nefes alıp elimi kalbime koydum.

"Öğrendiniz sandım..." diye fısıldadığım an, ikisinin de donakaldıklarını fark ettim. Kahretsin! Bunu söylemek de nereden çıktı?(!) Mert kaşlarını çattı.

"Neyi öğrendik sandın?" Bir süre boş boş yüzlerine baktıktan sonra başımla lüks kış evinin içini taradım. Onur yoktu.

"Onur nerede?" diye sorduğum an Burak bir kez daha atladı:

"Dediğim gibi, üç yıldır nöbetleşerek sana bakıyoruz. Nöbet sırası bizdeyken Onur Ankara'ya, üniversitesine döndü. Haberin yok tabi, Bilkent'te Mekatronik Mühendisliği okuy-" derken Mert bir kez daha Burak'a vurunca Burak büyük bir kahkaha attı. Oysa gülecek halde değildim, aklım Onur'daydı.

"Ciddiyim, Onur nerede?"

"Sen uyanmadan iki dakika önce çıktı. Markete gidip bir şeyler alacak." İçim rahatlamış bir şekilde başımı salladığımda Mert bir kez daha sordu.

"Neyi öğrendiğimizi sandın?"

İşte o an, vakti gelmişti. Hissediyordum. Sırayla Mert'in ve Burak'ın yüzlerine baktım. Onlara anlatmam, artık bilmeleri gerekiyordu. Olduğum yerden kalkıp karşı koltukta duran montuma doğru ilerledim. Montumun cebinden tüm notları çıkarıp onlara gösterecektim. Elimi montumun sağ cebine attım. Kulaklığımdan başka bir şey yoktu. Sonra sol cebimi kontrol ettim ve kaşlarım çatılabilecekleri kadar çatıldılar. Orada da yoklardı. Üst cepleri, minik arka cebi de kontrol ettiğimde delirmek üzereydim. Notlar yoktu! Ellerimle koltuğu yokladım belki koltuğa düşmüşlerdir diye. Sonra ellerimi pantolonumun ceplerine götürdüm. Ama orada da yoklardı.

"Ne arıyorsun Zeyno?" Burak'ın sorusunu duymazdan gelip delirmiş gibi dizlerimin üstüne çöktüm ve koltuğun altına baktım. Aklımdan binlerce şey geçiyordu. Onur notları görmüş olabilir miydi? Notları arabada düşürmüş olabilir miydim? Ya Onur notları arabada bulursa? Ya o notlar hiç olmadıysa, ya hepsi benim hayalimse?(!) Yerlere, masanın altına bakıyordum ki birden Mert'in sesini duydum.

"Bunları mı arıyorsun?" Başımı sertçe kaldırıp şok içinde kaldırdığı eline baktım. Elinde notları tutuyordu... Kalbim deli gibi atarken uzanıp notları almaya çalıştım ama Mert elini geri çekti.

"Size anlatacaktım!" dedim yalvarır gibi. "Lütfen kaldır onları Onur görmesin!"

"Neyi bekliyordun?" Sesi öyle öfkeliydi ki onu ilk defa böyle görüyordum. Burak hiçbir şeyi anlamamış gibi bir ona, bir bana baktı.

"Ne bunlar?" diyerek Mert'in elinden notları alırken çaresizce yerde oturuyordum.

"Şimdi, tam şu an anlatacaktım... Sizle yalnız kalmayı bekliyordum..."

"Nerede senin ateşin, kaldır başını bak... Güneşin yerini sor ona. Çünkü prenses, insan ancak sakladığının yerini bilir." Burak son notun son cümlelerini okuyup bana ve Mert'e karmakarışık gözlerle baktığında yutkundum.

"Alttakini oku," diye mırıldandım.

Bir kısmını içinden okuyup, bir kısmını dışından söylediği an her şeyi anladığını anladım. Odaklanması gereken kısma odaklanmıştı.

"*Unuttuysa o acı günü, ellerindeki kanı. Kendisi bile hatırlamıyorsa yaşanmamış sayılabilir mi bir canın bedenden... Ayrılışı...*" Şok içinde öfkeyle ekledi, "Ne diyor bu orospu çocuğu ya?(!)"

"Açıkça belli. Onur'un bir hastalığı olduğunu, yaşadığı travmatik olayları unuttuğunu anlatıyor. Bu cinayeti onun işlediğini..." Mert açıklarken, Burak araya girdi öfkeyle.

"Siktirsin gitsin! Ben bile daha çok işlemişimdir bu cinayeti. Abi Onur'dan bahsediyoruz. Ben unutmuşumdur belki de yapıp. Onur yapmaz."

"Biliyorum... Onu çok seviyorsunuz... Ben de seviyorum... Ama bu notları her aldığımda o vardı karşımda. Yaşanan bir travmadan bahsediyor. Aramızda başka annesinin ölümü sırasında onunla yedi saat boyunca aynı evde kalmış biri var mı? Yok..."

"Zeynep!" Burak öfkeyle ismimi söylediğinde durmadım.

"Hâlâ inanmak istiyorum ama eğer gerçekten yaptıysa bile onu suçlayamayız... Bu notlara göre, Onur... Onur hasta..."

"Değil!" dedi Burak. "Onur iyi! Onur masum! Hasta da değil, kimseyi de öldürmedi! Mert, bir şey söylesene!"

"Burak... Ne Zeynep ne ben, Onur'u suçlamıyoruz. Ben bu notları saatler önce buldum. Saatlerdir düşünüyorum. Hatırlamıyor musun?Defalarca unuttuğu şeyleri. Küçükken... Bazı günler... Annesinin ölümünden sonra, bazı şeyler anlatırdı. Annemle oynadık, annem dün bana pasta yaptı... Oysa tüm bunları anlattığında annesi çoktan ölmüştü." Gözyaşlarım artık dayanılmaz bir hâl aldığında Burak öfkeden delirmek üzereydi.

"Çocuktu! Beş altı yaşındaydı, hayal görüyordu! Onur iyi, siz kör müsünüz? Onur bu... Bizim Onur! Biri bize oyun oynuyor ve siz salak gibi yemişsiniz!"

"Tamam..." dedi Mert ortalığı sakinleştirmek için, "Zeynep ağlamayı kes, Burak sen de sakinleş. Onur'u suçlamıyoruz. Onur için hiçbir yargıya vardığımız da yok. Bu notlar açıkça Onur'un hasta olduğunu ve cinayeti işlediğini gösteriyor. Biz tabii ki onu koruyacağız, tabii ki onun yanında, önünde, arkasında olacağız. Gerekirse duvar öreceğiz etrafına, kimsenin onu o duvarın içinden çıkarıp almasına izin vermeyeceğiz. Ama gerçeği bilmek zorundayız. Hareketlerini incelemek, gittiği yerleri kontrol etmek zorundayız. Eğer Onur... Bu notlarda yazdığı gibi hastaysa tedavi olması gerek. Ve biz bunu bilmek zorundayız. Senden sadece sakin olmanı istiyorum Burak. Zaman ver, gerçeği anlayalım."

Sessizlik... Gözyaşlarım boynuma kadar aktı, sessizce şöminenin ateşini izliyorum. Aklımda Onur'un çocukluğu var. Mert'in söyledikleri... Annesinin ölümünden sonra anlattığı o hayali anılar. Olmayan annesinin, ona olmayan bir pasta yapışı. Olmayan annesiyle olmayan oyunlar oynayışı. Onu en başında bu kadar sert, bu kadar duygusuz olduğu için yargılamıştım. Oysa o, tanıdığım en güzel kalpli insandı... Hani Mert diyordu ya, gerekirse duvar öreceğiz Onur'un etrafında diye, işte ben o duvarı tek başıma örmeye razıydım. Tek başıma.

Yıllar Önce...

1 Mayıs, 1999

İstanbul'un en nezih semtlerinden birinde bulunan bir sitenin içindeki oldukça görkemli binanın en lüks dairesinde; sıradan olmayan bir sabah yaşanmak üzereydi. Beş yaşındaki Onur Zorlu, annesinin deyişiyle *minik adam* sabahın sekizinde uyanmıştı her zaman olduğu gibi. Yumruk yaptığı elleriyle gözlerini ovalamıştı. Minik, çıplak ayaklarını yatağından aşağı sarkıtmıştı. Üstündeki araba desenli mavi pijaması onu öyle tatlı yapıyordu ki... Daha bu yaşta, beş yaşında, araba âşığıydı. Bebekliğinden beri, "Büyüyünce ne olmak istiyorsun?" sorusuna "Araba!" diye cevap veriyordu. Her sabah olduğu gibi o sabah da kalktı, İstanbul Üniversitesi İngiliz Dili ve Edebiyatı Bölümü'nde sadece ikinci öğretim profesörlüğü yapan biricik annesi, kahvaltı hazırlamış mı bakmak için koşarak odasından çıktı. Her sabah aynı saatte kalkar, her sabah annesini ona kahvaltı hazırlarken bulurdu. Her sabah "Ben de senin gibi siyah renkli çay içebilir miyim anne?(!)" derdi heyecanla, ama her sabah izin alamayıp portakal suyu içerdi. Oysa bu sabah farklı bir şeyler vardı. Beklemediği bir sahneyle karşı karşıyaydı o *minik adam.*

"Anne?" dedi gözlerini kırpıştırarak Onur. Annesinin yerde kanlar içinde yatan bedenine doğru bir adım attı. Korkmuyordu ama insan annesinden korkar mıydı hiç?

Ses gelmedi. O ne zaman anne dese, annesi ona "AŞKIM" derdi, şimdi ne olmuştu böyle? Annesi neden cevap vermiyordu?

"Anne..." diyerek bir adım daha attı, sonra bir adım daha. Minik dizlerinin üstüne çöktü. Elini annesinin koluna koydu. Annesinin buz gibi olmuş elini tuttu.

"Üşümüşsün anne, bekle!" dedi. Ayağa kalktı. Koşarak odasına gitti. Araba desenli yorganını aldı, sürükleyerek annesine götürdü. Annesinin üstünü örttü bir güzelce.

"Anne yorulmuş, yerde uyumuş..." dedi kendi kendine gülerek. Ama içten içe bir gariplik olduğunu biliyordu. Hissediyordu. Annesinin başından ayrılmadı. Bekledi, bekledi, saatlerce bekledi.

"Anne uyan..." diye fısıldadığında gözleri dolmuştu. Bir bebeğin, minik bir çocuğun gözleri dolar mıydı? Onur Zorlu'nun beş yaşında gözleri dolmuştu. Biliyordu annesinin gittiğini, bir daha asla ve asla geri gelmeyeceğini biliyordu. Bittiğini ve bir daha asla başlamayacağını biliyordu annesiyle olan öyküsünün. Annesi gitmişti, kalanların bir önemi yoktu.

"Anne kalk!.," diye bağırdı gözyaşlarının arasından. "Anne!"

Günler önce izlediği bir çizgi film geldi aklına. Yaralanan bir kuş vardı çizgi filmde, "Hokus pokus!" diyerek müthiş bir sihirle iyileştirmişlerdi o kuşu! Annesinin yüzüne baktı umutla birden.

"Hokus pokus!" dedi annesine. Hiçbir şey olmadı. Bekledi, bekledi...

"Hokus pokus!" dedi bir kez daha. Olmadı. Uyanmadı annesi.

"Sihir yaptım anne uyan!" Olmuyordu. Sihir de işe yaramıyordu. Artık hüngür hüngür ağlıyordu.

"Anne... Seninki gibi siyah çay içebilir miyim?" dedi gözyaşlarının arasından belki cevap verir diye.

Cevap gelmedi. Annesinden bir daha hiçbir zaman cevap gelmedi. Onur küçücüktü, annesinin sesini duymak istiyordu sadece. Tek isteği, tek dileği buydu o an.

"Acıktım anne!" dedi hıçkıra hıçkıra belki uyanır da yemek hazırlar diye.

"Üşüdüm..." dedi, uyanır da ısıtır diye.

"Anne düştüm, kolum acıyor..." Sonra üzülür diye düzeltti, "Şaka şaka anne!" dedi gözyaşlarının arasından, "Düşmedim, acımıyor."

Ama olmadı, uyanmadı annesi. Saatlerce uğraştı Onur. En sonunda yorgun düştü. Annesinin üzerine uzandı küçük bedeniyle. Yanağına bir öpücük kondurdu. Uyuyakalmak üzereyken kulağına fısıldadı ağır ağır:

"Hokus... Pokus..."

Bu sihir de işe yaramadı. Artık hiçbir *hokus pokus* geri getiremezdi annesini Onur'a. O an anlamıştı, sihir denen şey bir yalandı...

28. Bölüm

Perde Kapanıyor, Oyun Bitti...

Son perde açılıyor...

Onur marketten dönene kadar eve sessizlik hakimdi. Üçümüzün de düşündüğü şey Onur'un olası hastalığıydı. Konuşmasak da biliyordum bunu. Eğer her insan düşünürken tepesinde *The Sims* oyununda olduğu gibi düşünme balonları çıksaydı şu an üçümüzün de düşünme balonları aynı şeyi gösterirdi: Onur Zorlu. Kapının anahtar deliğinde bir hareket duyduğumuzda heyecanla başımı kapıya doğru çevirdim. Sanki bu sırrı Mert ve Burak'la paylaşmış olmak beni Onur'a karşı rahatlatmıştı. Sanki onlara bu sırrı anlatmış olmak, Onur'un hastalığını iyileştirmek için attığım ilk adımdı. Bu sırrı onlara anlatmış olmak, Onur'u daha az suçlu kılmıştı.

Beni gördüğü an hafifçe gülümsediğini gördüm. Gülüşünü saklamaya çalışıyor gibiydi. Elinde iki poşet dolusu yiyecekle hiçbir şey söylemeden mutfağa girdi. Poşetleri mutfağa bıraktıktan sonra çıktı, yanımıza geldi.

"Ne aldın?" diye sordu Burak, Burak'ın yüzünde acı çeken bir ifade vardı. Hadi ama! Neredeyse ağlayarak Onur'a sarılacak!

"İhtiyaç duyacağımız her şeyi... Soğuk pizza da aldım bu akşam için..." derken gözleri benim üzerimdeydi. Sanki bana bir şeyler söylemek istiyordu. Mert anında ayağa kalktı.

"Kalk Burak. Zeynep yeni yeni kendine geliyor, Onur da dışarıdan geldi; pizzaları da biz hazırlayalım."

Burak söylene söylene kalktı, birlikte mutfağa girdiklerinde Onur tereddütle bana baktı. Gözlerimi ona çevirdim. Gözlerini kaçırdı.

"Bir şey mi söyleyeceksin?" diye sordum merakla. Yutkunduğunu gördüm. Yüzünün sert hatlarını inceleme fırsatı buldum o üç saniyede. Kızıla dönük sakalları, kızıla dönük kahve saçları, elmacık kemikleri, kemikli yüzü... İç çektim.

"İyi misin?" diye sordu, bunu mu söyleyecekti? Başımı salladım.

"İyiyim... Sen?"

Harika, konuşmamız otuz beş yıllık evli çiftlerin konuşacak bir şey bulamamış haline döndü. Onur tereddütle başını kaldırdı. Elini boynuna götürüp başıyla mutfağın tam karşısındaki kapıyı gösterdi.

"İki dakika gelsene..." Kaşlarımı çattım. Onur hiçbir şey söylemeden o odanın kapısını açıp kapıyı içeri girmem için tutarken kafa karışıklığıyla kalktım, odaya girdim. Burası eskimiş, antika eşyalarla dolu, gösterişli bir yatak odasıydı. Onur Zorlu beni yatak odasına mı çağırdı?(!) Altın renginde, antika makyaj masası, kocaman makyaj aynası, kahverengi başlıklı büyük bir yatak... Odanın her yerinde kırlentler, danteller... 90'lı yıllardan fırlama olduğu o kadar belli ki tüm eşyaların.

Onur odayı heyecanla süzüşüme güldü. "Annemle babamın eski odası..." diye mırıldandı yavaşça iç çekerek. Şok içinde baktım ona. Annesi hakkında her konu açıldığında kızan, konuşturmayan Onur, beni annesiyle babasının eski yatak odasına mı sokmuştu? Başımı çevirip makyaj masasında duran masaüstü çerçeveye baktım, içindeki siyah beyaz fotoğrafa... Cesaretle fotoğrafa dokundum, çerçeveyi elime aldım. Hiçbir şey demedi. Ellerimin arasında Onur'un hayatını tutuyor gibiydim. Annesi kızıl saçlı, uzun boylu, İngiliz filmlerinden fırlama gibi görünen bir kadındı. Sanırım gördüğüm en güzel kadınlardan biri... Annesi ve babası ayakta duruyorlardı, çok mutlu görünüyorlardı. Ve kucaklarında havucu andıran turuncu saçlı minik bir bebek duruyordu. Onur... Gülümseyerek fotoğrafı havaya kaldırdım, Onur'un tam yüzünün yanına doğru tuttum.

"Hiç değişmemişsin," diye mırıldandım, gülümsedi.

"Ruhum değişti." Sessizce dudaklarının arasından çıkan bu iki kelimeyle birlikte yutkundum. Fotoğrafı masaya bıraktım. Elim fotoğrafın yanında duran küçük masaüstü sandığa gitti. Sandığın kapağını yavaşça kaldırdım; içi mektup zarflarıyla doluydu. Kaşlarımı çattım.

"Bunlar ne?"

"Annemin babama yazdığı mektuplar. Biraz, Juliet'ten Romeo'ya gibi yazılmışlar... Annem İngiliz Dili ve Edebiyatı mezunuydu. Babam da öyle. Okulda yapılan yarışmada tüm o sözleri nereden bildiğimi sormuştun ya, ben Juliet ve Romeo'nun çocuğuyum." Bu cümleyi gülerek kurması beni o kadar şaşırttı ki başımı kaldırdım.

"Onur..." dedim, "benimle annen hakkında konuşmuyordun bile... Şimdi bana odasını gösteriyorsun? Onun hakkında bir şeyler anlatıyorsun..." Cevap vermeden elini uzattı, sandıktan mektupları çıkarıp yatağa oturdu. Ben oturmakta tereddüt edince başını kaldırdı.

"Gel," dedi. Derin bir nefes alıp iki adım attım, yatağa, tam yanına oturdum. Mektupları yatağa dizdi.

"Seç," dedi. Bir yüzüne baktım, bir mektuplara. Elimi uzattım, en ortada duran zarfı alıp açtım. Sapsarı olmuş bir kâğıt çıktı içinden. Kâğıdı titreyen ellerimle açtım. Okumaya başladım:

"Sevgili Beyefendi..." Girişi okur okumaz yüzümde bir gülümseme belirdi. Onur'un da gülümsediğini gördüm o an. Bu, en naif aşk mektuplarının başlangıç cümlesiydi.

"Sevgili Beyefendi, yapmayın... Biliyorum, amacınız bana eziyet çektirmek. Size âşık olmak istemediğimi biliyorsunuz ve bu kadar güzel kokarak oynuyorsunuz benimle. Günah değil mi bu kadar güzel kokmak? Yazık değil mi size ulaşamayacak bedenime bu eziyet? Ayağa kalkıyorum, uzaklaşmaya çalışıyorum, peşimden geliyorsunuz. Yanımdan geçip kokunuzu üstümde bırakıyorsunuz. Hiç düşünmüyor musunuz üzerimdekini yıkamak yerine gecelerce koklayacağımı? Yeni bir güne başlıyorum, yeni kararlar alıyorum; bitti diyorum, bitti. O yok artık. Onu unutacağım diyorum, sonra siz geliyorsunuz. Haddinizden güzel bakıyor, fazla güzel kokuyorsunuz. Gülüşünüzde ilahi bir güzellik var. Yapmayın diye yalvarıyorum içimden, bırakın sizsiz nefes alabileyim diyorum, bırakın nefes aldıkça gelmesin kokunuz burnuma, siz olmadan da nefes alabileyim, küçük bir çocuğun bisiklet sürerken arkasından tutulmasını istemediği gibi. Pekâlâ diyorsunuz, gidiyorsunuz ama kokunuz kalıyor... Esansını bilmediğim bu kokunun sahibine sevgilerle... Bir gün, o kokunun has sahibi olmak dileğiyle."

Başımı kaldırıp bu mükemmel mektubun sahibinin oğluna baktım. Bu mektupta yazan bu muhteşem aşkın meyvesine, Onur'a baktım. Elimden yavaşça mektubu alıp diğer zarfları gösterdi.

"Seç," dedi, "iki hakkın kaldı." Kaşlarımı çattım.

"Ne iki hakkı?"

"Seç," dedi yalnızca. Sessizce elimi uzattım, rastgele bir zarf daha seçtim. İçinden eskimiş pembe bir kâğıt çıktı. Okumaya başladım.

"Sevgili Beyefendi, bugün eliniz elime değdi... Siz farkında olmasanız da, o güzel ellerinizden biri bugün elime çarpıp geçti. Canım yanmadı, kalbim yandı. Kalbim öyle ısındı ki, bundan böyle en kara kış uğrasa ruhuma, yine de soğumaz artık. Artık üşümek yok, kış mevsimi yalan, eliniz bana sonsuz yazı bahşetti... Mart'ın ortasında denize gitmeye hazırlanıyor ruhum. Görüyor musunuz, bir eliniz, bana olmayan mevsimleri vaat etti... Kışımı yaza çeviren ellerin sahibine sevgilerle. Bir gün o ellerin yanlışlıkla çarptığı değil, bilerek tuttuğu ellerin sahibi olmak dileğiyle."

Mektubun güzelliğiyle nutkum tutulmuşken, Onur onu da elimden alıp zarfına koyarken beynimin içinde annesinin o müthiş cümleleri geçiyordu.

"Seç," dedi bir kez daha, "son hakkın." Neden bahsettiği hakkında hiçbir fikrim yoktu. Ama yine de ona uydum. Elimi uzattım, bir başka zarfı seçtim.

Zarfı açarken bu sefer garip bir şey oldu. Zarftan mektubu çıkarmaya çalıştığım sırada içinden yatağa bir şey düştü. Kaşlarımı çatarak elimi uzattım ve yatağa düşen şeyin bir bileklik olduğunu anladım. Eskimiş, ama muhteşem görünen bir bileklik... Kahverengi ipin tam ortasında yuvarlak bir hayat ağacı simgesi vardı. Bilekliği elime aldığımda Onur'un büyülenmiş gibi baktığını gördüm.

"Kazandın..." diye mırıldandığında başımı kaldırıp ona baktım.

"Ne?"

"Yirmi mektup var. Sadece bir tanesinin içinde mektup dışında bir şey vardı. Sana üç hak verdim. Üç hak içinde bu bilekliği bulabilseydin, senin olacaktı... ve buldun." Şok içinde bir ona bir de elimde duran muhteşem bilekliğe baktım. Arkasındaki mor, mavi evren sembolü gibi gökyüzü dizaynı, üstündeki hayat ağacı resmi... Hayatımda gördüğüm en etkileyici bilekliği tutuyordum elimde.

"Ama... Bu... Annenin..." diyebildim zar zor.

"Artık senin." Sonra hemen düzeltti:

"Sakın yanlış yorumlama! Daha önce okulda sana söyledim, sana âşık değilim ve asla olmayacağım. Ama artık yaşadığım bu tramvayı atlatmam gerekiyor. Artık annemi özgür bırakmam gerekiyor. Yaşadığı sürece bu bilekliği taktı. Öldükten sonra bu bilekliği ben aldım, sakladım. Sonra bu mektupları bulup hepsini okuduğumda bir zarfın içine sakladım onu... Ama şimdi anlıyorum ki, bu bileklik annemin ruhunu taşıyor. Ve annemin ruhunu bir mektup zarfının içine hapsetmek istemiyorum. Bu bileklik atmaya devam eden bir nabzın üstünde durmalı."

İnanamıyor gibi baktım ona.

"Neden ben?" diye sordum şok içinde. Tek bir cümle çıktı ağzından:

"Çünkü senin kalbin tertemiz atıyor..." Gözlerim gözlerinde kalakaldı, elim bileklikte... Hiçbir şey söyleyemeyerek nutkum tutulmuş bir şekilde yüzüne baktığım sırada kapının dışından Burak'ın sesi duyuldu:

"Müsait misiniz?" Tam da esprinin zamanıydı!

"Yemek hazır da... Giyinip gelin." Gözlerimi devirip elimdeki bilekliği sıkıca tuttum.

"Hadi git, mektupları yerlerine koyup geliyorum." Başımı salladım. Elimde bileklikle birlikte odadan çıktım. Burak çoktan kapıdan ayrılıp mutfağa dönmüştü. Mutfağa girmeden öylece durup bilekliği bileğime taktım. Hayat ağacı kısmını tam olarak nabzıma denk getirdim. Olmuştu işte... Onur'un annesinin ruhunun kalbi, benim bedenimde atıyordu şimdi... Onur peşimden çıktığında birlikte mutfağa girdik.

"Çabuk giyinmişsiniz." Bu sefer cümleyi kuran Mert oldu. Gözlerimi devirdim.

"Sen de mi Mert ya!" Birbirlerine güldükleri sırada masaya oturdum. Onlar da masaya geçtiklerinde Onur'un gözleri bileğimdeki bileklikteydi. Derin bir iç çekti, sanki rahatlamış gibi. Dikkatimi dağıtıp pizzamdan bir dilim aldım. Pizzaları kısa süren bir sessizlikte yemeye devam ettiğimiz sırada garip bir şey oldu...

"Pizza güzelmiş abi ya! İlk defa güzel bir soğuk pizza yiyorum. Onur, hangi marketten aldın bunları?" Burak'ın sorusuyla birlikte Onur kaşlarını çattı; hiçbir şey anlamamış gibi. Üçümüz de bir cevap bekleyerek ona bakarken kafası karışmış gibiydi.

"Ne marketi?"

"Market işte... Gidip bunları aldığın market..." Onur'un kaşları daha çok çatıldı.

"Ben... Markete gitmedim ki." Yutkundum. Gözlerim Burak ve Mert'le buluştuğunda ikisinin de endişesini gördüm.

"B-başka bir yerden mi aldın?" diye sordum telaşla. Onur anlamıyormuş gibi baktı yüzüme.

"Bunları ben almadım ki." Kalbimin hızının yedi yüz elli katına çıktığını hissettim o an. Unutmuş muydu? UNUTMUŞ MUYDU?

"Ama... Hani Zeynep uyuyunca çıktın ve bunlarla döndün ya az önce..." Burak'ın kurduğu cümle Onur'un tüm moralini alt üst etmiş gibiydi.

"Dalga mı geçiyorsunuz benimle?" dedi sertçe. "Geldiğimizden beri evden çıkmadım." Delirmek üzereydim. İçimde bir yer o notlara asla ve asla inanmıyordu ama şu an, bu durum resmen hepsini kanıtlar nitelikteydi. Markete gittiğini unutmuştu. Az önce geldiği yeri unutmuştu.

"Ben aldım," dedi Mert bir anda, başımı ona çevirdiğimde bana göz kırptı ama endişeden yıkılıyordu.

"Siz karıştırdınız. Onur evdeydi, ben gidip aldım geldim." Onur'un kafasını karıştırmak istemediği belliydi. Onur rahatlamış gibi başını sallayınca titrek bir nefes bıraktım ağzımdan. Burak ağlamak üzere gibiydi.

"Evet, şimdi hatırladım... Mert gitmişti..." diye mırıldandım yutkunarak.

Yemeğin geri kalanı öyle sessiz öyle gergindi ki. Onur'un da garip bir şey olduğunu hissettiğini fark ediyordum. Başını bile kaldırmadan yedi yemeğini. Burak berbat haldeydi, sanırım aramızda en güçsüzü oydu. Her an Onur'a sarılıp ağlamaya başlayabilirdi. Mert de en güçlümüzdü sanki. Olayı hemen toparlamıştı. Ben... Ben ne güçlüydüm ne güçsüz. Ağlamazdım belki ama gerçek gözlerime gösterile gösterile yaşanırken yere yığılıp kalabilirdim. Hiç kıpırdamadan, hiç konuşmadan, hiç duymadan, hiç görmeden.

Yemek devam ederken birdenbire, az önce olan olaydan çok, çok daha garip bir olay oldu... Duyduğum sesle birlikte başımı şok içinde kaldırdım. Dışarıdan, olabilecek en yüksek seste polis siren sesleri geliyordu! Kalp atış hızım yedi katına çıktığında dördümüzün de aynı durumda olduğunu gördüm. Korkuyla ayağa kalktığımda Onur'un telefonu çalmaya başladı. Onur dehşet içinde bir bize, bir telefon ekranına baktı.

"Babam..." dedi.

"Çabuk! Hoparlörü aç!" Mert'in kurduğu cümleyle birlikte Onur telefonunun hoparlörünü açar açmaz babasının aramasına cevap verdi.

"Baba?"

"Onur... Oğlum... Biz mahvolduk..."

O an Rönesans Dönemi'nde resmedilmiş dehşet tablolarından birinin hayat bulmuş halini yaşıyorduk. Ben, Onur, Burak ve Mert... *Mahşerin Dört Atlısı...* Bir şekilde sonumuzun yaklaştığını, yaklaşan siren sesinden anlıyorduk. Yine de içimde bir umut, siren seslerinin çevredeki başka bir ev için geliyor olduğunu söylese de bir anda sustu tüm sesler. İçimdeki umut büyüdü, büyüdü ve kapının çalışıyla o umut patlayıp söndü.

"Ne oldu?" diye sordu Onur fısıltıyla. Tam o an, siren sesleri kapının tam önünde sustu. Kapı çaldı, Onur'un elindeki telefon yere düşmesiyle birlikte aynı anda kapıya dönüşümüz bir oldu. Bunca şey yaşadık, bunca şeye şahit olduk, upuzun yollardan geçtik, korktuk, dehşete düştük, şoka girdik. Ama şu an, şu saniye, hepsinin zirvesi.

Sanki bir cinayet filminin son sahnesini çekiyoruz. Bir korku tiyatrosunun son perdesi açılıyor, perde açıldığı gibi kapanacak. Çünkü anlıyorum, sonumuz geldi. Bir daha hiç başlamayacak bir başlangıcın sonuna geldik. Seyirciler ayakta, perde kapanıyor, oyun bitti.

"Bittik biz..." Burak'ın dudaklarının arasından çıkan bu cümle, bizim hikâyemizin, *Mahşerin Dört Atlısı*'nın hikâyesinin özetiydi.

29. Bölüm

Kısa Vadede Mahvolmak...

Üstüme çamur bulaşsın istedim...

"Onur..." Mert sessizce fısıldadığında başımızı ona çevirdik. "Bu evin arka kapısı nerede?" Şok içinde kaşlarımı çattım. Kalbim deli gibi atıyordu.

"Kaçıyor muyuz?(!)" Burak'ın sorusuyla birlikte kalbimin hızı çok daha arttı, çaresizce Onur'a baktım. Alnındaki damar öyle belirginleşmişti ki beynine giden kan akışını rahatlıkla görebiliyordum. Başını dikleştirdi.

"Kaçmak yok..." dedi. "Yalnızca suçlular kaçar. Sizin unuttuğunuz bir şey var, bu hikâyedeki suçlu biz değiliz." Onur kapıya doğru ilerlerken korkuyla kolunu tuttum. Kaşlarını çatarak inanamıyormuş gibi döndü bana. Yalvaran gözlerle baktım yüzüne.

"Açma..." Bana doğru döndü; gözlerimin en derinine baktı, güven vermeye çalışır gibi birkaç saniye öylece durdu gözlerimin karşısında.

"Korkma..."

Kolunu elimden kurtarıp kapıya ilerlediği an Burak, Mert ve ben olayın üç kurbanı gibi arkada dizilmiş tir tir titriyorduk. Belki de korkumuz biz değildik, belki de korkumuz üçümüzden ibaret değildi. Bizim korkumuz Onur'du, Onur'un başının belaya girmesiydi.

Hani bana demişlerdi ya, "Onur Zorlu belanın ta kendisidir," diye, öyleydi. Şimdi belanın ta kendisinin, bir bela bataklığına batışını izliyorduk. Hem de hiçbir şeyden haberi dahi olmadan, hiçbir şeyi hatırlamadan, adım adım her şeyi unutarak...

Onur kapıyı açtığı anda iki erkek polisle karşılaştık." Hâlâ içimden dua ediyordum, hâlâ içimde bir umut vardı; belki başka birilerini aramaya gelmişlerdi, belki başka birilerini almak için buradalardı, belki yol soracaklardı? Gözlerimi kapattım, başka birilerinin isimlerini duymak için umutla bekledim. O an polislerden biri konuşmaya başladı:

"Onur Zorlu, Zeynep Akay, Burak Koşan ve Mert Soydan. Siz misiniz?"

Kalp krizi. Şu an yaşadığım şey bir kalp krizi. Ben bir kalp krizi geçiriyorum. Kalbim yerde uçmaya çalışan kanadı kırık bir kelebek gibi pır pır sancılar içinde kıvranıyordu. Hareket edebiliyor ama kan pompalamayı çoktan bıraktı. Bedenim kansız kalmış gibi buz tutmuş, ellerim titriyor, buna rağmen yüzümün yandığını hissediyorum. Yolun sonuna geldik. Bu bir hikâyenin bitişi.

Hiçbir şey söylemedik, hiç itiraz etmedik, ne olduğunu bile sormadık. Kabullendik. Bizi zorlamadılar bile, arabaya binmemizi rica ettiler, biz de aynen öyle yaptık. Şimdi bir polis arabasının geniş arka koltuğunda yan yanayız. Kimse konuşmuyor, Burak ağlamak üzere, ben de tir tir titriyorum. Biri konuşsa, biri bir umut aşılasa bize. Suçumuz olmadığını öğrensek, öylesine karakola götürüldüğümüzü öğrensek, anlasak... Yaklaşık yirmi dakikadır rahat bir nefes alamadım. Boğazıma batan soyut bir balık kılçığı var sanki. Nefes alıyorum ama her nefesimde bir korku var; bu son rahat nefesim diye. Rahatından bile geçtim, ya bu gerçekten son nefesimse...

"Bizi... Tam olarak neden... Neden aldığınızı söyleyebilir misiniz?" Sonunda Burak korkuyla konuştuğunda nefesimi tuttum. Ellerimiz kelepçelenmemişti, masumca arabaya binmiştik; sesimiz bile çıkmadan yolda ilerliyorduk. Bir açıklamayı hak edecek kadar uysal, açıklama isteyecek kadar yüzsüzdük. Polislerden biri hafifçe başını bize doğru çevirdi.

"Cinayet suçundan yargılanacaksınız." Polisin kurduğu cümleyle birlikte şok içinde başımı onlara çevirdiğimde dördümüzün aynı anda kaskatı kesildiğimizi, nefesimizi tuttuğumuzu fark ettim. Burak'ın gözünden süzülen bir damla yaşı gördüğümde polisin hafifçe güldüğünü fark ettim.

"Korkmayın çocuklar. Sadece sorgulanacaksınız. Şu an tüm okulunuz sorgu için götürülüyor. Şu kayıp kızı biliyorsunuz... Okulunuz karantinaya alındığından beri kayıptı. Maalesef okulda kan izleri bulunmuş... Acil sorgu emri geldi. Bütün öğretmenler, bütün çalışanlar, bütün öğrenciler sorguya alınacak, uzun bir gece olacak..."

İçim rahatlamalı mıydı, yoksa hayatımızın en kötü noktasına doğru ilerliyor muyduk, bilmiyordum. En azından az önce duyduğumuz gibi cinayet suçundan yargılanmak üzere değil, yüzlerce insanla birlikte sorgulanmak üzere götürülüyorduk. Kimse olayla bir alakamız olduğunu bilmiyordu, kimsenin başımıza gelen hiçbir şeyden haberi yoktu. Şunu anlamıştım, suçun üstü asla örtülemezdi. Kan lekelerini sildiğimiz her saniye aklımda. Şimdi de bu arabadayız, kan lekeleri bulunduğu için sorguya götürülüyoruz. Hayat da böyle, silindiğini sandığımız her şey aslında tam olarak yerinde duruyor, bekliyor. Hiçbir şey silinmiyor, hiç kimse unutulmuyor, hiçbir olay insanın aklından uçup gitmiyor; sadece bir süreliğine görünmez oluyor. Bu bir sihir, hokus pokus meselesi...

Arkama yaslandım. İçim içimi yerken yaklaşık bir saat boyunca süren yolculukta uzun uzun sessizce düşündüm. Bu işin sonu nereye varacaktı bilmiyordum ama bildiğim tek bir şey vardı, o kan lekelerini temizleyemediğimiz gibi orada o an ne yaşandıysa onları da asla yok edemeyecektik. Onur yaptıysa, er ya da geç ortaya çıkacaktı. Geçmişi çamaşır suyuyla yıkayamıyor, bir şömineye atıp yakamıyorduk. Elimize bir makas alıp geçmişi paramparça edemiyorduk. Geçmişi bir halının altına saklayamıyorduk. Dünya üzerindeki en büyük gerçeklik geçmişti ve biz bu gerçekliğin üstüne hangi tabloyu asarsak asalım kapatamıyorduk. Geçmiş, yaşanmıştı. Ve her zaman oralarda bir yerde duruyor olacaktı... Hayatımızın en derin ve en göze batan köşesinde. Zaten her zaman en göze batan yerler köşeleri değil miydi bir şeklin, matematikte açı hesaplaması ortadan yapılmaz, köşeden yapılırdı. Bir cetvelin köşesi keserdi insanın parmağını, elini. Köşeler can yakıcıydı, köşeler sivriydi, belirgindi. O köşede dursun diye içimize attığımız geçmiş sahneleri, birinin geçmişimize baktığı an ilk göreceği sahnelerdi. Köşede duran her şey, parıl parıl parlıyor demekti. Köşede duran her şey, "Ben buradayım!" diye bağırıyordu.

Karakola geldiğimizde efsanevi bir filmin en kritik sahnesiyle karşı karşıya gibiydik. Karakol İstanbul'un en büyük karakolu olmalıydı. Bahçesinde yüzlerce öğrenci, veli, öğretmen, görevli, idare, herkes... Herkes vardı. Arabadan inip polislerden ayrılıp bahçeye girdiğimizde Onur'un babasıyla karşılaştık. Onur'u kollarından tuttu perişan bir şekilde.

"İyi misin oğlum?" dedi. "Sert davrandılar mı?" Onur başını salladı hayır anlamında.

"İyiyiz baba... Merak etme. Sen iyi misin?"

"Kalbim... Pek iyi hissetmiyorum. Beni sorguya aldılar, hastaneye gidecektim ama seni bekledim." Eli kalbinde perişan bir halde konuşurken Onur sinirden deliye dönmek üzereydi. Şimdi bu cinayeti neden saklamak istediğini çok iyi anlıyordum. Babası şu anda bile mahvolmuştu. Şu anda bile...

"Biz iyiyiz baba, iyi olacağız. Sen bir taksiye atla, hastaneye git. Çıkınca yanına geliriz."

"Dikkatli olun; sizi zorlamalarına, sert davranmalarına izin vermeyin. Her şeye hazırlıklı olun. Suçluya her şeyi itiraf ettirebilmek için sorguya giren herkese suçlu gibi davranıyorlar. Sizi suçlayacaklar, size suçluymuşsunuz gibi davranacaklar. Sizi korkutacaklar, suçu üstünüze atıyor gibi davranacaklar, sizden şüpheleniyorlarmış gibi konuşacaklar. Güçlü kalın."

Bu cümleler bile içimde büyük bir korku oluşturuyordu. Onur'un babası Onur'la vedalaşıp yanımızdan ayrılırken Onur'un elini kolumda hissettim.

"Gelin..." Onur beni kolumdan tutup karakolun arka bahçesine çekiştirirken Burak ve Mert de yanımızda ilerliyorlardı. Arka bahçenin en ücra köşesinde soğuktan titreye titreye ellerimle kollarımı sardım.

"O gün birlikte boş bir sınıftaydık. Uyuyorduk. Kimseyi görmedik, kimse de bizi görmedi. Üst katlara çıkmadık, bende kullanıma açılmamış müzik sınıfının anahtarı vardı. O anahtarla o sınıfa girdik, kapıyı kilitledik ve oradan çıkmadık. Hikâyemiz bu. Anlaşıldı mı?"

"Müzik sınıfı okulun en işlek koridorunda! Mutlaka oraya girdiğimizi gören olurdu!" diye atladı Burak. Sessizce onları dinliyordum.

"Kullanılmayan kattaki o harabe odada olduğumuzu söylesek? Cesedi sakladığımız yer..." Mert'in önerisiyle hemen atladım:

"Kan izlerini orada buldularsa?(!)" Sessizce düşünmeye başladık. Tanıştığımızdan beri en çaresiz anımız buydu sanırım. Elimizden hiçbir şey gelmiyordu. Hiçbir şey... Çaresizce öylece düşünüyorduk.

"Başka çaremiz yok, müzik odasından başka bir sınıfın anahtarı yok bende. Orada çıkarıp gösterebilirim de. Hepimiz bunu söyleyeceğiz. Zeynep'le Mert önceden tanışıyorlardı. Zeynep okula gelir gelmez Mert onu bizimle tanıştırdı. Bu olaylar olunca da birlikte müzik odasına girdik. Bütün günümüzü orada geçirdik. Dördümüzün de ifadesi bu olmalı."

İstemeye istemeye başımı salladım. Sağlam bir hikâye değildi, ama tek çıkış kapımızdı.

"Ve..." Onur yavaş yavaş, tereddüt etmeden, ağır birkaç cümle kurmaya hazırlandı.

"Eğer çok üstünüze gelirlerse, kaldıramayacağınız kadar sert davranırlarsa, hikâyeye inanmazlarsa, yaptıklarımızı itiraf edeceğiniz bir raddeye gelirseniz tüm suçu bana atın. Cesedi benim sakladığımı söyleyin, bunu babamı korumak için yaptığımı söyleyin. Sizin olaydan haberiniz bile yok. Ben daha sonra gelip size anlattım, tek suçunuz bunu bilip kimseye söylememek olsun. Tamam mı?" Bunun üzerine Mert sinirle araya girdi:

"Tabii ki tamam, anında seni satarız hiç endişen olmasın. Şerefsiz olduğumuz için bir saniye bile bekleyemeyiz, üstümüze geldikleri an korkup ONUR YAPTI deyip işin içinden sıyrılırız. Çünkü bu yüzden bu işte birlikte olacağımıza söz verdik. Çünkü bu yüzden çocukluğumuzdan beri birbirimizi koruyacağımıza yeminli gibi davranıyoruz, böyle bir dakikada satmak için. Bu bilekliklerin ne ifade ettiğini hatırlıyor musunuz..." dedi Mert kendi bileğini kaldırıp. Bileğindeki Batman bilekliğini gösterdi, sonra bana döndü:

"Bak Zeynep bilekliklerimize..."

Daha sonra Burak'ın kolundaki Superman bilekliğini gösterdi bana ve en son... Onur'un bileğindeki hiçbir süper kahramanı temsil etmeyen, bana hediye ettiği bileklikteki hayat ağacı simgesinden bulunan bilekliği gösterdi.

"Ben beş yaşımdayken annem bana bu bilekliği aldı. Sonra Burak kıskanmış, annesine Superman bilekliği aldırmış. Sen Batman'sen ben Superman'im dedi bana... Geriye bir tek Onur kaldı, o sıralar bayağı üzgündü. Kendisine istediği bir süper kahraman bilekliği bırakmamıştık. Annesiyle konuşmuş, annesi ona, onlar başka süper kahraman simgelerini taşıyacaklar. Oysa sen kendin bir süper kahramansın, kendine has bir simgen olmalı, demişti. Onur'a bir hayat ağacı bilekliği almış; annesinin bilekliğindeki hayat ağacı simgesini taşıyan. O gün öyle çok gaza gelmiştik ki ellerimizi yumruk yapıp birleştirdik ve bir söz verdik. Tüm süper kahramanlar birbirine düşmandır derler, biz o gün birbirimizle kardeş olmayı öğrendik. Şimdi ben, kardeşimi yarı yolda bırakmayacağım. Kardeşini yarı yolda bırakmak isteyen biri varsa suçu benim üstüme atsın."

Mert'in konuşması, onların arasında geçen bir olayı anlatması, beni bile bu kadar etkilemişken onların etkilenmemesi mümkün değildi. Bize doğru gelen genç bir polisi gördüğümde ona doğru döndüm.

"Zeynep Akay, Onur Zorlu?" İkimiz bir adım öne çıktığımızda bacaklarım bile titriyordu.

"Sorguya alalım sizi. Daha sonra da ikinizi alacağız."

Yutkunarak polisin peşinden gittiğim sırada korkudan ölmek üzereydim. İstemsizce Onur'un kolunu tuttum. Hiçbir şey demedi ve hiçbir tepki vermedi, kolunu da çekmedi. Ona sığınmama izin verdi. Kolunu tutmam yeterli bir sığınma biçimi değildi belki ama ben o gün o saniye ona sığındım. Kolunu tuttum; bu, ondan beni koruyacağına dair söz almak gibiydi. İkimizi karşılıklı sorgu odalarına soktuklarında beni karanlık bir oda karşıladı. Filmlerde olur sanırdım hep; karanlık, tek masalı, masanın üstünde tek bir ışık olan... Sandalyeye oturup ellerimi masanın üzerine koyduğumda karşımda oturan kırk yaşlarındaki sakallı polis, bir elindeki dosyaya, bir bana baktı. Dosyadan çıkardığı birkaç fotoğrafı önüme koyduğunda nefesimi tuttum. Okulun yerlerini; cesedi taşıdığımız yerleri gösteren fotoğraflardı bunlar. Yerlerdeki yeşille işaretlenmiş kan izleri kanımı dondurdu.

"Burası okulun kaçıncı katı?" diye sordu soğuk bir sesle.

"Ben... Benim... O gün benim okuldaki ilk günümdü, bu okula yeni geldim ben... Bilmiyorum."

Polis fotoğrafları dikkatlice kaldırınca yutkundum. Gözlerini gözlerime çevirdi.

"O gün neredeydin?" diye sordu. Arkada bir gerilim müziği çalsaydı gerilim dalında alınabilecek bütün ödülleri alırdık.

"Okuldaydım," dedim, dalga geçiyormuşum gibi baktı yüzüme.

"Okulun neresindeydin?"

"Ben... Müzik odasındaydım."

"Tek başına mıydın?"

"Hayır."

"Kim vardı yanında?"

"Yanımda..." dedim ve durakladım, onların isimlerini burada kullanmak bile kötü hissettiriyordu. Ama anlatacağımız hikâye belliydi, karar değiştiremezdim.

"Burak... Mert... Onur..."

"Okula yeni geldiğini söyledin. Onları nereden tanıyorsun?" Bir an telaş yaptım. Ne diyecektim?(!) Onur bununla ilgili bir şeyler söylemişti! Ne diyecektim? (!)

"B-ben... Biz... Yani..."

"Evet?" diye sordu polis şüpheyle.

"Mert benim eski arkadaşım. Beni Onur ve Burak'la da tanıştırdı. O gün birlikte vakit geçiriyorduk. Olay olunca da birlikte müzik odasına girdik..."

"Kimse girmedi mi içeri? Görmedi mi sizi?"

"Şey... Onur'da oranın anahtarı vardı. Kapıyı kilitledi."

"Hiç çıkmadınız mı?"

"Hayır."

"Gece orada mı kaldınız; müzik odasında?"

"Evet."

"Peki bu kızı hiç gördün mü?" Önüme bir fotoğraf koyunca içimin ürperdiğini hissettim. O gün öldüğünü gördüğüm kızın, yaşarken çekilmiş bir fotoğrafıydı bu. Sarı saçları yüzüne çarpıyordu, yüzünde öyle büyük bir gülücük vardı ki, o an aklımdan yaşanan her şey silinip gitti. Her şeyi bir kenara bıraktım kısa süre, her şeyden öte, benden Onur'dan, Burak'tan, Mert'ten öte, bu kızın canını almışlardı, ruhunu almışlardı. Bu fotoğrafta gülen kız, bir daha asla gülemeyecekti. Bu fotoğrafta nefes alan kız, bir daha asla nefes alamayacaktı. Bu kızın bir daha fotoğrafı olmayacaktı. Onun sahnesi de bitmişti, perdesi de kapanmıştı. Tiyatro işten çıkarmıştı onu, bu kız bir daha sahneye çıkamayacaktı...

"Hayır... Hiç... Görmedim..." dedim.

"Peki, okulda kaldığınız süreçte şüpheli davranan birini gördün mü, şüpheli bir olaya şahit oldun mu?"

"Hayır, olmadım. Görmedim."

"Çok garip değil mi?" dedi birden polis, kaşları çatılı bir şekilde gözleri üzerimde gezinirken.

"N-ne...Garip olan ne?"

"Okula kaydını aldırıyorsun. Okula geldiğin ilk gün, yıllardır sorun olmayan okulda bir cinayet işleniyor." Şok içinde bakakaldım ona. Korkuyla gözlerim kocaman açıldı.

"Ne demek istiyorsunuz!" dedim, resmen bağırdım. "Ben mi işledim bu cinayeti?"

"Neden olmasın? Saatlerdir bir sürü öğrenciyi sorguya aldık. İçinizden birinin katil olma ihtimali %98 ve herkes katil olmadığını iddia ediyor. Katil değilim diyen herkese inanırsak bu soruşturmadan çekilmemiz gerekir küçük hanım. Ve şimdiye kadar en şüphelendiğim isim siz oldunuz..."

Gözlerim dolu dolu baktım yüzüne. Beni mi suçluyorlardı yani ben miydim gözlerindeki şüpheli? Onur'un babasının söyledikleri geldi aklıma birdenbire, "Her şeye hazırlıklı olun. Suçluya her şeyi itiraf ettirebilmek için sorguya giren herkese suçlu gibi davranıyorlar. Sizi suçlayacaklar, size suçluymuşsunuz gibi davranacaklar. Sizi korkutacaklar, suçu üstünüze atıyor gibi davranacaklar, sizden şüpheleniyorlarmış gibi konuşacaklar. Güçlü kalın."

Bunu herkese yapıyor olmalılardı. Sakin olmalıydım, ona inanmamalıydım.

"İstediğiniz kadar şüphelenin, ben kendimden eminim."

"Ve bu soğukkanlılıkla şüphemi artırmış oldunuz."

"Yerdeki kan izlerine, okuldaki ilk günüm oluşuna, soğukkanlı oluşuma bakarak beni suçlu ilan edemezsiniz." Alay eder gibi güldü, ağır ağır eğildi ve korkunç bir sesle:

"Elimizdeki tek delillerin kan izleri olduğunu sanıyorsunuz. Değil mi?" dedi. "Kan izleri bulup yüzlerce kişiyi gece evinden alıp buraya getirdik. Saçma. Emin olun küçük hanım... Elimizde çok daha büyük deliller var. Ve o deliller size karşı duyduğum şüpheyi bin kat artırıyor... Şimdi ister konuşun ister bekleyin ki hayatınız mahvolsun."

Korku; insanın ne kadar kendini tutmaya çalışırsa çalışsın kaçamadığı ve asla kaçamayacağı tek duygu. Tir tir titreten, bacaklarını uyuşturan duygu; korku. Mantığım sakin kalmamı söylüyor. Ama korkum gözlerimi yaşarttı bile. Gözlerimden hüngür hüngür yaşlar akmaya başladı.

"Hiçbir şey bil-mi-yo-rum..." Bunu, üzerine basa basa heceleyerek söylemiştim.

"Bildiğini ikimiz de biliyoruz!"

"Bilmiyorum! Bilmiyorum kahretsin bilmiyorum!" Ellerimle kulaklarımı kapattığımda sesini hâlâ duyuyordum.

"Gencecik bir kızın hayatı gitti, gencecik bir can ruhunu kaybetti. Önünde sonunda her şey ortaya çıkacak, o gün tekrar görüşeceğiz. Şimdi konuşmak istemediğine emin misin?" Başımı salladım, ağlamaktan etrafı göremediğimden.

"Çıkabilirsin."

Odadan nasıl çıktığımı bile bilmiyorum. Hüngür hüngür, hıçkıra hıçkıra ağlayarak çıktım odadan; berbat bir halde terk ettim binayı. Arka bahçeye vardığımda uzaktan Onur'u, Burak'ı ve Mert'i gördüğümde gözyaşlarım ve hıçkırıklarım arttı. Burak'ın bana doğru birkaç adım attığını gördüm.

"Şşş..." diyerek beni sakinleştirmek için sarıldı.

"Biliyorlar! Her şeyi biliyorlar!" dedim hıçkırıklarımın arasından. Gözyaşlarımın arasından Onur'un bana nasıl üzgün baktığını görebiliyordum. Duvara yaslanmıştı, kaskatı kesilmişti sanki, içi acıyarak benim Burak'ın kollarında ağlayışımı izliyordu.

"Siz içerideyken bizi de aldılar," dedi Burak. Mert devam etti:

"Onur'a da, sana da, bana da, Burak'a da, diğer öğrencilere de aynı şekilde davranmışlar. Herkesi suçluyorlar. Okulda karate şampiyonu bir kız var, kız ön bahçede bayıldı az önce. Ön bahçeyi görmedin mi, ağlayan ağlayana!"

Başımı kaldırdım, Burak'tan uzaklaşıp onlara baktım sakinleşmeye çalışırken. Gözlerim Onur'a kaydı. Gözlerimi gözlerine diktim.

"Biliyorlar..." dedim ısrarla.

"Hiçbir şey bilmiyorlar," dedi güven verir gibi, "bilmeyecekler."

"Daha fazla kanıtımız var, dedi. Özellikle benden şüpheleniyorlar... Özellikle benden şüphelendiklerini söyledi..." derken Onur cevap verdi:

"Bana da öyle dediler." Hemen sonra Burak cevap verdi:

"Bana da."

"Bana da," dedi Mert.

"Ama..." deyip sustum.

"Aması yok Zeynep. Onların işi bu, insanların üstüne gidip gerçeği itiraf ettirmek. Herkese aynı şeyleri söylediler, herkesi suçladılar. Bu kadar zayıf olma, bir yola girdik ve bu yolda dik yürümekten başka çaremiz yok. Kimse hiçbir şeyi bilmiyor. Birazdan çıkacaklar, hepimizi eve yollayacaklar, rahat bir gece geçireceğiz... Tamam mı?" Onur'un açıklamasıyla biraz olsun rahatlayıp derin bir nefes aldım.

"Tamam..." dedim sessizce.

Konuşmadan geçen birkaç dakikadan sonra ön bahçeden gelen sesi duyduk.

"Buraya toplanabilir miyiz lütfen? Herkesi sessizce buraya alabilir miyiz?"

Merakla ön bahçeye doğru ilerlediğimiz sırada yüzlerce öğrencinin, velinin, öğretmenin ön bahçeye toplandığını gördük. *The Walking Dead*'ten bir sahne izliyorduk sanki. Kalabalığın arasına karışıp onlara katıldığımızda bir polisin tam kapıda durduğunu gördüm. Elinde küçük bir kâğıt vardı.

"Arkadaşlar, rahatsızlık için özür dileriz. Soruşturmamız belli ki uzun sürecek, aranızdan geri çağırılanlar olacaktır. Birkaç arkadaş dışında geri kalanınız gitmekte şimdilik özgürsünüz..." Korkuyla başımı diktim, hayır, hayır... lütfen... olmasın...

"Doruk Aksoy," diyerek başlayınca şok içinde kalakaldım, Doruk mu?(!) Neden?(!)

"Doruk Aksoy, Onur Zorlu, Burak Koşan, Mert Soydan ve Zeynep Akay..."

Şok. Hiçbir şeyi bilmiyorlardı, öyle mi? Hiçbir sorun yoktu; hepimize aynı şeyleri söylemişlerdi, karateci kız bayılmıştı, herkes ağlıyordu, sorun yoktu, bilmiyorlardı, öyle mi... İşte buradaydık, Doruk'un ne ara aramıza dahil olduğunu bilmiyordum ama herkes dağılırken, burada, beşimiz şoka uğramış bir halde bir heykelden farksız ayakta duruyorduk. Öylece bakıyorduk; çaresizce, korkuyla. Buna uzun vadede ne denirdi bilmiyordum ama kısa vadede mahvolmak deniyordu. Mahvoldum diyerek girdiğim her yolun yarısında kurtulduğumu sandım, kurtulduğumu sandığım her an, tekrar tekrar mahvoldum. Çukur olduğunu bile bile attım adımlarımı, bile bile düştüm o çukura, çünkü istedim, üstüme çamur bulaşsın istedim... Şimdi dördümüz ve nedenini bilmediğim bir şekilde Doruk da dahil olmak üzere beşimiz, bir çukurun en dibinde çaresizce bekliyorduk...

Ondan uzaklaştıkça
ona yaklaşıyordum...

30. Bölüm

Dokunma Bana!

Ondan uzaklaştıkça ona yaklaşıyordum...

Hava ne kadar soğuk olursa olsun, hayatımda hiç bu kadar donduğumu hatırlamıyorum. Üşümek değil artık bu yaşadığım, ben buz gibi oldum, donuyorum. Ellerim, bacaklarım, kollarım, kalbimin etrafını saran o ince deri, beynim, gözlerim, dudaklarım. Biz hep birlikte, bütün uzuvlarımla tir tir titriyoruz. Hava kaç derece bilmem, zira ben havayı hissediyor da değilim. Beni burada donduran şey hava değil. Ben donakaldım. Onur'la, Burak'la, Mert'le ve ne alakası var bilmiyorum ama Doruk'la birlikte herkes etrafımızdan çekip giderken, herkes yanımızdan rahat bir oh çekip geçip giderken burada onlarla birlikte donakaldım... İsmimizi okudular. Bizi çağırdılar. Kıpırdamadan durduğumuz bu süreçte ilk kıpırdayan Doruk oldu, bize döndü.

"Sanırım artık içeri girmemiz gerekiyor." Korkuyla gözlerimi ona çevirdiğimde onun gözlerinde bir korku olmadığını gördüm. Beni sakinleştirmek istercesine bakarken Onur kolumu tuttu.

"İyi değilsen sorguya sonra gelmeni isteyebiliriz..." Onur'un sesiyle anlamamış gibi afallayarak yüzüne baktım.

"Ne?"

"Titriyorsun." O an fark ettim bütün vücudumun *zangır zangır* ikilemesinin sözlük örneği gibi tir tir titrediğini. Ben içim titriyor sanıyordum, dışım da titriyormuş. Ben kalbimin atış hızı beni titretiyor sanıyordum, meğer korkum bana elektrik verilmişlik etkisini yaşatıyormuş. Ben ne sandıysam öyle değildi bu zamana kadar, şimdi de öyle olmadı.

"İ-iyiyim," diye mırıldandım korkuyla, "içeri girelim." Onur o sırada üstündeki montu çıkardı, yavaşça üzerime doğru geçirdi. Elleriyle kollarımı tuttu, upuzun boyuyla tepemde bana doğru eğildi.

"Birazdan buradan gideceğiz. Söz veriyorum, birazdan çıkıp gideceğiz." Tam o sırada telefonumun çalmasıyla korkuyla yerimden sıçradım, Onur anında beni sakinleştirmeye çalıştı.

"Şşş, şşş... Tamam... Sadece telefonun çalıyor, şimdi telefonunu açacağız" dedi elini kendi montumun cebine attığında, "ve sen konuşacaksın. Baban arıyor."

Titreyen başımı sallayıp telefonumu aldım. Üst bardaki dört cevapsız arama bildirimine omuz silkerek telefonu açtım.

"Alo, baba..."

"Zeynep! Şükürler olsun! Sen bizi delirtmeye mi çalışıyorsun? Saatlerdir sana ulaşmaya çalışıyoruz. Neredesin!"

"Baba... Okulda... Okulda... Hani bir... Cinayet..." Konuşamıyorum, şu hale bak, titremekten konuşamıyorum. Tir tir titremekten sesim çıkmıyor.

"Cinayet mi!" Babam şok içinde sorunca bir şeyler daha kekeledim ama konuşabilecek halde değildim. O sırada Onur telefonumu kulağımdan çekti ve Mert'e uzattı. Şaşkınlıkla Mert'e döndüm. Telefonumu kulağına dayadı ve babamla konuşmaya başladı.

"İyi akşamlar efendim. Haber veremediğimiz için üzgünüm. Zeynep akşama kadar bizimleydi. Sonra belki duymamış olabilirsiniz ama okulumuzda yaşanan tatsız bir olaydan dolayı tüm okulun sorgusu yapıldı. Biz de saatlerdir buradayız, işimiz biter bitmez Zeynep'i eve getireceğiz..." Biraz durup dinledikten sonra devam etti:

"Evet... Evet... Maalesef öyle bir olay yaşandı. Hayır, korkacak bir şey yok. Kesinlikle endişelenmeyin. Evet... Tabii ki... Ben Mert, evet... Tamam, çok memnun oldum... Hayır hayır Zeynep gayet iyi... Evet, iyi geceler efendim," diyerek telefonu kapatıp bana uzatınca titreyen elimle aldığım gibi cebime attım. Başımı kaldırdığımda Onur sert bir yüz ifadesiyle, başıyla karakolu işaret etti. Birlikte ağır ağır ilerlemeye başladık. O an bir saniyeliğine korkuyla durdum. Mert, Burak ve Doruk içeri girerken Onur da benimle durdu. O an zaman da durdu sanki. Ona döndüm, bana döndü, ona baktım, bana baktı...

"Ya kötü bir şey olursa?" diye sordum korkuyla.

"Olmayacak. Sadece bir kez daha sorgulanacağız o kadar."

"Ya öğrendilerse? Ya tutuklanırsak?"

"Hiçbir şey olmayacak Zeynep... Hiçbir şey..."

"Ya olursa Onur?(!) Ben çok belli ediyorum; kekeliyorum, titriyorum, neredeyse ağlayacaktım! Ya benden şüphelenirlerse... Ya beni tutuklarlarsa?(!)"

"Sakin ol, daha önce de söylediğim gibi, herhangi birinize bir şey olursa suç tamamen benim olacak! Ben üstüme alacağım."

"Hayır! O zaman ben de itiraf ederim! Beraber yaptık derim! Böyle bir şey yapmayacaksın!"

"Bak Zeynep," dedi Onur derin bir nefes alıp, "ne olursa olsun, seni orada tutsalar bile bir yolunu bulup kurtaracağım seni oradan. Söz veriyorum."

"Ya ne olduğunu, orada neler dediğimi size bile anlatamazsam? Ya oradan çıkınca sizinle konuşmama bile izin vermezlerse, beni direkt bir yere, bir mahkemeye götürürlerse? Ya da beni bırakıp üstüme bir dinleyici yerleştirirlerse! Aklımdan bin tane şey geçiyor, delireceğim."

Onur çok daha derin bir nefes aldı. İstanbul'daki bütün havayı içine çeker gibi iç çekti. Sonra gözlerini gözlerime çevirdi.

"Ben küçükken annem, babam ve ben bir oyun oynardık. Annemle ben takım olurduk. Babam da tek başına bir takım olurdu.

Oyunda takım arkadaşlarının birbirleriyle konuşması yasaktı. Ama annem bana oyundan önce demişti ki, 'Eğer yardımıma ihtiyacın olursa bana göz kırp, sana yardım edeceğim.' Her yardıma ihtiyacım olduğunda göz kırpardım, her yardım istediğimde gizlice yardım ederdi annem bana. Biliyorum, saçma gelecek ama bunları çok film izlemekten beynin sana düşündürtse de eğer gerçekten sana susmanı söylerlerse, üstüne dinleyici yerleştirirlerse, göz kırp Zeynep. Bu da bizim anlaşma şeklimiz olsun. Olur mu?"

Olayın saçmalığına, şu an yaşadığım korkunun büyüklüğüne sinir bozukluğuyla güldüm. Başımı salladım çocuk gibi.

"Olur," dedim.

"Hadi, şimdi onlara sorularının cevabını verme zamanı."

Birlikte karakola girdik. Bizi bir kez daha ayrı odalara aldılar. Beni yine karanlık bir oda, loş bir ışık karşıladı. Beni bir masaya oturttular, karşıma geçen seferkinden farklı bir polis koydular. Korkuyla derin bir nefes aldım, polis başını kaldırıp yüzüme baktı.

"Önceki ifadeni okuyordum da," diyerek söze girdi, "seninkini de okudum. Onur'un, Burak'ın ve Mert'inkini de. Sonra bir gariplik oldu Zeynep Hanım."

Kalbim çıkmak üzere gibiydi, nefesimi tutmuş bir şekilde dinlemeye başladım.

"İfadeleriniz çok net ve çok benzer. Dördünüzün ifadelerini okuyana kadar her şey tamamdı. Bahsettiğiniz şeyler aynıydı. Müzik odasına gidiyorsunuz, bütün gününüz orada geçiyor, ertesi günler boyunca da karantinadan çıkana kadar önemli hiçbir şey olmuyor. Buraya kadar siz, bizim şüpheli potamıza girmiyorsunuz. Sonra ne oldu biliyor musunuz?" Başını yüzüme sertçe çevirince yutkundum.

"Ne oldu?"

"Karanlıkta bir ışık gibi Doruk Bey'in ifadesiyle karşılaştım." Doruk'un ifadesi... Doruk'un ifadesi ne olabilirdi ki?(!) Ne söylemiş olabilirdi?(!)

"Bize, sizin sıradan geçtiğini iddia ettiğiniz günlerin birinde yaşanan bir olayı anlattı. Koridorda gezerken Onur, Burak ve Mert üçlüsüne rastlamış. Deli gibi sizi arıyorlarmış. O da onlara katılmış. Ve sizi, okulun asla ama asla kullanılmayan en üst katının camı bile olmayan karanlık yıkık dökük tozlar içindeki koridorlarının birinde bulmuş. Baygınmışsınız, yerde yatıyormuşsunuz. Sizce de bu olayı bizim sizin sorgunuzda değil de başkasının sorgusunda duymamız biraz garip değil mi? Birazcık... Kayboluyorsunuz, okulun en karanlık köşesinde bayılıyorsunuz, nasıl oraya gittiniz Zeynep Hanım? Neden? O okulda oraya giden ilk kişi sizsinizdir belki! Sınıf yok, oda yok, kapı bile yok! Bomboş çöp dolu bir koridor! Ve bundan ne siz bahsettiniz ne de arkadaşlarınız! Sadece Doruk Bey... İşte bu, sizi birazcık şüpheli kılıyor. Birazcık..."

Kalbim deliler gibi atıyor; yerinden çıkmak üzere. Ya da kalbime vurmak üzere olan bir kriz var. Ben, şu an deliye dönmek üzereyim. Ne yapacağımı, ne konuşacağımı bilmiyorum. Ne diyebilirim! Onur ne diyecek? Burak ne diyecek? Mert ne diyecek? Bir hikâye uydursam onlar ne anlatacak? Sakin ol Zeynep, sakin ol...

"Susuyorsunuz... Bir avukat isteme hakkınız var. Ama şunu bilin, avukat istediğiniz an bu iş resmiyete dökülecek. Bu gece kendinizi nezarethanede, yarın sabah mahkemede bulabilirsiniz."

Onlar ne diyebilir? Onlar ne anlatabilir? Düşün Zeynep... Düşün... Şu an dördümüzün de aynı hikâyeyi uydurması gibi bir olasılık yok. Bu imkânsız bir şey. Dördümüzün de aynı şeyleri söylemesinin tek bir ihtimali var... Tek bir ihtimal, o da gerçeği anlatmak. Sadece gerçeği.

"Onur'a kızdım," deyiverdim birden. Polis kaşlarını çattı.

"Efendim?" Karşımda duran, dakikalardır on sekiz yaşındaki bir kıza dünyanın en gergin dakikalarını yaşatan bu polise karşı susup oturmayacaktım. O beni bu kadar korkuttuysa, böyle dalga geçer gibi konuştuysa bunca dakikadır, sıra bendeydi.

"O gün Onur'a kızdım. Ben dördümüz yakın arkadaşlar olacağız sanıyordum. Ama o sadece okul karantina altında olduğu için, yalnız kalmayayım diye beni yanında tuttuklarını söyledi. Sonra gideceğimi, tek başıma olacağımı söyledi. Ben de 'Şimdi gidiyorum o zaman!' gibi bir şey söyledim. Ergence bir durumdan ibaret yani.

Yanından kalktım, uzaklaştım, sinirle gidebileceğim yere kadar gittim. Nereye gittiğimi bilmiyordum. Daha sonra kaybolduğumu anladığımda Onur'u aradım ama o an şarjım bitti. Karanlık, toz içinde bir yerde kalakaldım. O an bir ses duydum... Basit bir tahta sesiydi ama bu beni korkutmaya yetti. Sanırım... Bayıldım... Uyandığımda Doruk'un kucağındaydım. Belki de sorguda ağırlık vermeniz gereken kişi ben değil de Doruk'tur. Orada ne işi vardı? Belki duyduğum ses ona aitti, belki benden bile önce oradaydı? Niye oradaydı? Bu birazcık şüpheli bir durum, değil mi? Birazcık..."

Yutkundu. Karşımda onun *birazcık* kelimesini tekrarladığım anda donakaldığını gördüm. Başını salladı, önündeki kâğıda birkaç not aldığı gibi eliyle kapıyı gösterdi.

"Tamamdır," diye mırıldandı, "şimdilik sorumuzun cevabını aldık. Bakalım, diğer arkadaşlarınız ne gibi hikâyeler anlatmış. Sonra tekrar çağırılıp çağırılmayacağınızı göreceğiz." Hikâyeler... Sinirle kapıya yöneldim. Kapıdan çıktığımda Burak'la karşılaştım.

"İyi misin?" diye sordu sakin bir sesle.

"İyiyim, diğerleri çıktı mı?"

"Mert ve Doruk çıkmış. Onur hâlâ içeride. Arka bahçeye gidelim, o da gelir."

Birlikte karakoldan çıktığımız an bana doğru eğilerek, "Ne anlattın?" diye sordu telaşla, beni gördüğü andan beri bunu içinde tuttuğu belliydi.

"Gerçeği söyledim. Onur'la kavgamızı, bu yüzden gittiğimi. Sen?" dedim korkuyla, başını salladı.

"Aynısını. O an bir hikâye uyduramayacağımıza göre gerçeği söylemeliydik."

O sırada görüş alanımıza Doruk'la konuşan Mert girdi. Arka bahçenin en köşesinde konuşuyorlardı. Onlara yaklaştığımız sırada arkamdan gelen sesle birlikte olduğum yerde sıçradım.

"Orospu çocuğu!" Korkuyla arkama döndüğümde hayatımda ilk defa Onur'u bu kadar sinirli gördüm! Gözü hiçbir şeyi görmüyormuş gibi büyük karakol bahçesinin arka tarafında, en ücra köşede, gözlerden uzak bir yerde durduğumuz alana doğru, Doruk'a doğru geliyordu. Şok içinde kenara çekildiğimde bana çarpıp geçti ve birdenbire Doruk'un boğazına yapıştı! Doruk'u duvara yapıştırdığı anda kalakaldım!

"Onur! Ne yapıyorsun?(!) Mert anında onları ayırmaya yöneldiğinde Burak'ın da koştuğunu gördüm.

"Bu orospu çocuğu polislere bizden şüphelendiğini söylemiş! Şüpheli hareketlerimiz olduğunu söylemiş! Cinayeti bizim işlediğimizi düşündüğünü söylemiş! Bizzat isimlerimizi yazıp vermiş!" Onur'un sesi öfkeden kendinden geçmiş gibiydi. Şu anki hali normal Onur değildi! Hayatımda ilk kez bu kadar sinirli bir insan görüyordum. Dehşet içinde onu izlediğimde Mert ve Burak onu sakinleştirmeye çalışıyorlardı.

"Abi tamam! Sen şimdi bırak! Bak sonra halledeceğiz; burada değil, burada olmaz!"

"Onur, kardeşim, karakol bahçesindeyiz!" dedi Burak Onur'un kolunu çekmeye çalışırken, Onur büyük bir öfkeyle Doruk'u kaldırıp yere yatırdığında çığlık atmak üzereydim.

"Öldürdünüz mü lan kızı?(!)" Doruk'un sorusuyla birlikte yaşadığımız sahne, benim için berbat bir andı. Onur'un Doruk'u susturmak için yüzüne bir yumruk geçirişi, Burak ve Mert'in Onur'u çekiştirme çalışmaları...

Gözlerimden yaşlar akarken ve Onur tek elini Doruk'un boğazına dayamışken parmağını ona doğru salladı.

"Kızı hiçbirimiz öldürmedik," dedi öfke kusar gibi, "ama yemin ederim seni öldüreceğim!" Onur'un kurduğu bu cümleyle birlikte olduğum yerde kalakaldım. Korkudan dizlerimin tutmadığını hissettiğim an sanki etrafımızda dönen bir kamera vardı. Dizlerimin üstüne çöktüm, ellerimle ağzımı kapattım, Onur'un cümlesinin beynimin içinde yankılanışını dinledim; tekrar ve tekrar.

"Ama yemin ederim seni öldüreceğim!"

"...yemin ederim seni öldüreceğim!"

"...seni öldüreceğim!"

Bu, o Onur'du. Bu onun içindeki gerçek Onur'du. Öfke dolu Onur. Ne yaptığını sonradan hatırlamayacağı Onur.

"Sen beni tehdit mi ediyorsun?(!)" Doruk zar zor konuşurken Onur'a uzanmaya çalıştım.

"Tehdit değil..." dedi Onur sertçe, kendinden geçmiş bir şekilde devam etti, "Sana ne yapacağımı söylüyorum. Bir daha bizimle uğraşırsan, buraya bir sonraki gelişimiz senin cinayetinin sorgusu olur!"

"Seni şikâyet edeceğim! Bittin sen Onur Zorlu!" Onur birden Doruk'u bırakıp ayağa kalkınca korkuyla başımı kaldırdım; onun bana bakmayan gözlerine baktım. Eliyle karakolu gösterdi.

"Siktir git, yiyorsa." Doruk yerden kalkıp koşarak karakola ilerlediğinde ayağa kalktım. Gözlerimden yaşlar süzülürken Onur bana döndü. Yüzümü, ne hale geldiğimi gördü. O an şoka girmiş gibi baktı bana.

"Zeynep..." diyerek bir adım attı. Bir adım geri attım.

"Yaklaşma bana!" Bir adım daha attı, korkuyla arkamı dönüp hızlı adımlarla bahçeden çıktım. Hıçkırıklarımdan nefes bile alamaz bir haldeydim. O iyi kalpli Onur Zorlu bu muydu! Bu muydu öfkelenince geldiği hâl?(!) Doruk'u tehdit bile etmemişti, ona, onu öldüreceğini söylemişti.

"Zeynep!"

Arkamdan sesini duyduğumda ara bir sokağa hızla girdim. Peşimden geliyordu, çok yakındı. Şuna bakın, daha bugün beni takip eden adamdan beni koruyan insandan kaçıyordum şimdi! Birden kolumu tutup beni kendisine çevirdiği anda korkuyla ittim onu.

"Dokunma bana!" dedim titreyen sesimle. Burak ve Mert arkamızdan geliyorlardı. Onur yalvarır gibi baktı yüzüme.

"Sana yemin ederim," dedi, "bana ne olduğunu bilmiyorum, kendimde değildim!" Elimi ağzıma götürdüm. Ağlayarak baktım yüzüne, hıçkırıklarımı elimle bastırmaya çalıştığım sırada Mert Onur'u kolundan tuttu.

"Onu öldürecektin!" diye bağırdım.

"Yapmayacaktım! Kendimi kaybettim!"

Bana doğru bir adım daha attı, bu son adımı oldu.

"Onur..." dedim, "gelme..." Mert sakince bana baktı.

"Zeynep, bir taksiye atla ve eve git. Biz onunla kalacağız. Merak etme."

Başımı salladım. Acımasızca, "Merak etmiyorum," dedim. Sesim sert, cevabım kesindi. Arkamı döndüm, kararlı adımlarla onlardan uzaklaştım. Önüme çıkan ilk taksiye atladım. Bu yaşadıklarım, az önce gördüğüm şeyler, benim aklımın, hayalimin, beynimin, ruhumun, kalbimin kabul edebileceği, bünyesine alabileceği şeyler değildi. Onur Zorlu'nun tertemiz kalbinin içinde katil ruhlu bir öfke manyağı yatıyordu. Ve bu her şeyi o kadar doğruluyordu ki. Taksi onlardan uzaklaştıkça kendimi güvende hissetmeye başladım. Daha bugün güvende hissetmek için yanında olduğum o adamdan uzaklaştıkça daha da güvende hissediyordum şimdi. Ben onu kendime sığınak yapmıştım ama onun yanında olmak tehlikeyi dibime getiren temel şeydi. Onur varsa tehlike vardı, Onur varsa tehlike hep olacaktı. Ve benim, bir daha tehlikenin ortasında durma gibi bir niyetim yoktu. Bitmişti, bu onu son görüşüm, son yan yana oluşumdu. Ondan uzaklaşıyordum; tehlikeden, korkudan uzaklaşıyordum. Ondan uzaklaşıyordum... Ama bilmiyordum ki aslında giderek ona daha çok yaklaştığımı... Ondan uzaklaştıkça ona yaklaşıyordum. Bu dünyanın yuvarlak olduğu teorisinin bir numaralı kanıtıydı. Ve ben hayatımda ilk defa, ilk defa bu kadar korkuyordum.

31. Bölüm

Aradığın Sendin...

İşte buldun...

Bazı şeyler vardır; kelimelerle anlatılır, bazı şeyler bakışlarla, bazı şeyler seslerle, bazı şeyler sadece yazarak, bazı şeyler de konuşarak. Bazı şeyler için yazmak, konuşmak, bakmak yetmez. Bağırmak gerekir ve bağırmak için, her zaman konuşuyor olmak gerekmez. Bir insan sessizce de bağırabilir. Siz içinizden bağırmak nedir, bilir misiniz? Ben çok iyi bilirim... Çünkü tam şu an, tam şu saniye, içinde bulunduğum taksi evimin önüne ulaşmak üzereyken Onur'dan uzaklaştıkça içimden çığlık çığlığa bağırıyorum. "Olabilir mi?(!)" diye bağırıyor içim, "Yapmış olabilir mi?" Bazı olaylar vardır, kabullenirsiniz. Evet, bu oldu, belli ki bu olmuş, dersiniz. Dakikalar geçer, o olayın gerçekliğini kanıtlayan bir olay daha yaşanır. Az önce kabullenmenize rağmen, "Olabilir mi?(!)" diye delirirsiniz. Durumumun özeti bu. Bu oldu, yaşandı; biz orada olmasak da nasıl olduğunu görmesek de Onur'un az önce gördüğüm öfkeden delirmiş gözleri, bana olayın gerçekliğini bir bir özetledi. Onur Zorlu'nun içi hastaydı, içi. Masum sandığım kalbi hastaydı, ruhu tertemiz olsa da beyni, kalbi, elleri hastaydı. Ona o bıçağı tutturan elleri katildi. Ama ruhu... Ruhu...

"Burası mı hanımefendi?" Korkuyla başımı kaldırdığımda taksicinin durduğunu ve başıyla evimi gösterdiğini gördüm. Titreyen başımı sallayıp cüzdanımı çıkardım.

"Ne kadar?"

"On üç, on beş verseniz yeter." Taksici gülerken hiçbir şey anlamayarak cüzdanımdan on beş lira çıkardığım gibi eline bırakıp taksiden indim, eve doğru inerken taksicinin sesini duydum:

"Şaka yapmıştım!" Olayın ne olduğunu bile anlamadan, arkama dönmeden anahtarımı çıkarıp eve girdim. Kafamda binlerce düşünce vardı, yüz binlerce his bedenimin etrafını sarmıştı. Odama çıkacaktım; saatlerce belki de günlerce uyuyacaktım. Telefonumu kapatıp haftalarca açmayacaktım. Artık uzaklaşmamın vakti gelmişti. Tüm bu kaostan, tüm karanlık düşüncelerden, Onur Zorlu'dan...

Annem ve babamın yatmış olduğunu evin karanlık ve sessiz oluşundan fark ettikten sonra ağır adımlarla odama çıktım. Odama girer girmez sırt çantamı yere bıraktım. Montumu çıkardım, daha sonra cebimden telefonumu çıkarıp kararlılıkla kapattım. Açmayacaktım; günlerce bu yataktan çıkmayacak, telefonumu açmayacaktım... Telefonumu komodinin üstüne koyup üstümdekileri çıkardım. Üstüme mor pijama takımımı geçirip yorganın altına girdim. Pijama takımım hayatımdaki tek renkli şeydi. Sabah uyandığımda kararmış olsa, simsiyaha dönse ona da şaşırmazdım. Girdiğim yeri karartıyordum, nereye gitsem her şey benimle birlikte kötüye gidiyordu. Bu yüzden artık bu yataktan çıkmayacaktım, hiçbir yere gitmeyecektim. Bu yatağa girişim, ayağımın yerle son temas edişiydi.

Otuz dakika... Belki de yirmi... Sadece bu kadar dayanabildim. Elimi yorganımın altından çıkardım, komodinin üstündeki kapalı telefonuma baktım; siyah ekranına, ekrandaki yansımama, dolu gözlerime. Aptal... Aptal... Neden ağlıyorsun? Sen bir aptalsın. Hıçkırıklarım dudaklarımın arasından çıkarken ne yapacağımın bilinçsizliğiyle elimi dudaklarımın üstüne götürdüm. Aklıma o an Onur'un öfkesi, Doruk'u duvara çarpması geldi. Gözleri... Gözlerini görseydiniz... Gözler öldürebilseydi Onur çoktan ikinci kez katil olurdu o an. O an'a kadar hâlâ, evet hâlâ inanamıyordum, Onur'un yapmış olabileceğine ikna olamıyordum. Ama o gözler, o bakışlar... Ela gözleri gözlerimin önünde kırmızıya dönüşmüş, alnındaki damar çatlayacakmışçasına çıkmıştı öfkeden. Öldürmek istiyordu boğazını sıkan eller... Öldürmek istemeyen biri bu kadar öfke dolu olamazdı. Tamam. Biliyorum, Onur'un bunu isteyerek yapmadığını biliyorum. Allah kahretsin! Neden kendimi tutamadım... Ondan kaçtım... Ona çok kötü şeyler söyledim. O son hali hayatımda gördüğüm en yıkık binadan daha yıkık; harabeden farksızdı. Bir insan ancak ve ancak bu kadar yıkılabilirdi. Ona öyle davranmamalıydım. Tamam, ona kızgındım ama hasta olduğunun bilincinde olmalı, ona kendini kötü hissettirmemeliydim.

Dayanamayıp yataktan fırladım. Kendimi telefonumla birlikte camın önünde buldum. Ne yapacaktım? Ne yapacaktım şimdi?(!) Titreyen ellerimle telefonumu açtım. Mesaj gelmiş olsun, lütfen, mesaj gelsin... Yoktu, ne mesaj, ne arama, hiçbir şey. Sağ üst köşedeki şarj uyarısıyla birlikte çantama doğru ilerledim. O an aklıma şart aletinin çantamda değil montumun cebinde olduğu geldi. Elimi montumun cebine attığım an bir şey düştü... Bir kâğıt... Korkuyla ağır ağır eğildim. Yerde duran katlanmış kâğıdı elime aldım, montumu bıraktım, kâğıdı yavaş yavaş açtım. Bir not daha...

Eski bir inanışa göre yangını izlersen ateş sönermiş, prenses...
Yangından kaçan, yanmaktan kurtulur, sevdiklerinin yanışını izler...
İyi mi yaparsın bir düşün, kötü mü yaparsın yoksa?
Bırakıp gittiğin o yangın, sevdiklerinin kül havuzu olursa...
Kim vardıysa yanında, bir bir küle dönüşecek.
Söndürmek istiyorsan aç gözlerini, yangınına bak,
O eski inanış, senin anahtarın olacak.
Gözlerin ateşte oldukça, o ateşin harı uçup gidecek.
Sen ki su değilsin, buhar olup yağamazsın,
Âlim değilsin, kaçıp çözüm bulamazsın,
Kendini sakladığın o yerde,
Bu ateşi söndürecek suyu bulamazsın...
Yangının suyu,
Kapının anahtarı,
Camın pervazı,

Sensin... Bitsin istiyorsan bu ceza,
Su ol söndür yangını...
Yoksa ayaklar altında kalacak, birilerinin onuru...

Titreyen ellerimle notu buruşturup camdaki yansımama odaklandığımda ilk defa bir notu anladığıma şahit oldum. Bu açık bir mesajdı, "Yanlarından ayrılma!"

Not, notu yazan kişi, bana bas bas bağırıyordu, "Yanlarına git!" Ve resmen beni tehdit ediyordu. "Su ol söndür bu yangını, yoksa ayaklar altında kalacak, birilerinin onuru..." Direkt olarak hedef olan Onur'du. Beni Onur'la tehdit ediyordu. Ama... Bu nasıl olmuş olabilirdi? Onların yanından ayrılarak taksiye binmiştim. Sonra eve geldim. Bu not benim cebime nasıl girmişti? Beynim salisede binlerce düşünce üretiyordu. Cinayeti Onur işlediyse, bu notları cinayeti gören biri yazıyorsa bu olayda benim yerim neydi? Anahtar nasıl ben olurum, bu yangının suyu nasıl ben olurum? Notu cebime atıp telefonumun şarjını çıkardım. Sakin kalmak zorundaydım. Telefonumu şarja taktım ve sakin birkaç dakika geçirmeye çalıştım. Aklımın bir kısmı bu notta, bir kısmı Onur'daydı. Öfkesi dinmiş miydi, sakinleşmiş miydi? O an aklıma gelen bir şeyle olduğum yerde donakaldım. Şikâyet... Doruk en son Onur'u şikâyet edeceğini söylüyordu! Ya bunu yaptıysa... Onur o haldeyken ne sorguda ayakta kalabilir ne de başka bir şeye dayanabilir... Telefonumu kaptığım gibi Burak'ı aradım. Telefon ikinci çalışında açıldı.

"Burak..."

"Efendim?" Zeynep demedi, Zeyno demedi... Burak bana kızgındı.

"Ben... Onur'u soracaktım..."

"İyi değil." Öfkeyle, korkuyla ve stresle hızlı bir nefes aldım.

"Burak! Biliyorum bana kızgınsın... Onur'a öyle davranmamalıydım ama bir an için her şey aklımdan çıktı. Hastalığı, bilinçsizce yaptıkları... O an sadece cinayete ve Onur'un öfke patlamasına yoğunlaştım. Bir an için her şeyi bilinçli olarak yapıyor gibi geldi, sadece birkaç dakika için... Özür dilerim, gerçekten çok üzgünüm. Uyuyamıyorum, aklımdan bir saniye bile çıkmıyorsunuz. Lütfen yapma bunu. Yalvarıyorum..."

Kısa bir sessizlik, sonra Burak'ın derin iç çekişi...

"Sorguya aldılar, neredeyse yarım saattir içeride. Avukatını bekliyorlar ama berbat bir halde... Sorgu odasını değiştirdiler az önce, onu hiç bu kadar kötü görmemiştim. Bu orospu ço-... Doruk'la yarım saattir konuşuyoruz. Şikâyetini geri almıyor. Bir de manyak gibi burada bekliyor Onur'un geldiği hali zevkle izlemek için. Mert'i zor tutuyorum. O da beni zor tutuyor. Bu gece biri bu orospu ço- özür dilerim... Bu gece biri bu Doruk'u öldürecek ama hangimiz olacağız merakla bekliyorum." Sonra durdu, birkaç saniye bekleyip devam etti:

"Zeynep... Yapmamalıydın... Onur'a bunu yaşatmamalıydın..." dediğinde, gözlerimin dolduğunu hissettim. Boğazıma oturan düğümden yutkunarak kurtulmaya çalıştığımda Burak konuşmasına devam ediyordu.

"Onur en son o bitmiş halde bile seni soruyordu. Eve gitmiş mi dedi, arayın dedi, konuşun dedi, evine gidin dedi... Sana en başında Onur'un sert olabileceğini, insanları kırabileceğini ama çok güzel bir kalbi olduğunu söyledik."

"Burak... O hali... O geldiği hâl..." Titreyen dudaklarım konuşmaya devam edemedi.

"Biliyorum Zeynep, o halinin normal olmadığını ben de, Mert de biliyoruz. Ama bir hastalığı olabileceğini daha yeni konuştuk, hatırlamıyor musun?(!) Bunu bile bile bu tepkiyi nasıl verirsin... Ona bu gece darbe vuran Doruk'un sorgusu değil, senin gidişin oldu. Eğer s-" derken dayanamayıp telefonu kapattım. Anında hiç durmadan üstümdeki pijamaları çıkardım ve odaya girdiğimde üstümde olan kıyafetlerimi tekrar giyindim. Montumu alıp telefonumu şarjdan çıkardım. Neredeyse hiç şarj olmamış olmasını umursamadan sessizce merdivenlerden inip evin kapısını açtım. Annem ve babamı uyandırmamaya dikkat ederek kapıyı kapattığım gibi hızlandım. Sokaktan çıkıp ana caddeye ulaşınca, tek tük geçen arabaların arasından yaklaşık on dakikalık bir bekleyiş sonunda bulduğum ilk taksiye atladım. Yol boyunca aklım planımdaydı. Basit bir planım, bir kucak dolusu pişmanlığım vardı. Ama aklımda olan tek şey Onur'un durumuydu. Onu oradan kurtarmak, onun taşlarını bir bir dağıttığım gibi yerine dizmekten başka bir çarem yoktu...

Taksi karakola vardığında ödemeyi yaptığım gibi taksiden indim. Koşar adım karakol bahçesine girdim. Merdivenlere yöneldiğim sırada arkamdan gelen sesle donakaldım.

"Zeynep..." İşte, planımın piyonu buradaydı, bana sesleniyordu. Başımı karakolun yan bahçesine çevirdiğimde karanlık geceye rağmen sapsarı saçlarıyla parlayan Doruk'u gördüm. Yanağının kenarındaki morluk bana o anı hatırlattığında içimde sızlayan o noktayla birlikte ona doğru harekete geçtim. Birkaç adım attım, yutkundum, hazır olmak zorundaydım. Yapabilirdim... Elimi ağır ağır kaldırdım, Doruk'un yanağındaki morluğa dokundum.

"Onur adına senden özür dilerim," diye mırıldandım kendimden nefret ederek.

"Ama onun için geldin."

"O benim arkadaşım. Okuldaki bu son durumu, babasının çok fazla üzülmesi hepsi üst üste geldi... Kendini toparlayamadı ve sana patladı." Sonra konuyu dağıtmak için devam ettim, "Acıyor mu?"

"Hayır... Hiç acımadı zaten." Neredeyse ağlayacaktın Doruk.

"Bu gece beni çok şaşırttın..." diye mırıldandım gözlerimi gözlerine dikip. Kaşlarını çattı.

"Neden?"

Bu işi bu kadar uzatırken bile içim rahat değildi. Hele seçtiğim plan; beni dünya üzerinde bundan daha rahatsız eden bir yol olamazdı. Onur adına özür dilemem, Doruk'a yaklaşmam...

"Çocuk gibi davrandın," dedim hafifçe gülerek. "Şikâyetçi olmak çocukça bir davranış." Doruk birdenbire gülümsedi.

"Güzel deneme." Kaşlarımı çattım, anlam veremeyerek baktım.

"Ne?"

"Arkadaşını kurtarmak için diyorum, bana yürümen, yanağıma dokunman... O şerefsizin adına özür dilemen..." Şerefsiz kelimesi dudaklarının arasından çıktığı an onu ölümle tehdit etmeyi bir kez de ben istedim. Onu Mert'in ve Burak'ın önüne atmayı, hatta Onur'a tam o an izin vermeyi o kadar çok istedim ki.

"Biliyor musun," diye mırıldandım, "bir insanın polise verdiği ifade ne kadar çok şeyi değiştiriyor, değil mi? Bir ifade verdin, koskoca bir gece mahvoldu. O şerefsiz dediğin Onur, şu an senin yüzünden içeride mahvolmuş bir halde oturuyor. Hastanedeki babasının yanına bile gidemiyor, onu bu hale sen getirdin. Bir ifadeyle... Verdiğin bir ifadeyle getirdin."

"Eee?" dedi ukala bir tavırla.

"Sağır değilim, dilsiz, kör, sakat... İçeri girmemi engelleyecek hiçbir şey yok. İfadende anlattığın her şeyi hatırlıyor musun? Bir geceyi seninle yangın merdiveninde geçiriyorum, oturup konuşarak ve şahitlerimiz fazlasıyla var. Sonra bir gün okulda kayboluyorum, beni kucağında sen getiriyorsun. Kucağında! Çünkü baygınım. Bir düşünsene, senin bir ifadeyle değiştirdiğin durumu... Aynısını, ben yapamaz mıyım? O yangın merdiveninde beni taciz edişin, bunu birine anlatırsam neler yapacağına dair beni tehdit edişin..." Doruk şok içinde bakakaldığında zevk aldığımı hissettim.

"Ne saçmalıyorsun sen! Ne tacizi?(!) Ne tehdidi?(!)"

"Bu ifadeyi verdiğim an sorguya alınacaksın, bu kaçınılmaz. Ve basit *bir konuş git* sorgusu değil bu sefer. Ailen aranacak, avukatın çağırılacak, şikâyetimi geri çekmediğim sürece mahkemeye kadar gidecek bu iş."

"Sen delirdin mi?(!) Böyle bir şey olmadı ki!"

Gülümsedim.

"Peki, ya ben onlara olmuş gibi anlatırsam..."

"Delirdin mi sen Zeynep? Sen böyle bir insan değildin! Ne oldu sana?"

"Ne benden ne Burak'tan ne Mert'ten ne de Onur'dan şüpheleniyorsun aslında. Onur'a duyduğun ergence nefret yüzünden saçma sapan bir ifade verdin ve şimdi gidip o ifadeyi geri alacaksın. Yoksa avukatı aranan tek insan Onur olarak kalmaz. Birazdan bütün ailen yığılır bu bahçeye. Beş dakikan var, dört dakika elli dokuz saniye, dört dakika elli sekiz saniye, elli yedi, elli altı..."

Doruk yanımdan hızlı adımlarla ayrılıp karakola girdiğinde ağır ağır peşinden ilerledim. Mert ve Burak beni gördüklerinde ayağa kalktılar; yüzlerinden, bana bozulmuş oldukları fazlasıyla belliydi. Ağır ağır yanlarına doğru ilerledim. Yutkundum tedirgin bir halde.

"Nerede?" Burak başıyla koridorun en uç odasının kapısını gösterdi.

"Birazdan çıkacak."

Cümlemi kurduğum an ikisi de şoka uğramış bir durumda bana baktılar. Kaşlarının çatılmasıyla birlikte yüzlerinde beliren umut, içimi biraz olsun rahatlatmıştı. İçim, Onur'un oradan çıktığını gördüğü an tam olarak rahatlayacaktı. Belki bana kızgın olacaktı, belki benimle konuşmak bile istemeyecekti. Ama her şeye rağmen onu bu durumdan kurtaran kişi olmak zorundaydım. Yaklaşık on dakikalık bir bekleyişten sonra önce Doruk çıktı girdiği odadan dışarı. Hiçbir şey söylemeden yanımızdan çekip gitti. Yaklaşık on beş dakikalık bir bekleyişten sonra da Onur yanında bir görevliyle dışarı çıktı.

O an öyle bir andı ki... Başını kaldırmadan odadan çıkışı, görevlinin başka odaya girmesiyle tek kalışı, başını kaldırışı ve direkt olarak gözlerime bakışı... Saçları dağılmış, yüzü kızarmış, gözleri yorgun bakıyor. O an içim acıdı, ona söylediğim şeyler bir bir aklımda dolaştı. Bana kızgın olmalıydı, bana kızgın olduğunu biliyordum. Onu o haldeyken bana, "Bana ne olduğunu bilmiyorum, kendimi kaybettim!" derken bırakıp gittim... Birkaç adım attı, gözleri gözlerimdeydi. Yanımdan geçip gideceğini hissediyordum, belki de buna emindim. Ama o an çok garip bir şey oldu... Çok garip, beni şoka sokan bir şey... Onur Zorlu birkaç adımda koridoru geçti. Tam önümde durdu ve birdenbire kolları beni sardı. Yüzünü saçlarıma bana muhtaçmış gibi gömdüğünde sessizce mırıldandığını duydum.

"Özür dilerim... Beni öyle görmemeliydin..." Kızgın değil, mahcuptu. Ve bunun benim için bir önemi yoktu; bana sarılmıştı. O bana sarılmıştı. Onur Zorlu, benim yıkılmaz dediğim ama taşlarının bir bir düştüğüne şahit olduğum sert duvarım, bana sarılmıştı.

Onur Zorlu bana sarılıyordu...

Ellerim belini sardığında o keskin tıraş losyonu kokusunu içime çektim. Ona iyi hissettirmek istercesine sarıldım, o bana özür dilemek istercesine sarılırken. Ona güven vermek istercesine sarıldım, o bana güven almak istercesine sarılırken. Yirmi saniyelik bir sarılma bana yıllar sürmüş gibi geldi. Sarılırken 2016'daydık, ayrıldığımızda 2020 sanki. Onur benden ayrıldı, gözlerime bakmadı. Burak ve Mert'e yönelip onların sorularını cevapladığında ne olduğunu anlamadığı her halinden belliydi.

"Doruk şikâyetini geri çekmiş," diye mırıldandı, "bir şey mi yaptınız?" Burak'ın gözleri bana kaydı Onur'un sorusunu duyar duymaz. Ona göz kırptığımda Onur'un da gözleri bana kaydı, kaşlarını çattı.

"Ne yaptın?" diye sordu hafif bir öfkeyle.

"Beni siz yetiştirdiniz," diye mırıldandım hafifçe gülerek, "küçük bir tehdit..." Burak keyifle gülerken bu durum Onur'un pek hoşuna gitmemiş gibiydi.

"Bir daha o orospu çocuğuyla bir kez bile olsun muhatap olma. Beni kurtarmak için bile olsa, değmez."

Yüzüne baktım, gözlerini gözlerimden ayırmazken, "Değer," dedim.

Hiçbir şey demeden başını önüne eğdi. Sonraki dakikalar oldukça sessiz geçti. Herkes yorgun, bitmiş bir haldeydi. Gecenin bir vakti İstanbul'un soğuk sokaklarında üç sokak ötedeki hastaneye doğru ilerliyorduk. Onur'un babasının, okul müdürümüzün yanına... Herkesin kendi içinde bir şeyler düşündüğü o kadar belliydi ki, herkesin kafaya taktığı bir şeyler olduğu ya da hepimizin sona yaklaştığımızı hissettiği... Belki de doğru hissediyorduk. Belki de gerçekten sona yaklaşıyorduk biz...

Hastaneye vardığımızda Onur'un babasına sakinleştirici serum takıldığını öğrendik. Kaldığı odaya birlikte çıktık. İçeri girdiğimizde bizi görünce gözlerinin dolduğuna şahit oldum.

"Oğlum... İyi misiniz?" dedi merakla. Onur anında başını salladı, ilerledi, babasının elini, ellerinin arasına aldı.

"Biz iyiyiz, bizi boş ver. Asıl sen iyi misin?" Babası bizim gelmemizi, bu sorunun ona sorulmasını bekliyormuş gibi gözyaşlarını bırakıverdi birden.

"Mahvoldum oğlum..." dedi hüzünle, "bittim ben... Tüm emeğim, o okula harcadığım tüm emeğim uçtu gitti. Bu akşam yirmi veliden telefon aldım. Çocuklarını okuldan almak istiyorlar. Bu sayı artacak, yarın gazetelere çıkacağız. 'Tüm okul sorguya alındı!', 'Okulda cinayet!', 'Okulda katil var!' Ondan sonra her şey daha da mahvolacak... Zorlu ismi yok artık. En fazla iki ayımız var. Sonra ne okul kalacak ortada, ne benim öğretmenliğim..."

Adamın dağılmış, bitmiş hali beni bile mahvetti. Onur'un babasını böyle görmesi, alnındaki damarı bir kez daha ortaya çıkardığında Mert'in kolumu tuttuğunu fark ettim.

"Biz çıkalım..." diye fısıldadı kulağıma doğru. Başımı salladım. Onları yalnız bırakmak için dışarı çıktık.

Hastane koridorunda duvara yaslandım çaresizce.

"Her şey mahvoluyor... Başından beri korumaya çalıştığımız her şey gözlerimizin önünde mahvoluyor," diye mırıldandım. Burak başını salladı.

"Babasının durumu iyi değil. Başına bir şey gelirse... Onur'u toparlayamayız..."

Mert öfkeyle yumruk yaptığı elini dudaklarına götürdü.

"Allah kahretsin. Her şeyden öte, bir şekilde bu olayı gören biri var. Notlar yollayan biri. Eğer o gece orada ne olduğu ortaya çıkarsa... Ve eğer gerçekten Onur yaptıysa... Biz ne yapacağız?(!)"

Tam dudaklarımı araladığım sırada Onur öfkeyle babasının odasından çıktı. Başımı ona çevirdiğimde öfkeyle hastanenin duvarına bir tekme savurduğunu gördüm.

Hemen onun önüne geçerek, "Onur!" diye telaşla uyardım. "Lütfen, sakin ol."

Sakinleşmeye çalışır gibi koridordaki koltuklardan birine oturduğunda yüzünü ellerinin arasına aldı.

Tam önünde eğilerek, "Onur..." diye mırıldandım, "sana söz veriyorum; her şey düzelecek... Her şey..." Başını ellerinin arasından çıkardı; önce gözlerime, sonra Burak ve Mert'e bakarak, burnundan sert bir nefes aldı.

"Bulacağım," dedi sertçe.

Kaşlarımı çattım.

"Neyi?"

"Katili. Bu cinayeti kim işlediyse bulacağım. Babamı, bizi bu hale getiren kimseyi bulacağım. Biz yapamadıysak eğer, ben yapacağım.

"Onur kararlı bir şekilde ayağa kalkıp koridora yöneldiğinde bakışlarımı Mert'e çevirdim. Öyle çaresizdik ki o an, ne olacaktı... Ne olabilirdi, neyi bulmayı bekliyordu Onur. Katili olduğu bir cinayeti çözmeye çalışıyordu. Kendini bulmaya çalışıyordu. Önüne bir ayna mı tutmalıydık?

"İşte şimdi buldun aradığını: Sendin..." mi demeliydik?

"Yürüyün." Mert'in komutuyla birlikte Onur'un peşine takıldık. Hızlı adımlarla hastane merdivenlerinden indik. Onur öyle hızlıydı ki koşmam gerekiyordu onlara yetişebilmem için. En sonunda yanına gelebildiğimizde Burak hararetli hararetli konuşmaya başladı.

"Abi tamam, biz de varız! Şimdi, öncelikle bir düşünelim. Polisler bizden şüpheleniyor. Önce tamamen bu yargıdan kurtulmak zorundayız. İlk sorguda hepimiz aynı şeyleri anlattık. İkincide hepimiz gerçekte ne yaşandıysa onu anlattık. Peki üçüncü sorgu?" dedi Burak merakla Onur'un yüzüne bakarken.

"Doruk seni şikâyet ettiğinde, üçüncü sorguda sen ne anlattın?"

Onur durdu. Kaşlarını çatarak Burak'a baktı. Bir şeylerin yanlış gittiği belliydi; bir şeyler oluyordu. Bir şeylerin olduğu belliydi. Kalbimin hızlandığını hissettim Onur dudaklarını araladığında.

"Üçüncü sorgu?" diye mırıldandı. Nefesimi tuttum.

"E-evet... Üçüncü sorgu..." diye kekeledi Burak korkuyla.

"Ne üçüncü sorgusu?"

İşte yine oluyordu.

"Doruk'u... Bahçede... Şey yaptıktan sonra..."

Burak çaresizce bir şeyler anlatmaya çalışıyordu ama onun da nutkunun tutulduğu o kadar belliydi ki.

"Ne yaptıktan sonra? Siz mi yaptınız..."

Ve oldu; Doruk'u tehdit edişi, yüzünü dağıtışı, şikâyet, o bitmiş hale gelişi, birkaç dakikada uçtu gitti aklından.

Bütün puzzle parçaları birbirine oturuyordu, bütün notlar... Onur tam ortamızda, ben, Burak ve Mert onun etrafında korkuyla yüzüne baktığımız sırada beynim bana sakinleşme dalgaları gönderiyordu. Kalbim saniyede yetmiş kez atarken ben olduğum yerde duruyordum; bacaklarım yere düşebilmek için, dudaklarım artık yeter diyebilmek için sabırsızlanıyordu. En başından beri inanmadığımız her şey gözlerimizin önünde bir bir gerçekleşiyordu. Ve biz sadece izliyorduk. Onur'un her şeyi yapıp, bir bir unutuşunu günlük yayınlanan dizi gibi, korkuyla izliyorduk... Ve o an bir kez daha emin oldum: Düzeltilebilecek hiçbir şey yoktu. Aramamız gereken kimse yoktu. Aramamız gereken insan, tam şu an, önümüzdeydi. Ve bizim tek amacımız onu korumak olmalıydı bu saatten sonra. Onur Zorlu'yu korumak zorundaydık...

32. Bölüm

Bu Filmin Son Sahnesi...

Gözkapaklarım kapandığında açığa çıkan karanlıkta son yazıyordu...

Sabaha kadar açık olan her yeri severim. Evim mesela, bana özel; sabaha kadar açık tek yer. Sabaha kadar açık fırınlar, kafeler, restoranlar, eczaneler... Huzuru her zaman gece açık olan bir yerlerde bulduğumu fark ettim, gece de girmeye iznim olan yerlerde. Çünkü gece benim en sevdiğim zamanı günün, gece benim en değerli hediyem... Şimdi, *Mahşerin Dört Atlısı*'yla birlikte sabaha kadar açık olan bir kafede aldım son soluğumu. Oturduk, sıcak çikolatalarımızı söyledik. Dışarıda yağmur, içimizde fırtına, karşı karşıya bekliyoruz... Düşünmek, konuşmak için geldik, keşke bağırabilsek de. Bağırabilsem... Bunların bitmesini istiyorum, diye bağırabilsem keşke... Bunları bağıra bağıra bitirebilsem...

"Okuldan biri yapmış olmalı. Buna eminim. Eğer bir öğrenci olmasaydı girişteki kart okuma sisteminden bir açık bulunurdu." Onur düşünceli düşünceli teorilerini sıralarken gözlerim Mert'e kaydı. Birbirimize çaresizce baktık. Gözlerimi Onur'a çevirdim. Onun katili olduğunu düşündüğümüz, hatta emin olduğumuz bir cinayeti çözmeye çalışmasını izledim.

"Kim olabilir? Delireceğim... Kim!" Elleriyle yüzünü kapattıktan sonra birdenbire, şoka uğrayacağı bir şey görmüş gibi çekti ellerini yüzünden. Donakalmış gibi yüzüme baktı, gözleri ağır ağır göğüslerime indi, karnıma, masada duran koluma... Korkuyla ona baktığım sırada elini uzattı, bileğimi tuttu. Sertçe tuttuğu bileğime baktığımda nutkumun tutulduğunu hissettim. Bana verdiği annesinin bilekliğine bakıyordu dehşet içinde. Hayır, hayır... Yapma...

"Bunu..." diye fısıldadı dehşet içinde, "nereden buldun?" Kalbim boğazımda atıyordu. Kalbim bileğimde atıyordu, tam o bilekliğin altında. Bilekliğin bile titrediğini görebiliyordum nabzımdan. Bileğimi öyle sert sıkıyordu ki bunun farkında bile olmadığına emindim.

"Bu- bunu," dedim kekeleyerek, "bana sen verdin Onur." Kaşlarını çattı, yüzüme baktığında alnında ortaya çıkan damar beni korkutuyordu.

"Bunu nereden aldın?(!)"

Ağlamak üzereydim. Gözlerimin hemen önüne gelen, gözlerimi kırpıştıra kırpıştıra ittiğim gözyaşlarım önümü görmemi engelliyordu. Onur'u göremiyordum; öfkesini, kızgınlığını...

"Ben..." dedim, hiçbir şey diyemedim.

"Mektupları mı karıştırdın?(!)" Çaresizce Mert'e döndüm. Bu anı yaşamamak, bu anı silmek için Allah'a yalvarabilirdim. Yaşadığımız en kötü anlardan biriydi. Burak hüzünle kalkıp Onur'un yanına yere çömeldiğinde Onur kolumdaki bilekliği çözmeye çalışıyordu.

"Onur, kardeşim! Sakin ol! Bilekliği sen verdin. Bak çok yoğun, yorucu, stresli zamanlardan geçiyoruz. Unutman çok normal ama kıza yüklenme. Onur!"

Bilekliği koparırcasına kolumdan çıkardığında kolumda oluşan morluğa baktım, başımı Onur'a çevirdim.

"BİR DAHA SAKIN! SAKIN İZNİM OLM-" derken kendimden geçtiğimi hissettim; hiçbir şey duyamamaya, görememeye başladım. Mert beni kollarımdan tutup kaldırdığında, yürütmeye çalıştığında korkuyla hüngür hüngür ağlıyordum. Hayatımın en zor anlarından birini yaşamıştım, en zor... Mert beni tuvaletin önüne götürdüğünde bomboş koridorun zeminine oturdum; ellerim buz gibi yere değdiğinde, çaresizlikten titriyorlardı... Mert yanıma çömeldiğinde hüngür hüngür ağlayarak ona başımı yasladım.

"Ne yapacağız..." diye fısıldadım, "Mert, biz ne yapacağız?(!)"

Sessizlik. Hıçkırık seslerim, yavaş yavaş sakinleştiğim dakikalar...

"Zeynep," dedi Mert korkuyla, "notlar gerçekten doğru mu..." Başımı kaldırdım. Korku dolu yüzüne baktım kızarmış gözlerimle.

"Onur gerçekten hasta mı? Gerçekten bu cinayeti işledi mi? Eğer öyleyse onun dışarıda olması doğru değil." Kaşlarımı çattım.

"Y-yani... Ne yapmamız gerekiyor?"

"Bu şekilde kendine de insanlara da zarar verecek. Onu iyileştirmemiz gerekiyor, hastaneye götürmemiz gerekiyor, durumunu ona anlatmamız gerekiyor! Ama..." diyerek durduğunda merakla baktım yüzüne.

"Ama ne?"

"Ama ya Onur suçsuzsa? Ya sadece bir hastalığı varsa ve bunu bilen biri suçu Onur'un üstüne atıyorsa? Ya böyleyse? Çünkü ben hâlâ inanmıyorum..."

"Neye?"

"Onur'un bir katil olduğuna. İnanmıyorum. Ve o anı görene dek asla inanamayacağım sanırım... Sen iyi misin?" Başımı salladım. Burnumu çekerken, gözleri bileğime kaydı, mosmor olmuş bileğime baktı uzun uzun.

"Yolun sonuna gidiyoruz..." diye mırıldandı. Bakışlarım karşı duvara daldı. Kim için son olacaktı bu, ne için son olacaktı. Bilmiyordum... Tek bildiğim, iyi bir şeyler olmayacağıydı.

"Mert! Zeynep!" Burak'ın telaşla yanımıza gelişi korkarak olduğum yerde sıçramama neden oldu.

"Ne oldu?(!)" diye sordum korkuyla ayağa kalkarken. Yüzündeki dehşet ifadesi kalbimi öyle hızlandırmıştı ki belki de kalbim yerinden çıkmaya hiç bu kadar yakın olmamıştı.

"Onur'u aradılar... Müdür yardımcısı aradı..."

"Ne olmuş oğlum söylesene!" diye kalktı ayağa Mert.

"Karartılan güvenlik kamerası görüntülerinin birkaç dakikasını temizletebilmişler..." Yutkundu, biz şoka girdiğimizde ağır ağır yüzümüze baktı. "Biz de olabiliriz... O görüntülerde biz de olabiliriz..."

Sonrası öyle hızlı bir süreçti ki. Apar topar kafeden çıkışımız, bir taksiye atlayışımız, yola çıkışımız. Titreyen ellerimiz. İçimizde bir tek Onur rahattı. Ön koltukta oturmuş ve öyle emindi ki görüntülerde olmadığımızdan, görüntülerin bize katili vereceğinden.

"Birkaç dakikalık görüntüyü kurtarmışlar," diye açıkladı. "Elektrik kesildikten sonra bir beş dakika içinde cinayetin işlendiğini düşünürsek, o görüntüler bize katili verecek." İçimden ettiğim duaların haddi hesabı yoktu. Lütfen, lütfen... Lütfen Mert'in dediği gibi olsun. Gerekirse hasta olsun Onur ama sadece hasta olsun... Cinayetle bir ilgisi olmasın, yalvarırım...

Sorgumuzun yapıldığı karakolun önünde indik taksiden. Okulun müdür yardımcısı bizi ter içinde karşıladı.

"Onur'um, nerede kaldınız! Siz de görebilin, belki görüntülerdekini tanıyorsunuzdur diye yarım saattir bekletiyorum adamları. Hadi koşun..."

Hızlı hızlı adımlar, hızlı çarpan kalpler, soğuk soğuk terler. Sanırım Mert'in bahsettiği sona yaklaşma durumumuzun somut sahnesi bu. Yürüyüşümüz, attığımız her adım sona doğru götürüyor bizi. Son, bizi o odanın içinde, o bilgisayar ekranında bekliyor. Bileğimdeki morluğa baktım; başımı kaldırıp bakışlarımı Onur'a çevirdim. Onun o umut dolu yüzüne baktım... Katili bulacağının umuduyla dolu o yüzüne... Başımı çevirdim. Kavimler göçü döneminin resmedildiği tablolardan birinin tasviriydik sanki. Odaya girdik, müdür yardımcısı polislerle selamlaşırken dördümüz tam arkalarına geçip bilgisayar ekranına diktik gözlerimizi.

Bir parmak hareketi, bir tuşa basış... Videonun açılışı... İşte hayatımızı bir gerilim filmine çeviren olayın yaşanış anı karşımızdaydı şimdi...

Sarı saçların sahibi, notları yazan her kimse güneş diye tarif ettiği o kız girdi önce koridora. Ağır ağır yürürken birden durdu. Ona seslenilmiş gibi ağır ağır arkasını döndü. Kaşlarını çattı. Kamera öyle ters bir köşeye denk geliyordu ki o an sadece kızı görebiliyorduk. Tanrım... Tanrım! Bir elin uzanışı, kızın karnına bir bıçak saplayışı, bir bıçak daha, kızın çırpınışları, kendini bıçaktan çekmeye çalıştığı o üç saniye, bir bıçak darbesi daha, bir tane daha, saçlarından tutuluşu, yere yatırılışı... Tutulacak nutkum kalmadı artık, o acıyı kendi karnımda hissediyorum. Beynim kaynıyor. Hadi... Hadi... Onur olmasın... Hadi... Sarışın kızın karnındaki bıçağı çekti aldı bir el, sonra sahneye bir adam girdi. Yanından geçip gitti, adımlar ata ata, ağır ağır yürüye yürüye... Elindeki bıçaktan kan damlaya damlaya... Gözlerimi kırpamadım. Nefes alamadım. Bir daha nefes alabileceğimi de sanmıyordum.

Onur'un kızın yanından geçip gidişi, elindeki bıçaktan damlayan kanlar, bu filmin son sahnesiydi. Video kapandı, ekranda SON yazmadı ama benim gözkapaklarım kapandığında oluşan karanlıkta SON yazıyordu... Son...

33. Bölüm

Bir Savaşın Başlangıcı.

Ben bu savaşa dahil oluyorum...

Siz hiç bir savaşın başlama seslerini duydunuz mu? Yüzlerce askerin birbirleri üzerine koşması, ayak sesleri; atların her birinin dörtnala koşmasındaki sarsılma sesleri, taşların devrilmesi, kumların sağa sola yığılması, insan derisinin kesilme sesleri... Savaşın gerçek sesleri bunlar mıdır? Kılıç, kesik, vuruş, yıkılış, dökülüş, bunlar mıdır savaşın sesleri? Bir savaşın seslerini duymak istiyorsanız, kulaklarınızı savaş alanına değil; savaşanların ardında kalanlara vermeniz gerekir. Arda kalanların çığlıkları, ağlayışlarıdır esas savaşın sesleri. Bir at ayağında gizli değildir savaş, acı bir çığlıkta gizlidir. Benim içimde tuttuğum, asla koyvermeyeceğim o acı çığlıkta gizli. Bu görüntü ne, biliyor musunuz? Bu görüntü bir savaşa davet mektubu... Notları yazan her kimse, Onur'un durumunu bilen her kimse, işte o insan bugün bizim buraya gelmemize sebep olan bu görüntüleri ortaya çıkaran insan. Onur'a bağıra bağıra 'Sen katilsin,' demek isteyen, bunun yerine onu bu görüntüyle göz göze getiren insan. Hastalığını bile bile onu süründürmek isteyen ve bunları yaptığını inkâr edeceğine emin olan, onu delirtmek için elinden geleni yapan, inkârı sonucunda Onur'un onunla bir onur savaşına gireceğini bilen insan! Duydunuz, söyledim... Bu bir mektup, bir savaşa davet mektubu... Yazılmamış ama kafamda çoktan oluşmuş bir mektup:

"Sevgili düşman safların kumandanları, *Mahşerin Dört Atlısı* unvanını korumak için ne kadar çabaladığınızı görüyorum. Oysa benim şahsi ülkemin bağımsızlığı ve size duyduğum nefretin zirveye ulaştığı gerçeği; sizi savaşa davet etmekten başka bir çare bırakmıyor bana. Tek başıma kendi safımda savaşmaktan yoruldum; madem bir savaş var, artık birileri ölmek zorunda... Sizi ölmeye davet ediyorum. Sizi... Ruhen ölmeye davet ediyorum."

Başımı kaldırdım, dimdik. Her şeyi en başından beri biliyor olmanın getirdiği şaşırmamazlıkla Onur'a çevirdim başımı. Gördüğüm şeyin kelime karşılığı aynen şuydu: Dehşet. Onur Zorlu, yürüyen dehşete dönmüştü. Yüzündeki acı dolu ifade, karmaşa, yaşadığı şok, ben suçsuzum, der gibi bağırıyor sanki. Benim yüzümdeki ifade ise çok güçlü; bir zırh kadar... Çünkü şu anda emin olduğum tek bir şey var; ben, Onur Zorlu'nun önüne atlamam gerekse bile onu koruyacağım. Hâlâ onu korumamız için bir şansımızın olmasının tek sebebi, kameranın Onur'u arkadan çekmiş olması. Ama o gün üstünde neler olduğunu gayet iyi biliyorum, biliyoruz; Ben, Mert ve Burak. Onur'un saç rengini, kıyafetlerini, kapüşonlusunun arkasındaki deseni bile birebir biliyoruz. İşte şansımız şu ki, bu odada bulunan başka hiç kimse bunu bilmiyor... *Mahşerin Dört Atlısı*'ndan başka.

"Tanıyabildiniz mi?" Polislerden birinin sorusuyla müdür yardımcısına kaydı gözlerim, görmüş olabilir miydi? Günlerce karantinada kaldığımız zaman, onu bir kez bile görmemiştim. Peki, o Onur'u görmüş olabilir miydi?

"Benim anlamam imkânsız," dedi müdür yardımcısı. "İki haftadır raporluyum, o günlerde okulda değildim. Sanki... Arkasından birine benzetecek gibiyim... Ama aklıma kimse gelmiyor." Gözlerim Mert'e kaydı, bana kaşlarını kaldırdığı an Burak söze atladı.

"Okuldaki herkesi tanırım ama böyle birini o gün gördüğümü hatırlamıyorum. Muhtemelen okul dışından biri..." Başımı salladım.

"Ben de görmedim hiç..." Mert söze girdiğinde Onur yüzü kıpkırmızı bir şekilde tek eliyle sandalyeye tutundu.

"Okulda bu hırkayı giyen birini görmedim. Dışarıdan olması lazım." Mert'in konuşması biter bitmez elimle Onur'un kolunu tuttum, birden hafif bir sinirle kolunu çekti benden.

"Anladım, siz gidebilirsiniz çocuklar, biz görüntüyü biraz daha aydınlatmaya çalışacağız." Başımı salladım; aydınlatsalar bile, yüzünü görmelerinin bir imkânı yoktu. Bunu bilen sadece biz vardık ve öyle kalacaktık... Onur'un babası görüntüleri görene kadar...

Birlikte odadan çıktığımızda herkes sessizdi, Onur dahil. Hiçbir şey konuşmadan karakoldan çıktık, merdivenlerden sessizce indik. Karakol bahçesinden hızlı adımlarla yürüyerek çıktık ve caddeye ulaştığımızda Onur birden olduğu yerde kaldı. Durup ona döndüğümüzde yüzlerimize yalvaran gözlerle baktı; dağılmıştı, bitmiş bir haldeydi.

"Size yemin ederim..." dedi titreyen sesiyle, "ben hiçbir şey yapmadım..." Kıpkırmızı olmuş gözleri, alnında beliren damar, yumruk yaptığı eli, titreyen sesi... O an kendimi öyle zor tutuyordum ki, o an ona karşı o kadar şefkat doluydum ki anlatamam.

"Biliyorum," dedim, "yani biliyoruz Onur... Senin suçun değil..."

"Biri benimle oyun oynuyor!" dedi hararetle. "B-bu bir oyun!"

Elimi koluna koydum,

"Onur... Sana her şeyi anlatacağız... Bu senin suçun değil, bu senin hastalığının su-" derken kolunu sertçe çekti, şok içinde yüzüme bakarken,

"Onur! Kardeşim! Sakin ol!" diyerek Mert Onur'u sakinleştirmeye çalışırken, Onur dehşet içinde bakıyordu yüzümüze.

"Ne?(!)" dede korkuyla. "Ne saçmalıyorsunuz siz?(!) Ne hastalığı!"

"Onur, bizi bir dinle kardeşim!" Burak elini Onur'a uzattığı sırada Onur bir adım attı geriye doğru.

"Siz delirmişsiniz! Siz de mi oyunun içindesiniz?(!)"

"Onur, sadece bizi bir dinle!"

"Ben hasta değilim! O görüntülerdeki ben değilim!"

"Gel, sakin bir yere gidip konuşalım, hadi... Sakinleşelim..."

"Siz... Ciddi ciddi... Benim yaptığımı mı düşünüyorsunuz?" Sessizlik. Ne Burak cevap verdi ne de Mert. Gözlerim onun gözlerine kaydı, bana şok içinde bakıyordu.

"KONUŞSANIZA!" Haykırışının ardından titreyen sesiyle bana sordu aynı soruyu. "Zeynep?" dedi korkuyla. "Benim yaptığımı mı düşünüyorsunuz?" Yutkundum. Kendine gelmek zorundaydı. Durumu bilmek zorundaydı. Toparlanmak zorundaydı. Başımı dikleştirdim.

"Sen yaptın Onur," dedim, "bu cinayeti sen işledin." Gözleri üzerimizde dolaştı, yüzündeki hayal kırıklığı o kadar netti ki kalbimin içinde büyük bir sızı hissediyordum...

"Onur, bu bir hastalık... Çocukluğunda travmatik bir olay yaşayanlarda görülen bir hastalık. Seni doktora götüreceğiz. Teşhis konulacak ve iyi olacaksın. Sen de gördün, kızın yanından giden sendin... Elinde bıçak olan sendin... O saçlar, kıyafetler, sana aitti... Ama bilinçli değildin, senin suçun değildi hiçbiri. İyi olacaksın ve sana söz veriyoruz, seni koruyacağız." Mert Onur'a her şeyi tek tek açıklarken; yüzünde bize acır gibi bakan bir ifadeyle derin bir nefes aldı, uzun uzun baktı ve son bir cümle kurdu.

"Siktirin gidin."

Arkasını dönüp kapüşonunu kafasına geçirip caddede uzaklaşırken durmadık; peşinden gidiyorduk. Ona ulaşıp kolunu tuttuğumda kolunu sertçe çekti. Onu durdurmaya benim gücüm yetmezdi ama Burak Onur'u kollarından tutup kendine çevirdiğinde öfkeyle döndü.

"Sizi yanımda istemiyorum!" dedi öfke kusar gibi. "Arkamda, sağımda, solumda, önümde! Sizi istemiyorum! Bana bir oyun oynanıyor ve bana inanmak yerine oyuna dahil olmayı seçiyorsunuz. Biri bana savaş açıyor ve siz karşı safta yer alıyorsunuz. Ben artık tek başınayım. Bunu bana kim yapıyorsa, o cinayeti kim işlediyse bulacağım. Tek başıma bulacağım. Peşimden gelirseniz kötü olur." Sertçe çekip gittiğinde öne doğru bir adım attım ama Mert'in kolumu tutmasıyla durdum. Öylece bakakaldım. Gidiyordu; öfkeli, hızlı, asker adımlarıyla caddenin aşağısına doğru ilerliyordu gecenin karanlığında... Ben onu dizime yatırıp iyileşeceğini söylemek isterken o kendini savaşın ortasına atıyordu, gökyüzünden...

"Tek başına bırakmamalıyız..." dedim gözyaşlarımın arasında.

"Yapabileceğimiz bir şey yok, yarına kadar beklemek zorundayız. Yarın okula geleceğinden eminim, katili bulmaya çalışacak."

"Peki, ne yapacağız?(!)" diye sordu Burak çaresizce.

"Evlerimize gidip sabahın olmasını bekleyeceğiz. Okula gidip Onur'u bulacağız ve tekrar konuşmayı deneyeceğiz... Yapabileceğimiz hiçbir şey yok. Onu bu duruma ikna etmek zorundayız."

Burak ve Mert beni evime bıraktıktan sonra odamda, yatağımın üstünde oturdum. Düşünmemeye çalıştıkça aklıma gözleri geldi, ben düşünmemeye çalıştıkça aklıma titreyen sesi geldi, unutmaya çalıştıkça aklıma yumruk yaptığı o eli geldi... Hayal kırıklığı; Onur'un gözlerinde gördüğüm şeyin adı buydu işte. Bize duyduğu, bu olaya duyduğu, hayata duyduğu kocaman hayal kırıklığı... Onur'un geleceğe dair kurduğu hayal kırılmıştı... Tamir edilemez bir hayal kırıklığı. Ne olacaktı bilmiyordum, tek başına nereye kadar dayanabilirdi bilmiyordum. Onun yanında olmak, güçlü kalmak zorundaydık. Yatağa uzandığımda sabah olması için yalvarır gibi gözlerimi kapattım. Okula ışınlanmak, sabaha ışınlanmak istiyordum. Onur'un çaresizce geceye karıştığını gördüğüm andan beri, yanında olmak istiyordum.

Kıyafetlerimle yattım, kıyafetlerimle kalktım diyebilirim. Aynaya bile bakmadan koşa koşa çıktım evden sabahın yedisinde. Servisi beklemedim, bir taksiye atladım ve kendimi yarım saat sonra okulda buldum. Telefonumun çalmasıyla heyecanla telefonumu cebimden çıkardım, arayan Burak'tı.

"Zeyno," dedi gece boyunca uyumadığını belli eden bozuk bir sesle.

"Bir haber var mı?"

"Okuldayız biz. Onur'un arabası da bahçede, Mert'le dağıldık, okulu arıyoruz. Sen neredesin?"

"Zemin kattayım şu an. O zaman yanınıza gelmiyorum, direkt aramaya başlıyorum. Tamam mı?"

"Tamamdır. Haber ver bizim oğlanı bulursan."

"Tamam."

Telefonu kapattığım gibi hızlı adımlarla gözlerimle tüm koridoru taradım. Oradan çıktım, yan koridora girdim, tek tek tüm sınıfların kapılarını açtım, baktım. Erkekler tuvaletine daldığımda görmek istemediğim birkaç manzarayla karşılaştığım gibi ufak bir erkek çığlığıyla çıktım oradan. Ardımdan gelen kahkahaları yok sayıp yoluma devam ettim. Kantine indim, sonra ikinci katı es geçtim, üçüncüyü, dördüncüyü... En üst katta buldum kendimi, okulun en büyük, üç koridorlu katında. Koridorları gezip sınıflara daldığım sırada önümden giden birinin bir sınıfın kapısını açıp içeri baktığını gördüm. Başını sınıftan çıkardığında şok içinde koştum.

"Onur!" Sesimi duydu ama dönüp bakmadı bile. Yürümeye, sınıflardan kafasını uzatmaya devam etti.

"Onur! Beni dinleyecek misin?"

Cevap vermedi. Bir sınıfa daha girdi, içeri dikkatlice baktıktan hemen sonra çıktı. Kolunu tuttum, resmen peşinden sürükleniyordum.

"Onur... Yalvarıyorum... Bir kere dinle..." Olduğu yerde durdu, bana dönmedi, hızla önüne geçtim. O gözlerini kaçırırken gözlerine baktım; ela gözlerine...

"Yanında olmama izin ver. İstersen seni suçlamam, yapmadım diyorsan yapmadığına inanırım, sadece yanında olmak istiyorum." Elimi uzattım, parmaklarını tuttum...

"İzin ver..." diye yalvardım. Gözlerimin içine baktı. Gözlerimin en derinine baktı ve dimdik durdu karşımda. Dudaklarını aralayıp duymaktan korktuğum cevabı verdi:

"Sen benim yanımda olmayı hak etmiyorsun. Ne sen ne Mert ne de Burak. Yanımda olmayı hak etseydiniz, en başında bana inanırdınız. Ben bundan sonra tekim. Ve emin olun, katilin kim olduğunu bulacağım. Ne yapmam gerekiyorsa yapacağım bunun için. Bu suçu kim benim üstüme atmaya çalışıyorsa, kim beni katil gibi göstermeye çalışıyorsa bulacağım. Onu bulmak için gerçekten katil olmam gerekse bile olacağım, ama onu bulacağım. Ve siz, gözlerinizin önünde benim suçsuz olduğumu gördüğünüzde çok pişman olacaksınız. Ama ne var biliyor musun Zeynep, pişman olduğunuzda çok geç olacak. Biri bana karşılıksız bir savaş açtı ve ben şimdi bu savaşa dahil oluyorum."

Yanımdan çekip giderken korku içindeydim. O kadar hırslı, o kadar korkusuz konuşuyordu ki delirmiş gibiydi. Birine daha zarar verebileceğinden o kadar emindim ki bir şeyler yapmak zorundaydım. Peşinden gitsem zarar vereceği insan ben olacaktım, bundan da emindim. Arka merdivenlere yöneldim, telefonumu çıkardığım gibi Burak'ı aradım.

"Neredesiniz?"

"İkinci kattayız, koridorun ortasında."

"Geliyorum."

Telefonu kapattım, hızlı adımlarla merdivenlerden indim, ikinci kata ulaştığımda Burak ve Mert'i çaresizce birbirleriyle konuşurlarken gördüm. Yanlarına ulaştığım gibi altdudağımı ısırdım korkuyla. Gözlerine baktım sırayla.

"Yanından geliyorum..." dedim, "Onur'un..." Şok içinde başlarını kaldırdılar.

"Nerede?(!)"

"İyi mi!" Derin bir nefes aldım.

"İyi değil. Hem de hiç iyi değil. Delirmiş gibi, katili bulmayı kafasına koymuş. Hasta olduğuna inanmıyor ve bizi de yanında istemiyor. Tek tek sınıflara giriyor, erkek öğrencileri inceleyip çıkıyor... Şu an gözü hiçbir şeyi görmüyor. Her şeyi yapabilir... Her şeyi..." derken birden okulun hoparlörlerinden bir anons sesi gelmeye başladı. Korkuyla başımızı kaldırdığımızda müdür yardımcısından duyduğumuz cümleler bizi şoka uğrattı.

"Sevgili öğrenciler, bu acil bir duyurudur. Şu an okulda bulunan tüm erkek öğrenciler konferans salonuna. Tüm erkek öğrenciler konferans salonuna!"

Bu anonsu müdür yardımcısına Onur'un yaptırdığına o kadar emindim ki... Şok içinde birbirimize baktığımız o üç saniyede aklımdan binlerce şey geçiyordu. Onur gerçekten iyi değildi; öfke ve hırs onu her şeyi yapabilecek hale getirmişti. Ne yapmayı planlıyordu? Katili olduğu bir cinayetin katilini bulmak için tüm erkek öğrencileri konferans salona toplayıp teker teker inceleyecek miydi! Bunun sonu iyi değildi, Onur'un sonu hiç ama hiç iyi değildi...

Bu savaş, Onur'un mağlubiyetiyle başlamıştı.

34. Bölüm

Oyun Başlıyor!

Dünya ateşle sona erecek diyor kimileri. Kimileri de buzla...

İki yüze yakın erkek öğrenci... Konferans salonunu doldurmuş gergin bir şekilde sahnedeki müdür yardımcısını ve Onur'u izliyorlardı. Onur'un gözleri konferans salonundaki herkesin üzerinde, benim gözlerim Onur'un üzerindeydi. Hayat da böyle değil mi zaten, gözlerimiz, hep gözleri başkalarının üzerinde olanların üzerinde... Onur, tanıdığım bildiğim Onur değildi. Gözleri uykusuzluktan kıpkırmızı olmuş, saçları darmadağın, ayakta zor durur bir halde... Öfkeyle insanların yüzlerine bakıyor, öfkeyle insanların boylarına, saçlarına, ellerine bakıyor. Onur etrafa öfkeyle bakıyor, kimse bu öfkenin sebebinin farkında değil. Onur Zorlu bugün, burada hayatıyla oynayan adamı arıyor; bu cinayetin katilini arıyor. Elime bir ayna alıp çıkmak istiyorum karşısına, "Bak," demek istiyorum, "işte aradığın..." Oysa sadece çaresizce izliyoruz. Burak, Mert, ben... Ama içimde bir his var, içimde kocaman kara bir delik var ve ben hissediyorum. Bir şeyler olacak... Bir şeyler çok yakın zamanda olacak... Elimi uzatıp çekip almak istiyorum Onur'u o sahneden. Burak ve Mert'le birlikte sürükleye sürükleye götürelim istiyorum buradan. Karşımızda duran bu duvarı yıkalım istiyorum, pes etsin istiyorum. Yorulsun istiyorum. Evet, ben Onur'un yorulmasını istiyorum.

Kendine bir zarar vermeden gerçeği kabullenip olduğu yerde oturuşunu, teslim oluşunu, bize gelişini, yardım isteyişini görmek istiyorum. Çünkü biz... Onu kurtarabiliriz. Oysa pes etmeye niyeti yok. Sahneden indi, kalabalığa karıştı bile.

"Onur ne oluyor abi ya?(!)" Çocuklardan biri sertçe yanından geçen Onur'a bu soruyu yönelttiğinde Onur'un umurunda bile olmadığını gördüm. Öylece çekip gitti, kalabalıkta yürümeye devam etti, yürüdükçe yüzleri izledi; izledikçe umudu söndü... Sonra bir anda kaşlarını çattı.

"Orospu çocuğu!" Birini boğazından tuttuğu gibi duvara yapıştırdığında bir çığlıkla kalabalığa attım kendimi. Burak ve Mert kalabalığı neredeyse uçarak aşıp Onur'u kollarından tuttuklarında korkudan ölmek üzereydim. Onur, kendi saç rengiyle aynı renge sahip birini tutup yapıştırmıştı duvara!

"Onur! Kardeşim, hadi gel! Hadi gidiyoruz!" Burak Onur'u çekiştirirken tüm kalabalık olaya karışmıştı.

"Ne oluyor ya?(!) Hocam buna izin mi vereceksiniz?"

"Çocuklar! Sakin olun! Onur, sakin ol! Bırak onu hemen!"

Bırakmaya niyeti yoktu, sakin olmaya hiç niyeti yoktu... Kalbim deli gibi atıyordu. Bu kalabalık her an karışacak gibiydi, *Mahşerin Dört Atlısı* bir cehennemin ortasında kalmış gibiydi...

"Sendin!" dedi Onur çocuğa. "O kızı sen öldürdün!" Çocuğun korku dolu "NE?(!)" deyişi, kalabalığın şok içinde susuşu... Korkuyla beklediğim sırada gözlerim ağır ağır hareket edip aşağı doğru kaydı... Bayılmak üzereydim... Ama ayakta kalmak zorundaydım.

"Ne cinayeti?(!)"

"Onur, Tolga o gün burada bile değildi. Karantina sırasında okulda yoktu, üç aydır değişim programıyla İngiltere'deydi! Kendine gel!" Kalabalık arasından biri durumu açıklayınca Onur'un yüzünde, size yemin ederim öyle büyük bir hüzün gördüm ki. Çünkü umutlanmıştı... Katili bulduğunu sanmıştı, ispatladığını sanmıştı, her şey bitecek sanmıştı... Her şeyi bir saç rengiyle çözdüğünü sanmıştı... Oysa herkes ve her şey açık bir şekilde yüzüne vuruyordu; aradığı kendisinden başkası değildi.

"Onur... Abi yeter artık! Bizimle geliyorsun!" Mert ve Burak Onur'u zorla kalabalığın arasından çıkardıklarında itiraz etmedi. Öylece kalakalmış bir şekilde çıktı oradan. Peşlerinden koşturarak önlerine geçtim. Koridorda durduklarında Onur'u kollarından tuttum.

"Kendini mahvediyorsun!" dedim gözyaşları içinde. "Hayatını mahvediyorsun!" Kollarını öfkeyle çekti.

"Hayatımı mahvetmek isteyen sizsiniz."

"Abi, hadi gel... Bize gidelim... Bir dinle bizi, konuşalım."

"Sizinle konuşacak hiçbir şeyim kalmadı benim. Zeynep'e daha önce de söyledim, ben tekim artık. *Mahşerin Dört Atlısı* diye bir şey kalmadı... Siz her şeyi mahvettiniz."

Çekip giderken Burak Onur'u kolundan yakaladı.

"Yalnız kalmana izin vermeyeceğim! Nereye gidersen git, peşinden geleceğiz Onur. Ben senden hiç ayrılmadım, bundan sonra da ayrılmayacağım," dedi. O an iki kardeşin vedalaşmasını izliyor gibiydim; tüylerim diken dikendi, ellerim buz gibi...

"Siz bana inanmayarak yalnız kalmama izin verdiniz zaten. Hep yanımdasınız sanmıştım... Meğer ben, annem gittiğinden beri tek başınaymışım. Siz hiçbir zaman yokmuşsunuz." Sonra başını kaldırdı, önce Burak'a baktı, sonra Mert'e... Sonra da bana...

"Bundan sonra da olmayın," dedi sertçe. Kalakaldık. Hiçbir şey diyemedik, bir adım dahi atamadık, ağzımızı bile açamadık.

"Abi ben peşinden gideceğim ya!"

Burak Onur'un peşinden koşarken Mert de ona katıldı. Birkaç saniye arkalarından baktım. İçimdeki kötü his öylesine yoğundu ki ne yapacağımı bilemiyordum. Birkaç yavaş adım attım peşlerinden, sonra garip, çok garip bir şey oldu. Bir el benim ağzımı kapatıp salişelik bir hızla müzik odasına çektiğinde korkudan ölmek üzereydim!

Kolları arasında çırpınırken gözlerimi kocaman açtım ve karşımda duran iri siyah gözlü; uzun boylu, simsiyah saçlı çocuğa baktım. Kimdi bu?(!) Neler oluyordu?(!)

"Şşş," dedi, "sakin ol Zeynep... Sana zarar vermeyeceğim... Sakin olacak mısın? Bağırmayacağına söz verebilir misin?" Telaşla başımı salladım. Korkudan ne yapacağımı bilmiyordum.

"Sonunda," diye mırıldandı elini ağzımdan çekerken, "notların sahibiyle tanışma şerefine nail oldun." Elini bana uzattığında şoka girmiştim. Neler oluyordu böyle! O notları yazan, her şeyi gören, her şeyi bilen karşımdaydı şimdi... Simsiyah gözleriyle bana bakıyordu. Elini uzatıyordu. Kıpırdayamadım, dudaklarımı ağır ağır araladım...

"Sen... Kimsin?"

"Bir düşman, diyelim..." dedi alayla, "filmlerde hep *bir dost* derler ya, ben de bir düşmanım işte. Onur Zorlu'nun en büyük düşmanıyım."

"Sen yaptın!" deyiverdim birden. "HER ŞEYİ SEN YAPTIN!" Öfkeyle ona doğru bir adım attığımda gülerek başını hayır der gibi salladı.

"Ben hiçbir şey yapmadım, ben kimseyi öldürmedim. Bu tarz bir şerefsiz değilim. Ben başka tarz bir şerefsizim. Onur'u o gece gören, onu en değer verdiği insanlarla vuran bir şerefsiz... Ondan intikam almak isteyen bir şerefsiz..."

"Sen..." dedim dağılmış bir şekilde, "ne istiyorsun? Kimsin sen?"

Yüzündeki gülüşe bir yumruk indirmek istiyordum. Bir yumrukla dağıtmak istiyordum Onur'dan intikam almak istediğini söyleyen o dudaklarını. Kim, neden Onur'dan intikam almak isterdi? Kim, neden Onur'dan nefret ederdi? Onur'u sevmemek mümkündü, milyonlarca insanla konuşsun belki hiçbiri sevmezdi evet ama ondan nefret etmek... Mümkünü yoktu. Kimseye zarar vermezdi, kimsenin kendinden nefret etmesine sebep olmazdı. O sadece insanların onu sevmemeleri için çabalardı. Ama nefret kocaman bir sorumluluktu. Onur bu sorumluluğun altına girmezdi...

"O gece..." diye fısıldadı karanlık bir sesle, "buradaydım. Bu binada, o koridorun önünden geçiyordum. Bir ses duydum, ufak damla sesleri. Kaşlarımı çattım, koridora doğru bir adım attım. Önce yerde yatan kızı gördüm... Sarı saçlı, vücudu kana bulanmış. Sonra Onur'u gördüm. Koridorun sonuna doğru ilerlerken elindeki bıçaktan damlayan kanın sesini duydum, o keskin kokuyu duydum."

Gözlerimi kapattım. Ve korkarak o soruyu sordum:

"Y-yüzünü... yüzünü gördün mü? Gerçekten Onur muydu?"

Birkaç saniye durup derin bir nefes aldı. Gözlerini gözlerimden ayırmadan cevapladı.

"Kabullen Zeynep," dedi, "Onur bir katil." Öfkeyle bağırdım; hâlâ bir umut taşıdığımı belli eder bir halde.

"Yüzünü gördün mü?(!)"

Gözlerini kapattı. Sakin kalmaya çalıştığı belliydi. Sonra acımasızca gülümsedi.

"Yüzü netti, Onur'du..." Sessizlik. Ölüm sessizliği... İçimde ölüm sessizliği oluştu... Onur olduğunun kanıtını her gördüğümde, her duyduğumda içimden bir şeyler kopup gidiyordu ve içimde hiçbir parça kalmamıştı artık. İçimde ne güzel bir his kalmıştı ne de umuda dair bir parça... Giderek doğrulanıyordu her şey. Giderek tamamlanıyordu hikâyenin örgüsü... Bir mıknatısın zıt kutuplarını çekişi gibi, mutsuz sona çekiliyorduk.

"Sen..." dedim darmadağınık bir halde, "o notları yazdın... Hasta olduğunu nereden biliyorsun? O notları cebime nasıl soktun?(!) Seni bir kere bile görmedim!"

Göz kırptı. "Bu da işin sihri. Hokus, pokus..."

"Cevap ver bana!" dedim öfkeyle. "Hasta olduğunu nereden biliyorsun?"

"Hokus, pok-" derken sinirle yüzüne tükürdüğümde büyük bir kahkaha attı, ellerinden kurtulmak için çırpınan bedenimi sabit bir şekilde duvara yaslı tuttuğunda.

"Sana bir şerefsiz olduğumu söylemiştim," dedi gülerek, sinirden delirmek üzereydim.

"Ne istiyorsun Onur'dan? Para mı? Ne?(!)" Omuz silkti.

"Hiçbir şey... Hem de hiçbir şey Zeynep... Benim tek istediğim ne, biliyor musun? Onur'un mahvoluşunu izlemek." Tüylerim diken diken oldu o an. Vücudumu saran korku, çocuğunu korumaya çalışan bir annenin korkusuydu.

"Onur sana ne yaptı? Neden... Neden ona bunu yapıyorsun?"

"Sana hiçbir şey anlatmayacağım. Sadece şunu bil, bu cinayeti o işledi ve o gece orada olup bunu görmem, bana verilmiş bir hediye, bir fırsat. Yıllar önce, Onur bana öyle bir şey yaptı ki, ben mahvoldum... O gün bana şöyle dedi, 'Çıkmaz sokağa hoş geldin...' Beni bir çıkmaz sokağa soktu. Şimdi ben ona aynısını yapacağım. Onu çıkmaz sokağa sokacağım ve o sokağın girişini bile kapatacağım." Ellerini üstümden çektiğinde iyi değildim, konuşabilir, yürüyebilir bir halde değildim. Kafam karmakarışık, vücudum korkuyla çevrelenmişti.

"İsmin ne?" diye yalvardım simsiyah gözlü, simsiyah saçlı bu yabancıya.

Gülümseyerek, "Bir düşman..." diye fısıldadı. "Görüşeceğiz Zeynep. Tekrar görüşeceğiz..."

Sınıftan çıkıp giderken olduğum yerde kalakaldım. Telefonumun çalmaya başlamasıyla artan kalp hızım yere yığılmama sebep olacak düzeydeydi. Cebimden telefonumu çıkardım, ekranda Burak yazısını gördüğüm an açtım.

"Arabasına doğru gidiyor, neredeysen çabuk gel, takip edeceğiz."

"Tamam." Telefonu kapattığım gibi koşmaya başladım. Koridoru geçip merdivenlerden indim. Bahçeye indiğimde Onur'u göremedim ama Burak ve Mert arabayla tam önümde durduklarında arka kapıyı açıp atladım.

"Nereye gidiyor?"

"Konuşamadık. Cevap vermeden önümüzden çekip gitti." Onlara anlatmalı mıydım az önce yaptığım konuşmayı, Onur'un bir düşmanı olduğunu... Yoksa bu onların da başını belaya sokmak mı olurdu? Eminim, o düşman her kimse zarar vermeye çalışacaklardı. Onur'u zaten kaybediyorduk, engellenemez bir düşüşe geçmişti. Şimdi aynı binadan Burak ve Mert'i de aşağı itemezdim...

"Nereye gidiyor olabilir abi?(!) Telefonla konuşuyordu, sonra birden arabaya atladı... Babasının yanına gidiyor olabilir mi?" Burak'ın sorusuyla gözlerimi direksiyon başındaki Mert'e çevirdim.

"Babasının kaldığı hastane ters yönde. Başka bir yere gidiyor."

Başka bir yer... Neresi olabilir? Nereye gidiyor olabilir? Beynimin içi, çıkışı olmayan bir labirente döndü. Sakin olmak, sakin kalmak zorundaydım. Arka koltukta arkama yaslandım. Ellerimi hırkamın cebine soktuğumda garip bir şey oldu. Çok garip... Parmak uçlarım sol cebimde bir kâğıda değdiğinde kaşlarımı çattım. Kâğıdı cebimden çıkarıp açtım. Bir not... Kalbimin hızlanışıyla birlikte kâğıdı açtım ağır ağır. Kâğıt sesiyle arkasını dönen Burak'a baktım.

Kaşlarını çatıp tedirgin bir şekilde, "O ne?" diye sordu.

"Not..." Sesim fısıltıyla çıkmıştı. Mert'in "Yine mi?(!)" deyişiyle birlikte yutkundum, başımı kâğıda çevirdim. Dudaklarımı araladım ve sesli bir şekilde okumaya başladım:

Sahne hazır, oyun başlıyor...
Bir bulmacanın son kelimesi, gözler önüne çıkıyor.
Gerçek sahnede, siz gerçeğin peşinde.
Juliet Romeo'nun ardında, Romeo bir göl dolusu su peşinde...
En çok su arayan, elleri kanlı olandır.
Sona geliyoruz, an ve an, adım adım.
Bizi sona götürecek bir nehrin içindeyiz şimdi,
Ne derler bilirsin, her son, bir yeni nehrin başlangıcıdır...
Akışa bırak kendini, notlarımın tek okuyucusu,
Sahne hazır, perde açılıyor.
Artık kimse, bu nehirden yüzerek çıkamayacak...
Nehir sizi içine istiyor, nehir kan istiyor.
Sahne hazır, oyuncular geliyor,
Perde açıldı, oyun başlıyor...

Korkudan üşümeye başladığımı hissettiğimde Mert arabayı ani bir frenle durdurdu. Cama yapışmamak için ön koltuğa tutunduğumda gergin bir şekilde Mert'e baktım. Altdudağını ısırdı.

"Bir şey olacak... Bir şey olacak..." dedi tekrar ve tekrar. "Bir şey olacak..."

"Allah kahretsin!" diye bağırdı Burak yumruk yaptığı elini torpidoya vurarak.

"Mert, Onur'a yetişmemiz lazım. Arabayı çalıştır!"

"Hayır... Onur'a yetişmeyeceğiz!"

Kaşlarımı çattım, karmakarışık bir ifadeyle yüzüne baktım.

"Onur'un arkasında olursak ona yardımcı olamayız. Bizim Onur'un önünde olmamız gerekiyor! Önüne çıkmamız, onu durdurmamız gerekiyor."

"Nereye gidiyor olabilir?(!) Ne yapmaya gidiyor olabilir?(!)"

"Bilmiyorum... Bilmiyorum!"

Mert birdenbire arabayı sağa kırıp ağaçlarla kaplı bir orman yoluna girdiğinde; hiçbir yarışçının yapmadığı kadar büyük bir hızla ilerliyorduk.

"Orman yolundayız, dümdüz gittiğinde denize çıkıyor yolu... Sola yol yok, bir şekilde sağdan gittiğimizde önüne çıkacağız. Çıkmak zorundayız."

Mert'in açıklamasıyla birlikte telefonumu cebimden çıkarıp Onur'u aradım. Çaldı, çaldı, çaldı... Cevap vermedi. Kapandıkça bir daha aradım, bir kez daha, Onur'u defalarca aradım. Görmediğimiz bir yolda takip ediyorduk şimdi onu. Önümüzde olmayan birini takip ediyorduk. Yarım saattir yoldaydık, sapacak hiçbir yer yoktu. En sonunda bir sol sapak gördüğümüzde Mert direksiyonu anında sola çevirdi! Taşlı yollardan hızla geçtik, ileride, iki yüz metre ötede bomboş bir arazinin ortasında bir depo görünüyordu.

Kalbimin hızının yedi katına çıktığına şahit oldum.

"Arabası!" dedi Burak. "Deponun önünde!" Yetişememiştik! Önüne geçememiştik!

"Durdur arabayı!" diye bağırdım Mert'e. Arabayı son sürat deponun önüne çekip durdurduğunda üçümüz aynı anda indik arabadan. Kapıları açık bırakarak taşlı yolda koşa koşa depoya doğru ilerledik. Burak deponun kapısını sertçe çekip açtığında, cehennem tasviri canlandı gözümde. Bize hep kötü şeyleri ateşle ilişkilendirerek anlattılar. Kötü insanlar yanardı, mitolojide ateş kötüydü, dünya ateşle sona erecekti ve insanlar dünyanın sonundan, ateşten korkuyordu ve yanmaktan korkuyordu. Hatta insanlar çok sevdikleri güneşten korkuyordu. Oysa bir şiir geçiyordu şimdi aklımdan, "Dünya ateşle sona erecek diyor kimileri. Kimileri de buzla..."*

Benim dünyam buzla sona eriyor, donarak... Bu buz gibi deponun içinde karşımda gördüğüm görüntüyle birlikte kalbim donuyor. Hislerim, duygularım, düşüncelerim donuyor. Hayatımda yaşadığım bütün şokları, bütün korkuları unuturcasına şoktayım; o derece korkuyorum. Elimi uzattım, Burak'ın kolunu tuttum. Titriyordu.

"O-Onur..." diye fısıldadım, aklımda nottan bir cümleyle... *"artık kimse, bu nehirden yüzerek çıkamayacak... Nehir sizi içine istiyor, nehir kan istiyor. Sahne hazır, oyuncular geliyor, perde açıldı, oyun başlıyor..."*

Bir adım attım, olduğum yerde kaldım. Emin olduğum tek bir şey vardı o an, hayatımın sonlanmasını istediğim anı seçme özgürlüğüm olsaydı, işte tam bu anı seçerdim. Şu anda her şey bitsin istiyordum...

* "Ateş ve Buz"; Robert Frost şiiri. (ed.n.)

35. Bölüm

Paramparça Bir Duvar.

Gözlerinizin önünde yavaş yavaş bitiş çizgisine doğru yürüyorum...

Küçükken anaokulumda Kuğu Gölü Balesi yaptığım günü hatırlıyorum. Sahneye çıkmadan önce çıkmak istemediğim için ağlamıştım. Annem bana aynen şöyle demişti: "Ama bale yapmayı seviyorsun Zeynep... Sevmiyor musun?" Öyleydi, seviyordum. Benim sorunum yaptığım veya yapmadığım herhangi bir şeyle ilgili değildi... Benim sorunum insanlarlaydı, ben insanlardan korkuyordum; yüzlerindeki o ifadeden... Annem ve babam beni bu kadar severlerken diğer insanların başka çocukları sevmelerine katlanamıyordum. Beş yaşındaydım ve bana göre herkesin en sevdiği ben olmalıydım. Zaman geçti, büyüdüm. Büyüdükçe insanların en sevdikleri olmamayı kabullendim. Sonra biraz daha geçti zaman ve ben artık annem ve babamın beni neden sevdiklerini bile sorgulamaya başladım. Zaman beni aldı, herkes beni sevmeli ruh halinden, insanlar beni nasıl sever ruh haline götürdü. Çünkü belki de onları anlayacak kadar sevmemiştim hiç kimseyi, anne baba sevgisi çok ayrı, çok ötede... Ben kimseyi ne arkadaş ne de sevgili olarak sevmiştim bu zamana kadar. İşte bu yüzden, bir insanın bir insanı sevmesine hiç anlam veremedim. Oysa şimdi buradayım. Yanımda iki insan ve karşımda o... Ben gerçekten, kalbimde ilk defa birini bu kadar sevmişken kaybetme korkusunun zirvesiyle karşı karşıyayım.

"Onur..." Titreyen sesimle birlikte öne doğru bir adım attım bilinçsizce. Mert beni korkuyla kolumdan tutup durdurduğunda; Onur şok olmuş gibi, mahvolmuş bir halde başını kaldırdı. Bize baktı, gözleri kıpkırmızıydı. Yere düşüp bayılması öyle muhtemeldi ki bir insan ancak ve ancak bu kadar mahvolabilirdi.

"Ben..." dedi donmuş bir sesle, "yapmadım..."

Onur Zorlu, bu buz gibi deponun tam ortasında, önünde, yerde kan gölünün ortasında yatan kahverengi saçlı genç kızın hemen önünde dizlerinin üstünde duruyordu. Harabeye dönmüştü, dehşet dolu yüz ifadesinden kirpiklerinin bile titrediğini görebiliyordum. Üçümüz ne yapacağımızı bilemez bir halde onu izlerken Burak birdenbire koşmaya başladı. Onur'a doğru gözyaşlarıyla ilerlerken Mert beni bıraktığı gibi Burak'ı kolundan yakalayıp arkasına doğru çekti.

"İyi değil!" dedi sertçe. "Görmüyor musun?(!)"

"Yanında olmam lazım! Abi yanında olmamız lazım! YANINDA OLMAMIZ LAZIM!" Burak delirmiş gibi, hıçkırıklarının arasında aynı cümleyi tekrarlarken; Mert bembeyaz kesilmiş yüzüyle ikimize baktı. Gözyaşlarımdan hiçbir şeyi görebilecek halde değildim. Sadece renkleri seçebiliyordum, kırmızı... Kıpkırmızı bir kan gölü...

"Burak..." diye mırıldandı Mert titreyen sesiyle. Elini Burak'a doğru uzatarak, "Hemen bir ambulans çağır... Hemen..."

Dudaklarım titriyor, ellerim buz gibi olmuş tutunacak bir yer arıyordu. Hayatımda ilk defa ayakta durmakta bu kadar zorlandığımı hissediyordum. Hayatımda ilk defa yere yığılıp kalmaya bu kadar yakındım. İçimden bir şeyler kopup gitmişti. İçimden bir şeyler yere düşmüş, ayağımın dibinde yuvarlanıyordu. Elimi kalbime götürdüm. Burak gözyaşları içinde telefonunu çıkardığında bizi donduran, hayatımızı mahveden o cümle duyuldu:

"Çoktan öldü..."

Onur ne hayattan ne bizden bir umudu kalmamışçasına bitkin bir sesle durumu açıkladığında size yemin ederim, kalbimin birkaç saniyeliğine durduğunu hissettim.

"Ambulans," dedi Mert korku dolu bir sesle, "onun için değil, senin için... Onur, tedavi olman lazım. Biliyorum, şu an bizden nefret ediyorsun. Bize kızgınsın. Ama sana yemin ederim her şeyi senin için yapıyoruz! Seni bu kâbustan uyandırmak için! Şu geldiğin hale bak! Görmüyor musun Onur?(!) Bir şeyleri unutuyorsun, bir şekilde yolun cinayetlere çıkıyor... Bunlar seni suçlu yapmaz ama hasta yapar. Sen iyileşmek zorundasın! Ve biz seni iyileştireceğiz abi!"

Onur'un dudakları aralandı, sessiz bir fısıltı çıktı dudaklarının arasından, "Ben yapmadım..."

Gözlerimi ona doğru çevirdim, yüzüne odaklandım. Sol gözünden bir damla yaş ağır ağır süzülüp sakallarına karışarak yolunu kaybettiğinde kendimi öldürmek istedim. Ağlamasın diye orada kendimi öldürmek istedim. Mert cep telefonunu çıkarıp numaraları tuşladığı sırada arkama döndüm, Mert'in elinden sertçe telefonunu çekip aldığımda şaşkınlıkla baktı bana.

"Aramayacaksın!" dedim sertçe, "YAPMADIM DİYOR, DUYMUYOR MUSUNUZ?(!)"

Burak'la göz göze geldik o an, Burak burnunu çekerek derin bir nefes aldı. Gözyaşları arasından, "Aramayacağız Mert. O bizim kardeşimiz! Onu istemediği hiçbir yere yollamayacağız!"

Mert kısa bir sessizlikten sonra elleriyle yüzünü kapattı. Öfkeyle, "Bir şeyler düşünmemiz lazım... Bir şeyler düşünmemiz lazım..." dedi.

Başımı çevirdim, yerde dizlerinin üstünde oturan Onur'a baktım. Öyle çaresiz, öyle bitkindi ki... O kimseye zarar veremezdi. Kimseye. Burak ve Mert kafayı yermişçesine konuşurlarken Onur'a doğru bir adım attım. Bir adım ve bir adım daha... Yanına ulaşmıştım. Elimi omzuna koyup dizlerimin üstüne çöktüğümde yüzüme bakmadı. Bir asker edasıyla dimdik, doğrudan karşıya, deponun karanlık duvarına bakıyordu.

"Sana notlar gelmeye devam ediyor..." diye mırıldandı sessiz bir fısıltıyla. Kaşlarımı çattığımda devam etti, "Değil mi? O notlar size benim katil olduğumu söylüyor. Ve siz buna inanıyorsunuz. Bana değil, ona..." Başını bana doğru çevirdi, kıpkırmızı gözleriyle gözlerimin en derinine baktı, bakışı içime işlemişti.

"Zeynep," dedi titreyen sesiyle, "ben yapmadım... Yapmadım..."

Arkamda duyduğum ayak seslerinden Burak ve Mert'in yanımıza geldiklerini anladım ama gözlerimi Onur'un gözlerinden kaçırmadım. Sağımda ve solumda, Onur'un karşısında diz çöktüklerinde Onur gözlerini sırayla üstümüzde dolaştırdı.

"Söz vermiştiniz," dedi tükürür gibi Burak ve Mert'e bakarak, "hep yanımda olacağınıza... Siz... İkiniz... s-" derken titreyen sesi cümleyi bitirmeye yetmedi, dudaklarını ısırıp burnunu çektiğinde berbat bir haldeydi.

"Hep yanında olacağız!" dedi Burak gözyaşlarının arasından, "Seni bırakmayacağ-" derken Onur Burak'ın sözünü kesti.

"Günlerdir uyumuyor, yemek yemiyorum, günlerdir kafayı yemek üzere olmadığım tek bir saniye bile yok. Ayakta duracak halim yok, gözlerimi açık tutacak halde değilim. Ben gözlerinizin önünde mahvoluyorum, yavaş yavaş bitiş çizgisine doğru yürüyorum. Siz bana diyorsunuz ki, gel seni o bitiş çizgisine daha hızlı götürelim. Bana bir oyun oynanıyor, oyunun seyircisi sizsiniz. Her şey bittiğinde, ben oyunu kaybettiğimde, ben gerçekten mahvolduğumda ayağa kalkıp alkışlayacak mısınız? Bu siktiğimin oyunu ruhumu alıp götürdüğünde, karşınızda sadece beden olarak yere yığılıp kaldığımda, ayağa kalkıp alkışlayacak mısınız?(!)"

Hiçbir ses çıkmadı. Sadece hıçkırık sesleri, titreyen nefes alış veriş sesleri... Biz dördümüz, *Mahşerin Dört Atlısı* bir kan gölünün ortasında, dizlerimizin üstüne çökmüş, öylece mahvoluşumuzu izliyoruz. Gözlerim korkuyla Onur'dan kaydı, yerde yatan ölü kızın bedenine baktı. Kana bulanmış kıyafetlerinden ne olduğunu anlamak bile mümkün değildi, iki saniyeden fazla bakmaya dayanamadım. İçim acıyarak başımı çevirdim Onur'a. Yüzüne baktım, mahvoluşunun çizgilerini gördüm yüzünde.

"Onur," dedim kaşlarımı çatarak. Ciddi bir sesle tek seferde sordum sorumu:

"Tek bir soru soruyorum ve alacağım o tek cevaba inanacağım. Bunu... Sen mi yaptın?"

Dolu gözleriyle bana döndü; bu soruyu sormamı her şeyden çok istiyormuş gibi. Ağır ağır altdudağını ısırdı; bunların onun başına gelmesini yediremez bir şekilde... Derin bir nefes aldı.

"Ben yapmadım," dedi tek nefeste. "Yapmadım..."

Savunmasız bir çocuk gibi duruyordu karşımda. Yaşadığı her türlü kötülükten sonra annesinin omzuna ihtiyacı olan bir çocuk gibi. Artık yaslanması gereken bir omuz ihtiyacıyla sallanan bedenine doğru yöneldim, kollarımla sıkıca sardım boynunu. Başını göğsüme gömüp bana sıkıca sarıldığında ağlamamı durduramıyordum. Onur Zorlu, benim sert duvarım... Paramparça olmuştu. Parçalanan yerlerini birleştirmek için bana sarılıyordu. Oysa daha fazla yapıştırıcıya ihtiyacı vardı o parçaların. Sonra, bir parça daha birleşti Burak kollarını etrafımıza sardığında, sonra bir parça daha... Mert. *Mahşerin Dört Atlısı* tamamlandığında hiçbir kitapta okuyamayacağınız, hiçbir filmde göremeyeceğiniz bir manzara vardı karşınızda.

Buz gibi karanlık bir deponun tam ortasında, kanlar içinde yatan genç bir kızın ölü bedeninin yanında, dördümüz sıkı sıkı sarılıyorduk... Birimiz paramparça olmuştu ve parçalarının birleşme vakti gelmişti...

"Abi özür dilerim..." diye mırıldandı Burak başını Onur'un omzundan kaldırmadan.

Biliyorduk, üçümüz de Onur'un sözünün doğru olup olmadığına asla emin olamayacağımızı çok net bir şekilde biliyorduk. Ama burada her şeyden öte bir şey vardı; Onur'un, mahvoluyorum deyişi... Bitiyorum deyişi... Paramparça oluşu... Yaptı, ya da yapmadı bilmem. Şu andan itibaren tek bildiğim, ona inanmak için elimden gelen ne varsa yapacağımdı. Önce ona inanacak, sonra onu kurtaracaktık. Ama en önemlisi, onu aramızdan ayırmayacaktık, asla ve asla.

Bu cümleyi içimden öyle emin kurmuştum ki, belki de bu cümleyi kurmasaydım bu kadar şok olmazdım; iki saniye sonra nefesimi kesen o olaya. Başımı ağır ağır kaldırdığımda, uzaktan gelen bir ses hepimizin kalbini durdurmuştu âdeta.

"Hassiktir..." Burak'tan gelen bu tepki, iç sesimin karşılığıydı o an. Her seferinde bittik dedim, her seferinde bu son dedim, ama sanırım bu sefer gerçekten sondu bu. Deponun dışından gelen siren sesleri, bizi olduğumuz yere çivilediği gibi bir perdeyi daha kapatmıştı. Bir cümlem daha yarım kalmıştı, bir sözüm daha zorla alınıp götürülmüştü dudaklarımın arasından.

"Beni almaya geliyorlar..." Üç kelime, yirmi harf, tek cümle. Olayın özeti buydu. Onur'u, bizden almaya geliyorlardı...

"Mert bir şey yap! Çıkış bul, babanı ara, bir şey yap!" Burak'ın telaşla bağırışı depoyu inlettiğinde ağır çekimde ayağa kalktım. Çok yakınlardı, çok... Kapının bir adım ötesinde oldukları yaklaşan seslerden o kadar netti ki, fare kapanına yakalanmış fareden farksızdık.

"Onur kalk! ÇIKIŞ BULACAĞIZ! ONUR KALK!" Mert sertçe Onur'u çekiştirdiği sırada Onur'un kıpırdamadığını gördüm. Telaşla ona doğru döndüğüm an, deponun her bir yanında yankılanan kapı tekmeleme sesiyle birlikte olduğum yerde sıçradım. Yaklaşık yirmi polis, tam karşımızda belirdiklerinde Burak'ın önüme geçtiğini gördüm.

"Onur'u götürün! Mert, Onur'u götürün buradan!" Silahlar bize doğrultulduğunda, çok geç olduğunu bir kez daha anladım. Yaşadığımız anın, başımıza gelecek her şeyin tek bir cümlede özeti en öndeki polisin dudaklarının arasından çıktı:

"Tutuklusunuz! Hepiniz! Kıpırdayan vurulur!"

Her şey bir hız treninin
aşağı iniş hızında gerçekleşti...
Yavaş yavaş yükseldik,
hızla düştük.

36. Bölüm

Bir Katile Âşık Olmak

Sen gittin, biz seninle ayrı kalmadık,
biz seninle mahvolduk...

Her şey, bir hız treninin aşağı iniş hızında gerçekleşti... Yavaş yavaş yükseldik, hızla düştük. Ne olduğunu bile anlayamadık. İçeri girişlerini hatırlıyorum sadece, gerisi yok zihnimde. Ne gözlerim gördü sonrasında ne kulaklarım duydu ne de dudaklarım aralandı tek bir söz söylemek için. Bizi alıp götürdüler buradan. Ama o an gözüm bizi değil, sadece Onur'u gördü. Bizi değil, sadece onu alıp götürdüler sanki sonsuz bir karanlığa. İçimde ona sakladığım cümleler oluştu sessizce.

"Seni aldılar, götürdüler... Ve bunun adı sözlükte ayrı kalmak olmadı, bunun adı mahvolmak oldu... Sen gittin, biz seninle ayrı kalmadık, biz seninle mahvolduk."

Şimdi bir masadayım. Bir lambanın tam altında durmuş, karşımdaki adamın söylediklerini dinlemeye çalışıyorum. Gözüm masada duran boş su bardağında. Adam konuşuyor, anlatıyor, bir şeyler söylüyor. Ama aklım Onur'da. Kalbim, ruhum, bu binanın içindeki bir başka odada. Ne halde olabileceğini tahmin etmeye çalışıyorum, ne tepkiler verebileceğini, ne hissedebileceğini.

"Zeynep... İşimizi zorlaştırıyorsun." Adamın kurduğu sabırsız cümleyle, gözlerimi su bardağından ayırarak onun masmavi gözlerine baktım.

"Durumun berbat, farkında değil misin? Başına gelebilecekleri anlamıyor musun? İhbar üzerine bir depoda arkadaşlarınla birlikte bir cesedin başında yakalandın." Sustum, cevap vermedim.

"Okulunuzda bir cinayet daha yaşandı. O suç da, bu da sana ve arkadaşlarına kalacak. Görünen o ki suçlu zaten sizsiniz." Sessizlik.

"İlk ceset ortada yok, ikincisinde tam kalbe saplanmış bir bıçak kesiği var. Bıçak deponun kuytu bir köşesine bırakılmış, şimdi laboratuvarda. Parmak izleriniz alınacak, kimin yaptığı ortaya çıkacak. Ama inan bana, eğer şu an itiraf edersen o parmak izleri sana ait olsa bile, işler senin için biraz daha kolay olabilir. Düşünelim mesela, müebbet almak yerine doksan yıllık bir ceza alabilirsin." Cevap yok.

"Nasıl yaptın Zeynep? Önce bayılttın mı? Başka hiçbir yere darbe gelmeden, hiçbir yerde kesik oluşmadan tek bir hasar var. Kalpte; bıçak direkt olarak, doğrudan kalbe saplanmış. Kızın boyu 1.72, senin 1.63. Muhtemelen önce kendinden geçmesini sağladın. Arkadaşların sana yardım etti mi?" Sustum.

"Arkadaşların cinayeti sonradan mı öğrendiler?"

"Onları oraya sen mi çağırdın Zeynep? Taşımana kim yardım etti? Sebep neydi? Bir erkek kavgası mı, kıskançlık mı, intikam mı? Neden öldürdün onu? Zeynep, o kızı neden öldürdün? Hayallerini, geleceğini, rüyalarını, sevdiklerini bir kalp darbesiyle neden aldın? ZEYNEP SEN BU KIZI NEDEN ÖLDÜRDÜN?"

Delirmek üzereydim. Beynimin içinde gelip giden, acı çektiren bir ses vardı. Sanki kulağımdan beynime kadar girmiş bir sivri sinek kafamın içinde dolaşıyor, sesiyle dokunuşlarıyla beni öldürüyordu. Kendimden geçmek üzereydim, gözyaşlarım bir bir akarken yüzümün yandığını hissettim.

"İsmi Ela. Ailesinin iki çocuğundan büyük olanı. Artık ailesinin tek çocuğu var. Bir kız kardeşi vardı beş yaşında, ismi Alya. Ve Alya'nın artık bir ablası yok. Ela öldü, Ela'yı sen öldürdün! Beş yaşındaki Alya, şu an ablası için ağlıyor. Büyüyecek, ablasının kalbine bir bıçak darbesi aldığını ve saniyesinde öldüğünü öğrenecek." Masaya vurdu ve öfkeyle devam etti.

"Ela'nın atan bir kalbi vardı; güzelliklerle dolu, hayallerle, mutluluklarla dolu bir kalbi vardı ama o kalp durdu. O bıçağı sapladığın an kalbi durdu, oracıkta öldü. Sen yaptın. Bunu ona sen yaptın! Ela'yı sen öldürdün! Sen, o bıçağı aldın ve acımasızca kalbine sapladın. Sen bir katilsin Zeynep. Onu sen öldürdün, onu s-" derken ufak bir acı çığlığıyla ağzımdan tek cümle çıktı:

"BEN YAPMADIM!"

Ellerimle, kollarımla yüzümü sarıp kulaklarımı kapattığımda nefes alamıyordum. Delirmek üzereydim. Karşımdaki kıpkırmızı olmuş, terlemiş, öfkeden deliye dönmüş adama bakmamak için gözlerimi kapattım. Sandalyede bir cenin gibi kollarımla sardım kendimi. Tir tir titriyor, nefes alamıyor, yandığımı hissediyordum.

Adam sustu. Masadaki kâğıtları aldı ve ayağa kalktı.

"Parmak izini alacaklar."

Tek cümle ve odadan çıktı. Hıçkırıklarım bomboş odayı doldurduğunda bağırıyordum. Bağıra bağıra ağlıyordum sessizce. Yere yığılmamak için masanın köşesini tutan elimin acısı umurumda değildi. Kapı açıldı, hıçkırıklarım umursanmadan bir kadın polis geldi yanıma. Parmağımı sertçe tuttu, elimin titreyişine aldırmadan, parmaklarımı teker teker toz mürekkebimsi bir şeye batırıp masaya koyduğu kâğıda yapıştırdı. Tek tek parmak izlerim alındı. Sonra çıktı odadan, kendimle baş başa kaldım bir kez daha. Başımı masaya koydum, nefes alışlarımı dinledim. Kesik kesik, titrek nefes alışlarım. Dememeliydim, ben yapmadım, dememeliydim. Hiçbirimiz dememeliydik, onları bir boşlukta bırakmalıydık. Onlara cevap vermemeliydik. Ama söyledim; ben yapmadım, dedim... Güçsüz, zayıf bir insan gibi yapmadığımı haykırdım korkakça. Onur'a bir sessiz kalma borcum vardı, ödeyemedim.

Belki iki saat, belki üç... Hiçbir fikrim yok. Başım gözyaşlarımın ıslattığı masada öylece bekliyorum saatlerdir. Ses yok, haber yok. Kapı birdenbire aralandığında başımı kaldırdım hâlsizce; mavi gözlerin sahibi, uzun boylu, siyah saçlı polis girdi içeri.

"Gitmekte özgürsün, annen ve baban seni dışarıda bekliyorlar." Kaşlarımı çattım, şok içinde baktım yüzüne.

"Hayır!" dedim. "N-ne oldu? Neden gidiyorum? NE OLDU!"

"Parmak izi sonucu geldi, gelmeden önce de arkadaşın her şeyi itiraf etmişti. Sizin sonradan geldiğinizi, her şeyi kendisinin yaptığını, sebeplerini... Mahkemeye çıkarılacaksınız ama mahkemeye kadar serbestsin." Dehşet içinde kalbim deliye dönmüş gibi atarken, ayağa kalktım titreyen bacaklarıma rağmen.

"K-kim..." Cevabı biliyordum. Hem de çok net.

"Onur Zorlu. Okulunuzun bir seri katili var artık."

"Hayır!" dedim bir kez daha yalvarırcasına. "O yapmadı! Lütfen, lütfen onu da bırakın, yalvarıyorum!" Histeri krizine girmiş gibi, birkaç adımda polisin kollarını yakalayıp ona yalvardığımda bana anlayışla baktı.

"Zeynep," diye fısıldadı, aralık kapıdan duyulmaması için gözlerini gözlerime diktiğinde, "sana bir tavsiye... Bir dahakine, bir katile âşık olma..."

Önümden çekip gittiğinde, beni karanlık odanın aydınlığa ulaşan aralık kapısında bıraktığında, öylece kalakaldım. Dışarı doğru bir adım attım, son duyduğum cümle beynimin içinde tekrarlanırken annemin bana doğru koşuşuna şahit oldum. Bana sarıldı, ben tepkisizce kalakaldığımda kulağıma gözyaşlarından biri damladı.

"Şükürler olsun! İyisin! Seni götüreceğiz buradan!" Babamın yanımıza gelişi, korkuyla bana sarılışı...

"Zeynep sen ne işlere bulaştın?(!) İyi misin? Kızım, iyi misin?" Bir ölüyle konuşur gibi donakalmış, yüzümü inceliyorlardı. Başımı çevirdim, yan odadan çıkan Burak'a baktım, gözleri kıpkırmızıydı. Bana baktı, sonra başımızı çevirip karşı odadan çıkan Mert'in, annesine yıkılmış bir şekilde sarılışını gördük. Burak babasının kolunda bir sandalyeye oturtulduğunda üçümüzün de gözleri aynı kişiyi arıyordu, üçümüzün de aklında aynı insan vardı: Onur. Onur yoktu, biz buradaydık. Bu üç odadan özgür bir şekilde çıkmıştık. Ama Onur hiçbir odadan çıkmamıştı. Babası karakola hızlı adımlarla girdiğinde kalbimin hızlandığını hissettim.

Koşarak Mert'e doğru ilerledi.

"Mert, Onur nerede?(!) OĞLUM NEREDE!"

Mert dünyanın en buhranlı ruh hali içinde başını salladı.

"Bilmiyorum..."

Onur'un babası delirmiş gibi emniyet müdürünün odasına daldığında kimse onu durdurmadı, kimse itiraz etmedi. Kapı kapandı ve biz bir kez daha kapının ardında kaldık. Başımızda ailelerimiz, aklımızda Onur.

"Kızım, konuşsana... Ferhat bunu bir doktora götürelim, hemen şimdi... Ayla'nın tanıdığı bir psikolog vardı. Ben arayayım, gerekirse evine gideriz!" Annem telefonunu çıkarıp arkadaşını aradığı sırada önümden iki polis geçti. Burak'ın, Mert'in ve benim gözlerimiz takip etti polisleri. Geniş koridorun en sonundaki odaya girdiler. Kapı kapandı ve sadece beş saniye sonra tekrar açıldı. Kalbim hızlandığında bir kez daha cehennemi gördüm o an. Onur; iki polisin arasında, ellerinde kelepçe, yüzünde asker gibi semsert bir ifade... Dimdik duruyor, hiçbir üzüntü, hiçbir yıkılma ifadesi yok sanki. Bize bakmıyor, gözleri dimdik karşıda.

Burak babasının kolundan kurtulup Onur'a yöneldi, Mert de aynı şekilde. Ve ben... Üçümüz ona doğru dehşet içinde ilerlediğimizde polislerden birinin eliyle bize uzakta durmamızı işaret ettiğini gördüm. Boğazıma bir yumru oturdu.

"Dokunmak yasak. İki dakikanız var." Dokunmak yasak... Öyle acı bir cümleydi ki.

"Lütfen," diye yalvardım, "lütfen bu odaların birinde onunla yalnız konuşmamıza izin verin. Bize ihtiyacı var, lütfen... En azından sadece bana izin verin..." Ağlıyordum. Onur hiçbirimize bakmazken biz mahvoluyorduk.

"Hayır," dediğini duydum. Kesik ama sert bir sesle, "kimseye ihtiyacım yok."

Kabulleniş. Tek açıklama buydu; Onur Zorlu başına gelenleri kabullenmişti. Benim güçlü duvarım yıkılmayı kabulleniyordu. Karşı koymayacaktı, çabalamayacaktı, vazgeçmişti. Kabullenecekti...

"Oğlum, biz ne zaman ayrı kaldık! Şimdi de kalmayacağız, şimdi de yalnız bırakmayacağız seni, her oyunda kurtardığımız gibi şimdi de kurtaracağız seni!" Burak'ın titreyen sesi kısılmıştı artık. Ama Onur'da bir mimik bile yoktu.

"Oyunda değiliz," dedi sertçe. "Hayatınıza devam edin."

"Onur sen bu değilsin, abi sen kabullenemezsin yenilmeyi" Mert delirmek üzereydi. "Kendine gel! Ayakta kalacaksın. Yapmadım diyorsan, yapmadım demeye devam edeceksin. Bizi kendine inandırdın, yapmadım dedin. Biz sana inandık. Bunu demeye devam edeceksin. Bizi yarı yolda bırakmayacaksın!"

Ses çıkarmadı, cevap bile vermedi. Gözyaşları durmayan gözlerimi polislerden birine çevirdim.

"Lütfen... Bir dakika onunla yalnız konuşmama izin verin... Lütfen... Yalvarıyorum size... Elleri kelepçeli, sadece konuşmak istiyorum..." Titreyen sesim, karşılarında bir bebek gibi küçücük kalışım polislerden birinin acır gibi yutkunmasına sebep oldu. Biri diğerine bakıp başını salladı. Tam yanımızda duran odalardan birinin kapısını açtı polislerden biri, Onur'u içeri soktuktan sonra geçmem için bana izin verdi. Hızla odaya girdim.

"Bir dakikanız var, kapıda bekliyoruz."

Kapı kapandığında, karanlık sorgu odasında Onur'la baş başa kaldığımızda önce gözlerine baktı gözlerim, sonra kelepçelenmiş ellerine. Hıçkırıklarımla birlikte ona sarıldım. Ama o bana sarılamadı; kelepçelenmiş elleriyle beni saramadı kolları. Hiç kıpırdamadan durdu öylece. Ona sarıldım, ağladım...

"Lütfen yapmadım de... Lütfen yapmadım de..." Yalvarıyordum.

"Elli saniyemiz kaldı," dedi sessizce.

"Yardım iste, bizden, babandan... Lütfen Onur, sana yalvarıyorum... Savaş! Pes etme!"

"Kırk saniye..."

"Seni oradan kurtaracağız. Sana söz veriyorum. Seni kurtaracağız."

"Otuz saniye." Elim saçlarına gitti titreye titreye. Önüne düşmüş saçını düzelttim.

"Sen demiştin ya, biri bana oyun oynuyor ve seyircisi sizsiniz diye..."

"On beş..."

"Biri sana oyun oynuyor ve biz seyirci kalmayacağız!" Sesim titriyordu.

"On saniye..."

"Biz bu oyunu bozacağız Onur! Sana söz veriyorum..."

"Beş saniye..."

"Onur," dedim korkakça, "ben seni gerçekten s-" Kapı açıldığında, cümlem yarıda kaldığında, Onur cümlemi bitirmemi istemiyormuş gibi hızlı adımlarla çıktı dışarı. Karanlık odada, öylece kalakaldım bir başıma. Aklımda polisin bana kurduğu o cümle, "Sana bir tavsiye... Bir dahakine, bir katile âşık olma..."

Hislerimi tanıyamıyorum artık. Ne hissediyorum bilmiyorum, emin olduğum tek şey Onur'u sevdiğim. Onu seviyorum, onu insan olarak seviyorum, onu hayatımın en gizli köşesinde saklayacak kadar seviyorum. Biz onunla çok kötü günler yaşadık, görünen o ki daha kötülerini de yaşayacağız. Tek bildiğim, yanında, hayatında olacağım.

Aralık kapıdan, elleri kelepçeli götürülüşünü görüyorum şimdi. Ruhum bedenimden ayrılmış, peşinden gidiyor âdeta. Beynimin içinde aynı cümle yankılanıyor, "Seni aldılar, götürdüler... Ve bunun adı sözlükte ayrı kalmak olmadı, bunun adı mahvolmak oldu... Sen gittin, biz seninle ayrı kalmadık, biz seninle mahvolduk."

Her şey iyiye gidecek, diye düşünürdüm hep hayatım boyunca ama hiçbir zaman hiçbir şey iyiye gitmez. Biz sadece kötüye alışırız, daha kötüsünü yaşarız ve ona da alışırız. Yaşadığımız ve iyi olduğunu sandığımız her şey, bizim kötüye alışıyor olduğumuzun özetidir. Her şey iyiye değil kötüye gidecek, her şey mahvolacak... Biz mahvolacağız... Bu da bizim mahvoluş hikâyemiz...

37. Bölüm

Savaşın Sonu.

Onu görmek, sesini duymak; çöp atmak için dışarı çıkıp yıldız kaymasına şahit olmak gibiydi...

Siz hiç, bir insanın arkasından bakakaldınız mı? Yanınızdan geçip yürüyüp giderken, ayakkabılarının çıkardığı seslere odaklandınız mı? Siz hiç, bir insanın gidişini izlediniz mi dakikalarca? Onur Zorlu, yanımdan geçti, ağır ağır uzaklaştı gözlerimin önünde. Gitti. Kelimenin tam anlamıyla yürüdü, uzaklaştı ve gitti. Arabaya binişi, ellerindeki kelepçelerin çıkardığı sesler, dimdik ileri doğru bakışı ama tam karşısında durmama rağmen beni görmeyişi... Unutamıyorum, saatlerdir odamda oturmuş, yatağımdan dışarıda yağan yağmuru izliyorum ama unutamıyorum. Annem ve babamın beni çekip götürdükleri tüm o karmaşanın üzerinden yaklaşık yedi saat geçti. Hava karardı, yağmur bastırdı. Annemin iki saat önce tepsiyle getirip yatağıma koyduğu çorba buz gibi oldu. Oysa benim içim hâlâ soğumadı. Telefon ellerimin arasında, gözlerim camdan akan damlalarda, bir haber bekliyorum. Her gelen bildirimde yerimden sıçrıyorum, paranoyaklığın zirvesine ulaştım. Az önce aşağıdan, oturma odasındaki televizyondan gelen siren seslerini gerçek sandım. Birkaç saniyeliğine korkuyla ayağa kalktıktan sonra, "Zeynep delirme!" diyerek kendime gelmeye çalıştım. Ben bu haldeysem Onur ne haldedir kim bilir... Olayı çözmeye çalışıyorum, anlamaya.

Bir yanım Onur'un unutma hastalığıyla her şeyi açıklayabilirken öbür yanım sorguluyor. Çok garip değil mi? Bu yaşına kadar kimsenin böyle bir hastalığı fark etmemesi, şimdi birdenbire ortaya çıkmış olması... Titreyen telefonumla birlikte olduğum yerde korkuyla sıçradım. Arayan Burak'tı.

"Burak!"

"İyi misin?" Sesi bitkin, yorgun, mahvolmuş çıkıyordu. Ben giderken onlar Onur'un babasıyla kalmışlardı. Onur'un babasının milletvekili tanıdığı sayesinde mahkemeyi erkene almaya çalışacaklardı.

"İyi değilim, Onur nasıl? Bir haber alabildiniz mi? Ne olacak, mahkeme ne zaman?"

"Dur Zeyno, sakin ol. Şimdi bu halde güzel haber verilir mi bilmiyorum ama seni almaya geleceğiz. Şu milletvekili tanıdık sayesinde bir gece görüşmesi ayarlayabildik. Mahkeme tarihini de erkene aldırmaya çalışacak. Bize haber verecek."

Kurduğu ikinci cümleyle birlikte kalbim durmuştu sanki, donakalmıştı. Görüşme, görüşme... Görüşme ayarlamak. Onur'u görecektik, Onur'la görüşecektik! Telefon kulağımda kalktım yatağımdan. Dolabı açtığım gibi turuncu boğazlı kazağımı ve siyah pantolonumu çıkardım.

"Kapı sesi mi o?"

"Dolap," dedim, hafifçe gülmeye çalışarak. "Ne zaman geliyorsunuz?"

"Beş dakika içinde orada oluruz, yoldayız. Sen izin alabilecek misin?"

"Gerekirse kaçarım," diye mırıldandım. Hırsla, "Kapatıyorum şimdi. Geldiğinizde ara," dedim.

Telefonu yatağın üstüne atıp hızla giyindim. Yüzüme, saçlarıma bir kez bile bakmadan telefonumu ve çantamı alıp hızla çıktım odamdan. Merdivenlerden inip oturma odasında, tam televizyonun karşısındaki koltukta oturan annemle babamın karşısına geçtim. Bana baktılar endişeyle.

"Allah'ım yine kaçıyor bu!"

Annemin korku dolu sesiyle birlikte babam telaşla ayağa kalktı. "Kızım nereye? Bak yine başını belaya sokacaksın."

"Anne, baba, sizden bir şey saklamayacağım. Onur'la bir gece görüşmesi ayarlanmış ve gidip benim de görüşmem gerekiyor. O benim arkadaşım. Yanında olmam lazım."

"Kızım, çocuk cinayet işlemiş. Katil; duymadın mı okuldaki cinayetten bile o sorumlu tutuluyor. İki cinayet! İki! Sen delirdin mi?(!)"

"O hiçbir şey yapmadı!" dedim sertçe. "Yaptıysa bile bilinci yerinde değildi. O kötü bir insan değil baba! Kimseye zarar verecek bir insan değil ve tek olmayacağım... Yanımda babası, arkadaşlarım olacak. Endişelenmenize gerek yok. Lütfen, biraz bana güvenin..."

"Zeynep, hiçbir yere gitmiyorsun!" Annem oturduğu yerden bağırırken kapıya doğru hızlandım.

"Özür dilerim, gidiyorum." Kapıyı açtım, çıkarken annemin babama peşimden gitmesini söylediğini duydum. Ama babam her zaman olduğu gibi bana karşı annemden daha ılımlıydı. Sesini çıkarmadı. Kapıyı kapatıp çıktığımda, yağmurun altında, yola giren arabanın ışığına doğru ilerledim hızla. Burak arka kapıyı açtı. Burak'ın yanına oturdum. Mert önde, Onur'un babası sürücü koltuğunda, Burak her zaman olduğu gibi yanımdaydı.

"İyi misin?" Mert'in sorusuyla birlikte başımı salladım.

"Olmaya çalışıyorum..." diye mırıldandım. O an arabadaki herkesin aklında binlerce soru, binlerce farklı cevap vardı. Kimse konuşmuyordu, Onur'un babası herkesten çok yıpranmış haldeydi. Herkesin kafasındaki sorulara cevap aradığı belliydi.

"Onur," diye mırıldandım, "iyi miymiş?"

"Olmaya çalışıyordur..." Mert'in cevabıyla birlikte gözlerimi cama çevirdim. Karanlık gece, ıslak gökyüzü... *Her ölümden sonra yağmur yağar,* derdi anneannem, *İçimize sakladığımız gözyaşları gökyüzünden yeryüzüne akar.* Belki de bizim içimizdir gökyüzü.

Onur'un sevk edildiği emniyet müdürlüğünün bahçesinde durup arabadan indiğimizde kalbimin hızlandığını hissettim. Hislerime dair ne olup bitiyordu bilmiyordum ama hayatımda ilk defa bu kadar farklı şeyler hissettiğimi biliyordum. Onu görmek, sesini duymak çöp atmak için dışarı çıkıp yıldız kaymasına şahit olmak gibiydi. Belki de gerçekten bizim içimizdi gökyüzü. Eğer öyleyse, şimdi gökyüzünün bana ait kısmında art arda yıldızlar kayıyordu. Çünkü ben, birkaç dakika içinde onu görecektim.

"Ender Bey, hoş geldiniz. Cemil Bey sizden bahsetti. Acil bir görüşme ayarladık sizin için. Buyurun... Odama geçelim isterseniz." Onur'un babası kalp krizi geçirmesine birkaç saniye kalmışçasına kırmızı yüzüyle başını kaldırdı.

"Yok yok, oğlumu gösterin bana hemen! Nerede oğlum!"

"T-tamam," dedi emniyet müdürü anlayışla. "Haklısınız. Buyurun sizi görüş odasına alalım. Siz..." dedi bize bakarak.

"Biz kardeşleriyiz! Biz de gireceğiz!" Burak'ın cevabı başka bir açıklamaya gerek olmayacak kadar netti, itiraz gelmedi, ses bile çıkmadı. Birkaç saniye içinde görüş odasına giden koridordaydık. Gözlerimi Burak'a çevirdim.

"Kalbim çıkacak," dedim fısıltıyla.

"Benimki bahçede düştü." Acı içinde gülümsemeye çalıştım. Kapısında iki polisin olduğu bir odaya geldiğimizde, emniyet müdürü bize kapıyı açtı. Babası hemen önden girdi.

"OĞLUM!" Hafif bir kelepçe sesi, kıyafet hışırtıları, güçlü bir sarılma. Sağa doğru bir adım attım ve nihayet onu görebildim. İşte tam buradaydı, karşımda. Babasına sarılmış, gözleri benim üzerimde, öyle duygusuzca bakıyordu.

"İçeriye polis alınmayacak. Çok fazla zamanınız yok maalesef, ben çıkıyorum. Çıkışta odama beklerim Ender Bey." Emniyet müdürü çıktığında, hepimiz içerideydik. Onur babasıyla sarılmaya devam ederken yutkunarak izliyordum onları, acaba bana da sarılmak isteyecek miydi? Ben istesem kabul eder miydi?

"Abi!" Burak, gözleri dolu dolu, titreyen sesiyle babasından ayrılan Onur'a doğru ilerlerken Mert de tereddüt etmeden ona doğru ilerledi. Üçünün birlikte sarılışını görmek o kadar garipti ki, sanki çocukluk arkadaşlarımın birbirlerine kavuşma anını izliyordum... Uzaktan uzağa. Öylece bakıyordum onlara, sesimi bile çıkarmadan... Nefes almadan... Onur'un gözleri gözlerimle buluştu o sırada. Burak ve Mert ondan ayrılırlarken Burak bana döndü.

"Dram sahnesi için vaktimiz yok! Görüşme bitecek, gel sarıl işte!" Gülmeye çalıştım Onur'un sert yüzüne bakarken. Ona doğru yürüdüm, önünde durdum, yutkundum. Yüzü bembeyaz olmuştu. Kelepçeli ellerini kaldırdı, kollarının arasına girdim... Bu öyle acı bir duyguydu ki hıçkırıklarımı ardı ardına tutmaya çalışırken ona sıkıca sarıldım. Belli etmeden, hafif hafif saçlarımdan doğru nefes aldığını hissettim o an. Saçlarımı kokladı sanki. Kollarının arasından çıkmadan başımı kaldırıp dolmuş gözlerimle yüzüne baktım.

"İyi misin?" diye sordum. Öyle bir yüz ifadesi vardı ki sanki yıllarca savaşta kalmış; tüneller kazmış, bir sürü ölüme şahit olmuş, en sevdiklerinin cesetlerini taşımış sırtında. Sanki öyle şeyler yaşamış ki dimdik, semsert bakıyor şimdi. Bir duvara benzettim önce onu, sonra yıkılışına, mahvoluşuna şahit oldum. Şimdi o duvarın taşları tekrar birleşiyordu. Onur Zorlu, eskisi gibi dimdik ayakta duruyordu. İlk gün dediğim gibi, "Bir asker edasında..."

"Sen iyi misin?"

Soruma cevap vermedi, benim iyi olup olmadığımı sordu. Bu ne demekti biliyor musunuz? "Ben iyi değilim. Sen nasılsın?" demekti.

"Önemli olan sensin," dedim iyi olması için yalvarmaya hazır bir sesle.

"Hayır," dedi ağır ağır, "önemli olan ben değilim... Sensin." Gözlerime baktı birkaç saniye, ne ben cevap verebildim ne o başka bir cümle kurdu. Kollarını kaldırdı, çık kollarımın arasından dercesine, kollarının arasından çıktım ve masaya yöneldim. Hep birlikte yuvarlak masanın etrafına oturduğumuzda yerim Onur'un karşısıydı. Bir yanında babası, bir yanında Burak, karşısında Mert ve ben.

"Oğlum! Anlat, ne oldu! Kim sana oyun oynuyor?(!)" Bu cinayeti Onur'un işlemiş olabileceği babasının aklından bile geçirmiyordu. Bu çok belliydi. Perişan olmuş bir halde oğlunun kelepçeli ellerini tutuyordu.

"Konuş oğlum, yalvarırım... En iyi avukatları tutacağız, arkamız sağlam! Seni buradan çıkaracağız ama bana her şeyi anlatmak zorundasın. Düşmanın mı var, seninle uğraşan biri mi var. Kim bu suçu senin üstüne yıkmaya çalışıyor!.."

"Onur! Oğlum! Bir şey söyle, hadi! Kim yaptı bunu sana?" Onur başını kaldırdı, dudaklarını araladı ve daha bugün her şeyi inkâr eden dudaklarının arasından bizi şoka sokan o cümle çıktı:

"Belki de ben yapmışımdır."

"Ne?(!)"

"Oğlum, ne diyorsun sen?(!)"

"ABİ NE SAÇMALIYORSUN SEN?"

Bir tek ben sesimi çıkaramadım, dudaklarım aralanmış öylece bakakaldım yüzüne... Daha bugün, "Ben yapmadım," diyen Onur Zorlu, defalarca ve defalarca yapmadığını söyleyen Onur Zorlu, şimdi karşımızda durmuş yaptım mı diyordu?

"Kim bilir?" diye mırıldandı. "Belki de ben yapmışımdır."

Bu bir kabulleniş cümlesiydi. Bu görüp görebileceğiniz en ağır kabulleniş cümlesiydi. Düşünsenize, sezonlardır izlediğiniz dizide her bölüm suçunu inkâr eden karakter, sezon finalinde birdenbire "Ben yaptım," diyordu. Durumumuzun özeti tam olarak buydu. Bir savaştaydık ve askerlerimizden dörtte biri savaşı terk ediyordu...

"Ne demek bu Onur! Belki ne demek?(!) Sen delirdin mi oğlum?" Başını salladı Onur babasına bakarak.

"Delirdim."

Delirmişti. Şu halinin başka bir açıklaması yoktu. Babası elini kalbine götürdü.

"Açıkla, neler oluyor burada... Çocuklar, ne diyor bu!"

"Ender amca, seni dışarı çıkaralım, lütfen... Biz onunla konuşacağız. Hadi." Mert Onur'un babasını dışarı çıkarırken Onur'a şok içinde bakıyordum. Kapı kapandı ve işte şimdi asıl konuşma başladı.

"Bu ne şimdi Onur?" Mert'in sert sesiyle birlikte başımı ellerimin arasına aldım.

"Sorduğu sorunun cevabını verdim. 'Kim yaptı bunu sana?' dedi, 'Belki de ben yapmışımdır,' dedim. Daha bugün, bundan önceki gün bana bunları benim yaptığımı anlatan siz değil miydiniz? Hiçbir şeyi hatırlamıyor olabileceğimi söyleyen..."

"Abi bizi delirtme!" Burak sabrı taşıyormuş gibi çıldırırcasına konuştuğunda neredeyse elimi ısıracaktım.

"Sen değil miydin bunu her söylediğimizde yapmadım diyen?" dedim titreyen sesimle.

"Bir yere kadar, insan katil olduğunu kabullenemiyor."

"Allah kahretmesin, şu kelimeyi bir daha sakın kullanma Onur!" Mert neredeyse etrafında olduğumuz masayı devirecekti.

"Ben de inanamadım. Kabullenemedim. Ama o bıçaktan parmak izlerim çıktığında... Bana bunu söylediklerinde... Beynimin içinde bir ışık yandı. İçimden bir ses, 'Sen hastasın,' dedi bana. Sen hastasın... Sonra o ses cümleyi biraz değiştirdi. Bu sefer, 'Sen katilsin,' diye fısıldadı bana, katilsin..."

"Değilsin!" dedim gözyaşlarımın arasında.

"Bunu bana defalarca söyleyen sizdiniz! Siktiğimin duygusallığını bir kenara bırakın! Bana bunu defalarca söylediniz!"

"Onur, abi... Abi bak, sakin olalım... Burak geç otur," diye uyardı Mert Burak'ı çünkü neredeyse masaya çıkmak üzereydi. "Zeynep ağlama. Herkes sakin olsun. İyi düşünmek zorundayız. Sakince düşünmek ve seni kurtarmak zorundayız."

"Zamanı geri alabilirseniz..." diye mırıldandı Onur soğuk bir sesle.

"Ne?"

Burak'ın sorusuyla birlikte açıkladı.

"Zamanı geri alıp o iki kızın hayatını kurtarabilirseniz..."

"Bu başkasını kurtarmak olur, seni değil. Çünkü biri sana oyun oynuyor. Bakın, Burak otur dedim, şimdi beni iyi dinleyin. Bu cinayetler senin tarafından işlendiyse bile bunun tek bir sebebi olabilir, o da senin gerçekten hasta olman. Ama eğer hasta olsaydın yıllardır bunu fark etmez miydik Onur?"

"İyi düşünün, unuttuğum şeyler olmadı mı bu zamana kadar?" O an aklımdan markete gidişini unutması geçti, sonra bana verdiği bilekliği unutup geri almak istemesi... Mert'le göz göze geldik. Kısa bir sessizlik oldu.

"Onur," dedi Mert, "bak b-"

"Oldu mu olmadı mı?(!)" Onur sertçe sorduğunda Mert kalakaldı. Ne diyecekti? Ne diyecektik? "Evet, oldu." mu diyecektik.

"Oldu... Değil mi?" O an Onur'un gözlerinde hayal kırıklığı kelimesinin tam anlamını gördüm, içi kırılmıştı sanki. Dudaklarımın titrediğini hissettim.

"Onur, öyleyse bile bunu-" Burak'ın sözünü kestim,

"Pes etmeyeceksin. Benim tanıdığım Onur Zorlu bu değil. Bilmiyorum, demeyeceksin. Yapmadım diyeceksin! Hayatının mahvolmasına izin veremeyiz!"

Gözlerini gözlerime çevirdi.

"Asıl ben sizin hayatınızın mahvolmasına izin vermeyeceğim. Bu konuyu da beni de unutun. Çıkın bu savaşın içinden, hayatınıza bakın. Gardiyan!" Kapıya doğru bağırdığında şok içinde ayağa kalktık.

"Onur! Ne yapıyorsun abi!"

"Gardiyan!" Ayağa kalktı, kelepçeli elleriyle kapıyı yumruklarken onu omzundan tutan Burak'ı koluyla ittiğinde dehşet içindeydim. Kapı açıldı, polisler Onur'u tutup koridora aldıklarında son cümlelerini duydum.

"Bir daha hiçbirini istemiyorum, sakın! Yoksa yemin ederim birine zarar vereceğim!"

Kaydedildiğini bildiği cümleler. Duyulduğunu, savcıya ulaşacağını bildiği cümleler... Bizi kendinden kanunen uzak tutacaktı. Bunu yapmaya duygusal gücü yoktu, bunu başkalarına yaptıracaktı. İşte şimdi, bu savaşta aynı safta olmadığımız günler başlıyordu. Onur, askerlerini öldürmüş, karşı tarafa teslim olmak üzereydi. *Mahşerin Dört Atlısı*'nın savaşı buraya kadardı. Savaş çoktan bitmiş, taraflardan biri yenilgiyi kabullenmişti...

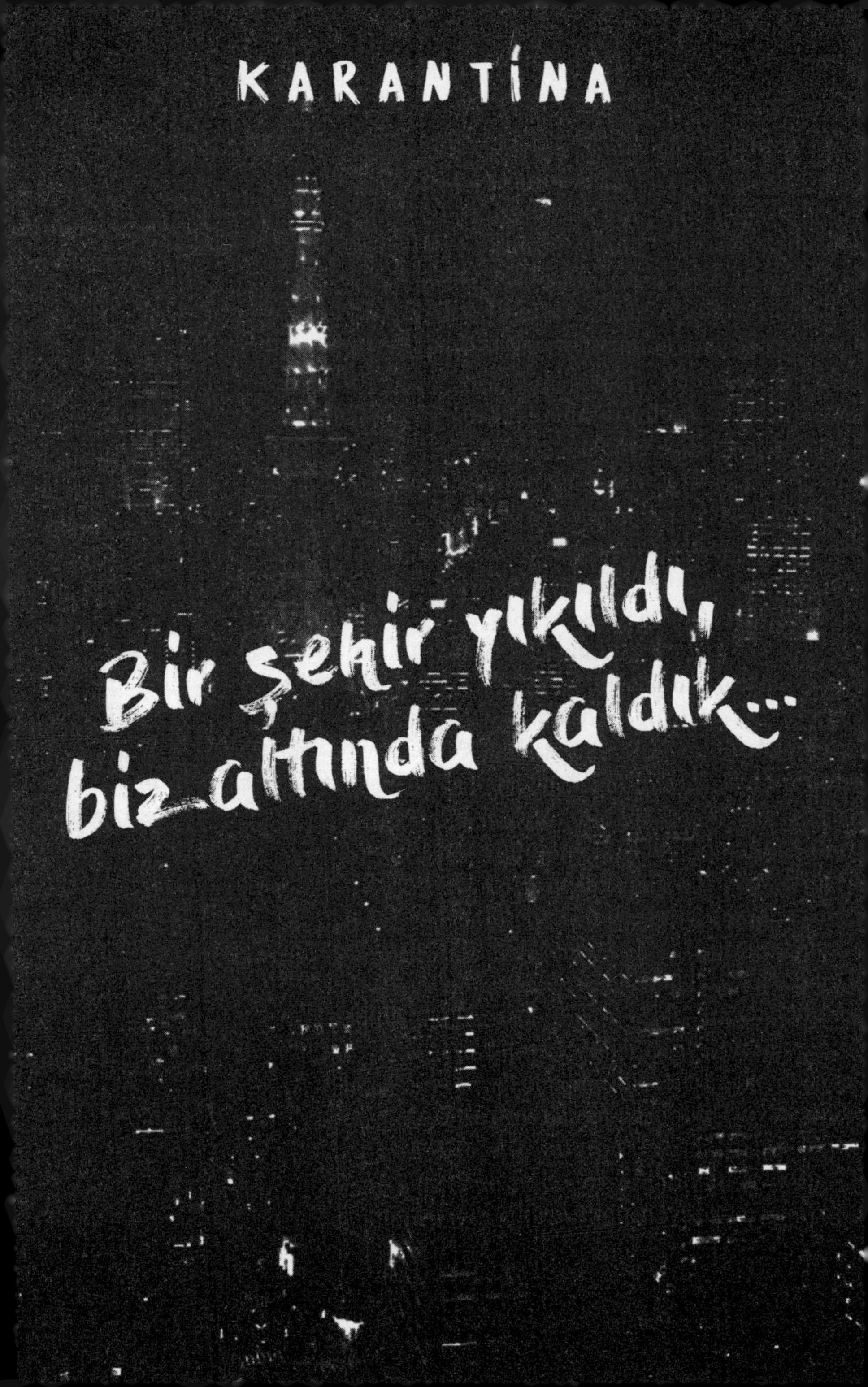
KARANTİNA
Bir şehir yıkıldı,
biz altında kaldık...

38. Bölüm

Bir Şehir Yıkıldı.

Biz altında kaldık...

Dakikalar sonra, sorgu odasından çıkarıldığımız gibi bir açıklama uğruna savcının odasına getirildik. Onur'un tavrının şokuyla oturduğumuz yerlerde sanki az önce bir cinayete daha tanık olmuşuz gibi şok içinde birbirimize bakıyorduk. Burak, anne babasının şiddetini izlemek zorunda kalan çocuklar gibi bakıyor, Mert hayatının darbesini yemiş gibi. Benim ise durumumu tam olarak öğrenmek ister misiniz? Ben kafayı yedim. İçimden konuştuğumda, dışımdan konuştuğumda hep bir şeyleri uzun uzun anlatır, kendime bile betimlemeler yaparım, kelime çokluğunu severim. Ama şu an öyle bir durumdayım ki durumumu anlatmak için fazla bir kelimeye, ya da betimlemeye ihtiyacım yok. Ben, kelimenin tam anlamıyla kafayı yedim.

Savcı odaya asistanıyla birlikte girdiğinde duruşlarımızı dikleştirdik. Burak tişört giymesine rağmen gömleğini ilikler gibi tişörtünün üst kısmını çekiştirdiğinde gözlerimi savcıya çevirdim. Yerine oturdu, bize ciddi bir ifadeyle baktı. Ardından sekreteri elindeki kâğıtta yazan açıklamayı okudu.

"Onur Zorlu'ya bulunduğu sert ithamlardan dolayı şu an veya mahkeme boyunca görüş yasağı getirildi." Duyduğum cümle karşısında tüm bedenim şoka girdi. Hücrelerim bir bir donakalırken boşlukta kalan elimi uzatıp Burak'ın kolunu tuttum.

"Ne?" diye sordum. "Mahkemeye kadar onu göremeyecek miyiz?" Ardından savcı girdi araya, bir abi tavsiyesi verir gibi:

"Onunla aynı ortamda bulunmamanız az önce yaşananlardan sonra sizin güvenliğiniz için çok daha önemli. Savurduğu tehdit bile mahkeme için büyük bir delilken, parmak izleri bir cesedin kanını taşıyan bıçakta görülen birini, mahkemeden sonra bile görmeyi ümit etmeyin. Kısacası, Onur yok artık. Hayatınıza bakın."

Kalbime oturan bir Onur Zorlu figürüyle birlikte olduğum yerde kalakaldığımda Mert atladı konuşmaya.

"Bakın... O iyi değil... y-"

"Görebiliyorum. Size savurduğu tehditler bunu yeterince belli ediyor."

Onun bize ihtiyacı var!" diye girdi araya Burak.

"Bir cinayet daha işleyebilmek için mi?" Öfkeyle savcıya döndüğümde kalbim deli gibi atıyordu.

"Onu tanımıyorsunuz!" dedim sinirle. "Kendinde değil. İyi değil ve bizim yardımımıza ihtiyacı var."

"Ne gibi bir yardımda bulunabilirsiniz küçük hanım? Üçüncü cinayetini işlemesi için mi yardım edeceksiniz? Zira savurduğu tehdide bakıldığında onun yanına alınmanız, bir seri katile öldürülecek bir beden sunmaktan başka bir şey değil."

Üçümüz de öfkemize hakim olmaya çalıştığımız sırada aklımda iki kelime tekrarlanıyordu, sadece iki kelime: "Seri katil... Seri... Katil. Onur Zorlu, seri katil.

"Bakın çocuklar, herkesin canından çok sevdiği arkadaşları olur. 'Onun için her şeyi yaparım,' diyebileceği insanlar, 'Onu adım gibi biliyorum, herkesten daha iyi tanıyorum,' diyebileceği insanlar. Ama şunu aklınızdan çıkarmayın, insan yanılabilen bir varlıktır ve yanıldınız... Onur sandığınız gibi biri değil, kendinizi tehlikeden uzak tutun. Evinize dönün, güvende kalın ve işimizi yapmamıza izin verin. Şimdi, çıkabilirsiniz."

İnsanlar yaşları ilerledikçe yaşlarıyla doğru orantılı olarak söylediklerinin doğruluk payının da artacağını düşünüyorlar. Bunu ilk kez babamda fark ettim. Her söylediğinin doğruluk payının yüzde yüz olduğunu düşünür ve bunu, "Ben babayım," diye açıklardı. Büyüklük, babalık, annelik... Oysa emin olduğum bir şey vardı, hayatı çözmenin sırrı insanın yaşında değil yaşadıklarındaydı. Şu yaşadıklarımın sonucunda bile, önüme konulan yapbozun tüm parçalarını birleştirebilecek durumdaydım, yaşama dair. Çünkü ben, bir ömre sığdırılacak koca yılları birkaç haftada yaşamıştım.

Şimdi, bu odadan çıkarken bu savcıya son kez bakıyorum. Onur'a dair söyledikleri aklımda. Bir başkası olsa belki çoktan inanır, güvenli bölgesine çekilir hayatına oradan devam ederdi. Oysa bir cümle geçiyor şimdi aklımdan, "Kıyısına bir yaşamın, herkesi uzaktan izlemek için gelmedim." Ve daha dik yürüyorum şimdi çünkü ben, ellerime teslim edilen bu yaşamı, denizi kıyıdan seyreder gibi seyretmeyeceğim. Onur'un mahvoluşunu gördüm, şimdi çekip gitmeyeceğim. Düşüşünü izledim, kalkışını da izleyeceğim. Bu merdivenlerden inerken yanındaydım, çıkarken de yanında olacağım. Mahvoluşuna dahil olduğum gibi, iyileşmesine de dahil olacağım. Öyle büyük bir borcu var ki evrenin bana, ben onun üzülüşünü gördüm, mutlu oluşunu da göreceğim.

"Sıçtık..." Koridor duvarına yaslanan Burak'ın durumu özetleyen kelimesiyle birlikte derin bir nefes aldım.

"Bir şey yapmamız lazım... Bir şeyler yapmamız lazım..." Mert deliye dönmüş gibi yumruk yaptığı elini ağzına götürürken, karşı koridordan buraya doğru ilerleyen Onur'un babası Ender Bey'i gördüm. Burak'ı bakması için dürttüğüm sırada telaşla yanımızda durdu.

"Bu çocuk beni delirtecek! O söyledikleri neydi?(!)"

"Ender Amca, bak beni dinle. Onur iyi değil, onun burada kalmaması gerekiyor. Bir hastaneye gitmesi gerekiyor, duymadın mı neler söyledi? Sen çıktıktan sonra bizi resmen tehdit etti, sırf onu görmemizi yasaklasınlar diye. Kafayı yedi!" Mert öfkeyle durumu anlatırken Burak araya girdi.

"Ender Amca, şu milletvekili tanıdığınla bir konuşsan, bir şekilde buradan çıkması lazım yoksa her şey daha kötü olacak." Onur'un babası başını kaldırıp yıllardır aldığı bütün nefesleri verir gibi nefesini verdi.

"Şu an yapabileceği en büyük iyiliği yaptı bize, mahkemeyi ancak üç hafta sonraya verebilmişlerdi ama araya tanıdık sokarak üç gün sonraya aldırdı. Mahkeme 20 Eylül Pazartesi, saat on dörtte. Ama bir şekilde mahkemede görüştüğünüzde onu bu cinayetleri inkâr etmeye ikna etmek zorundasınız! Eğer kararsız konuşursa iki cinayet de üstüne kalacak. Ben bu gece buradayım, tekrar görüşe alınmayı sağlamaya çalışacağım ama artık sizi almaları imkânsız. Gidin, bir şeyler düşünmeden gelmeyin o mahkemeye! Oğlumla her kim oynuyorsa ona yedirmem oğlumu!"

Başımı eğdim çaresizce. Üç gün sonra gerçekleşecek bir mahkeme vardı ve o gün her şeyin değişeceği gündü. Oysa şimdi öyle zor geliyordu ki gözüme yeni bir başlangıç... Sessizce koridora yöneldim ağır ağır, kimseye bir şey demeden. Burak ve Mert, Onur'un babasıyla vedalaşırken yavaş yavaş yürüdüm; yere baka baka. Hayatı yavaş moda alabilseydik, kendi yavaşlığına şaşırır geçmişe götürür müydü bizi? Şu an hayata dair tek istediğim şey buydu çünkü; geçmişe dönmek ve tüm bu olanları durdurmak.

"Zeyno! Nereye?" Burak koluma girdiğinde derin bir uykudan uyanmış gibi baktım yüzüne.

"Burak," diye mırıldandım, "her şey mahvolacak..." Havada tutmaya devam edemeyecekmişim gibi başımı göğsüne yasladım. Burak sıkıntılı bir nefes vererek bana sarıldığında Onur'un bana sarılışı geldi aklıma. Öyle bir his vardı ki içimde, sanki bir sokakta yürüyordum da ben adım attıkça yanından geçtiğim binalar yıkılıyordu... Ben yürüdükçe bütün sokak harabeye dönüyordu. Adım attığım her yer, birer birer mahvoluyordu.

Burak, Mert ve ben birlikte binadan ayrıldığımızda o harabeye dönen evlerden biri de bizlerdik sanki. O kadar komik ki, birkaç hafta önce tek derdimiz kendi hayatlarımız, okulumuz, derslerimiz, ailelerimizdi. Oysa şimdi hayatımızın merkezinde cinayetler silsilesi var. Bir insanın, hayatının geleceği noktayı tahmin edememesi dünyanın en büyük komedisiydi.

"Keşke dünyaya çok yüksek bir tepeden bakabilsek, evlerin çatıları olmadan... Kim ne yapıyor görebilsek, kim kiminle, kim kimin peşinde, kimler ölüyor, kimler öldürülüyor..."

Mert'in cümlesini duyar duymaz başını kaldırdı Burak.

"Güzel şiir."

"Abi ciddiyim, başka çaremiz yok. O gece orada olanları biz ne şekilde görebiliriz? Siktiğimin kameraları bile çalışmıyordu."

"Kardeşim, bir şekilde birileri görmüş olmak zorunda. Kimse kızın çığlığını duymadı mı? Aklım almıyor. Kimse eli bıçaklı birini görmedi mi okulda..." İçimi yiyip bitiren düşüncelerle yaptıkları konuşmayı dinlerken birdenbire dudaklarımı araladım.

"Benim size bir şey söylemem lazım," deyiverdim bir anda. Bana şüpheyle ve bir o kadar da umutla baktıklarında saçımı kulağımın arkasına atarak konuşmaya başladım.

"Biliyorum, bunu size söylemediğim için bana çok kızacaksınız... Ama bir şey oldu... Önemli bir şey..." Merakla kaşları çatıldığında yutkundum.

"Fragman verme Zeynep, filmi göster!" Burak'ın aceleci cümlesiyle birlikte başımı salladım.

"Bakın, depo olayı olmadan önce... Onur'u okulda aradığımız sırada... Bir el beni kolumdan tutup tenha bir köşeye çekti. İsmini söylemedi, yüzünü çok net göremedim ama bana söylediği şey... Çok önemli... Bana Onur'un düşmanı olduğunu söyledi. Çok eskiden yaşadıkları bir olay varmış, Onur yüzünden çok acı çekmiş. Şimdi bu cinayete tanık olduğunu ve notları yazarak bize her şeyi anlatmaya çalıştığını ve Onur'un cezasını çekmesi için elinden geleni yapacağını söyledi. Yani... Notları yazan... O... Onur'un bir düşmanı var."

"Zeynep, bunu bize neden anlatmadın?(!)" Mert öfkeyle yumruk yaptığı elini ağzına götürdüğünde derin bir nefes aldım.

"Vakit mi vardı! Başımıza neler geldi görmüyor musun? Biliyorum, çoktan anlatmalıydım ama her şey üst üste gelince beynim durdu."

"Yalnız bu yalan," dedi Burak kaşları çatılı bir şekilde. "Onur birinin canını yaksa, biri Onur'a düşman olsa biz bilmez miyiz? Bebekliğimizden beri tanışıyoruz. Üç yaşına kadar pek konuşmazdık, konuşmayı bilmediğimiz için. Ancak o dönemde birinin canını yakıp anlatmamış olabilir. Bu anlattığın her kimse, Onur'un düşmanı değil, Onur'a bu oyunu oynayanın ta kendisi."

"Nasıl görünüyordu?" Beynimi zorladım, o görüntüyü aklıma getirmek için.

"Uzun boyluydu, çok uzun... Simsiyah saçları, simsiyah gözleri vardı. Zayıf sayılırdı."

"Hayatım boyunca bu tarife uyan kimseyi görmedim. Onur'un hayatına böyle bir insanın girmiş olma ihtimali yüzde bir." Burak net bir şekilde bu çocuğun Onur'la ilgisi olmadığını söylediğinde Mert düşünceli bir şekilde yüzüme baktı.

"Onur'a sormak zorundayız."

"Nasıl soracağız?" dedim merakla.

"Mahkemede, onu gördüğümüz an, onunla konuşma fırsatı bulduğumuz an sormak zorundayız. Bu bahsettiğin, bizi cinayetin ya da bu oyunun gerçek sahibine götürecek. Şimdi, mahkemeye iki gün var ve hepimiz mahvolmuş haldeyiz. Özellikle sen Zeynep. Biz Burak'la yarın buraya tekrar geleceğiz ama şimdi itiraz istemiyorum, eve gidip mahkemeye kadar insan gibi yaşayacaksın."

Tüm itirazlarıma rağmen beni eve bırakıp mahkemeye kadar almaya gelmeyeceklerini söyledikten sonra beynimde bir ton düşünceyle girdim bomboş eve. Ne annem evdeydi ne de babam. Mutfağa girip masaya bırakılan bir tabak salçalı makarna, bir tabak tavuk sotenin yanındaki nota baktım, "Anneannendeyiz, geç geliriz."

Bir iki kaşık makarna yedikten sonra odama çıktım, duşa girip düşüncelerimden kurtulur gibi suyu saçlarımdan aşağı akıtıp rahatlamaya çalıştım. Su bedenimden aktıkça düşüncelerim azalır, akar gider sandım. Oysa bu bana sadece fiziksel bir rahatlık verdi, ruhsal değil. Duştan çıkıp pijamalarımı üstüme geçirir geçirmez önceden eski evimizde her akşam yaptığım gibi bir fincan çikolatalı kahve yaptım kendime. Odama çıkıp camdan geceyi izledim yavaş yavaş...

Yavaşlık; son günlerde en özlediğim şey buydu. Bir yerde oturmak, yavaş yavaş bir yeri izlemek, bir şeyleri yavaş yavaş yapmak... Son zamanlarda her şey o kadar hızlı geçti ki. Yürüyüşlerimiz hızlıydı, koşuşlarımız hızlıydı, konuşmalarımız hızlıydı, bir şeyleri düşünmemiz bile hızlıydı. Hızlı olmak zorunda hissediyorduk, yetişmek zorundaydık, bir şeyler bulmak zorundaydık. Şimdi ise aklımda kalan tek düşünce Onur... Şu an ne yapıyor, ne hissediyor olduğu...

Başımı çevirip kitaplığıma baktım. Hep yaptığım bir şey vardı; bazen bir cevap aradığımda ya da evrenden bana bir mesaj vermesini beklediğimde kitaplığımdan rastgele bir kitap alırdım. Gözlerimi kapatıp rastgele bir sayfasını açardım ve sayfada gözüme ilk denk gelen cümlenin bana bir mesaj vermesini isterdim. Ayağa kalktım, kitaplığıma ilerledim. Gözlerimi kapatıp elimi kitaplığımda gezdirdim, rastgele bir kitap seçtim kendime. Sonra parmağımı sayfalarda gezdirdim. Rastgele bir sayfayı seçip gözlerimi açtım ve sayfada gözüme ilk çarpan cümleye baktım.

"Her yeri kapatılmış bir labirentte, çıkışı arıyorsun... Oysa tek çıkış gökyüzü, başını kaldırıp bakmıyorsun."

Yutkundum. Kalbimin ufak hız artışını umursamadan kitabı kapattığım gibi kitaplığa koyup yatağıma geçtim. Cümle öyle doğruydu ki cümlenin doğruluğu karşısında şok olmuştum. Çıkışı olmayan bir labirentte çıkışı arıyorduk... Kurtulmanın tek yolu, gökyüzüne ulaşmaktı. Kurtulmak imkânsızdı...

İki günü Burak ve Mert'ten bir haber bekleyerek, evde dinlenerek geçirdikten sonra 20 Eylül sabahı uyanıp ayna karşısına geçtiğimde içimde garip bir heyecan vardı. Korkuyla karışık bir heyecan. Onur'u görecek olmanın verdiği heyecan. Dolabımı açtım, en köşede, yıllar önce kuzenimin bana zorla aldırdığı ama hiç giymediğim kırmızı askılı elbisemi çıkardım. Nedenini bilmeyerek bugün güzel görünmek istiyordum. Elbiseyi üzerime geçirdim, sade bir kolye, minik küpeler, bağlamalı babet ve ilk defa toplu saçlarla indim aşağıya.

"Düğün mü var?" Annemin meraklı sorusuyla birlikte hayır der gibi başımı salladım.

"Mahkeme."

"Şu hale bak! Elalemin çocukları süslenip düğüne nişana gider, bizimki süslenip cinayet mahkemesine gidiyor." Gözlerimi devirerek mutfağa girdim, bir bardak su içmek için.

"Babam nerede?"

"Çıktı, toplantısı varmış. Kızım, baban gidip durmana, geç gelmene çok üzülüyor... Biraz dikkatli ol. Tamam, git arkadaşına destek ol. Ne olacağını gör, mahkemeyi izle. Ama sonra eve gel, tamam mı?"

"Tamam anne, geç kalmam."

Evden çıkıp beni kapının önünde bekleyen Mert'in arabasına doğru ilerledim. Burak benim için arka kapıyı açarken beni görünce şoka girdi.

"Haydaaa," dedi şok içinde, "ne olmuş sana?"

"Bilmiyorum... Sizinle takıla takıla iyice erkeğe dönmüştüm. Biraz değişiklik olsun istedim." Arka koltuğa Burak'ın yanına oturduktan sonra Mert'in sürücü koltuğundan dönüp attığı hayret dolu bakışa maruz kaldım.

"Onur hapishaneden kaçsın diye uğraşıyorsun, değil mi?"

"Bir etkisi olacağını bilseydim çok önceden böyle giyinirdim."

Yola çıktıktan dakikalar sonra Burak ve Mert, olayın iki gün sonrasında bile hâlâ o siyah saçlı çocuğun kim olabileceğini konuşuyorlardı.

"Murat olabilir mi ya, saçımı boyatacağım, diye tutturmuştu. Ortaokulda, hatırlıyor musun? Ya da şey, Cansu vard-"

"Cansu kız, Burak."

"Abi biz erkek arıyorduk değil mi! Benim kafam iyice karıştı, dün kızı Facebook'tan bulup ekledim. Facebook biyografisine Twitter linkini koymuş. Twitter'dan takip etmeden tweetlerini incelerken bir kafede yer bildirimi yapmış, oradan Swarm hesabını buldum. Yaptığı yer bildirimlerine baktım. Çok ilginç, her gün yer bildirimi yapmış, okulun karantinada kaldığı üç gün boyunca bir tane bile yapmamış. Ve Cansu bizim okulda değil. Emin olmak için tweetlerini biraz daha inceledim; geçen ay Snapchat adını paylaşmış. Berk Atlı ismiyle bir Snapchat hesabı açtım. Kıza tavanın resmini çekip yolladım. Üstüne de, 'Seni bizim okuldan birine benzetiyorum, hangi okuldasın?' yazdım. Meğer kız İzmir'e gitmiş liseyi okumaya."

Dehşet içinde Burak'a baktığımızda yaptıkları çok normalmiş gibi konuşuyordu.

"Burak, sen iyi misin?"

"Gerçekten iyi değilim. Bu işin sonunda hepimiz hastanelik olacağız, bakın buraya yazıyorum. Bir gün iş o kadar karışacak ki, okuldakiler Onur, siz, ben hepimiz dahil birlikte İpsala sınır kapısına doğru kaçacağız. Aramızda vurulup yere düşenler olacak. Kafamda canlandırıyorum bunu." Burak'a gülerken arkama yaslandım. Ve bu sefer düşüncelere dalan taraf ben oldum. Sahi, bu işin sonunda ne olacaktı? Onur'a ne olacaktı, bize ne olacaktı... *Mahşerin Dört Atlısı*'na bu işin en sonunda ne olacaktı?

İstanbul Adliyesi'nin önünde durduğumuzda Onur'un babasının peşinden ilerleyen yaklaşık on kişilik basın grubunu gördüğümüzde olduğumuz yerde kalıp kaşlarımız çatılı izledik onları. Adam mahvolmuştu; mahvolmuş bir halde onlardan uzaklaşmaya çalışıyor, binaya girmeye çalışıyordu. Belki de hepimizden fazla hayatı kararan kişi, Ender Zorlu'ydu...

Sonunda binaya girip salona doğru ilerlediğimizde Ender Bey, okuldan birkaç öğretmen, beş avukat bizi bekliyorlardı... Babası Onur'a küçük bir avukat ordusu tutmuştu. Ama Onur'un dudakları arasından çıkacak ufacık bir, "Ben yaptım." cümlesi, her şeyi mahvedecekti.

"Ender Amca, Onur getirildi mi? İki dakika var başlamasına."

"Şimdi getirilecek." Tam o saniye, koridorun başında duyduğum asker adımlarının sesiyle birlikte koridorun başına döndü başlarımız senkronize bir şekilde. Oradaydı, iki askerin arasında, elleri kelepçeli... Oysa hâlâ güçlü, oysa hâlâ dimdik... Öyle bir andı ki, tüylerim diken dikendi. Onur bize yaklaştığı anda gözlerini bana dikti; elbiseme, saçlarıma... Hafif bir şaşkınlıkla yüzüme baktıktan sonra, hiçbir şey demesine bile izin verilmeden salona sokuldu. Biz peşinden giderken babası, "Onur! Oğlum!" diyerek yanına yaklaştığı sırada askerlerden biri elini kaldırdı.

"Konuşmak, yaklaşmak, bakışmak dahi yasak! Savcımızın kararı." Şok içinde Burak'a ve Mert'e baktığımda öfkeden deliye dönmek üzerelerdi.

"Bakışmak dahi yasak ne demek?(!) Ne istiyorlar Onur'dan!" Sinirle konuştuğum sırada Burak elleriyle yüzünü kapattı.

"Sakinim, sakinim, sakinim. Kimseyi öldürmeyeceğim. Sakinim, sakinim, sakinim," diye mırıldandı öfkeyle.

"Sessizlik!" Hakim, tüm salonu susturduğu sırada gözüm Onur'daydı; turuncuya dönük kumral sakalları yeni yeni çıkıyor gibiydi, saçları kısalmıştı... Kesmişler miydi? Saçlarını da sakallarını da kesmiş olabilirler miydi? Korkuyla Burak'a döndüm, saçları içine doğru uzamış olamazdı!

"Saçlarını mı kesmişler?(!)" diye fısıldadım öfkeyle.

"Evet... Orospu çocukları..."

Yüzümün yandığını hissettim o an; içimdeki dev ateş daha da büyümüştü. Mahkeme başladığında, hakim evraksal konuşmaları yaptığı sırada içim öyle doluydu ki, onu dinleyemiyordum bile. Sonra onun ismini duydum, Onur'un.

"Onur Zorlu, kürsüye!" İki asker tarafından kollarından tutulup kürsüye götürüldüğü sırada, avukatlarından biri Onur'un yanına geçti.

"Onur Zorlu, Zorlu Koleji'nde ve yakalandığın anda bulunduğun depoda işlenen suçları üstleniyor musun?" Yüzünü yandan görüyor olmama rağmen yalvaran gözlerle baktım yüzüne.

"Efendim, müvekkilim cevap verecek ve bu konuyla ilgili bir yorum yapacak halde değil. Suçları hiçbir zaman hiçbir ifadesinde kabullenmedi, şimdi de kabullenecek değil. Sizden, cinayetin araştırılmasını ve mahkemenin uzatılmasını, bu süreçte müvekkilimin serbest bırakılmasını arz ediyorum."

"Reddedildi." Bir saniyelik umudun anında sönüşü, hakim Onur'a bir kez daha döndüğünde salonda ölüm sessizliği vardı.

"Onur Zorlu, bu cinayetleri işlediğini kabul ediyor musun? Suçları üstleniyor musun?" Onur bir kez daha ses çıkarmadı, hiç konuşmadan öylece dimdik ileri bakıyordu.

"Müvekkilim susma hakkını kullanıyor efendim."

"Onur Zorlu'nun, tanıklar dinlendikten sonra bir kez daha dinlenmesine karar verilmiştir. Yerinize geçebilirsiniz. Sayın tanık Mehmet Gürsoy, kürsüye." Şaşkınlıkla kapıya baktığımda kafamın içinde bir ses, "BU KİM, ALLAH AŞKINA?(!) diye bağırıyordu. Mehmet kimdi, ne tanığıydı bu, nereden çıkmıştı?(!)

"Bu kim!" dedim şok içinde Mert'e.

"Bilmiyorum, ama kötü bir şey çıkacağını sanmıyorum. Ender Amca ayarlamış olabilir..." İçim birkaç saniyeliğine rahatladığında arkama yaslandım, gözlerimi tanığa çevirdim.

"Buyurun, anlatın."

"Ben cinayetin işlendiği deponun sahibiyim. Dört gün önce saat gece üç civarı bir telefon aldım. Telefondaki ses..." dedi Onur'a bakarak, "Onur Bey'indi... Bana depoyu bir aylığına kiralamak istediğini ve acil olarak gecenin üçünde buluşup sözleşmeyi imzalamak istediğini söyledi. Paraya sıkışıktım, peşin vereceğini söylediğinde kabul ettim. Ertesi gün ne yapıp ne ettiğine bakmak için depoya gittim, arabamı deponun arka tarafından bıraktım. Ön kapıya doğru yürüyeceğim sırada içeriden bir çığlık sesi duydum. Korkuyla küçük camların birinden içeri baktım... Sonra onu gördüm." Bir kez daha Onur'a baktığında delirmek üzereydim, "Bıçağı çıkarıp tekrar saplıyordu... Deliye dönmüş gibiydi."

"Onu derken, net bir şekilde Onur Zorlu'yu gördüğünüzü mü söylüyorsunuz?"

"Evet, Onur Zorlu'yu gördüm; bir kızı bıçaklarken."

"NE DİYORSUN LAN SEN?(!)" Burak öfkeyle ayağa fırlayıp adama doğru yürüdüğü sırada Mert onu tutmak için koştu, ben gözyaşlarıma hakim olamazken elimi ağzıma götürdüğüm gibi ufak bir hıçkırık çıktı ağzımdan. Onur'un babası eli kalbinde ayağa fırlamıştı.

"Sessizlik! Dışarı atılmak istemiyorsanız herkes yerine!" Mert, Burak'ı zorla yerine oturtmaya çalıştığı sırada hakim tekrar söze girdi.

"Dinlenilmek üzere, ikinci tanık Zehra Ersöz'ü kürsüye bekliyoruz." Bu kimdi şimdi! Kapıdan içeri kırk beş elli, yaşlarında, kızıl saçlı, kısa boylu bir kadın girdi.

"Bu kim?" diye sordum Burak'a korkuyla.

"Bilmiyorum, hiçbirini tanımıyorum. Hepsinin Allah belasını versin!"

"Seni dinliyoruz."

"Ben Zeytinburnu'nda bir market işletiyorum. Onur Zorlu dört gün önce kapüşonlu, terli, yüzü kıpkırmızı bir halde gecenin bir vakti marketimize gelip birkaç şey aldı. Çok şüpheli hareketleri vardı. Beyefendiyle depoyu kiralamak için yaptığı konuşmaya ben de şahit oldum. O an ondan çok şüphelendim, marketten çıkarken hırkasının cebinden küçük bir kâğıt düştü. O kâğıdı alıp sakladım. Ertesi gün şüphemi anlatmak için karakola gittiğimde güvenlik kamerasından inceleyip bana kendisinin tutuklandığını söylediler. Ama ben o kâğıdı güvenliğimden korktuğum için şu ana kadar hiç kimseye gösteremedim. Şimdi, burada size vermek istiyorum." Kalbim deli gibi atarken kadın elindeki küçük kâğıdı uzatıp hakime verdi.

"Adres yazıyor," diye açıkladı, yanındaki diğer hakimlere danıştıktan sonra tekrar söze girdi.

"Mahkemeye yarım saatlik bir ara veriyoruz. Görevli arkadaşlar, gidip bu adresi kontrol edecekler ve daha sonra mahkemeye devam edeceğiz." Ara verildiği duyurusu yapıldığı anda askerler Onur'u kaldırdıkları gibi salondan çıkarırlarken hızla peşlerinden ilerledik. İkisi Onur'la bir odaya girerken ikisi kapıda kaldı. Titreyerek Burak ve Mert'e döndüm.

"Bitti, her şey bitti!" dedim titreyen sesimle.

"Ben kafayı yiyeceğim..." Mert öfkeyle fısıldadığında Burak kıpkırmızıydı,

"NEREDE LAN O İLK ŞAHİT!" Salona bir kez daha yöneldiğinde Mert'le birlikte onu kolundan tuttuğumuz gibi koridora çektik. Onur'un babası avukatlarla hararetli ve öfkeli bir şekilde konuşuyordu.

"Şu an yapabileceğimiz hiçbir şey yok. Şu adresin sonucunun gelmesini beklemek zorundayız."

Öyle de yaptık, öfkeyle yarım saat boyunca koridorda deli gibi bir oraya bir buraya yürüyüp sonucu bekledik ve daha sonra içeri alınma anonsuyla birlikte önce Onur'un içeri girmesini izledik. Yüzümüze bile bakmadan ama ilk geldiği anın aksine çökmüş bir şekilde geçti önümüzden, yerine oturdu. Peşinden girip yerimize yerleştiğimizde hakimin yüzü kıpkırmızıydı.

"Evet, Onur Zorlu'nun üzerinden düşen ve tanık tarafından bulunan kâğıt bizi bir başka depoya ulaştırdı. Ve o depoda..." Elim kalbimde, baktım hakimin yüzüne, içimden bildiğim bütün duaları ediyordum. Kelimenin tam anlamıyla ölmek üzereydim.

"Zorlu Koleji'nin karantina süresinde okuldan kaybolan, öldürülen ama cesedi asla bulunamayan Serap Altınsoy'un cesedine ulaşıldı."

Kalbim durdu. Kelimenin tam anlamıyla ciddi ciddi kalbim durdu benim o an. Bütün sesler sustu, bütün görüntüler kayboldu, yer ayağımın altından kayıp gitti sanki. Oturduğum yerde kaldım, gözlerim kapanmadı, öylece donakaldım... Her şeyin en başından beri ne olsa, bir bina daha yıkıldı diyordum kendime, şimdi koskocaman bir şehir yıkıldı, biz altında kaldık...

39. Bölüm

Bizimle misiniz?

Biz buradayız, onunlayız...

Ne olup bittiğini anlamadım. Ne zaman ayağa kalktığımı hatırlamıyorum, herkes ne zaman ayağa kalktı, bu salon nasıl bu kadar karıştı... Herkes ayakta, herkesten bir ses çıkıyor, Onur'un babası baygın, Onur şok içinde, Mert, Burak, bağırıyor... Benimse gözlerim Onur'da. Öyle çaresiz bakıyor ki babasına. Öyle çaresiz başını kaldırıp bakıyor ki bize, sanki bir şeylerin yeni yeni farkına varmış gibi. Konuşmak istiyorum onunla, "Senin susman," demek istiyorum, "seni suçlu yapacak. Konuş!" Oysa konuşmamız yasak, yanına yaklaşmamız yasak, dokunmamız yasak. Sonra hakimin sesini seçebildim bu karmaşanın içinde, önceki söylediklerini duyamadım, sonraki söylediklerini dinleyemedim. Tek bir cümle geçti kulaklarımdan:

"Yeterli delilin bulunamaması ve sanığın suçu itiraf etmemesi üzerine, diğer cesedin incelenmesi için, mahkemenin 4 Ekim'e ertelenmesine, Onur Zorlu'nun tutukluk halinin ve görüş yasağının devamına karar verilmiştir..."

İki hafta, bir sonraki mahkemeye koskoca iki hafta. Her şey öyle bulanık ki şu an, bir yere sığınıp kendimi yere atarak duvarlara vura vura ağlamak istiyorum sadece. Onur'dan bir adım bekliyorum, bir şey söylemesini bekliyorum. Ona da konuşmak yasak, bize de oysa. Beklediğim yardım çağrısını asla alamayacağımı biliyordum, buna rağmen bir şekilde Mert ve Burak Onur'un babasının başında kalırlarken koridora Onur'u son kez görmek için çıktım. Koridorda iki askerin arasında bekletiliyordu, diğer askerlerin onlara katılması için. Tam karşısında, öylece uzaktan baktım ona. Başını kaldırıp yüzüme baktı; uzun uzun baktı. Gözlerimle yalvardım ona, gözleriyle bana bir şey söylesin diye. O kadar üzgün, o kadar bitkin, o kadar yılmış duruyordu ki... Ona doğru bir adım attım büyük bir cesaretle, sonra yasak meyveye doğru yürüyormuşum gibi askerlerden birinin elini kaldırdığını gördüm.

"Görüşmek yasak." Attığım adım, yerde donakaldı. Cesaretim içimden düşüp koridora doğru yuvarlandı sanki. Geriye doğru bir adım attım, duvara yaslandım. Onu izlemeye devam ettim; yere bakışını, kelepçeli elleriyle kendi ellerini tutuşunu... Sonra birden, başını dikleştirip bana baktı. Öyle bir şey yaptı ki o an, aklım günler öncesine gitti. Bana sol gözünü kırptığında kaşlarımı çattım, bu normal bir göz kırpma değildi. Günler önce, ikinci kez sorguya alınmadan hemen önce korkudan tir tir titrediğim sırada bana kurduğu cümleler yankılandı beynimin içinde.

"Ben küçükken, annem, babam ve ben bir oyun oynardık. Annemle ben takım olurduk. Babam da tek başına bir takım olurdu. Oyunda takım arkadaşlarının birbirleriyle konuşması yasaktı. Ama annem bana oyundan önce demişti ki, 'Eğer yardımıma ihtiyacın olursa bana göz kırp, sana yardım edeceğim...' Her yardıma ihtiyacım olduğunda göz kırpardım, her yardım istediğimde gizlice yardım ederdi annem bana. Biliyorum, saçma gelecek. Ama bunları çok film izlemekten beynin sana düşündürtse de eğer gerçekten sana susmanı söylerlerse, üstüne dinleyici yerleştirirlerse, göz kırp Zeynep. Bu da bizim anlaşma şeklimiz olsun. Olur mu?"

Bu oyunun konuşması yasak tarafları bizdik şimdi ve Onur içeride babası baygın bir halde yatarken bana öylesine göz kırpmıyordu. Bana göz kırpıyordu çünkü benden yardım istiyordu. Bana göz kırpıyordu çünkü ayakta kalmamızı istiyordu, pes etmememizi istiyordu, onun için çabalamamızı istiyordu.

Gözlerimin önünde askerler tarafından götürülürken ardından baktım. Kesilmiş saçlarına, bomboş kalan o güzel ensesine bakakaldım... Ama şimdi durup uzun uzun onu seyretme zamanı değildi, sonra bol bol vaktim olacaktı bunun için. Bana borcu vardı. Şimdi, harekete geçme zamanıydı. Hızla mahkeme salonuna girdiğimde avukatları, Mert'i, Burak'ı ve müdür yardımcısını Onur'un babasının başında buldum. Burak'ı kolundan tuttuğumda bana döndü.

"Ne oldu?" diye fısıldadı telaşla. "Benimle gelmeniz lazım. Konuşmamız lazım."

"Onur'un babasını bırakamayız!"

"Bırakmak zorundayız! Yanında bir sürü insan var!" Mert bize kaşlarını çatmış bakarken başımla koridoru işaret ettim.

"Siz geçin," dedi Mert, "konuşup geliyorum." Burak'la birlikte koridora doğru ilerlediğimiz sırada Mert durumu açıklıyordu. Burak'ı koridorun köşesine çektiğimde merakla baktı bana.

"Ne oldu şimdi?" Kapıya baktım, Mert iki saniye sonra kapıdan çıkıp yanımıza geldiğinde yutkundum.

"Bakın, biliyorum saçma bulacaksınız. Ya da çocukça gelecek belki, ama... Şöyle bir şey oldu... Onur az önce götürülmeden bana göz kırptı. Bana geçen gün demişti ki bu ann-" derken Burak atladı.

"Yardım istiyor!" Kaşlarımı çattım şaşkınlıkla.

"Siz... Bu olayı... Biliyor musunuz?" Mert altdudağını ısırdıktan hemen sonra konuşmaya başladı.

"Bu annesiyle arasında bir şifreydi. Sonra bizim aramızda da yayıldı. Sokakta her oyun oynadığımızda grup olurduk ve göz kırpmak demek, birbirimizden yardım istiyoruz demekti. Kart oyunu oynarken mesela, göz kırpıyorsa elinde iyi kart yok demekti; bizden kart istiyor demekti... Şimdi de bu göz kırpma pes etmekten vazgeçtiğinin göstergesi. Babasını, bizi bu halde gördükten sonra yardım istiyor. Elinde iyi kart kalmadı, bizden kart istiyor."

"Abi bizim de elimizde kart kalmadı ki! Böyle sikik oyun mu olur!" Burak sinirle ellerini kaldırdığında derin bir nefes aldım.

"Yapacak bir şeylerimizin olması lazım. Bir şeyler bulmak zorundayız." Mert düşünceli bir şekilde birkaç saniye duvara baktıktan sonra bakışlarını bize çevirdi.

"Onur'a destek lazım," diye mırıldandı. Birden aklına bir şey gelmiş gibi, "Çok büyük destek." Kaşlarımı çattım. Merakla,

"Nasıl yani?" diye sordum.

"Olayı daha fazla incelemelerini, Onur'a bir şans vermelerini, zaman kazanmamızı sağlamak için yapılacak tek şey Onur'a inanan daha fazla insan bulmak. Düşünsenize, bir okuldan bir öğrenci suçlanıyor ve o okulda kimseden ses çıkmıyor. Kimse 'O yapmaz!' demiyor, mahkeme bomboş... Ne kadar şans verirler? Ne kadar daha uzatırlar bu mahkemeyi? Ne kadar daha incelerler bu olayı? Görmüyor musunuz, herkesin verdiği tepki yüzünden bir şans daha verildi ve iki hafta daha uzatıldı mahkeme. Bir sonraki mahkemede karar verilecek. Onur müebbet yiyecek. Ama eğer, onu destekleyen bir kitle olursa, 'O yapmaz!' diyen insanlar olursa, olay iyice duyulursa ve bir şekilde Onur'a haksızlık yapıldığına inanılırsa mahkeme de bu insanlar için daha çok inceleyecek bu olayı, daha çok zaman verecek."

Anlattıkları o kadar mantıklıydı ki içimde bir umut ışığı doğdu.

"Peki, ne yapacağız? Nereden bulacağız bu kadar insanı?"

"Bulmayacağız. O insanlar zaten var." Mert başka hiçbir şey söylemeden koridordan hızla çıkışa yöneldiğinde Burak'la peşine takıldık. Bize hiçbir şeyi açıklamadan hızla ilerlerken biz de hiçbir şey sormadan peşinden ilerliyorduk. Arabaya bindiğimizde meraktan delirmek üzereydim.

"Anlatmayacak mısın? Nereye gidiyoruz?" Mert cevap vermeyip arabayı hızla sürdüğünde cevap Burak'tan geldi.

"Görmüyor musun Zeynep? Hepimiz kafayı yemeye başladık. Önce Onur, şimdi Mert, sıra bizde..." Gözlerimi devirip Mert'e baktığımda yüzündeki gaza gelmişlik ifadesi, içimde bir umut yeşertti. Dakikalar sonra anlamıştım aklına neyin geldiğini; okul bahçesindeydik. Zorlu Koleji'nin bahçesinde. Oysa buraya gelmemiz, umudumu kaybetmeme yetmişti bile.

"Mert..." diye mırıldandım. "Okuldaki herkes Onur'dan nefret ediyor..."

"Onlar öyle sanıyor."

Okula girdiğimiz gibi kendimizi müdür odasında bulduk. Mert okula ciddi bir sesle anons yaptığında korkuyla izliyordum olacakları.

"Yaz okulu için okulda bulunan tüm öğrenciler konferans salonuna!"

"Yaz okulu için okulda bulunan tüm öğrenciler konferans salonuna!"

"Yaz okulu için okulda bulunan tüm öğrenciler konferans salonuna!"

Defalarca yaptığı anonstan sonra odayı terk edip herkes toplanmıştır umuduyla konferans salonuna arka kapısından girdiğimizde yanılmadık. Herkes oradaydı. Birinin, "Yine ne oluyor abi ya okul kâbusa döndü!" dediğini duydum. Ona bir arkadaşı eşlik etti, "Ya biri ölmüştür ya karantina altında kalacağız ya da soygun filan vardır herhalde..." Kendi aralarında gülüşürlerken Burak, Mert ve ben çıktık sahneye. Mert, eline ayaklı mikrofonun mikrofonunu aldığında herkes bize döndü.

"Arkadaşınızın müebbet yiyip yemediği belli oldu mu?" Gelen cümle üzerine birkaç kişinin gülüşmesi Burak'ın elini yumruk yapmasına yetti.

"Gel ben sana yedireyim müebbeti-" derken elimi ağzına götürdüm. Şu an bunun ne yeri ne de zamanıydı. Bu insanları kızdırmak için değil, destek almak için buradaydık. Mert söze girdiğinde herkes sessizleşti bir anda.

"Biliyorum, Onur'un size karşı her zaman soğuk olduğunu düşündünüz ve gördüğüm kadarıyla hâlâ düşünüyorsunuz. Ama ben bugün buraya bazı şeyleri açıklamak için geldim. Öncelikle burada duyacağınız hiçbir şey, sizi hiç kimseye karşı utandırmamalı. Çünkü Onur hakkında konuşurken hiçbiriniz utanmıyordunuz. Ben burada, kimsenin ismini vererek açık açık kimin ne yaptığını söylemeyeceğim. Tuvalette ne yaparak yakalananlar olduğunu gayet iyi biliyorsunuz, okuldan atılmamak için ne kadar yalvaranlar olduğunu... Bu okuldan bugüne kadar tek bir kişi bile atılmadı. Bunun aileleriniz sayesinde, sizin ağlamalarınız sayesinde olduğunu mu düşünüyorsunuz? Ben her disiplin suçunun her aşamasında oradaydım, olayın içindeydim. Her şeyi gördüm. Okul müdürümüzü, babasını ikna eden hep Onur'du. Eğitim hayatınızla oynatmayan, yaptığınız her şeye rağmen birer şansı daha hak ettiğinize dair babasını ikna eden Onur'du. Hangi Onur'dan bahsettiğimi anladınız mı? Bundan yıllar önce ödenmeyen taksitlerin senetlerini babasından saklayan Onur, sizin şu anki durumuna mutlu olduğunuz Onur... Aranızda Esra'yı hatırlayanınız var mı, lise birinci sınıftaydık... Kanser olduğunu öğrenmişti ama okuldan mezun olabilmek en büyük hayaliydi. Derslere gelmiyor, sınavlara giremiyordu. Ama eğer geçen sene onu kaybetmeseydik seneye bu okuldan mezun olacaktı. Çünkü kanser olduğunu öğrendikten, hastaneye yattıktan sonraki iki yılda bile derslerde var göründü, sınavlar onun hastane odasında yapıldı onun için. Peki bu fikri okul müdürümüze sunan kimdi, onu ikna eden kimdi? Onur Zorlu. Nefret ettiğiniz Onur'un ta kendisi. Beş yaşında annesini kaybeden, annesinin ölüsünün kucağında saatlerce yatan Onur. Yıllarca her saklambaç oynadığımızda bir yerde annesini de bulacağını düşünen Onur. Bir kere altı yaşındayken yanlışlıkla benim anneme anne dediği için saatlerce ağlayan Onur. Yedi yaşına kadar, sırf annesinin kokusunu duyarak uyumak için annesinin tişörtlerini giyerek uyuyan Onur. Her ay annesinin mezarına gidip saatlerce sessizce orada oturan, ama şimdi annesinin mezarını bir daha görememe tehlikesiyle hapsedilen Onur. Üstüne büyük bir suç atılan, bir oyun oynanan, her delilin onu gösterdiği, ama onun bizden yardım istediği Onur. Tertemiz ellerinin kanlı olduğu iddia edilen Onur. Benim, bizim kardeşimiz. Burası basit bir lise değil arkadaşlar. Hepinizi tanıyorum, en başından beri. Hepinizin çocukluğunu biliyorum, burası bizim evimiz. Biz hep beraberdik. Biliyorum, Onur size karşı hep soğuk göründü. Ama tek biriniz, TEK BİR TANENİZ 'Onur bana bunu yaptı,' diyebilir mi? 'Onur beni üzdü, Onur bana zarar verdi,' diyebilir misiniz? Bir taneniz diyebilir mi?" dedi Mert bir kıza bakarak. Kız başını hayır der gibi salladı. Herkes dağılmıştı, herkesi dağıtmıştı bu konuşma. Gözleri dolan insanlar, sus pus olmuş insanlar öylece bize bakıyorlardı...

"Diyebilir misin?" dedi Mert bir çocuğa.

"Diyemem..."

"Sen? Sen diyebilir misin!"

"Hayır..."

"Sen?"

"Hayır..."

"Diyebilirim, diyen var mı?"

Ses çıkmadı. O an öyle bir hava vardı ki ortamda, tüylerim diken dikendi. Herkes mahvolmuştu. Sanki hepsinin öz kardeşleri hapisteydi, öylesine kendilerine getirmişti ki bu konuşma onları.

"Onur benim kardeşim, Onur bizim kardeşimiz. Yıllardır beraberiz, konuşsak da konuşmasak da. Birbirimizi bu zamana kadar sevsek de, sevmesek de. Başına gelenleri duydunuz. Size ne kadar sıcak davranmasını beklerdiniz? Annesini kaybetmiş bir insanın, başkasını bulmayı istememesini gayet iyi anlamanız lazım. Onur size göstermeden hep sizin yanınızda, arkanızdaydı. Ve şimdi, ilk defa o bizim yardımımıza muhtaç. Şimdi biz onun yanında olmak zorundayız. Her mahkemede, her yerde, her şekilde yanında olmak zorundayız. Ben, Zeynep, Burak, biz varız... Siz? Siz var mısınız? Bizimle misiniz?"

"Ben sizinleyim!" dedi bir ses kalabalık arasından.

"Ben de!"

"Biz de... Abi ne yapabiliriz, bir imza kampanyası mı başlatsak?"

"Benim babam avukat, eve gider gitmez konuşacağım."

"Gazeteci bir tanıdığımız var; bu olay hakkında Onur için olumlu konuşarak haber yapmasını isteyeceğim. İnsanlar Onur'a inanmalı! Ben varım."

Kalabalıktan sesler yükselirken, herkes kendi fikrini söylerken, herkes Onur'a inanırken içimdeki umut büyüdü o an. Başaracaktık. Çok daha fazla insan inanacaktı Onur'a, Onur'a inanmayan insan kalmayacaktı. Herkese duyuracaktık, gerekirse milyonlarca insanla tek tek konuşarak anlatacaktık her şeyi. Çünkü Onur, bana göz kırpmıştı... Bir göz kırpması uğruna onu oradan kurtaracaktık. Ve artık tek başımıza değildik. Yüzlerceydik, binlerce de olacaktık. Biz buradayız, onunlayız. Peki siz... Siz bizimle misiniz?

40. Bölüm

Yaşam Ağacı...

Hayat her zaman bir yolunu bulup yeşerir...

Topluluk konferans salonundan dağılmaya başladığında Burak ve Mert herkesin sorularını yanıtlıyordu. İnsanlar yapabilecekleri şeyleri anlatırken, fikirlerini sunarken öylece umutla onları dinliyordum. Sonra gözlerimin önünden geçip giden tanıdık bir figürle birlikte kaşlarım çatıldı. O an, ne olduğunu anlayamadığım bir şekilde başımı kapıya çevirdim. Bu oydu! Onur'un düşmanı olduğunu söyleyen; siyah saçlı, simsiyah gözlü o çocuk... Hiçbir şey diyemeden vakit kaybetmemek adına birdenbire hızla konferans salonundan çıktığımda koridorun sonunda gördüm onu.

"Dur!" diye seslendim bomboş koridorda. Hızlandı, öyle hızlı ilerliyordu ki, uçma yeteneğine sahip olsam yine ulaşamayacaktım ona. Hızlanmayı denedim, koştum, koşabildiğim kadar koştum.

"Bekle!" Merdivenlerden koşarak indiğim sırada nefes nefeseydim, olduğum yerde kaldım. Sağa sola bakındım. Okulun çıkış katındaydık ve koridorda ona dair hiçbir iz yoktu. Hızla bahçeye ilerledim, etrafıma bakınarak bahçeden geçtiğimde okulun çıkış kapısında buldum kendimi. Ne aşağı de ne yukarı giden yoldaydı. Resmen yok olmuş, bir pencereden uçup gitmişti sanki. Ne bir iz vardı ona dair ne de kendisi ortadaydı. Nefes nefese okula doğru ilerlediğim sırada Burak ve Mert'in yanında yaklaşık on kişiyle birlikte dışarı çıktıklarını gördüm. Hâlâ konuşuyorlar, neler yapabileceklerinden bahsediyorlardı. Telaşla onlara doğru ilerledim, beni gördükleri anda kaşlarını çattı Mert.

"İyi misin sen? Kıpkırmızısın." Başımı hayır der gibi salladım.

"Sizinle konuşmam lazım." Saniyeler sonra gruptan ayrılmış, üçümüz baş başa okulun bahçesinin bir köşesinde öylece dikiliyorduk ayakta.

"Konferans salonundayken onu gördüm..."

"Kimi?" diye sordu Burak heyecanlı bir hikâye dinliyormuşçasına.

"Şu bahsettiğim çocuğu. Onur'un düşmanı olduğunu söyleyen hani. Peşinden koştum..."

"Zeynep sen ne zaman akıllanacaksın?(!) Allah aşkına, yanı başındaydık! Neden bize haber vermedin!" Mert'e hak verircesine başımı salladım.

"Biliyorum... Haklısın... Sadece, o an onu gözden kaçırmak istemedim. Peşinden koşmak, yetişmek istedim. Ama olmadı..." Sinirle ellerini yüzüne götürdü Mert.

"Adamı elimizden kaçırdık. Aynı binada, aynı salondaydık. Bir bağırsan tüm okul peşinde olacaktı! Bir bağırsan kapıya yığılır çıkmasına izin vermezdik Zeynep."

"Abi tamam," diye mırıldandı Burak, "olan olmuş. Büyütmeye gerek yok."

"Haklı..." Sesim hafif bir fısıltı gibi çıkıp giderken derin bir nefes aldım. Haklıydı, elimizden kaçırmıştık. Benim yüzümden...

"Oradaydı, içimizdeydi, yanımızdaydı. Her şeyi dinledi, her şeyi duydu. Umarım içine biraz da olsa korku salabilmişizdir. O küçük beyninin içinde biraz da olsun düşünmüştür bunlar beni sike-"

"Abi..."

"Bir şey söyleyeceğim," diye mırıldandım hafif bir aydınlanmayla yüzlerine bakarak. Kaşlarını çattı Mert.

"Güvenlik kameraları düzeldi mi? Tarif ettiğimde kim olduğunu anlamadınız. Eğer kameralar düzeldiyse tüm kameralarda görünmüş demektir." Bu sefer yüzü aydınlanan sadece ben olmadım.

"Kameralar!" dedi Burak yerçekimini keşfetmişçesine.

"Düzeltilmiş olması gerekiyor. Konferans salonunda bile ne yaptığını, neyi dinlediğini görebiliriz. Hatta görüntülerde senden kaçtığı görünüyorsa... Bu kanıt bile olabilir bize. Yürüyün..." Mert harekete geçtiğinde peşinden ilerlediğimiz sırada yavaşlayıp ona yetişmemizi sağladı, sonra başını yavaşça bana doğru çevirdi.

"Söylediklerim için özür dilerim Zeynep," diye mırıldandı.

"Önemli değil, haklıydın..."

"Haklı olsam bile söylememeliydim. Biz *Mahşerin Dört Atlısı*'yız," dedi gülerek, "birbirimizi kırmamalıyız."

Gülümsedim. Birlikte okul merdivenlerine yöneldiğimiz sırada çalan telefonumla birlikte telefonuma bakmadan onlara başımla okulu işaret ettim.

"Siz gidin, annem arıyordur. Ben gelirim."

"Biz yokken kendi başına dünyayı kurtarmaya çalışma!" dedi Burak gülerek. Gülümseyerek telefonumu çıkardım onlar içeri girerken. Telefonumun ekranında isim değil sadece numara yazmasıyla birlikte kaşlarımı çattım. Kimdi bu? Telefonu açıp kulağıma dayadığım gibi okulun karşısındaki duvara doğru ilerledim.

"Alo?" Ses yoktu. Duvara yaslandığım sırada derin bir nefes alma sesi duydum.

"Kimsiniz? Eğer..." derken sözüm kesildi o tanıdık sesle.

"Benim." Kalbimin durduğu, donakaldığım o birkaç saniyede nefes almadan öylece bekledim. Sesini duyduğum anda hayatımda ilk defa dünya benim etrafımda dönüyormuş gibi hissettim. Öyle hızlı döndü ki dünyam, yörüngeden çıkmıştık sanki.

"Onur!" Sesim öyle heyecanlı çıktı ki, öyle bağıra bağıra Onur dedim ki neredeyse biraz sonra tüm okul buraya yığılacaktı.

"Ben... Sesinizi duymak istedim." Dudaklarım yukarı doğru kıvrıldı o an. Beni aramıştı, beni. Sesimizi değil, sesimi duymak istemişti.

"İyi misin?" dedim telaşla.

"Sen iyi misin?" dedi bir kez daha, bu konuşmayı ikinci yaşayışımızdı. Sanki bu dünyada onun iyi olup olmaması, cevabı olan bir soru değildi. Sanki önemli olan tek şey benim iyi olmamdı.

"İyi olmaya çalışıyoruz. Onur... Sana söz veriyorum, orada çok fazla kalmayacaksın. Senin için baban da biz de elimizden geleni yapıyoruz. Ve tüm okul... Hepsi aranızdaki bağı yeni anlayabilmiş gibi arkanda. Ne biz bu işin peşini bırakacağız ne de onlar. Ve sen de pes etmeyeceksin, değil mi?" Sessizlik. Upuzun bir sessizlik oldu o an aramızda. Birdenbire sustu, ne o bir şey söyledi ne de ben. Sanki biraz konuşmaya, biraz susmaya ihtiyacı vardı benimle. Bazı insanlar, bazı insanlarla sadece konuşmayı değil susmayı da severlerdi...

"Sen... Beni nasıl aradın?" Sorum cevapsız kaldığında duvara sırtımı yaslayıp kaldırama oturdum.

O nefes aldı, ben nefes aldım. O nefesini verdi, ben verdim. O sustu, ben sustum dakikalarca. O an öyle garipti ki, sanki ayrı ayrı yerlerde değildik. Ayrı ayrı yerlerde olan insanlar birbirlerini özleyip konuşurlardı. Oysa biz susuyorduk birlikte, sanki uzağımda değildi Onur... Sanki yanımda gibiydi.

Birden, dudaklarının aralandığını duydum, konuşmaya başladı o dağılmış ama hâlâ sert çıkan sesiyle.

"Beş yaşındaydım," diye girdi cümleye, "annem ölmeden birkaç ay önce. Çok net hatırlıyorum. İnsan acı çektiği günleri unutamıyor sanırım, bebekliğini bile. Mert ve Burak'la o zamanlar da tanışıyorduk. Bebekliğimizden beri. Aynı sitede oturuyorduk, aynı parkta oynuyorduk her gün. Bir gün onları parkta gördüğümde ikisinin de bileklerinde siyah birer bileklik olduğunu fark ettim. Kaşlarımı çattım, kızdım. İkisinin de aynı tür bileklikleri vardı, onlara yeni alınmıştı ve benim yoktu. Bebek aklıyla bilekliklerini almaya çalıştım, vermediler. Burak'ı çok net hatırlıyorum 'Superman'im oğlum ben!' diye ağlıyordu. Burak'ın bilekliğinde Superman simgesi, Mert'in bilekliğinde Batman simgesi vardı. Anneleri birlikte almışlardı onlara. Öyle üzülmüştüm ki, eve döndüğümde anneme hiçbir şey anlatmadan saatlerce ağlamıştım. En sonunda konuşmaya karar verdiğimde durumu anlattım. Benim gözümde ikisi de süper kahraman olmuştu artık, ben olamamıştım. En iyi süper kahramanları kapmışlardı, ben kapamamıştım. Çok üzgündüm Zeynep. Düşünsene, hayatım yıkılmıştı resmen, nasıl süper kahraman olamazdım." Hafifçe güldü kendi söylediğine. Ben de bir yandan gülüyor bir yandan anlam vermeye çalışıyordum. Ardından devam etti.

"Sonra annemle birlikte dışarı çıktık. Yaklaşık yarım saat sonra bir aksesuar mağazasındaydık. Bana hiçbir şey söylemeden bir bileklik aldı. Mağazadan çıktık. O gün, birlikte o mağazanın önündeki kaldırıma oturduk. O bilekliği minik bileğime taktı. Oysa ben mutlu değildim. Üzerinde bir ağaç simgesi vardı; ben süper kahraman olmak istiyordum. Ağaç olmak istemiyordum. Çıkarmak istedim, ağladım. Sonra annem bana o ağacın hikâyesini anlattı. O bir yaşam ağacıydı... Efsanelere göre insanlara ölümsüzlük veren, ölümün tek çaresi, yıkılmayan ağaç... Kendi bilekliğini gösterdi bana. Mor bir gezegenin üzerine işlenmiş bir yaşam ağacı vardı onun bilekliğinde. Bana dedi ki, 'Ben senin nabzının üzerine bir süper kahraman simgesi bırakabilirdim minik aşkım. Süperman olurdun, Batman olurdun, sen de herkes gibi olurdun. Oysa ben, senin bileğine bir yaşam ağacı bırakıyorum. Hayatın ta kendisi ol diye. Hayat, her zaman bir yolunu bulup yeşerir. Senin hayatın, her yapraklarını döktüğünde, her karanlıkta kaldığında, dalların her kırıldığında bir yolunu bulup yeşerecek. Senin süper gücün, küllerinden yeniden doğmak olacak. Annen gibi...' O günden beri o bilekliğin simgesini taşıyorum bileğimde, ipini defalarca değiştirdim, oysa simgeye hiçbir şey olmadı. Burak da, Mert de aynı şekilde. Onlar hâlâ süper kahraman, ben hâlâ hayat ağacı..."

"Annen gibi..." diye mırıldandım gözlerim dolu dolu. Derin bir nefes aldı.

"Annem gibi..." Kısa bir sessizliğin ardından konuşmaya devam etti. "Bilekliğimi aldılar. Annemin bilekliğini de. Burada, yanımda hiçbir şeyin kalmasına izin vermiyorlar... Sana bunu bu yüzden anlattım, onları alıp benim için saklar mısın?" Öyle güçsüz bir isteği vardı ki kalbimin bir köşesinin acıdığını hissettim o an.

Burnumu çekerek, "Tabii ki alırım. Bugün gidip alacağım, saklayacağım. Merak etme, bende güvende olacaklar. Birkaç gün sonra çıktığında da geri alacaksın onları. Güven bana," dedim. Derin bir nefes daha aldı.

"Artık kapatmak zorundayım. Herkes iyi mi?"

"İyi, iyiyiz. Baban da iyi, Mert, Burak... Ben... Sen de iyi olacaksın."

"Sürem bitiyor. Yine aramaya çalışacağım..."

"Görüşürüz," diye mırıldandım gözlerimden bir damla yaş akarken. Telefonu kapatmadı, kapatamadı, öylece sustu. Sesi titriyordu, sesim titriyordu. Daha hiçbir şey söylemeden, söylemesine gerek olmadan gözyaşları süzülmeye başladı yanağımdan. Titrek bir nefes aldığım sırada tek bir cümle söyledi içimi ısıtan. Ağır ağır konuştu, fısıldadı âdeta, oysa onun sessizliği benim içimin en büyük gürültüsüydü.

"Mahkemede... Çok güzeldin..." İçime doğan güneş, kalbimi titretiyordu. Bu titreyiş, mutluluk titreyişi değildi. Benim içim titriyordu çünkü o an kalbimde varlığından emin olamadığım şeyler belirmişti. Bazı hisler genlerime işledi o an o cümleyle. Onur'u çıkarmak zorundaydık, Onur'u kurtarmak zorundaydık. Çünkü artık, onun o duvarlar arasında kalması sadece onu değil, beni de mahvedecekti. Çünkü artık, içimde sadece kendi kalbimi değil, onun kalbini de taşıyordum. Bir yaşam ağacı, dört duvar arasına hapsedilemezdi, güneş görmek zorundaydı...

"Hoşça kal Zeynep... İyi ol."

"İyi olmamı istiyorsan önce sen iyi olacaksın Onur. Görüşürüz ve görüşeceğiz."

Telefon kapandığı an hıçkırıklara boğuldum. Sanki kalbimin her yeri ufak ufak çizilmişti sivri bir kalemle. İçimde bir savaş vardı şimdi; binalar yıkılıyor, hislerim enkaz altında kalıyordu. Bir sokağa girmiştim sanki, önünden geçtiğim her ev yıkılıyordu...

Burak ve Mert'i okulun kapısında gördüğümde, onlar da bana bakıyorlardı şaşkın bir ifadeyle. Hızla yanıma geldiler.

"Ne oldu yine? Allah kahretmesin, iki dakika yalnız bırakıyoruz kaos çıkıyor!" Burak yanıma eğilip elleriyle gözyaşlarımı silerken yüzlerine bakmaya çalıştım.

"Aradı..." diye mırıldandım titreyen sesimle. "Onur..."

Şoka girdiler. Mert dehşet içinde telefonumu elimden kaparak son aramalara girdiğinde durumu anlatıyordum.

"Sanırım süreli olarak arama hakkı verilmiş. Beni aradı, sizi sordu. Bilekliklerini almamı, saklamamı istedi... İyi değildi, sesi o kadar üzgün geliyordu ki... Mert, yalvarırım onu oradan çıkaralım. Yalvarırım bunu kabullenmesine izin vermeyelim." Mert aynı numarayı arayıp telefonu kulağına dayadığında Burak gözyaşlarımı silmekle meşguldü.

"İyi günler. Ben Onur Zorlu'yla görüşmek istiyorum. Az önce arkadaşımla görüşmüş. Bir şeyler yapamaz mısınız? Bakın gerçekten acil bir durum. Peki, yarın aynı hakkı olacak mı? Kiminle görüşmemiz gerekiyor? Anladım... Tamam, teşekkürler. İyi günler." Mert konuşmasını bitirip bize döndü.

"Birkaç günde bir böyle bir hakları oluyormuş. 'Şu an görüşmeniz imkânsız,' dedi. Çok mu kötüydü? Neler yaşadığını anlattı mı?"

"Hayır, sadece bileklikleri almamı istedi... Sizi sordu... Ama sesinden belliydi. Onu oradan çıkarmak zorundayız. Böylece bekleyemeyiz!"

"Beklemeyeceğiz," dedi Mert. "Çok daha büyük bir şeyler var Zeynep. Kameralar bir kez daha imha edilmiş, yine hiçbir görüntü yok. Ender Amca delirdi, birazdan bir ekip gelecek kameraları incelemeye. Tüm bunlar basit bir düşman hikâyesi olamaz. Bu çok büyük bir oyun. Ve biz pes etmeyeceğiz. Onur gidip kendi ağzıyla her şeyi ben yaptım, dese bile pes etmeyeceğiz. Orada onun için savaşacağız."

Onur'un annesinin dediği gibi, hayat her zaman bir yolunu bulup yeşerirdi. Onur'un hayatı, her yapraklarını döktüğünde, her karanlıkta kaldığında, dalları her kırıldığında bir yolunu bulup yeşerecekti ve o ağacı güneşe çıkaran biz olacaktık. Ne de olsa onun süper gücü küllerinden yeniden doğmaktı, değil mi? Annesi gibi...

41. Bölüm

Hepimiz Onur Zorlu'yuz!

Bırak, bu şehir de yıkılsın.

Burak ve Mert'i bıraktıktan sonra okula on beş dakika uzaklıktaki metro istasyonuna gittim. Gidip Onur'un benden istediği bileklikleri alacaktım. Öyle yorgun bir haldeydim ki, eve dönüp yatağımdan günlerce çıkmamak istiyordum. Oysa artık yorulmak diye bir şey yoktu bizim için. Hiçbir asker savaşın ortasında yorulmazdı. Bu savaştan sağ çıkana kadar yorulmayacaktık.

Uzun zaman sonra bir toplu taşıma aracına binmek öyle garipti ki benim için, sanki uzun zamandır sadece okuldakileri görmeye alıştırılmıştım, sanki yıllardır kafeste olan bir kuştum ve şimdi gökyüzüne diğer kuşların yanına salınmıştım. İnsanlar garip gelmeye başladı; birbirleriyle konuşacak şeylerinin olması, müzik bile dinlemeden öylece dimdik karşıya bakıp inecekleri durakları beklemeleri... İnsan bir şeylerin gelmesini beklerken müzik dinlemeden durabilir miydi? Doğama aykırı bir durumdu bu. Üç durak sonra oradan hızla uzaklaştığımda kendimi metronun iki sokak ötesindeki karakolda buldum; sorgularımızın yapıldığı karakolda. Onur burada değildi ama eşyaları Mert'in söylediğine göre buradaydı.

İçeri girdiğim an korkuyla irkildim, burayı daha önce geldiğimde inceleme fırsatım olmamıştı ama şu an uzaktan baktığımda her köşede öyle korkunç hikâyeler vardı ki. Ağlayanlar, polis tarafından duvara yapıştırılıp kelepçe takılan bir kadın, sorgu odasından gelen bağırma sesleri... Hiçbirine aldırış etmeden bir polis memurunun odasının kapısını çalarak başımı yavaşça içeri soktum. Adam dışarıda kıyamet kopmuyormuş gibi rahat rahat çay içiyordu.

"Buyurun..."

"Merhaba, ben hapishaneye nakledilen bir arkadaşımın birkaç eşyasını almak istiyorum. Onun için gelmiştim," dediğim sırada odanın içinden gelen bir sesle şoka girdim.

"Onur Zorlu, ha?" Kaşlarımı çattığım sırada odanın içine bir adım attım. Ve onu gördüm... Sorgumuzu yapan Selim Komiser'i... Yüzüme doğru 'SEN BİR KATİLSİN!' diye bağıran o adamı. Sertçe baktım yüzüne.

"Evet, eşyalarından birkaçını almak istiyorum." Cevap vermedi. İlerledi, yüzlerce rafı olan büyük duvara monte edilmiş dolaptan bir kutu aldı.

"Gel," diye mırıldandı, "odama geçelim." Yanımdan kutuyla birlikte çekip gittiğinde korkakça takip onu ettim. Birlikte bağıran, ağlayan insanların arasından geçtik. Odasının kapısını açıp içeri girdiğinde peşinden ilerleyip kapıyı kapatmadan odanın ortasında öylece durdum. Masasına oturur oturmaz kaşlarını çattı.

"Kapı."

"Hemen alıp gideceğim diye... Kapatmadım..." Gözlerini devirerek ayağa kalktı. Kapıyı kapattı ve başıyla masasının önündeki karşılıklı koltuklardan birini gösterdi.

"Otur bakalım Zeynep." Tereddütle ağır ağır ilerleyip koltuğa oturdum. Gözlerim kutudaydı. Hafifçe güldü.

"Korkma, alacaksın istediklerini." Başımı salladım.

"Onur'la görüşebildiniz mi? Durumu nasıl?"

"Nasıl olabilirse..." diye mırıldandım. Kaşlarını çattı.

"Sen bu durumdan beni mi suçluyorsun Zeynep? Bana kızgın gibisin!" Bakışlarımı ağır ağır ona çevirdim.

"Ben bu durumda Onur dışında herkesi suçluyorum. Kendimi bile. Çünkü bu olayda benim bile Onur'dan daha fazla suçum olabilir ama Onur asla suçlu değil. Asıl suçlu dışarıda bir yerde dolaşırken onun artık gökyüzünü bile göremiyor olması sizce ne kadar doğru?"

"Zeynep," dedi derin bir nefes alarak, "bıçakta parmak izleri var. Ve sadece onun parmak izleri var. Uğraşmadım mı sanıyorsun, defalarca test ettirdim. En azından başka birinin parmak izini de bulmak için uğraştım. O zaman sizin savaşınızın da haklı bir yanı olurdu. Ama yok. Cebinden çıkan adreste bir ceset bulundu; sizi bastığımız depoda da zira öyle. Bana, sorgu esnasında ısrarla sorduğumda yapmadığını bile söylemedi. 'Bilmiyorum,' dedi... Bir katil soğukkanlılığına sahip değil, acemi." Öfkeyle baktım yüzüne.

"Onur acemi bir katil değil! Onur bir katil değil! 'Bilmiyorum,' diyor çünkü bilmiyor."

"Allah aşkına, bir insan cinayet işleyip işlemediğini bilmez mi!"

"Bakın... Çok daha farklı bir durumun olma olasılığı da var... Onur, bazı şeyleri unutuyor..." Kaşları havaya kalktı.

"Bir çeşit hastalıktan mı bahsediyorsun?" dedi ilgiyle.

"Çocukluğunda annesinin ölümüne tanık olmuş. Ve sürekli olarak bir şeyleri unuttuğuna şahit olmaya başladık. Ve bana verilen notlarda..." dediğim an şoka girdi.

"Notlar? Zeynep sen ne anlatıyorsun!"

"Bana bu zamana kadar, bu cinayet olayı başladığından beri bazı notlar veriliyor. Cinayeti Onur'un işlediğine dair, unuttuğuna dair, onun mahvolacağına dair... Bu notları yazan benim karşıma çıktı."

"Bekle, bekle!" dedi telaşla, ayağa kalkıp dolabından bir şey alır almaz masasına geri döndü. Elindeki bir ses kayıt cihazıydı. Korkuyla yüzüne baktığımda cihazı çalıştırdı.

"Bu söylediklerin birer kanıt, mahkeme için birer delil. Ve korkma, Onur için kötü deliller değil. Eğer dediğin gibiyse mahkûm olacağı yer hapishane değil hastane olabilir. Anlat Zeynep, dinliyorum."

Yaklaşık bir saat boyunca hiç susmadan, kızı okulda bulup saklayışımızı anlatmadan sadece notlarda yazanları anlattım. Notların sahibiyle karşılaşmamı ve Onur'un unutkanlıklarını. Onur'un asla ve asla bir cinayet işlemeyeceğini defalarca tekrarladım.

"Harika," diye mırıldandı Selim Komiser ses kaydını kapatırken, "bunlar işimize yarayacak. İşe bahsettiğin çocuğu bulmakla başlamayı deneyeceğiz. Bu kadar çok şeyi nereden biliyor öğreneceğiz." Aklıma gelen bir soruyla yutkundum, ağır ağır başımı kaldırıp yüzüne baktım.

"O gün... Depoda olduğumuzu nasıl bildiniz? Nasıl geldiniz oraya?"

"Bir ihbar sonucunda," diye mırıldandı, daha sonra kaşlarını çatarak devam etti. "Genç bir erkek sesi. Daha sonra mahkemeye çağırmak için ulaşmaya çalıştık ama tahmin edeceğin gibi bir ankesörlü telefondan aranmıştık. Ama eğer... Sesini tanıyabilirim, dersen hemen şu an kaydı açabilirim. Dur bakalım..." diye mırıldanarak bilgisayarına döndü. Birkaç uygulamaya giriş yaptıktan sonra tarihler arasında gezindi. Daha sonra bir ses kaydına tıkladı.

"Beykoz, Şişecam arkasında bir depoda bir cinayet işlendi. Gözlerimle gördüm." Sesi duyduğum an donakaldım. Böylesine karakteristik bir ses unutulabilir miydi?

"Bu o!" dedim telaşla. "Notları yazıp bana veren çocuk! Bu onun sesi!"

"Tamam, tamam sakin olalım şimdi. Belli ki Onur'un takipçisi var."

"Ya da bu cinayetleri işleyip Onur'un üstüne atan, hastalığından faydalanan biri."

"O konuda çok umutlanma derim Zeynep. Ama söz veriyorum, araştıracağım. Araştıracağız... Şimdi, hangi eşyaları istiyorsun?" Kutuya baktım, içinden tişörtü görünüyordu, bileklikler, cüzdanı, telefonu...

"Hepsini," dedim kararlılıkla.

"Onur'un izni var, değil mi? Sana güveniyorum, arayıp onaylatmayacağım." Başımı salladım.

"İzni var." Kutunun tamamını bir poşete boşaltıp elime tutuşturduğunda ayağa kalktım. Bana uzattığı elini sıktım ve umutla yüzüne baktım.

"Lütfen bana inanın. Onur katil olamaz. Ona bir oyun oynandı. Sonuç ne olacaksa olsun, lütfen onun için biraz olsun çabalayın."

"Söz," dedi sıcak bir bakışla, "çabalayacağım."

Oradan ayrıldığım sırada telefonum titremeye başladı. Mert'in aradığını görür görmez açtım.

"Neredesin? Okuldan çıktık, eğer hâlâ karakoldaysan seni almaya geliyoruz."

"Evet, oradayım. Önünde bekliyorum o zaman..."

"Tamam, geldiğimizde ararım."

Telefonu kapatıp karakolun önündeki banklardan birine oturdum. Poşetten Onur'un tişörtünü çıkardım önce, üzerinde "I crashed the train just to start a revolution" (Bir devrimi başlatmak için çarptım o trene) yazıyordu. İstemsizce burnuma götürüp kokladım. İstemsizce sarıldığımı fark ettim tişörtüne. Çok güzel kokuyordu, kanla kirletilmeyecek kadar güzel... Tişörtü ağır ağır kucağıma bıraktığımda annesinin bilekliğini çıkardım önce, tereddüt bile etmeden bileğime taktım. Bana, "Bu bileklik, atan bir nabzın üstünde durmayı hak ediyor," diyerek vermişti bu bilekliği, geri almış olsa bile izin verdiği sürece bende kalacaktı. Daha sonra kendi bilekliğini çıkardım. Onu da annesinin bilekliğinin hemen altına taktım. İki katı güçlüydüm şimdi. Sanki Onur içinde bulunduğumuz bu savaşta kendi zırhını da bana bırakarak gitmişti. İki zırhla savaşıyordum.

Duyduğum korna sesiyle tişörtü poşetin içine bırakıp hızla ayağa kalktım, Mert'in arabasına doğru ilerleyip arka kapıyı açtığım gibi içeri girdim. Mert sürücü koltuğunda, Burak yanındaki koltuktaydı.

"Bir gelişme var mı?" diye sordu Burak umutla.

"Olacak," dedim, "notlardan bahsettim. Ve... bizi ihbar eden kişiyle notları yazan kişinin aynı kişi olduğunu tespit ettirdiler bana. Sorgularımızı yapan Selim Komiser araştıracağına söz verdi."

"Harbi mi!" dedi Burak heyecanla. "Abi, yemin ederim biz salağız ya, nasıl bir psikolojiye girdiysek ben sorguda 'Biz yapmadık!' deyip durdum, insan bir oturur işe yarayacak şeyleri anlatır, notları anlatır."

"Başka bir şey anlattın mı?" diye sordu Mert.

"Hiçbir şey... Sadece notlar. Siz ne yaptınız? Okuldaki şu kalkınma durumu ne halde?"

"Olayı sosyal medyaya taşıyacağız. Hilal diye bir kız var, tanımazsın. Babası sosyal medya uzmanı, 'Haber sitelerinde Onur'a haksızlık yapıldığına dair bir haber çıkması polisin sizin için daha çok çalışmasını sağlar,' dedi. Ve 'Haber sitelerinin ilgisini sosyal medyada olay olarak çekebilirsiniz,' dedi. Twitter'da bir hashtag çalışması yapacağız. #HepimizOnurZorluyuz tweetleri atılacak, ülke gündemine girmeye çalışacağız. Böylece haber sitelerine kadar taşacak durum. İlk adımımız bu. Sonrası için aynı kampanya adı altında bir imza kampanyası düzenlemeyi önerdi biri. Bugün başlıyoruz. Tüm sosyal medya yükünü Hilal'e bıraktım, herkesi ayarlayacak. Herkes aynı saatte tweetler atmaya başlayacak."

Umutla yüzüne bakarak, "Sanırım bu sefer olacak..." diye mırıldandım. Mert hafifçe gülümsedi.

"Olacak Zeynep. Şimdi okula dönüp son kontrolleri yapalım." Araba harekete geçtiği anda elimi üstüme giydiğim kapüşonlumun cebine attım. Başımı umutla cama doğru çevirdiğimde kaşlarım çatıldı. Elime değen bir kâğıt parçasıyla kalbimin hızlandığını hissettim. Kâğıdı cebimden çıkardığım gibi titrek bir nefes aldım.

"Not..." diye fısıldadım Burak ve Mert şok içinde bana döndüklerinde. "Bir not daha..." Mert arabayı acil olarak ani bir frenle sola çektiğinde bana doğru eğildiler.

"Oku!" dedi Burak telaşla. Dudaklarımı araladım, okumaya başladım.

Büyük krallar, padişahlar, sultanlar,
Hepsi hükmettikleri toprakların yıkıldığına şahit oldu.

En sevilen şehirler yağmalandı, yıkıldı.
Koskoca devirler bitti, çağlar kapandı, açıldı.
En sevilen krallar, padişahlar indirildi tahttan,
Sonsuza kadar oturacaklarını sanarak uğruna savaştıkları tahtları,
Mezarları oldu...
Şimdi sen bir tahtın devrilişini izliyorsun,
Onur Zorlu'nun yıkılışını.
Adım attığı her sokak yıkılıyor, görmüyor musun?
Bırak bu şehir de yıkılsın...
Uğraşmaya değmez kurtarma çabası,
Verildiyse zalimin ölüm hükmü...
Zira ellerimde tutuyorum şimdi,
Ruhunu alıp götürecek fermanı.
Nereye giderse gitsin,
Gelip onu bulacak sonu olan ölüm.
Hayat bir kum saati, değerli okuyucum.
Şimdi çevirdim; süren başladı.

Şok içinde cümleleri bitirdiğimde Mert'in tek bir cümle söylemeden arabayı son süratle çalıştırdığına şahit oldum. Arabanın hız sınırlarını zorladığımızda şoktaydım.

"Öldürecekler..." diye fısıldadım belli belirsiz. Kulaklarım uğuldadı. Burak'ın "ALLAH KAHRETSİN!" diye başlayarak ettiği küfürleri duymaz oldum. Öylece bakakaldım elimdeki nota. Çok açık ve netti her şey; nereye götürürseniz götürün, kime anlatırsanız anlatın hükmü çoktan verildi, diyordu. Pes edin diyordu, "Bırakın, bu şehir de yıkılsın," diyordu...

42. Bölüm

Hoş Geldin Onur Zorlu!

Hoşça kal Onur Zorlu...

"Nereye gidiyoruz?" dedim şoktan çıktığımda başımı ön koltuğa doğru uzatarak. "Söylediği şey çok net, 'Devreye kimi sokarsanız sokun Onur'u kurtaramayacaksınız,' diyor. Ne yapacağız Mert!" Mert kafasında çoktan bir plan oluşmuş bir şekilde sola kırdı direksiyonu başı dimdik.

"Bize Onur'u canı gibi seven birinden başka kimse yardım edemez... Öyle biri karar vermeli ki Onur asla tehlikede olmamalı."

"Yani?" diye sordum korkuyla.

"Babası... Ender Amca..." Sadece on beş dakika sonra okul bahçesinde arabayı öylesine bir yere park etmiş; kapıları, camları açık bırakmış okula doğru koşuyorduk. Birlikte merdivenleri hızla çıktıktan sonra üçümüz aynı hızla müdür odasına yöneldik. Mert kapıyı açıp içeri daldığında Ender Bey'in bir öğrenciyle konuştuğunu gördük. Öylesine savaştan çıkmış gibi görünüyorduk ki Ender Bey on beş, on altı yaşlarındaki çocuğa başıyla çıkmasını işaret etti. Çocuk çıkar çıkmaz başımı Mert'e çevirdim.

"Ender Amca," diye mırıldandı bir ölüm haberi verir gibi, "bize yardım etmek zorundasın." Onur'un babasının kaşları çatıldı önce. Sonra Mert bana başıyla cebimi işaret ettiğinde cebimden son gelen notu çıkarıp masasına koydum. Notu aldı, kaşları çatık bir şekilde okudu. Donakalmış bir şekilde başını kaldırdığında birkaç saniye dehşet içinde yüzümüze baktı.

Sonra ayağa kalktı, odasının kapısını kapattı. Tam önümüzde durup öfkeli bir halde, "Gerek olmaması için Allah'a yalvarıyordum ama vakti geldi," dedi.

Anlam vermeye çalışarak baktım yüzüne; Mert ve Burak da aynı merakla aynı anlam vermeye çalışır halde bakıyorlardı yüzüne. Öyle ciddi, öyle öfke dolu bir ifade vardı ki yüzünde, o an emin oldum; aklında bir plan vardı ve bu plan bizi kurtuluşa götürecekti.

"Onur'u kaçırmak zorundayız."

Üç kelime, yirmi üç harf, şoka girmiş üç insan. Söylediği cümleyi anlayıp anlayamadığımı anlamak için Mert'e baktım, hayatının şokunu yaşıyor gibi bakıyordu. Başımı Burak'a çevirdim, çok ilginç bir şekilde heyecanlı görünüyordu. Kaşlarımı çatarak Onur'un babasına döndüm.

"Kaçırmak?" diye mırıldandım.

"Ebedi bir kaçış değil. Onur'u oradan uzak tutmamız gerekiyor, notu yazan her kimse bir şekilde her gittiği yerde Onur'a, oğluma zarar verecek güce sahip belli ki. Onu bir hapishanede tutturamam, onu bir hücreye de kapattıramam, dünyasını karartamam. Milletvekili tanıdıklarım olduğunu biliyorsunuz, sadece mahkemeye kadar zaman kazanmak için yardım isteyeceğim onlardan. Onur'u kaçıracağız, bu gece. İsmini tek kişilik bir hücreye yazdırıp orada kalıyormuş gibi göstereceğiz, oysa o saatlerde çoktan Türkiye sınırından çıkmış olacaksınız."

"Olacağız?(!)" dedim şok içinde. Burak heyecanla atladı:

"Bizsiz gitmesine izin vereceğimizi mi sandın?"

"Psikolojisi iyi değil, istemeyen gelmek zorunda değil ama onu oraya yalnız yollamayacağım! Mert, sen var mısın oğlum?"

"Ben dünden razıyım!" dedi Burak konuşmanın ortasına atlayarak. Mert ise sertçe cevap verdi:

"Ben her zaman onunlayım." Bakışlar bana döndüğünde kaşlarımı çattım. Sonucu ne olursa olsun, nereye gitmemiz gerekirse gereksin, mahkemeye kadar geçecek birkaç günlük süreçte bile olsa onunla olmak zorundaydım. Her zaman ve daima.

"Ben de," diye mırıldandım, "geliyorum."

"Nasıl olacak Ender Amca, nereye gideceğiz?" Mert'in sorusuyla birlikte Onur'un babası elindeki telefonuna çevirdi başını.

"Çocuklar, her şeyi bana bırakın. Gidin hazırlanın, ben bu sırada gerekli görüşmeleri yapacağım. Olabildiğince çabuk hazırlanıp buraya dönmeniz gerekecek. Şu an tek korkum yetişemememiz; tek korkum bu notta yazan şey gerçekleşmeden her şeyi halledemememiz."

"Ve sakın bana," dedi kaşları çatılı bir halde, "başka notlar da olduğunu ama bu notlardan haberim olmadığını söylemeyin." Sorar gibi yüzümüze baktığı sırada Mert'e çevirdim başımı.

"Yok..." diye mırıldandı. "Başka not yok. Yutkunarak başımı çevirdim. Her şeyi polise anlatmışken, şimdi açıklamamızın hiçbir faydası olmayacaktı. Boş yere sinirlendirip zaman kaybettirmemeliydik. Onur'u, tehlike gelip onu bulmadan önce çıkarmalıydık oradan.

"Çıkalım." Mert'in kapıya yönelmesiyle birlikte hızla peşinden ilerledim. Sonrası öyle hızlı gelişti ki telaştan kalbimin hızı dinmek bilmedi. Beni evime bırakıp hazırlanmak ve eşyalarını almak için kendi evlerine geçtiler. Annemin mutfaktan gelen telefonla konuşma seslerini duymama rağmen mutfağa adım bile atmadan merdivenlere yöneldim.

"Zeynep!"

Arkamdan seslenmesini duyduğum sırada, "Geleceğim birazdan..." deyip odama girdim hızla. Dolaptan çıkardığım rastgele iki üç parça kıyafetimi, diş fırçamı, parfümümü, birkaç parça iç çamaşırımı, hızlıca eklediğim bir kutu ağrı kesiciyi çantama koyup fermuarını kapattıktan sonra tekrar hızla merdivenlere yöneldim. Annem beni mutfağın kapısında bekliyordu. Yutkunarak önünde durdum.

"Yine nereye?"

"Kaçıyorum," dedim şakayla karışık korku dolu bir sesle. Annemin kaşları çatıldı.

"Aile ilişkilerimiz öyle bir hale geldi ki kaçıyorum dediğinde gerçekten de evden kaçabileceğin geliyor aklıma." Gözlerimi devirdim.

"Saçmalama anne, ne evden kaçması. Okuldan Dilara diye bir arkadaşım var. Bu aralar bunaldığımı bildiği için, beni evine çağırdı. Ona gideceğim kalmaya. Birkaç gün... İki arkadaşımız daha gelecek." Hayır anne, sana yalan söylüyorum. Bu akşam cinayet suçundan tutuklanan arkadaşım Onur'la birlikte yurt dışına kaçıyorum.

"Bak kızım, arkadaşın eğer erkek bir arkadaşını da davet etmek isterse sakın izin verme. Tamam mı? Ne olacağı belli olmaz."

"Öyle bir şey olmaz zaten anne... Kız kıza takılacağız dedik." Tek kız ben olacağım anne, günlerce üç erkekle aynı yerde kalacağım.

"Tamam, ben babanla konuşurum. Evden geç saatlerde çıkmayın, uzak yerlerde gitmeyin. Tamam mı?"

"Zaten evden çıkmayız merak etme." Ülkeden çıkıyoruz anne. Kızın yurt dışına çıkıyor.

"Selam söyle arkadaşlarına. Ararım seni."

"Tamam anne, görüşürüz." Annemi öptükten sonra hızla evden çıkıp sokak boyunca yürüdüm. Telefonumu cebimden çıkardığımda bir yandan Mert'i arıyor bir yandan caddede yürüyordum.

"Hallettin mi her şeyi?"

"Hallettim, hazırım. Siz?"

"Biz çok uzatmayalım diye Burak'a da Onur'a da benden eşya aldık. Alıp çıktık hemen, sen caddenin oradaki alışveriş merkezine doğru yürü, yarı yolda alırız seni. Geç kalmayalım."

"Tamam, yürüyorum."

"Hadi görüşürüz." Görüşürüz, bile diyemeden yüzüme telefonu kapatması hepimizin telaşının göstergesiydi. Kalbimin atışı dinmiyordu, korkudan ve telaştan koşarak terk etmek istiyordum ülkeyi. İçimdeki büyük korkunun yanında kendimi suçlu hissetmeme neden olacak bir heyecan da vardı. Onu görecektim, ona dokunacaktım, onunla olacaktım. Her şey zamana bağlıydı şimdi, notta bahsedilen her kimse ondan hızlı olmak zorundaydık...

Yazarın Anlatımıyla

Binlerce hikâyeye, binlerce hüzne, binlerce pişmanlığa, binlerce ölüme şahitlik etmiştir bu zamana kadar hapishaneler. Ayrılıklar, kavuşmalar, bitişler, başlangıçlar. Dört duvar arasına bu kadar hikâye sığar mı, en çok dört duvar arasına sığar o hikâyeler. En çok dört duvar arasında yaşanır tüm o dillere destan hikâyeler. Onur Zorlu, hayatının tamamını annesinin acısıyla kendine ördüğü dört duvar arasında geçirdikten sonra kendini burada, gerçekten de bir dört duvarın arasında bulmuştu. Aklından geçmeyecek, hayaline alamayacağı bir dört duvar arasında. Bir hapishanenin, belki de en sessiz koğuşlarından birinde. Ve çok garip, klasik bir sahne yaşanıyordu şimdi orada. Radyoda çalan bir şarkı, duvarları izleyen mahkûmlar. Şarkı diyordu ki, "Yol şahit, kime ne?" Gözlerini kapattı Onur yattığı yatakta, Zeynep'in hep asker bakışları diye adlandırdığı o ela gözlerini kapattı, gözlerinin önüne annesinin yüzü geldi. Gözlerini açtı, "Sen şahit, kime ne?" dedi şarkı. Gözlerini tekrar kapattı. Bu sefer gözlerinin önüne öyle bir yüz geldi ki, kendisi bile şaşırdı. Neden Zeynep gelmişti şimdi gözlerinin önüne? Çok daha önemli bir soru, neden Zeynep gitmiyordu gözlerinin önünden? Zeynep'i birkaç kez gülerken görmüştü. O semsert duruşunun altında, içinin buz gibi duvarlarında sanki içinde bir kibrit yanıyor gibi hissetmişti. Buzla kaplı duvarları erimişti birkaç saniyeliğine, güldükçe ısınmıştı içi. Kaşlarını çatmıştı Zeynep her güldüğünde. "Ne oluyor bana?" diye düşünmüştü içinden. Sanki annesini gülerken izliyor gibiydi her seferinde. Bu zamana kadar özlediği herkesi görür gibi oluyordu Zeynep'in gülüşünde, ne demekti bu?

"İnsanların dertleri yüzlerinden okunur, derlerdi de inanmazdım, senin yüzün ben âşığım diye bağırıyor be abim." Yatağının ayakucuna oturan bir adamın sesiyle gözlerini açtı, kaşlarını çatarak doğruldu yatakta, burnunu çekip duvara doğru yaslandı.

"Ben âşık olmam," dedi sert bir sesle.

"Aşk, sevgi, özlem... Birbirine karışan duygular. Ve bu üçünden biriyle yanıp tutuşuyor gözlerin. Aileni mi özledin, kaç yaşındasın sen?"

"Hiç kimseyi özlemedim," diye mırıldandı. Burada kimseyle konuşmak, tanışmak, görüşmek istemiyordu. Karşısındaki iyi niyetli, güler yüzlü adam ona gülümsedi.

"Yirmi yıl önce, tam da burada senin gibi oturuyordum; böyle gözlerim uzaklara dalmış öylece duvarı izliyordum. İnsan kaybettiklerini, sevdiğini kaybettiğinde anlıyor. Ne demek istediğimi anladın mı?" Onur sesini çıkarmadı, başını bile sallamadı. Anlamıştı oysa.

"Kaybetmekten anlamayacak kadar kapatıyorsun kendini sevgiye. Sonra o duvarların içinde yapayalnız kaldığında anlıyorsun her şeyi. Kimi sevdiğini, kimi özlediğini. Ben annemi küstürmüştüm, babamı küstürmüştüm, sevdiğim kadını küstürmüştüm buraya girmeden. Buraya girince anladım onların değerini. Sevdiklerin yoksa bir hiçsin be evlat, ne hata yaparsan yap senin yanında olacak olan onlar. Sevdiklerin, sevenlerin. Çok zor bir araya geldiğin insanlarla çok kolay ayrı kalma. Yapmışsın bir hata, girmişsin buraya, buranın çıkışı da var; sen temiz bir çocuksun belli. Geldiğinden beri izliyorum seni, yüzün hep sert, hep kızgın. Ama az önce, şarkıyı dinlerken gözlerini kapattığında belki fark etmedin ama yüzün güldü. Belli ki biri geldi aklına, belli ki seni yanında olmadan mutlu eden biri var. Varlığıyla mutlu eden biri. Benim sana diyeceğim o ki, eski yıkık dökük bir bina gibi duvarların var senin de. Yerine güzel bir bina yapmak lazım. Ama aklından çıkarma, o eski binanın duvarlarını yıkmadan yerine güzel bir bina inşa edemezsin. Bırak o güzel kız yıksın duvarlarını, yerine güzel bir ev inşa edin birlikte. İzin ver girsin o eve, buz gibi bir duvar olursan sonsuza kadar yalnız kalırsın evlat. Sonsuza kadar..."

Onur uzun uzun yatak örtüsünden ayırmadı gözlerini, hiçbir şey düşünmeden öylece bakıyordu yatak örtüsüne. Yutkundu, dudakları aralandı.

"Sonsuza kadar yalnız kalacağım zaten." Adam gözlerini devirdi.

"İyi bakalım, kal evlat. O güzel kız kendini hak eden biriyle olur mutlaka. Onun için endişelenme. Benim karım da aynen öyle oldu. Sevmiyorum dedim, bekleme beni dedim. Sözümü dinledi, beklemedi. Şimdi çok mutlu, oğlumun üç üvey kardeşi oldu. Benim kalbim hâlâ onu bekliyor." Onur o an içinde oluşan ufak bir öfkeyle kaşlarını çattı, neden sinirlenmişti şimdi?

"Hadi bakalım, sana iyi yalnızlıklar. Ben yatağıma geçeyim." Adam oradan ayrılıp tam yanında duran ranzanın üst katına çıkarken koğuşun kapısı açıldı, içeri başını uzatan bir gardiyanla birlikte ismini duydu Onur.

"Onur Zorlu! Görüşmeye!" Kim gelmişti? Görüşmek istemediğini söylemeyi planlıyordu ama adamın kurduğu cümleler o kadar beynine işlemişti ki ayakları ondan izinsizce hareket etti resmen, ayağa kalktı. Ağır ağır ilerledi kapıya doğru. Elleri kelepçelendi, gururlu bir şekilde başını dikleştirdi bir kez daha. İki koridor geçtiler sessizce. Sonra Onur bir odaya sokuldu, bir masaya oturtuldu. Yaklaşık on dakika sonra iki adam girdi odaya. Polis olup olmadıklarından emin olamadı Onur. Adamlardan biri arka tarafına geçtiğinde diğerine baktı anlam vermeye çalışır gibi. Hiç iyi bir enerji almamıştı bu adamlardan. Sanki her an, başına kötü bir şey gelecek gibi kalbinin hızlandığını hissetti.

"Hoş geldin Onur Zorlu," dedi önünde duran adam. Sonra kalbini durdurmaya yetecek bir şey oldu; arkasında duran adam Onur'un ağzını ve burnunu gazlı bir bezle sıkıca kapattığında kelepçeli elleriyle itmeye çalıştı onu. Oysa çabası birkaç saniyeyi aşamadı, gözleri kapanırken, elleri halsizleşirken beyninde sesler yankılanıyordu şimdi. Annesinin o güzel sesi, Zeynep'in gülüşünün sesi, babasının sesi, Burak'ın sesi, Mert'in sesi... Ve en sonunda, karşısında durmuş eğlenen adamın sesi:

"Hoşça kal, Onur Zorlu."

43. Bölüm

Öyle Güzelsin ki...

Sana dokunmaya korkuyorum...

Bazen, insanı gideceği yerlere götüren yollar insanın içini çok daha farklı yerlere götürür. Kocaman bir iş minibüsünün arkasında, koli yığınlarının ortasında, yerlere serilmiş rengârenk battaniyelerin üzerinde oturmuş ön koltuktan görünen minicik bir görüntüyü izliyorum camlar izin verdikçe, kapkaranlık bir gökyüzü. Tek tük yıldızlar, oysa ne önemi var yıldızların az olmasının, kucağımda çok daha büyük bir manzara var. Başımı gözlerimi odakladığım yerden ayırıp kucağıma çevirdim. Kucağıma yaslanmış, saatlerdir uyuyan Onur'a baktım. Bir insan, gözleri kapalıyken de güzel bakabilir miydi? Onur bakıyordu. Kapalı gözlerinin ardındaki ela tonunu seçebiliyordum sanki gözkapaklarından.

Burak telefonundan başını kaldırıp, "Uyandığında bizi mahvedecek," dedi. Uykulu gözlerle başımı salladım.

"Öldürüldüğünü sanmıştır. Aklının ucundan geçmemiştir kaçırılmak."

"Onur'u biliyorsunuz," diye araya girdi Mert. "eğer ona 'Onur seni kaçırıyoruz,' denseydi bir gram yerinden kıpırdamazdı. Hem kaçırmak da böyle olur zaten; habersiz." Burak'ın yüzünde hafif bir gülümseme belirdi.

"Kız kaçıracağımız yaşta hapishaneden arkadaşımızı kaçırdık! Olaya bak!" Sessizce gülerek başımı Onur'a çevirdim. Elimi uzatıp sakallarına dokunmak istedim, saatlerdir bunu istiyordum. Sırf bu yüzden Burak ve Mert'in uyumasını bekliyordum. Başımı arkama yasladım, elimdeki telefonumun alarmını bir saat sonraya aldım, sesini kısıp telefonu cebime koydum.

"Ben biraz uyuyacağım," diye mırıldandım. "Siz de uyuyun, yarın çok daha yorucu geçebilir. Nereye gideceğimizi, ne şekilde karşılanacağımızı bilmiyoruz."

"Ben zaten zor duruyorum, iki saattir stresten delirdim. Ama Onur uyanırsa ve beni uyandırmazsanız Burak diye bir arkadaşım var demeyin." Gülerek başımı salladım.

"Tamam! Uyandırırız, söz." Başımı arkama bir kez daha yaslayıp gözlerimi kapattım. Arabanın hafif sallantısında, ön camdan gelen ılık rüzgârla birlikte ellerimden birini Onur'un sakallarına attım. Bilerek değil arkadaşlar, yanlışlıkla attım saçmalamayın. Gözlerimin önüne Onur'u gördüğüm ilk hali geldi, yukarı doğru uzamış kumral saçları, hafif belirgin turuncu sakalları, o sert görüntüsü... Saçlarını kesmişler, sakalları uzamış, sert görüntüsünden eser kalmamış. Oysa kaşları hâlâ çatık, duruşu hâlâ dimdik; yatarken bile... Çünkü sert olmak onun içine işlemiş. Şimdi yanımda, kucağımda, güvende... Uyuyor ve huzurla uyuması öyle güzel ki. Onun güvende olduğunu bilmek öyle güzel ki.

Yaklaşık yarım saat sonra kucağımdaki kıpırdanmayla birlikte hemen gözlerimi açtım. Gördüğüm ilk görüntü yan yana uyuyan Burak ve Mert oldu. Sonra başımı kucağıma indirdim. Onur kıpırdanıyor, elleriyle gözlerini ovuşturuyordu.

"Neredeyim?" diye fısıldadı kendine gelemezken.

"Güvendesin." Sesimi duyduğu an gözlerini açtığında beklediğim tepkiyi vermedi. Şok olmadı, şaşırmadı. Sanki beklediği görüntüyü görmüş ama aynı zamanda huzura ermiş gibi baktı yüzüme.

"Eee," diye mırıldandı, "nereye kaçıyoruz?" Yüzümde küçücük bir gülümseme belirdi. Anlamıştı, daha ilk andan beri biliyordu kaçırıldığını.

"Sen... Nasıl anladın?" diye sordum merakla.

"Beynimdeki onlarca ihtimalden biriydi. Öleceğimi de düşündüm, öldürüleceğimi. Sonra siz geldiniz aklıma, babam... Bu ihtimali düşündüm. O an onlara izin vermek istemedim, öleceğime emin olsam bu kadar çırpınmazdım. Çırpınmamın sebebi sizdiniz, sizi tehlikeye atmak istemememdi. Ama engel olamadım. Kendinizi tehlikeye attınız."

"Seni kurtardık!" dedim kızarak. "Bize ne olabilir?(!)"

"Zeynep..." Sesi kesik kesik çıktı. "Hayatınız mahvolacak."

"Onur!" Gözlerimin dolduğunu hissettim sinirden. "Hep sen sert çocuktun değil mi? Hep emir veren, sert konuşan taraftın. Şimdi beni iyi dinle, sıra bende. Seni kaçırdık. Birlikte Sırbistan'ın neresinde olduğunu bile bilmediğim bir yerine kaçıyoruz. Bak, bana bir not geldi senin tehlikede olduğuna dair. Ama bunu sorgulamanı istemiyorum. Artık her şeyi unutmanı en azından her şey çözülene kadar aklından çıkarmanı istiyorum. Eğer biraz daha stres yaparsan hasta olacaksın. Ve işte o zaman hayatlarımız mahvolacak. Baban her şeyi halletti, merak etme. Biz seninle sonsuza kadar kalacak değiliz. Her şey düzeldiğinde döneceğiz ve sen de... Sen de döneceksin. Çünkü her şey düzeldiğinde herkes senin ne kadar suçsuz olduğunu öğrenecek. Sen de artık asla ve asla olumsuz düşünmeyecek, olumsuz konuşmayacaksın. Her şeyi kabulleneceksin ve yanımızda olacaksın. Kötü hissetmeyi keseceksin, artık mutlu olacaksın! En azından bir süreliğine tüm o kötü düşünceleri kafanın içinden çıkaracaksın!"

"Tamam." Kaşlarımı çattım.

"Ne?"

"Tamam..." Hafifçe gülümsediği sırada bir an kafayı yemiş olabileceğini düşündüm. Yavaş yavaş doğruldu kucağımdan, yanıma oturdu etrafına bakınırken.

"Bu kadar çabuk mu kabullendin söylediklerimi?" Kaşlarını çattı.

"Zeynep, kabullenmemi mi istiyorsun kabullenmememi mi?"

"Kabullenmeni..." diye mırıldandım.

"Ve kabullendim. Şimdi sorun ne?" Birkaç saniyeliğine yüzüne baktım. Dediklerimi dinleyecekti. Tam şu an, uygulamaya başlamıştı. Üstündeki tüm rehaveti bir kenara fırlatıp attı sanki cümlelerimden sonra. Kalktı, canlı olmaya çalışıyor, yaşamaya çalışıyordu. Bakışlarının Burak ve Mert'e kaydığını gördüm.

"Ben içerideyken bir ilişkiye mi başladılar?" diye sordu eğlenir gibi bir sesle. Başımı çevirip Burak ve Mert'e baktığımda Burak'ın uyku mahmurluğuyla Mert'in elini tuttuğunu gördüm. Kahkahamı bastırmak için elimi ağzıma götürüp kıkırdadığımda Onur'a çevirdim bakışlarımı. Gülüşü hafifçe silindi, yerdeki battaniyelere bakarak gözlerinin daldığını görünce derin bir nefes aldım.

"Nasıldı? Yani... İçerideki günler... Kötü şeyler yaşadın mı?" Başını hayır der gibi salladı.

"Ekstra olarak kötü bir şey yaşamama gerek kalmadı. İçerisi başlı başına kötü bir yer zaten." Sonra sessizce ekledi, "Gökyüzünü göremediğin her yer kötüdür."

Kalbimin onun için hızlandığını hissettiğimde birkaç saniyelik sessizlikten sonra devam etti.

"Başta, insan kendini kafese konulmuş bir kuş gibi hissediyor. Bir yerdesin, oranın içinde hareket etme hakkına sahipsin, kısıtlı bir özgürlüğün var ama oranın dışına adım atmaya hakkın yok. Dünyamı elimden almışlar gibi hissettim. Bir iki gün sonra kuşlardan çok daha kötü bir durumda olduğumu anladım... Onlar kafesten bile dışarıda olup biten her şeyi görebilirlerken, ben dört duvar arasındaydım. Önüne bakıyorsun duvar, sağına bakıyorsun duvar, soluna bakıyorsun duvar. Yatıyorsun gece, gözlerini açıp baktığın yer duvar." Yutkundum.

"Belki çok dramatik gelecek ama seni dört duvar arasına hapsettiler, benim de gökyüzüm elimden alınmış gibi hissettim. Biliyorum, Burak'la, Mert'le çok daha uzun zamanların oldu. Birlikte güldünüz, birlikte ağladınız. Belki şimdi bana sen kimsin diye sorabilirsin ama artık ben de sizden biriyim Onur. Sen öyle görmesen de... Ne de olsa '*Mahşerin Üç Atlısı*'nın bir dördüncüye ihtiyacı yok,' demiştin." Gözlerini gözlerime dikip başını kaldırdı. Sessizce baktı yüzüme, ben de ona baktım. Sonra gözlerimi kaçırdığım sırada dudaklarını araladı.

"Varmış," diye mırıldandı sessizce. Kaşlarımı çattım anlamayarak.

"Ne varmış?"

"*Mahşerin Üç Atlısı*'nın, bir dördüncüye ihtiyacı varmış..." Gülümsememek için kendimi zor tuttuğum sırada içimin huzurla dolduğunu hissettim. Gözlerimi kaçırdım. O sırada aklıma gelen şeyle birlikte elimi ince hırkamın cebine götürdüm. Onur'un ve annesinin bilekliğini çıkarıp ona uzattım.

"Bunlar senin." Derin bir nefes aldı. Elini uzatıp bileklikleri elimden aldığı sırada eksik parçalarının tamamlandığına şahit oldum. Yüzündeki ifade değişti, nefes alışı değişti. Bileklikleri aldı, uzun uzun elinde tuttuktan sonra kapüşonlusunun cebine attı. Tam o sırada arabanın aniden durmasıyla hafifçe öne doğru eğildim, Onur kolumu tuttuğu an başımı kaldırıp baktığımda bir benzincide olduğumuzu gördüm. Burak ve Mert sarsıntıyla uyandıklarında Onur'u uyanık görmenin şokuna girdiler.

"Zeynep!" dedi Burak öfkeyle. "Uyandığında uyandıracaktın!" Altdudağımı ısırdım korkuyla.

"Gerçekten unuttum!"

"Artık Burak diye bir arkadaşın olduğunu da unut!" Şakasına hafifçe güldüğüm sırada Burak Onur'a yöneldi. Arabanın kısıtlı imkânlarıyla birbirlerine sarıldıklarında iki küçük çocuğa döndüler gözümün önünde.

"Hatırlıyor musun?" dedi Burak. "Mahallede taş atıp kaçtığım iri yarı bir çocuk vardı; Teoman. Ondan kaçıp ağaca tırmanmıştım. Beni kurtardığınız sırada düşmüştüm. Dizim yara oldu diye yürüyemiyordum. Siz de kucağınıza alıp kaçırmıştınız beni Teoman'dan. O gün sana ne demiştim?" Onur gülerek Burak'ın anlattığı hikâyeyi devam ettirdi.

"Size söz veriyorum bir gün ben de sizi kaçıracağım!" Aralarında gülüştükleri sırada ben de kıkırdadım.

"Sözümü tuttum, seni kaçırdık!"

"Biz seni eve götürüp bırakmıştık oğlum. Siz beni yurt dışına kaçırıyorsunuz. Ödeşmiş olmuyoruz." Onur'un cümlesiyle bir kez daha kıkırdadım.

"Abi onu bunu bırak. Mert beni de seni de kaçırdı. Beni evime, seni yurt dışına. Başına bir şey gelse bizim de büyük ihtimalle Mert'i başka gezegene kaçırmamız gerekecek. Çıtayı çok yükseltti!" Tüm o gülüşmelerin arasında huzurlu bir nefes aldım. Buradaydık, Onur'la, Mert'le, Burak'la. Gülüşüyorduk. İnanabiliyor musunuz? Biz gülüyorduk!

"Evlatlar," Minibüsün arka kapısı açıldığında şoförün konuşmasını duyduk, "beş saatlik yolumuz kaldı. Tuvalete girecekseniz, markete uğrayacaksanız inebilirsiniz. Etraf güvenli."

"Abi ben tuvalete girmeyi unuttum evden çıkarken ya!" Burak telaşla arabadan inerken biz de peşinden indik. Burak hızla tuvalete ilerlerken Mert sıkıca Onur'a sarıldı.

"Hoş geldin, kardeşim. Sen kurtulmamak için çabalasan da bizde çareler tükenmiyor görüyorsun ki."

"Seni başka gezegene kaçırmamız gerektiğinde ben de sana aynı cümleyi kuracağım." Aralarında gülüştükten sonra Mert başıyla marketi işaret etti.

"Ben de markete uğrayayım. Bize bir şeyler alırım, geliyor musunuz?"

"Aslında... Ben biraz dışarıda durmak istiyorum." Onur'un Mert'e verdiği cevapla birlikte başımı salladım.

"Ben de dışarıda durmak istiyorum." Mert markete, şoför benzinliğe doğru ilerlerken gecenin ayazında Onur'la baş başa kaldık. Birlikte benzinliğin baktığı ormana doğru yavaş yavaş ilerlediğimiz sırada Onur'un yüzündeki aydınlanmayı gördüm.

"Şimdi ne olacak?" diye sordu.

"Nasıl yani?"

"Beni kaçırdınız, tamam. Sırbistan'a gidiyoruz, tamam. Orada her şey ayarlandı, bu da tamam. Peki bundan sonra ne olacak? Her şey düzeldiğinde döneceğiz dedin, her şey nasıl düzelecek Zeynep? Bütün kanıtlar beni gösterirken, çok daha kötüsü, ben bile 'Ben yapmadım,' diyemezken beni nasıl kurtaracaksınız." Derin bir nefes aldım.

"Babana güvenmiyor musun?"

"Kendime güvenmiyorum."

"Onur, sana arabada söylediğim gibi, bunları düşünme. Sen bir tehlike altındaydın ve biz seni o tehlikeden kurtardık. Şimdi buradayız, birlikteyiz. Ve sana söz veriyorum seni tamamen kurtarmanın bir yolunu bulacağız." Aldığı nefesini burnundan verdi ağır ağır. Başını kaldırdı, aydınlanmaya başlayan gökyüzüne baktı. Hiçbir şey söylemedi. Öylece, uzun uzun, birlikte gökyüzünü inceledik. İçimden bir ses konuşuyordu o sırada. Az kaldığını söylüyordu. Güçsüz Onur gidecek, çok yakın zamanda eski Onur Zorlu geri dönecekti. O zaman, onunla her kim oynamaya çalışıyorsa artık bu tek taraflı savaş bitecekti. Onur çok yakında sahalara dönecekti.

"Abi tuvalet bok gibi kokuyor! Giremedim bile!" Burak'ın arkadan söylenerek geçmesiyle, kurduğu cümle bütün atmosferi bozdu. Yüzümü buruşturarak ona doğru döndüm. Marketten çıkmış bize doğru yürüyen Mert de aynı anda yüzünü buruşturdu.

"Ne gibi kokmasını bekliyordun Burak?" Mert'in cevabıyla birlikte iğrenerek kıkırdadım. Aralarında konuşmaya devam ettikleri sırada arabaya yöneldik. Birlikte arka tarafa geçip kapıyı ardımızdan kapattığımızda şoförün de ön koltuğa geçtiğini gördük. Mert aldığı cipsi ve içecekleri çıkarmıştı; o an hiçbir şey yemek istemediğimi fark ettim.

"Bir şey diyeceğim, bu cipsi bu arabada mı yiyeceğiz?" Mert birkaç saniye düşündükten sonra cipsi kaldırdı.

"Hakikaten. Burak iki dakika sonra 'ABİ ARABA CİPS KOKUYOR YA!' diye söylenmeye başlayacak. Şeftalili ice tea aldım, hepimiz seviyoruz diye. Ben zaten içer içmez uyumaya devam edeceğim. Beş saat sonra gideceğimiz yere gidince bir şeyler yeriz." Ice tea'mi elime alıp hızla içtiğim sırada konuşmalarını dinliyordum.

"Mapus hayatı nasıldı kardeş?" Burak'ın Onur'a sorusuyla birlikte büyük bir kahkaha attım. Dünyanın en güzel olayı, ne kadar kötü bir olayın ortasında olursanız olun arkadaşlarınızla espri yapmaya devam edebiliyor olmanızdı.

"Saz çalmayı öğrendin mi?" Burak ardı ardına sorularını sürdürürken gülmekten ölecektim.

"Şaka bir yana, gerçekten iyi ki geldin be. Kafayı yedik burada. Uyuyamıyorum, yemek yiyemiyorum, boş boş düşünüyorum bütün gün bu çocuk ne yapıyor uyuyor mu yemek yiyor mu diye. Kocasının hapisten çıkmasını bekleyen kadınlara döndüm. Seni şu arabada uyanık gördüm ya, sana yemin ederim üstümdeki bütün kasvet kalktı. Bir neşe geldi, bir enerji geldi. Her şey hâlâ kötü gidiyor, hâlâ bir cehennemin içindeyiz ama seni görmek o cehennemin ateşini kıstı." Birbirlerine sevgileri, bağlılıkları sanırım gördüğüm en güzel arkadaşlık örneğiydi.

"İçinde biriktirdiğin hapishane esprilerini yapabileceğin için sevindin. Hadi itiraf et." Onur'a kıkırdadığım sırada Burak gözlerini kıstı.

"Gerçekten böyle bir insan olarak mı görüyorsun beni? Evet, o yüzden sevindim." Gülmekten ölecektim.

"Abi, bu şimdi böyle konuşuyor ama bugün bizim eve kıyafetleri almaya gittiğimizde ağlıyordu. Çok ciddiyim ben çanta hazırlarken bir baktım, gözlerinden yaşlar akıyor." Mert'in sözleriyle birlikte gülmekten gözlerimden yaşlar gelmek üzereyken Burak'a baktım.

"Sana yazıklar olsun," dedi Burak Mert'e doğru.

"Şunu özlemişim ya..." diye mırıldandı Mert. "Sizinle gülmeyi, espriler yapmayı. Bir yandan bu durumdayken gülmek içime sinmiyor ama bir yandan da ne olacaksa olsun diyorum. Belki geleceğimiz yeni başlıyor, birlikte belki de son günlerimiz. Kim bilir? Her şeye rağmen şurada bulunduğumuz günleri depresyon içinde geçirmeyeceğiz."

"Geçirmeyeceğiz, ama eğer biraz daha konuşursak ben uykusuzluktan öleceğim." Burak ağır ağır arkasına yaslandığı sırada Mert de içeceklerin boş kalan şişelerini poşete koyup kenara ittiğinde uyumak için arkasına yaslandı.

"Sabah uyandığımızda, sizi aynı şekilde görmek istiyorum. *Mahşerin Dört Atlısı* olarak, her zamankinden daha güçlü olarak." Burak ve Mert gözlerini kapatıp uyumaya çalışırlarken Onur'un da arkasına yaslandığını gördüm. Elime telefonumu alıp kurduğum alarmımı beş saat sonraya erteledim. Telefonu elimden bıraktıktan sonra uyusam mı diye düşünerek arabanın içine baktım. O sırada Onur'un beni izlediğini hissediyordum.

"Gel," diye mırıldandığında kaşlarımı çattım.

"Geleyim mi?"

"Saatlerce başımı kucağında taşımışsın... Şimdi de... Eğer istersen..." Cümlesini tamamlamasına bile fırsat vermeden büyük bir cesaretle yavaşça ona yaklaştım. Başımı kucağına yerleştirdiğimde beni izliyordu, yüzümü. Aniden hafifçe sallanan arabayla birlikte saçlarımın bir tutamı yüzüme geldi. Elimi saçlarımı yüzümden çekmek için kaldırdığımda Onur da elini aynı anda kaldırdı. Durdum, yüzüne baktım. Saçlarımı yüzümden çekecekken eli havada kaldı.

"Neden durdun?" diye sordum. Sessizce yüzüme bakarken aklından benimle ilgili geçenleri deli gibi merak ediyordum.

"Ne kadar çirkin olduğumu mu düşünüyorsun?" diye şaka yaptım gülerek. Oysa yüzünde ufacık bir kıpırdanma, gülümseme olmadı.

"Ben hiçbir zaman böyle şeyler söylemem, biliyorsun. İlk defa böyle bir cümle duyacaksın benden ve son defa... Sen güzelsin Zeynep... Dokunmaya korkacağım kadar güzelsin."

Sallanan araba, yüzüme bakan Onur, dudaklarının arasından çıkan kelimeler... Öyle güzelsin ki, diyor bana resmen, dokunmaya korkuyorum... Beynimin içinde savaş çıktı. Her hücrem ne oluyor diye bağırıyor. Kulaklarım şokta. Ne oldu, Onur'a ne oldu da bu cümleyi kurabilecek hale geldi?

"Ben... Yani... Sen..." diye kekelediğim sırada sertçe dudaklarını araladı.

"Hiçbir şey söyleme. Bu bir iltifat değildi, gerçeği söyledim. Şimdi uyu Zeynep... İyi geceler..."

Gözlerimi ağır ağır kapattım. Binlerce stresli düşünce uçup gitti vücudumdan, en huzurlu olabileceğim yerdeyim şimdi sanırım; Onur'un kucağında. Oysa giden tüm o kötü düşünceler, yerini büyük bir korkuya bıraktı. Çünkü ben artık daha fazla korkuyorum onu kaybetmekten. İnsan bir kez bulduğunu, ikinci kez kaybetmekten daha çok korkuyor... Buna izin veremem, onu yeni bulmuşken tekrar kaybedemem...

Her şey huzura ermiş gibi geliyor insana, her şeyden birkaç saatliğine sıyrılıp gülüp eğlendiğinde. Oysa kötü olan her şey aslında hâlâ yerinde duruyor, bizi bekliyor. Onur hâlâ tehlikede, Onur'un sonunun ne olacağı hâlâ belli değil, mahkeme hâlâ sürüyor. Burada ne yapacağımızı bilmiyoruz, ne zaman nasıl döneceğiz hiçbir fikrimiz yok. Ama kendimizi akışa teslim etmek zorundayız. Bir nehirdeyiz, bataklığa doğru sürükleniyoruz ama sudan zevk almaktan başka yapabileceğimiz hiçbir şey yok...

KARANTİNA

"Daha ne kadar burada kalacağız?"

"Sonsuza kadar."

44. Bölüm

Sonsuza Kadar.

Elimizi uzatsak, yıldızları tutabilsek, harika olmaz mı?

Bir sallantının içinde olduğunuzda başta bu sallantı sizi rahatsız eder. Fakat bir süre sonra ona alışırsınız. Normali bu gibi gelir.

İnsan kaosun içindeyken kaosu sevmeye başlıyor. Başta alışamadığınız bu kaos, alıştığınız anda sizin için huzur kaynağı oluyor. Saatlerdir sallanan bir arabanın içinde Onur'un kucağında uyuyordum. Sanki bebeklik günlerimde babamın bana özel yaptığı o klasik tahta beşiğin içinde olduğum gibi. Saatlerdir başım bir o yana, bir bu yana; saçlarım Onur'un ellerinin altında, öyle huzurluydum ki... Araba durdu, durma dedim içimden. Onur'un elleri saçlarımdan uzaklaştı, "Gitmeyin!" dedim. Sonra beklemediğim bir şekilde Onur'un elleri bacaklarımı ve sırtımı sardı. Gözlerimi olabildiğince sıktım benden izinsizce açılmasınlar diye. Ben istedim ki, hiç uyanmayayım bu uykudan.

Uykuyla uyanıklık arasında bazı konuşmalar duydum. Burak'ın sesi, Mert'in sesi, Onur'un fısıltıları. Hiçbirinin ne söylediğini bile ayırt edemiyordum. Bir kapının açılış sesini duydum sonra. Burnuma gelen ilkbahar kokulu oda spreyiyle birlikte kendimi huzur dolu hissettiğim sırada Onur'un kucağında bir yere doğru götürüldüğümü hissediyordum. Bir kapı daha açıldı, hemen sonra kapandı. Sonra kendimi yavaş yavaş bir yatağa bırakılırken buldum. Gözlerimi açmadım, uzandım kolunu tuttum istemsizce.

"Şimdi gitmek zorundayım..." Elimi incitmemeye çalışarak kolundan uzaklaştırıp yatağa bıraktığında bilincim çok da yerinde sayılmazdı. Yana doğru döndüm, gözlerim her zamankinden daha kapalı bir halde çok daha derin bir uykuya daldım huzur içinde.

Gözlerimi araladığımda sanki günlerdir uyuduğum bir uykudan uyanmış gibi hissediyordum kendimi. Dışarısı zifiri karanlıktı, gözlerim karanlığa alışmakta bile zorluk çekiyordu. Buraya ne zaman gelmiştim, kaç saattir uyuyordum böyle? Ağır ağır doğruldum. Karanlık odanın içinde yavaşça ayağa kalktım. Cama doğru ilerleyip dışarı baktığımda bulunduğumuz evin tam önünde bir göl olduğun gördüm. Göle vuran ayışığı o kadar güzel görünüyordu ki neredeyse camdan dışarı çıkacaktım sırf daha yakından görebileyim diye! Camdan uzaklaşıp kapıya yöneldiğimde ateş çıtırtısı duyduğuma emindim. Kapıyı açtım, odadan çıktığım anda salonda buldum kendimi. Ve saniyesinde onu gördüm... Onur'u. Şöminenin yanan ateşinin başında oturmuş öylece sessizce izliyordu salonun ışıklarını bile açmadan. Burak ve Mert hâlâ uyuyor olmalılardı.

"Selam..." diye fısıldadım yavaşça. Gözlerini ateşten ayırıp bana çevirdiğinde yüzünde huzur dolu ama karmakarışık bir ifade vardı. Bu ikisini bir arada görmek sadece Onur'a özgüydü sanırım.

"Selam." Yanına doğru ilerledim, oturduğu armut koltuğun yanındaki büyük yastığa yerleştim ve başımı şömineye çevirdim.

"Sen neden uyumadın?"

"Denedim... Gözlerimi kapanmaya ikna edemedim."

"Onur," dedim düşünceli hali yüzünden telaşa kapılıp, "en azından burada olduğumuz sürece mutlu olmayı dene! Biraz olsun huzurlu ol, hasta olacaksın."

"Sahi," diye mırıldandı, "ne kadar burada kalacaksınız?" Derin bir nefes aldım.

"Baban iki, üç gün kalabileceğimizi söyledi... Yokluğumuz anlaşılmadan dönmek zorundaymışız. Ama sen... Yani senin durumun... Ne olacağını bilmiyorum. Baban uğraşıyor."

"Benim durumumun iyi olmayacağı belli. Sonuç her ne olursa olsun." Başımı kaldırdım, karanlık odaya baktım şöminenin ışığı altıda. Bu kasvetli odanın içinde bile huzurlu hissediyordum, çünkü yanımda o vardı...

"Dışarı çıkalım mı?" diye mırıldandım. "Beni yatırdığın odanın camı bir göle bakıyordu. Oraya gidebiliriz eğer istersen." Yüzüme baktı kaşları çatılı bir şekilde sanki bu kadar kibar konuşmama şaşırmış gibi. Hafifçe gülümseyerek ayağa kalktı.

"İsterim, gidelim hadi." Gülerek ayağa kalktım. Birlikte evden sessizce çıktık. Dışarı adımımı attığım anda ürperdiğimi hissettim.

"Üşüdün mü?" Başımı hayır der gibi salladım üşümüş olmama rağmen.

"Hayır, hatta hava çok güzel..." Donuyorum! Hava güzel demek nereden çıktı dönüp hırkanı alsana!

Birlikte evin yanına doğru ilerlerken eve uzaktan baktım, küçük bir bahçesi olan kocaman bir villada kalıyorduk. İhtişamdan uzak olsa da fiyatının en az yedi yüz binden başladığı, resmen evin üstünde yazıyormuşçasına belliydi! Buraya iki şehir dolusu insan sığardı.

"İnsanın milletvekili tanıdığı olmalı." Ağzımdan çıkan cümleyle birlikte bir an kendime şaşırarak Onur'a baktım, "Özür dilerim! Öyle demek istemedim!" Güldü.

"Ama haklısın. Cinayet işleyeceksen önce milletvekili tanıdık ayarlamalıymışsın." Şuna bakın... Güldüğümüz şeye bakın!

Birlikte gülüşerek evin soluna döndüğümüzde büyülendiğimi hissettim. Göl beklediğimden büyüktü, sanki sonsuzluğa uzanıyor gibiydi. Bunun yalnızca bir gece yanılsaması olması umurumda değildi. Ayın, gölün tam kenarına vuruşu öyle güzeldi ki... Sanki göl kenarında değil, ayın kenarında oturacaktık. Hızlandım ne yaptığımın bilinçsizliğiyle. Heyecanla gölün kenarına oturdum.

"Bak!" dedim çocuk gibi. "Ayın kenarında oturuyoruz." Onur hayranlıkla yüzüme bakarken ağır ağır eğilip yanıma oturdu.

"Bu evin emlakçısı olsaydım, göl kenarı değil ay kenarı diye not düşerdim." Bu sefer hayranlıkla bakan bendim yüzüne. Bundan günler önce anlamıştım içinde güzel cümleler olduğunu. İçindeki güzellikleri dışarı çıkarmaktan korkuyordu, oysa güzellik denen şey her daim dışarı çıkmanın bir yolunu buluyordu.

Başımı tekrar göle çevirdim. Cır cır böceklerinin sesi göl suyunun hafif dalga sesine karışırken dünyada bundan daha huzurlu bir an olamayacağına emindim. Uzun uzun izledim ayın yansımasını. Uzun uzun baktım gecenin karanlığını, suyun soğukluğunu bölen aya... Sonra Onur'un kıpırdanması dağıttı dikkatimi. Pantolonunun cebine götürdüğü eline baktım kaşlarımı çatarak. Cebinden çıkardığı bir şeyi bana uzattığında hâlâ anlam veremiyordum. Dikkatimi toparlayıp eline baktım. Şok içinde bakakaldığımda bana annesinin bilekliğini uzatıyordu.

"Ama bu..." diye mırıldandım.

"Bu annemin bilekliği. Yıllarca sıcak bir bileğin üstünde durmuş, güzel bir nabzın atışına şahit olmuş bir hayat ağacı bilekliği... Şimdi bu bileklik-" derken onunla aynı anda kurdum aynı cümleyi.

"Atan bir nabzın üzerinde olmayı hak ediyor."

"Atan bir nabzın üzerinde olmayı hak ediyor."

Kafası karışmış gibi baktı yüzüme. Bu konuşmayı benimle daha önce yapmıştı. Yaptığı konuşmayı unutsa dahi, bu bilekliği bir kez daha bana layık görmüştü. Ve ben artık emindim, bin kez daha unutsa bin kez daha bana verecekti bu bilekliği. Çünkü bu bileklik benim kaderimdi.

"Cümlen," diye kekeledim kafasının daha fazla karışmaması için, "nasıl tahmin ettim ama!" Sonra ağır ağır söndürdüm gülüşümü bilekliği elinden aldığımda.

"Onur... Ben bunu hak ettiğimi düşünmüyorum..." Elimdeki bilekliği aldı. Şok içinde baktım yüzüne. Ne yani? "Evet hak etmiyorsun!" deyip geri mi alacaktı? Sonra beklemediğim bir şekilde bileğimi kavradı. Bilekliği bileğime sıkıca bağlarken içim titriyordu. O, annesinin bilekliğini bileğime bağlarken benim de içimden bir parça ona bağlanmıştı âdeta.

"Umarım senin nabzın da bu kadar çabuk sönmez," dedi yutkunup başını göle çevirirken. Derin bir nefes aldım. Annesi aklına gelmişti ve her zamanki gibi gözlerini kaçırıyordu.

"Onur," diye mırıldandım, "senin ilk kelimen ne olmuş?"

"Ne?"

"İlk kelimen. Yani bebekken söylediğin ilk kelime... Ne olmuş?"

"Bunu mu merak ettin?" dedi kaşları çatılı bir şekilde.

"Evet! Ve hatta daha merak ettiğim bir sürü saçma sapan şey var. Senin hakkında saçma sapan şeyleri merak ediyorum." Güldü.

"İlk kelimem kamyonetmiş desem inanır mısın?" Şok içinde baktım yüzüne.

"Kamnoyet mi?" Bir an hızla konuşunca yanlış söylediğim için bir kahkaha attım. "Baksana ben şu an yanlış söylüyorum! Sen bunu bebekken nasıl söyledin, Allah aşkına?" Onur hafifçe gülerken inanamıyordum.

"Ciddiyim, nasıl olmuş bilmiyorum. Sarı küçük bir kamyonet almışlar bana. Evin içinde ondan kamyonet diye bahsederlerken kapmışım kelimeyi. Babam bayağı bozulmuş; baba değil de kamyonet dediğim için." Kahkahalarla güldüğüm sırada bana döndü.

"Senin ilk kelimen neymiş?"

"Bebek," dedim hayal kırıklığıyla. "Ya ben anne olmaya çok meraklıymışım!" Çocukluğum hep oyuncak bebeklere bakarak geçmiş. Hep oyuncak bebek arabası istermişim, onlara yemek yedirirmişim. Yedi, sekiz yaşlarımdayken, birinin içine pişen kaynar çorbadan dökmüşüm ağzındaki delikten. Bebeğin yapıldığı madde sıcakta eriyormuş; bebeğin kafası birden eriyince şoka girmiştim!" Onur'u ilk defa kahkaha atarken gördüm o an!

"Şu an hayal ediyorum," dedi hevesle, "bebeğe yemek yediriyorsun ve kafası yavaş yavaş şekil değiştirip yok oluyor!" Birlikte güldüğümüz sırada onu daha fazla güldürebilmek için, kendimi komik hikâyeler bulmak zorunda gibi hissediyordum. Onu biraz daha güldürmek, biraz daha gülerken görmek istiyordum, keşke daha fazla komik olay yaşasaymışım da şu an anlatabilseymişim diye düşündüm.

"Bir kere de şey olmuştu..." deyip düşünürken Onur parmaklarını dudaklarıma götürdü.

"Şşş," dedi, "zorlama. Aklına geldiğinde anlatacağın hikâyeleri anlat. Beni güldürmek için zorla aklına getirdiklerini değil. Sana bir şey soracağım." Kaşlarımı çattım.

"Sor."

"Sana gelen notlar vardı... İsimsiz birinden. O notlar gelmeye devam etti, değil mi? Elinde başka notlar da var." Gözlerimi kaçırdım.

"Hayır," dedim sessizce, "başka notlar yok."

"Gözler kaçırılır, baş çevrilir, sessizlik olur. Bu da 'Evet, başka notlar da var!' demenin bir başka yolu."

"Gerçekten yok! Olsa sana neden söylemeyeyim? Eee, hadi. Soru sormaya devam edeyim. Hiç âşık oldun mu?" Derin bir nefes alarak başını göle çevirdi.

"Hayır. Sen?" O an duraksadım. Yüzüne bakarken nedense hayır diyesim gelmedi. Bunun sebebi neydi, neden böyle duraksamıştım, bilmiyordum. Sonunda başımı salladım.

"Hayır. Yani..." dedim yüzüne uzun uzun bakıp emin olmaya çalışırken, "Hayır," diye tekrarladım. Başını salladı.

"Ben âşık olabileceğime inanmıyorum," dedi. "Çok daha ötesi, bana birinin âşık olabileceğine de inanmıyorum."

"Neden?" Kaşlarımı çattım.

"Şu dudakların arasından," dedi parmağıyla gördüğüm en güzel dudakları, kendi dudaklarını gösterirken, "birini kendime âşık edebilecek tek güzel söz çıkaramam." Gülümsedim hafifçe.

"Çünkü ruhundan her geçeni dudaklarının arasına yollasan, ruhuna ne kalır?" Kendi cümlesini dudaklarımın arasından duyduğu an yüzü aydınlandı. Yavaşça yutkundu, yaklaşık yirmi saniye kadar yüzüme baktıktan sonra başını göle çevirdi yorulmuş gibi.

"Hadi, sen sor şimdi. Ama güzel bir soru olsun! Dudaklarının arasından güzel bir şey çıksın!" Gözlerime baktı uzun uzun, başıyla altımızı ve arkamızı kaplayan çimleri işaret etti.

"Eğer şimdi buraya uzanırsam, uzanıp öylece bu çimenlerin üzerine yatarsam... Her şeyi unutup yanıma yatar mısın?" Şok içinde baktım yüzüne. Bu soru, hayatımda duyduğum en güzel soruydu. Oysa insan, aşka inanmazken bu cümleyi nasıl kurardı. Ben bir salak gibi, cümlenin şokuyla yüzüne boş boş bakarken birden beklemediğim bir şekilde arkasına doğru uzanıp çimlere yattı Onur. Bir süre baktım, gökyüzünü izleyişini izledim. Sonra büyük bir cesaretle arkama doğru eğildim, tam yanına, çimenlerin üzerine yattım.

Gökyüzü üzerimde, Onur yanımda, göl önümde, çimenler altımdaydı. Daha ne olabilirdi hayal edemeyeceğim? Daha ne gerekliydi huzurla dolmam için?

Dakikalarca gökyüzünü izledik sessizce. Bir ara sanki tutmak istermiş gibi elimi uzattım gökyüzüne.

"Şöyle elimizi uzatsak ve birden tutabilsek yıldızları... Harika olmaz mı?" Onur cevap vermedi. Dakikalar sonra bir kez daha uykulu uykulu konuştum.

"Keşke gökyüzünün rengi mor olsaydı... değil mi?" Esnedim ağır ağır.

"Bir de yıldızlar kocaman olsaydı, şöyle şekillerini görseydik..."

"Sonra, bulutlar beyaz olmamalıydı bence. Asıl mavi olan bulutlar olmalıydı. Değil mi?" Öylece dinliyordu uykulu uykulu sunduğum fikirleri.

"Yıldızlar kaydığında buraya düşebilselerdi mesela... Ama birer meteor olarak değil. Resmini çizdiğimiz yıldızlar olarak. Elimize alıp tutabilseydik..." Gözlerim ağır ağır kapanırken sessizce fısıldadım.

"Daha ne kadar burada kalacağız?" Onur o an, ilk kez sorularımdan birine cevap verdi derin bir iç çekip.

"Sonsuza kadar."

Sonsuza kadar. Sonu olmayan bir zaman dilimine girip sonsuza kadar burada yatmalıydık. Gökyüzünün altında, gölün önünde, çimenlerin üzerinde, birbirimizin yanında... Öyle çok ihtiyacımız vardı ki tüm o karmaşadan sıyrılmaya, tüm bu cinayet terimlerini unutmaya, biraz insan olmaya. Öyle çok ihtiyacımız vardı ki saçma sapan sorular sormaya, saçma sapan cümleler duymaya, gülmeye, sevmeye, sevilmeye, saçlarımızın okşanmasına. Öyle çok ihtiy- dur bir dakika... Gözlerim kapalı, uykuya dalmama saniyeler var ve ben şu an oldukça garip bir şey hissediyorum! Kafamda bir el, saçlarımda! Onur'un eli... Yavaş yavaş saçlarımı okşuyor, saç tellerimi tutup kaldırıyor, onlarla oynuyor...

Bunu neden yaptığını bilmiyorum. Bilmeme gerek olduğunu da düşünmüyorum. Kalbim üç katı hızlı atıyor ama her zamankinden daha huzurluyum. Neden bu kadar huzurlu olduğumu bilmiyorum, bilmeme gerek olduğunu da düşünmüyorum.

Sahi, size sormalı. Sizce de şöyle elimizi uzatsak, yıldızları tutsak, harika olmaz mı?

KARANTİNA

Biz ayağa kalkıyoruz.
Daha fazla
kaybetmemek için.

45. Bölüm

O Evi Yıktık.

Yıldızları her izlediğimde yanımda olur musun?

Saniyelerdir, dakikalardır, saatlerdir buradayız. Altımızda yer, üstümüzde gök ve birbirimiz... Daha güzeli olamayacağına kanaat getirdiğim saatlerindeyiz günün, güneş doğmakla doğmamak arasında sıkışıp kalmış; aynı hayatım gibi. Size hayatımı doğup doğmayacağına karar veremeyen bir güneşten daha iyi özetleyemezdim. Bir şeyler iyi olabilir ama olmuyor. Bir şeyler hep iyi olmak üzere ama iyi olmak üzereden öteye geçemiyor. Oysa şimdi huzurluyum, yanımda o var. Huzur taşınabilir bir hismiş, biliyor muydunuz? Yanımda o olduğunda huzurluyum, o yokken değil. O benim taşınabilir huzurum. Buna ister arkadaşlık deyin, ister aşk, ister bağlılık. Bu apayrı bir şey. Ben onun yanında beş yaşında kaybettiği oğluna kavuşmuş bir anne gibiyim. Annesi yeniden dünyaya gelse nasıl yanından ayırmak istemezse oğlunu, işte tam olarak öyleyim. Onur'u yanımdan ayırmak istemiyorum ve ayırmayacağım.

Hava öylesine serin ki tir tir titriyorum, oysa donarak ölmeyi buradan kalkmaya tercih ederim. Bu yüzden sesimi bile çıkarmadan saatlerdir burada, Onur'un yanında yatıyorum. Gözlerimi kırpıştırarak ağır ağır açtığımda, Onur'un uyuyan yüzüyle karşılaşarak derin bir nefes aldım. Ellerimi kollarıma götürdüm, kollarımı sıvazlayarak ısınmaya çalıştım. Dayan Zeynep! Sen güçlü bir kızsın!

Şu hale bakın, Eskimo arkadaşını ziyarete gitmiş ekvatorlu gibiyim, bu soğuğun beni yenmesine izin vermeyeceğim! Onur'un yanından kalkmayacağım, kaldıramayacaksın beni sabah ayazı! Gözlerimi kapattım, kendimi sıcak bir kumsalda hayal ettim, dakikalar sonra uykuya dalmak üzereyken bir sancıyla açtım gözlerimi. Ağzımdan engel olamadığım büyük bir çığlık çıktığında Onur'un yanımda sıçradığına şahit oldum.

"Zeynep!" Ellerim karnımda, sanki ellerimle karnıma bastırarak öldüreceğim karnıma vuran sancıyı.

"Neyin var?" Onur öyle korkmuş, öyle telaşlanmıştı ki neredeyse ağrımı unutup birden neşeyle gülmeye başlayacaktım benim için endişelendiği için. Ama acım buna izin vermedi. Karnıma giren bir başka büyük sancıyla olduğum yerde cenin pozisyonuna geçtim.

"Zeynep! İyi misin?" Onur korkudan delirmiş gibiydi, elini alnıma koyuyor, çekiyor karnıma koyuyor çekiyor, yanağıma koyuyor, ateşim olup olmadığını çözmeye ve bir şekilde ne yaşadığımı anlamaya çalışıyordu.

"Karnım..." deyiverdim can havliyle. "Çok... Üşüdüm..." Saniyesinde Onur'un kollarında buldum kendimi. Beni bacaklarımdan ve belimden kavradığı gibi direkt kucağına aldı. Keskin nane kokusu burnuma geldiğinde, kolları arasında biraz olsun ısınmıştım ve nasıl olacağını bilmediğim bir şekilde ona daha fazla sokulmaya çalışıyordum. Daha fazlası yoktu oysa; kollarındaydım. Bir adım ötesi cebine girmekti. Onur beni kucağına alıp yürümeye başladığında zangır zangır titriyordum.

"Allah kahretsin..." dedi öfkeyle. "Hepsi benim suçum, ne diye seni saatlerce göl kenarında yatırdım? Bir insan neden buna izin verir?"

"Ama... çok güzeldi..." diye fısıldadım donmuş dudaklarımın arasından. Onur evin kapısına vurduğunda önce hiçbir ses gelmedi. İki üç defa daha vurduktan sonra ses gelmeyince kapıya sert bir tekme savurdu.

"Onur! Zeynep! Mert! Uyanın, evi bastılar! Mert, arka kapıdan çık, bizimkileri bulup geliyorum!" Burak'ın kaçış planını duyduğum anda gülmek istedim ama gülmeye başladığım an öksürmeye başladım.

"Burak biziz! Aç kapıyı!" Onur'un sesini duysaydınız benim vurulduğumu düşünürdünüz. Basit bir üşütmeden değil cinayetten bahsediyor gibi korku doluydu. Kapı açılır açılmaz Burak'ın sorularını cevapsız bırakarak evin içine doğru ilerledi Onur. Beni telaşla kocaman bir yastığın üzerine bıraktığında ellerimi ondan ayırmak, o sıcak yuvayı terk etmek istemedim.

"Dur..." diye fısıldadı ve hemen sonra üzerim bir pikeyle örtüldü.

"Abi ne oldu!" Burak'ın şaşkın sorularına emirle karşılık verdi Onur.

"Burak sen şömineyi yak, Mert bir şekilde ilaç bulman lazım. Bir... Ağrı kesici... Ya da bu tarz bir şey. Sabaha kadar göl kenarındaydık. Üşütmüş, karnı ağrıyor. Ne yapmamız lazım ya! Yüzü yanıyor resmen. Önce yemek mi yemesi lazım? Duşa mı soksak ya da sirkeli su mu yapsak? Acaba şöminenin yanında ateşi daha çok yükselir mi... Buzluktan buz torbası mı getirip koysak alnına. Sıcak su torbası var mı diye baksanıza bir, karnına sıcak su torbası yapalım ya d-" derken Mert şaşkınlıkla Onur'un sözünü kesti.

"Onur... sen iyi misin? Sakin ol abi, tamam. Bak şimdi ben çantamdaki ağrı kesiciyi getirmeye gidiyorum. Burak şömineyi yaksın, biz gidip mutfakta bir şeyler hazırlayıp gelelim. Yemek yedikten sonra ilaç içsin. Sen Zeynep'le kal, tamam mı? Sakiniz, sorun yok!" Onur derin bir nefes alarak yüzünü yüzüme çevirdiğinde kısık gözlerle bakıyordum ona halsizliğimden. Yüzündeki sert ifadenin altında kendine duyduğu kızgınlığı görebiliyordum. Burak elektronik şömineyi çalıştırıp mutfağa geçtiğinde Onur'un yüzüne bakmaya çalıştım zar zor.

"Onur..." diye mırıldandım. "Vurulmadım! Sadece üşüdüm, sakinleş... Ah!" Karnıma giren büyük bir sancıyla ufak bir çığlık attığımda Onur telaşla doğruldu.

"Vurulmadığına emin misin?" Gülmeye çalıştım, gülüşümün ardından gelen öksürük kriziyle birlikte Onur'un hareketlendiğini duydum. Komodinin üzerinde duran bir bardak suyu alıp başıma geldiğinde hafifçe doğruldum. Sudan iki yudum alıp derin bir nefes alarak büyük yastığın üzerine yattım tekrar.

"Uyu..." dedi. "Yemek hazır olunca seni uyandıracağım, ilacını içeceksin. İyi olacaksın. Tamam mı?"

"Tamam." Gözlerimi ağır ağır kapattığımda karnıma giren sancılarla ara ara kasılıyordum. Onur'un en sonunda söylendiğini duydum.

"Seni oraya götürmemeliydim." Kendine kızıyordu. Gözlerimi açmadan dudaklarımı aralayıp zar zor konuştum.

"Ay'ın kenarına mı? Dünyanın en güzel göl kenarına... Yıldızlara dokunabildiğim o yere mi? Hayatımda kendimi en huzurlu hissettiğim o gökyüzünün altına mı götürmemeliydin beni? Onur... Biliyor musun, hayatım boyunca hiç yıldızları izlemekten daha güzel bir şey olacağını düşünememiştim. Ama varmış."

"Neymiş o? Ay'ı izlemek mi?"

"Hayır... Yıldızları seninle izlemek..." Cevap gelmedi. O an öyle çok ateşim vardı ki insan ateşi varken sarhoş cesareti ediniyordu sanki. Ağzıma gelen hiçbir şeyi geri çevirmiyordum.

"Onur... Ben yıldızları hep seninle izlemek istiyorum." Bir kez daha cevapsız bıraktı sorumu, saf bir cesaretle devam ettim.

"Yıldızları her izlediğimde... yanımda olur musun?" Sessizlik. Dakikalarca sustuk birlikte. Sorularıma cevap vermeye bile cesareti yoktu. Bende bunu kabullenecek cesaret vardı oysa. Gözlerimi sıkıca kapattım, kendimi derin bir uykuya bıraktım. Arada alnımda hissettiğim eliyle anlıyordum hâlâ yanımda olduğunu. Karnıma girmeye devam eden sancıları içime atmaya çalışıyor, susuyordum. Yaklaşık yarım saat sonra Burak elinde bir tepsiyle odaya girince, Onur ayağa kalkıp tepsiyi elinden aldı.

"Bizim yemekler mutfakta. İlaç da tepside. Yemeğini yedir gel. Zeyno, iyi misin?" Burak'ın sorusuyla halsizce başımı salladım. Onur yanıma oturup tepsiyi komodine bıraktığında kendi kendime doğrulmaya çalıştım. Kıpırdadıkça öksürüyordum. Onur elimden tutarak oturmama yardım etti. Gözlerimi hafifçe açtım, bitkin bir halde yüzüne baktım. Kâsedeki çorbadan bir kaşık aldı, ağzıma doğru götürürken başımı çektim.

"Sen... gidebilirsin... Ben kendim yerim," diye mırıldandım.

"Hayır," dedi sinirlenmiş gibi, "sen kendin yiyemezsin." Sesimi çıkarmadım. Dakikalarca, sessizce bana çorba içirmesine izin verdim. Birkaç kaşık makarna aldıktan sonra midemin bulantısıyla başımı çevirdim.

"Tamam... İlacını iç, uyu." Bana uzattığı iki hapı tek seferde yuttum. Sudan bir iki yudum aldıktan sonra yastığa geri döndüm. Gözlerim anında kapandı. Yarı açık, yarı kapalı bilincimle Onur'un odadan çıktığını duydum. Ağrımın geçmesini beklerken iki dakika içinde Onur'un odaya döndüğünü kapı sesinden anladım. Yanıma oturduğunda gözlerimi araladım neden yemek yemediğini sormak için. O an ufak bir şok yaşadım, yemeklerini tepsiye almış başımda yiyordu! Kaşlarım çatık bir şekilde gözlerimi kapattım. Anlam vermeye çalışamayacak kadar büyük bir ağrıyla uykuya daldım.

Ara ara gözlerimi açıyor, saniyeler sonra kapatıyordum. Vücudumun terlediğini, ateşler içinde yanmaktan buzlar içinde donmaya geçtiğimi hissediyordum. Arada Onur'un alnıma koyduğu eli uyandırıyordu beni, arada Burak'ın "ABİ NE ZAMAN UYANACAK YA?" diyen telaşlı sesini duyuyordum. Bir sağa, bir sola dönüyordum. Gün boyu yattım orada ve onlar hiç ayrılmadılar başımdan. Güneş tekrar battığında bir ara Burak ve Mert'in gölbaşına gideceklerini söylediklerini duydum. Sonra tekrar uykuya daldım, uyuşturucudan mahrum kalmış bir bağımlı gibi.

Bir süre sessizlikte yattım Onur'un yanı başımda olduğunu bilerek. Bir tek şömine sesi vardı odada, bir de şömineden yansıyan o huzur verici turuncu ışık. Karnıma giren ufak sancıyla birlikte inlediğimde Onur başımda belirdi.

"Zeynep... Geçti... Bir şey yok... Uyumaya devam et." Bir bebeği uyutur gibi fısıldıyordu. Aldığım ilaçların etkisiyle ayılamıyordum. Ağır ağır uykuya döndüğüm sırada Onur'un elini saçlarımda hissettim. Ateşten terlemiş saçlarımı geriye doğru itip yavaşça okşadı. Sonra hiç beklemediğim o cümleyi duydum.

"Olurum Zeynep..." diye fısıldadı duymadığımı düşünerek. "Yıldızları her izlediğinde yanında olurum..."

Kulaklarım duyduğu cümle karşısında yaşayabilecekleri en büyük şoku yaşarken kalbimin beynimin içinde attığını hissediyordum. Onur Zorlu, en başından beri duvar dediğim, gururlu Onur Zorlu... Haftalar önce duvarlarının yıkılamayacağını söylediğini hatırlıyorum. Şimdi bana söz veriyordu. Yıldızları izleme sözü. Artık o duvardan eser kalmamıştı. O duvar yıkılmıştı. Çünkü bilirsiniz, yıldızları izlemek için etrafınızdaki duvarları yıkmaktan başka çareniz yoktur. Biz de öyle yaptık. Yıldızları izlemek için, duvarları arasında yaşadığımız evimizden vazgeçtik...

Biz o evi yıktık.

Artık aramızda duvarı bırakın, tek bir tuğla tanesi bile yok. Asıl şimdi başladı savaş. Asıl şimdi ayağa kalktık. Düşen birine yukarıdan bakmak çok kolaydır. Oysa şimdi... Biz ayağa kalkıyoruz bize yukarıdan bakanlarla göz göze gelebilmek için. Daha fazla kaybetmemek için.

46. Bölüm

Ben Seni Bırakamıyorum.

Sen beni bırak...

Saatler sonra gözlerimi açtığımda hava zifiri karanlıktı. Oturduğum yerden ağır ağır doğruldum, gözlerim odanın içinde Onur'u aradığında yanı başımda buldum onu. Odanın ortasındaki alçak masanın üzerine kollarını, kollarının üzerine başını dayamış uyuyordu. Vücudumda duyduğum hisleri gözden geçirdiğimde hiçbir ağrım kalmadığını, sadece ufak bir boğaz yanmasıyla birlikte hafifçe üşümeye devam ettiğimi hissettim. Şömine yanıyordu ama buna rağmen üşüyordum. Ağır ağır ayağa kalktım. Koltukta duran yastıklardan birini alıp Onur'a doğru ilerledim. Kafasını kollarından çekiştirip masanın üzerine yastığı yerleştirdim, kollarını ve başını tekrar yastığın üzerine koyduktan sonra koltukta duran mor renkli ince battaniyeyi aldım. Üzerine örtüp bir süre yüzünü izledim, çok garip. Her şeye rağmen huzurlu gibiydi. Yüzünden huzur akıyordu. Parmaklarımı saçlarında gezdirdiğim sırada, bir an içimde eğilip onu öpmemi söyleyen bir ses duydum. Öp diyordu, bir daha öpemezsin diye tam şimdi öp. Hafifçe eğildim, santimetreler kala vazgeçtim bunu yapmaktan. Ben kimdim? Neyiydim onun, hayatındaki yerim neydi? Hayatından çıksaydım ne kadar büyük bir boşluk oluşurdu hayatında? Tüm bu düşünceler beynimin içine hücum ettiğinde beynimi susturmak istedim. Bazen kafamın içi böyle düşüncelerle dolduğunda alnıma bir silah dayamak istiyorum, ortada bir kafam kalmazsa düşüncelerim de kalmaz diye o tetiği tereddütsüz çekmek istiyorum. Sırf düşünmemek için yaşamaktan vazgeçmek istiyorum.

Doğruldum, derin bir nefes alarak içim gide gide öpemediğim Onur'dan uzağa bir iki adım attım. Yerde duran battaniyemi alıp sırtıma sardım ve şöminenin dibine oturdum. Elektronik şöminenin yapay alevlerini izlerken beynim yine susmuyordu. Garip bir şeyler hissediyordum. Uyurken bana söylediği cümle benim rüyam değildi. O gerçekten, gerçekten bana söz vermişti yıldızları her gece birlikte izleyeceğiz diye. O an yıldızlarımız birleşti sanki gökyüzünde. Birbirlerine doğru kaydılar ve bu sefer dilek dileyen insanlar değil yıldızlar oldu. Yıldızlar bile bizim birlikte olmamızı diledi sanki; tüm kalbim bu hisle doldu. Oysa nasıl olacaktı? Onur'un başına neler geleceği, onu nasıl kurtaracağımız bile belli değildi. Hem Onur'un babası onun yanında kalmamız için sadece birkaç gün vermişti bize. Sonrasında Onur tek başına olacaktı, ama nerede, kimle? Derin bir nefes aldım. Gözlerimi kapatıp var olan tüm hayata kocaman bir soru sordum içimden. Sevgili hayat, neden bu kadar karmakarışıksın? İzin ver seni çözeyim. Ne olacağına dair hiçbir fikrim yok. Kafamda bir sürü soru, kafamda bir sürü belirsizlik. Biliyor musunuz, bazen bazı durumların kötü sonuçlanacağını bilmek bile belirsizlikten daha iyi. Ne olacağını bilmemek, kötü şeyler olacağını bilmekten daha kötü. En azından kötü de olsa ne olacağını biliyoruz, bunu öngörüyoruz; umudumuz yok, hayallerimiz yitip gitmiş. Oysa belirsizlik bir insanın başına gelebilecek en kötü şey. Hayal kursan kuramazsın, plan yapsan yapamazsın, heyecanlansan heyecanlanamazsın. Çünkü hiçbir şey belli değil. Sonuç: Kocaman bir belirsizlik. Sanki masada kalma riskimin olduğu bir ameliyata girmeyi bekliyorum, hayatımın özeti bu. Ölecek miyim iyileşecek miyim belli değil. Tüm hayatım bu belirsizlikte sürüp gidiyor.

"Uyanmışsın."

Onur'un yorgun sesiyle başımı kaldırdım, yüzüne baktığımda gözleri hâlâ uykuluydu.

"Sen de," diye mırıldandım. "Günlerdir uyuyor gibiyim."

"Öyle zaten Zeynep. Yaklaşık üç aydır uyuyorsun. Seni sıvı besinle besleyip her gece başında nöbetleşerek bekliyoruz." Hafifçe kıkırdadım.

"Burak'ın esprisini çalman hoş bir davranış mı sence? Biraz daha orijinallik lazım." Omzunu silkti gülerek.

"Bu espri ilk olarak 2008 yılında bu dudakların arasından çıktı." Parmağıyla dudaklarını gösterince yutkundum. Gerçekten tam bir sapık gibi görünüyor olmalıyım! Yutkundum!

"Eee, rüyanda ne gördün?" Konuyu değiştirmek için sorduğum soruyla birlikte kaşlarını çattı.

"Biraz daha orijinallik lazım," dedi bilmiş bilmiş. Gülümsediğim sırada kalktı, yanıma geldi. Şöminenin önüne, tam yanıma oturdu battaniyesiyle birlikte.

Dakikalarca orada öylece sessizce oturduk. İkimizin de gözleri ateşte, aklımız bir başka yerdeydi. Onur gözlerini ateşten ayırmadan sessizce konuşmaya başladı.

"Annem bana büyük adamlar korkularından kaçmaz demişti."

"Ne?" dedim dalgınlıkla. Gözlerini ateşten ayırmadan devam etti. "Küçükken odamda duyduğum en ufak rüzgâr sesinden bile korkar, annemle babamın odasına kaçardım. Her gece yaşanırdı bu. Ses duydum, kaç, gölge gördüm, kaç, kuş öttü, kaç. Bir gün annem beni karşısına oturtup aynen şöyle dedi: 'Onur, sen kocaman bir adamsın artık. Güçlü, kuvvetli, annesini koruması gereken kocaman bir adam. Herkes bir şeylerden korkar ama büyük adamlar korkularından kaçmaz. Duvarda gördüğün gölgelerle kalıp savaşmak zorundasın. Camında duyduğun rüzgâr sesi sen odanda kalmaya devam edersen senden korkup susacak. Şimdi bana söz ver, artık korkularından kaçmayacaksın...' Sonra biraz ağladığımı hatırlıyorum. Anneme sarılmıştım ama biraz da gaza gelmiştim. 'Sen annesini koruması gereken kocaman bir adamsın,' deyince güçlü hissetmiştim kendimi. İnsan, söz konusu kendisi olduğu zaman bütün dünya üzerine bassın geçsin sesini çıkarmıyor. Ama söz konusu sevdiği bir insansa," dedi gözlerini bana çevirip, "tüm dünyayı karşısına alabilecek güce sahip hissediyor kendini. O gün söz vermiştim anneme. Ama şimdi ne oldu?" Kaşlarımı çattım.

"Ne oldu?"

"Kaçtım." Sessizlik. Ne diyebilirdim ki? Sen kaçmadın biz seni kaçırdık mı? Apaçık kendini güçsüz hissediyordu. Annesine verdiği sözü tutamadığını hissediyordu.

"Korktuğun şey duvardaki bir gölge değil artık, rüzgâr sesi değil. Senin hayatını kaybetmemen için kaçman gerekiyordu."

"Benim hayatım kalmadı ki."

"Onur," dedim sinirle, "senin kocaman bir hayatın var! Sevdiğin... Sevdiğin insanlar var. Biz varız, baban var, hayallerin var... Sen annenin dediği gibi kocaman bir adamsın artık ve eğer duvarında gördüğün gölgeler gölge olmaktan çıkıp canlanırsa kaçmak zorundasın. Şu an tam olarak bunu yapıyorsun. Şimdi bana söz ver, ne pahasına olursa olsun dünyanın senin üzerine basıp geçmesine izin vermeyeceksin. Dünyayı karşına alacaksın." Gözlerini bana çevirdi. Uzun uzun baktı gözlerime. Tam o an çalan telefonum tüm ortamı bozduğunda kaşlarımı çattım. Kim arıyor olabilirdi bu saatte? Telefonu cebimden çıkardım. Kayıtlı olmayan bir numaradan arandığımı gördüğümde telefonu Onur'a çevirdim.

"Baban olabilir mi?" Numarayı okuduktan sonra başını sallayarak telefonu aldı elimden.

"Babam... Alo? Baba..." Konuşmalarına sadece Onur'dan duyduklarımla şahit olacaktım ama garip bir şekilde çok az konuşuyordu.

"İyiyim... Merak etme, onlar da iyi."

"Sorun yok, her şey yolunda. Dinliyorum."

Sonra telefon kulağında uzun bir sessizlik oldu. Babasının söylediklerini dikkatle dinlerken yüzü değişti, ne oluyordu?

"Ne zaman?" diye mırıldandı. Başını dikleştirdi. "Tamam, düşüneceğim." Telefonu kapatıp masaya bıraktığında merakla baktım yüzüne.

"Ne olmuş?" Bir süre cevap vermeyince üsteledim. "Onur ne olmuş!"

"Benden bir karar vermemi istedi."

"Ne kararı?"

"Dönmek ya da kalmak..." Ne dönmesi? Ne oluyordu? Onur huzursuzca devam etti. "Emniyetten birkaç kişi durumu fark edip karşı çıkmış, durum savcıya kadar gitmiş. Bu bahsettikleri milletvekili tanıdık, 'En fazla yarına kadar susmalarını sağlayabilirim, yarından sonra birilerine konuşurlarsa kırmızı bültenle arama çıkarılacak,' demiş. Ama eğer yarın dönmüş olursam... Beni özel gardiyanlı güvenlikli bir tek kişilik hücreye koyabileceklerini, yanımda bir telefonumun olabileceğini ve kimsenin konuşmayacağını söylemiş... Yani ya kırmızı bültenle aranan bir kaçak olacağım ya da-" derken korkuyla kestim sözünü.

"Ya da tek kişilik hücrede yaşayan bir mahkûm. Sana karar vermeni sorması bile hata. Kararın zaten belli. Değil mi?" Yüzüne baktım korkuyla, gözleri gözlerimde değildi. "Onur," dedim, "kararın zaten belli! Değil mi?" Cevap vermedi. Birden telefonumu elimden alıp bir iki tıklamadan sonra kulağına dayadığında dehşet içinde ne yapacağını izliyordum.

"Baba... Yarın öğlene doğru orada oluruz. Şoförü ara, talimatları ver."

"Onur!" Şok içinde bakakaldığımda Onur'un ölmeyi kabul edişini izliyordum. Tek kişilik hücre ölüm demekti ve o bunu kabul ediyordu. Orada bir başına hayatını çürütüp delirmeyi kabul ediyordu. Onur Zorlu dünyanın onun üzerine basıp geçmesini kabul ediyordu. Hızla ayağa kalktım, evin camını açıp göl kenarındaki Burak ve Mert'e seslendim.

"Burak, Mert! İçeri gelin!"

Telaşla kalkıp eve doğru yürüdükleri sırada Onur'a baktım.

"Buna izin vermeyeceğim!"

Gözlerim dolmuştu, kapı açılır açılmaz Burak ve Mert'e Onur'un bana anlattıklarını açık bir şekilde anlattım.

"Lütfen, bir şey söyleyin. Bunu yapamaz!" Burak perişan olmuş bir şekilde Onur'a baktı.

"Abi... Ölüm bile daha iyi... Ölüm bile." Onur cevap vermiyordu.

"Onur seni oradan çıkaramazsak yıllarını orada geçireceğini düşün. İki cinayetle yargılanacaksın ve her şey seni gösteriyor. Hayatını mahvetmek mi istiyorsun?" Mert'in konuşmasından sonra söze atladım.

"Bizi öylece geride bırakıp hem kendini hem bizi mahvedeceksin. Neden yapıyorsun bunu Onur? Neden kendini kurtarmak istemiyorsun?"

Bir sürü söz söylendi. Bir sürü cümle çıktı dudaklarımızdan. Ağladığımı hatırlıyorum, hüngür hüngür ağladığımı. Umurunda bile olmadı. Cevap vermedi. Üzerinden iki saat geçti, Onur tek bir kelime etmedi. Ne desek sustu kaldı, eşyalarını topladı. Bizi peşinden gitmek zorunda bıraktığında hepimiz suskun bir şekilde büyük minibüsün arkasında, yerde yastıkların üzerinde oturuyorduk. Gözlerimden yaşlar akıyordu, içim kan ağlıyordu sanki. Onur ise öyle sessizce gözlerini yerden ayırmıyordu.

Şöförün açtığı radyodan gelen şarkının sözleri şöyle diyordu: "Yolun sonunda bir olmasaydık anlamsızlaşırdı bütün bu macere."* Kocaman bir macera yaşamıştık birlikte. Şimdi böylece bitecek miydi? Yolun sonunda ayrı ayrı mı olacaktık? Bir olmasaydık, birlikte olmasaydık anlamsızlaşacaktı her şey, tüm bu macera. Gözyaşlarım akmaya devam ederken gözlerimi kapattım. Başımı dizlerimin üzerine koyup uyumak için yalvardım Allah'a. Uyumak zorundaydım, uyumak istiyordum. Yıllarca, asırlarca uyumak istiyordum...

Gözlerimi açtığımda hava çoktan aydınlanmıştı, ağlamaktan kurumuş gözlerim yanıyordu. Burak ve Mert sessizce minibüsün arka camından dışarıyı izliyorlardı. Onur ise hâlâ yeri. Telefonuma baktığımda saatin 16.25 olduğunu gördüm, çoktan gelmiş olmalıydık. Onunla gerçekten vedalaşacağımız an gelmek üzereydi. Bu, gerçek bir vedaydı. Telefonum çaldığında cebimden çıkarıp ekrana baktım.

---

*Can Kazaz - *Yok*

Onur'un babası arıyordu. Hiçbir şey demeden Onur'a uzattım telefonu. Açıp kulağına koydu.

"Gelmek üzereyiz..." diye mırıldandı. "Tamam..." Telefonu kapattıktan sonra bana uzattı.

"Sizi Mecidiyeköy Parkı'nın orada indirmek zorundalarmış. Beni tek götürecekler..." Cevap vermedik. Sadece sessizce her şeyin gerçekleşmesini bekledik. Araba dakikalar sonra durdu, şoförün ön koltuktan sesi duyuldu.

"Çocuklar, vedalaşın isterseniz. Kapıyı açar açmaz inmeniz lazım." Öylece birer mal gibi duruyorduk sessizce. Hiçbirimizden ses çıkmıyordu. Onur ayağa kalktı mahvolmuş bir halde. Burak'a elini uzattı kalkması için. Burak Onur'un elini tuttuğunda gözünden bir damla yaş aktı Onur'a bakarken. Kalkar kalkmaz sarıldı Onur'a.

"Abi..." dedi, "abi bu çok kötü bir şey..." Gözlerimden yaşlar akarken onları izliyordum. Ayrılamıyorlardı.

"Son değil bu Onur. Veda değil. Playstation turnuvası sözün var, söz verdin oğlum, geri geleceksin!" Onur cevap vermeden öylece sarılıyordu sadece. Dakikalarca öyle kaldılar. Sonra ayrıldıklarında Mert sarıldı Onur'a yüzünde bitmiş bir ifadeyle.

"Sen benim kardeşimsin," dedi çaresizce, "ben kardeşimi almalarına izin vermeyeceğim. Kardeşimi onlardan geri alacağım. Sana yemin ederim seni oradan çıkaracağım. Yemin ederim!" Burak arabanın arka kapısından inip kapıyı kapattığında Mert öfkeyle konuşmaya devam ediyordu:

"Sana bunu kim yaptıysa onu bulacağım. Yemin ederim, yemin ederim, yemin ederim." Kendinden geçmiş gibi art arda yeminlerini sıralarken Onur yine hiçbir şey söylemedi. Öylece, mahvolmuş bir şekilde ayakta durmaya çalışıyordu sadece. Mert'e son kez sarıldıktan sonra Mert arabadan inip kapıyı kapattığında yerde oturan bana baktı Onur, gözyaşlarıma. Ayağa kalkacak halde değildim, ağlıyordum. Bana doğru eğildi, dizlerinin üzerine çöküp, ağlayan yüzüme baktı bitmiş bir halde. Elini yanağıma koyduğunda küçük bir hıçkırık çıktı ağzımdan.

"Her gece yıldızları birlikte izleyecektik, öyle demişt-" derken o an hayatımın en büyük şokunu yaşadım. Dudaklarımda hissettiğim Onur'un dudaklarıyla gözlerim kapandı, kalbim durdu, nefes almayı kestim o an. Eli yanağımda, dudakları dudaklarımda, aramızda gözyaşlarım. Onur beni öpüyordu! Onur Zorlu beni öpüyordu... Sanki yüzyıllarca unutmamak ister gibi öptü beni, uzun uzun, nefesimi içine çeke çeke. Sanki yıllardır görmediği sevgilisine kavuşmuş gibi dudaklarını çekti dudaklarımdan, yanaklarımı öptü. Son kez dudaklarını bir kez daha dudaklarıma bastırdığında ellerimi saçlarına götürdüm. Artık o beni öpmüyordu sadece, artık bunun adı bir öpüşmeydi. Bir veda öpüşmesi. Dudaklarını istemeye istemeye dudaklarımdan çektiğinde alnını alnıma dayadı elleri saçlarımda.

"Git..." diye bir fısıltı çıktı dudaklarının arasından.

"İstemiyorum..." dedim çaresizce.

"Lütfen git... Ben seni bırakamıyorum... Sen beni bırak git..."

Bir süre öylece durduk. Gitmek istemiyordum, bu anda donup kalmak istiyordum. Şu an ölsem buna bile mutlu olurdum kollarında öleceğim için.

"Çocuklar, acele edelim arabayı çekmeye kalkmasınlar. Hadi, lütfen." Şoförün sesiyle Onur'u daha fazla çaresiz bırakmamak için ellerimi saçlarından çektim. Kendimi ondan uzaklaştırıp son kez yüzüne baktım.

"O yıldızları birlikte izleyeceğiz Onur. Söz veriyorum." Onu arkamda öylece bırakıp indim arabadan. Kapıyı kapattım, yanımda Burak ve Mert öylece uzaklaşıp gitmelerini izledik. Siz hiç âşık olduğunuz insanın gözlerinizin önünde sizden alıkonulmasını izlediniz mi? Ben izledim. Evet doğru duydunuz, ben ona âşığım. Her bir hücremle hissediyorum Onur Zorlu'ya olan aşkımı. Ve âşık olduğum insanın mahvolmasına izin vermeyeceğim.

Şöyle elimizi uzatsak...
Tutabilsek yıldızları,
harika olmaz mı?

47. Bölüm

Güneşin Parçaları.

İçine hapsedildiği dört duvar bizim paralel evrenimiz oldu.

Ne yaşarsak yaşayalım ölme vaktimiz gelmediği sürece hayatımıza devam etmek zorunda kalıyoruz; hayatın bize en büyük cezası bu. İnsan, ardında birilerini bıraktıktan sonra önüne bakmak istemiyor. Sanki hayatımın beni geleceğime götürdüğü yolda yürüyorum ama başım arkaya dönük, gözlerim geçmişimde. Neden gözlerimiz önümüze bakamıyor, neden gözlerimiz hep ardımızda bıraktıklarımızda kalıyor? Ben artık kimseyi ardımda bırakarak yaşamaya devam etmek zorunda kalmak istemiyorum. Ben artık kimseyi ardımda bırakmak zorunda kalmak istemiyorum. Ben artık sevdiğim insanı unutmaya çalışmak istemiyorum. Aşk, insanın hayatına gelen en büyük şanslardan biridir ve ben artık bu şansı bırakıp gitmek istemiyorum. Ben aşkımı ardımda bırakmak istemiyorum. Onu unutmak istemiyorum... Sesini, kokusunu, saçlarının rengini unutmak istemiyorum. Oysa birini ardında bırakmanın bir sonraki aşaması unutmaktır ve belki de birkaç hafta sonra o aşamaya geçeceğiz. Siz hiç sevdiğiniz birini düşünürken "Sesi nasıldı ya?" demenin acısını yaşadınız mı? Önce sesi gider çünkü unutulanların, sonra kokusu yavaş yavaş, sonra saçının rengi ve sonra ortada ona dair tek bir şey kalmaz. Kendinizi

"Sesi nasıldı ya?" derken buluverirsiniz. "Saç rengi nasıldı?" Ben onun saç rengini unutmak istemiyorum. Ben onun ses tonunu unutmak istemiyorum. Ben onunla konuşmak istiyorum, hiçbir konumuz yokken bile bomboş şeylerden bahsetmek istiyorum ona. Günaydın demek istiyorum, konuşmak, nasılsın diye sormak... Oysa şimdi bunlardan bile mahrum kaldım. Şimdi onun sesini bile duyamıyorum. Kapatıldığı o yer, bizi hikâyenin başına döndürdü. Onur sanki bir kez daha karantina altında, tek farkla. Şimdi tek başına. İçine hapsedildiği dört duvar bizim paralel evrenimiz oldu. Onu göremiyorum, sesini duyamıyorum ama paralel evren tesellisi edindim kendime, her şeye rağmen orada olduğunu biliyorum.

Günler sonra yeni yeni kendime gelebildiğim ilk sabah okulda buldum kendimi. Günlerdir evdeydim. Yemek yiyor, uyuyor, yemek yiyor ve tekrar uyuyordum. Sonra bir sabah uyandığımda kendimi biraz olsun güçlü hissedip çıktım yatağımdan. Bir pantolon bir tişört bir hırka geçirdim üzerime. Sessiz sakin çıktım evden. Otobüse bindim, kulağıma kulaklığımı taktım ve başka bir evrendeymişim gibi hissetmek için gözlerimi kapattım. Fonda *Two Men In Love* çalıyordu. Bedenim otobüsün sarsıntısından sallanırken aklım Onur'daydı. Artık harekete geçmek, bir şeyler yapmak zorundaydık. Derin bir nefes aldım, okulun durağına gelene kadar bomboş bir zihinle müziği dinledim sadece.

Okulun bahçesine girdiğimde sanki insanların bakışlarını üzerimde hissediyordum. Okula gittiğim her sabah aynı şeyi hissediyordum zaten. Ama bugün bir fark vardı, gerçekten de insanların bakışları üzerimdeydi. "Bak, Onur'unki..." dediğini duydum bir kızın. Bununla gurur duyar gibi başımı dikleştirdim, çalan zil sesiyle herkes okula girerken aralarından geçtim. Günlerdir Burak ve Mert'le de pek bir şey konuşmuyordum. En az benim kadar berbat haldeydiler. Merdivenlerden çıkıp sınıfa girdiğimde Burak ve Mert'i cam kenarının en arka sırasının bir önünde otururken gördüm. Yavaş yavaş yanlarına ilerleyip en arka sıraya oturdum. Bana doğru döndüler.

"Selam... Hayattasın." Gülümsemeye çalıştım.

"Hayatın izin verdiği kadarıyla." Birbirimize bakıyorduk ama söyleyecek hiçbir şeyimiz yoktu. Kocaman bir sessizlik hakimdi *Mahşerin Dört Atlısı*'nın dörtte üçünde... Öylece duruyorduk. Cebimde titreyen telefonumla birlikte elimi cebime attığımda kaşlarımı çattım. Elime değen kâğıt parçasını cebimden çıkarıp aldığımda telefonumun titremesi durdu. Burak ve Mert çatık kaşlarıyla elime baktılar.

"O ne? Not mu" diye sordu Mert büyük bir sinirle. Kâğıdı yavaş yavaş açtım, bu sefer küçük bir nottu bu.

Bir yıkılış hikâyesi... Az sonra sinemalarda!

Kâğıdı onlara gösterdiğimde hepimizin yüzündeki korku dolu ifade birçok şeyi anlatıyordu. Bu notlar bu zamana kadar bize ne söylese bir şeyler ifade etmişti, bizi bir yerlere götürmüş, bize bir şeyler vermişti. Ve şimdi, günler sonra bir not almıştık. Tek cümlelik, bize az sonra olacak bir şeyi ifade eden. Ama ne?

"Abi! Ne olacak olabilir!" diye sordu Burak korkuyla.

"Arkasında bir şey yazmıyor mu! Yok mu başka bir cümle? Allah kahretsin, bu ne demek!" Mert kâğıdı elimden kapıp delirmiş gibi incelerken telefonumu çıkardım; titreşim sesinin mesajla bir alakası olabilir diye. Oysa basit bir banka mesajı gelmişti. Bu neydi? Az sonra ne olacaktı?

"Deneme..." Hoparlörden gelen genç erkek sesiyle birlikte başımızı kaldırdık bütün sınıfla beraber. Okuldan gelen gürültülü sesler birkaç saniyeliğine sustu. Herkes hoparlöre odaklanmıştı.

"Merhaba arkadaşlar, bugün Zorlu Kolejleri'nin tarihinde ilk defa bir radyo yayınına şahit olacaksınız! Bir telefon bağlantımız olacak!" Bu ses...

"Bu o!" dedim dehşet içinde. "Notları yazan çocuk! Bu onun sesi!" Ayağa kalkışımız, koridora çıkışımız herkesle aynı anda oldu. Yüzlerce öğrenci, aynı anda okulun koridorlarına çıktı kaşları çatık bir halde.

"Biliyorsunuz, okulumuz son günlerde çok popüler. Gazetelerde, haberlerde cinayetlerimizle anılıyoruz. Ben de istedim ki, bu şöhret röportajsız kalmasın... Şimdi, sizlerin kulakları bana şahit olurken Onur Zorlu'yla, uzun uğraşlardan sonra o telefon görüşmesini tam burada yapacağım!"

"Mert, Mert bir şey yap! Kapattır! Git bul şunu, bir şey yap!" Sesim telaştan delirmiş gibi çıkıyordu.

"Her mahkûmun haftada iki telefon görüşmesi yapma izninin olduğunu öğrendim. Günümün gelmesini beklerken, onlara Onur'un bir arkadaşı olduğumu söyledim. Gizemli bir dost... Ve az önce, bana tam da bu saati vererek arayabileceğimi söylediler. Şimdi, izninizle... Arıyorum. Onur Zorlu'nun sesini duymaya hazır mısınız?"

"Kim bu oğlum!" dedi koridordakilerden biri sinirle. "Kimsen gel, yanımdan ara yiyorsa!" Tanımadığım birinin bu öfkesi beni şaşırtsa da o an bununla ilgilenecek halde değildim. Mert oradan koşarak ayrılırken nutkum tutulmuş gibi duruyordum kalabalığın ortasında. Telefonun çaldığı duyuldu o an...

"Alo..." Onur'un sesi. Durgun, bitkin, üzgün o ses. Bağırmak istedim ona gözlerimden yaşlar akarken, telefonu kapat demek istedim!

"Merhaba Onur."

"Siz kimsiniz?"

"Ben senin çıkmaz sokağınım."

"Durdurmak zorundayız!" dedim Burak'a doğru, sonra koridordakilere döndüm. "Herkes bir yerlere baksın! Lütfen! Bu konuşmayı yapanı bulup durdurmak zorundayız, Onur için! Lütfen!" O an öyle mucizevi bir andı ki anlatsam inanamazsınız. Yüzlerce öğrenci aynı anda harekete geçti, hepimiz aynı anda bir yerlere dağıldık. Sınıflara bakıyor, girebileceğimiz her yere giriyorduk konuşma devam ederken.

"Kim?" dedi Onur anlamamış gibi.

"Sevgili Onur. Bunca zamandır bir savaşın ortasında gibi hissettiğini biliyorum. Ama sen, bir savaşın düşman tarafı olabilecek kadar güçlü bir insan değilsin. Düşmanını arıyordun, işte şimdi buradayım, karşında. Bunca zamandır aradığın o düşman benim.

Yaptığın her şeyi ortaya çıkaran, yanına kâr kalmamasını sağlayan o düşman benim."

Müdür odasına daldım tanımadığım bir çocukla birlikte, bomboştu. Çıkıp müdür yardımcısı odasına girdiğimizde müdür yardımcısını gördüm, birkaç öğretmenle odaya toplanmış, sandalyeye çıkıp hoparlörle uğraşan bir öğretmeni izliyorlardı.

"Hocam!" dedim telaşla.

"Halletmeye çalışıyoruz!" Odadan çıktım, koşturarak bir sınıfa girdim.

"Ve arkanda bırak yüzlerce insanı, gerekirse milyonlar olsun beni yine vazgeçiremeyeceksiniz. İntikamlar, geri alınmak için vardır. Ve sen bu intikamın kurbanı olacaksın. Ne derler bilirsin... Şah mat." Onur'un sesinin bile çıkmayışı kalbime defalarca bıçak saplıyor gibiydi. Bunları duymayı hak etmiyordu, bunları duymamalıydı.

"Nereye gidersen git peşinde olacağım, kiminle olursan ol gölgemi göreceksin. Ki gördüğün gibi, gidebileceğin pek bir yer de kalmadı. Bir savaşta olduğunu düşünüyorsun belki ama o kadar güçsüzsün ki daha vurulmadan yere düştün, kalkamıyorsun. Tarih boyunca hiçbir savaş bu kadar güçsüz bir düşmana şahitlik etmemiştir. Konuşmuyorsun, cevap bile veremiyorsun. Çünkü sen mahvoldun Onur; sen bittin, tükendin. Bana cevap bile veremeyeceksin çünkü bana kurabileceğin tek bir cümle bile yok. Sana son bir sözüm var. Sen bir savaşta değilsin Onur. Sen bir çıkmaz sokaktasın. Ben senin çıkmaz sokağınım..."

Sessizlik. Olduğum yerde kaldım, başımın döndüğünü hissederken içimden Onur'a susmaması için yalvarıyordum. Lütfen, savaş! Pes etme... Sonra herkesi şoka sokan o ses duyuldu telefonun öbür ucundan.

"Eğer..." O an her şeyi unuttu sanki, bütün pes etmelerini, bütün yıkılışlarını ve bütün terbiyesini bir kenara bıraktı. Hayatı elinden alınan bir adam öfkesiyle sıraladı küfür dolu cevabını.

"Eğer bu çıkmaz sokağın çıkışını bulursam, seni çıkışta s*kerim! Bunu aklından çıkarma. Çünkü seni tekrar hatırlatacağım gün çok yakın. Milyonlara ihtiyacım olmayacak, sana tek başıma yeteceğim."

Arkamdaki koridordan duyduğum kahkahayla içimde bir şeylerin eriyip gittiğini, rahatladığımı hissettim. Susmadı. Susmadı! Pes etmedi, etmeyecek. Bu çıkmaz sokağın çıkışını bulacak. Derin bir rahatlamayla birlikte Onur'un kapattığı telefondan gelen bip sesleriyle sarıldı okul. Bu sefer hiçbir cevap veremeyen o oldu. Yüzümde acımaz bir gülümsemeyle aramaya devam ediyordum. Karşı koridordan gördüğüm Mert'e doğru yürüdüm.

"Bir şekilde okulun hoparlörlerine dışarıdan bağlanmış olmalı. Hiçbir yerde yok, kimse bulamıyor. Allah'ın belası, nasıl bir belaya bulaştık biz!" Derin bir nefes alarak sessizce etrafa bakındım.

"Ben... Ben gidiyorum..." diye mırıldanarak arkamı döndüm aklıma gelen bir soruyla.

"Nereye?"

"Dışarıda bir işim var." Okuldan çıkarken aklımda olan soru telefonun sahibinin kurduğu bir cümleydi. "İntikamlar, geri alınmak için vardır. Ve sen bu intikamın kurbanı olacaksın." Sanki cümle öyle bir kurulmuştu ki intikam Onur'dan değil başkasından alınıyor gibiydi. Sanki başkasından alınan bir intikamın katili oluyordu Onur. Belki ailesinden birinin. Babasının, annesinin... Bir şekilde bunu öğrenebilmemin bir yolu olmalıydı. Ve o an aklımda olan tek şey Onur'un bana günler önce çiftlik evlerinde okuttuğu mektuplar arasında kalan okutmadığı mektuptu. O mektuptan bir şeyler çıkarabilirdim. Tüm umudumla cüzdanımı çıkardım, içinde iki yüz lira kadar vardı. Ve sanırım bunu Onur'a feda etmeye değerdi. Yolda gördüğüm ilk taksiye atladım. Telefonumun navigasyon sistemini açıp önceden bulunduğum konumlara baktım ve taksiciye o gün bulunduğumuz çiftlik evinin konumunu gösterdim. Yolun iki yüz liradan fazla tutmaması için dua ede ede beklemeye başladım...

"Yüz yetmiş lira, dönüş için bekleyeyim mi, buralar tenha olur?" Hayır, beklemeyin taksici bey, dönüş için param kalmadı sonsuza kadar burada kalacağım.

"Yok, teşekkürler." Ödemesini yapıp arabadan indiğimde birbirlerine yaklaşık otuz metre mesafeyle dizilmiş beş, altı tane yazlık gördüm. İndiğim yer tam olarak Onurların çiftlik evlerinin önüydü. Ağır ağır ilerledim eve doğru. Gözlerim, eve kapıyı açmadan girebilmenin bir yolunu arıyordu. Önce evin kapısını açmayı denedim, kilitliydi. Daha sonra ilerleyip evin camlarını zorladım. Sonra bahçenin cam kapısını... Derken arka tarafın camlarından biri ittirmemle birlikte açıldı! Telaşla içeri girdim. Nedense eve gizlice girme konusunda bir telaş yapmıştım. Fazla oyalanmamak adına hızla yatak odasına doğru ilerledim, aynalı masada duran tahta anı kutusunu aldım.

Hızlı hareketlerle mektupları çıkarıp tek tek açtım. Okudum, okudum, bunu da okumuştum ve evet! Okumadığım tek mektup. Mektubu elime alıp titreyen ellerimle okumaya başladım.

"Sevgili sevgilim, hayat artık bize engel olmanın sınırlarını zorluyor. Aramıza kocaman bir duvar ördü sanki. Ne sen beni görüyorsun ne ben seni. Ve biz bu duvarı aşamayız. Çünkü ne sen Ferhat'sın ne de ben Şirin. Oysa benim sevgim o kadar büyük ki elimi savurup yıkmak istiyorum bu duvarı. Görebildiğim kadar görmek istiyorum seni, duyabildiğim kadar duymak istiyorum sesini. Sen benim hayatımın güneşiydin. Sen gittin, güneş uzaklaştı benden. Sonsuz bir kışı yaşıyorum şimdi. Elimde tarağından aldığım saçının telleri, güneşin parçaları gibi parlıyor karanlıkta. Sana öylesine âşığım ki, sonsuza kadar saklayacağım bu saç telleri, aramızdaki bağın ipleri olacak. Kim bilir, belki bir gün bu saç tellerine bile ihtiyacım kalmayacak. Elimi uzattığımda elimi tutan olman dileğiyle, her sabah günaydın diyeceğim adam olmanı umarak bekliyor olacağım. Sevgilerle, sevgilin."

Mektubu umutsuzca katlayıp yerine koydum. Hiçbir ipucu yoktu; bir düşmanlıkla bir intikamla ilgili tek bir cümle yoktu. Kutuyu biraz karıştırdım, eskimiş bir parfüm şişesi, inci bir kolye, gümüş yüzükler... Hatıralardan başka hiçbir şey yoktu. Mektupları kutuya bırakıp çıktım odadan. Evin içine baktım mutsuz bir şekilde. Her şeyin sona erdiği yer... Bizi tutuklamaya geldikleri, nutkumuzun tutulduğu, hayatımızın mahvolmaya en yaklaştığı o gece... Mutfağa doğru ilerledim, buzdolabını açıp kendime yarım bardak su koydum. Mutfak tezgâhına yaklaşıp suyumu içerken gözüm duvardaki resme takıldı... Onur ve babasının resmi... Kaşlarımı çattım.

Bir dakika...

Elimdeki bardak elimden kayıp giderken bardağın yere düşüp paramparça olmasını umursamadan kırıklara basarak geçtim oradan. Duvardaki resmi elime alıp karmakarışık bir ifadeyle baktım resme. Beynimin içinde mektuptan bir cümle yankılandı:

"Elimde tarağından aldığım saçının telleri, güneşin parçaları gibi parlıyor karanlıkta."

Güneşin parçaları olan saç telleri. Karanlıkta parlayan saç telleri. Gözlerim Onur'un babasının kömür gibi simsiyah saçlarında kaldı, simsiyah sakallarına, gözlerine... Hayır Zeynep saçmalama! Bunlar... Bu kömür gibi simsiyah saçlar güneşin parçaları olabilir miydi? Belki gençliğinde sarışındı... Saçmalama Zeynep, adam esmer! Tamam, tamam, sakin ol. Mantıklı düşün, sakin ol, sakin düşün. Bu neyi ifade eder? Bu ne anlama gelir ki?

Telaşla mutfaktan çıktım, yatak odasına dalıp hatıra kutusunun içinden mektupları çıkararak hırkamın cebine yerleştirdim. Evden hızlı adımlarla çıkıp bir otobüs durağı bulma umuduyla yürüdüm. Tüm bunları Burak'a ve Mert'e bir an önce anlatmak zorundaydım. Neredeyse koşar adım taşlı yolda yürürken içimde büyük bir korku vardı. Yan evlerin birinden duyduğum köpek sesi iyice gerilmeme neden olmuştu. Gözlerim tam o evin üzerindeyken önümde duran arabanın ani fren sesiyle birlikte kendimi geriye doğru atıp yere düştüm. Kalbim çıkmak üzereydi! Kim olduğunu bilmediğim, göremediğim bir araba önümde ani bir fren yapıp durmuş, öylece bekliyordu şimdi! Hayatımın en korku dolu saniyelerini geçirirken, tam olarak ecelimi bekler gibiydim.

48. Bölüm

Şah Mat!

Şah yapılmıştı, sıra mattaydı...

Düştüğüm taşlı yol ellerimi acıtmıyordu; karmakarışık beynim acıtıyordu canımı. Karşımda duran arabada kim olduğu, tüm bu olayların ardında kim olduğu, ne olacağı, daha neler yaşayacağımız... Arabanın kapısı ağır ağır açılırken düştüğüm yerde hafifçe geriye doğru gittim. Arabadan kalın botlar indi önce, kahverengi bir pantolon. Telaşla kaldırdım başımı. Bu tanımadığım adam güneş gözlüklerini çıkarıp yüzüme bakarken kaşlarımı çattım.

"İyi misiniz?" Tanımıyordu, tanımıyordum. Boşu boşuna korkmuştum. Bana uzattığı elini tuttum tereddütle, aceleyle kalktım ayağa.

"Yaralandınız mı? Hastaneye götürmemi ister misiniz?" Başımı sallayarak reddettim.

"İyiyim. Basit sıyrıklar."

"Benim yüzümden oldu," dedi kumral saçlı sakallı otuzlu yaşlardaki bu adam, "çok hızlı sürüyordum."

"Hayır... Ben korktum bir anda... Düşmedim bile, kendimi yere attım."

"Kötü bir şey mi yaşadınız?" dedi kaşlarını çatarak. "Yani... Birinden filan kaçmıyordunuz, değil mi?"

"Hayır hayır!" dedim telaşla. "Bir yere yetişmeye çalışıyorum sadece."

"Nereye gideceksiniz?"

"Şişli taraflarına."

"Eğer biraz bekleyebilirseniz, şu karşı evde oturan teyzeme bir paket bırakıp çıkacağım, oralardan geçeceğim. Götürebilirim."

"Yok, teşekkürler... Ben... Bir otobüs durağı bulurum." Adam alay eder gibi güldü.

"Bir beş kilometre kadar ötede bulabilirsiniz, evet. Bakın gerçekten güvenmekle ilgili bir sorunsa endişelenmeyin, arabada konuşmayız bile. Taksi gibi, bırakır yoluma devam ederim." Bunu kabul etmekten başka çarem yoktu, taksiye verecek param bile kalmamıştı. Birkaç saniye sessiz kaldıktan sonra başımı salladım. Adamın yüzünde bir tebessüm belirdi.

"Tamamdır. Siz burada bekleyin, iki dakika içinde geliyorum," dedikten sonra yanımdan ayrılırken telefonumu çıkardım. Telaşla Mert'e mesaj yazmaya başladım,

***Zeynep: Neredesiniz?**

Cevabın gelmesi birkaç saniye sürdü.

***Mert: Okuldayız. Bir şey mi buldun?**

***Zeynep: Konuşmamız lazım. Cevahir'in önünde buluşalım. Ben kırk, kırk beş dakikaya orada olurum. Siz de birazdan çıkıp geçin.**

Telefonu kapatıp cebime koyduğumda arabanın sahibinin bana doğru geldiğini gördüm. Elimle sorar gibi arabayı gösterdim binebilir miyim anlamında, başını sallayınca ön kapıyı açtım ve hemen yerleştim. Yanıma gelip oturduğunda içten içe tereddütlü ama her şeye rağmen cesaretliydim. Başımıza gelmeyen kalmadıktan sonra, daha ne gelebilirdi ki?

Yol boyunca ufak tefek sorular sordu; ismimi, yaşımı, gittiğim okulu öğrenmek istedi. Sonra kısa cevaplarıma bozulup radyoyu açtı ve yolun geri kalanına sessiz devam ettik. Dediği gibi, bir taksiye binmiş gidiyor gibiydim. Bir saate yakın bir sürenin sonunda sessiz yolculuğumuza Cevahir Alışveriş Merkezi'nin önünde son verdik.

"Çok teşekkür ederim, gerçekten." Adam hafifçe gülümsedi.

"Önemli değil. Yol boyunca üzgün görünüyordun, umarım her ne sorunun varsa en kısa zamanda düzelir Zeynep," dedi.

Gülümsemeye çalışarak, "Umarım..." diye mırıldandım. Kapıyı kapattım ve hızla kaldırıma çıktım. Burak ve Mert tam alışveriş merkezinin kapısında bekliyorlardı. Burak bana el sallarken yanlarına doğru hızlandım.

"Evet, yine nasıl bir kaosun içindeyiz anlat bakalım." Derin bir nefes aldım. Başımla Mert'in babasının arabasını gösterdim. Hiçbir şey söylemeden peşimden ilerlediler arabaya doğru. Burak ve Mert öne, ben arkaya oturdum. Merakla bana döndüler. Hırkamın cebinden mektupları çıkardım, mektupları titreyen ellerimle açtım ve başımı kaldırdım.

"Bunlar, Onur'un annesinin babasına yazdığı mektuplar."

"Eee?"

"Bugün bunları okumaya gittim... Şöyle bir satır çarptı gözüme, 'Elimde tarağından aldığım saçının telleri, güneşin parçaları gibi parlıyor karanlıkta.' Saçının telinin güneş parçası gibi parlaması... Sizce bu cümle müdüre yazılmış olabilir mi?"

"Haydaa!" Burak şok içinde kaşlarını çattı. "Ne oluyor oğlum, adam İbrahim Tatlıses'ten esmer. Var ya hep bunun garipliğini düşünmüştüm, bizim Onur bembeyaz. Annesi de öyleydi herhalde. Bir dakika ya, ne oluyor şu an..." Yutkundum. Mert altdudağını ısırıp arabayı çalıştırdı.

"Ne oluyor," dedi Burak bir kez daha, "nereye gidiyoruz?"

"Gerçekleri öğrenmeye."

"Mert!" dedim telaşla. "Bak ortada bir aldatma olabilir, ama bu bize hâlâ gerçeği vermez. Aptalca bir şey yapmamamız lazım. Gidip Onur'un babasıyla konuşursak..." derken sözümü kesti:

"Gidip Onur'un babasıyla konuşmayacağız."

"Ne yapacağız peki?"

"Gidip okulun kamera kayıtlarını çalacağız. Bunu biz yapacağız, üçümüz. Kimseyi karıştırmadan. Sıkıldım artık. Gerçekten, şu olayda kimseye güvenim kalmadı, tek bir kişiye bile."

"İyi de herkes okulda! Üstelik kamera kayıtları silinmiş, elektrikler bile yoktu. Olan tek kaydı da o gün karakolda gördük. Onur'un arkası dönük görüntüsünü."

"Herkes okulda, evet... Ama kayıtlar için okula gitmiyoruz." Araba hızlandığı anda kesik bir nefes alıp arkama yaslandım. Burak kucağımdaki mektupları alıp incelemeye başladığında, beynimden bir sürü düşünce geçiyordu. Her şey birbirine girmiş, beynim karmakarışık olmuştu. Nereye gittiğimizi, ne yapacağımızı bilmiyordum. Tek bildiğim, bir nehir bizi uçurumuna doğru götürüyordu ve bizim akıntıya kapılıp sürüklenmekten başka çaremiz yoktu.

Araba durduğunda dört katlı bir binanın önündeydik; iki yanında marketler, sessiz bir cadde. Kaşlarımı çatarak indim arabadan.

"Burası neresi!" diye sordum korkuyla. Mert cevap vermeden binaya doğru ilerleyince Burak'ın kolunu tuttum, "Sen biliyor musun?" dedim endişeyle. Başını salladı.

"Bilmiyorum ama pek iyi şeyler hissediyor da değilim. Çocuk kafayı yedi, kim bilir nereye geldik Allah kahretsin."

Mert karanlık binaya doğru adım attığında peşinden ilerledik. Tereddütsüzce çıkıyordu merdivenleri, biz de peşinde. İkinci kata geldiğimizde bir dairenin ziline bastı.

"Kim o?" diye bir erkek sesi geldi evden.

"Benim, Mert." Kapı açıldığında içeride yirmi, yirmi bir yaşlarında bir çocuk göründü. Kıvırcık saçlı, kısa boylu esmer bu çocuk bize kaşları çatılı bakıyordu.

"Abi bir işim düştü sana. Bunlar da arkadaşlarım. Zeynep ve Burak." Mert bizi tanıştırdıktan sonra eliyle içeridekini gösterdi. "Kaan."

Dakikalar sonra içeride oturuyorken buldum kendimi. Kaan bir bilgisayar mühendisiydi, ama öylesine basit bir mühendis değil, bir hackerdı...

"O arkadan olan görüntüyü izlediğinizde, o dakika okulda elektrikler var mıymış?" Mert, Kaan'dan o dakika diğer kameralara yansıyan görüntüye erişmesini istiyordu. Çocuk hiç itiraz etmeden ilgili sorular sormaya başlamıştı bilgisayarının başından.

"O dakika varmış evet. Ama birkaç saniye içinde kesiliyor elektrikler, görüntü de gidiyor."

"Şimdi bana birkaç bilgi lazım. Okulun adresi, okuldaki elektronik aletlerin markası." Mert ayağa kalkıp masadan aldığı bir kaleme okulun adresini yazıp Kaan'a uzattı ve Burak'a döndü.

"Abi kamera kutularını biz taşımıştık okula ya. Neydi markası?" Burak kaşlarını çattı.

"E'yle başlıyordu... Böyle söyleyemiyorduk kelimeyi. Eis... Bir şey..." Kaan başını salladı.

"EISEK. Tamamdır, siz biraz oturun. Ben markanın o bölgedeki kameralarına ulaşmaya çalışacağım. Bu gibi büyük markaların güvenlik kayıtları sadece satın alan yerlerde bulunmaz. Kameralar çift taraflı olarak şirket hesaplarına da kaydedilir. Elektrik kesildikten sonraki görüntüleri bulamayız ama eğer kameralar kapatılmadıysa farklı açıdan görüntüler bulabiliriz. Bana biraz müsaade edin," dedi.

Mert Kaan'ın yanından ayrılıp yanımıza oturduğunda, Burak'ın elindeki mektupları kaptı. Mektupları incelerken gözüm Kaan'ın bilgisayarındaydı. Harfleri hızlı hızlı yazıyor, sekmeleri bir bir açıp kapatıyordu. Bir süre bir harita üzerinde çalışıp tam olarak yer saptamaya çalıştı. Daha sonra ekranda bizim okulun 360 derece görüntüsüne eriştiğinde kalbimin heyecanlandığını hissettim. Büyük bir EISEK yazısı belirdi ekranda. Burak ve Mert'e dirsek attığımda başlarını kaldırdılar. Ekranda tarihler belirmeye başladı.

"İşte buradasınız..." Kaan ekranda beliren tarihlere bakarak konuştuktan sonra Mert'i çağırdı. "Mert, gelip tarih ve saati bulman lazım." Mert ayağa kalktı, hızla bilgisayara doğru eğildiğinde Kaan ekranı aşağı doğru kaydırıyordu. Mert eliyle bir saatin üzerinde durdu.

"Bu iki saat aralığında olması lazım." Kaan saatin üzerine tıkladığında ayağa kalktım. Burak peşimden gelirken birlikte bilgisayara doğru eğildik.

"Bu açıdan değil. Karşının sol açısından olması lazım," dedim. Kaan sayfadan çıkıp arama yerine birkaç kod yazdıktan sonra tekrar aynı saate tıkladı. O an kalbimin hızlandığını hissettim. Buydu işte, buradaydı. Koridorun karşısından görüyorduk şimdi koridoru. Önce birkaç kişi geçti koridordan. Bir süre kimse geçmedi. Daha sonra o sarışının girdiğini gördük koridora... Kalbim hızlanmak üzereydi. O an, kız daha ilerleyemeden bir el uzandı arkadan. Kızın çığlık attığı görüldü kamerada. Yere yığılırken gözlerimi kapattım. Bakamayacaktım, buna hazır değildim, Onur'u böyle görmeye hazır değildim.

Lütfen o olmasın. Lütfen o olmasın, o olmasın, o olmasın. Lütfen o olmasın, Lütfen o olmasın...

"Bu..." diye bir fısıltı çıktı Burak'ın dudaklarının arasından, "bu... o değil... Bu Onur değil! Abi ne oluyor?" derken; tir tir titriyordum. Korkuyla gözlerimi açtım. Ekrandaki görüntüde Onur'u andıran ama asla ve asla Onur olmayan bu çocuk vardı! Evet, yüzü çok net belli değildi ama o olmadığı kesindi! Kimse bizden daha iyi bilemezdi. Kalbimin durmak üzere olduğunu hissettim. Gözlerimden bir damla yaş süzüldüğünde delirmek üzereydim.

"Değil!" dedim. "Değil!" İçimde haftalardır kırık olan parçalar birleşti. İyileşmeye başladığımı hissettim. Ona güvendim, ona inandım ve boş çıkmadım.

"Biliyordum, biliyorduk..." Mert elleriyle yüzünü kapattığında içimde bağıra bağıra dökmek istediğim bir coşku vardı.

"Ne yapacağız şimdi, bu görüntü neden ortada yoktu?"

"Eğer bunun Onur olmadığına eminseniz, katil olan bu kişi görüntüleri silmiş olabilir. Ama karşı sistemden silmek aklına bile gelmemiş." Kaan durumu Mert ve Burak'a açıklarken çalan telefonumla birlikte titreyen ellerimdeki telefonuma baktım. Tanımadığım bir numara arıyordu. Birkaç adım atıp dışarı, balkona çıktım. Telefonu düşürmemeye çalışarak kulağıma dayadığımda o ses duyuldu.

"Zeynep... Ben Onur..." Şok içinde baktım.

"Onur! Sen... Nasıl... Telefon... Sen... Nasıl?"

"Sakin ol," dedi hafifçe gülerek, "söylemiştim. Tek kişilik hücreye alındıktan sonra yanıma bir telefon vereceklerine dair söz vermişlerdi... İnternet yok, sadece arama yapabiliyorum. Sesini duymak istedim." Bağırmak istedim. Bağıra bağıra anlatmak istedim ona her şeyi. Sen yapmadın demek istedim. Sen suçsuzsun demek, masumsun demek istedim.

"Onur... Sen iyi misin?" Derin bir nefes aldı.

"Değilim." Bu, bana kötü olduğunu ilk itiraf edişiydi. "Çok kötüyüm..." İçimden birkaç dal kırıldı gitti sanki o an. Devam etti titreyen sesiyle:

"Sanki bir ağaca tırmanıyorum, ortasına gelmişim ama şimdiden sonra tutunduğum, bastığım her dal kırılıyor. Yapacak bir şey yok... Çaresizim... Ben bu ağaçtan düşeceğim, bunu iliklerime kadar hissediyorum." Kalbim acıyla titrerken son bir cümle kurdu:

"Artık güçlü olmak istemiyorum, güçlü olmaya çalışmaktan çok yoruldum. Kendimi bırakmak istiyorum. Savaşacak gücüm kalmadı Zeynep..." dedi. O an öfkeyle bir nefes aldım.

"Onur," dedim sertçe, "bilmen gereken bir şey var."

Hayatımızın dönüm noktası olan bir sürü an vardır. Her sokağın köşesi olduğu gibi; sahip olduğumuz her şeyin bir dönüm noktası vardır. O köşeden dönemeden caddeye çıkılmaz ya hani, o noktadan dönemeden düzlüğe çıkamayız. İşte bu, Onur Zorlu'nun son dönüm noktası. Gerçekleri öğrenme evresi.

"Kamera kayıtlarını bulduk. Koridorun önünde çekilen kayıtları... O görüntülerdeki... Sen değilsin Onur. Bir başkası! Sen yapmadın, bu cinayeti sen işlemedin."

Ses gelmedi. Onur karşıda donakalırken sanki sırtına binen yükün uçup gittiğini hissettim. O bile kim olduğunu, ne olduğunu, bir katil olup olmadığını bilmiyordu. Ama şimdi öğrenmişti işte. Ne olduğunu bilmese de ne olmadığını biliyordu. Onur Zorlu bir katil değildi. Bunu ben, o ve herkes öğrenecekti. Bu cümleyi bağıra bağıra söylemek istiyordum. Duvarlara yazmak, milyonlara duyurmak istiyordum. Onur Zorlu, katil değildi!

Ona oynanan bu oyun sona ermek üzereydi, şah yapılmıştı, sıra mattaydı...

49. Bölüm

Kimsesizlik.

Aç gözlerini, taşların bir bir yerine oturuyor...

Onur'un sessizliği bir ölüm sessizliğinden çok bir doğum sessizliğini andırıyordu. Sanki ağlaması beklenen bir bebek doğmuş, öylece susuyordu. Gözleri açık, nabzı yerinde, her şey yolunda. Oysa öyle büyük bir sessizlik var ki insanlar korkuyor... Bir bebek sessizliğinde, işte o kadar şaşırtıcı, işte o kadar korkutucu. Mutlu olacağını bekliyordum. Yaşadığı tüm o sanrıların, çektiği acıların bir anda geçip gideceğini umuyordum. Peki neden susuyor? Onur Zorlu, yıkılmış duvarım benim, aç gözlerini taşların bir bir yerine oturuyor...

"Ben..." diye bir ses geldi telefondan, "ben... yapmadım?(!)" Soru cümlesini bırakın doğru düzgün bir cümle bile kuramadı karamsar heyecanıyla. Gözümden bir damla yaş akarken güldüm.

"Sen yapmadın Onur. Ne oldu ne bitti öğreneceğiz, sana söz veriyorum. Ama emin ol artık, sen yapmadın."

"Ben suçsuzum," dedi inanamıyor gibi, "katil değilim..." Başımı salladım,

"Suçsuzsun. Katil değilsin sen Onur!"

"Zeynep, gidiyoruz." İçeriden gelen Mert'in sesiyle başımı oraya doğru çevirdim.

"Şimdi çıkmamız lazım. Ben seni tekrar arayacağım, kimseye hiçbir şey anlatma tamam mı?" Öylesine şaşkındı ki cevap bile vermedi. Birkaç saniye telefonu öylece kulağımda tuttum. Kurduğum cümlenin saçmalığına odaklandım, "Kimseye bir şey anlatma." Ne demesini bekliyordum? "Tamam, tek kişilik hücremde kimseye bir şey anlatmam," demesini mi? Onur'dan ses çıkmayınca yutkundum.

"Görüşürüz Onur..." dedim ağır ağır, umut dolu, boğuk bir ses geldi telefondan.

"Görüşeceğiz Zeynep..." Gülümsedim burnumu çeke çeke. Telefonu çantama attığım sırada Mert ve Burak kapıya ulaşmışlardı bile. Hızla ilerleyip Kaan'a elimi uzattım.

"Her şey için çok teşekkürler, kendi adıma, arkadaşlarım adına..." Hafifçe gülümsedi.

"Önemli değil. Kurtarın arkadaşınızı, ne gerekiyorsa yaparız." Başımı sallayarak çıktım kapıdan. Merdivenlerde Burak ve Mert'e yetişmeye çalışırken bir yandan konuşuyordum...

"Onur aradı." Şok içinde durup bana döndüler inmelerine iki basamak kala.

"Ve sen bizi çağırmadın!" Başımı salladım mahcup bir şekilde.

"Haberi benim vermem gerekiyordu, sahneyi size bırakamazdım."

"Ne dedi, ne konuştunuz, ne tepki verdi? Nasıl aramış?(!)" Burak'ın sorularını aklımda tutmaya çalıştım.

"Şoka girdi. Pek bir şey diyemedi bile, şoktaydı... Ben katil değil miyim deyip durdu. En son görüşürüz Onur dedim, bana öyle umutla görüşeceğiz Zeynep dedi ki..." O an Burak ve Mert'in yüz ifadeleri o kadar şefkat dolu bir hal aldı ki gerçek arkadaşlık bu dedim içimden kendimce. Buydu gerçek arkadaşlık. Onur her mutsuz olduğunda, ondan daha fazla mutsuz oldular, Onur ne zaman mutlu olsa yine ondan daha çok mutlu oldular. Bir insanın kardeşe sahip olması için, birileriyle kan bağına sahip olması gerekmediğinin kanıtı gibiler. Ve şimdi bu ikisinin bir kardeşi daha var... Söylemiştim ya,

*Mahşerin Üç Atlısı'*na dördüncü olmaya geldim ben. Geldim ve oldum.

"Madem umutlandı, yeni plana geçiyoruz." Mert'in kurduğu cümleyle birlikte kaşlarımı çattım peşlerinden arabaya doğru ilerlerken.

"Yeni plan mı?" Arabanın arka koltuğuna yerleştiğimde öne doğru eğildim.

"Öğrenmemiz gereken bazı gerçekler var. Bir şekilde öğrenmek zorunda olduğumuz bazı gerçekler."

Yola çıktığımızda Mert her zaman olduğu gibi planı bizden saklıyordu. Gizemli bir hava yaratmak mı hoşuna gidiyordu yoksa her zaman için onu planından vazgeçireceğimizden mi korkuyordu bilmiyordum. Tek bildiğim Onur'un sesindeki umudu duyduktan sonra plan ne olursa olsun uyacağımdı.

Dakikalar sonra kendimizi bahçeli bir binanın önünde bulduk. Yaklaşık on katlı bu binanın nezih insanlarla dolu olduğu; dışının kartonpiyerli olmasından bile belliydi.

Kaşlarımı çatarak binaya baktığımda, "Neresi burası?" diye sordum. Hep birlikte arabadan indiğimiz sırada Burak olayı anlamış gibi cevap verdi.

"Çocukluk mahallemiz. Onur'un oturduğu bina..." Kalbim hızlanarak baktım binaya. Onur'un tüm geçmişini yaşadığı, hep anlattığı mahalle burası mıydı? Çocukluğunun geçtiği, annesini kaybettiği bina, bu bina mıydı? Birlikte ağır ağır ilerlerken binaya doğru, Burak bir anda durunca biz de durduk.

"Abi ya!" dedi gülerek Mert'e doğru. "Bizim ağaç duruyor!" Mutluluktan neredeyse koşar adım gitti bir ağacın yanına. Mert de gülerek peşinden ilerlerken peşlerine takıldım. Burak elini ağacın gövdesinin bir kısmına koyup bana döndü.

"Bak, bunu tırnak makasının törpü kısmıyla kazımıştık. Şaka gibi ya. Şu an ellerim titriyor." Ağaca baktım gözlerimi kısarak. Yan yana üç tane sonsuzluk işareti kazınmıştı. Birinin altında Onur, birinin altında Burak, birinin altında Mert yazıyordu. Gözlerimin dolduğunu hissettim o an. Tereddütsüzce çantamdan törpümü çıkardım.

"Ne yapıyorsun?" dedi Burak şaşkınlıkla.

"*Mahşerin Üç Atlısı*'nın dördüncüsü oluşumu resmileştiriyorum" Zar zor kazıyarak bir sonsuzluk işareti çizdim üçünün sonsuzluk işaretlerinin altına ve işaretin altına Zeynep yazdım.

"Aramıza resmi olarak hoş geldin." Mert'e gülümseyerek baktım.

"Keşke Onur da görebilseydi..." dedi Burak.

"Görecek," diye mırıldandım. Gözlerim ağacın biraz üzerine kaydı. Kaşlarımı çattım ve elimi, "Salak Nilsu." yazısının üzerine koydum.

"Bu ne?" dedim şaşkınlıkla. Burak birden büyük bir kahkaha attı Mert sessizce gülerken.

"Şu an gerçekten iyi değilim, ya ben bunu tamamen unutmuştum!"

"Nilsu... Burak'ın ona yüz vermeyen ilk aşkı. Bu yazıyı buradaki her ağacın üzerinde bulabilirsin. Kız bu yüzden dışarı çıkamıyordu!" Şaşkınlıkla birkaç adım attım, tek tek ağaçları gezdim. Size yemin ederim ağaçların üzerleri şu yazılarla doluydu. "Salak Nilsu.", "Salak Nilsu.", "Salak Nilsu." Onlarca Salak Nilsu'lar. Kıkırdayarak döndüm Burak'a.

"Büyük aşkmış!"

"Öyleydi, beni kaybetti. Salak Nilsu..." Büyük bir kahkaha attığım sırada nihayet gülerek binaya yönelmiştik. Nilsu'dan bahsederek binaya girdik. Tam o sırada binadan çıkan bir adamla karşılaştık. Mert direkt konuşmaya atladı.

"Merhaba. Bir şey öğrenebilir miyiz?"

"Yardımcı olabilirsem tabii..."

"Bu binada uzun yıllardır yaşayan bir tanıdığınız var mı acaba? Bir arkadaşımız yaklaşık on dört yıl kadar önce burada yaşıyordu. Onunla ilgili birkaç şey sormak istiyoruz birine... Acaba uzun zamandır bu binada yaşayan bir tanıdığınız, bir komşunuz olması mümkün mü?" Adam gözleriyle süzdü bizi. İyi görünmek için hafifçe gülümsedim. Nihayet içine sinmiş olacağız ki konuşmaya başladı: "İkinci katta Zehra Abla var. Yaklaşık on altı yıldır burada oturduğunu söyler hep. Ama evine girmenize vicdanen ben izin veremem çocuklar. İyi insanlara benziyorsunuz ama Türkiye şartları altında kimseye güvenemeyeceğimizi de biliyoruz. Siz bahçedeki masalı banklardan birine geçin. Ben sizin için Zehra Abla'yı getireyim hemen. Tamam mı?" Başımızı salladık.

"Tabii, çok teşekkür ederiz. Bahçede bekliyoruz o zaman." Mert teşekkürünü ettikten sonra birlikte çıktık binadan. Masalı banklardan birine yerleştikten sonra beklemeye başladık. Telefonuma gelen mesajları kontrol ederken geçen beş dakikanın ardından az önce konuştuğumuz adam ve yanında ellili yaşlarda, bembeyaz saçlı bir kadın belirdi. Dinç görünüyor ama yürümekte zorluk çekiyor gibiydi. Hep birlikte ayağa kalktık kadın tereddütle bize baktığında.

"Merhaba," dedim elimi kadına doğru uzatarak, "ben Zeynep. Size birkaç soru sormak istiyoruz da... Buyurun, oturun..." Kadın devam eden tereddütüyle karşımıza oturduğunda adama tekrar teşekkür edip oradan ayrılmasını izledik. Hemen sonra kadına döndük, Mert söze girdi:

"Teyzeciğim merhaba... Biz bir arkadaşımız hakkında bilgi almak istiyoruz. Zorlu ailesini tanıyor musunuz?" Kadının donduğunu hissettim o an. Sakince yutkundu ve bakışlarını kaçırdı.

"Ender Zorlu. Bu isim tanıdık geliyor mu?" Kadın gözlerini kaçırarak cevapladı.

"Ne için lazım?"

O an, çok garip bir şekilde üçümüzün de aynı anda bir şeyleri anladığını hissettim. Bu kadın bir şeyler saklıyordu. Bir şeyler biliyor ve onları saklıyordu. Birbirimize baktık. Mert bilgece konuşmaya girdi ciddi bir şekilde:

"Arkadaşımız Onur'un hayatı söz konusu." Kadın Onur ismini duyduğu anda hafifçe titredi, "Ender Bey'in oğlu. İşlemediği bir cinayeti işlemiş gibi gösteriliyor. Her şey üstüne kaldı, hayatı mahvoldu. Biz de bu mektupları bulduk olayı araştırırken." Cebinden çıkardığı mektupları uzattı kadına.

"Annesinin, babasına yazdığı mektuplar. Ama burada bir cümle dikkatimizi çekti. Bu mektuplar sarı saçlı bir adama yazılmış gibi. Ve eğer tanıyorsanız ki tanıdığınız çok belli, Ender Bey'in saçları simsiyah..."

"Benden ne istiyorsunuz?" Kadın birden korkarak sorunca kaşlarımı çattım.

"Sadece... bilgi..." dedim tereddütle.

"Bende bilgi yok." Mert'e baktım çaresizce, göz kırptı o an bana sakin kalmam için.

"O tatlı çocuğu hatırlamıyor musunuz? Kumral saçlı, oradan oraya koşturup duran, her hafta birinin camını kıran, ağaçların tepelerinden inmeyen o neşeli çocuğu. Şimdi tek kişilik bir hücrede kalıyor; karanlık, soğuk, tek başına. Ne tepesine çıkabileceği bir ağaç var, ne eğlenebileceği arkadaşları var, ne camını kırabileceği bir ev var. Ama eğer yardım ederseniz bu sefer o tek kişilik hücrenin, o cehennemin camını kıracak Onur. Bakın, ben on dokuz yaşıma girmek üzereyim ve size yalvarıyorum. Kardeşimin hayatı bitmek üzere. Onur'un hayatı mahvolmak üzere ve siz bir şeyler bildiğiniz halde saklıyorsanız, siz gerçekten kötü bir insansınız! Çocuklarınız, torunlarınız vardır. Onlara bunun olmasını ister miydiniz? Siz çaresiz kalmak ne demek biliyor musunuz? Ellerim bağlı değil ama onları kıpırdatamıyorum gibi hissediyorum. Çaresizlik bu ve ben arkadaşım için çaresizim. Onun için hiçbir şey yapamıyorum ve siz şu an burada bana, bize yardım edeceksiniz!" Kadın yutkundu, altdudağını ısırarak derin bir nefes aldı.

"Çocuklarım, torunlarım var," dedi Mert'i onaylayarak, "Ve onlar için susmak zorundayım," dedi. Şok içinde bakakaldık kadına. Bu da neydi şimdi? Bu işin arkasında ne vardı böyle!

"Bakın, eğer anlatırsanız emin olun kimse sizinle görüştüğümüzü bile bilmeyecek. Sadece gerçekleri öğrenmek istiyoruz ki tutunabileceğimiz bir dal olsun."

"Yapamam."

"Yapacaksınız!" dedim birden titreyen sesimle. "Anlatacaksınız! Sevdiğim insan gözlerimin önünde ruhen öldürülüyor, hayatı çalınıyor ve siz buna yardım etmeyeceksiniz! Siz bize yardım edeceksiniz, Onur'a! Lütfen... Ona el uzatın... Tek bir cümle kurun, bize yol gösterin. Yalvarıyorum size... Lütfen..." Gözlerimden akan yaşlar arasından, kadının da gözlerinden bir damla yaş süzüldüğünü gördüm.

"Çok sevimli bir çocuktu Onur, çok neşeliydi..." dedi titreyen sesiyle. Sustuk. Kendi vicdanıyla hesaplaşıyordu şu an. Doğru yolu bulacaktı.

"Suçluların suçunu masumlar öder." Kurduğu cümle bana günler önce aldığım notlardan birindeki bir cümleyi hatırlattı. Birebir aynıydı cümle. Şok içinde baktım yüzüne.

"Nasıl yani?" Nihayet gözlerini gözlerime dikti kadın.

"Gece üç gibiydi, uyumaya çalışıyordum. Evde herkes uyumuştu, başım ağrıyor diye kalktım salona gittim. Salonlarımız üst üsteydi onlarla... Üst katımızdan bağırma sesleri duymaya başladım... 'Kimin bu çocuk, kimin!' diye..." Kalbim deli gibi atarken Mert'in kolunu tuttum korkuyla.

"Ağlama sesleri, bağırış sesleri... Savaş vardı sanki, iki kişilik bir savaş. Nasıl yaparsın bunu bana lafları havalarda uçuşuyordu. Zavallı Onur'un sesi yoktu, uyuyordu herhalde. Cesaretle giydim ayakkabılarımı çıktım üst kata, kapılarını çalacağım, çalamıyorum. Kapıda durdum dinledim söylediklerini. 'Senden intikam almaya kalksam, öyle yüzsüzsün ki unutursun geçer gider. Kimse yaşarken yeterince acı çekemez. Sana ölürken acı çektireceğim. Seni bir saniyede öldüreceğim ama öyle bir şeyi bilerek öleceksin ki ölürken ruhun acıyacak. Oğlumuz diye getirdiğin bu piç, yıllarca oğlum diye büyüyecek. Sonra ona öyle büyük bir acı yaşatacağım ki, onun hayatını öyle mahvedeceğim ki sen bunu yapacağımı bilerek öleceksin. Sana tattırabileceğim en büyük çaresizlik, senden alabileceğim en büyük intikam bu. Oğlunun hayatını mahvedeceğim prenses ve sen bunu bilerek öleceksin. Bil ki, oğlun da ölmek için yalvaracak. Ama ölebilecek kadar bile özgür olmayacak. Suçlunun suçunu masum ödeyecek. Sen benim ya da kendinin değil dünyada en sevdiğin canlının hayatını mahvettin. Elveda.' Ve çok hafif bir silah sesi. Anlaması bile güç. Susturucu mu takmış bilmem, koşarak indim aş-" derken kulaklarım uğuldamaya başladı. Her şey, tüm yaşadıklarımız bir bir gözlerimin önünden geçti. Onur'un unutkanlıkları, notlar, görüntülerin kaybolması, cinayetler, elektrik kesintileri, karantina, kaçışlar, umutlanmalar, mahvoluşlar... Hayatımın en büyük şokunu, en büyük sarsılışını yaşıyordum. Dünyam başıma yıkılmış gibiydi. Bu, Onur'un katil olmasından çok daha kötü bir senaryoydu. Çok daha kötü.

Burak ve Mert şok içinde sorular sorarlarken dönen başıma rağmen ayağa kalktım. Bilmek zorundaydı. Onur'a tüm bunları anlatmak zorundaydım. Gerçeği öğrenmek zorundaydı. Gerçek, öğrenilmeyi talep ediyordu. Birkaç titrek adım attım, düşmemek için bir banka tutundum. Telefonumu çıkarıp Onur'un beni aradığı numarayı aradım. Telefon ikinci çalışında açıldı.

"Zeynep..."

"Onur..." dedim hıçkırıklarımın arasından.

"Ne oldu, neden ağlıyorsun, bir şey mi oldu? Babama mı bir şey oldu?(!)" Yere doğru bıraktım kendimi, ağlaya ağlaya dizlerimin üzerine çöktüm.

"Her şeyi... Her şeyi yapan... Babandı Onur..."

"Ne saçmalıyorsun sen?"

"Eskiden yaşadığınız binadaki bir komşu her şeyi duymuş," dedim titreyen sesimle, "anneni öldüren... Sana bunları yaşatan... Her şeyi yapan babanmış... O senin gerçek baban değil... Bunların...

Hepsi," dedim hıçkırıklarımın arasından, "bir intikam oyunundan başka bir şey değilmiş."

Sessizlik. İşte bu seferki bir doğum sessizliği değil; bir ölüm, bir savaş sessizliği. Yüzlerce ölüme sebep olmuş bir savaş alanının savaş sonrası sessizliği. Bekledim, öylece ağlayarak bekledim telefonun başında. Hiçbir cevap gelmedi, sonra birden yüzüme kapandı telefon. Yere bıraktım telefonu. Önemi yoktu, şu saatten sonra hiçbir şeyin önemi yoktu. Onur'un hayatı mahvedilmek istenmişti ve öyle de olmuştu. Artık bir hayatı yoktu. Şehirleri geçmişti, okyanusları, denizleri, hücreleri, insanları. Artık hiçbir yerdeydi.

İnsanın ulaşabileceği en büyük özgürlük buydu zaten, hiç kimsesizlik.

50. Bölüm

Sahne Onur'un.

O evi, ben içindeyken yıkabilmek için mi yaptın bana?

Dakikalardır çaresizce bu ağacın dibinde bekliyorum. Burak ve Mert kadınla konuşmaya devam ederlerken benim aklım Onur'da. İçten içe acaba ona haber vermekle doğru mu yaptım diye sorguluyorum. O an öyle bir duruma geldim ki sanki bunu bilmesi Onur'u bir azaptan kurtaracak, onu azat edecek sandım. Katil olmadığını, ona oyun oynandığını, delirmediğini bilmesi onu azat edecekti. Oysa şimdi ne halde bilmiyorum, ne yapıyor o dört duvar arasında bilmiyorum. İçimden ilkokulda katıldığım bir şiir yarışmasında kafeste doğan, kafeste ölen muhabbet kuşuma yazdığım satırlar geçiyor.

"Uçabilmen özgür kılıyor mu seni kafesinde?"

"Zeynep." Derin bir nefes alarak kalktım oturduğum yerden. Bana seslenen dağılmış haldeki Mert'e baktım; ayakta durmakta zorluk çekiyor gibiydi ikisi de. Bize her şeyi anlatan kadın daha da beter haldeydi; gözleri ağlamaktan şişmiş, yüzü kıpkırmızı... Hiçbir şey söylemeden uzaklaştım oradan. O kadına kurabileceğim tek bir cümle bile yoktu. Eğer korkmayıp her şeyi çok önce birilerine anlatsaydı bu hale gelmeyecektik, Onur bunları yaşamayacaktı. Öfkeyle Mert'in babasının arabasının arka kapısını açıp koltuğa oturdum.

Kapıyı öfkeyle çekip gelmelerini bekledim. Mahvolmuş bir halde gelip oturdular ön koltuklara. O an, öylece ileriye bakıyorduk üçümüz birlikte. Hiçbir cümle, hiçbir kelime yok. Öylece boşluğa bakıyorduk.

"Ne yapacağız?" Nihayet kurduğum cümleyle birlikte Mert arabayı çalıştırdı.

"Abi nasıl olur ya..." Burak titreyen sesiyle şoka girmiş gibi konuştu.

"Adamı yıllardır tanıyoruz, yemin ederim hayatımda gördüğüm en iyi babaydı! En iyi baba! Maçlara götürür, Onur ne isterse alır, her anında yanında olurdu. Nasıl olur bu?"

"Adam delirmiş," dedi Mert, "kafayı yemiş, bir plan yapmış. Planının amacı da Onur'u delirtip, hayatını mahvetmek. Bunu ona kötü davranarak yapamazdı. Allah belasını versin, çocuğun hayatını gerçekten mahvetti."

"Bir elime geçirsem o adamı, hayatını mahvetmek neymiş göstereceğim! Abi her şey tamam, adam tuttu, notlar yazdırdı. Şahitlik yapmalarını istedi, her şey tamam. Peki bu unutkanlık olayı ne? Onur gerçekten bir şeyleri unutuyordu."

"Aynı evde yaşıyor, aynı yemeği yiyorlardı. Yemeğin içine bir ilaç katmak zor değil. Onur'la bir görüşme ayarlamak zorundayız. Babasıyla ilgili ağzını arayalım, daha gerçekleri öğrenmesi için erken. Ama en azından kafamızda bir yol çizmek zorundayız..." Mert'in cümlesini duyunca korkuyla yutkundum.

"Ben..." deyip sustum. Kaşlarını çatarak göz attı bana.

"Sen ne?"

"Ben... Onur'u... Aradım." Şok içinde, yola rağmen döndüler bana.

"Ne yaptın!.."

"Bilmek zorundaydı! Bir deli gibi yaşayamazdı, bu başına gelenlerin bir oyun olduğunu bilmek zorundaydı!"

"Zeynep sen..." dedi Mert öfkeyle, "sen delirdin mi? Babasından bahsediyoruz! Onur'a her şeyin suçlusunun babası olduğunu mu söyledin?"

"Mert... Biliyorum berbat bir durum. Ama bilmek zorundaydı..."

"Allah kahretsin. Benim tanıdığım Onur o hücrenin demirliklerini kırar çıkar. Burak babanı ara, bir şekilde bir şeyler öğrensin. Zeynep kahretsin ya! Şu bahsettiğin adamı ara, komiser olan, bize yardım edeceğini söyleyen." Telaşla telefonumu çıkardım. Selim Komiser yazılı numarayı arayıp telefonu kulağıma dayadım.

"Bir insan arkadaşının babasının, annesini öldürdüğünü öğrenir öğrenmez arkadaşını arayıp haber verir mi? Gerçekten aklım almıyor, bizimle konuşmak yerine gidip Onur'u mu aradın? Onur bir şey dedi mi? Tabii ki demedi, telefonu yüzüne kapattı değil mi? Çünkü delirmekle meşgul." Mert söylenmeye devam ederken telefon dördüncü çalışında açıldı.

"Buyurun?"

"Selim Bey merhaba, Zeynep ben. Onur Zorlu'nun arkadaşı."

"Zeynep, merhaba. Onur'un haberini mi aldın?" Kalbim o an birkaç saniyeliğine teklerken yutkundum.

"H-haberi?"

"Rahatsızlandığını söyledi az önce. Satürasyonu ölçüldü, inanılmaz yüksek çıktı. Hastaneye sevk ediliyor." Gözlerim ağır ağır dolarken, kalp atış hızım kat ve kat artarken titreyen sesimle sordum.

"Hangi hastane?" Mert duyduğu cümleyle birlikte ani bir frenle arabayı durdurdu. Bana döndüğü sırada yüzünde dehşet dolu bir ifade vardı.

"Bakırköy Devlet Hastanesi'ne sevk edildi."

"Tamam... Bakırköy Devlet Hastanesi, gelsek görebilir miyiz onu?" Mert anında direksiyonu sağa kırıp bir ara sokağa girdi hızla.

"Görüşemezsiniz, konuşamazsınız ama uzaktan görmenize kimse mani olamaz."

"Tamam, çok teşekkür ederim. Görüşmek üzere."

"Kendine iyi bak."

Telefonu kapattığım an öyle büyük bir pişmanlık, öyle büyük bir hayal kırıklığı yaşıyordum ki... Söylememeliydim, ona hiçbir şeyi söylememeliydim. Haberi olmaması çok daha iyiydi tüm bunları öğrenmesinden.

"Neyi varmış?" dedi Mert sakin kalmaya çalışır gibi.

"Çarpıntısı varmış, satürasyonu yükselmiş. Hastaneye götürüyorlar."

Cevap vermedi. Burak telefonla konuşmaya devam ederken arkama yaslandım. Elimde telefonum, gözlerimden süzülen yaşlarla öylece kalakaldım. İçim acıyordu. İçimde bir yerler çok acıyordu. "Dayan..." demek isterdim ona, "dayan Onur, her şey düzelecek..."

Yaklaşık yarım saat sonra hastaneye vardığımızda Burak, "Ne oluyor abi?" diye sordu.

Hastanenin bahçesi polis arabalarıyla, sivil polislerle doluydu. Korkuyla arabadan aşağı indiğimde Burak ve Mert de aynı dehşet ifadesiyle izliyorlardı bahçeyi. Onlarca polis, dört polis arabası, bahçenin bir bölgesine çekilen küçük şerit, gelen telsiz sesleri.

"Çok kötü şeyler oluyor." Mert'in kurduğu cümleyle titremeye başladığımı hissettim. Gökyüzünden gelen gürleme sesi sahneyi tamamlıyordu, hızlı adımlarla bahçeye doğru ilerledik. Korkudan ölmek üzereydim, kafamın içinde tek bir cümle tekrarlanıp duruyordu, "Ne olmuş olabilir?", "Ne olmuş olabilir?", "Ne olmuş olabilir?"

"Bakar mısınız? Hastaneye girişler kapatıldı mı?" Mert'in sorusuyla bize doğru döndü polis memurlarından biri.

"Evet, bir süreliğine kapatıldı. Yarım saat kadar beklerseniz açılacak."

"Neden kapatıldı?" diye sordum korkuyla. İşte o an, her şeyin ötesinde, hayatımızın ortasına milyonlarca kiloluk bir güllenin inişini hissettik.

"Bir mahkûm kontrol sırasında gözetimden kaçtı." Donakaldık. Yağmur hafifçe yağmaya başladığında, bir gök gürlemesi daha kulakları sağır ederken bizim beynimiz de sağır olmuştu. Artık duymuyor, görmüyorduk.

Ne zaman bundan kötüsü olamaz dediysem oldu. Ama şu an, en kötüsünü yaşıyoruz, daha kötüsü olamaz. Her şey asıl şimdi mahvoldu, her şey asıl şimdi bitti.

"H-hastanenin içinde mi? Şu an... Orada mı?" Burak'ın sorusuyla genç polis memuru kaşlarını çattı.

"Hiç sanmıyorum. Yirmi dakikadır aranıyor, çoktan kaçmıştır. Arkadaşlar sizi bahçenin dışına alalım. Birazdan açılacak hastane. Lütfen herkes dışarı."

Yürüyoruz, ama bacaklarımızı hissetmiyoruz. Sesler geliyor, duymuyoruz. Yağmur yağıyor, ıslanmıyoruz. Korkuyoruz, kabullenmiyoruz; mahvolduk, görmüyoruz.

Şimdi, bir kez daha bu arabanın arka koltuğunda oturuyorum. Donmuş gibiyim, bir robottan farkım yok. Yağmur şakır şakır süzülüyor arabanın camlarından. Ne yapacağımı bilmiyorum, ne yapacağımızı bilmiyoruz. Şoktayız, kıpırdayacak halimiz yok. "Kaçtı!" diye bağırıyor içimden bir ses, "Onur kaçtı!"

"Mert," dedim titreyen sesimle, "arabayı çalıştır." Ses gelmedi, Mert kıpırdamadı bile. Burak öylece boşluğu izliyordu.

"Mert!" dedim bağıra bağıra, "Çalıştır şu arabayı! Onur dışarıda bir yerlerde! Mahvolmuş, sırılsıklam kim bilir nereye gidiyor! Ki biz nereye gittiğini biliyoruz. Şimdi çalıştır bu arabayı. Ona yanında olacağız dedik ve olacağız! Sahne onun, bizim değil. Arabayı çalıştır." Araba çalıştı.

Gök gürlemeleri ruhumun yansıması gibiydi. Arabanın silecekleri ıslanan camı sildikçe camlar tekrar ıslanıyordu, hayatımın özeti gibi. Düzeltmeye çalıştıkça mahvoluyor hayatım. Hayatımız... Öne doğru eğilmiş camlardan bir şekilde Onur'u görmeye çalışıyordum. Neredeydi, ne yapıyordu bilmiyordum. Ama nereye gideceğini çok iyi biliyordum. Hava yağmurdan dolayı öyle kapalıydı ki saat dört olmasına rağmen akşamı yaşıyorduk.

"Öğle sonrası kursu," diye mırıldandı Burak beyni uyuşmuş gibi, "saat üç olunca öğle sonrası kursları başlıyor, herkes okulda olmalı."

"Müdür de dahil." Mert hızlandı.

"Eğer ona bir şey olursa..." dedi kesik kesik gelen titrek sesiyle Mert. "Eğer ona bir şey olursa..." Devam etmesine gerek yoktu, cümleyi tamamlamasına gerek yoktu. Eğer ona bir şey olursa demesi öylesine büyük bir tehditti ki, sonuna hiçbir şey eklemesine gerek yoktu.

Yaklaşık yirmi dakika sonra okul bahçesindeydik, arabayı süratle bırakıp aşağı atladık. Çamurlu, yağmurlu yolda ıslanmayı umursamadan okula doğru koştuk.

"Müdürün arabası" dedim korkuyla, yan bahçede. Koşarak çıktık merdivenleri. Şiddetli yağmurdan dolayı azalan elektrik gücüyle kısılan ışıkların altında ilerledik koridorda. Birkaç kişi koridorda, diğerleri sınıflarındaydı. Müdürün odasının kapısını açtı Burak sertçe, kimse yoktu. Kapıyı sertçe çekip çıktık. Öylece delirmiş gibi bir oraya bir buraya koşturuyorduk. Merdivenlere yöneldik, üst kata çıktık. Koridorları aştık, boş sınıflara baktık, bir üst kata daha, bir üst kata daha... Felaketimize tırmanıyorduk. Dakikalarca dolaştık, koştuk, kan ter içinde aradık onları. Ne müdürden bir iz vardı, ne Onur'dan. Yağmur artıyor, umudumuz azalıyordu.

Sınıflara, müzik odasına, konferans salonuna, spor salonuna, öğretmenler odasına baktık. Bakmadığımız yer kalmayıncaya kadar baktık. Yürümeye devam ederken cebimden telefonumu çıkardım, Onur'un beni aradığı numarayı aradım, kapalıydı.

"Ne yapacağız! Allah kahretsin ne yapacağız!" Burak delirir gibi duvara kafasını vurunca Mert öfkeyle yüzümüze baktı.

"Arabası kapının önünde, nerede olabilir?"

"O benim umurumda bile değil. Onur'un buraya geleceğine eminim, hissediyorum... Aynı çatının altındayız şu an," dedim elim kalbimde, gözlerim dopdolu. Hissediyordum. Aynı frekansta atan kalplerimiz bir aradaydı, ama o nerede, ben nerede... Okulun çalan ziliyle birlikte öğrenciler sınıflardan çıkmaya başlayınca titrek bir nefes alıp duvara yaslandım. Tanıdık yüzler görüyordum, Doruk, Sinan... Doruk kaşları çatılı bir şekilde bize baktı, mahvolmuş bir haldeydik. Çamur içinde, sırılsıklam öğrencileri izliyorduk.

"İyi misiniz?" diye sordu kaşları çatılı bir halde. Başımı salladım, anlam verememiş gibi merdivenlere yöneldi. Sonra bir anda öyle bir şey oldu ki, elektrikler giderken kalbimin durduğunu hissettim. Sanki Onur'un beyninin içini duydum o an, sanki içinden kendi kendine, "İşte başlıyoruz," dedi. İşte başlıyordu.

Koşarak merdivenlere yöneldik korkuyla, yüzlerce öğrenciyi ite kaka ilerledik merdivenleri, en alt katta herkes şok içinde bize bakarken, nerede ne olduğunu çözmeye çalışıyorduk. Sonra birden birinin sesi duyuldu.

"Onur!" Yanımdaki kızın korkuyla koyverdiği çığlığı kalbimi durdurdu, olduğumuz yerde kaldık. Tam karşıya, dimdik ileri baktık. Oradaydı. Oradaydılar. Onur ve babası. Karşı karşıya durmuş oyunun bittiğini biliyor gibi birbirlerine bakıyorlardı. Yüzlerce öğrenci bir köşede, Onur ve babası bir köşede. Onur'u süzdü dolmuş gözlerim; üstü başı çamur içinde, sırılsıklam, saçları alnına doğru düşmüş. Ama dimdik duruyor, bağırmak istiyorum, Onur Zorlu dimdik duruyor.

Onlara doğru senkronize bir şekilde birer adım attık üçümüz, Onur elini kaldırdı.

"Gelmeyin..." Sesi titriyordu. Olduğumuz yerde kaldık.

"Onur... Oğlum..." Çıkardığı yapmacık, şaşkın sesiyle Ender Bey'e kaydı gözlerim, üzerine atlayıp parçalamak istiyordum onu. Kısa bir sessizlik oldu, Onur babasının gözlerini izliyordu...

"Beni mahvetmek için mi mutlu ettin?" deyiverdi bir anda. "Sebebi bu muydu?"

"Oğlum ne diyorsun sen?"

"Aşağılık herif!" Burak öne doğru bir adım atarken kolundan tuttum onu.

"Bırak," dedim, "sahne Onur'un."

"Hasta oldum, yanımda oldun, üzüldüm, yanımda oldun. Annemi özledim, yanımda oldun. Evimizin içinde evim olsun istiyorum dedim, bana ev yaptın yastıklardan. O evi, ben içindeyken yıkabilmek için mi yaptın bana?" Sanki bu konuşmayı buraya geldiği süreçte hazırlamış gibiydi, sanki cümlelerini bir bir sıralamak için seçmiş gibiydi. Ama sonra devam edemedi bu formalite konuşmaya. Sağ gözünden bir damla yaş süzüldüğünü gördüm, kesik kesik çıkan titreyen sesiyle sordu:

"Beni hiç mi sevmedin?" İçim acırken devam etti: "Hiç mi?" Tam o an, Ender Bey'in bu zamana kadar sakladığı yüzü çıktı ortaya.

"Hiç." Onur içinden bir parça kopup gitmiş gibi bakıyordu yüzüne. Arkamda oluşan uğultular, kalabalığın ne olduğuna anlam veremediğini gösteriyordu. Oysa tek odak noktam Onur'du.

"Sen benim babamdın," dedi Onur acı içinde.

"Sen benim oğlum değildin."

"Sen ne olduğunu bilmeyen, hiçbir şeyden haberi bile olmayan, beş yaşında annesiz kalmış bir çocuktan intikam isteyecek kadar şerefsizsin Ender Zorlu!" Burak kendini tutamayıp bağırdığında Onur elini kaldırdı bir kez daha.

"Beni mahvettin," dedi mahvolmuş bir sesle.

"Seve seve yaptım."

"Kim olduğumu unutturdun bana."

"Bunun için bana teşekkür etmelisin. Bir fahişenin oğlu olsaydım, hafızamı kaybetmek için yalvarırdım." Burak bir adım daha attığında tuttum onu. Onur'un ruh hali bu sefer acıdan öfkeye dönüştü. Burnunu çekti, başını kaldırdı.

"Başkasına mı âşıktı," diye sordu, "annem... Onun intikamı mı tüm bunlar? Onun cezasını mı çekiyorum? Başkasına âşık bir kadınla evlenmenin cezası mı tüm bunlar?"

"Bir fahişeliğin bedelini ödüyorsun. İntikam her zaman masumlardan alınır. Masumlar, suçluların acısını çekebilsin diye. Sen bir piyondun Onur, ben şahı da, matı da annene yaptım."

"Bildiklerimi unutturdun bana, arkadaşlarımı şüphe ettirdin benden... Beni, beni âşık ettin..." derken kalbimin hızlandığını hissettim. "Sonra aşkımdan ayırdın, sırf acı çekeyim diye."

"Sırf acı çek diye," dedi planının sonuca ulaştığını öğrenmenin hazzıyla.

"Beni deli olduğuma, aklımı kaybettiğime inandırdın."

"Bir saniye bile pişman olmadım."

"Beni her defasında kurtulduğuma, kurtulacağıma inandırdın. Sonra bir kez daha mahvettin hayatımı. Umut ettirdin, ettirdikçe çaldın umudumu."

"Annenin bana yaptığı gibi!"

"Her şeyin uğruna sen gerçekten insanları öldürdün! İnsanların canını aldın!"

"İnan bana, buna değerdi. Hayatım boyunca o kadının canının bir parçasının acı çekeceği günü bekledim. Bunun için bırak birkaç insanı, tüm dünyanın canını almam gerekse alırdım."

"Şahitler tuttun, tanıklar çıkardın ortaya... Beni bir piyon gibi kullandın. Oysa bana satranç oynamayı sen öğrettin. Üzülme oğlum diyen sendin, bir piyonla da şah, mat yapabilirsin diyen sendin. Kendi matını yapabilmek için bir piyonu mahvettin." Başını dikleştirdi, acımasızca devam etti:

"Sen... beni bir katil olduğuma inandırdın."

O an bir savaşın iki tarafının askerlerinin birbirlerine ulaştığı anı yaşıyorduk. Sanki kılıç sesleri birbirine değmek üzere, ilk kan yere damlamak üzere, atlar acı içinde, askerler korkuyor. Onur, o an öyle bir cümleyle devam etti ki konuşmasına, kalbim bir daha asla erimeyecek bir şekilde buzla kaplandı.

"İşte şimdi gerçekten bir katil oluyorum."

Belinden çıkardığı silahını babasına uzattığı anda ağzımdan büyük bir çığlık çıktı. Hepimiz şoktaydık, bir elim Burak'ta, bir elim Mert'te bu dehşet sahnesini izliyorduk. Onur'un elinde tuttuğu silah babasının alnında... ve yüz ifadesini görseniz o kadar emin ki birazdan katil olacağına. İlahi bir güç dahi durduramaz artık onu. En başından beri hepimiz Onur'un bir katil olduğuna inandık, Onur bile. İşte şimdi bakın, o gerçekten bir katil oluyor. Gözlerimizin önünde. Şüphesiz, tereddütsüz, kesin. Onur Zorlu, bir katil oluyor.

"Şah, mat." Gözlerimi bir saniye bile kapatamadığım o an, içimdeki umutları tüketircesine tetiğe bastı Onur.

Silah ateş alırken koridorun içinde gök gürledi sanki. Kalbim yerinden oynarken, dehşet içindeydik. O ise öylesine soğukkanlı, öylesine rahatlamış görünüyordu ki tam karşısında yere yığılan babası onun ruhunu ayağa kaldırmıştı sanki. Birinci Dünya Savaşı'nı resmeden tablolar bile bu kadar iyi yansıtmamıştır dehşeti. Biz şu an, gözlerimizin önünde bir dehşet tablosuna şahit oluyorduk...

Uğuldayan kulaklarım, titreyen bacaklarım, etrafımdaki bağırışlar, koridora akmaya başlayan kan damlalarından gözlerimi ayırdığımda Onur'a baktım son bir kez. Yerde yatan kanlar içindeki bedene bakıyordu öylesine. Beynimden binlerce düşünce geçiyordu. Ne yapacaktık, ne yapabilirdik şimdi? O an, Doruk'un kulağıma doğru fısıldadığı bir cümle yankılandı beynimde.

"Kaçın!" Hiç durmadım, Burak'ı ve Mert'i kolundan çekiştirip Onur'a doğru koştum. Elindeki silahı kaptığım gibi koluna yapıştım.

"Gidiyoruz!" İtiraz bile etmeyen Onur'u kolundan çekiştire çekiştire bardaktan boşalırcasına yağan yağmura çıkardık. Mert inanılmaz bir hızla sürücü koltuğuna geçerken Onur'u arka koltuğa oturtup yanına geçtim. Şoktaydık, his felci yaşıyorduk sanki. Hislerimiz, duygularımız, düşüncelerimiz felç olmuştu. Bunu daha önce de yaşadık ama bu sefer kesin ve geri dönüşü olmayan bir şekilde yaşıyorduk. Kelimenin tam anlamıyla, Doruk'un dediği gibi, kaçıyorduk.

FİNAL

İlk Perde.

Gökyüzündeki son yıldız yanıp kül oluncaya kadar...

Hayatımı hep yüksek bir binanın yangın merdiveninden yukarı çıkar gibi yaşadım. Hiçbir kata kapısı olmayan bir merdivenden çıkıyor gibi bir hayat yaşadım. Amaçsızca tırmandım merdivenleri, hiçbir yere sığınamadım, geri inmek zorunda kaldım her seferinde. Hayatım, merdivenin en tepesi ve en aşağısı arasında gidip geldi hep. Ne ortada kalmaya iznim vardı, ne kimseye sığınabildim dinlenmek için. Zira hayatım bir binaysa, bu binanın çalacak bir kapısı bile yoktu.

Şimdi beynim ne olup bittiğini algılamakta güçlük çekiyor. Neredeydim, kimlerleydim haftalar önce. Neredeyim, kimlerleyim şimdi? Yağmur damlaları cama vurdukça içim parçalanıyor. Şu an ne acı hissediyorum bedenimde, ne üzüntü. Sadece şoktayım. Haftalar önce yeni bir başlangıç yapmak üzere dünyanın en yalnız insanı olarak geldiğim okuldan, haftalar sonra bir sürü cinayete tanık olmuş, âşık olmuş, hayatının en korkunç anlarını yaşamış ve her şeyini kaybetmiş biri olarak üç kişiyle birlikte ayrılıyorum. Kulaklarımda, Onur'un bize her şeyin başında kurduğu o cümle yankılanıyor, "Bu işte birlikteyiz." Bana defalarca git dedi, git kendini kurtar. Beni defalarca yollamak istedi oysa ben onunla kalmayı seçtim. Şimdi ne oluyor biliyor musunuz? Ben onunla kaçmayı seçiyorum. Her şeyi ardımda bırakarak, ne olacak, ne bitecek, bu yol nereye çıkacak bilmeden kendimi akışa bırakmayı seçiyorum. Dönüşüm olmayan bir yola giriyorum. Sanki biri kulağıma sen bu yola girdikten sonra ardına duvar öreceğiz, geri gelemeyeceksin diyor. Ve o duvara bir tuğla da ben koyuyorum.

"Şimdi ne yapacağız..." Burak'ın sesi darmadağınık; saçlarımız, üstümüz başımız, her şeyden öte bizim ruhlarımız darmadağınık. Sanki o tetiğe dördümüz birlikte bastık. Onur'dan ses yok, Mert'ten ya da benden de. Konuşacak halde değiliz, öylece gök gürlemelerinin altında sonsuzluğa ilerliyoruz. Sonsuzluk ulaşılamaz ama ilerlenebilir bir kavram. İnsan sonsuzluğa doğru ilerleyebilir, ama asla ulaşamaz. Şimdi kafamda binlerce soru var, tek bildiğim gidiyor olduğumuz, bilmediğim binlercesi nereye, ne yapmaya, kime, kimlere gidiyoruz, ne yapıyoruz biz? Dakikalar geçti, neredeyse dünyanın yuvarlak oluşunu ispat eder gibi yolun en başına dönecekmişçesine uzun zamandır ilerliyoruz bu yolda. Yağmur durmuyor, sanki bulutlar yaşanan her şeyi temizlemek istercesine yeryüzünü sular altında bırakmak ister gibi yağıyor. Düşünüyorum, beyin felci geçirmiş gibi aklıma ne bir insan, ne bir yer geliyor. Başımı kaldırdım, solumda oturan, başını arabanın yağmurlu camına yaslamış öylece boşluğa bakan Onur'a baktım. Titriyordu, tir tir titriyordu. Aklımdan tek bir şey geçiyordu o an, söylememeliydim. Ona hiçbir şeyi anlatmamalıydım, bilmemeliydi. Bazen insanın gerçeği bilmektense bir yalanı yaşamasıydı mutluluğun tek yolu. Ona bir yalanı yaşatmayı tercih ederdim. Ama bir beyinsiz gibi davrandım, onun ruhunu özgürleştireceğini sanıp dudaklarımı araladım ve inanması bile mucize olan gerçeği anlattım ona. Tereddütsüz inandı, çok garip ama tereddütsüz inandı bana.

"Mert," diye mırıldandım titreyen sesimle, "artık bir karar vermemiz lazım. Günlerce boşluğa süremeyiz. Bir plan yapmak zorundayız."

"Biliyorum." Mert'in sesi öylesine bitkin, öylesine endişesizdi ki zaten en kötüsünü yaşadığımız ve daha kötüsünü yaşayamayacağımız için, içi rahatlamış gibiydi. İronik rahatlık.

"Babamı arasam... Belki... Bir şekilde bize yardım edebilir?" Burak'ın cümlesiyle birlikte Mert başını kaldırdı.

"Ara. Baba biz bir cinayet işledik, kaçıyoruz bize yardım eder misin de. Mutlaka edecektir." Haklıydı. Şu an bize yardım edebilecek tek bir kişi bile yoktu. Koskoca dünyada dört kişi kalmıştık sadece. Birbirimizden başka kimsemiz yoktu.

"Belki de ölmemiştir abi. Ciddiyim, iki saattir düşünüyorum, vurulduğu an kaçtık. Ölüp ölmediğini bilmiyoruz."

"Ne fark eder. Yüzlerce kişinin önünde kafasından vurduk adamı." Kafasından vurduk. Biz vurduk. O tetiğe birlikte bastık. Başımı bir kez daha Onur'a çevirdim. Gözleri bir kapanıyor, bir açılıyordu. Sıtma tutmak üzereymiş gibi tir tir titrerken üzerimdeki hırkayı çıkarıp üstünü örttüm. Sesini çıkarmadı, öylesine kendi mahvolmuşluğuna odaklanmış bir haldeydi ki her şeyden herkesten soyutlanmış gibiydi. Elimden gelse elimi kalbine sokup, tüm korkusunu çıkarıp alabilmek isterdim. Yaşadığı şeyin tam adı şoktu. Şoktaydı. Yaptığı yüzünden değil, başına gelenleri, başına getiren yüzünden. Öğrendiği gerçekler yüzünden. Gözleri yavaş yavaş kapanırken ön koltuklara doğru yöneldim.

"Ağlamadı, bağırmadı, sesini bile çıkarmadı. Bu normal değil," dedim endişeyle.

"Bir şeyleri idrak etmesi gerekiyor. Allah kahretmesin, geldiğimiz noktayı hepimizin idrak etmesi gerekiyor. Şu hale bakın, şu halimize bir bakın," dedi Mert ani bir öfkeyle. "Yola çıktığımızdan beri susuyorum, içime atıyorum. Bir bildiğim varmış gibi sürüyorum arabayı. Bir bildiğim yok! Bir bok bilmiyorum!.. Nereye gideceğiz, ne yapacağız bilmiyorum, kime gideceğiz bilmiyorum! Ne yapacağız biz, Allah aşkına. Ne yapacağız!" Titrek bir nefes bırakarak telefonumu çıkardım. Arabaya biner binmez kapattığım telefonumu korkarak açtım. Telefon açılır açılmaz yığılan bildirimler öyle korkunçtu ki... Annemden, babamdan mesajlar, cevapsız aramalar. Doruk'tan mesajlar. Komiser Selim'den defalarca gelen çağrılar. Telefonumu açıp bildirimlere bakarken geçen iki dakikanın ardından telefonum çaldı. Ekranda beliren Komiser Selim yazısıyla birlikte ellerimin titrediğini hissettim.

"Telefon mu çalıyor? Zeynep telefonunu mu açtın! Siz delirdiniz mi ya? Arabanın arkasına spreyle cinayet işledik yazalım daha kolay bulurlar! Kim arıyor?"

"K-komiser... Selim..."

"Sakın açma!"

"Aç!" Mert ve Burak aynı anda kurdukları ters cümlelerle birlikte tartışmaya başladılar.

"Abi, açsın. Adam bize yardım edeceğini söyledi. Gerçeği bilirse belki de arkamızda olacak, birine ihtiyacımız var, görmüyor musun?!"

"Bir polise değil. Bir polise birini vurduğunu söylemek, boğanın önüne kırmızı elbiseyle çıkmaktan farksız. Adam bizi neden korusun?"

"Adama her şeyi anlatırsak bize hak verecek. Bu olayı kime anlatırsak b-" derken açtım telefonu.

"Alo..."

Mert öfkeyle bağırdı, "Zeynep kapat!" Sözünü dinlemek yerine kulağımı telefona odakladım. Selim, Mert'ten daha öfkeliydi.

"Zeynep, bana hemen bu olayla hiçbir alakanızın olmadığını söyle!"

"Ne olayı?"

"Gerçekten beni salak mı sanıyorsun? Arkadaşın okulda işlenen cinayetlerden tutuklanıyor, hapishaneden kaçtığı gün, okul müdürü olan babası vuruluyor ve ne siz, ne de o ortalıkta." Ve hâlâ bizim yaptığımızı bilmiyorlar. Bu nasıl olabilir?

"B-ben... Gerçekten hiçbir şey anlamıyorum..."

"Olay sırasında okulda olan tam iki yüz otuz öğrenci var. Bir kişi bile, bir kişi bile kimin yaptığını söylemeye yanaşmıyor." Tüylerimin diken diken olduğunu hissettim o an. "Ne tesadüf ki elektrikler bir kez daha yok. Eğer bu işin içinde siz varsanız..." Durdu, öfkesine yenik düşmek ister gibi birkaç saniye sessiz kaldı.

"Ölmedi," diye mırıldandı birden, "hâlâ hayatta, hastanede. Bakın, hiçbir şey için geç değil. Her neredeyseniz geri dönün, kaçmak hiçbir zaman hiç kimseye çözüm olmadı. Çabuk olun. Sana verebileceğim tek tavsiye bu. Meslek hayatımda yüzlerce kaçma olayına şahit oldum. Kaçan her zaman yakalanır Zeynep. Yakalanmanın ilk koşulu kaçmaktır. Her şeyi o mu yaptı? Anlat bana, bana anlatabilirsin. Şu an telefonların dinleme altında değil. Sadece sorgular devam ediyor, birazdan telefonlarınız dinlemeye alınacak. Belki beni güvenilir bir insan olarak görmüyor olabilirsin. Belki gerçekten güvenilir değilim, sana iki cümle önce söylediğimin doğru olduğunu ispatlayamam. Doğru olduğuna güvenemezsin." Kaşlarımı çattım, neden böyle bir şey söylüyordu? İki cümle önce kurduğu cümlenin doğruluğunu neden öne atıyordu, konuşmada kurduğu cümle telefonlarımızın dinleme altında olmadığıyken?

"Sadece şunu bil, büyük adamların radarından hızlı olmadığın sürece çıkamazsın. Nereye kadar gidebilirsiniz Zeynep? Girdiğiniz her çatının altında bulacaklar sizi. Yüzlerce kilometre gitseniz buna dayanabilecek misiniz? Ailenizle, sevdiklerinizle aranızda olan tek bağınız telefonlarınız olacak. Ailesizliğe dayanabilecek misiniz? Ailelerinizi tam şu an orada bir yerde bırakıp terk etmeye dayanabilir misiniz?" Telefonsuzluk... Ailesizlik... Artık aileniz telefonun içinde diyordu, telefonlarınızı tam şu an burada bırakmaya hazır mısınız diyordu! Kurduğu cümleyle birlikte kafama dank eden o mesajla telefonu kapattım.

"Mert, camları aç!" dedim telaşla.

"Ne oldu?"

"Telefonları atın, yerimizi tespit ediyorlar. Telefonlarımız dinleme altında." Telaşla telefonumu, ailemi, sevdiklerimi camdan aşağı bırakırken bir saniye bile düşünmeden Onur'a yöneldim. Onur baygınmış gibi hiç kıpırdamadan öylece uyurken, cebinden hapishanede verilen telefonunu buldum, Mert ve Burak söylenirken kalan telefonları da camdan aşağı bıraktık.

"Ne oldu Allah aşkına! Adam bir şey mi söyledi?"

"Baskı altında konuşuyordu, mesaj vermeye çalışıyordu. 'Çatısı olan her yerde sizi bulurlar,' dedi resmen. 'Sevdiklerinizle tek bağınız telefonlarınız ve onları tam şu an orada bırakmaya hazır mısınız!' dedi. Radardan hızlı olmadan kaçamayacağımızı söyledi. Hızlı olmamız lazım, evlerden binalardan uzak bir yere gitmemiz lazım. Ve çok daha önemlisi... Ölmemiş, hâlâ hayatta. Hastanedeymiş, şu an okuldaki herkes sorgudaymış. Kimse tek kelime etmemiş, herkes görmedim, duymadım diyormuş."

Mert arabayı hızlandırıp bir orman yoluna girdiğinde kalbim o kadar hızlı atıyordu ki vücudum tir tir titriyordu artık. Yaklaşık iki saat sürdük arabayı ağaçlarla dolu orman yollarında. Karmakarışık yollara girdik, şehirden ve telefonlarımızı attığımız o yerden uzaklaşabildiğimiz kadar uzaklaştık. Hava fazlasıyla karardığında kendimizi bir kumsalın ormanlık kısmında bulduk. Mert arabayı nihayet durdurduğunda etrafta bir yaşam izi bile yoktu. Deniz kenarında, belki de daha önce kimsenin uğramadığı küçük bir kumsaldaydık, arabamız ağaçların altında, öylece kaybolmuştuk. Bile isteye kaybetmiştik kendimizi.

"Ben iniyorum, hava almam lazım yoksa delireceğim bu arabanın içinde."

"Ben de abi." Burak ve Mert arabadan inerlerken yağmur hafif hafif atıştırmaya devam ediyordu. Kapkaranlık kumsalda sadece biz vardık, *Mahşerin Dört Atlısı.*

Onur'a çevirdim yüzümü. Elimi tereddütsüzce uzatıp saçlarını okşadım. Ve tereddütsüzce eğildim yüzüne doğru, yanağına bir öpücük kondurdum. Tam o an, uyanır gibi yüzünü çevirince dudaklarım dudaklarının üstüne denk geldi. Öylece kalakaldım dudaklarının üzerinde. Sesimi bile çıkarmadan, kıpırdamadan, dudaklarımı dudaklarında dinlendirdim. Hafifçe gözlerini araladı, büyük bir cesaretle elimi uzattım, kapattım gözlerini. Ve onu olabilecek en büyük tutkuyla öpmeye başladım. Tek elim gözlerinde, tek elim yanağında bir daha hiç kimseyi öpemeyecekmişim gibi öpüyordum onu. Bana muhtaçmış gibi karşılık verirken, elleri belimi sardı. Kendimi birden onun kucağında bulduğumda dudaklarıma bir gözyaşının değdiğini hissettim. Bacaklarım bacaklarında, kasıklarım kasıklarındayken iyileştirmek ister gibi öptüm onu kucağında. Dakikalarca sesimizi bile çıkarmadan saçlarımız saçlarımıza karışa karışa öptük birbirimizi zifiri karanlıkta. Bunun adı öpüşmek değildi. Biz birbirimizi öpüyorduk. Ortak bir öpüşmeyi paylaşmıyorduk, çok daha tutkulusunu yaşıyorduk. O beni öpüyordu doyamaz gibi, ben onu. Birbirimizi göremiyorduk ve buna gerek de yoktu. Ben onu gözlerimi kapattığımda da görebiliyordum.

Yavaş yavaş dudaklarımı dudaklarından ayırdığımda dolmuş gözlerine baktım. Bana onu iyileştirmem için yalvarır gibi bakarken, yanağında kurumaya yüz tutmuş gözyaşını sildim parmağımla.

"Onur," dedim fısıltıyla, "sana söz veriyorum, ruhunu iyileştireceğim. Sana söz veriyorum seni yaşadığın kâbustan uyandıracağım. Her şey çok güzel olacak, çok güzel olacak. İnandığım her şeyi iki kere söylerim, bu da üç olsun. Her şey çok güzel olacak." Kesik kesik çıktı sesi kendini ağlamamak için zor tutarken.

"Her şey... bitti Zeynep. Artık iyileşebilecek bir ruhum kalmadı."

"Kötü olan her şeyi ardımızda bıraktık. Biz bir cinayet işlemedik bile, o adam hâlâ hayatta, hastanede. Büyük ihtimalle uyanacak da. Biz ardımızda bıraktığımız suçtan kaçmadık, biz bir kâbustan, bir cehennemden kaçtık ruhlarımızı kurtarmak için! Bizim bedenlerimizi karantinaya almadılar Onur, ruhlarımızı karantinaya aldılar. Bizim karantinamız o okulda birkaç gün kaldığımızda yaşanmadı, bizim ruhlarımız tanıştığımızdan beri karantina altında. Ne çıkabiliyoruz bu karantinadan ne de birbirimizden ayrılabiliyoruz. Ruhlarımızı birlikte bir karantina altına aldılar ve bizim bundan sonraki tek savaşımız bu karantinadan kurtulmak. Kurtulduğumuzda bile birlikte olacağız ama özgür olacağız Onur. Savaş bitti ve biz sağ kaldık. Savaş bitti ve biz hâlâ ayaktayız. Savaş bitti ve hastane sedyesinde yatan değil, deniz kenarında özgürlüğünü bekleyeniz biz. Çok kötü şeyler yaşadın, çok kötü şeyler yaşadık. Annen öldü, babanın öldürdüğünü öğrendin. Cinayetler işlendi, öylesine üstüne kaldı ki hep kim olduğundan şüphe ettin. Sonra bunların tek suçlusunun baban olduğunu öğrendin. Çok daha kötüsü, sen babanın, baban olmadığını öğrendin. Bir intikamın kurbanı oldun. Ama görmüyor musun, arkadaşların burada... Ve ben... Sana olan tüm aşkımla buradayım. **Ben yanındayım, gökyüzündeki son yıldız yanıp kül oluncaya kadar.** Asla da ayrılmaya niyetim yok. Bu zamana kadar hep pes ettin ama şimdi benim için, bizim için pes etmeyeceksin! Ayağa kalkacaksın, gidip yanlarında oturup denizi izleyeceğiz ve geleceğimizin ne kadar güzel olacağını düşüneceğiz." Kucağından indim, arabanın kapısını açıp inmesi için bekledim. Birkaç saniyelik eylemsizliğinden sonra ölmüş bir bedenle indi arabadan; ağır ağır birkaç adım attı sahile doğru. Arabanın kapısını kapattım ve hayatımın en büyük cesaretiyle elini tuttum. Durdu, karanlıkta görmediğini bilsem de yüzüme baktı.

"Bakma bana. Bırakmayacağım elini," diye mırıldandım.

"Bırakma..." dedi yalvarır gibi. Bir adım daha attık, sonra tekrar durdu Onur. Karanlıkta göremediğim gözleriyle, göremediği gözlerime baktı.

"Zeynep," diye mırıldandı, "sen benim kalbimdeki tek güzel şeysin." Hiçbir şey söylemedim, sessizce güldüm. Gülmediğini, şu anda bile içten içe acı çektiğini biliyordum. Ama bildiğim tek bir şey vardı, her acı diner, her yara iyileşirdi. Onur iyileşecekti.

El ele ilerledik kumsala doğru. Burak ve Mert denizin tepesinde yansıyan ayı izlerlerken yanlarına oturduk. Şaşkınlıkla baktılar Onur'a.

"İyi misin?" diye sordu Mert.

"Olacağım."

"Abi olacaksın tabii ki. Boşuna mı kaçırdık seni? Ayrıca bu kaçırmaların sayısı ikiye çıktı. Bize borcun artıyor." Burak bu sefer kendi esprisine gülmedi. Öylece, ne dedim ben der gibi yüzümüze bakarken, sinir bozukluğuyla birden delirmiş gibi büyük bir kahkaha attım. Burak da birden bana katılırken içmiş gibiydik. Gözlerimden ağlamakla gülmek arasında yaşlar geliyor, sinirden gülmemi engelleyemiyordum.

"Siz iyi misiniz?" Mert cümleyi kurduğu an gülmeye başlarken, Onur'un bile tüm sinirlerini boşaltmak ister gibi hafifçe güldüğünü gördüm. Karnımı tutarak kumların üstüne bıraktım kendimi. Onlar kendi aralarında gülüşürlerken sakinleşmeye çalışıyordum.

"Battık, farkında mısınız?" dedi Burak kahkahalarının arasından. "Bittik yani, dönüşü yok. Hayatımız mahvoldu." Gülmesini engelleyemiyordu. Başımı salladım kahkahalarla. Sonra birden, kahkahalarım hıçkıra hıçkıra ağlamaya dönüştü. Gözlerimden gülümseme yaşları akarken hıçkırarak ağlamaya başladım. Anlık bir şizofren atağı geçiriyorduk. Başımıza gelen onca şeyden sonra resmen patlama yaşıyorduk o an. İçimize attığımız tüm duygular; öfke, sinir, ağlama, gülme, her şey birbirine karışmıştı. Gözyaşlarımı silip burnumu çektim, öylece herkes yaşadığı sinir patlamasından sonra sakinleşir gibi denize bakarken derin bir nefes aldım.

"Nasıl inandın?" diye soruverdim birden. Onur kaşlarını çatınca ekledim: "Seni aradım, her şeyi baban yapmış dedim. Birden telefonu kapattın ve saatler sonra seni okulda babanın karşında bulduk. Buna nasıl hemen inandın? Bana yapılsa ben günlerce düşünür sorgulardım." Başını kaldırdı.

"İnanmadım. Ama içimde bir yerlerde bir kaçma, hesap sorma isteği bas bas bağırıyormuş haftalardır. Bu sadece bana cesaret verdi. Böyle bir şey yapmadığına adım gibi emin olarak sadece gerçeği öğrenmek, sadece yapmadığını ondan öğrenmek için gittim oraya. Hastaneye götürülme sırasında polislerden birinin silahını aldım belinden, fark etmediler bile. Onu kullanmayı düşünerek almadım. Okula geldim, o ana kadar yüzde bir bile inanmıyordum senin söylediklerine. Ama o an, onunla göz göze geldiğimde, hiçbir şey söylemeden her şey doğrulanmış oldu. Bana öyle bir baktı ki, gözleri konuşuyordu. Gözleri resmen 'Son sahneye hoş geldin Onur,' der gibi bakıyordu. Yıkıldığım asıl an o andı. Kurduğu cümleler, gözlerindeki bakış, o tetiği çekmekten çok daha fazlasını yapmak istettirdi. Ama sonunda istediğini verdim ona. Beni bir katile dönüştürmek istedi ve dönüştürdü."

"Adam hâlâ hayatta," dedi Burak.

"Ne fark eder, birini vuran herkes öldürmese bile katildir." Kısa bir sessizlik oldu. Başımı kaldırdım, yıldızlara baktım, sonra gözlerimi aya çevirdim. Öylece izledim gökyüzünün güzelliğini. Gökyüzünü güzel kılan, altında beraber oturabilmemizdi. Yıldızlardan öte bir güzellikti bu...

"Ne kadar oturacağız burada?" diye sordu Burak.

Onur derin bir nefes aldı bana bakarak. "Galiba... Sonsuza kadar," dediğinde gülümsedim.

"Sanırım bir insanın ulaşabileceği en büyük özgürlük noktasına ulaştık. Hiçbir yerden gelmedik, hiçbir yere gitmiyoruz. Gidebilecek hiçbir yerimiz yokken, öylece yola çıktık. Aklımızda ne bir plan var, ne bir amacımız var ne de bir hedefimiz." Büyülenmiş gibi konuşurken Burak kesti sözümü.

"Güzel konuşuyorsun da ormandayız be Zeynep, tuvaletim de geldi, şu an hiç etkilemiyor bunlar beni. Özgürüz ama tuvaletim var. Buna da çare bulsun edebiyat."

"Özgürüz ama acıktım," dedi Mert devam ettirmek ister gibi, "arabada birkaç gün önceden kalan bir poşet var. Cips, kraker filan var, yesek ölür müyüz? Bozulmuşlar mıdır?" Omzumu silktim.

"Sanmıyorum. Ben getireyim, hırkamı da alacağım. Nerede?"

"Otururken poşet görmedin mi, tam arka koltukta, sağ camın önündeydi."

"Tamam, alırım ben." Onur da benimle birlikte kalkarken, elimle durmasını işaret ettim.

"Yorgunsun, hiç kalkma, hemen gelirim." Başını sallayınca koşarak arabaya ilerledim. Arka koltuğun sağ kapısını açıp beyaz poşeti kontrol ettim, oradaydı. Hemen hırkamı koltuktan alıp giymeye başladım. O an cebimden düşen bir şeyle birlikte eğildim, titreyen ellerimle, içimden savurduğum bir küfürle birlikte kalbimin hızlanmasını umursamadan yere düşen katlanmış kâğıdı aldım. Kâğıdı açarken arabanın arka koltuğuna oturdum, elimi uzatıp küçük ışıklardan birini yakıp kâğıdı açtım. Tahmin ettiğim gibi, korktuğum başıma geliyordu... Bir not daha. Bir not daha vardı! Ellerimin titreyişinin izin verdiği kadarıyla okumaya çalıştım cümleleri.

Peygamberler, padişahlar, krallar,
hepsi zamanı geldiğinde teslim etti ruhlarını.
Kimi bir kılıçla, kimi bir okla, kimi bir darbeyle,
kimiyse yanlış seçimlerle.
En büyük kaybedişler,
kazandığını sanana gelir.
En büyük esaretler,
özgür olduğunu sananı bulur.
En büyük intikamlar,
insanı defalarca vurur.
En uzun yollar,
gidecek yeri olmayanlarındır.
Kaybolduğunuz bu zifiri karanlıkta,
apaçık ortadasınız prenses.
Çektiğiniz tetik sizi vurdu,
gözlerinizi aç.
Bitti sanılanlardır başlayanlar!
Hayat bir sahneyse molanın tadını çıkar.
Birinci perde bitti,
ikinci perde başlamak üzere.

Başımı kaldırdım, korkuyla camdan dışarı baktım. Kumsalda oturan üç canımın parçasına baktım. Gülüyorlardı. Her şeyden habersiz bu sefer bittiğini ve tek derdimizin geleceğimiz olduğunu düşünerek gülüyorlardı. Oysa hiçbir şey bitmiş değildi, belki de her şey yeni başlıyordu... Bu nasıl oldu bilmiyordum, aklım almıyordu. Her şeyi tasarlayan babasıyken, adam kanlar içinde yerde yatarken bu not nasıl yazıldı, nasıl girdi cebime benim aklım almıyordu! Tek hissettiğim duygu korkuydu. Uzun zamandır korku duygusundan başka bir duyguyu tanımıyordum. Çöktüğümü hissettim o an. Ruhumun; altı delinen bir kum torbasının içindeki kumların yavaş yavaş yere dökülüp kum torbasını boşaltırken yere yığılması gibi çöktüğünü hissettim. Tükendiğimi hissediyordum. Kıpırdayacak, konuşacak, nefes alacak halim kalmamıştı. Orada, o sahilde, sevdiklerim yıldızları izlerken, bu arabanın içinde durmuş nasıl bittiğimizi düşünüyordum. Neden, diyordu içimdeki bir ses. Bunlar neden yaşanıyor? Eğer bu basit bir intikam oyunuysa ödenen bedeller yetmedi mi? Devam eden şey ne? Suçumuz ne, Onur'un suçu ne? Ödeyebileceğimiz bir bedel kalmadı artık, bundan eminim. Bizden alınabilecek bir şey kalmadı. Her şeyini kaybetmiş bir insana hiçbir şeyini kaybettiremezdiniz. Elleri bomboş bir insanın hiçbir şeyini alamazdınız. Bomboştuk artık. Ellerimiz, kalbimiz, beynimiz bomboştu. Oysa ellerimin arasında tuttuğum kâğıt parçası sıfırı gören bizi, eksiye düşürmeye niyetliydi. Kâğıdı ellerim arasında buruşturdum, arabadan aşağı attım. Poşeti alıp kumsala doğru ilerledim hiçbir şey yaşanmamış gibi. Poşeti ortalarına bırakıp Onur'un yanına oturdum.

"İyi misin?" diye sordu bana. Başımı salladım.

"Olacağım," dedim.

Biz iyi olacaktık çünkü bunu hak etmiştik. Herkes iyi olmayı hak eder. Başımıza ne gelirse gelsin iyi olmak zorundaydık. Hepimize bir ruh bahşedilmişti ve biz o ruhlara iyi bakmak, onlara iyi hissettirmek zorundaydık. Yanımızda kim olursa olsun herkes gittiğinde sadece kendimizle kalacaktık. Hayatımızda kimse kalmasa bile ruhumuz hep bizimle kalacaktı. Bu yüzden herkesten her şeyden önce kendimizi mutlu etmek zorundaydık, bunu kendimize borçluyduk. Ve ben ne kendi ruhumu, ne sevdiklerimin ruhunu karartmayacaktım. Bir savaş bir kente yaklaşıyorsa, yaklaştığında bunu tüm kent anlardı. Başımıza gelecek her neyse, eğer gelecekse, bunu gelmek üzereyken anlayacaktık. Şimdi değil, tam kurtulduk sandığımızda, tam özgürüz dediğimizde değil. Bu sefer kazandık dediğimizde kaybetmeyeceğiz...

Başımı kaldırdım, ne yapacağını bilmeyen bu üçlüye baktım. Derin bir nefes aldım.

"Herkes, her şey ardımızda kaldı. Bu soruyu hep Onur sordu, ama şimdi ben sormak istiyorum. Benimle misiniz?" Gülümsediklerini gördüm.

"Seninleyiz be Zeynep," dedi Burak.

"Seninleyiz," dedi Mert. Başımı Onur'a çevirdim, ayışığında gözlerine baktım.

"Seninleyim," diye fısıldadı. Başımı omzuna yasladım ve içimden kendime, bu başı bu omuzdan kaldırmayacağımı fısıldadım. Bunca şey yaşandı, bunca şey atlattık birlikte. Size verebileceğim tek tavsiye var. Hayatınızda ne yaşarsanız yaşayın, sizi gerçek sevenler günün sonunda, "Seninleyim," diyebilenlerdir. Hayatınızda mutluluğu tutmak istiyorsanız, size her şeye rağmen "Seninleyim," diyebilenleri yanınızdan ayırmayın, gökyüzündeki son yıldız yanıp kül oluncaya kadar...

Şimdi cevap verme sırası sizde:
Bizimle misiniz?

MAHŞERİN BEŞ ATLISI

ONUR

ZEYNEP

BURAK

MERT

Bu hikâyenin bir beşinciye ihtiyacı yok,
çünkü siz varsınız.

"Devam Edecek...
Hâlâ Bizimle Misiniz?"